한국 산문선 9

신선들의 도서관

홍길주 외

한국 산문선 9

안대회 · 이현일 편역

신선들의 도서관

홍길주 외

민음사

책을 펴내며

조선 초에 정도전은 "해달별은 하늘의 글이고, 산천초목은 땅의 글이며, 시서예악은 사람의 글이다."라고 말했다. 해와 달과 별이 있어 하늘은 빛나고, 산천과 초목이 있어 대지는 화려한 것처럼, 시서와 예악의 인문(人文)이 있기에 사람은 천지 사이에서 빛나는 존재로 살아간다. 글은 사람에게 해와 달과 별이요 산천과 초목이다.

인문은 문화이자 문명이다. 글이 있어 문화가 빛나고, 글이 있어 문명이 이루어진다. 우리는 글로 인재를 뽑고, 글하는 선비가 나라를 이끈 문화의 나라, 문명의 터전이었다. 시대마다 그 시대의 인문이 글 속에서 찬연히 빛났다. 글로 자신의 위의를 지켰고, 세계에서 문명국의 대접을 받았다.

글로 빛나던 선인들의 인문 전통은 명맥이 끊긴 지 오래다. 자랑스럽게 읽던 명문은 한문의 쓰임새가 사라지면서 소통이 끊긴 죽은 글로 변했다. 오래도록 한문 산문은 동아시아 공통의 문장으로 행세했다. 말을 전혀 못해도 필담으로 얼마든지 깊은 대화가 오갈 수 있었다. 국경과 언어 장벽을 넘어선 소통이 이 한문을 끈으로 이루어졌다. 이제 그 전통이 단절되었다 하여 해와 달과 별처럼 빛나고, 산천과 초목인 양 인문 세계를 꾸미던 명문의 전통을 없던 일로 밀쳐 둘 수 있을까?

한문으로 쓰인 문장은 오늘날 독자에게는 암호문처럼 어렵다. 그러나 그 안에 담긴 인문 정신의 가치는 현대라도 보석처럼 빛난다. 그 같은 보석을 길 막힌 가시덤불 속에 그냥 묻어 둘 수만은 없다. 이에 막힌 길을 새로 내고 역할을 나눠, '글의 나라' 인문 왕국이 성취해 낸 우리 옛글의 찬연한 무늬를 세상에 알리려 한다.

삼국 시대로부터 20세기에 이르는 장구한 시간을 씨줄로 걸고, 각 시대를 빛냈던 문장가의 아름다운 글을 날줄로 엮었다. 각 시대의 명문장을 선택하여 쉬운 우리말로 옮기고 풀이 글을 덧붙였다. 이렇게 만나는 옛글은 더 이상 낡은 글이 아니다. 오히려 까맣게 잊고 있던 자신과 느닷없이 대면하는 느낌이 들 만큼 새롭다.

상우천고(尙友千古)라고 했다. 천고를 벗으로 삼는다는 말이다. 한 시대를 살면서 마음 나눌 벗 한 사람이 없어, 답답한 끝에 뱉은 말이다. 조선 후기 장혼은 "백근 나가는 묵직한 물건은 보통 사람이 감당하기 어렵겠지만, 다섯 수레의 책은 돌돌 말면 가슴속에 넣고 심장 안에 쌓아 둘 수 있으며, 이를 잘 쓰면 대자연의 이치를 깨달아 우주를 가득 채우리라."라고 했다. 글에서 멀어진 독자들과 다섯 수레에 실린 성찬을 조금씩 덜어 먹으며 상우천고의 위안과 통찰을 함께 누리고 싶다.

책 엮는 일을 2010년부터 시작해 꼬박 여덟 해 이상 시간이 걸렸다. 여섯 명의 옮긴이가 세 팀으로 나뉘어 신라에서 조선 말기까지 모두 아홉 권으로 담아냈다. 먼저 방대한 우리 고전 중에서 사유의 깊이와 너비가 드러나 지성사에서 논의되고 현대인에게 생각거리를 제공하는 글을 선정했다. 각종 문체를 망라하되 형식성이 강하거나 가독성이 떨어지는 글은 배제했으며 내용의 다양성을 확보하고자 했다. 부드러우면서도 분명하게 읽히도록 우리말로 옮기고, 작품의 이해를 돕는 간결한 해설을 붙였다. 더불어 권두의 해제로 각 시대 문장의 흐름을 조감해 볼 수 있도록 했다.

조선 초 서거정의 『동문선』 이후 전 시대를 망라한 이만한 규모의 산문 선집은 처음 기획되는 일이다. 글마다 한 시대의 풍경과 사유가 담기는 것을 작업의 과정 내내 느꼈다. 작업을 마치면서 빠뜨린 구슬의 탄식이 없을 수 없다. 그래도 일천 년을 훌쩍 넘긴 한문 산문의 역사를 이렇게 한 필의 비단으로 엮어 주욱 펼쳐 놓고 보니 감회가 없지 않다. 대방의 질정을 청한다.

2017년 11월

안대회, 이종묵, 정민, 이현일, 이홍식, 장유승 함께 씀

고전 산문의 마지막 불꽃
조선 말기

9권에는 순조 대부터 시작하여 조선 말기를 거쳐 일제 강점기에 활동한 문장가의 산문이 실려 있다. 홍석주(洪奭周, 1774~1842년)에서 시작하여 정인보(鄭寅普, 1893~1950년)에 이르기까지 모두 32명의 문장가가 쓴 66편의 작품은 19세기 전반부터 20세기 초반까지 100년에 이르는 동안 펼쳐진 산문사의 동향을 보여 준다. 앞 시기 두 권에서 30년 내지 40년 한 세대 동안 지어진 산문을 수록한 것에 비하면 여러 세대의 산문을 한 권에 묶었다.

이는 19세기의 산문이 쇠퇴의 과정을 걷고 있고, 다룰 만한 작가의 수가 적음을 의미한다. 작가의 절대적 숫자가 줄어든 것은 아니나 문학사가 기억하고 현대인이 읽어 볼 만한 남다른 개성을 보유한 문장가가 줄어들었고, 역동성이나 참신성이 크게 부각되지 않았다. 고전적 문장을 더 완숙한 경지로 올려 세련미에 치중하면서 이전의 문장과 차별화된 19세기 산문의 남다른 특징과 개성을 분명하게 보여 주지 못했다. 하지만 소품문 창작이 급격히 쇠퇴한 대신 변려문(騈儷文)을 즐겨 창작하는 변화도 일어나고, 명청(明淸) 고문의 산뜻하면서 치밀한 문풍을 수용하여 과거의 문장과는 다른 풍격을 보여 주는 노력이 없었던 것은 아니다.

쇠퇴의 과정을 겪었다고는 하나 100여 년에 이르는 장기간 동안 단조로운 변화를 보인 것은 아니다. 산문 변화의 맥락을 세대의 흐름에 따라 대략 세 단계로 짚어 볼 수 있다. 먼저 순조 대부터 헌종 대까지 활동한 세대의 문장이다. 주요 문장가로 홍석주, 김매순(金邁淳), 유본예(柳本藝), 김정희(金正喜), 홍길주(洪吉周), 이시원(李是遠), 홍한주(洪翰周) 등을 꼽을 수 있는데 정조 대에 태어나 순조 대와 헌종 대인 19세기 전기에 활동하였다. 홍석주, 김매순, 홍길주가 이 시기를 대표하는 문장가일 뿐 아니라 조선 후기를 대표하는 대가이다.

이 시기에는 정조 대 산문 창작의 역동적인 분위기를 이어가고 있다. 대가를 비롯하여 군소 작가들까지 실험적 창작에 강한 의욕을 보여 주제의 새로움과 문체의 개성을 지닌 문장을 지었다. 우선 옛 문장의 위의를 지킨 홍석주의 창작이 주목된다. 이전 시기에 소품문이 실험적이고 창조적 자극을 주며 유행하였으나 여전히 문장은 고문의 글쓰기가 주류였고, 다수의 문장가는 고문으로 글을 쓰는 전통을 버리지 않았다. 홍석주는 소품문의 유행을 혐오하며 전통적 경학을 견지하는 보수적 태도로 유학을 연구하면서 동시에 농암 김창협 이후 순수한 고문의 정맥(正脈)을 계승한 고문가로 창작에 임했다. 그의 문장은 유가적 사유에 뿌리를 두고 사유를 전개하고 표현하고 있다. 그중에서 「마음, 도, 문장(答金平仲論文書)」은 소품문을 비롯하여 소설 따위의 신흥하는 문체가 나타나 고문의 위상을 흔드는 추세를 걱정하며 문장보다 도(道)의 가치에 우위를 두는 유가 본연의 태도를 제시하고 있다.

반면에 역동성을 대표하는 문장가가 김매순과 홍길주이다. 김매순은 홍석주와 함께 순조 대 고문 창작을 상징하는 문장가이다. 정통 고문을 충실히 계승하면서도 새로운 취향과 높아진 독자의 안목을 반영하여 섬세한 감각의 문장을 구사하였다. 「바람의 집(風棲記)」과 「파릉의 놀이(巴陵詩序)」 두 편만으로도 문체의 개성을 충분히 느낄 수 있다. 두 사람은 전통적 문장의 위의를 지켜 후대에 전달하는 무거운 역할을 맡았다.

두 작가와 비슷한 듯하면서도 크게 다른 작가가 홍길주이다. 그는 두 세대 앞의 박지원을 계승하되 자기 개성을 한껏 발휘한 문장을 지었다. 문체와 주제, 표현에서 기발하고도 참신하며 문제적인 작품을 쏟아 내 자신만의 산문 세계를 확고히 구축하여 정조 대부터 역동적으로 시도해 온 산문 문체 실험의 정점에 이르렀다. 9권에 실린 여러 작품은 어느 한 편도 범상하지 않다. 19세기 문단의 주축인 세 명의 작가를 한 글자로 평가할 때, 홍석주와 김매순의 문장이 정(正)이라면 홍길주의 문장은 기(奇)이다.

다음으로 헌종 대에서 고종 대 초기까지 활동한 세대의 문장이다. 주요 작가에는 유신환(兪莘煥), 이상적(李尙迪), 조면호(趙冕鎬), 심대윤(沈大允), 박규수(朴珪壽) 등이 있는데 특히 유신환과 박규수가 대표적이다. 이 세대는 홍석주와 김매순의 영향을 받은 후배 세대가 문단의 주축을 이루어 유학의 토대 위에서 고문을 쓰는 경향으로 회귀하였다. 유신환을 선두로 김상현(金尙鉉), 서응순(徐應淳) 등이 두각을 나타냈고, 그들로부터 배운 이응진(李應辰), 한장석(韓章錫) 등이 주요 산문가로 활동했다. 대부분이 노론 당파에 속하고 한양에 거주하는 명문거족 출신으로 정계에 깊이 뿌리를 내린 작가들이다. 삶의 조건과 학습 내용, 추구한 문체 등이 결부되어 이들 세대의 문장은 앞선 세대보다 주제나 사유, 표현에서 순정(醇正)하고 법도를 잘 지키며 고아(古雅)했으나 참신하거나 유연하지 못해 경직성을 보인 한계를 드러냈다. 한편 박규수는 조부인 박지원의 영향을 멀리 이어받아 저들보다 유연하고 신선한 작품을 보여 주었다. 대체로 이 세대에는 군소 작가들이 많이 활동했으나 시대를 넘어 널리 읽히며 크게 두각을 나타낸 문장가는 드문 편이다.

고전 산문이 새롭게 활기를 띠며 변화를 맞이한 시기는 조선 말기이다. 고종 대 중반 이후 김윤식(金允植), 김택영(金澤榮), 이건창(李建昌)을 비롯한 탁월한 문장가가 등장하여 산문의 거장으로서 조선 말기 문단에서 화려한 빛을 발했다. 이들 외에도 이건승(李建昇)과 박은식(朴殷植) 등 많은 작가들이 활동했다. 앞선 시기에는 노론 당파에 정계 고관에서 주요 작가들이 배출되었다면 이 시기에는 전통적 작가층이 해체되어 신분과 지역, 지위 등에서 제한이 사라졌다.

전통적인 문체를 바탕으로 문장을 지으면서도, 급변하는 시대 상황에 맞추어 문체도 주제도 큰 변화를 겪었다. 시대가 뒤로 갈수록 외국어의 번역명이나 근대적 개념어가 문장에 들어오고, 문장의 내용과 주제도 시대의 변화에 따라 크게 바뀌어 산문의 뿌리와 뼈대를 이루던 유학적 사유가 흔들리고 퇴조하는 현상이 펼쳐졌다. 김윤식 이후 작가의 문장은 외세의 침략, 서구 문물의 침투, 극심한 사회 혼란, 식민지화의 현상을 증언하고, 온건한 개화와 서구 문물의 수용을 주장했다. 신문물의 도입으로 신문과 잡지, 출간 서적에 한문 내지 국한문으로 글을 써서 계몽과 교육, 지식 전달의 기능을 담당함으로써 산문의 사회적 실제적 가치는 크게 확대되었다.

문장을 쓰는 동기나 매체, 주제 등에서 큰 변화를 겪기 시작하면서 전통적 문장은 그 가치와 위세를 잃어 갔다. 가장 큰 변화는 유길준이 첫걸음을 뗀 것처럼 본격적인 문장을 국한문(國漢文) 혼용 문체로 쓰기 시작했다는 사실이다. 「『서유견문』 서문(西遊見聞序)」에는 글을 쉽고 순조롭게 써서 교양을 갖춘 독자라면 누구든지 쉽게 이해할 수 있도록 하겠다는 태도를 분명하게 제시했다. 새 문명의 급속한 보급에 전통의 문장은 더 이상 기능과 의의가 없으며, 자국어로 쉽게 쓰는 문장이 이제부터의 문장이라는 혁명적 주장을 펼치고 있다. 『서유견문』의 출현은 전통적 산문이 끝을 보이고 새로운 형태의 산문을 등장시킨 상징이다.

같은 시기에 정통 고문의 마지막 대가라 할 수 있는 이건창의 벗 송백옥(宋伯玉)은 『동문집성(東文集成)』을, 김택영은 『여한구가문초(麗韓九家文鈔)』를 편찬하여 장구한 역사를 거치며 이룩한 산문의 성과를 집성했다. 2종의 산문 선집은 고려 이래로 산문사의 대가를 골라 맥을 짚어 가면서 산문의 역사를 정리했다. 정리한 이후 전통 산문은 실제로 맥이 끊어졌고, 전혀 다른 언어와 문체, 주제와 내용으로 산문을 쓰기 시작했다. 대한 제국 시기를 전후한 30여 년 동안 역동적 변화를 겪으며 변신을 꾀했으나 결국 전통적인 문장은 사멸의 길을 걸었다.

맥이 끊어지기는 했으나 일제 강점기에도 한문 산문을 쓰는 문장가가 완전히 사라진 것은 아니다. 다만 과거와 같은 활기는 결코 다시 재현되지 못했고, 이건방(李建芳)과 그 제자 정인보처럼 빼어난 수준의 문장가가 나타나 과거의 영광을 되살리고자 노력했다.

조선 말기의 위기와 혼란은 시무(時務)와 인물, 사회 현상을 다룬 주제에서 많은 명문을 낳게 하였다. 이건창의 「당쟁의 원인(原論)」이나 박은식의 「역사를 잃지 않으면 나라를 되찾는다(韓國痛史緖言)」와 같은 정론문(政論文)과 논설문은 감개하고 웅혼한 산문의 모범적 사례이고, 김택영의 「안중근전(安重根傳)」이나 이건방의 「안효제 묘지명(安校理墓誌銘)」, 정인보의 「길주 목사 윤 공 묘표(吉州牧使尹公墓表)」는 비장하고 애국적인 정서를 담은 명문이다. 그 밖에 김택영의 「여기가 참으로 창강의 집(是眞滄江室記)」과 정인보의 「첫사랑(抒思)」은 나라를 잃고 타국을 떠도는 지식인의 애환과 슬픔이 아련하게 그려진다. 조선 말기의 문장은 상대적으로 평화롭던 예전의 문장을 무미건조하고 마음에 와 닿지 않거나 현실과 동떨어진 느낌으로 만들면서 고전 산문의 마지막 불꽃을 태우고 있다.

차례

일러두기

1 각 작품이 실린 문집이나 선집, 역사서 등에서 좋은 판본을 선별하여 저본으로 삼았으며, 원문을 해치지 않는 범위에서 풀어 번역했다.
2 주석과 원문은 본문 뒤에 모아 실었다. 원문에는 필요한 경우 교감주를 달았다.
3 저자의 원주는 〔 〕로 표시했다. 원문에서 □는 결락된 부분이다.

홍석주

洪奭周

1774~1842년

자는 성백(成伯), 호는 연천(淵泉), 본관은 풍산(豊山)이다. 아우는 홍길주(洪吉周), 홍현주(洪顯周)로 형제가 모두 뛰어난 문인이었다. 1795년 문과에 합격해 대사간, 도승지, 충청도·전라도 관찰사, 형조·예조·이조·호조 판서와 대제학을 역임하고 좌의정에 올랐다. 19세기 전반기를 대표하는 정치가, 문인, 학자의 한 사람이다.

그는 성리학적 세계관을 견지한 보수적인 정치관과 학문관을 유지했다. 시와 산문을 잘 지었는데 문장에서는 한 시대를 대표하는 순정(醇正)한 고문가로 명성이 높아서, 김택영이 '여한구가(麗韓九家)' 중 한 사람으로 꼽기도 했다.

구한말의 문장가 송백옥(宋伯玉)은 『동문집성(東文集成)』에서 그의 문장을 다음과 같이 평가했다. "내가 오랜만에 『연천집(淵泉集)』을 얻어서 읽어 보았더니 웅장하고 깊으며, 해박하고 우아하여 참으로 웅숭깊고 풍부하였다. 선생은 세상에 드문 통유(通儒)로서 경술(經術)에 뿌리를 내리고 넘치는 힘으로 문장을 지었다. 정밀하고 독실하기는 농암(農巖, 김창협)과 같고, 간결하고 깨끗하기는 진천(震川, 귀유광)과 같았다. 한 번 읽으면 세 번을 감탄하며, 마음은 평온해지고 기운은 가라앉았다." 홍석주 문장의 특징을 잘 짚어 낸 평이다.

저작으로는 문집 『연천집』과 필기 『학강산필(鶴岡散筆)』, 유학자의 입장에서 『노자』를 비판적으로 해석한 『정로(訂老)』 등이 전한다.

마음, 도, 문장 答金平仲論文書

홍석주는 절을 올립니다. 사흘 밤의 즐거웠던 대화는 꿈처럼 아득하게 생각나건마는, 집은 가까워도 저를 찾아오지 않으십니다. 비로소 천하에서 지극히 먼 곳이 월(越)나라 남쪽과 연(燕)나라 북쪽 사이가 아님을 깨달았습니다. 우매한 제가 그대로부터 가르침을 받은 지가 벌써 팔 년이 흘렀습니다.

"큰 종이 울리려면 가는 풀줄기로 치는 것도 사양하지 않는다. 비단옷에 홑옷을 덧씌워 입는 것은 어렴풋하게 차츰차츰 빛이 나도록 하기 위함이다. 군자의 문장은 그 비유를 통해 잘 알 수 있다. 아득하게 펼쳐서 넘실넘실 흘러가는 문장은 큰 강이나 바다처럼 활달하고, 펄펄 뛰고 사나운 문장은 우레나 바람처럼 기세가 대단하다. 우뚝 선 글은 산악과 같고, 흘러 나가는 글은 강물과 같다. 시로는 이백과 두보가 있고, 부(賦)로는 굴원과 가의(賈誼)가 있으며, 문장으로는 사마천과 장자가 있다."

그 말씀을 듣고 황홀하여 다시 돌이켜 보니 마치 신선들의 음악을 듣는 듯해서 처음에는 으스스하여 두려웠다가 중간에는 눈을 휘둥그레 뜨고 의아해하다가 끝으로는 큰 의혹이 생겨 방향 감각을 잃었습니다. 의혹이 생긴 다음에라야 더불어 도(道)에 대해 말할 수 있습니다만, 저 같은 자는 의혹이 생겨도 도에는 이르지 못한 사람입니다. 또 어찌 감히 시끄럽게 입을 놀리겠습니까?

이것이 글을 보여 주신 지 세 해가 되도록 감히 답장 한 글자도 써서 보내지 못한 까닭입니다. 그렇기는 하지만 물러나 생각해 보니 은근히 마음에 걸리는 바가 있어 침묵을 지킬 수 없었습니다. 그냥 다시 한 말씀 올리고자 하니 괜찮겠지요?

저는 일찍이 이렇게 들었습니다. 글은 말의 꾸밈이고, 말은 마음의 표현이며, 마음은 본성의 신령함이고, 본성은 하늘이 내려 준 명(命)이라고 말입니다. 글을 지으려 한다면 하늘을 몰라서야 되겠습니까? 그렇지만 글을 지으려고 하여 하늘을 알고자 해도 곧바로 하늘을 잘 알 수 있는 자는 없습니다.

삼대(三代) 이전에는 이른바 글이란 것이 없었습니다. 안에 충만하고 속에 가득하면 어쩔 도리 없이 밖으로 배출됩니다. 그것을 얻으면 덕이 되고 그것을 행하면 도가 되며, 사람들에게 알리면 말이라 하고, 죽간에 쓰면 글이라 하였습니다. 네 가지는 경우에 따라 이름이 달라지나 실상은 하나입니다. 진한(秦漢) 시대에 내려와서도 모두 마음을 드러내 글을 지었고, 글을 쓰기 위해 말을 엮어 내지 않았습니다. 따라서 글을 한번 보기만 하면 그 속에 무엇이 들었는지를 알아차릴 수 있었습니다.

글의 폐단은 한(漢)나라 말엽에 시작되어 위진(魏晉) 시기에 커졌고 육조(六朝) 시대에 극에 달했습니다. 심하게는 사건을 사실대로 기록하지 않고 말은 가슴속에서 나오지 않았습니다. 그리하여 제왕(帝王)의 도가 씻은 듯이 사라졌습니다.

오늘날 사람들은 처음 붓을 잡을 때부터 다들 인의(仁義)와 성경(誠敬)을 말할 줄 알고, 다들 경제(經濟)와 치평(治平)을 말할 줄 압니다만, 그 속내를 살펴보면 텅 비어 있습니다. 굳이 속내를 살펴본 뒤라야 텅 빈

줄을 알겠습니까? 하는 말을 살펴만 봐도 벌써 잘못되었습니다. 그 때문에 말은 글과 어울리지 않고 마음은 말과 호응하지 않아 대단히 심하게 진실하지 않으므로 하늘로부터 멀리 떨어져 있습니다. 이는 그나마 윗길입니다. 그 아래로 제멋대로 떠들고 기괴한 소리나 내뱉고 문구나 다듬는 자들이야 언급할 필요조차 없습니다. 세상을 잘 다스릴 군자가 일어나 바로잡지 않는다면, 백세를 훌쩍 넘겨도 잘 다스려지지 않을 것입니다.

족하의 글을 적이 살펴보니 도에 가까이 접근한 글이었습니다. 글에 바짝 다가가 보니 바로 그대의 말이었고, 말에 바짝 다가가 보니 바로 그대의 마음이었습니다. 겉과 속이 두 가지 꼴이 아니고, 꽃과 열매가 두 개의 뿌리에서 나오지 않았습니다. 그리하여 제가 족하의 글을 아는 것은 족하의 글을 통해서가 아니라 족하의 말을 통해서요, 족하의 말을 통해서가 아니라 족하의 마음을 통해서입니다. 이와 같이 보면 족하를 충분히 안다고 할 수 있지 않을까요?

그러나 남을 모를까 걱정하지 말고, 스스로를 모를까 걱정하라고 했습니다. 제가 문장에 힘을 쏟은 지 이제 아홉 해가 되었습니다. 처음 배울 때는 까마득하여 그 방향을 알지 못하고 단지 옛사람의 책을 취하여 구절을 본뜨고 글자를 찾았는데 삼 년이 넘도록 도움을 받지 못했습니다. 그래서 이른바 법도라는 것을 다 버리고, 마음이 가는 대로 맡겨서, 붓이 떨어지면 글자라 하고, 글자가 쌓이면 장(章)이라 하고, 장이 이어지면 편(篇)이라 하였습니다. 말은 신기하기를 구하지 않았고, 수사는 꾸미지 않았으니 문장에 서툴다고 하겠습니다. 그렇지만 그 무렵에는 허공에 입김을 토해 내면 긴 무지개처럼 일어났고, 앞에 종이를 펼치면 마치 신이 돕는 듯하여 장차 지상 끝까지 뻗어 나가고 만고(萬古) 위로 내

달리려는 의지가 있어서 바보 같고 미친 짓임을 저 자신도 깨닫지 못하였습니다. 그런 줄 모르고 지었으나 그래도 마음 내키는 대로 짓는 글이 외형에 힘쓰는 글보다 나았습니다.

그다음 해에 이르러 족하를 뵙고 나서는 망연자실하여 전에 하던 방식을 다 물리치고 글이 아니라 도를 구하는 것을 추구했습니다. 한 달만에 기운을 기른다는 말씀을 얻어듣고서 지난날의 기운은 순수한 기운이 아님을 알았습니다. 또 한 달이 지나 말을 안다는 말씀을 얻어듣고서 지난날의 말씀은 도리에 맞는 말이 아님을 알았습니다. 또 한 달이 지나 자신을 이기고 힘써 행한다는 말씀을 얻어듣고서 제게는 글보다 더 급한 일이 있음을 알게 되었습니다. 또 한 달이 지나서는 삼가고 두려워하며 함양한다는 말씀을 얻어듣고서 제가 할 일은 한 가지 마음을 넘어서지 않는다는 것을 알게 되었습니다. 또 한 달이 지나 만물이 한 가지 근원이라는 말씀을 얻어듣고서 환하게 큰 깨달음을 얻었습니다. 그리하여 비로소 글이 일찍이 도가 아닌 적이 없고, 도가 일찍이 글이 아닌 적이 없다는 사실을 분명히 알게 되었습니다. 그렇게 된 이유는 무엇이겠습니까? 한 마음을 공유하기 때문입니다.

그 뒤로는 글을 굳이 지을 필요도 없고 또한 굳이 짓지 않을 필요도 없었습니다. 글은 굳이 잘 지을 필요도 없고 또한 잘 짓지 않을 필요도 없었습니다. 저는 제 마음을 잘 다스리는 것만 알고 있을 뿐입니다. 그래서 제 마음을 다스리는 공부가 십분의 일에도 미치지 못했음에도, 스스로 글을 돌이켜 보면 이미 옛 모습이 아니었습니다. 소호(韶濩)의 음악과 『서경』의 문체를 제가 감히 바라지는 못합니다만, 내키는 대로 쓰되 되바라지지 않고 간명하되 박절하지 않으며, 느긋하게 굽혔다 폈다 하면서 스스로 즐길 수 있는 수준에는 거의 도달했습니다.

다만 거침없이 고담준론을 펼칠 때 방외(方外)의 기운이 섞이기도 하고, 시대를 걱정하고 풍속을 비판할 때 심하게 격분하는 단점을 가리지는 못합니다. 이는 고치기 어려운 편협한 성격 탓이자 성실한 공부가 미치지 못한 탓입니다. 진실로 입을 톡 쏘는 맛을 잘 차린 식탁에 올리기에는 마땅치 않음을 잘 알지만, 적이 스스로 시험해 보아 이처럼 효과를 보았기에 감히 말씀을 올립니다.

족하의 사람됨을 살펴보면 하늘이 내린 자질이 탁월하여 남들보다 훨씬 뛰어납니다. 다만 바탕이 되는 공부는 다 밟아 가지 않은 듯합니다. 하늘을 찌를 듯한 높은 누각도 반드시 한 계단씩 올라가야 합니다. 올라가는 과정을 소홀히 여기면 도를 아는 자가 아닙니다. 또한 하늘이 하늘인 까닭은 그 모습에 있지 않습니다. 해와 달이 그릇되게 운행하거나 경위(經緯)가 어긋나면 하늘도 하늘이 될 수 없습니다. 성인이 성인인 까닭이 위의(威儀)에 있지 않습니다. 그렇다고 비딱하게 기대고 다리를 벌리고 앉아서 입에서 나오는 대로 말한다면, 그런 자는 성인이 될 수 없습니다. 외형을 소홀히 여기면 도를 아는 자가 아닙니다.

글을 논하다가 이런 말까지 하니 곁가지로 빠졌음을 잘 압니다. 그러나 마음 바깥에는 글이 없고, 도의 바깥에는 마음이 없습니다. 족하가 도의 수준에 이르지 못한 이유는 이 두 가지 문제에 있는 듯합니다. 그러므로 주제를 헤아리지 못하고 거듭 말씀 올립니다. 비루하게 여기시지 않는다면, 한 줌 흙과 가느다란 냇물이 산악의 높음과 바다의 깊음에 조금이나마 보탬을 주는 효과가 없지는 않을 것입니다.

해설

이 글은 김소행(金紹行, 1765~1859년)이 보낸 편지에 답한 답장 편지이다. 김소행은 자가 평중(平仲)으로 안동 김씨 벌열 가문 출신이지만 서파(庶派)라는 멍에 탓에 평생 뜻을 펴지 못하고 답답하게 살며 문학에 마음을 쏟았던 문인이다. 당시 문단에서는 상당한 명성을 누렸다.

김소행은 문장에 대한 소견을 밝힌 편지를 글쓴이에게 보냈고, 글쓴이는 예전에 그와 문학을 주제로 나눈 대화를 떠올리며 견해의 차이를 느끼고 장문의 답장을 보내 소견을 밝혔다. 글쓴이는 김소행의 시문을 칭찬하면서도 한 가지 충고를 잊지 않는다. 자신의 문장 수양 과정을 고백하면서 마음과 도와 문장의 관계를 말한 것은 김소행을 일깨우기 위한 목적이 강하다.

"기운을 기른다.(養氣)"에서부터 "말을 안다.(知言)", "나를 이기고 힘써 행한다.(克己力行)", "만물은 한 가지 근원이다.(萬物一原)"는 모두 『맹자』나 『논어』에 근거한 말이다. 문장을 말하며 일부러 유학의 근간이 되는 경서에서 논리를 끌어왔다. 문학을 보는 유학자의 논리를 강하게 지키고 있음을 보여 준다. 그가 말한 도는 성리학에서 말하는 도이며, 이를 통해 성리학에서 강조하는 마음의 수양을 언급하였다. 글쓴이가 보기에 김소행은 성리학의 궤도에서 벗어나는 창작을 한 것으로 추정된다.

글쓴이가 문장을 수련하던 과정을 고백하면서 언급한 옛사람의 글을 본뜨던 일이나 그저 붓 가는 대로 써 나간 일 등은 문장 수련의 기초 단계로서 의미가 있고, 이 수준에 머물러서는 대가가 될 수 없지만 이 단계를 거치지 않고서는 대가가 될 수 없다고 주장한 점 역시 의의가 있다.

약의 복용 藥戒

더위를 먹어 병에 걸린 사람이 있었다. 위로는 기침을 하고 아래로는 설사를 하여 양맥(陽脉)은 들떠서 흩어지고, 음맥(陰脉)은 부드럽고 약했다. 진료한 의원이 "이 병을 음허증(陰虛症)이라 하니 치료하지 않으면 죽을 수도 있습니다."라 말했다. 그 말을 듣고 두려워서 의원의 말대로 보혈(補血)했더니 명치끝이 물렁해지고, 화기를 내렸더니 위장이 도리어 차가워졌다. 밥그릇에 손도 대지 못하고 날마다 파리하게 야위어 갔다. 치료를 바꿔서 따뜻한 약을 썼더니 마치 가슴에서 숯을 때듯이 열기가 치솟았다. 의원을 세 번이나 바꾸었는데 병은 더욱 위중해졌다. 그래서 "죽는 것은 운명에 달렸다. 약을 오용하지는 않겠다."라 말하고는 의원을 사절하고 약을 끊었더니 달포쯤 되어 회복했다.

자리에서 일어난 뒤 나를 보고 개탄하며 "나는 이제 의약이 사람을 죽일 수 있음을 알았다네. 앞으로 의원을 찾아가 병세를 묻거나 약을 복용하지 않기로 하늘의 해를 두고 맹세하겠네."라 말했다. 내가 웃으며 이렇게 말했다.

"자네는 가벼운 병에 걸렸을 뿐일세. 만약 중병이 들었으면 어떻게 약을 먹지 않고 나을 수 있겠는가? 게다가 자네의 잘못일세. 세상에 평범한 의사가 없는 것도 아닌데, 자네가 잘 찾지도 못하고서 신통치 않은 의원에게 진료받고서는 의약이 사람을 죽인다고 허물하는군. 아무렴 신농씨(神農氏)와 헌원씨(軒轅氏)가 의약으로 천하에 해독을 끼쳐 사람을 죽이려 했을까?"

손님이 "그럼 자네는 약을 조심하지 않는단 말인가?"라 대꾸했다. 그 말에 나는 이렇게 말했다.

"어찌 조심하지 않을 수 있겠는가! 다만 조심할 것은 의원을 택하는 문제이지 약을 복용하는 문제는 아닐세. 제대로 된 의원을 만난다면 파두(巴豆)나 요사(硇砂)도 양기를 북돋는 약이 되겠지만, 제대로 된 의원을 만나지 못한다면 인삼이나 백출도 독약이 될 것일세. 다만 나는 평소 크게 조심하는 일이 있네. 병을 지레 걱정하여 예방하는 것과 병들지 않았는데 몸을 보하는 일일세. 이 두 가지 것은 유부(兪跗)와 편작(扁鵲)을 만나지 않는다면 나는 감히 복용하지 않으려네."

손님이 말문이 막혀 웃으며 말했다.

"심하군. 자네는 몹시 바보 같네. 어려운 일을 두려워하지 않고 거꾸로 쉬운 일을 두려워하며, 위태한 것을 걱정하지 않고 거꾸로 편안한 것을 걱정하는군. 들판에 불이 크게 번져 머리를 그슬리고 이마를 태우느니 작은 불씨를 두드려 끄는 것이 훨씬 쉽지 않은가? 창을 뚫고 화살과 돌을 뒤집어쓰면서 전장에서 죽기를 각오하느니 태평 시절에 백성을 보존하는 것이 훨씬 편치 않은가? 정말 자네 말대로라면 성인께서는 상두(桑土)의 시를 짓지 않고, 위대한 『주역』에 기제(旣濟)의 상(象)이 없었을 것일세. 성인들께서 정말 우리를 속이겠는가?"

그 말에 나는 이렇게 말했다.

"아니 그렇지 않네. 자네는 이른바 하나는 보고 둘은 보지 못하는 사람일세. 그대는 터럭 끝 같은 아주 작은 사물을 살펴보는 것과 언덕이나 산 같은 큰 물체를 보는 것 중에서 무엇이 어려운가? 일이 벌어지기 전에 계획을 세우는 것과 일이 일어난 뒤에 대처하는 것 중에서 무엇이 쉬운가? 얼음을 보고 추운 줄을 알고, 불을 보고서 뜨거운 줄 아는 것은 보통 사람도 잘할 수 있네. 그러나 서리를 밟고서 매서운 추위가 오리라 느끼고 달빛이 필성(畢星)에 비치는 것을 보고 큰 비가 쏟아지리라 깨닫는 것은 최상의 지혜를 가진 사람이 아니면 하지 못하네. 세상에는 평범한 의원은 언제나 있으나, 최상의 의원은 항상 있지 않네. 내가 괜히 조심하자는 것이겠는가!

게다가 진실을 제대로 파악하려 힘쓰지 않고 사태가 일어나기 전에 해결하고자 도모한다면, 구제한다고 나선 것이 되레 화의 근원이 되네. 자네는 지난날 정주(定州)의 전투를 보지 못했는가? 전략이 적절하지 않은 것도 아니고, 장수와 병사가 지혜롭고 용맹하지 않은 것도 아니며, 갑옷과 무기와 공성(攻城) 도구가 모두 견고하고 날카롭지 않은 것도 아니었네. 그런데도 다섯 달 동안 공격하여 그나마 성공하여 돌아올 수 있었던 것은 마땅히 공격해야 할 것을 공격한 덕일세.

한두 해 전에 예방한답시고 사태의 진실을 제대로 알지도 못하는 자들이 조금 의심스러운 이들을 모조리 죽이고, 근방 지역에 방비를 다 갖춘답시고 백성을 모아 노역을 시키고 재물을 축내어 군량을 비축했다고 해 보세. 반란의 조짐이 보이기도 전에 민심이 먼저 요동하여, 하루아침에 병란이 일어난다면 걷잡을 수 없이 무너지지 않았겠는가? 또 어떻게 오늘의 승리를 거둘 수 있었겠는가?"

그러자 손님이 이렇게 말했다.

"자네 말이 그럴듯하네만, 그렇다면 옛 성인이 멀리 앞을 내다보고 미리 준비하는 도리를 다 그만둬도 좋단 말인가? 덕에 기초한 가르침을 세워서 풍속을 선량하게 하고, 세금을 너그럽게 거두어 삶을 편안하게 하며, 어진 수령을 골라 백성을 부지런히 다스리고, 훌륭한 장수를 임명하여 외적의 침입에 대비하는 일을 해서는 안 된다는 말인가!"

내가 말했다.

"이는 의약을 말하는 수준을 넘어서네. 몸에 비유하자면, 음식을 삼가고 생활을 조절하며 욕망을 절제하여 섭생을 잘하는 것일 뿐이니 어찌 의약을 말하는 수준이겠는가? 옛사람들 중에 병이 나지 않았어도 약을 복용한 이가 있기는 있네. 사마유(司馬攸)는 유연(劉淵)을 제거하려 했고, 장구령(張九齡)은 안녹산(顔祿山)을 죽이려 했으며, 곽흠(郭欽)은 흉노족을 원거주지로 이주시키자는 주장을 내세웠고, 가의(賈誼)는 제후국을 분할하자는 계획을 세웠네. 이는 제대로 된 의원을 만났으나 쓰지는 못한 경우일세.

반면에 진시황은 『녹도서(錄圖書)』를 얻고 장성을 쌓았으나 장성 건설이 나라의 멸망을 촉진했네. 송나라 명제(明帝)는 소도성(蕭道成)을 시켜 종실을 제거했고, 당나라 태종(太宗)은 무씨(武氏)를 후궁으로 삼고 이군연(李君羨)을 죽였네. 태종은 명철한 군주인데도 무고한 사람을 괜히 죽여 화근을 키웠으니 미연에 방지하는 것을 쉽게 말할 수 있겠는가?

평상시 몸을 조절하고 보충하는 저 약은 세상 의원들이 순수한 왕도로서 완전하고 폐단이 없다고 말하네. 그렇지만 보충하는 것이 있으면 반드시 치우치는 것이 생기네. 기가 왕성하면 피가 쇠하고, 수(水)가 왕성하면 화(火)가 약해져 보충하되 균형을 잃으면 다 해독을 낳네.

수나라 양제(煬帝)는 낙구(洛口)에 창고를 만들어 군량미를 비축했으나 백성들이 밑에서 궁핍해지는 실태를 몰랐고, 당나라 덕종(德宗)은 친위 병력을 다 거두어 하북(河北)을 도모했으나 서울이 비게 된 실상을 깨닫지 못했네. 옛사람의 '천하에 본래 일이 없건만 용렬한 자가 요동시킨다.'라는 말이 참 옳은 말일세.

칠 척 되는 몸에 믿을 것은 장부(臟腑)와 영위(榮衛)라네. 다행히 큰 병이 없다면 굳이 용렬한 의원이 요동시키도록 만들어야 쓰겠는가? 또 병이 나서 약을 쓰면 그 효험과 해독이 바로 드러나네. 효험과 해독이 바로 드러나면 선택할지 버릴지를 쉽게 결정할 수 있네. 병이 생기기 전에 조절하고 보충하면 설령 약이 듣지 않더라도 해를 끼치지는 않네. 해독이 없는 것을 본 사람이 복용하기를 그치지 않는데, 오래도록 복용하여 화가 깊어져서 하루아침에 발병하게 되면 이제는 구제할 수 없는 지경에 빠질지 누가 알겠는가?

부귀한 사람들은 평소 봉양을 잘 받고 무탈하여 병이 없을 때도 인삼과 녹용을 죽이나 밥처럼 먹네. 그래도 늙기 전에 병석에 누워 골골하는 자가 열에 여덟아홉이며, 심한 경우에는 아무 까닭 없이 갑자기 죽기도 하네. 그 원인이 약물의 복용에서 비롯되어 수십 년 잠복해 있다가 나타난 해독임을 끝내 깨닫지 못한다네. 어찌 슬프지 않은가!"

내 말을 듣고 손님이 "자네 생각에는 어떻게 하면 좋겠는가?"라 물었다. 나는 이렇게 대답했다.

"양생을 잘하는 사람은 마음을 맑게 가지는 것을 근본으로 삼아야 하고, 어쩔 수 없이 약을 먹게 된다면 조심하여 용렬한 의원을 피해야 할 뿐일세. 나라를 잘 다스리는 사람은 백성의 원기를 채우는 데 힘써야 하고, 어쩔 수 없이 사태가 벌어진다면 조심하여 소인을 쓰지 않도록 하는 것뿐이라네."

해설

북송(北宋)의 문장가인 장뢰(張耒)가 쓴 같은 제목의 글이 있다. 그의 글은 겉으로는 체증에 걸려 약을 먹다가 탈이 나서 고명한 의원을 찾아가 상담을 받은 일을 다루고 있으나 속으로는 정치 문제를 논하였다.

홍석주의 글 역시 겉으로는 의약을 말하지만 실제로는 국정을 말한다. 이 글에는 시원찮은 의원을 거푸 만나 약을 먹고 고생한 뒤 앞으로는 의약을 아예 사절하겠다는 손님이 등장한다. 화자는 그에게 의원을 잘 골라서 치료하는 것이 중요하며 중병은 의원에게 치료받을 수밖에 없다고 말한다. 이어서 질병에 대한 견해를 밝힌다. 병이 날 것을 지레 걱정하여 지나치게 앞서 예방하려는 태도와 병들지 않았는데 지나치게 몸을 보하고자 노력하는 일을 삼가야 한다. 즉 건강을 염려하여 작은 병에 과민하게 반응하거나 과도하게 질병을 걱정하지 말라는 것이다. 과민한 대응은 오히려 건강을 해치는 악영향을 끼칠 수 있기 때문이다.

의약의 논리는 당시 정치적 문제와 바로 연결된다. 홍경래의 마지막 근거지였던 정주성 전투를 대뜸 언급하면서부터 글쓴이가 무엇을 말하려고 했는지 본색이 드러난다. 홍경래의 난 이후로 조정의 집권층은 민란의 발생을 두려워하여 조금이라도 이상한 기미가 보이면 요언(妖言)을 퍼트린다며 백성들을 닥치는 대로 잡아들여서 없는 사건도 만들어 내는 경향이 있었다. 글쓴이는 그런 과민 반응이 도리어 민심을 이반시킬 수 있음을 경고하고 있다.

글쓴이는 역사상 과도한 반응이 역효과를 일으킨 사례를 논거로 제시하여 설득력이 있게 주장을 펼치고 있다. 이 글에서 말한 건강에 대한 과민 반응은 현대인에게도 적용되는 경계거리이다.

어머니 서영수합 묘표 先妣貞敬夫人大邱徐氏墓表

오호라! 우부승지로서 영의정에 증직된 우리 선친을 장단(長湍)에 장사를 지내고 난 이듬해인 계유년에 못난 아들 석주는 무덤 오른편에 묘비를 세웠다. 그로부터 십일 년이 지난 계미년 팔월 스무하룻날 정사일에 우리 어머니 정경부인(貞敬夫人) 서씨(徐氏)께서 또 우리 자식들을 영영 버리셨다. 이해 시월 기유일 무덤을 열고 왼편에 합장하였는데 앞서의 자리와 같이 감(坎) 자리에 쓰고 이(離) 방향을 바라보도록 하였다. 그렇게 하고서 못난 아들이 또 피눈물을 흘리면서 묘 왼편에 돌을 세워 사연을 기록한다.

오호라! 우리 선친께서 돌아가신 이후 우리 어머니께서는 늘 방 한구석에 머무시면서 기뻐하거나 웃지도 않으시고, 잘 차린 음식을 들지도 않으시며, 문밖을 가볍게 나서지도 않으신 채 언제나 큰 병이라도 있는 듯이 행동하셨다. 그렇게 열두 해를 하루처럼 지내시다가 죽음에 이르셨다. 이 못난 아들은 멍청하게 쉬시는 줄로 알았으니 오호라! 애통하구나!

어머니께서 스물두 살 때 석주를 낳으셨다. 그 무렵 온 집안에는 다른 어린아이가 없어서 남달리 귀여움을 독차지하였다. 그러나 네댓 살부터는 법도에 어긋나는 일을 한 가지라도 하게 되면 당장 정색을 하고 꾸지람을 하시어 크게 울고 기가 꺾여서 다시는 하지 않겠다고 다짐을 받고

난 뒤에야 그만두셨다.

할머니 심씨 부인께서는 어머니를 끔찍이 사랑하셔서 종일토록 곁에 두시고 바느질하고 설거지하는 일 따위를 왼손인 양 오른손인 양 시키셨다. 날마다 할머니 곁을 떠나시면 벌써 자정 가까이 되었는데 그때야 석주를 무릎 위에 앉게 하고 읽어야 할 책을 직접 가르치거나 전에 배운 것을 외우도록 하여 책을 다 마쳐야 그만두시곤 하셨다. 베개 위에서도 입으로 경전과 시문을 외워 들려주시거나 고인의 격언이나 올바른 행실을 말씀해 주시기를 일과로 하셨다.

석주가 과거에 급제하여 집에 돌아오자 어머니께서는 상당히 기뻐하셨다. 이윽고 이맛살을 찌푸리시다가 한참 만에 이렇게 말씀하셨다. "네가 소과(小科)에 급제한 것이라면 내가 아무 걱정 없이 즐겁기만 하련마는……."

을묘년과 경신년 즈음에는 일찍이 석주에게 "아무개가 한창 권좌에 앉아 있다고 하니 너는 삼가 피하여라!"라고 하셨다. 얼마 지나지 않아 그 사람이 과연 패하고 말았다.

어머니께서는 젊어서부터 『시경』 「겸가(蒹葭)」 편과 「형문(衡門)」 편 및 전원에 돌아가겠다는 내용의 도연명의 작품을 늘 즐겨 암송하셨다. 선친께서 일찌감치 과거를 그만두신 배경에는 어머니께서 그 결심을 굳히도록 은연중 권하신 배경이 있다.

석주가 갑자기 높은 벼슬자리로 뛰어오르고 막내아들 현주가 또 공주와 결혼하게 되자 늘 숨은 걱정거리라도 있는 듯이 찡그리셨다. 둘째 아들 길주는 고문사(古文辭)를 대단히 열심히 연마하였기에 곧 아침저녁 사이로 과거에 급제할 실력을 갖추었다. 어머니께서 길주에게 "우리 문중은 지금도 번성한데 네가 또 영화를 구하고자 하느냐?"라 말씀하시니

길주는 마침내 과거 보기를 단념하였다.

오호라! 사람마다 누군들 자애로운 어머니의 은혜를 입지 않았으랴? 하지만 누군가는 가슴으로 안아 키우되 잘 가르치지는 못하고, 누군가는 잘 가르치되 어린아이 적에만 그렇게 한다. 못난 우리 형제들은 어머니로부터 가슴으로 안아 키우는 은혜를 입고 어머니로부터 가르침을 잘 받았다. 시서를 읽고 문예를 강론하는 것도 오로지 어머니로부터 받았으며, 세상에 나가 조정에 몸을 세워 정치에 참여하게 된 것도 오로지 어머니를 믿은 덕분이다. 석주가 살아온 오십 년 세월은 지금도 강보에 쌓여 있던 때와 같건마는 이제 영영 끝이로구나.

오호라! 여전히 말씀하시고 여전히 음식을 드시며 여전히 살아 있는 사람의 일에 참견하시는 듯한 이분은 대체 누구란 말인가?

오호라! 어머니께서는 나이 열네 살에 우리 집에 시집오셔서 시부모를 삼십여 년간 모시면서 터럭 하나만큼도 뜻을 거스른 일이 없었다. 나이가 많이 드신 뒤에도 돌아가신 시부모님께 말이 미치면 반드시 눈물을 흘리셨다. 사람들을 접할 때에는 훈훈하고 자애로워서 혹시라도 남의 마음을 상하게 할까 염려하셨다. 그러나 옳지 않다고 여긴 일에는 천천히 한마디로 잘라 말하셨는데 엄정하여 꺼려 하지 않는 이가 없었다.

현주가 처음으로 대궐에서 돌아왔을 때 위에서 하사하신 의복이 모두 비단이었다. 어머니께서는 손수 옷을 벗기시고 다시 옛날 입던 옷을 입게 하셨다. 현주가 대궐에 들어가 알현하자 유빈(綏嬪) 박씨(朴氏)께서 괴이하게 여기시며 사람을 시켜 그 연유를 물으셨다. 어머니께서는 "어린 자식은 마땅히 검소함을 가르쳐야 합니다. 사치는 복을 기르는 도리가 아닙니다."라고 답하셨다.

집안은 관대하면서도 법도가 있게 다스리셨다. 특히 무당을 좋아하지 않으셨다. 석주가 일찍이 병이 들어 위태로운 시기를 여러 달 보냈다. 어떤 사람이 푸닥거리를 해 보자고 했으나 끝까지 허락하지 않으셨다. 현주가 천연두를 앓고 있을 때 집안사람이 무녀를 찾아가 물었더니 "틀림없이 크게 이롭지 않을 것이다."라는 말을 듣고 와서 말해 주었다. 어머니께서는 정색을 하시고는 "무당의 말을 믿느냐? 그 말대로 될 것 같으면 더 이상 물을 것도 없겠다."라 하시며 다시는 가지 말라고 금하셨다.

어릴 때부터 여러 형제들이 읽고 외우는 것을 듣고서는 늙을 때까지 잊지 않으셨다. 일찍이 수학책을 펼쳐 보시고 자신의 생각에 따라 구고(句股, 직각 삼각형) 화교(和較) 개방(開方, 근 풀이)의 풀이법을 새롭게 찾아내셨다. 훗날 중국인이 새로 만든 방법을 얻어 보니 조금도 어긋나지 않았다. 그러나 여러 아들과 더불어 말할 때가 아니면 평생토록 문자에는 말이 미치지 않으셨고, 절대로 붓을 잡고 종이 위에 글을 쓰려 하지 않으시면서 "부인이 할 일이 아니다."라고 하셨다.

우리 선친께서는 일이 있을 때마다 어머니께 많이 물으셨다. 그러나 관아에 근무하실 때에는 공무와 관련한 일을 일절 언급하지 않으시고 "부인이 참견할 일이 아니다."라고 하셨다. 선친께서 관아에서 물러 나오시면 조용하게 한 번도 낯빛을 흐트러뜨리는 일이 없이 차근차근 말씀하셨는데, 다 충효나 자애롭고 검소한 일이나 정직하게 사는 내용이었다. 어머니께서 실제로 행하신 처신을 살펴보면, 또 어느 하나 하신 말씀에 맞아떨어지지 않는 행동이 없었다. 오호라! 못난 아들이 어떻게 감히 그 행적을 기록할 수 있으랴!

서씨는 본관이 달성(達城)이다. 시조는 고려의 중랑장(中郎將) 한(閈)이고, 우리 조선에 들어와 판중추부사 충숙공(忠肅公) 성(渻)에서부터 크게 현달하였다. 어머니의 조부는 휘가 명훈(命勳)으로 임피(臨陂) 현령을 지내고 이조 참판에 증직되었다. 아버지의 휘는 형수(迥修)로 곧은 도를 지켜 세상에서 불우하게 지내 벼슬이 강원도 관찰사를 지냈고 이조 참판에 증직되었다. 어머니는 안동(安東) 김씨로서 농암(農巖) 선생이신 예조 판서 문간공(文簡公) 휘 창협(昌協)의 증손이고, 세손찬선(世孫贊善) 문경공(文敬公) 휘 원행(元行)의 따님이다.

어머니께서는 영조 임금 계유년 구월 신사일 그믐 전날에 태어나셔서 칠십일 세의 수를 누리셨다. 길주는 참봉 벼슬을 했고, 석주의 아들은 이름이 우겸(祐謙)이며, 딸은 한필교(韓弼敎)의 아내이다. 길주의 아들은 이름이 우건(祐健)이고, 다시 딸 하나를 두었다. 현주의 아들은 이름이 우철(祐喆)이다. 심씨(沈氏)에게 시집간 딸은 딸을 하나 두었으나 어리다.

해설

조선 후기의 대표적 여성 시인인 서영수합(徐令壽閤, 1753~1823년)의 묘표(墓表)로서 맏아들인 홍석주가 썼다. 강원도 관찰사와 이조 참판을 지낸 서형수(徐逈修, 1725~1778년)의 딸이며, 호조 참의와 우부승지를 지낸 홍인모(洪仁謨, 1755~1823년)의 부인이다. 큰아들 홍석주는 좌의정, 둘째 홍길주는 뛰어난 문장가, 막내 홍현주는 부마 해거도위(海居都尉)이다. 딸은 저명한 여성 시인으로 키워 냈다. 명망 높은 가문의 중심에 있었던 한 여성의 삶을 묘사하였다.

부덕을 갖춘 여성으로서 전범이 되는 생애를 묘사하되 인간미를 느끼게 하는 인상적인 부분도 없지 않다. 귀여운 아들이 잘못하면 호되게 꾸짖어 기어이 다시는 나쁜 짓을 하지 않겠다는 다짐을 받아내고, 집안이 지나치게 번성하는 것은 불행을 자초한다고 생각하여 둘째 아들 홍길주에게 "우리 문중은 지금도 번성한데 네가 또 영화를 구하고자 하느냐?"라 하여 과거 보기를 단념하도록 하였으며, 부마가 된 아들의 비단옷을 벗게 하였다. 벌열 가문 여성의 절제와 풍모를 엿보게 하는 에피소드다.

저자는 아들의 관점에서 돌아가신 어머니의 사연을 쓰되 새로운 주제의 사연을 시작할 때마다 "오호라!"를 앞세움으로써 돌아가신 어머니를 향한 애통한 마음으로 글을 쓴다는 자세를 보였다. 사대부 가문의 여성을 그린 문장의 전형을 보여 주는 글이다.

『계원필경』을 간행하는 서유구 관찰사께 答徐觀察準平書

저 같은 사람을 내치지 않으시고, 문창후(文昌侯) 최치원(崔致遠)의 『계원필경(桂苑筆耕)』에 서문을 쓰라고 맡기시니, 감당하지 못할까 두려워하지만 은혜를 감히 잊을 수 있겠습니까? 이 책은 참으로 우리 동방 예문(藝文)의 출발점입니다. 은(殷)나라 태사(太師)인 기자(箕子)가 동방으로 와서 여덟 조항의 금법(禁法)과 홍범구주(洪範九疇)를 전해 주었으니, 기록해 둘 만한 문물이 반드시 있었으리라 생각하지만 지금은 그 희미한 자취조차 찾을 길이 없습니다. 역사책에 기록된 우리나라 문장가는 강수(強首)와 설총(薛聰)부터 시작되기는 하나 강수의 글은 전하는 것이 전혀 없고, 설총의 글은 오직 「화왕전(花王傳)」 한 편만이 전합니다만 짤막한 글 한 편으로는 맛보기로도 부족합니다. 찬란하게 일가(一家)의 문학을 갖추어 저작가의 숲에 설 수 있는 분은 단언컨대 문창후부터 비롯되었음을 의심할 수 없습니다.

세상에서는 문창후가 젊어서는 쓸모없는 문장을 익혔고, 늙어서는 불교와 도교로 숨어들어서 문묘(文廟)에 배향하여 제사 지내는 예우가 옳지 않다고 말하는 이들이 많습니다만 저는 홀로 그렇지 않다고 생각합니다. 옛날 제사 지내는 법도는 세운 공훈에 보답하는 의미가 큽니다. 『주례』 「춘관종백 하(春官宗伯下)」에 "재예(才藝)가 많거나 실천을 잘하는 사람으로 하여금 가르치게 한다. 이들이 세상을 떠나면 예악(禮樂)을 실천한 스승으로 인정하여 고종(瞽宗)에서 제사 지낸다."라 하였는데, 정현(鄭玄)이 풀이하기를 "예를 들면 한(漢)나라 음악에는 제씨(制氏)가 있고 『시경』에는 모공(毛公)이 있다."라고 하였습니다. 제씨가 음악에서 이뤄 놓은 업적은 한갓 악기를 연주하고 북치고 춤추는 일을 기억한 데 지나지 않는데 그래도 고종에서 제사를 받게 된 이유는 한나라에서 음악을 언급한 것이 이 사람에게서 비롯되었기 때문입니다.

우리 동방은 문학에서 성대한 수준이라고 할 만한데 이는 실상 문창후로부터 비롯합니다. 문창후가 중국에 유학하여 천하에 명성을 크게 떨친 뒤로부터 동방 사람들이 비로소 문학이 귀한 줄을 알게 되고 크게 고무되어서 문창후를 선망하는 이들이 바닷가 구석진 땅에서 계속 나왔습니다. 문풍(文風)이 한번 열리니 책을 읽는 사람이 날로 많아지고, 그에 따라 시서와 예의의 가르침도 점차 확장되었으니 우리 유학에 큰 공을 세웠다고 아니할 수 있겠습니까!

게다가 문창후는 중국에 유학하였지만 교만한 장수나 요망한 막객(幕客)의 난리에 끼지 않았고, 고국에 돌아와서는 음란하고 어지러운 조정에 구차하게 용납되려 하지 않았습니다. 나아가고 물러난 큰 절개가 어느 하나 도에 부합하지 않는 것이 없습니다. 문창후가 불교와 도교로 숨어들어 간 행적은 거기에 기탁하여 자신을 감추려 했을 뿐이니 참으로 함부로 따질 수 없습니다.

문창후가 세상에 우뚝하게 세운 업적이 이와 같고, 우리 동방에 끼친 큰 공이 또 이와 같음에도 남긴 글이 후세에 거의 사라질 지경입니다. 대감께서 열심히 널리 알리려 하지 않으셨다면 우리 동방의 책 읽고 글 짓는 선비들은 모두들 장차 큰 부끄러움을 갖게 되었을 것입니다. 아! 이야말로 옛사람이 훗날의 자운(子雲)을 귀하게 여긴 까닭입니다.

보내 주신 편지에 연암 박지원 어른의 말씀을 인용하셨는데, 저도 일찍이 연암이 지으신 『금료소초(金蓼小抄)』라는 책을 본 적이 있습니다. 우리나라 서적의 목록을 나열하고 있는데, 『계원필경』에 이르러 그 하단에 "지금은 잃어버려 전하지 않는다."라 주석을 달아 놓으셨더군요. 연암의 해박함으로도 이런 말씀을 남기셨으니, 이 책이 지금 세상에 거의 없어질 뻔했다는 사실을 알 수 있습니다. 대감께서 한 부를 얻으셨을 때에도 기쁨이 헤아릴 수 없다 하셨거늘 지금 홀연히 수십 질에서 백 질이 나타나 세상에 번쩍거리고 누구나 얻어다가 섭렵하도록 한다면, 대감께서 예원(藝苑)에 쌓은 공적은 거의 문창후와 더불어 비슷할 것입니다. 대단히 훌륭하고 훌륭한 일입니다.

보내 주신 편지에서 문장의 체재를 논하시고 견문이 부족한 이들의 잘못된 말을 변증하신 말씀은 모두 지극히 정당하여 한마디 말도 더할 것이 없습니다. 다만 종이가 천년을 간다 하시고 발견하신 책을 고려 현종 때 판각한 간본(刊本)이라 하신 말씀은 그렇지 않을 듯합니다. 우리 조선은 중엽 이전부터 책을 판각하는 일이 흔해서 요긴하지 않은 기록과 쓸데없는 말들을 오늘날까지 간본으로 전하는 책이 매우 많으니 하물며 이 책이야 말해 무엇 하겠습니까! 그렇지 않다면 칠팔백 년 전의 책이 아무리 잘 갈무리했다 하더라도 바로 목판에서 찍은 것처럼 완벽하게 보존이 잘 되었을 수는 없을 듯합니다.

지으신 훌륭한 서문의 상반부는 증공(曾鞏)이 이백의 문집에 쓴 서문의 체재이고, 하반부는 고염무(顧炎武) 문집 속에 실린 여러 글들과 많이 닮았습니다. 때때로 논재를 전개하여 문창후의 유적을 살펴보고 감개(感慨)한 대목은 한 번 읽고 세 번 탄식할 문장으로, 구양수와 귀유광 문장의 운치가 있습니다. 자양(紫陽) 선생께서 "한유의 다리 아래는 문장을 지을 곳이 아니다."라 말씀하셨습니다. 지금 오지그릇이나 기왓장 같은 글을 현려주(懸藜珠)와 야광주 사이에 놓아두려니 제가 부끄러움도 모르는 놈임이 역력히 드러나지만, 거듭 하명을 받고서 감히 졸렬함을 감추지 못하였사오니, 그저 대감의 가르침을 바랄 따름입니다.

해설

이 글은 『계원필경집(桂苑筆耕集)』의 간행과 관련하여 서유구가 보낸 편지에 답장으로 쓴 편지이다. 서유구의 편지는 그의 문집 『풍석전집(楓石全集)』에 「『계원필경』을 논하여 연천 홍 판서에게 보내는 편지(與淵泉洪尙書論桂苑筆耕書)」라는 제목으로 실려 있다. 상당히 정중하게 학술적인 내용과 견해를 밝히고 있어 진지하고도 근엄한 문장의 모범으로 간주할 만하다.

최치원이 우리나라 최초의 한문학 작가는 아니지만, 생전에 자신의 개인 문집을 남긴 최초의 작가이며, 실질적으로 한국 한문학의 개산시조(開山始祖)이다. 그 최초의 문집이 바로 『계원필경집』이다. 이 문집은 최치원이 당나라에 있을 때 지은 시문을 수록하고 있는데, 대체로 장군의 막부(幕府)에서 서기(書記) 역할을 하면서 공적 용도로 지은 글이 많고, 문체도 변려문(騈儷文)을 구사한 글이 주류를 이룬다. 이 문집이 언제 처음 간행되었는지는 알 수 없으나, 시대가 바뀌고 유행하는 문체가 변하면서 점차 사람들의 관심 밖으로 밀려난 듯하다. 그래서 조선 후기에는 대단히 희귀한 책이 되었다. 근대적인 한문학 연구가 시작된 뒤에도 한

시 이외에는 주목받지 못하다가 최근에는 만당(晩唐) 시기의 정치와 군사를 이해하는 중요한 사료로 각국에서 주목받고 있다.

연암 박지원도 평생 못 보았다는 귀한 문집은 홍석주가 집안 대대로 간직하던 『계원필경집』을 당시 전라도 관찰사로 재직 중이던 서유구에게 보내 서유구가 1834년(순조 34년) 목활자로 간행하여 비로소 다시 널리 알려졌다. 이때 간행한 『계원필경집』에는 홍석주와 서유구의 서문이 「교인계원필경집서(校印桂苑筆耕集序)」라는 제목으로 차례로 실려 있다.

서유구가 홍석주에게 『계원필경집』 본문의 인쇄가 완료되었음을 알리면서 편지와 함께 자신이 지은 서문을 함께 보냈기 때문에 편지의 뒷부분에서 서유구의 서문을 품평하였다. 서유구의 서문은 전반부는 최치원의 행적과 저술을 간명하게 소개하고, 후반부는 문집을 간행하게 된 경위와 문집의 내용을 당사(唐史)의 기록과 대조해 고증하였다. 홍석주가 언급한 증공의 글은 「이백시집후서(李白詩集後序)」로, 이백의 일생과 문집 간행 경위, 문학적 특징을 매우 간명하게 소개하였다. 후반부가 고염무를 연상시킨다고 말한 이유는 고증적 성향을 지적한 것으로 보인다.

김매순
金邁淳

1776~1840년

자는 덕수(德叟), 호는 대산(臺山)·석릉자(石陵子)·풍서주인(風棲主人)이며, 본관은 안동(安東)이다. 1795년 정시 문과에 합격해 예문관 검열로 벼슬길을 시작했다. 병조 좌랑, 홍문관 부교리 등을 역임했으나 1806년 벽파(僻派)로 활동한 백종형(伯從兄) 김달순(金達淳)이 실각하여 사사되는 큰 사건이 발생했을 때 이에 연루되어 19년간 야인으로 생활했다. 그 뒤 1825년 양천(陽川) 현령을 시작으로 경주 부윤, 강화부 유수, 병조 참판 등을 역임했다.

삼연 김창흡의 4대손인 그는 가학(家學)으로 전해 온 낙론계(洛論系) 성리학의 연구와 고문의 창작에 힘을 기울였다. 문장은 농암 김창협을 배웠고, 문학과 성리학 분야에서 큰 성과를 남겼다. 19세기를 대표하는 고문가로 인정을 받아 연천 홍석주와 더불어 '연대문장(淵臺文章)'이라 일컬어졌다. 홍석주가 순정하고 중후한 산문을 썼다면, 김매순은 정밀하면서도 매서운 문장을 썼다. 한 글자도 평범하고 나약한 글자를 쓰지 않았다고 할 만큼 치밀한 문장을 구사하였다. 『주자대전(朱子大全)』에 대한 조선 학계의 연구 성과를 대대적으로 정리한 『주자대전차의문목표보(朱子大全箚疑問目標補)』를 완성하여 학자로서 큰 성과를 거두었다. 그 밖에 한양 지역의 세시 풍속을 기록한 『열양세시기(洌陽歲時記)』와 같은 저술을 남겼다. 문집으로 『대산집(臺山集)』이 있다.

『삼한의열녀전』 서문 三韓義烈女傳序

글을 짓는 문체에는 세 종류가 있다. 첫째는 간명함(簡)이고, 둘째는 진실함(眞)이고, 셋째는 올바름(正)이다. 하늘을 말할 때는 하늘만 말하고, 땅을 말할 때는 땅만 말하는 것을 간명함이라 한다. 날아다니는 동물은 자맥질할 수 없고, 검은 물건은 흰 물건이 될 수 없는 것을 진실함이라 한다. 그른 것을 그르다 하고 옳은 것을 옳다 하는 것을 올바름이라 한다. 그런데 마음의 미묘함은 글로 표현해야 분명해지니, 글은 자기 자신을 분명히 표현하여 남을 이해시키는 도구다.

따라서 간명하게 말했는데도 부족하면 말을 많이 하여 의미를 분명히 하고, 진실하게 말했는데도 부족하면 다른 사물이나 상황을 빌려서 비유하며, 올바르게 말했는데도 부족하면 뜻을 뒤집어서 깨우친다. 말을 많이 하여 의미를 분명히 하되 저속함마저 꺼리지 않고, 사물이나 상황을 빌려서 비유하되 기이함마저 싫어하지 않고, 뒤집어서 깨우치되 과격함마저 문제시하지 않는다. 이 세 가지가 아니면 글을 용도에 따라 쓰지 못하고 문체만 홀로 설 수 없다.

요임금은 "출렁이는 홍수가 바야흐로 해를 끼쳐 산과 언덕 위로 넘실대며 아득히 하늘까지 닿았다."라고 말씀하셨다. 홍수를 탄식하는 말은 한 마디면 충분하다. 그런데 "출렁인다."라 말하고 또 "넘실대고 아득하다."라 말했으니, 입과 혀로 넘치게 말하고 손과 눈이 그것을 도왔다. 이는 너무 저속한 말이 아닌가? 『시경』에 이르기를 "일곱 번 베틀에 올라도, 비단 베 한 조각 짜 내지 못하고, 반짝이는 저 견우성, 수레 한 번 끌지 못하네."라 하였다. 별이 베를 짜지도 못하고 수레를 타지도 못한다는 것은 어린애들도 아는 사실이다. 이는 너무 기이한 말이 아닌가? 재여(宰予)가 상복 입는 기간을 줄이려 하자 공자께서 "네 마음이 편하면 하려무나."라 말씀하셨다. 재여가 실제로 그래도 된다고 믿어서 마침내 상복 입는 기간을 줄였다면 어쩔 뻔했는가? 이는 과격한 말이 아닌가?

그러나 삼대(三代) 이전에는 순박함을 잃지 않았고, 성인은 중화(中和)의 극치에 다다른 분이다. 따라서 성인이 말씀하셔서 이룬 글을 보면, 저속함은 적절히 의미를 분명하게 밝히되 천박함으로 흐르지 않았고, 기이함은 충분히 정황을 비유하되 기괴함에 빠지지 않았으며, 과격함은 상대를 깨우치도록 안내하되 뒤틀림으로 떨어지지 않았다. 소리에 비유하자면, 크게는 우레부터 작게는 모기나 파리에 이르기까지 가짓수가 천 가지 만 가지를 넘지마는 선왕께서 음악을 만들 때 사용한 음(音)은 다섯 개에 불과했고 율(律)은 열둘밖에 되지 않았다. 그 마디를 취해 그 고갱이를 쓴 것이다.

옛 성인이 사라지니 도는 드러나지 않고 다스림은 폐단이 나타나, 천하가 이루 말할 수 없이 변하였다. 말을 잘하는 선비인 장자(莊子)와 굴원, 사마천의 무리들은 모두 초야에 묻혀 평생 곤궁하게 살면서 슬픔과 걱정과 분노가 가슴에 쌓였으나 발설할 곳이 없었다. 따라서 그들의 글을 읽으면 곧잘 긴 노래나 통곡이요 비아냥이나 욕설과도 같았다. 가진 생각을 펼칠 수 있다면 천박하고 기괴하고 뒤틀린 말조차도 입에서 나오는 대로 내뱉고 절제하지 않았다. 그러므로 그들의 높은 수준은 때로는 경전에 버금가지만 패설(稗說)이나 희곡 같은 비루한 글의 시초가 되기도 하였다. 아! 누가 그렇게 하도록 시킨 것일까?

위에서는 세 가지 덕행이 성대하게 행해지지 않고, 아래에서는 네 가지 과목이 제대로 교육되지 않는다. 방탕하고 제멋대로 행해도 금하고 억제하는 이가 없어 양자강이나 황하가 터져서 사방으로 홍수가 난 것과 같다. 설령 우임금이 다시 태어나도 물의 성질을 따라 흘러가도록 할 뿐 끝내 물길을 돌리거나 막아서 옛 물길을 회복하지는 못할 것이다. 그러니 고루한 유생이나 시골 선비들이 왁자지껄하며 법률 조목을 들이대고 대책을 논의하려 든다면 제 능력도 모르는 것만 드러낼 뿐이다.

우리 집안의 죽계(竹溪) 선생은 천하의 기이한 선비요, 그가 지은 『삼한의열녀전(三韓義烈女傳)』은 천하에 기이한 글이다. 죽계 선생은 약관의 나이에 문장가로 일가를 이루었으나 흰머리가 되도록 불우하게 지냈다. 그가 이 책을 지은 것은 장자와 굴원, 사마천의 무리와 나란히 달리며 겨루어 보려고 했을 뿐 한유(韓愈) 이하의 문장가들은 안중에도 두지 않았다. 그 뜻한 바가 슬프구나!

안타깝게도 나의 학문은 죽계의 덕망을 보태 주기에 부족하고, 나의 능력은 죽계의 재주를 천거하기에 부족하다. 내가 죽계를 위해 무엇을 할 수 있을까! 다만 세상에서 이 책을 읽는 사람들이 고금 문장의 체용(體用)이 변화한 것을 살펴보지도 않고 천박하고 기괴하고 뒤틀어졌다고 비난한다면, 내가 비록 글은 잘 짓지 못하지만, 그래도 죽계를 위해 변론해 주려고 한다.

해설

『삼한의열녀전』은 죽계(竹溪) 김소행(金紹行)이 1814년에 완성한 한문으로 쓴 장편 소설이다. 『삼한습유(三韓拾遺)』라는 다른 이름으로도 불린다. 경상도 선산(善山)에서 한을 품고 자결한 향랑(香娘)이라는 여인의 실화를 모티브로 하여 삼국 시대를 배경으로 흥미진진한 이야기를 전개한 환상적인 소설이다.

조선 시대는 유교 의식이 강고하고 상업 출판이 상대적으로 발달하지 않았기 때문에, 지식인이 자기 이름을 걸고 소설을 짓는 것은 드문 일이었고 주위에서 지탄받을 가능성이 농후했다. 그래서 김매순은 간명함과 진실함과 올바름이 문장의 핵심적인 가치이기는 하지만, 옛적 유교의 성인들이 지은 경전에도 부득이 이를 어긴 사례들이 있다며 김소행이 소설을 지을 수밖에 없는 처지를 정당화하였다.

이 글은 고문가와 소설가라는 상반된 처지에 있는 작가가 상대를 어떻게 인정하는지를 보여 준다는 점에서 흥미롭다. 정통 고문가를 자처하는 글쓴이는 저와 같은 환상적인 소설을 어떻게 평가할 것인가? 글쓴이는 문장가의 관점에서 전통적 글쓰기와는 다른 새로운 방식의 글쓰기가 가능함을 들어 소설의 세계를 인정하였다. 소설이 문학의 중심으로 점차 대두하는 실정을 인정할 수밖에 없는 19세기 고문가의 고뇌와 갈등을 보여 준다.

바람의 집 風棲記

석릉자(石陵子)가 벼슬에서 쫓겨난 뒤, 한강의 미음(渼陰) 가에 쓰러져 가는 집 한 채를 얻어 지붕을 얹어 살게 되었다. 집에는 본디 사랑채가 없어서 중문(中門) 오른쪽 공터에 세 칸 되는 집을 짓고, 중간을 벽으로 막아 내실을 만들었다. 흙을 발랐으나 매끈하게 흙손질할 겨를이 없었고, 톱질을 하기는 했으나 대패로 다듬을 여유가 없었다. 기와와 벽돌, 주춧돌과 쇠붙이 따위의 집 짓기에 쓰이는 재료는 일절 비용을 줄이고 공기를 단축하는 방향을 취하였다. 화려함과 튼튼함을 꾀할 겨를이 전혀 없었다.

대지는 위로 솟아 높다랗고, 처마는 짧고 나지막하였다. 창호지 바른 창문 하나로 울타리를 대신하였으니, 바라보면 마치 높은 나뭇가지 끝에 새 둥지가 아슬아슬 떨어질 것만 같았다. 목수가 "바깥문을 세우지 않으면 바람에 많이 시달릴 것입니다."라 말해 주었다. 석릉자는 그의 생각이 옳다고 여기면서도 어려움을 겪는 때라 문을 세울 겨를이 없었다.

매번 바람이 서남쪽으로부터 불어와서 계곡을 진동시키고 숲을 흔들며 모래와 흙을 날리고 물결을 일으켜서 강을 거슬러 동쪽으로 갔다. 그러면 문을 밀치고 문설주를 스치며 책상을 흔들고 방석을 울려서 윗목 아랫목 사이에 항상 웅웅거리는 소리가 났다. 마치 손책(孫策)이나 이존욱(李存勖)이 백만 대군을 거느리고 까마득히 넓은 들판에서 싸움을 벌일 때 외로운 성과 보루가 그 날랜 선봉 부대를 딱 맞닥뜨린 형세였다. 온 힘을 다해 적의 예봉을 막지 않은 채 군대가 지나가도 베개를 높이 베고 즐겁게 지낼 사람은 아마도 드물 것이다. 그래서 바람 부는 집이라 이름을 붙였다.

석릉자는 일찍이 약관의 나이에 문과에 합격하였다. 안으로는 축적해 놓은 학식이 없고 밖에서는 끌어 주는 사람이 없었으나 번듯한 관직과 비부(秘府)를 두루 거쳤다. 뒤에 처진 동료들 가운데에는 선망하며 영예롭게 여기는 이도 있었다. 다만 성품이 편벽되고 몹시 졸렬하여 걸핏하면 시류와 어긋났다. 뼈에 사무칠 정도로 헐뜯지는 않았어도 갈 길을 막기에는 충분하였고, 이를 갈 만큼 시기하지는 않았어도 임금님과 틈을 벌려 놓기에는 넉넉하였다. 벼슬살이를 시작하고 십수 년 동안에 흔들흔들 하루도 편할 날이 없었다.

얼마 뒤에 감당하기 힘든 일이 일어났다. 칼끝이 미치지는 않았으나 그물질이 이어져서 숨죽이고 동정을 살폈으나 달아날 길이 끊어졌다. 그리하여 많은 사람들이 모두 석릉자를 위해서 두려워하였고, 석릉자 자신도 요행이 절대 없으리라 생각하였다. 그래서 밥만 먹고 맹물만 마시며, 처자식들은 평소와 같이 받들었다. 바람이 심하게 불더라도 여전히 지붕 아래에서 왕골자리를 펴고 거처하였다. 그러자 누군가 이렇게 말했다.

"바람은 흔들어 대는 물건이요, 집은 편안히 거처하는 곳일세. 편안히 거처할 곳이 흔들어 댐을 벗어나지 못하건만, 흔들어 대도 편안히 거처함에 방해를 받지 않아서 바람과 집이 서로를 끝없이 따라다니는군. 석릉자의 뜻과 행동은 아무래도 여기에 있는가 보네."

석릉자는 한숨을 쉬고 탄식하며 말했다.

"바람을 있는 그대로 썼을 뿐인데 그대는 부풀려 말하려 드는가? 해와 달, 추위와 더위, 바람과 비, 우레가 있는데 이것은 하늘과 땅이 세상에 가르침을 펼치는 현상일세. 그러나 해는 양(陽)을 관장하고, 달은 음(陰)을 관장하며, 더위는 펼치게 하고 추위는 오므라들게 하며, 비는 적시고 우레는 고무시키네. 저들은 본디 각각 하나의 일만 전담하여 그 나머지와는 통하지 않네. 바람은 그렇지 않아서 방향에 따라 넷이 되고, 각도를 교차하여 여덟이 되며, 꽃이 필 때마다 스물네 번 불어오고, 일 년은 일흔두 개 절후가 되나니 바람이 없는 때가 없다네.

북해(北海)에서 일어나 남해(南海)로 들어가고, 왕궁이든 서민의 오두막이든 가려서 불지 않으므로 바람이 없는 곳은 없네. 큰 나무를 뽑아 쓰러뜨리다가 새로 돋은 싹을 키워 주고, 굳게 언 얼음을 단단히 해 주다가 해빙되면 물결을 일으키니 바람은 못하는 일이 없네. 하늘과 땅 사이에서 몸을 가진 존재 가운데 하루라도 바람을 떠나 설 수 있는 자가 있던가?

부처는 땅과 물과 불과 바람을 사대(四大)라 하였거니와, 형체의 바탕은 땅이고, 적셔 주는 것은 물이며, 따뜻하게 덥혀 주는 것은 불이네. 숨을 들이쉬고 내쉬며, 굽혔다 펴며, 걷고 멈추고 앉고 누우며, 찡그리고 웃고 외치고 부르는 따위의 한 몸의 운동과 한 세상의 작용은 어디를 가든지 정말 모두 바람으로 변하네.

까마득한 상고 시대는 문헌이 없어 입증할 수 없지만, 춘추 시대 이후로 관중(管仲)과 안영(晏嬰)의 재주, 장의(張儀)와 소진(蘇秦)의 언변, 맹분(孟賁)과 하육(夏育)의 용맹함, 손무(孫武)·오기(吳起)·장량(張良)·진평(陳平)의 지략, 소하(蕭何)와 조참(曹參) 및 방현령(房玄齡)과 두여회(杜如晦)의 공훈, 굴원(屈原)과 가의(賈誼)의 웅크림, 공손홍(公孫弘)과 위청(衛青)

의 현달함, 석숭(石崇)의 부유함과 이덕유(李德裕)의 사치함은 크게 까불고 거칠게 흔들었으며, 어지럽게 뒤섞여 이리 돌고 저리 돌다가 몇백 몇천 년 동안에 시들어 사라졌다네. 그 영웅들의 운명이 저 허공에서 일어났다 사라지는 바람과 다른 점이 있던가? 소육(蕭育)과 주박(朱博)의 허세나 우승유(牛僧孺)와 이종민(李宗閔)의 알력은 아침에는 거세게 불고 저녁에는 회오리바람이 된다 한들 이는 단지 미풍 중의 미풍일 뿐일세. 바람이 아니라 해도 괜찮네.

남도 바람이고, 나도 바람이니 유독 나만 그렇겠는가! 과거도 바람이요, 현재도 바람이니 유독 이 집뿐이겠는가! 다만 바람에 대처하는 것에도 방법이 있네. 광막함에 정신을 집중하고 비어 있음에 몸을 맡겨 두어 바람이 닥쳐와도 어기지 말고 부딪혀도 매이지 않으면 바람인들 나를 어쩌겠는가! 편안하지도 않고 흔들리지도 않으며 바람도 없는 듯 집도 없는 듯한다면 무엇을 모면했다고 좋아할 것이며 무엇을 잃는다고 두려워할 것인가? 자네의 말이 그럴듯하니 아무래도 저 경계를 벗어나지는 않았나 보네!"

드디어 주고받은 말을 써서 「풍서기(風棲記)」로 삼는다.

해설

이 글은 자신의 주거 공간에 붙인 기문으로 문체는 기(記)이다. 집에 붙인 기문이면서도 심각한 처세의 주제를 담고 있다. 글은 두 부분으로 나뉜다. 앞은 서사(敍事) 부분으로 바람의 집을 짓게 된 과정과 동기를 서술하였고, 뒤는 의론(議論) 부분으로 바람에 관한 사유를 펼치고 있다.

명문가 후예로 문과에 합격한 뒤 승승장구하던 글쓴이는 갑자기 벼슬을 그만둘 수밖에 없었다. 일가이자 벽파의 지도자였던 김달순(金達淳)이 권력 투쟁에서 밀려 실각하면서 연좌될 수밖에 없었다. 비록 직접적으로 공격하는 "칼끝이 미치지는 않았으나" 연좌제가 무섭던 시절이라 이어진 "그물질"을 피하기는 불가능하였다. 서울에도 머물 수 없어서 대대로 연고가 있던 양주군 석실(石室) 근처의 미음(渼陰)으로 내려가야 했고, 거기서 부랴부랴 아무렇게나 오막살이를 짓고 살 수밖에 없었다. 이 글은 그때 모진 바람을 그대로 받는 바람의 집을 짓고서 처신의 문제를 논하고 있다. 여기서 바람의 집은 있는 그대로 바람이 많이 들이치는 집이면서 동시에 정치적 바람이란 중의적 표현이다.

글에서는 역사에 큰 자취를 남긴 인물들마저 한번 불어왔다 사라지는 바람에 비유하고 있다. 그렇게 보면 인간 모든 존재는 바람일 뿐이다. 큰 바람이 있다면 대부분은 작은 바람일 뿐이다. 나는 지금 이 집에서 온갖 바람에 시달리고 있으나 이것 또한 지나가는 바람일 뿐이다. 한창 잘나가던 벼슬길에서 물러나 생명의 위협까지도 느끼는 시절이지만, 자신이 지금 겪고 있는 정치적 시련쯤이야 한낱 미풍에 불과함을 강조하면서, 결국 어떤 바람에도 흔들리지 않고 자신의 길을 걸어갈 수 있도록 꿋꿋하게 자세를 다잡고 있다. 글쓴이의 문장 가운데서 빼어난 작품성을 지닌 명문이다.

파릉의 놀이 巴陵詩序

을유년(1826년) 첫가을 나는 파릉(巴陵, 지금의 서울 양천구) 현감으로 부임하였다. 학산(鶴山) 윤제홍(尹濟弘) 역시 제주도로 파견되는 임무를 맡아서 연영문(延英門, 승정원 입구) 밖에서 만났다. 마치 꿈속인 양 서로를 바라만 볼 뿐 한마디 말도 나누지 못했다. 임금님께 하직 인사를 올리고 나와서 남산 수각교(水閣橋) 위에서 만나기로 약속하고 거기에서 작별 인사를 나누었다. 심경이 착잡했으나 늘그막에 과한 슬픔은 금기라 그저 밥 잘 먹고 몸 잘 보전하라는 말밖에는 주절주절 속마음을 털어놓을 수 없었다. 차를 마시고는 손을 맞잡고 흩어졌다.

그로부터 보름달을 여섯 번이나 보도록 소식이 까마득하였다. 그러나 그사이 학산에게는 변화무쌍한 일이 두루 생겨서 겪어 보지 않은 일이 아무것도 없었다. 넘실대는 바다를 건너서 남극까지 조망해 보고, 한라산 절정에 올라 백록담에 발을 씻었으며, 삼을나(三乙那) 유적을 탐방하기도 하고, 귤과 유자, 대나무와 화살대의 숲에서 종횡무진 다니거나 조랑말 목장에서 말을 내달리기도 하였다. 그 얼마나 장쾌한가!

그런 뒤로 태풍을 만나 순식간에 표류하여 하루 밤낮 사이에 수천 리를 흘러가 일본 남쪽 경계를 지나 버렸다. 표류선이 도달한 곳이 멀리 유구(琉球)나 여송(呂宋, 필리핀 루손섬)까지이니 또 어쩌면 그리도 험난하고도 아슬아슬했던가!

호남 수신(帥臣, 병사)이 그에 관한 일을 보고하자 임금님께서 낯빛을 바꾸시며 놀랐고, 조정의 사대부들은 경탄에 탄식을 토해 냈다. 학산이 임무를 마치고 조정에 돌아오자 도성의 남녀들이 말을 둘러싸고 길을 메워서 하나같이 무탈하게 돌아온 것을 축하하였다. 평생의 친구나 고락을 함께 나누던 친지들은 소식을 듣고서 환호성을 지르고 활짝 웃으며 숟가락을 내던지고 신발굽을 부러뜨린 채 달려 나왔을 테니 그 정경이 어떠한가!

그때 마침 나는 양천 현령 자리에 묶여 있는지라 몸소 가서 축하하지 못하고 서둘러 심부름꾼을 보내 조만간 한번 보자고 청하였다. 학산은 흔쾌히 편지를 보내 양천 관아로 찾아오마고 허락하였다. 그러나 얼마 지나지 않아 낭주(閬州) 원님으로 임명되어 동쪽으로 나가게 되니 또 쓸쓸하게 떨어져 함께하기 힘든 형편을 한탄하였다.

다음 해에는 학산이 한양으로 들어와 굉사과(宏辭科, 중시(重試))에 응시했는데 손쉽게 장원을 차지하여 품계가 올라가고 비단을 하사받았다. 첫여름 사월 나흗날 이웃에 사는 친구 홍원교(洪元敎)·이성구(李成九)와 약속하여 말 머리를 나란히 하여 양천으로 오기로 하였다. 나는 미리 작은 배를 마련하여 양화도에서 기다렸다가 강물을 타고 양천현으로 모셔 오도록 준비시켰다. 일행이 문에 들어서자 손을 맞잡았으니 얼마나 기뻤을지는 짐작할 수 있다.

그리하여 음식을 차려 놓고 북과 피리로 술맛을 돋우었다. 눈썹을 치켜들고 손뼉을 부딪치면서 웃기도 하고 대화도 나누었다. 장건(張騫)처럼 바다의 근원까지 갔다가 온 자취며 왕양명(王陽明)처럼 지팡이 날려 바다를 건너간 호쾌함이며, 산속의 영물과 각지의 보배, 수만 가지 괴이한 바다 생물이며, 놀랍기도 하고 즐겁기도 한 일들이 벌 떼가 일어나듯이 끊임없이 입에서 솟아 나왔다. 달이 떨어지고 등심지가 다 타서 새벽을 알리는 소리가 벌써 딱딱 들려왔다.

이튿날 아침 식사를 마친 뒤 소매를 나란히 하고 채찍을 휘둘러 현 북쪽에 있는 옛 성곽에 올라 행주를 바라보며 권율(權慄) 원수가 임진왜란 때 세운 전공을 탄복하며 그리워하고, 동쪽으로 공암(孔巖)을 바라보며 심정(沈貞)의 소요정(逍遙亭) 옛터를 찾아보았다. 또 그 동쪽에는 우람한 산이 있어 산발치가 큰 강에 꽂혀 있는데 누에머리처럼 정수리가 둥그스름한 것이 바로 읍취헌(挹翠軒) 박은(朴誾)이 놀았던 적벽(赤壁)이었다. 서로들 손가락으로 가리키며 탄식하고 마음껏 생각을 펼쳐 놓았다. 인물들이 남긴 방명(芳名)과 악명(惡名)을 따지기도 하고, 상전벽해(桑田碧海)로 훌쩍 바뀐 세상에 말이 미치자 서글퍼져 무언가를 그리워하는 듯도 하고, 후련하게 세상만사를 잊은 듯도 하였다.

그때는 보리누름 비가 막 개어 바람은 청량하고 햇볕은 따사로웠으며, 냇물은 투명하고 산봉우리는 고우며, 풀은 싱그럽고 모래는 깨끗하였다. 꽃은 벌써 필 때가 지났으나 관아 아래의 붉은 매화 한 그루는 아직도 활짝 피어서 사람을 향해 서 있었다. 그다음 날 여러 분들이 돌아가려 할 때 나는 소악루(小岳樓) 아래에서 배웅하였다. 밀물을 타고 닻을 풀자 배가 대단히 빠르게 가는 모습을 강기슭에 우두커니 서서 바라보았다. 노 젓는 소리와 돛대 그림자가 아름다운 강 물결 사이로 은은하게 보였으니 또 하나의 기이한 풍경이었다. 한참을 망연하게 바라보다 절구(絶句) 세 수를 얻고서 돌아왔다.

우리가 함께 노닌 기간은 사흘이고 네 사람이 지은 시는 각각 여섯 수이니 버젓이 큰 두루마리를 이루었다. 그로부터 여러 날 지나서 학산이 편지를 보내 내게 다음과 같이 권했다.

"우리가 이번에 즐긴 놀이는 스무 해 만에 처음 있는 일이니 그냥 묻혀 둘 수 있겠는가? 자네가 서문을 쓰게. 나는 그림으로 그리겠네!"

아! 천지 사이에서 인간의 삶이란 참으로 구물구물 모여 사는 한 개 사물일 뿐이다. 홀연히 모였다가 홀연히 흩어지는 존재가 담소를 나누어 말이 되고 자취를 남겨 글을 이루지만 잠깐 사이에 노쇠하면 적막하게 사라지는 운명을 맞는다. 새나 짐승이 조잘대고 울며, 구름이나 안개가 변화하다가 사라지는 운명과 도대체 무슨 차별이 있단 말인가? 그럼에도 불구하고 수백 년 이전의 일을 마치 어제 일처럼 또렷하게 말할 수도 있다. 그 사람이 현명하고 그들의 문채와 풍류를 말하기에 충분하기 때문이 아닐까?

그러나 보통 사람들의 마음이란 멀리 떨어진 것은 귀하게 여겨도 가까이 있는 것은 무시하고, 과거의 일에는 아쉬워하면서도 현재의 일에는 팔을 내젓는다. 예나 지금이나 똑같이 저지르는 잘못이다.

우리가 학산과 사이좋게 지낸 것만도 매우 즐거운 일이다. 그러나 글로 쓴 자취를 어루만지고 담소를 나눈 소리를 찾아서 같은 시대에 함께 노닐었던 사실까지 알아준다면 더 큰 다행이다. 그런 행운은 아무래도 현재에 일어나지 않고 훗날에 일어날 일이다. 그러니 내가 어찌 말로 남겨 두지 않을 수 있으랴? 이달 보름에 파릉 주인은 쓴다.

해설

이 글은 시첩에 쓴 서문이다. 일반적인 시집의 서문이 시론이나 문학론을 담는다면 이 글은 시를 쓰게 된 동기와 사연이 내용의 대부분을 차지하고 겨우 뒷부분에 살짝 이 글이 서문임을 알리고 있다. 친한 친구이자 화가인 학산 윤제홍을 비롯한 세 명의 친구와 사흘 동안 양천에서 신나게 놀면서 네 명이 각각 여섯 수씩 모두 스물네 편의 시를 썼다는 사실을 밝힌다. 그러나 실제로 말하고자 하는 내용은 이렇게 만나 즐기기 위해서 그렇게 곡절이 있었고 긴 과정이 필요했다는 앞부분의 사연이다. 학산이 제주도로 갔다가 표류하고 다시 돌아왔다가 또 낭중 현령으로 가는 바람에 그 가까운 양천에 벗들이 한번 모여 놀기가 그렇게도 어려웠다. 결국에는 양천에서 만나 유쾌하고 즐겁게 노닐고 시와 그림을 지었다. 모였다가 흩어지는 인생사에서 만남과 헤어짐, 그리고 그 자취를 글과 그림으로 남기는 행위에 대한 감회를 생생하고 가벼운 필치로 묘사한 명문이다.

홍직필 洪直弼

1776~1852년

자는 백응(伯應), 호는 매산(梅山), 본관은 남양(南陽)이다. 어린 시절부터 학문에 뛰어난 재능을 보였으나, 젊은 시절부터 과거를 포기하고 성리학 연구에 전념했다. 이후 19세기의 서울 지역 성리학을 대표하여 노론 학맥을 계승하는 큰 학자로 군림했다. 학자로서 명성이 높아서 조정에서 여러 차례 벼슬을 내렸으나 나아가지 않았다. 문장에도 뛰어나 편지글을 비롯하여 여러 문체의 글을 잘 지었다. 문집으로 『매산집(梅山集)』이 전한다.

여성 도학자 정일헌 묘지명

孺人晉州姜氏墓誌銘 幷序

탄원(坦園) 윤명직(尹明直)이 한강 가로 나를 찾아와서 자기 아내 강 유인(姜孺人)이 지은 『정일당유고(靜一堂遺稿)』를 보여 주고 숨어 있는 덕망을 드러내는 한마디 말을 해 달라고 부탁하였다. 부탁을 듣고 나는 이렇게 말했다.

"부인의 덕은 아름다움을 감춰서 밖으로 드러내지 않은 데 있네. 게다가 아내의 행장(行狀)을 삼가 읽어 보니 인의충신(仁義忠信)이 마음을 떠난 적 없는데, 문장을 써서 불후함을 도모하는 것이 유인의 평소 뜻과 어긋나지는 않을까 염려로군."

그러자 탄원이 "그렇다면 묘지명을 지어서 오래 전해지도록 해 주시면 어떻겠는지요?"라 하였다. 나는 "그것은 하지 않을 수 없겠군." 하고서 마침내 행장을 참조하여 글을 썼다.

유인은 진주(晉州) 강씨이다. 강씨는 고구려 병마원수(兵馬元帥) 이식(以式)을 시조로 하여 대대로 벼슬에 오르고 이름난 현인을 배출하여 동방의 명문이 되었으므로 그 가계를 굳이 거론하지 않아도 된다. 부친의 휘(諱)는 재수(在洙)이고, 어머니는 안동 권씨 처사 서응(瑞應)의 딸이니 한수재(寒水齋) 권상하(權尙夏) 선생의 종현손(從玄孫)이다. 어머니가 기이한 태몽을 꾸고 유인을 낳아서 꿈을 가지고 이름을 지었다.

성품이 정숙하고 단아하여 발걸음이 문밖을 나간 적이 없었다. 처사가 사랑하여 "산수헌(山水軒) 종형(권진응(權震應))이 네 어머니를 우리 가문의 으뜸가는 부녀라 칭찬하셨으니, 너도 그 뒤를 이어라."라고 말하였다. 그리하여 『여계(女誡)』를 배우고 책에 적힌 가르침을 조금도 어기는 법이 없었다.

시집을 갔더니 시아버지가 유인의 언행을 마땅하게 여겨 "우리 집안이 다시 흥하겠구나!"라 말하였다. 시부모를 지극히 효성스럽게 섬겨서 혼정신성(昏定晨省)에 반드시 절을 올렸다. 상례를 당하자 슬픔으로 건강을 해쳐 몸이 거의 온전하지 못할 지경이었다. 때마침 가뭄을 겪어 온 집안에 곡식 한 톨 없었으나 힘을 다해 상례를 마쳤는데 피부가 터도 고생인 줄을 몰랐다. 남편을 공경하여 외출할 때는 반드시 절을 하였고, 학업에 힘쓰기를 권하여 이렇게 말했다.

"사람이 배우지 않으면 사람 노릇 할 수 없습니다. 의로움을 버리고 살기를 꾀하느니 차라리 도를 듣고 가난함을 즐기는 편이 낫습니다. 소첩이 비록 재주가 없으나 바느질과 길쌈을 대충 할 줄 아니 쌀죽이나마 끼니를 잇게 하겠습니다. 부디 성현의 책을 읽으시고, 집안일에 마음을 쓰지 마세요."

명직이 그 말에 감격하여 사서(四書)와 이정(二程), 주자(朱子)의 책을 읽었다. 유인은 늘 손에는 가위와 자를 들고 한쪽 모퉁이에 앉아서 듣다가 마침내 암송하여 심오한 뜻을 깨달았다. 다시 명직에게 스승을 찾아 배울 것을 권하여 이렇게 말했다.

"배우고 실천하지 않으면 배우지 않은 것이나 마찬가지입니다. 경전의 가르침이 옳다는 것을 진정으로 알아야만 실천할 수 있습니다. 혼자 공부하면 고루해지니, 부디 사우(師友)를 좇아 자신을 넓히고 부모와 임금과 스승을 똑같이 섬기는 의리를 다하도록 하세요."

명직은 가세가 갈수록 기울어서 살던 집을 지키지 못하고 깊은 산중에 임시로 살게 되었다. 호랑이와 표범이 출몰하고 여러 날 동안 밥 짓는 불이 끊어졌다. 또 자식을 잃고 슬픔에 빠져 있었다. 유인이 오히려 명직의 마음을 너그럽게 해 주며 이렇게 말했다. "올바름을 지키면 삿된 것은 저절로 멀어집니다. 목숨은 본디 정해진 운명이 있고, 굶주리고 빈곤함은 마땅히 참아야 하지요. 걱정거리가 모두 내 탓이 아니거늘 누구를 원망하고 허물하겠습니까?"

명직이 과실이 있으면 반드시 거듭 타이르기를 그치지 않았다. 명직이 사랑채에 있다 하더라도 조그만 쪽지를 보내 그만두게 하였다. 명직의 가난함을 가엾게 여겨서 천금을 보내고 일을 청탁한 사람이 있었다. 유인은 받지 말라고 권하며 "어찌 천금으로 우리의 지조를 바꾸겠습니까?"라 하였다. 명직이 또한 일찍이 재물을 잃었을 때 유인은 "득실은 운수에 달렸으니, 조금도 마음에 두지 마세요."라 하였다.

명직이 맨손으로 삼대의 장례를 치렀고, 대가 끊어진 친족들을 위해서 후사를 이어 준 사람이 열 명 가까이 되었다. 또 혼인이나 상례를 모두 유인의 힘에 기대어 치렀다. 명직은 손님을 좋아하여 집에는 신발이 늘 가득했는데, 유인이 정성을 다해 대접하여 사람들이 그 유능함을 칭찬하였다. 유인은 "이는 부도(婦道)의 작은 부분이지요. 그것도 해내지 못한다면 부인을 어디다 쓰겠습니까!"라 하였다.

유인은 늘 이렇게 말하였다. "빈부(貧富)는 본디 정해진 분수가 있거늘, 가난한 선비의 아내가 가난함을 싫어하여 헐뜯고 울기까지 한다면 사람의 도리가 아니다. 의롭지 않은 물건은 죽어도 받을 수 없고, 더욱이 꼭 죽는 것도 아닌데 재물을 받겠는가? 선(善)은 다스림의 근원이고,

이익은 어지러움의 추기(樞機)이다. 따라서 사물을 볼 때는 먼저 의로움에 마땅한지를 구하고, 이익으로 다가오는 자가 있으면 올바름을 지켜 멀리해야 한다."

평소에 말을 빨리 하거나 낯빛을 급히 바꾸는 법이 없었고, 종들을 큰 소리로 꾸짖지도 않았으며, 낮에는 창문으로 엿보지 않았고, 밤에는 마루 아래로 내려가지 않았다. 재물 앞에서는 남에게 먼저 주고 자기를 뒤로하였으며, 음식을 나눌 때는 돌아간 분에게 먼저 드리고 살아 있는 사람에게 나중에 드렸다. 좋은 것은 남에게 돌리고 좋지 않은 것은 자기 탓으로 돌렸다. 독실하게 악을 감추고 선을 드러내며 "자신의 허물을 다스리지 않고 먼저 남의 허물을 말할 수 있겠는가?"라 하였다. 명직을 헐뜯은 사람이 있었는데 명직에게 더 잘해 주라 권하며 "자기 할 도리만 다하면 됩니다."라 하였다.

유인은 일찍이 이렇게 말했다. "하늘이 내린 본성은 애초에 남녀의 차이가 없다. 부인이 태임(太姙)과 태사(太姒)의 수준이 될 것을 스스로 기약하지 않는다면 이는 자신을 버리는 행위이다." 내수(內修)에 전념하여 동정(動靜)이 한결같았다. 늘 홑옷을 입고, 명직을 따라 새벽에 가묘를 배알하였으며, 물러나서는 반드시 단정히 손을 모으고 무릎을 꿇고 꼿꼿이 앉았다. 희로애락이 아직 발동하지 않은 경계(境界)를 체득하여, 신기(神氣)가 화평하여 굶주림과 추위와 질병을 몰랐다. 새벽과 저녁 종소리를 들을 때마다 묵묵히 심체(心體)의 존부(存否)를 징험하여 주자가 동안(同安)에 머물 때처럼 하였다. 서동(書童)이 물을 뜨는 국자로 물건을 치며 장난을 하자 유인은 박자를 고르게 치도록 하고 마음을 붙잡고 놓아 버리는 순간을 시험하였다. 또 바느질을 할 때 여기서부터 저기에 이르도록 이 마음을 바꾸지 않고자 하였다. 마침내 존양(存養)한 힘의 도움을 받아 처음에는 들뜨는 것을 걱정하다가 점차 차분해지게 되었다.

학문을 기갈(飢渴) 들린 듯 좋아하여 십삼경(十三經)을 두루 읽고 깊이 생각하고 풀이하여, 밤낮으로 게으름을 피우지 않았다. 전적을 널리 통하여 고금(古今)의 치란(治亂)과 인물의 선악을 손바닥 보듯이 훤히 알았다. 일찍이 "오륜(五倫)은 오상(五常)이 이치이다. 모두 사람의 마음이 스스로 그렇게 하는 것이므로 억지로 노력해서 할 것이 아니니다."라 하였다. 또 "몸은 만사의 근본이요, 경(敬)은 몸의 주인이니, 「경신(敬身)」 편은 『소학』의 고갱이다."라 하였다.

또 "배움은 격물치지(格物致知)보다 앞선 것이 없으니, 요새 사람들이 수신제가(修身齊家)를 제대로 못하는 것은 격물치지 공부를 하지 않았기 때문이다."라 하였다. 또 "성명(性命)의 은미함과 하나로 꿰뚫는 묘함은 그저 한바탕 공허한 이야기가 아니다. 먼저 사람이 할 일상사에서부터 해야 한다."라 하였다. 또 "하늘이 내린 본성은 곧 자사(子思)가 도의 본원임을 극언(極言)하였다."라 하였다. 또 계구(戒懼)를 들어서 배우는 사람이 먼저 힘쓸 곳을 알게 하여 공리공론에 빠지지 않게 하였다. 또 "천지만물은 나와 한 몸이니, 한 사물의 이치를 연구하지 않는다면, 나의 앎에서 하나를 빠뜨린 것이다."라 하였다.

하늘과 땅과 사람과 만상(萬象)으로부터 경사백가(經史百家)에 이르기까지 날마다 드는 의문점을 모두 연구하여 세 책으로 기록하였다. 정밀한 뜻과 뛰어난 의견이 많았으나 끝내 잃어버려 전하지 않으니 안타깝도다! 필법(筆法)은 한결같이 심획(心畫)에서 나왔고, 일찍이 쓸데없는 말을 하지 않았다. 간혹 남편을 대신하여 글을 지었고 간혹 경계하기 위해 글을 지었으나 우연히 남들이 칭송하자 이로부터 더욱 숨겨서 함부로 짓지 않았다.

병이 위독해져도 슬퍼하는 뜻이 없었다. 우는 명직을 보고는 정색하며 "죽고 사는 것은 운명이라 무엇 때문에 슬퍼하십니까? 부디 당신은 기운 내세요."라 하였다. 마침내 임진년(1832년) 구월 열나흘에 세상을 떠났으니, 태어난 해로부터 갑자(甲子)가 돌아와 환갑이었다. 이웃들도 친척을 잃은 듯 슬퍼했고, 명직의 학도 가운데 직접 배운 자들은 모두 흰 띠를 매고 호곡(號哭)하였다. 시월에 광주(廣州) 둔퇴리(遁退里) 임좌(壬坐)에 장사 지냈으니 선영에 모신 것이다.

명직의 이름은 광연(光演)이니, 파평(坡平) 윤씨이다. 대대로 문장과 행실을 계승하였고, 오촌(鰲村) 송치규(宋穉圭)를 스승으로 삼았고, 궁핍함을 견디며 학문에 힘썼다. 내조에 힘입은 바가 많다고 한다. 유인은 자식을 아홉이나 낳았지만 모두 요절하여 남편에게 첩을 들이게 했고, 친자식처럼 대하며 "투기는 악한 짓이니 칠거지악 중의 으뜸이니라."라고 말하였다. 뒤를 이은 자식은 흠규(欽圭)이고, 흠규의 아들은 구진(九鎭)이다.

아! 옛 선왕(先王)들께서 가르침을 베풂에 애초에 남녀의 차별이 없었다. 그러나 여자는 스승에게 가서 배우지 않았고, 『시경』에서 훈계한 바도 단지 "어기지도 말고 말대꾸도 하지 말고, 오직 술과 음식만을 이야기한다."에 있었다. 그러므로 부녀들 중에서 비록 뛰어난 자질과 밝은 식견이 있는 분이 나와도 도학(道學)으로 스스로를 권면한 사람이 없었다. 한마디 말이라도 채집할 만하면 성인은 버리지 않았으니, 이것이 위장강(衛莊姜)과 허목부인(許穆夫人)의 시가 『시경』「국풍(國風)」에 들어간 까닭이다. 시도 오히려 깎아 없애지 않았는데, 더구나 학문에 전념하여 하늘과 사람의 성명(性命)의 근원을 깊이 연구한 사람이야 말해 무엇 하랴! 지금 유인의 글을 읽어 보니, 학문을 돈독히 하고 세도(世道)에 도움이 되는 점이 근래 규방의 여인들 중 단 한 사람이다. 단지 문장이나 잘하는 부인에 그치지 않는다.

내가 명직에게 "유인은 그대의 스승일세. 그대가 다시 십 년 동안 책을 읽으면, 유인의 덕을 알 수 있을 걸세."라 말하니, 명직이 웃으며 "그대의 말이 옳네."라 하였다. '정일(靜一)'은 유인의 자호가 아니라 유인이 원하던 바가 그것이었다고 한다.

명은 다음과 같다.

아! 훌륭한 여성이여! 좋은 가문의 어진 후손이로다.
덕망이 드러나 네 가지 아름다움을 갖추었도다.
경전을 깊이 좋아하고 법도를 잘 따랐도다.
움직이고 멈춤에 어긋남이 없었고 행실에 염치가 있었도다.
좋은 옥패(玉佩)를 차고 공경하고 삼갔도다.
상복(象服)이 잘 어울리고 패물이나 차지 않았도다.
착한 도를 즐겨 배워서 자신의 분수를 편안히 여겼도다.
하늘이 지혜를 내려 주어 온갖 이치를 꿰뚫어 알았도다.
닭 우는 새벽에 일어나 지아비를 권면하였도다.
자나 깨나 선현을 추모하니 옛날의 태사(太姒)와 태임(太任)이라.
독실하지 않으면 그만두지 않아 세상을 떠난 뒤에나 그쳤도다.
맑은 시내 졸졸 흐르고 둔퇴리 산들은 구불구불 이어졌네.
영원히 편안하고 굳게 여사(女士)를 묻었노라.
덕음(德音)이 매우 아름다워 세상에 밝게 보여 주리라.
내가 지은 명(銘)이 썩지 않나니 삼가 동사(彤史)에게 고하노라.

해설

이 글의 문체는 묘지명으로 그중에서 도학을 깊이 있게 연구한 한 여성의 삶을 묘사한 독특한 묘지명이다. 정일당(靜一堂) 강씨(姜氏)는 호서 지역에서 활동한 여성 학자로 남편 탄원 윤광연(尹光演)의 적극적인 노력으로 문집 『정일당유고』가 간행되었다. 여성 문인으로 저명한 그녀를 글쓴이는 훌륭한 여성 도학자로 그렸다.

글쓴이는 정일당의 문집을 내기 위해 서문을 써 달라는 남편 윤광연의 청을 거절하고 대신 묘지명으로 써 주었다. 여성의 묘지명으로서는 상당히 분량이 길다. 그 내용은 두 가지로 행실을 간명하게 밝히는 것이 하나이고, 학문의 요체가 되는 정일당의 어록(語錄)을 간명하게 인용한 것이 하나이다. 특히 어록을 많이 인용한 것은 도학자로서 수준을 보여 주기 위한 장치이다. 일반 여성의 묘지명과는 다른 특색을 보인다.

조선 후기에 학문에 종사하는 여성이 등장하고 남성의 전유물처럼 여겨지던 도학에까지 높은 수준에 도달한 정일당 강씨 같은 인물이 있다는 점에 글쓴이는 의미를 두고 있다. 묘지명의 끝 대목에서 글쓴이가 남편을 향해 "유인은 그대의 스승일세."라고 말하는 장면은 인상적이다.

유본예 柳本藝

1777~1842년

호는 수헌(樹軒), 자는 계행(季行), 본관은 문화(文化)이다. 정조 시대의 저명한 학자이자 문인인 유득공(柳得恭)의 둘째 아들이자 검서관을 지낸 유본학(柳本學)의 아우이다. 본인도 뛰어난 학자이자 문인으로 역사와 지리에 정통하여 다양한 저술을 남겼다. 정조 말엽부터 규장각 검서관으로 20여 년간 봉직했다. 1830년 한양의 인문지리에 관한 다양한 사실을 정리한 인문지리서 『한경지략(漢京識略)』을 편찬했다.

문인으로서 수준 높은 작품을 창작하여 시집과 문집이 남아 있다. 작품량은 그다지 많지 않으나 흥미롭고 우수한 작품을 다수 남겼다. 필사본 『수헌집(樹軒集)』 1책에 그의 산문이 실려 전한다.

바둑 두는 인생 棋說

바둑이 작은 기예이기는 하나 고수는 몹시 드물다. 바둑을 잘 두기가 쉽지 않아 그렇지 않겠는가? 그러나 우리나라에서는 잘 두는 이가 대대로 끊어지지 않았는데 지금 세상에서는 오로지 김상신(金尙信) 한 사람만을 꼽고 있다. 김상신은 아이 적부터 바둑을 잘 두어 어릴 때 이름으로 세상에 알려졌다. 지금 만약 김상신이 바둑을 잘 둔다고 하면 다들 눈을 휘둥그레 뜨고 처음 들어 보는 이름인 양 하지만, 김한흥(金漢興)이라고 하면 아낙네도 아이도 심부름꾼도 모르는 이가 없다. 아! 이름이 실물로부터 나온다고는 하지만 처음 명명한 이름을 이처럼 바꾸지 못하는구나!

나는 바둑을 두지 못하지만 바둑 두는 것을 보기는 좋아한다. 언젠가 김한흥이 남과 대국하는 것을 구경한 적이 있는데 구경꾼이 담처럼 그들을 에워쌌다. 김한흥은 늙어 머리가 허연데 어깨와 등을 꼿꼿이 세운 채로 꼼짝 않고 바둑판을 노려봤다. 그가 공격을 당할 때인데 여유롭게 손 가는 대로 응전하되 어떤 수도 정도를 따라 이치에 맞게 두었고 편법을 구사하여 남을 속이지 않았다.

또 많은 집 차이로 이기려고 하지 않았다. 한 판이 끝나 약간의 차이로 이긴 것을 확인하고는 태연자약하며 개의치 않았다. 승부에 걸어 둔

돈을 따게 되면 친구들과 더불어 술에 취하고 밥을 배불리 먹었으니 그의 선량한 마음씨를 알 수 있다. 또 언젠가 여럿의 바둑 고수들과 바둑을 논한 적이 있는데 한 수 한 수 두면서 각자가 옳고 그름을 말했다. 그러다가 꽉 막힌 곳을 만나 김한홍이 말할 차례가 되었는데 그는 천천히 "마땅히 아무 자리에 두어야 한다!"라고 했다. 여러 고수들은 처음에는 믿지 않았으나 끝내는 자기들이 그에게 미치지 못한다고 탄복했다. 이것을 보면 그 실력이 얼마나 높은지를 알 수 있다.

김한홍은 언젠가 바둑을 두다가 그만두고는 한숨을 토하고서 이렇게 말했다.

"우리 선친께서는 시를 잘 지으셔서 당세의 문장을 잘하는 대가들과 시를 수창하며 칭찬을 들으셨네. 나도 소싯적에는 제법 재능이 있어서 시 짓기를 배웠는데 바둑에 전념하느라 다시는 시를 짓지 않았지. 실의하여 지금에 이르렀으나 한탄해도 소용이 없게 되었네."

그 말을 듣고 나는 이런 말을 해 주었다.

"바둑이 시와 견주면 조금 차이가 있기는 하나 세상에 이름을 남길 수 있다는 점에서는 똑같네. 자네가 전념하여 시를 지었다면 조예를 발휘하여 최상의 작품을 꼭 짓지는 못해도 『소대풍요』나 『풍요속선』과 같은 시집에 뽑혀 들어갔겠지. 그러나 후세의 독자들은 끝내 자네가 어떤 인물인지를 모를 걸세. 그렇지만 우리나라 국수의 계보는 위로는 덕원령(德元令)으로부터 아래로는 김종기(金鍾期)까지 전해지는데 자네가 지금 그 계보를 잇고 있으니 이는 훨씬 어려운 일일세."

대체로 혁혁한 명성을 지닌 사람은 그 실상과 부합하기가 어렵다. 따라서 명성이 나면 헐뜯음이 따라 일어나고 사람들은 그를 의심하고 만다. 그러나 김한홍의 바둑은 싸우면 반드시 이기고 공격하면 반드시 성공하여 모두가 그보다 하수이다. 이는 온 세상 사람들이 다 같이 목도한 사실이다. 그래서 명성이 났음에도 헐뜯는 소리가 없다.

옛날 신라 때에 당나라 현종이 신라 사람이 바둑을 잘 둔다는 소문을 듣고서 부병조참군(府兵曹參軍) 양계응(楊季膺)을 보좌관으로 보냈는데 신라의 국수가 모두 그보다 하수였다고 한다. 지금 김한홍의 바둑은 나라를 빛낼 때 꼭 필요한 기예가 아닐까? 안타깝게도 김한홍은 나이가 들었다.

이웃 사는 절제사(節制使) 상 군(尙君)은 군사 제도를 논하기 즐겨하고 바둑의 이치를 잘 안다. 일찍이 그와 함께 바둑을 말하다가 드디어 바둑에 관한 글을 쓴다.

해설

당대의 이름난 국수 김한홍의 바둑 세계를 묘사한 글이다. 본문에 밝혀져 있듯이 김상신은 김한홍의 본명이다. 유본예의 친형인 유본학이 「바둑에 능한 김석신에게 주는 글(贈善棋者金錫信序)」에서 소개한 김석신(金錫信)과 동일인임에 틀림없다. 두 형제가 김한홍이라는 이름을 쓰지 않고 김석신 또는 김상신으로 칭한 것은 김한홍이 어린 시절 공부하지 않은 것을 후회하는 것 때문이다. 바둑판의 유명한 이름을 떠나 본명을 복원해 줌으로써 남들은 모르는 그의 내면을 드러내고자 했다.

이 글은 18세기의 김종기와 정운창을 잇는 국수의 계보에서 50년 동안 바둑계의 제왕 자리를 차지했던 김한홍의 삶을 간명하게 드러냈다. 비범한 국수로서 꼼수 없이 정도로 바둑을 두고, 쓸데없이 실력을 뽐내지 않으며 남들과 함께 흥을 즐기는 인간미 넘치는 면을 부각시키고 있다. 국수의 세계를 묘사한 다른 이들의 전기와 다른 점이라면 국수이면서도 전통적으로 권위를 인정받는 시문을 익히지 않은 것을 후회한 대목이다.

당나라에서 양계응을 보내 신라의 국수와 겨루게 했다는 사실은 『신당서(新唐書)』와 『삼국사기』에 나온다. 마지막 대목에서 거론한 양계응의 사연에서는 바둑 실력을 국력의 한 척도로 보고자 한 유본예의 입장이 얼핏 드러난다. 이 글을 쓰는 동기를 제공한 이웃 절제사 상 군은 상약능(尙若能)으로 유본학·유본예 형제, 홍길주 형제와 매우 친밀한 사람이었다.

필사의 이유 書鈔說

나는 아이 적부터 책을 보기를 좋아하였고 또 책을 베끼는 고질병을 갖고 있다. 옛사람의 아름다운 말씀과 오묘한 말을 한번 보고 바로 잊어버리는 것이 안타까워서였다. 또 종이가 비싸서 파리 대가리처럼 작은 글씨로 작게 뽑은 글을 모아 놓았다. 경전과 역사서, 제자서(諸子書)와 문집 같은 온갖 저자의 많은 저술 가운데 마음에 드는 글이 있으면 그 정수를 뽑고 엮어서 벌이 꿀을 모으듯 책 상자를 채우고 서가에 가득 꽂아 두었다. 한적할 때마다 공부하며 읽으면 더욱 흥미를 느꼈다.

게다가 우리 같은 사람은 본디 가난한 탓에 풍부한 장서를 소장하는 데에는 생각이 미칠 수 없다. 고생스럽게 직접 베낀 책이므로 훗날 자손들이 다른 책들과는 다르게 애지중지하며 아끼는 자가 있을 것이다.

우리 집에는 역대의 시를 뽑은 책이 많이 있는데 모두 선친께서 젊을 때 직접 베끼신 책자이다. 증조부께서 베끼신 『방옹집(放翁集)』과 조부께서 베끼신 『전목재집(錢牧齋集)』 한 권은 우리들이 지금까지 보물로 감상하여 시 공부에 상당한 보탬이 있었다. 그렇듯이 우리가 베낀 책도 자손을 위한 계책이 되지 않겠는가?

옛날에 사마광(司馬光)이 서책의 뒷부분에 글을 써서 "후세의 자손이 이 책을 꼭 읽지는 않으리라."라고 하였다. 분개한 말을 써서 책을 읽지 않는 후손을 깨우치고자 했으리라. 그렇다면 내가 책을 베껴 소장하는 것은 오로지 한평생 써먹고 즐기려는 목적만이 아님을 미루어 알 수 있다. 내 자손들은 그 점을 염두에 두어야 하리라!

임진년(1832년) 겨울 예전에 베껴 둔 위숙자(魏叔子; 위희(魏禧))의 문장을 읽고 있다가 아이들도 제각기 베낀 서책이 있길래 이 글을 써서 보여 준다.

해설

문체는 설(說)로 자기의 경험과 생각을 짧고 자유롭게 펼쳐 쓴 글이다. 글은 두 가지 내용으로 나뉜다. 먼저 책을 읽기 좋아하는 글쓴이가 수많은 책을 읽다가 좋은 구절을 필사하는 마음을 밝혔다. 필사는 예로부터 공부하는 사람의 필수적인 공부법의 하나였다. 글쓴이도 그처럼 기억해 두어야 할 글을 오래 간직하기 위해 필사하였다. 여기에 또 가난 탓에 필사하지 않으면 안 되는 이유도 있다.

두 번째로는 증조부로부터 선친까지 필사한 필사본은 우리 집안이 공부해 온 역사와 의지가 담겨 있다. 내가 그 책을 보며 공부했듯이 내가 필사한 책을 내 아들과 손자가 보면서 공부한다면 얼마나 좋을까? 간행한 책보다 필사한 책이 지닌 인간적 향기를 담은 글이다.

이문원의 노송나무 摛文院老樅記

이문원(摛文院)의 동쪽에는 늙은 노송나무가 있는데 적어도 백여 년은 된 나무이다. 그 몸통은 울퉁불퉁 옹이가 졌고 가지는 구불구불하여 멀찍이서 바라보면 가파른 산등성이나 성난 파도와도 같지만 바짝 다가가서 보면 둥그스름한 큰 집채와도 같았다. 기둥으로 나무를 받쳤는데 그 기둥이 모두 열두 개이다. 나무 옆에 누각이 있는데 바로 내가 이불을 들고 가서 숙직하는 장소이다. 좌우에 도서를 쌓아 놓고 교정하느라 바쁘게 시간을 보내다가 때때로 나무 곁을 산책한다. 쏴쏴 불어오는 긴 바람 소리를 들으며 널찍이 드리운 서늘한 그늘 아래를 거닐면 몸은 대궐 안 관아에 있어도 숲속의 소나무와 바위 사이로 훌쩍 벗어나 있는 기분이 든다.

하루는 내가 동료를 돌아보고서는 다음과 같이 말했다.

"이 나무는 정말 특이하군! 풀과 나무가 살아가려면 제각기 제 몸을 보전하는 계책이 있게 마련일세. 풀명자나 배, 귤이나 유자, 그리고 단내(丹柰, 붉은 사과)나 석류 같은 종류의 나무들은 열매가 커도 가지가 그 무게를 충분히 지탱할 수 있지. 하지만 질경이나 두루미냉이, 남가새나 강아지풀 같은 종류는 살아가려면 땅바닥에 붙어 있어야 하네. 그래서 말발굽이 짓밟고 수레가 밟고 지나가도 더 손상을 입히지 못하지.

지금 저 노송나무는 줄기가 길어 몸통보다 곱절로 뻗어서 사방에 드리워도 잘라 낼 줄을 모르네. 받쳐 주는 기둥이 없으면 부서지고 갈라지고 말 걸세. 조물주가 이 나무에게는 사람의 손을 빌려 온전하도록 배려한 것이나 아닐까?"

아! 내가 암소의 뿔을 봤더니 뿔이 구부러져 안으로 향했는데 심한 것은 사람이 반드시 톱으로 잘라 내야만 광대뼈를 뚫는 재앙을 모면하였다. 이제야 알겠구나! 노송나무는 가축에 비교하면 저 뿔을 잘라 내야 온전해질 수 있는 암소와 같다. 가축이 인간에게 의지하여 살아나듯이 노송나무도 인간에 의지하여 살아난다. 나는 저 깊은 산중 인적 끊긴 골짜기에 이렇듯이 번성하게 자란 노송나무를 아직까지 보지 못했다.

해설

창덕궁 안에 서 있는 나무 한 그루를 깊이 있게 살펴서 쓴 글로 문체는 기(記)이다. 글의 주제는 매우 독특하고 서술의 시각도 특이하다. 장기간에 걸쳐 검서관(檢書官)으로 재직한 글쓴이가 근무 장소인 검서청 옆을 지키고 있는 나무에 눈길이 갔다. 보기에도 우람하고 그늘을 선물하며 바라보면 깊은 산중에 있는 듯한 느낌을 갖게 하는 오래된 수령의 나무다. 그런데 그 고목은 가지가 너무 길고 커서 열두 개의 나무 기둥이 없으면 몸을 지탱하지 못했다. 인간의 도움 없이는 자립할 수 없는 나무이다. 인간의 손길이 닿지 않아야만 자연물은 제 생명을 마음껏 누리는 법인데 그 반대의 경우도 있다니! 글쓴이는 생명체가 인간의 도움으로 생명을 유지하는 특이한 현상에 경이로움을 느꼈다.

글쓴이가 말한 노송나무는 지금도 창덕궁 그 자리에 그대로 서 있는 천연기념물 제194호 향나무이다. 수령이 750년쯤 되었는데 글쓴이가 백여 년쯤 되었다고 말한 것은 그때에도 주변에서 수령이 가장 많았음을 말한 것이다. 「동궐도」에도 기둥을 받쳐 보호하는 이 노송나무가 그려져 있다. 파란의 역사를 거쳐오면서 기둥에 의지하여 긴 생명을 유지하는 나무의 생태를 쓴 글이다.

정우용

鄭友容

1782년~?

자는 유효(惟孝), 호는 밀암(密巖), 본관은 동래(東萊)로 실학자 정동유(鄭東愈)의 막내아들이다. 벼슬은 황주 목사 등 여러 곳의 지방관을 역임했다. 학문에서는 가학인 강화학의 경향을 따라 실학적 학풍을 보였다. 의학에 관한 저술을 여러 권 지었으나 현전하지는 않는다. 그 저술에 붙인 서문 「기경팔맥도서(奇經八脈圖序)」와 「신증계현외서서(新增啓玄外書序)」를 통해서 내용을 짐작할 수 있다.

부친의 학문을 계승하여 훈민정음 연구에도 관심을 기울였다. 1811년 통신사 부사로 가는 이면구(李勉求)에게 준 편지에서는 일본의 학술과 풍물을 보는 깊은 식견을 보여 주는 한편, 선진 문물의 수용을 주장하여 북학파를 계승한 시각을 드러냈다. 그의 저술은 문집 『밀암유고(密巖遺稿)』에 실려 전한다.

『훈민정음』을 찾아서 與族弟左史善之書

며칠 전에 우연히 만나 대화를 나누었으니 만나지 않느니보다 훨씬 낫지 않았는가? 내내 날씨가 몹시 추워 풀릴 기미가 전혀 없네. 대궐에서 근무하기가 이런 때에는 어떠할는지, 무탈하기만을 적이 바랄 뿐이네.

일전에 말한 『훈민정음』은 천지 사이에 드물게 보는 문장이건만 불행히도 창힐이 만든 글자와 함께 삼대 시절에 나오지를 않았네. 그래서 수백 년 세월을 거치는 동안 또 병란까지 겪느라 지금 세상에서 얻어 볼 수 있는 것은 단지 반절 하나의 글밖에 없네. 그리하여 대충 언문을 이해하는 여항의 남녀들이 입에서 입으로 전하면서 잘못된 것을 전해 받아 다시 잘못 전해 주는 형편일세. 어긋나고 잘못된 것임을 깨닫지 못할 뿐 아니라 자모(字母)가 어떻게 생긴 것인지조차 모른 채 그 정도만 해도 충분하다 여기고 있네. 아! 가련한 일일세.

나는 여러 해 동안 『훈민정음』을 찾아서 굶주리고 목마른 이보다 훨씬 더 심하게 했으나 끝내 찾지 못했네. 내부(內府, 궁정 도서관)에도 구해 보았으나 거기에도 없었고, 장서가 많은 명문가에도 구해 보았으나 거기에도 없었으며, 영남과 호남의 오래된 서원이나 고찰(古刹)에서도 구해 보았으나 거기에도 없었네. 그렇기에 사람들이 성인의 말씀이 이미 세상에 끊어졌다고 여겼는지 모르지. 그러나 내 마음에는 여전히 의문이 들었네. 이 저술은 총명하시고 지식이 풍부하시며 사람을 죽이지 않는 신령한 무력을 지니신 성스러운 지혜의 소유자에게서 나왔네. 성인은 하늘이 내신 분이신데 그 성인이 만드신 책을 전해지지 않도록 하늘이 내버려 둘 까닭이 있겠는가? 그렇게 생각하여 얻어지지 않아도 찾기를 그치지 않았네.

어제 아우를 통해서 우사(右史)가 이 책을 얻은 지 여러 해 되었다는 소식을 들었네. 찾기를 주도면밀하게 하지 못해 쓸데없이 허둥대며 굶주리고 목말라했던 나 자신을 비웃게 됐네. 소식을 들은 이후 나는 놀라기도 하고 기쁘기도 하여 거의 자는 것도 잊고 음식 맛도 잊을 지경일세. 비로소 천지 사이에 소호(韶濩)의 소리는 사라지지 않는다는 것을 믿게 됐네.

이제 그 책을 미처 얻지도 않았는데 이렇듯 먼저 기쁘니 실제로 보게 된다면 얼마나 기쁠지 미리 짐작도 못하겠네. 아우가 기꺼이 흔쾌한 마음으로 열람을 주선하여 내 귀를 번쩍 뜨이도록 해 주지 않으려나? 그런 뒤에 다시 수저를 들어도 맛을 느끼고, 침상에 누워도 잠을 달게 잘 수 있겠네. 그렇게만 된다면 내려 준 은덕이 또한 두터울 것일세.

바라건대 나 대신 우사에게 감사함을 표하여 우사께서는 "옛것을 좋아하여 재빠르게 구하는 분이십니다."라는 말씀 좀 전해 주게. 그리고 또 "남과 더불어 선행을 잘하는 분이시니 성인의 책을 어찌 혼자서만 보시겠습니까?"라는 말씀도 함께 전해 주게. 나머지는 갖추지 못하네.

해설

이 글은 정우용이 1805년을 전후한 시기에 쓴 편지글이다. 편지의 원제목은 '집안 아우 좌사(左史) 선지(善之)에게 보내는 편지'로 여기서 좌사는 우사와 함께 승정원에서 국왕의 언행을 기록하는 직책이다. 선지는 정원용(鄭元容, 1783~1873년)으로 1803년에서 1807년 사이에 가주서(假注書)로 재직하였다. 가주서가 곧 좌사이다.

글의 내용은 한글의 제작 원리가 담겨 있는 『훈민정음』을 구하려는 글쓴이의 노력을 생생하게 보여 준다. 한글에 관심이 큰 글쓴이는 세종이 지은 『훈민정음』 원본을 구해 보고 싶어서 왕실 도서관과 명문대가, 영호남의 사찰 등지를 수소문했으나 결국 찾지 못하다가, 집안 아우와 함께 근무하는 사람이 소장하고 있다는 이야기를 듣고 구해 달라는 청탁의 편지를 쓰고 있다. 이 편지는 오늘날 천하의 희구본(稀覯本)인 『훈민정음』을 당시에도 대단히 구하기 힘들었음을 알려 준다. 정우용처럼 한글의 가치에 대한 인식이 당시 학자들 사이에 상당히 고조되어 있었다는 사실도 함께 보여 준다. 그 관심은 그의 아버지이자 『주영편(晝永篇)』의 저자인 정동유의 『현동실유고(玄同室遺稿)』에 실려 있는 「자음왕복서(字音往復書)」에서도 엿볼 수 있다. 여기서 『훈민정음』 원본을 구하려고 애쓴 노력은 부친 정동유의 갈망에서 비롯되었음을 『주영편』을 통해 확인할 수 있다.

읍청루 유기 遊挹淸樓記

아름다운 누정 풍경이 강호에는 많아도 그중 읍청루(挹淸樓)가 첫손가락에 꼽히며 웅장하고 빼어난 구경거리를 제공한다는 말을 어릴 때부터 들어 왔다. 그래서 나는 꼭 한번 올라 구경하고 싶었지만 기회가 만들어지지 않았다.

을묘년(1795년) 여름 마침 용산에 머물렀다. 강가를 바라보니 날아갈 듯한 누각이 날개를 펼친 듯 물가에 서 있었다. 주민에게 물어보았더니 바로 읍청루였다. 나는 뛸 듯이 기뻐하며 마치 이름만 들어 본 선비를 뜻밖의 장소에서 만난 듯 서둘러 올라갔다. 깎아지른 듯한 층층 바위가 맑은 강물을 아래로 내려다보고 있고, 누각은 그 바위 꼭대기에 자리를 잡았다. 굽이굽이 도는 긴 강물은 바위 아래에 이르러 특히 넓어져 호수를 이루고, 오른쪽으로 돌아 나가고 하류가 보이지 않았다. 동쪽과 남쪽, 서쪽의 가깝고 먼 여러 봉우리들이 잘나고 빼어남을 다투면서 앞으로 줄지어 서 있었다. 난간에 기대 눈길을 한번 돌리면 한강 너머 여러 고을의 산들이 모두 시야에 들어왔다. 첫손가락에 꼽히고 웅장하고 빼어난 풍경으로 칭송되는 말이 참으로 헛되지 않구나.

이날은 보슬비가 막 개고 구름 빛과 물빛이 위아래에서 서로 어우러졌다. 고개를 들어 보고 굽어봐도 티끌 한 점 없었다. 거나하게 취해 누워 있자니 해가 벌써 저무는 줄도 몰랐다. 얼마 뒤 달이 동쪽 고개에서 올라와 희뿌연 저녁 빛이 홀연히 유리 세계로 변했다. 내 안의 비속함이 저절로 사라지고, 훌쩍 구름 위로 날아올라 속세를 떠난 기분이 들었다. 내가 오늘 놀면서 구경한 풍경으로 보건대 누가 '읍청(挹淸)'이라 이름 지은 것은 정말 까닭이 있다.

해설

한강변에서 위용을 자랑하던 읍청루의 풍경을 즐기고 그린 유기이다. 용산 읍청루는 부근의 담담정(淡淡亭)과 함께 조선 시대 한강 서쪽 일대에서 제일가는 명승지로 본디 훈련도감 마포 별영에 딸린 누정이었다. 어릴 때부터 익숙히 들었던 읍청루를 우연한 기회에 발견하고, 단숨에 달려가 그 경치에 빠진 흥분과 감상이 어우러진 글이다.

읍청루의 '청(淸)'은 '맑다'는 뜻이고, '읍(挹)'은 국자로 술 등을 '뜬다'는 뜻이니 한강의 맑은 물을 뜨거나 당긴다는 의미이다. 그 이름처럼 한강변의 수려한 강변 풍경과 가깝거나 멀리 늘어서 있는 들녘과 산악의 풍경을 한눈에 포착할 수 있는 명승을 만끽하고서 그 아름다움을 간결하고 정감 넘치는 필치로 표현했다.

20세기 초까지도 무탈하게 자리를 지키고 있던 읍청루는 어느 순간부터 흔적조차 찾을 수 없게 되었다. 마포의 별영과 읍청루를 감돌아 흐르던 한강은 1980년대 한강 종합 개발 사업으로 콘크리트에 뒤덮여 곧게 펴졌고, 그 터로 추정되는 곳에는 대기업 간판을 단 고급 아파트 단지들이 자랑스럽게 들어앉아 있다.

장서합기 藏書閤記

예로부터 책을 많이 소장한 장서가는 많은 장서량을 자랑스럽게 여겼다. 다섯 수레의 서책이라 일컫고, 몇만 권이라 자랑하며, 집을 채우거나 마소의 땀을 뻘뻘 흘리게 할 정도라고 뽐냈다. 군옥산(群玉山)과 이유산(二酉山)은 모두 서고로 불렸고, 노자(老子)는 주하사(柱下史)로서 책을 많이 가지고 있다고 일컬어졌으며, 초나라 사관 의상(倚相)은 온갖 방대한 고전을 다 읽은 백과사전으로 불렸다. 한나라 때는 궁중 도서관을 천록각(天祿閣)과 석거각(石渠閣)이라 불렀고, 당나라는 경사자집(經史子集)의 넷으로 나누어 사고(四庫)나 십이고(十二庫)라 불렀다. 근세에 이르면 서고가 또 당나라보다 몇 곱절이나 더 크다. 아! 참으로 거창하구나!

그러나 우리 동방은 그 백분의 일도 가지고 있지 못하다. 사고(四庫)의 소문을 들은 이들은 바짝 위축되어 자신을 작게 여기며 마치 끝이 없는 은하수를 바라보듯 한다. 따라서 견문이 넓고 많이 안다고 자신하는 사람조차 중국 사람과 서서 대화를 나눌 때는 마치 작은 추(鄒)나라 사람이 큰 초(楚)나라 사람을 대적하듯이 굴다가도 우리나라 시골 촌학구(村學究)와 말할 때는 거꾸로 우뚝 선 학이 닭 무리를 쳐다보듯 대한다. 작은 것이 큰 것을 대적하기 힘든 꼴이 이렇다. 그래 봤자 맹자가 말한 오십보백보일 뿐이니 많다고 떠벌릴 것이 없다.

나는 일찍이 이렇게 논한 바 있다. 옛날 성인들은 육경을 지어 후학을 가르쳤는데, 『시경』, 『서경』, 『주역』, 『춘추』, 『예기』, 『악기』가 바로 그것이다. 그 책은 불과 수십 권으로 정밀하고 간결하며 요점만 추려서 쉽기가 또 보는 바와 같다. 그러나 세상의 유생들은 저 경전에 어두운 것을 부끄럽게 여기기는커녕 서음(書淫)이나 서사(書肆)가 되지 못할까를 걱정한다. 심한 자는 책을 묶어 두고 보지 않는다. 그렇지 않으면 무조건 암송하는 데만 힘쓰고 직접 실천하는 데는 어둡다. 도대체 말에만 힘쓰고 실천에 힘쓰지 않는 것을 학문이라 할 수 있겠는가! 이렇게 하고서 교화가 행해지고 풍속이 아름다워지기를 바란다면, 너무 곤란하지 않은가!

내가 증산현(甑山縣)을 맡아 다스린 지 겨우 해를 넘겼다. 학교를 살펴보니 소장한 책은 곰팡이가 피고 좀이 많이 슬어서 글자를 분간하기 어려웠다. 또한 종수도 많지 않아 폭넓게 읽으려는 사람이 볼 만한 책이 없었다. 다만 육경의 책은 모두 갖추어져 있었다. 그래서 나는 말했다.

"아! 이 정도면 성인을 배우기에 충분하다. 책이 많지 않다고 걱정할 필요가 있으랴! 『주역』으로 유명(幽明)의 이치를 통달하고, 『서경』으로 정사(政事)의 기강을 밝게 알고, 『시경』으로 성정의 바름을 보고, 『춘추』로 근엄한 법을 보이고, 『예기』로 자신을 단속하고, 『악기』로 마음을 화평하게 한다. 이 밖에 다른 책이 있으면 좋지만, 없어도 괜찮다. 더욱이 한대(漢代)의 역사서와 당송(唐宋) 문인의 시문까지 있지 않은가!

그렇더라도 곰팡이가 피고 벌레 먹은 것은 책을 보관하는 방법에 문제가 있다. 『설문(說文)』에서 '책을 책상 위에 놓아두는 것은 곱게 보관하기 위해서다.'라고 하였고, 공자께서는 '장인이 일을 잘하려 하면 먼저 공구를 날카롭게 만든다.'라고 말씀하셨다. 장인은 비유하자면 선비이고, 공구는 비유하자면 책이다. 공구를 날카롭게 하지 않고 일을 잘할 수 있는 사람이 있겠는가!"

마침내 명륜당(明倫堂)의 벽에 붙여 건물을 세우고, 서가를 여러 층으로 만들어 책을 곱게 보관하고 장서합(藏書閤)으로 만들었다. 이에 글을 써서 기록하니, 학생들에게 읍하고 말한다.

"학생들이여! 군자다운 선비가 되지 않으려는가? 배움이 정밀하지 못할까 걱정해야지 책이 많지 않다고 걱정하지 말라! 직(稷)과 설(卨), 고요(皐陶)와 기(夔) 같은 고대의 위인이 무슨 책을 읽었던가? 옛사람이 '이에 책을 열고 성현과 마주하여 문답하라! 공자님이 자리에 앉고 안회(顔回)와 증자(曾子)가 앞뒤로 있는 듯이 하라.'라고 말하였다. 나보다 먼저 독서하는 법을 익히고 한 말씀이다. 부디 학생들은 힘쓸지어다!"

해설

지방 향교(鄕校)의 책을 보관한 도서실을 새로 세운 동기와 과정을 서술한 글로 문체는 기문(記文)이다. 글쓴이는 1827년부터 1830년까지 평안도 증산 현령을 지냈다. 현령이 되어 향교를 살펴보고는 소장한 책 종수가 많지 않고 그마저도 관리를 잘하지 않아서 손상된 책이 많은 것을 파악하였다. 실정을 안타깝게 여기고 도서를 보관할 장서합을 명륜당 옆에 새로 짓고 도서실을 새로 설치한 의의를 밝히기 위해 기문을 지었다.

도서실이라면 누구나 일단 장서량이 많아야 한다고 생각하게 마련이지만 글쓴이는 각도를 달리하여 생각하였다. 많은 장서량을 부러워하기보다는 학문의 근본이 되는 육경의 가르침을 깊이 공부하여 실천하는 것이 앞선다고 보았다. 그의 주장은 장서 규모가 크지 않은 당시 지방

향교의 실태에서 나온 대안이지만 다른 한편으로는 책을 읽기보다는 많은 양의 책을 수집하고 소장하는 데만 열을 올리는 세태를 비판한 의의도 있다.

조인영
趙寅永

1782~1850년

자는 희경(羲卿), 호는 운석(雲石), 시호는 문충(文忠)이고, 본관은 풍양(豊壤)이다. 할아버지는 조엄(趙曮)이고, 아버지는 이조 판서 조진관(趙鎭寬)이며, 형은 조만영(趙萬永)으로 효명 세자의 장인이다. 혁혁한 벌열 집안 출신으로 1819년 문과에 장원 급제 하여 온갖 고관을 두루 거치고 헌종 때 영의정에 올랐다. 헌종 연간 풍양 조씨 세도 정치(勢道政治)의 주도자로 활약했다. 문장에도 능하여 대제학을 두 차례나 지냈고, 금석학(金石學)에도 조예가 깊어 추사 김정희와 함께 진흥왕순수비를 고증했다.

그의 문장은 국가의 용도에 쓰이는 고문대책(高文大冊)에 솜씨를 발휘했으나 일반 문장에도 뛰어나 다양한 문체를 골고루 잘 썼다는 평가를 받는다.

문집으로는 『운석유고(雲石遺稿)』 20권이 전한다.

활래정기 活來亭記

영동(嶺東) 지방은 물이 많아서 동해를 따라가며 호수가 십여 군데나 있는데 경호(鏡湖)가 가장 아름답다. 경호를 둘러싸고 삼십 리 주위에는 굽이굽이 난간과 층층의 누각이 곳곳에 연이어져 있다. 숲과 샘은 취향대로 살기에 좋고, 전원은 삶을 즐기며 살 만하다. 물이 없어도 절로 한 명승을 이루는 곳으로 또 오죽헌(烏竹軒)과 해운루(海雲樓)가 칭송되거니와 그곳은 경호로부터 몇 리쯤 떨어져 있다.

오죽헌과 해운루 사이에 선비 이백겸(李伯兼)의 선교장(仙橋庄)이 있다. 산줄기가 둘러싸고 냇물이 안고 흐르며, 흙은 비옥하여 곡식에 알맞고, 과일이며 생선을 헐값에 구할 수 있으며, 산과 바다의 아름다운 풍경까지 겸하고 있다. 옛날에 내가 풍악산(楓嶽山)에서 돌아오는 길에 경호에 들렀다가 백겸과 만나서 술병을 들고 물에 뜬 달을 보고 놀다가 선교장을 방문하여 즐겼다. 매번 이곳에 터를 골라 집을 짓게 되면, 동도주인(東道主人)이 되어 주기로 약속하였다. 비록 속세에 파묻혀 스스로 실행하지 못하였으나 마음은 경호와 동해 사이에 가지 않은 적이 없었다.

올해 가을 백겸이 와서 말하였다.

"선교장 왼편에 제방을 쌓아 물을 가두고, 전당연(錢塘蓮)을 심고서 물 위에 정자를 세웠네. 주자의 시에서 '활수가 온다(活水來)'는 뜻을 취하여 '활래(活來)'라는 편액을 걸었네. 아침저녁으로 소요하면서 스스로 즐긴다네. 내 거처는 그대가 감상한 적이 있으니 나를 위해 기문을 지어 주시게."

나는 이렇게 말하였다.

"주자께서 마음을 물에 비유한 까닭은 물이 본디 허경(虛境)이기 때문인데, 지금 그대는 이 해맑고 일렁이는 진짜 물로 활수(活水)를 삼았네그려! 또 물이라 이름하는 사물은 모두가 활물(活物)일세. 샘물은 흘러서 쉬지 않고, 우물물은 아무리 써도 마르지 않으며, 강물과 바닷물은 거대하여 물결이 오만가지 형상을 갖추고 있거니와, 살아 있지 않으면 물이라 할 수 없네. 더욱이 경호와 동해는 그대의 집 마당에서 볼 수 있는 소유물일세. 수많은 골짜기에서 함께 흘러나와 크기도 크고 넓기도 넓고, 늘어나지도 않고 줄어들지도 않으며, 그 끝을 볼 수 없으니 천하에 둘도 없는 장관일세. 살아 있는 물 가운데 이보다 더한 물이 없는데, 구태여 연못이나 물동이의 졸졸 떨어지는 물에 얽매이려 하는가?

그러나 사람의 마음은 본디 살아 있지 않음이 없으니, 살아 있지 못할까 염려하는 까닭은 외물(外物)에 영향을 받기 때문일세. 벼슬아치는 영광과 치욕을 걱정하고, 서민은 이익을 좇으며, 선비는 옷과 음식을 장만하고 수레와 배를 마련할 재물이 없네. 백겸은 그렇지 않아서 여러 번 예조(禮曹)에서 치르는 과거 시험에 나아가 합격하지 못했어도 태연자약하여 염두에 두지 않았네. 낙토(樂土)에 살고, 명승지를 차지하였으니 벌써 스스로 초탈(超脫)하여 거리낌이 없었네. 그래서 관동의 여러 명승을 마음껏 노닐면서 높은 산과 큰 바다에 도리어 싫증을 느낄 정도가 되었네. 여기의 이 정자는 발걸음을 거두어 욕심을 멈추고, 마음에 살아 움직이는 것을 깃들게 하려는 게로군.

그렇다면 마음에 맞는 곳은 결코 먼 곳에 있지 않네. 네모난 못의 한 자 남짓한 물도 호수나 바다와 다름이 없지. 꽃나무가 어리비치고, 뽕나무와 삼밭이 무성하며, 맑은 이슬 푸른 갈대에 물고기며 새가 사람을 친근하게 따르는 모습이 조망할 풍경의 개략이겠지만 미리 쓰지 않을 테니 내가 다시 동해 가에 노닐 때를 기다려 주시게나."

해설

문체는 기문(記文)으로 누정의 설립 동기와 경관의 의미 등을 밝힌 누정기(樓亭記)이다. 강릉에 있는 선교장은 전주 이씨 효령대군파(孝寧大君派)의 이내번(李乃蕃)이 1703년에 처음 지은 저택으로 후손들이 대대로 정성껏 가꾸어 지금도 강릉을 대표하는 문화재로 남아 있다.

선교장에서 문을 들어서면 얼마 뒤 보이는 건물이 활래정으로 1816년(순조 16년) 건립하였고, 배롱나무와 연꽃이 한창인 여름철 풍광이 특히 아름답기로 소문난 명승이다. 이 글은 정자를 설립한 동기와 과정, 의의를 밝혀 주는 기문이다.

이 글에 나오는 이백겸은 이후(李垕, 1773~1832년)로 호는 오은(鰲隱)이다. 그는 집안의 부(富)를 크게 일구어 훗날 선교장이 더욱 발전할 수 있는 기틀을 마련한 인물이라고 전해진다. 활래정을 짓기 한 해 전에는 열화당(悅話堂)을 지었다. 『운석유고』 권3에 이후를 애도하는 만시(輓詩)가 실려 있는데, 내용을 살펴보면 조인영과는 소싯적부터 친분이 있었던 것으로 보인다.

주인이 활래정을 세우고 이름을 지은 이유를 글쓴이는 이렇게 해석했다. 관동의 낙토(樂土)에 살고, 명승지를 실컷 향유한 주인이 밖으로 떠도는 발길과 세상을 향한 욕망을 거두고 그동안 체험한 살아 있는 모든 것을 마음 안에 머물게 하려 한다. 밖에는 거대하고 아름다운 자연이 있지만 이 작은 활래정에 그 모든 살아 있는 것이 들어 있다. 주인의 마음 속에 세상 모든 살아 있는 사물이 들어 있음을 활래정은 상징한다.

김정희 金正喜

1786~1856년

자는 원춘(元春), 호는 완당(阮堂)·추사(秋史) 등이다. 본관은 경주(慶州)고, 아버지는 김노경(金魯敬)이다. 1809년 가을 김노경의 자제 군관(子弟軍官)으로 북경에 가서 옹방강(翁方綱)과 완원(阮元)을 비롯한 저명한 학자 및 문인을 만났고, 귀국한 뒤에도 그들과 오랫동안 교유를 이어 갔다. 청대 고증학과 문예 동향에 가장 정통했던 인물 중 하나로, 경화 세족의 학술과 문예를 최첨단에서 이끌어 나갔다.

1819년 문과에 급제해 벼슬이 성균관 대사성과 병조와 형조의 참판에 이르렀으나, 효명 세자가 세상을 떠난 뒤 안동 김씨 세력에게 정치적 박해를 받아 오랜 기간 제주도와 함경도 등지에서 유배 생활을 했다. 자신만의 독특한 '추사체(秋史體)'를 이루어 오늘날까지 조선 제일의 서예가이자 문인 화가로 평가받고 있다.

시문도 잘 지었으나 그 성취가 글씨의 위세에 가려져 있다. 문장은 척독이 많이 전하는데 독자의 문심(文心)과 아운(雅韻)을 일깨우는 경발(警發)한 글이 적지 않다. 현재 전하는 『완당전집(阮堂全集)』은, 후학인 민규호(閔奎鎬), 남상길(南相吉) 등이 흩어진 원고를 수습해 펴낸 『담연재시고(覃研齋詩藁)』와 『완당척독(阮堂尺牘)』을 토대로 20세기 초에 출판된 것이나 소략하고 오류가 많다.

난 치는 법　與石坡 二

연말에 보내 주신 서한 한 통을 받고 보니 새해를 맞이한 것도 같고 활짝 핀 꽃을 본 것도 같으니 얼마나 기쁜지 잘 아시겠지요? 다만 늙고 초라한 이 늙은이는 관심을 기울이실 위인이 못 됩니다. 산사에서 한번 뵙자는 말씀은 뜬세상 맑은 인연이지만 어찌 쉽게 이루어지겠습니까? 모름지기 형편 되는 대로 즐기면 될 뿐, 구태여 스스로 번뇌하고 스스로 애쓰시지 않으셔도 될 것입니다.

『난화(蘭話)』 한 권에 함부로 품평을 가하여 이 편에 보내 드리오니 받아서 놓아두시기 바랍니다. 대저 이 일은 하나의 소기(小技)이자 곡예(曲藝)일 뿐이지요. 그러나 마음을 오로지하여 공부해야 한다는 점은 성인 문하의 격물치지(格物致知)의 학문과 다르지 않습니다. 군자는 일거수일투족 어느 것이든 도(道)가 아님이 없기 때문입니다. 그렇다면 외물을 좋아하지 말라는 경계를 왜 또 거론하겠습니까? 그렇게 하지 않는다면 그저 속된 화가의 마(魔)가 낀 지경일 뿐입니다. 가슴속에는 오천 권 서책을 담고 팔목 아래로 금강저(金剛杵)를 휘두르는 일은 모두 여기서부터 들어가는 것이지요. 다복하시기를 바라오며, 이만 줄입니다.

해설

김정희의 산문 가운데 많은 이들로부터 높은 평가를 받은 문체가 바로 척독(尺牘)이다. 김정희가 석파(石坡) 이하응(李昰應, 1820~1898년)에게 보낸 많은 척독 중에서 짤막하고 산뜻한 느낌을 주는 글을 골랐다. 글은 짧아도 난을 그리는 예술가의 근엄한 자세를 분명하게 제시하면서 자신의 예술관을 응축하여 표현하고 있다.

난을 그리는 것이 작은 기예에 불과하다고 볼지 모르지만, 그리는 사람은 정신을 집중하여 정성을 기울여야 한다. 유학에서 강조하는 격물치지의 자세로 공부해야만 높은 경지에 오를 수 있다. 유학은 예술을 천시하지만 예술에도 유학의 도와 같은, 차원이 다른 도의 경계가 있기 때문이다. 그의 예술관이 그림이나 문학을 완물상지(玩物喪志)로 경계하는 경직된 성리학적 예술관을 초월해 있음을 보여 주는 흥미로운 글이다.

「세한도」에 쓰다 與李藕船

지난해 『대운집(大雲集)』, 『만학집(晩學集)』 두 책을 부쳐 주고 올해 또 우경(藕耕)의 『문편(文編)』을 부쳐 주었습니다. 이들은 모두 세상에 늘 있는 책이 아니고, 천리만리 머나먼 곳에서 몇 해를 두고 구한 책이지 일시에 구해서 얻은 책이 아닙니다. 게다가 세상의 도도한 흐름은 오로지 권세와 이익을 추구할 뿐입니다. 이 책들을 구하기 위해 이렇듯 마음을 쓰고 힘을 썼으면서도 권세를 휘두르거나 이익을 줄 수 있는 사람에게 보내지 않고 바다 밖의 초췌하고 깡마른 유배인에게 보내 주었습니다.

권세와 이익을 추구하는 세상 사람들에 대해서 사마천은 "권세와 이익으로 뭉친 자들은 권세와 이익이 다하면 사귐이 소원해진다."라 말한 바 있습니다. 그대 역시 세상의 도도한 흐름 속에 사는 사람인데 도도한 권세와 이익 밖으로 초연히 빠져나왔으니, 권세와 이익으로 나를 대하지 않은 것인가요? 아니면 사마천의 말이 틀린 것인가요?

공자께서는 "날씨가 추워진 뒤에야 소나무와 잣나무가 늦게 시듦을 안다."라고 말씀하셨습니다. 소나무와 잣나무는 사시(四時)에 한결같이 시들지 않는 나무입니다. 날씨가 추워지기 이전에도 똑같은 소나무와 잣나무요 날씨가 추워진 이후에도 똑같은 소나무와 잣나무인데, 성인께서는 특별히 날씨가 추워진 뒤에 칭찬하셨습니다.

지금 그대는 나에게 귀양 이전이라고 더 해 준 것이 없고, 귀양 이후라고 덜 해 준 것이 없습니다. 그렇건마는 이전의 그대는 성인으로부터 칭찬받을 만한 것이 없고, 이후의 그대는 성인으로부터 칭찬받을 만한 것이 있겠습니까? 성인께서 특별히 칭찬하신 것은 나중에 시드는 곧은 지조와 굳센 절개 때문만이 아니니 날씨가 추워진 때에 특별히 느끼신 점이 있으셨기 때문일 것입니다.

아! 전한(前漢)처럼 순후(淳厚)한 시대에도 급암(汲黯)이나 정당시(鄭當時) 같은 어진 이들이 벼슬길에 잘 나가고 못 나가는 차이에 따라 빈객이 늘었다가 줄어들어서 하규(下邽) 사람이 대문에 붙인 말이 극도로 박절하였으니, 서글플 따름입니다.

해설

앞의 글과 마찬가지로 문집에 실린 편지이다. 그런데 이 글은 「세한도(歲寒圖)」 두루마리에는 발문으로 붙어서 우리 회화사의 걸작이 그려진 배경을 작가 스스로 밝히고 있다. 문집에 서독(書牘, 편지)으로 바뀌어 실리게 된 이유가 분명하지 않다. 하지만 내용과 문장으로 놓고 보면 편지라고 해도 아무런 문제가 없는 글이다.

명문가에서 태어나 줄곧 하고 싶은 일만 하며 살았던 김정희는 55세 되던 1840년 뜻하지 않은 옥사에 휘말려 제주도로 유배를 떠나게 되었다. 세도가의 미움을 산 유배인 김정희를 누가 따뜻하게 대하겠는가? 그런데 이상적(李尙迪)은 유배 이전과 이후가 똑같다. 유배 간 지 4년 뒤 그 구하기 힘든 서책을 구해 제주도에까지 보내 준 이상적의 호의에 감사하는 마음으로 「세한도」를 그려서 선물하고 그림을 그린 내면으로부터 우러나온 감사함을 표현하였다. 모두들 서울의 권력자한테 몰려갈 때 바다 밖의 초췌하고 깡마른 유배인에게 전과 다름없이 인정을 베푸는 이상적을 향해 울컥 솟아나는 고마움이 절절하게 표현되었다.

도도한 염량세태(炎涼世態)의 흐름에서는 세력을 잃어 봐야 진정한 친구를 찾을 수 있다는 진실을 잘 표현한 글이다. 마치 날이 추워야 소나무와 잣나무의 푸름을 알 수 있듯이 실세하여 유배살이를 해 보니 누가 친구이고 누가 아닌지를 뼈저리게 느낀 글쓴이의 씁쓸한 체험이 절절히 드러나 있다.

홍길주 洪吉周

1786~1841년

자는 헌중(憲仲), 호는 현산(峴山)·항해(沆瀣)이며 본관은 풍산(豊山)이다. 족수당(足睡堂) 홍인모(洪仁謨)와 영수합(令壽閤) 서씨(徐氏) 사이에서 둘째 아들로 태어났다. 연천 홍석주가 형이고 해거(海居) 홍현주(洪顯周)가 동생이다. 가정에서 학문과 문학을 즐겨서 부모와 형제들 모두가 문집을 가지고 있고, 특히 식구들끼리 주고받은 작품을 모은 『가정수창록(家庭酬唱錄)』을 편찬했다. 삼 형제가 모두 박식하고 시문에 일가를 이루었는데, 삼 형제의 시문을 뽑아 『영가삼이집(永嘉三怡集)』을 편찬했다.

홍길주는 산문에서 특히 높은 성취를 이루었다. 그에게 깊은 영향을 끼친 친형 홍석주가 박지원의 참신한 문장 쓰기에 극력 반대하며 고문(古文)의 전통을 유지하려는 태도를 취한 반면, 홍길주는 박지원이 제기한 변화를 적극 반영하여 형과는 다른 참신한 산문을 시도하여 그만의 독특한 산문 미학을 이루었다. 당시에는 홍석주, 김매순과 함께 홍길주를 고문(古文)의 3대가로 평가했다.

홍길주는 착상이 기발하고, 온갖 다양한 산문 기법을 시도한 실험적인 문장을 즐겨 썼다. 송백옥(宋伯玉)은 『동문집성(東文集成)』에서 그의 문장을 평가하여 "그가 장인 정신을 쏟아 낸 문장은 마치 공중에 세운 누각에 올라가니 좌우에 온갖 물상이 그 모습을 드러낸 듯하여 그 경물을 보느라 정신이 없을 지경이다.(匠心所注,

如登空中之樓閣, 萬象呈露於左右, 應接之不暇.)"라 평가했다. 그의 문장은 대단히 참신하고 실험적이며, 기발한 소재와 상상력이 풍부한 내용을 담고 있어서 조선 시대 산문이 시도할 수 있는 극점에 달한 느낌을 준다. 한마디로 기(奇)의 극치를 보여 주는 문장으로, 연암 박지원 이후 가장 뛰어난 문장가로 그를 꼽을 수 있다.

문집으로 『현수갑고(峴首甲藁)』, 『표롱을첨(縹礱乙籤)』, 『항해병함(沆瀣丙函)』이 전한다.

내가 사는 집 卜居識

군자(君子)가 집에 머물 때는 도를 닦아 마음을 수양하고, 세상에 나갈 때는 정사를 행하여 백성들을 이롭게 한다. 군자의 길은 이 두 가지뿐이다. 내가 언덕 위(峴首)에 집을 마련하고 건물과 마당 곳곳에 모두 이름을 지어 붙여서 세상에 쓰이면 도를 펴고 그렇지 못하면 몸을 감춘다는 뜻을 담았다.

군자가 학문을 거쳐 도에 들어가는 것은 문을 거쳐 방에 들어가는 것과 같다. 문을 얻지 못하면 방에 들어갈 수 없다. 따라서 바깥문을 '원득문(爰得門)'이라 하였다. 처음 배울 때는 반드시 공간을 활짝 넓혀서 노닐지 않은 곳이 없어야 한다. 그래서 바깥문 안쪽의 공터를 '만간대(萬間垈)'라 하였으니 넓음을 말한 것이다. 넓히고 난 뒤에는 또 방종하여 가지 않는 곳이 없을까 걱정된다. 그래서 군자는 반드시 중용을 잡고서 밟아 나간다고 하여 중문(中門)을 '용중문(用中門)'이라 하였다.

중용을 잡은 뒤에는 또 융통성 없이 하나에 고착되어 자막(子莫)처럼 고집불통일까 봐 걱정된다. 그래서 반드시 마음을 비우고 이치를 밝혀야 하므로 중문을 들어서면 나오는 뜰을 '허백정(虛白庭)'이라 하였다. 마음을 비우고 이치를 밝힌 뒤에는 아무리 먼 곳이라도 살피지 못할 것이 없다. 따라서 뜰을 지나 있는 사랑채의 마루를 '관원헌(觀遠軒)'이라 하였다. 살펴보는 곳이 아무리 멀더라도 전일(專一)하게 지키지 않으면 안 된다. 따라서 마루 옆의 방을 '수일재(守一齋)'라 하였다. 전일하게 지킨 뒤에는 일관되게 사고하지 않으면 제어할 수 없다. 따라서 그 곁방을 '지사료(持思寮)'라 하였다. 사고가 깊어지고 난 뒤에는 도가 몸에 갖춰져서 즐거움이 생길 것이다. 따라서 안문을 '요락문(聊樂門)'이라 하였다.

마음속에 간직한 것을 넉넉하게 즐길 수준이 되면 군자는 반드시 그 꽃과 열매를 밖에 펼치고자 한다. 따라서 안마당을 '식란정(植蘭庭)'이라 하였으니, 난(蘭)은 그 꽃을 가리킨다. 꽃과 열매를 피웠어도 스스로를 존중하지 않으면, 남들이 사랑하기는 하면서도 두려워하지 않는다. 따라서 안마당에 있는 동산을 '견산대(見山臺)'라 하였으니, 산은 높이 존중받음을 가리킨다. 존중받기만 하고 친구가 없으면 군자는 크게 잘못이라 여기므로 반드시 친구를 찾아 어울린다. 따라서 안채의 마루를 '아우당(我友堂)'이라 하였다. 친구와 어울려 지내게 되면 오래 머물러도 편안해야 하지만 이는 억지로 할 수 없다. 따라서 안채의 서쪽 침실을 '영수실(永綏室)'이라 하였다. 편안하게 지내면 온갖 복이 모여들고 고요함을 기르며 수(壽)를 누릴 것이니, 이는 지인(至人)의 신(神)이다. 따라서 안채의 동쪽 침실을 '정수합(靜壽閤)'이라 하였다. 이상은 밖에서부터 안으로 들어온 과정이다.

군자는 도를 닦아 마음을 수양한다. 군자가 천하 국가를 다스리고자 하면 반드시 먼저 그 마음을 바로잡고 자신을 수양한다. 마음을 바로잡으므로 고요하고, 몸을 수양하므로 수(壽)를 누린다. 따라서 안채의 동쪽 침실 정수합을 가장 앞세웠다. 여기서 고요함은 마음이 올바른 효과이고, 수를 누리는 것은 몸을 수양한 결과이다. 마음이 바로잡히고 몸이 수양되었으면 반드시 먼저 그 덕을 집안에 베풀어야 한다. 처자식과 집안사람들이 편안해진 뒤에야 다른 사람에게까지 덕이 미칠 수 있다. 따라서 안채의 서쪽 침실 영수실을 그다음 자리에 놓았다. 여기서 '수(綏)'는 편안하다는 뜻이다. 처자식과 집안사람들이 편안해지면 반드시 먼저 친구들로부터 신뢰를 얻고 나서야 세상에 쓰일 수 있다. 따라서 그다음에 안채의 마루 아우당을 배치했다. 친구들로부터 신뢰를 얻었다면 반드시 높은 자리를 얻어 머문 뒤에야 정사를 펼 수 있다. 따라서 그다음 자리에 견산대를 두었다. 이는 높은 자리를 상징한 것이다. 높은 자리에 오르면 좋은 향기가 위로 퍼지듯 반드시 훌륭한 명성이 알려져야 군주의 마음을 얻을 수 있다. 따라서 그다음 자리에 식란정을 두었다. 이는 향기로움을 밝힌 것이다. 군주의 마음을 얻은 뒤에는 군주와 신하가 서로 만나는 즐거움이 있다. 따라서 그다음 자리에 요락문을 두었다.

군주와 신하가 화락하게 지내면 반드시 신중하게 사고하여 총애를 유지하도록 애써야 한다. 따라서 그다음 자리에 지사료를 두었다. 총애를 유지하게 되면 또 반드시 한마음으로 사고를 붙들어 매야 도를 행할 수 있다. 따라서 그다음 자리에 수일재를 두었다. 마음을 하나로 집중하게 되면 정사를 펼 때 반드시 가까이서부터 시작하여 먼 곳까지 미치므로 아무리 작은 것이라도 다 살피게 된다. 따라서 그다음 자리에 관원헌을 두었다.

다 살피고 난 뒤에는 자기 자신을 너무 믿어서는 안 된다. 반드시 자신을 비우고 많은 이들의 충고를 받아들이며 덕을 밝혀서 현자를 구별해 내야 한다. 따라서 그다음 자리에 허백정을 두었다. 많은 이들의 충고가 들어오면 또 반드시 두루 듣고서 중도(中道)를 택해야 한다. 따라서 그다음 자리에 용중문을 두었다. 중도를 택하게 되면 정사를 펴고 어진 정치를 베풀어 만방이 편안해진다. 따라서 그다음 자리에 만간대를 두었다. 만방이 편안해지고 덕화가 쌓여 젖어 들면 천하 백성들이 제자리를 얻지 못하는 이가 하나도 없어지고 천하가 평안해진다. 따라서 그다음 자리에 원득문으로 마무리했다. 이상은 집 안에서 바깥으로 나가는 과정이다. 군자는 이를 응용하여 정사를 펴서 만민을 이롭게 한다.

— 덧붙여 쓴 짧은 글

내가 「내가 살고 싶은 집」 두 편을 지었는데 한 편이 바깥쪽에서 안쪽으로 이르고, 한 편이 안쪽에서 바깥쪽으로 이른 점은 다르지만 건물과 공간의 이름을 종합하여 설명한 점은 똑같다. 이제 작은 글 한 편을 덧붙여서 각각의 건물과 공간을 명명한 본래의 의도를 하나하나 말하고자 한다. 모두 열세 항목이다.

안채의 동쪽 방은 내 아내가 거처하는 곳이다. 부인의 덕으로는 고요함이 가장 훌륭하고, 부인의 복으로는 수를 누리는 것이 가장 훌륭하다. 따라서 그 방을 '정수합(靜壽閤)'라 이름하였다. 공자께서는 "어진 이는 고요하고, 어진 이는 수를 누린다."라고 말씀하셨다. 고요하기 때문에 수를 누릴 수 있다.

서쪽 방을 '영수실(永綏室)'이라 한 것도 복을 비는 마음에서다. 『시경』에 "복록을 누리며 편안하다(福履綏之)"라 했다.

대청은 '아우당(我友堂)'이니, 『시경』의 "금(琴)과 슬(瑟)을 연주하며 사이좋게 지낸다(琴瑟友之)"라는 구절에서 가져왔다. 동산은 '견산대(見山

臺)'이다. 여기서 보이는 것이 많고 많지만 꼭 산을 취해서 이름을 지은 것은 어진 이는 산을 좋아하기 때문이다. 이곳에서는 남산도 보이는데, 내 옛집이 그 아래에 있어 옛집을 잊지 못하는 마음을 기록하였다. 견산대는 현산(峴山)의 한 기슭에 자리 잡은바, '현(峴)' 자는 '견(見)'과 '산(山)'으로 이루어져 있으니 나누면 또 '견산(見山)'이 된다. 서쪽 집(큰형님 댁)으로 통하는 문을 '봉신문(奉晨門)'이라 이름하였으니, 이 문을 통해서 우리 어머님을 뵈러 가기 때문이다.

안채의 뜰은 '식란정(植蘭庭)'으로 아들을 많이 낳기를 축원하였다.

안채의 문은 '요락문(聊樂門)'인데 『시경』의 "애오라지 나를 즐겁게 하네(聊樂我員)"라는 구절에서 가져왔다. 바깥채에서 안채로 들어오려면 반드시 이 문을 지나야 한다. 만간대(萬間垈)와 바로 통하는 문은 '연길문(延吉門)'으로, 이 또한 복을 비는 뜻이다.

사랑채의 곁방은 구석지고 고요하여 마음을 수양하기에 알맞다. 따라서 '지사료(持思寮)'라고 하였다. 잡념이 어지럽게 일어나 떠오르지 않는 생각이 없는데도 붙잡아 주지 않는다면 어떻게 마음을 수양할 수 있겠는가? 방 안에 작은 다락이 있어 책을 보관할 만하므로 '고금기(古今庋)'라 이름하였다.

군자의 도는 한결같음뿐이다. 한결같음이란 성(誠)이고 경(敬)이다. 내가 학문에 뜻을 두었으나 마음을 한결같이 하지 못할까 봐 걱정이고, 또 "마음을 한결같이 하여 조화로운 상태를 유지한다."라는 의리에 감동하여 내 서재를 '수일재(守一齋)'라 이름하였다. 내가 늘 거처하면서 책을 읽고 도를 구하는 곳이다.

마루는 작아도 트여 있어서 먼 곳을 바라볼 수 있다. 따라서 '관원헌(觀遠軒)'이라 이름하였다. 군자는 안으로 마음이 한결같으면 밖으로 세상의 이치를 환히 알 수 있다. 비록 문을 닫고 눈을 감고 앉아 있어도 온 우주를 구석구석 볼 수 있다. 구태여 마루의 난간에 기대 바라볼 필요가 있겠는가!

사랑채의 뜰은 '허백정(虛白庭)'이니 그 덕을 본떴고, 또한 내 마음을 수양하는 공부를 기탁하기도 하였다.

이 문을 지금 사람들은 '중문(中門)'이라 부른다. 따라서 '용중문(用中門)'이라 일컬은 말은 실상을 기록하였고, 동시에 내가 선(善)을 택하려는 뜻을 보였다.

중문 밖의 마당은 열 칸이 안 되는데 '만간대(萬間垈)'라 이름 붙인 것은 무슨 까닭인가? 군자가 덕을 넓히면 쪽방도 큰 저택이 되고, 덕을 넓히지 못하면 아방궁도 게딱지가 된다. 마음이 태허(太虛)에서 노닐고 홍몽(鴻濛) 세계를 날아다닌다면 이 마당이 만 칸의 넓은 공간임을 나는 알게 된다. 서쪽 집으로 통하는 문을 '체화문(棣花門)'이라 하였으니, 이 문을 통해서 우리 형님을 뵈러 가기 때문이다.

『시경』에 "여기에 살고 여기에 거처한다(爰居爰處)"라 하고, 또 "여기에서 내가 있을 곳을 얻었다(爰得我所)"라 하였다. 그 구절을 풀이하여 "문을 찾는 사람들이 드문데, 문을 찾은 뒤에라야 목적지를 찾을 수 있다."라고 하였다. 내 집에 들어오는 사람들은 내 문을 찾지 못하는 이가 없는데 내 도(道)를 찾은 사람들이 내 문을 찾지 못하는 것은 무슨 까닭인가? 이 문을 지금 세상에서는 '대문(大門)'이라 일컫는다. 집 전체를 총괄하는 문이므로 특별히 '원득문(爰得門)'이라 하였다.

해설

이 글은 살고 있는 주택에 들어찬 건물의 구조와 명칭, 기능과 의의를 하나하나 설명하고 있다. 사실을 간명하게 밝히고 기록하는 성격의 글로 문체는 지(識)이다. 글은 크게 두 부분으로 나뉘어 본문인 '내가 사는 집(卜居識)'과 부록에 해당하는 '덧붙여 쓴 짧은 글(附小識)'로 구분된다. 본문은 내용을 소개하는 소서(小序)와 두 편의 글로 이루어져 있고, 부록은 소서와 열세 항목의 짤막한 설명 글로 이루어져 있다. 보통의 문장과는 달리 학술적 성격의 글처럼 보이지만 실상은 문예적 성격이 강하다. 조선 후기 학자들이 인생과 결부하여 주택에 어떤 특별한 의미를 부여하며 살고자 했는지를 흥미롭게 보여 준다.

홍길주는 가회방(嘉會坊)에 속했던 서울 종로구 재동에 살았다. 재동은 불이 타고 남은 재에서 연유하여 '회동(灰洞)'이라 일컫기도 하고, '재계할 재(齋)'의 뜻에서 유래되었다고 하여 '재동(齋洞)'이라 표기하기도 했다. 홍길주는 두 가지 설이 모두 잘못되었다 보았다. 북악산 기슭으로 지대가 높아서 언덕을 뜻하는 우리말인 '재'에서 유래했으리라 판단하여 재동을 아예 '현산(峴山)'이라 불렀다. 그래서 이곳에 거주하는 자신을 '현수자(峴首子)'라 부르고 첫 번째 문집을 『현수갑고(峴首甲藁)』라 명명했다.

글은 이름을 짓는 수사학의 전형을 드러내고 있다. 홍길주가 명명하고 써 내려간 글을 따라가 보면 그의 집은 여느 사대부의 가옥처럼 사랑채 권역과 안채 권역으로 나뉘어져 있다. 집은 모두 열세 개의 주요 건물로 이루어졌고 각각에 명칭을 부여하였다. 대문인 원득문을 들어서면 넓은 마당인 만간대가 나오고 중문인 용중문을 지나 수일재가 중심인 사랑채 권역이 나온다. 수일재 옆의 곁방이 지사료, 마루가 관원헌이고 사랑채의 뜰이 허백정이다. 사랑채에서 요락문을 지나면 안채가 나오는데 안채는 동쪽 침실인 정수합, 서쪽 침실인 영수실, 마루인 아우당으로 구성되어 있다. 안채의 뜨락이 식란정이고 동산이 견산대이다. 글에는 나와 있지 않지만 대문과 중문 사이에 아랫사람들이 거처하는 행랑채가 있었을 것이다.

글쓴이는 제법 번듯한 규모를 갖춘 사대부 저택의 열세 개 건물 하나하나에 이름을 부여하였다. 각각의 이름들은 대부분 유가의 경전에서 근거를 가져와 지었는데 부록인 '덧붙여 쓴 작은 글'에서 그렇게 명명한 근거를 밝히고 그 의도를 간명하게 설명하였다. 그 설명을 보면, 수기치인(修己治人)의 원리로 엮어서 삶의 방향과 연결시킨 솜씨가 잘 나타난다. 열세 개 건물에 붙인 명칭은 동일하지만 밖에서 안으로 이동할 때와 안에서 밖으로 이동할 때에 따라 의미가 달라지는 점을 확인하는 것도 흥미롭다.

신선들의 도서관　海書

동해 바다 한가운데 신선들의 도서관이 있다. 고금의 도서를 소장하고 다섯 등급으로 구별하여, 가장 좋은 책은 붉은 비단에 글을 써서 다섯 가지 무늬의 비단으로 표지를 입히고, 옥을 다듬어 포갑(包匣)을 만들고 산호로 서첨(書籤, 책의 제목을 써서 붙인 종이)을 꾸몄다. 다음 좋은 책은 자줏빛 비단에 글을 써서 노란 구름무늬 비단으로 표지를 입히고, 적옥(赤玉)으로 포갑을 만들고 마노(瑪瑙)와 유리로 서첨을 꾸몄다. 또 그다음 책은 흰 비단에 글을 써서 자줏빛 노을 무늬 비단으로 표지를 입히고, 백옥으로 포갑을 만들고 차거(車渠)로 서첨을 꾸몄다. 또 그다음 책은 고운 비단에 글을 써서 진홍색 비단으로 표지를 입히고, 유리로 포갑을 만들고 비취로 서첨을 꾸몄다. 가장 하등의 책은 견지(繭紙)에 글을 써서 푸른 비단으로 표지를 입히고, 자개로 포갑을 만들고 상아로 서첨을 꾸몄다.

서고가 깊숙하고 꼭꼭 잠겨 있으며 담당하는 관원이 맡아 지키기 때문에 사람이 들어갈 수 없고, 들어간다 해도 함부로 책을 열람할 수 없다. 어쩌다 틈을 엿보아 들어온 사람이 있었는데 그나마도 가장 하등의 책 한 권을 보았을 뿐이다. 왕발(王勃), 이백(李白), 한유(韓愈)의 작품이 수록된 책이었는데, 다 보지도 못하고 쫓겨났다.

바닷가에 사는 사람 가운데 도서관의 담당 관원과 친한 이가 있어서 한 번만 보게 해 달라고 거듭 간청했다. 틈을 엿보다가 관원과 함께 도서관에 들어가 책 한 권을 빼 보았는데, 펼쳐 보니 제목만 달려 있고 내용이 없었다. 그 사람이 괴이하게 여겨서 묻자 관원이 이렇게 대답했다.

"후세에 반드시 지을 사람이 있을 걸세."

책의 바탕을 보니 비단인데 붉은색이었다. 막 책을 덮고 표지를 보려고 하는 순간, 관원이 급히 빼앗아 감추고 손사래를 쳐서 그 사람을 내보내며 말했다.

"상관이 곧 오시니 지체할 수 없네."

그 사람이 나와서 친구들에게 사연을 말해 주었으나 책의 제목만은 말하려 들지 않았다.

해설

대단히 독특한 글로 전통적인 산문의 문체 가운데 특정한 문체로 귀속시키기 어렵다. 대체로 잡저(雜著)에 포함시킬 수 있기는 하나 굳이 그렇게 귀속시킬 필요가 없다. 내용 역시 대단히 독특하여 상상과 기지가 발휘된 멋진 글이다.

글쓴이는 동해 바다 어느 섬에 있다고 하는 신선들의 도서관을 이야기의 소재로 끌어왔다. 물론 상상 속에나 존재하는 도서관이다. 그 도서관은 온갖 책이 숨겨진 비밀의 도서관이었다. 그 도서관에서는 책을 다섯 등급으로 나누어서 보관하는데 등급에 따라 책의 품질과 장식이 다르다. 도서관 관리가 세상에 귀띔한 정보로는 동아시아 문학사에서 첫

손가락을 꼽히는 대가인 왕발, 이백, 한유의 작품이 그중 가장 하등의 등급에 꽂혀 있다. 도서관 관원의 인맥을 통해 비밀리에 들어가 본 사람이 책 한 권 꺼내 보고는 쫓겨났다. 그런데 그가 본 책은 제목만 있고 내용은 공란으로 비워져 있었다. 그 내용은 후대의 누군가가 지어서 채워 넣을 것이라고 관원이 말해 주었다. 그 도서관에 보관될 대부분의 책은 아직 지어지지 않았다.

어마어마한 양의 책들이 범람하고 있으나 동해 바다 신선들의 도서관에 소장될 정도로 빼어난 작품은 아직 지어지지 않았고 홍길주 자신을 비롯한 후세의 작가들이 지어 주기를 기다리고 있다는 말이다. 명저와 고전의 반열에 오를 책을 쓰고 싶다는 문인의 열망을 신선들의 도서관이라는 상상을 통해 표현하였다. 거창한 포부와 기발한 착상이 돋보이는 빼어난 문장이다.

꿈속에서 문장의 세계를 보다 釋夢

예전에는 글을 잘 짓지 못한 이유가 더 배워야 할 옛것이 많았기 때문이지만 이제는 글을 잘 짓지 못하는 이유가 배울 만한 옛것이 없기 때문이다. 예전에는 육경을 읽으면 육경을 배우고 싶었고, 『좌전』을 읽으면 『좌전』을 배우고 싶었다. 굴원의 「이소(離騷)」를 읽으면 「이소」를 배우고 싶었고, 『순자』와 『장자』를 읽으면 『순자』와 『장자』를 배우고 싶었으며, 『사기』를 읽으면 『사기』를 배우고 싶었다. 아래로 내려와 반고(班固)와 양웅(揚雄), 조식(曹植)과 육기(陸機), 유신(庾信)과 서릉(徐陵), 노조린(盧照隣)과 낙빈왕(駱賓王)으로부터 한유에 이르기까지, 그들의 글을 접하고서는 사모하는 마음이 그들에게로 옮겨 갔다. 끝내는 갈림길에서 방황하며 내가 머물 곳을 찾지 못하였다. 그래서 예전에는 글을 잘 짓지 못한 이유가 더 배워야 할 옛것이 많았기 때문이라고 말한다.

이제 예전에 읽었던 책을 꺼내 다시 읽어 보니 육경은 그저 육경일 뿐 나의 육경이 아니었다. 『좌전』도 그저 『좌전』일 뿐 나의 『좌전』이 아니었다. 굴원의 「이소」도 한갓 「이소」일 뿐 나의 「이소」는 아니었고, 『순자』와 『장자』도 『순자』와 『장자』일 뿐 나의 『순자』와 『장자』는 아니었다. 『사기』와 그 아래의 책도 다 마찬가지였다. 그 사람에게는 천하의 참된 문장이지만 내가 그것을 흉내 내면 비록 본래의 것과 분간하지 못할 만큼 똑같아도 천하의 참된 문장은 아니다. 이 열댓 명의 작가를 버리고 나면 다만 후세의 보잘것없는 문장이 있을 뿐이다. 그런데 후세의 보잘것없는 문장을 무엇 하러 짓는단 말인가? 그래서 이제는 글을 잘 짓지 못하는 이유가 배울 만한 옛것이 없기 때문이라고 말한다. 언젠가 이 생각을 남에게 말하고 나서 벼루를 부수고 붓을 태워 다시는 글을 짓지 않겠다고 했었다.

그날 밤 꿈에 두세 친구를 데리고 들판으로 나갔다. 큰길을 가리키며 그들에게 말했다.

"길이 이렇게나 시원하고도 넓습니다. 이런 길을 구태여 저버리고 외지고 비좁으며 어두운 샛길을 찾아간다면 어리석은 짓이겠지요?"

말을 채 마치기도 전에 길 오른편에 작은 언덕이 보였다. 사다리를 걸쳐 놓고 올라가지 않으면 높아서 오를 수 없고, 울타리를 쳐 문지방으로 막아 놓지 않으면 깊어서 문을 찾을 수 없었다. 안으로 들어가 보니 겨우 방 하나 크기였는데 그 좁은 곳에 넓음이 들어 있었고, 질박함 속에 화려함이 감춰져 있었다. 집이 아닌 들판인데도 내가 숨으니 아늑했고, 자리가 아닌 맨땅인데도 누우니 포근했다. 가까이 울긋불긋 고운 꽃들이 없었으나 눈에 어른어른하여 아름답기 그지없었고, 멀리 시선을 잡아끄는 산천이 없었으나 황홀하여 뭐라 할 수 없을 만큼 기이했다.

예로부터 그곳을 중원(中原)이라 불렀기에 무슨 표시가 있을 듯하여 찾아보았으나 아무 글도 없었고, 전해 오는 무언가가 있을 듯하여 문을 두들겨 보았으나 아무 소리도 들리지 않았다. 나를 따라 안에 들어간 사람이 한두 명 있었다. 모두들 좌우에 서 있기만 할 뿐 감히 깊은 곳으로 들어가지 못하고 몇 걸음 밖에서 맴돌았다. 기웃거리거나 까치발 하거나 비웃거나 우두커니 기다리면서 안으로 들어오지 못한 이들이 또 대여섯 명 있었다. 그러나 그들을 가로막는 장벽은 없었다.

아침이 밝아 그 꿈을 남에게 이야기했더니 누군가 이렇게 해몽해 주었다.

"문장에도 중원이 있거니와 여기에서 벗어나면 사방 오랑캐일 뿐입니다. 덕망은 삼황오제(三皇五帝) 때 가장 뛰어났으나 당시의 영토는 형초(荊楚)와 오촉(吳蜀) 지역이 미처 중국에 속하지 않았습니다. 진한 이래로 영토가 점차 넓어져 근세에 이르러서는 거의 곱절이 되었습니다. 삼대 때의 중원을 원하십니까? 땅이 너무 좁습니다. 진한 이후의 중원을 원하십니까? 공덕은 보잘것없고 예악은 미약합니다. 그렇게 되면 중원이라도 별로 추구할 것이 없으니 문장과 똑같습니다.

순임금과 우임금, 은나라와 주나라의 시대는 모두 성인의 시대입니다. 그래도 공자께서는 굳이 하나라의 역법을 쓰고, 은나라의 수레를 타며, 주나라의 면류관을 쓰고, 음악은 소무(韶舞)를 채택한다고 하셨습니다. 은나라는 자(子)를, 주나라는 축(丑)을 정월로 삼았으나 공자께서는 채택하지 않으셨고, 순임금은 황(皇)을, 우임금은 수(收)의 제도를 갖추었으나 공자께서는 버리셨습니다. 그렇다고 순임금과 우임금, 은나라와 주나라가 최고가 아니라는 말이겠습니까?

따라서 중원을 차지한 자는 영토와 속국이 삼대 때와 똑같을 필요도 없고, 또 삼대 때와 다를 필요도 없습니다. 진한과 같을 필요도 없고, 진한과 다를 필요도 없습니다. 현재의 열여덟 개 성(省)과 같을 필요도 없고 현재의 열여덟 개 성과 다를 필요도 없습니다. 영토를 개척해 늘릴 필요도 없고 영토를 깎아 줄일 필요도 없습니다. 덕망과 교육을 정비하고 예악을 밝혀서 사방 오랑캐를 통제한다면 그곳이 나의 중원인 것입니다.

따라서 문장을 짓는 자가 그 과정과 범위를 정할 때 굳이 육경을 배울 필요도 없고 육경을 배우지 않을 필요도 없습니다. 『좌전』과 「이소」, 『순자』와 『장자』, 『사기』를 배울 필요도 없고 『좌전』과 「이소」, 『순자』와 『장자』, 『사기』를 배우지 않을 필요도 없습니다. 조조와 육기 이하로부터 한유까지, 나아가 후세의 문장에 이르기까지 배울 필요도 없고 조조와 육기 이하로부터 한유까지, 나아가 후세의 문장에 이르기까지 배우지 않을 필요도 없습니다. 번잡하고 화려하게 꾸밀 필요도 없고 간략하고 질박하게 만들 필요도 없습니다. 이치와 의리에 뿌리를 두고 빛과 기운을 강하게 발휘하여 온갖 작가를 두렵게 만들어 복종하도록 한다면, 그것이 나의 문장인 것입니다. 예전에 글을 잘 짓지 못한 이유도 중원을 몰랐던 탓이고, 지금 글을 잘 짓지 못하는 이유도 중원을 모르는 탓입니다."

그는 또 이렇게 말했다.

"하늘이 덮고 있는 지상은 몇만 리에서 몇십만 리에 펼쳐진 지역입니다. 그 안에 자리 잡고 있는 중원이란 곳은 참으로 광야에 있는 집 한 채에 불과합니다. 그러니 옛날에는 작았는데 지금은 넓어졌다고 말할 것도 없습니다. 게다가 중원이 중원인 까닭이 무엇입니까? 익주(翼州)와 옹주(雍州), 회수(淮水)와 대산(岱山) 사이에 사는 중국 사람들이 머리카락을 풀어 헤치고 치아를 시커멓게 물들였다면 그들을 오랑캐라 불러도 좋습니다.

하늘이 덮고 있는 몇만 리에서 몇십만 리에 펼쳐진 지역 사람들이 모두 이제 삼왕(二帝三王)의 올바른 의복을 입고 모두 이제 삼왕의 올바른 가르침을 익힌다면 하늘이 덮고 있는 모든 지역을 중원이라 불러도 좋습니다. 아무리 높아도 사다리를 타고 오르지 못할 곳은 없고, 아무리 깊어도 문지방을 넘어 들어가지 못할 곳은 없습니다. 이 중원은 일찍이 사방 오랑캐를 막은 적이 없습니다. 단지 오랑캐가 스스로 들어가지 못했을 뿐입니다.

순임금과 우임금, 은나라와 주나라처럼 번성했을 때에도 사방 오랑캐를 혁신하여 중국에 편입시키지 못했습니다. 다만 지극히 훌륭한 문장은 음란한 책과 자잘한 이야기책을 모두 『시경』이나 『예기』로 바꾸어 놓았습니다. 진한(秦漢) 이래 전쟁을 일삼던 시대에도 우하(牛賀)와 구로(仇蘆)처럼 해가 뜨고 달이 지는 궁벽한 곳까지 모두 교통하여 진기한 보배를 공물로 받지는 못했습니다. 다만 지극히 훌륭한 문장은 벌레가 시를 읊조리고, 귀신이 노래를 부르게 만들었습니다. 그래서 나무와 돌의 요괴처럼 기괴하고 신비하여 끝까지 밝혀내지 못할 것들까지 너도나도 찾아와서 조회에 참여하여 추악한 모습을 숨기고 능력을 바치려 했습니다. 이것이 곧 문장의 중원이니, 진짜 중원보다 오히려 더 위대하지 않습니까? 이런 정도가 된다면 문장을 지어도 훌륭할 것입니다.

그렇지 않다면 제아무리 『서경』을 태생부터 소유하고 『주역』을 골수에 간직하며, 형상도 닮고 정신도 똑같아서 분간할 수 없다 해도 그것은 당신의 육경이 아닙니다. 당신이 문장을 짓지 못하는 점은 여전할 것입니다. 꿈에서 중원을 본 것은 신의 계시입니다."

해설

원제목은 꿈을 해몽한다는 뜻의 석몽(釋夢)이므로 해몽과 같은 말이다. 이 글은 일종의 잡문이다. 그러나 그 내용과 주제는 심각하고도 중요한 의의를 지닌다. 꿈속에서 몇 사람과 함께 드넓은 벌판의 중원을 찾아가 겪은 일을 남에게 이야기했더니 누군가가 해몽을 해 주었고, 그 사실을 글로 엮었다. 해몽을 한 사람은 글쓴이가 아닌 제삼자이지만 글쓴이 내면의 목소리다. 홍길주는 꿈을 빌려서 자신이 말하고자 하는 주장을 펼치기 좋아했는데 이 글도 같은 성격이다.

홍길주가 꿈속에서 본 중원은 문인이라면 누구나 올라가고 싶고 들어가고 싶은 위대한 작가의 공간이다. 그 공간의 입구를 묘사한 대목을 보면, 모든 사람에게 열려 있으나 들어가 활개 치는 이가 거의 없다. 문장의 왕국 중원에 이미 들어간 이들은 누가 있을까? 유가의 경전인 육경의 저자를 포함하여 『좌전』이나 제자백가, 그리고 조조와 육기로부터 한유까지일 뿐이다. 동양 고대의 위대한 작가들이다. 그렇다면 그 수준의 글을 쓰면 어떤 작가라도 들어갈 수 있을까? 그것은 아니다. 옛것을 배워서는 위대한 작가가 될 수 없다. 누군가와 닮아서는 불가하다. 그렇다고 남과 다르다고 해서 들어갈 수 있는 것도 아니다. 그만의 전형을 창조한 위대한 창조자만이 들어갈 수 있다.

중원은 누구에게나 열려 있으나 아무나 들어가지 못하는 문장의 왕국이다. 현실 세계에서 중원은 중국이라는 거대한 땅이지만, 홍길주가 꿈속에서 본 중원은 영토가 없는 세계다. 그러나 거대한 나라 중국보다 더 위대한 세계다. 홍길주는 꿈속에서 본 그 중원으로 들어가고자 했다. 그의 꿈은 수많은 작가의 꿈을 대변한 위대한 포부이다. 기발하고 참신하여 홍길주의 풍부한 상상력과 실험 정신을 잘 보여 주는 글이다.

용수원 병원 설립안 用壽院記

관중(管仲)이 곤궁했을 때에는 사업을 도모했으나 자주 성공을 거두지 못했다. 그러다가 환공(桓公)을 만나서 아홉 번이나 제후들을 규합하고 천하를 하나로 바로잡아 중국 백성들을 오랑캐 수중으로 빠지지 않도록 만들었다. 감무(甘茂)는 의양(宜陽)을 공략했으나 석 달이 넘도록 이기지 못했다. 진(秦) 무왕(武王)이 참소하는 말을 듣고서 그를 소환했다가 뒤에는 더 많은 병사를 동원해 도와주어 결국 의양을 함락했다.

악의(樂毅)가 열흘에서 한 달도 채 되지 않아서 제(齊)나라 칠십여 개 성을 함락했으나 즉묵(卽墨)은 포위한 지 삼 년이 되도록 격파하지 못했다. 마침 연(燕)나라 소왕(昭王)이 죽어서 끝내 성공을 거두지 못했다. 백리맹명(百里孟明)은 한 차례의 전투에서 대군을 잃고 세 번이나 중용되어 드디어 서융(西戎)을 제패했다. 당나라 안녹산(安祿山)의 난 때 아홉 개 절도사(節度使)의 병력이 상주(相州)에서 궤멸되었다. 이때 곽자의(郭子儀)와 이광필(李光弼)은 모두 군사를 잃고 도주했다. 그러다가 휘하 부대를 전적으로 통솔하게 하자 가는 곳마다 위세를 떨쳤다.

의사를 선택할 때 어떤 사람이 "아무개 의사가 일찍이 어떤 병자를 치료했는데 병세를 호전시키지 못했으니 좋은 의사가 아니다."라 말했다. 그 말을 들으면 관중과 같은 의사를 잃게 된다. 어떤 사람은 "아무개 의사가 병을 치료하는데 오래되어도 성공을 거두지 못하므로 의사를 바꿔야 한다."라 말했다. 그 말을 들으면 감무와 같은 의사를 잃게 된다. 어떤 사람은 "아무개 의사가 다른 병을 치료할 때는 여러 번 빠른 효과를 보았는데 지금 이 질병에서는 효과가 더디므로 아마도 그의 마음이 바뀌었나 보다."라고 말했다. 그 말을 들으면 악의와 같은 의사를 잃게 된다. 어떤 사람은 "아무개 의사가 이미 약을 처방했는데 그 병세를 악화시켰으므로 서둘러 물리쳐야 옳다."라고 말했다. 그 말을 들으면 맹명과 같은 의사를 잃게 된다. 어떤 사람은 "아무개 의사는 치료를 잘하기는 하나 그 혼자한테 맡기기는 어려우므로 여러 명의와 함께 치료법을 상의하도록 하는 것이 옳다."라고 말했다. 그 말을 들으면 곽자의와 이광필을 잃게 된다.

상앙(商鞅)은 진(秦)나라 효공(孝公)을 보좌해 법을 제정하여 보잘것없는 진나라를 천하의 강자로 만들고 끝내는 여섯 나라를 합병하도록 만들었다. 그러나 진나라는 국운을 길게 누리지 못했으니 법이 가혹한 탓이었다. 왕안석(王安石)은 청묘법(靑苗法)을 은현(鄞縣)에 실시했는데 백성들이 그 혜택을 누렸다. 그런데 그 법을 천하에 시행했더니 백성들은 이산하고 나라는 쇠퇴했다.

요사이 의사들은 독한 약을 투약하여 일시적으로 쾌차하도록 할 뿐 사람의 원기를 돌보지 않는다. 또 지난날 우연히 시험해 본 처방을 고집하여 늘 사용하다가 끝내 실패하고 만다. 그 점은 상앙이나 왕안석의 두 사례와 유사하다.

왕공(王公)이나 귀인(貴人)의 집안에는 출입하는 훌륭한 의사들이 백 명을 헤아린다. 그렇다고 왕공이나 귀인들이 다들 장수하는 것도 아니고, 처자식이나 형제들이 병이 나면 빨리 낫는 것도 아니다. 반면에 도회지 골목의 곤궁하고 천한 사람들은 병이 나도 의사를 찾아갈 수 없다. 요행히 용렬한 의원 하나를 만나서 약 처방을 받으면 차고 따뜻한 성질이나 세고 약한 정도를 따질 것도 없이 복용을 한다. 병이 더 심해져도 다른 의사를 찾아볼 길이 없으므로 또 그 의사에게 물어서 또 복용한다. 그러나 도회지 골목의 곤궁하고 천한 사람들은 곧잘 특이한 질병이나 오래 묵은 병이 있어도 툴툴 털고 병석에서 일어나기도 한다.

따라서 의사를 쓸 때에는 전적으로 한 사람에게 맡겨야 한다고 말한 것이다. 효과가 없어도 그를 시켜 치료하게 하면 그의 지혜가 반드시 통할 때가 있다. 많은 의사에게 진료받고 자주 의사를 바꾸는 자는 반드시 실패한다.

의사는 사람의 생사를 다루니 삼가고 두려워해야 하지 않겠는가? 그런데 요사이는 잘 달리는 말을 타고서 하루 안에 수십 집에 왕진을 한다. 귀가하면 병자를 떠메고서 진찰을 요청하는 자가 또 수십 명에서 백 명에 이른다. 몸은 피곤하고 정신은 흐릿하여 입으로는 대꾸도 하기 힘들고 붓으로는 처방전을 쓰기도 힘들다. 그러니 어느 겨를에 깊이 생각해 보고 상세하게 물어보며 폭넓게 의서를 뒤져 보겠는가?

그래서 의사가 병을 치료하다가 손을 써 보기 힘든 병을 만나면 종일토록 깊이 생각하고 옛 처방책을 참고하여 반드시 치밀하게 치료하려고 해야지 하루에 여러 질병을 다루면서 환자를 보려고만 애써서는 안 된다. 오늘날 의사는 대개 가난한 사람이라 병자를 적게 치료하면 이익을 얻는 것이 작다. 그 때문에 진료하는 병자가 많아질 수밖에 없고, 보는 병자가 많으면 집중하여 진료하지 못하며, 집중하지 못하면 사람을 해치게 된다.

지금 용수원(用壽院)의 의사가 다들 편작과 화타(華佗), 의완(醫緩)과

의화(醫和)는 아니다. 보수를 풍족하게 주어 이익을 추구하려는 마음을 끊어 버리고, 직원과 심부름꾼을 많이 두어 고생을 덜어 주며, 의서를 풍부하게 비치하여 연구를 정밀하게 하도록 하고, 약재를 좋은 것으로 써서 약효를 크게 발휘하도록 한다. 의사 중에서 가장 뛰어난 사람을 뽑아서 원장(院長)으로 삼아 집에 병자가 생기면 그에게 전담시킨다. 곤궁하고 천한 사람들이 찾아와 하소연하면 각각의 의사가 전담하여 치료받지 못하는 이가 없고, 이익에 유혹을 받지 않고 의사의 정신을 집중하게 한다. 진료하는 환자의 수가 많지 않으면 그의 능력을 다 기울일 수 있다. 그렇게 하면 용수원 안의 의사는 모두 천하의 명의가 되어 병자가 그 혜택을 입을 것이다.

그렇게 한 다음 상앙과 왕안석의 경우를 말해 주어 의사들을 경계하고, 관중을 비롯한 여러 사람의 경우를 말해 주어 병자들을 경계한다.

오호라! 이러한 도리로 사람을 뽑고 법을 적용하며, 이러한 도리로 천하와 국가를 다스린다면 장수하는 자가 어찌 십만 명 백만 명에 그치겠는가? 잘하지 못한다고 하여 한 병원에 그쳐서야 되겠는가?

해설

이 글은 홍길주의 단행본 저술 『숙수념(孰遂念)』 제일관(第一觀)에 수록되어 있다. 홍길주는 거대한 저택을 지어서 살기를 꿈꾸고 그 내부에 학교와 도서관, 창고 등 다양한 용도의 건물을 짓는 계획을 세웠다. 그중 하나가 병원이다. 가깝게는 자신과 가족, 일가친척을 치료하고 넓게는 이웃 사람과 가난하고 비천한 사람들에게 의료 혜택을 제공하는 큰 규모의 병원을 설립하려는 구상을 밝혔다. 근대적 병원이 등장하기 이전에 한 개인이 이렇게 병원 설립의 의지를 명확하게 밝힌 경우는 매우 드물다. 이 점에서 대단히 주목할 만한 설계안이다.

홍길주는 같은 글에서 용수원이라는 병원의 위치와 개요를 이렇게 밝히고 있다. "저택의 동쪽 담장 밖에 따로 하나의 건물을 세워 이름을 용수원이라 한다. 당세의 명의를 모아서 거주하게 하고 약물을 풍성하게 저장해 놓고 이웃과 친족 가운데 질병이 있거나 가난하여 치료를 받지 못하는 사람들을 구제한다.(宅東牆之外, 別立一宅, 名曰用壽院, 集當世良醫居之. 盛貯藥物, 以救隣里親黨之有疾而貧不能療者.)" 이 설명만을 놓고 보아도 개인적 진료의 목적을 벗어나 이웃과 빈민에게 혜택을 확대하는 의료사업의 성격이 짙다.

이 글은 용수원을 설립하려는 동기를 자세하게 밝히고 있는데 글 자체가 매우 흥미롭다. 의사와 환자가 질병을 잘 다스릴 수 있으려면 어떻게 해야 하는지에 초점이 맞춰져 있다. 우선 의사와 환자의 자세가 중요하다. 의사가 진료를 잘하고 환자가 치료를 잘 받기 위해 필요한 조건을 역대의 장수와 정치가의 사례를 들어 비유하고 있다. 상당히 절묘하고 적절한 비유이다.

다음으로 의료 환경을 잘 갖추어야 한다. 의사가 이익을 얻기 위해서가 아니라 환자를 낫게 하기 위해서 진료에 임할 수 있도록 경제적으로 넉넉하게 지원해서 충분한 휴식과 정신적 여유를 갖도록 해야 한다. 그런 조건과 환경을 갖춘 병원이 되도록 용수원을 설립한다는 뜻을 밝혔다. 병원 설립의 취지를 쓴 글로서 그 가치가 매우 높다.

작가의 서실 표롱각 縹礱閣記

연천(淵泉) 선생께서 언젠가 이렇게 말씀하셨다.

"항해(沆瀣)의 문장은 큰 기둥으로 지탱하는 고대광실과 같고, 변화무쌍한 구름이나 파도와 같다. 국가의 종묘나 명당(明堂)이라고 하자니 아스라한 측면(縹緲)이 너무 과하고, 하늘나라의 현포(縣圃)나 요대(瑤臺)라 하자니 갈고닦아서(礱砥) 너무 치밀하다."

항해는 그 말씀을 감당할 수 없다고 여겼다. 항해의 문장이 그 말씀을 감당하지 못할 뿐 아니라 옛사람의 문장에도 이렇게 비유할 만한 훌륭한 작품이 없다. 오로지 고금의 사부서(四部書) 천 권 만 권을 모아서 합해 놓는다면 혹시라도 그에 가까운 것이 있을지 모르겠다. 그래서 장서를 보관한 집의 이름을 그 말씀에서 취하여 표롱각(縹礱閣)이라 하였다.

이 장서각에 소장한 책은 위로는 육경으로부터 아래로는 수많은 작가에 이르기까지 천하의 읽을 만한 글이라면 없는 것이 없다. 큰 지붕 아래 처마를 깊숙이 들여서 책의 품덕을 크게 높이고, 아름다운 포갑에 화려한 장황(裝潢)으로 책의 문채를 빛나게 했다. 서가와 책시렁으로 나누고, 첨지와 권축(卷軸)으로 표식을 달아 책의 구별을 신중하게 했다. 경서를 가장 높이고, 사서(史書)를 다음으로 높였으며, 자서(子書)와 문집을 그다음 자리에 놓아 책의 등급을 분명하게 매겼다.

손님 중에 바다 밖 다른 나라에 갔다가 장서를 많이 가진 선비를 만나 대화를 나눈 분이 있었다. 그 선비가 손님에게 이런 말을 했다고 전해 주었다.

"내가 일찍이 그대의 나라를 멀리서 바라보았더니 상서로운 구름과 무지개와 노을이 서로 어우러져 일어나며, 영롱하고 찬란하여 오색 빛깔이 다 갖춰져 있더군요. 때로는 용이나 이무기, 봉황이나 난새 모양에 비단과 자수, 옥과 패물의 형상을 하면서 그 기운이 솟구쳐 하늘을 꿰뚫었습니다. 먼 곳을 잘 살펴보는 자를 시켜 일만여 리를 비추는 거울로 그쪽을 비춰 보게 했더니 그 아래에 있는 아름다운 저택을 찾았습니다. 인간 세상의 건물로 보려니 허공중에 아스라하게 있어서 대지에 주춧돌을 놓고 세웠다는 생각이 들지 않더군요. 그렇다고 인간 세상의 건물이 아니라고 하려니 갈고닦아 아로새기고 꾸민 모습이 또 천하의 수많은 장인이 기교를 마음껏 발휘한 것이더군요. 그대는 그 집을 알고 있는지요?"

손님이 반복해서 되물어본 뒤 표롱각일 것이라고 추측하고는 마침내 그에 관해 대강 말해 주었더니 그 선비가 이렇게 말했다.

"장서를 보관하는 집은 천하에 많습니다. 권수가 이보다 풍부하고, 장황이 이보다 호화로운 도서관이 또 몇 곳이나 되는지 모릅니다. 그런데 유독 여기만 이 기운이 서려 있을까요? 이는 필연코 그 사람이 기이해서 그럴 것입니다!"

손님은 평소 항해와 친하게 지내던 이라 드디어 항해의 평소 행적을 장황하게 말하고 사는 곳과 저서도 대략 설명해 주었다. 그 사람은 크게 놀라고 기이해하며 산과 바다가 막혀서 항해를 만나 교유할 수 없음을 한스럽게 여겼다 한다.

항해는 그 말을 듣고 한층 더 스스로 감당할 수 없는 말이라 하고 표롱각에 그 아름다움을 돌렸다. 서책을 관리하는 소사(小史)에게 명하여 그 대화를 기록하고 편액을 꾸며 걸게 했다.

해설

개인 서실의 의의를 밝힌 글로 문체는 기문(記文)이다. 표롱각이란 기이한 서실은 방대한 장서를 모아 놓은 홍길주의 서재이다. 읽을 만한 글이라면 없는 것이 없는 서실로 정성을 기울여 만들고 꾸몄다. 이 표롱각이 얼마나 대단한지 서실이 발산하는 기이한 기운이 먼 외국의 하늘에도 뻗쳐서 그 나라의 장서가도 느낄 수 있었다. 그 기운은 건물 자체만이 아니라 그 서실이 간직하고 있는 기이한 도서와 기이한 작가가 발산한 것이다. 먼 외국까지 조선 작가의 기운이 뻗어 간다고 할 만큼 장서가이자 문장가로서 홍길주가 가진 자부심과 포부가 담겨 있다. 그 도도한 자기 자랑이 상상력을 입어서 밉지 않고 화려하게 펼쳐졌다. 매우 기발하고 환상적이며 독특한 산문이다. 그의 두 번째 문집 이름이 바로 『표롱을첨(縹礱乙幟)』이다.

이시원
李是遠

1789~1866년

자는 자직(子直), 호는 사기(沙磯), 시호는 충정(忠貞)이며 본관은 전주(全州)다. 강화학 명문가 출신으로 이면백(李勉伯)의 아들이자 이건창(李建昌)의 할아버지다. 1815년 문과에 급제하고 평안도 관찰사와 형조, 이조의 판서를 역임했다. 1866년 병인양요가 일어나 강화도가 함락되자 아우 이지원(李止遠)과 함께 유서를 남기고 음독 자결했다. 뒤에 영의정에 추증되었다.

그의 문장이 지닌 특징을 설명하여 이건창(李建昌)은 "문장을 지을 때는 화려함을 버리고 사실다움에 나아갔으며 문장은 생각대로 쓰고 글자는 순탄하게 표현했으며, 기품을 높게 가져 고상하게 보이려 하지 않았다. 그러나 곧잘 참되고 진지하며, 밝고 화창하여 왕수인(王守仁)과 비슷했다. 특히 동국의 문헌에 마음을 기울여 망라하고 수집해서 찬란하게 크게 갖추었다.(爲文章, 祛華就實 文從字順. 亦不喜標置以爲高, 往往眞摯明暢, 似王新建. 尤用心於東國文獻, 網羅蒐輯, 粲然大備.)"라고 평했다. 손자의 평가이기는 하지만 특징을 명확하게 드러냈다. 그의 문집은 『사기집(沙磯集)』이 전한다.

개를 묻으며 瘞狗說

공자께서 기르던 개를 묻을 자리를 주면서 자공(子貢)에게 그 머리를 흙에 닿지 않게 하라고 당부하셨다. 이는 성인이 어진 마음을 사물까지 베푼 것이지만, 주인을 사랑하는 충성심에 보답하지 않아서는 안 되기 때문이었다. 맹자께서 개와 소와 사람의 본성이 같지 않다고 말씀하셨으나 개의 본성에는 또한 충성의 이치가 들어 있다.

그래서 훔치고 엿보는 자가 있으면 짖어 대니 주인에게 보관해 둔 물건이 있기 때문이다. 낯익은 손님이 오면 맞이하니 주인이 후하게 대접하는 손님이기 때문이다. 주인이 외출했다 돌아오면 바짝 다가와 품 안으로 들어오니 반가워함을 알 수 있다. 이는 모두 개의 변함없는 본성이자 충성스러운 일이다. 육기(陸機)의 황이(黃耳)처럼 고향에 돌아가 편지를 전했고, 기이한 이야기 속에 나오는 의로운 개처럼 꼬리에 물을 적셔 불을 껐으니 그 품성이 더욱 특이하고 주인에게 충성을 다하였다.

또 주인이 현명하여 어진 마음으로 돌보고 온화한 마음으로 감화시키니 닭들이 어미 개가 돌아오기를 기다리고, 종류가 다른 동물임에도 먹이를 주게 하였다. 각박한 풍속을 부끄럽게 하고 풍교(風敎)에 보탬이 되는 사연이기에 한유는 기이한 상서로움이라 하였고, 주자는 『소학』에 실어 놓았으니 어찌 짐승이라 하여 홀대하겠는가?

한나라 조정의 대신 중에는 오직 급암(汲黯)이 정의를 위해 죽을 충성심을 발휘했는데, 그는 "신은 개와 말처럼 충성하려는 마음이 있습니다."라 말했다. 신령하고 빼어난 말 앞에 개를 언급하였으니, 개를 극도로 인정했다고 하겠다.

막내 아우 자한(子罕)에게 개가 한 마리 있었는데, 계묘년(1843년) 삼월에 나서 경술년(1850년) 삼월에 죽었다. 개가 나에게 충성한 것이 자한에게 충성한 것과 다름이 없었고, 훌쩍 갔다가 훌쩍 오면서 한 번도 낮동안이나 밤사이에 눈에 뜨이지 않은 적이 없었다. 어느 때는 꼬리를 흔들고 지팡이 짚고 가는 내 옆을 맴돌고, 어느 때는 내가 쉬는 창 너머로 두 귀를 늘어뜨리고 웅크리고 앉아 있기도 했다. 때때로 두 집안에서 밥 먹을 때를 놓쳐서 늘 배가 고프더라도 아랑곳하지 않았다.

자한은 언덕 너머에 살아 두 집의 소 울음소리가 들릴 거리였다. 매번 형제가 오갈 때마다 뜨락이나 수풀 사이에서 뛰어나와 앞을 인도하여, 멀거나 가깝거나 떨어진 거리가 조금도 어긋나지 않으니 마치 길거리에서 벽제(辟除)하는 모습 같았다. 그 뜻을 살펴보면, 주인 형제를 한 몸으로 생각하는 듯하였으니 있는 곳마다 충성을 다하여 구별하지 않았던 것이다.

개의 나이가 여덟 살이 넘으면 늙어 추리한 모양이 심해져 곧 수명이 다하는데, 이 개는 모습도 온전하고 털은 윤기가 나서 죽을 낌새가 보이지 않았다. 올해 삼월에 며칠 동안 오는 것을 보지 못해 이상하게 여겨 물었더니, 이미 묻었다고 했다. 자한의 하인이 말했다. "개가 죽기 직전에 언덕 아래 작은 돌다리 가에서 부르짖더니 갑자기 언덕 위로 뛰어가서 볕이 잘 드는 비탈을 골라 눕고는 마침내 죽어서, 그곳에 묻어 주었습니다." 작은 돌다리는 두 집안의 중간에 있고, 비탈은 또 높고 툭 트여 남쪽으로 자한의 집을 바라보고 북쪽으로 우리 집을 바라볼 수 있으니, 또한 기이한 일이다.

우리 집안은 매우 가난하여 생계를 꾸릴 방법이 없었다. 두 아우가 아침저녁으로 입에 풀칠이나 하고, 담장 두른 집 세 채뿐이며 나누어 가질 논밭이나 그릇도 없었다. 그 형세가 어쩔 수 없이 자기 식구나 챙기며 각자 생계를 꾸릴 뿐이라, 물건을 빌리더라도 오래지 않아 돌려주고 궁핍하여 양식이 떨어져도 다 도와주지 못했다. 마음에서 일어나 입으로 뛰어나오는 말이 악착같고 자질구레하여, 진(秦)나라 풍속의 군더더기 나눔과 다르지 않았다. 묵묵히 생각해 보다가 때때로 마음이 상하여 눈물을 흘렸으니, 형이 되어 아우에게 못되게 굴기로는 나보다 못한 이가 없다.

그 사이에서 자란 짐승이면 자기 주인에게만 충성을 다해야 할 터인데 형제가 한 몸인 줄 어떻게 알았을까? 자주 보았으니 길들여진 것이야 당연해도 한 몸을 나눌 수 없음은 또 어떻게 알았을까? 두 집안에 몸을 나누려 하다가 마침내 두 집안 사이에서 죽었으니 두 집안이 보이는 곳에 묻히려고 스스로 택하였구나!

자한은 아들 셋을 두었다. 맏이는 내 품에서 길렀는데 배움을 시작하자마자 이목구비(耳目口鼻) 등의 글자로 초학의 첫걸음으로 삼았다. 올해 나이 스물셋으로 경전을 외우고 역사서를 볼 줄 안다. 열여덟 살 되는 녀석도 따로 밖에서 스승을 모시지 않았는데, 내가 몹시 늙고 게을러져 그 형이 어릴 때처럼 공부시킬 수가 없었다. 막내는 올해 아홉 살인데, 귀염둥이에 철이 안 들어 엄마 품에서 떨어질 줄 모르더니, 작년 겨울부터 갑자기 와서 글자를 배우면서 떠나지 않고, 나를 제 아비 보듯 하고, 내 집을 제 집처럼 여긴다. 만약 우리 형제의 아들이 범치춘(汎稚春)

의 아들처럼 제 아버지의 형제를 자신의 아버지처럼 보고, 사촌 형제들을 자신의 형제처럼 여긴다면, 이 개가 우리 집에 상서로운 조짐이 되었다고 해도 헛되지 않으리라. 그렇지 않다면 개만도 못하고, 개의 고심을 저버린 것이다.

개를 묻을 때 미처 알지 못했다가 나중에 사연을 써서 아우와 조카에게 보이고, 이 종이를 개의 무덤 앞에서 태운 뒤 흙을 더욱 두텁게 덮어 여우나 이리가 물어가지 못하게 하였다. 개가 충성스러운 성품을 지녔기에 또한 신령한 넋을 가졌으리니 내가 붓을 쥐고 거듭 슬퍼한 사실을 알아차리리라!

해설

문체는 설(說)로 개를 땅에 정성껏 묻어 주고 그 이유를 설명한 글이다. 글의 앞과 뒷부분에는 개와 사람과의 관계 및 개를 묻어 줄 수밖에 없는 이유를 설명한 의론 부분이고, 중간에는 개가 살아 있을 때 형제 사이를 오가며 충성을 바친 사연을 서술하였다.

현대에는 개를 가족처럼 사랑하는 사람이 많아서, 개고기를 먹는 사람을 야만인 취급하고 있으나 조선 시대만 해도 분위기가 많이 달랐다. 그러나 이 글을 읽어 보면 짐승과 사람의 교감이 오늘날과 크게 다르지 않았다는 사실을 느끼게 한다. 관리로서 부정부패를 엄하게 단속하고, 국난(國難)에 서슴없이 순절(殉節)한 꼿꼿하고 강직한 선비라도 한편으로는 여리고 섬세한 마음을 가지고 있음을 보여 준다.

글은 크게 세 부분으로 나뉜다. 개가 충직함의 덕성을 지닌 동물로 오래전부터 사람과 교감한 역사가 있음을 앞 대목에서 조금 장황하게 설명했다. 글쓴이의 해박함을 드러내며 개의 본성을 이해하고자 했다. 글의 중간에서는 8년 동안 아우의 개가 아우와 자신을 오가며 충성을 바치다 죽은 사실을 서술하였다. 마지막 대목은 충직한 개가 형제 사이를 우애하게 만들고자 애썼음을 들어 형제를 잘 대하지 못한 자신을 반성하면서 아우와 조카를 더 따뜻하게 보살피고 나아가 조카와 자식들이 친형제처럼 오붓하게 지내기를 바라는 소망을 담았다. 우애라는 덕성을 일깨운 개에게 추모의 정을 담아 쓴 글이다.

조희룡
趙熙龍

1789~1866년

자는 이견(而見)·치운(致雲)·운경(雲卿)이고, 호는 우봉(又峰)·호산(壺山) 등을 썼다. 본관은 평양(平壤)이고, 신분은 중인(中人)이다. 불과 세 살 차이임에도 추사 김정희의 학문과 문예를 존경하여 모범으로 삼았고, 1851년에는 김정희와 연루되어 전라도 임자도로 유배를 가기도 했다. 그러나 예술에서는 상당한 차이를 드러냈다.

시와 그림, 글씨가 모두 높은 경지에 이르렀다. 글씨는 추사체의 영향이 두드러지며 회화에서는 난초와 매화를 특히 즐겨 그렸다. 시문도 상당수 저술했으나 사후에 문집으로 편찬·간행되지 못했다. 현재 약간의 필기와 척독, 제발(題跋), 시 및 『호산외기(壺山外記)』가 전한다. 제발과 척독에는 아치가 풍부하고 경발(警拔)한 글들이 많아 감상용 글로도 가치가 있다. 그리고 제발에는 예술을 바라보는 독특한 시각이 가벼운 필치로 드러난다. 특히 1844년에 저술한 중인의 전기집인 『호산외기』는 사료와 전기 작품으로서 훌륭한 가치를 지녀 당대부터 높은 평가를 받았다. 조선 시대 화가 가운데 문인으로서도 가장 높은 수준에 도달한 작가로 평가할 수 있다.

국수 김종귀 金鍾貴傳

김종귀(金鍾貴)는 바둑으로 세상에 이름이 나서 우리나라에서 제일가는 고수라 일컬어졌으며, 아흔 살 넘어까지 살았다. 김종귀 뒤로는 세 사람이 유명한데, 김한흥(金漢興), 고동(高同), 이학술(李學述)이 그들이다. 이학술은 아직 생존해 있다.

김한흥은 김종귀와 명성을 나란히 했는데 그때는 한창 젊을 때라 적수가 없다고 자부하였다. 한번은 김종귀와 내기 바둑을 한 판 두었는데 구경꾼들이 고슴도치처럼 모여들었다. 김한흥은 눈빛이 바둑판을 꿰뚫을 듯하여 종횡무진 허를 찌르고 돌을 부딪쳐 나가는 솜씨가 천리마나 굶주린 매와 같았다. 반면에 김종귀는 손이 쭈글쭈글하여 바둑돌 놓는 것조차 힘겨워 보였다. 바둑판의 형세를 살펴보니 패색이 짙었다. 구경꾼들은 서로 귓속말로 "오늘 이 판으로 김한흥이 독보한다는 걸 인정할 수밖에 없겠군."이라며 수군거렸다.

그때 김종귀가 바둑판을 밀치면서 "늙은 데다 눈도 어질어질하니 내일 아침 정신이 맑을 때 이어 두세."라고 말했다. 구경꾼들이 "예부터 이름난 고수가 바둑 한 판을 이틀 걸려 둔다는 말은 못 들었소."라 소리쳤다. 그러자 김종귀는 손으로 눈을 비비고는 다시 바둑판을 들여다보며 자리에 앉았다. 한참 동안 물끄러미 바라보다 이윽고 기막힌 묘수를 두니 마치 강물을 끊고 성문을 부순 것 같아 다 졌던 판을 기어이 역전시켜 이기고야 말았다. 온 좌중이 경탄할 수밖에 없었다. 이야말로 그 사람이 실수하지 않는 것은 두렵지 않으나 실수하는 것은 두렵다는 경지였다.

호산거사(壺山居士)는 말한다. 고금의 유희 중에서 바둑보다 더 오래된 유희는 없다. 적의 빈틈을 노려 공격하는 것이나, 진격하여 취하고 후퇴하여 버리는 것, 그리고 변칙 공격과 정면 승부, 허실(虛實)을 탐색하는 것이 참으로 전쟁을 모형으로 만든 놀이 중에서 으뜸이다. 혁추(奕秋)와 두부자(杜夫子), 왕항(王抗), 왕표(王彪), 왕적신(王積薪), 활능(滑能) 등 역대 유명 기사의 기량이 어느 수준인지 지금으로서는 알 수 없다. 다만 옛날부터 전해 내려오는 전설 가운데 시어머니와 며느리가 바둑을 두는 것을 왕적신이 길을 가다가 보았다는 이야기는 있을 듯 말 듯한 일로서 황당무계하여 믿을 수 없다.

지금 바둑 책들은 이른바 『대철망(大鐵網)』, 『소철망(小鐵網)』, 『권렴변(捲簾邊)』, 『금정란(金井欄)』 등 백여 종에 이르지만 이 책들을 보고 흉내 낸다고 바둑을 잘 둘 수는 없다. 육상산(陸象山)은 바둑판을 걸어 놓고 쳐다보다가 하도(河圖)의 수리(數理)를 깨달았다고 전하는 반면, 총명하고 재주 있는 사람들이 열심히 연구해도 잘 두지 못하기도 한다. 창랑(滄浪) 엄우(嚴羽)가 "시에는 특별한 재능이 있으니 학문과 관계있는 것이 아니다."라고 말했는데 나는 바둑도 그렇다고 말하련다.

해설

조선 후기 국수(國手)의 계보 가운데 중요한 한 사람인 김종귀의 삶을 묘사한 전기이다. 조선 후기에는 국수의 전기가 다수 지어져 일종의 기자전(棋者傳)이라고 할 만한 작은 영역이 만들어졌는데 그중의 한 편이다. 다만 국수의 전기는 생애 전반을 다루기보다는 중요한 대국이나 흥미로운 에피소드의 소개를 위주로 썼다는 점이 특징이다.

이 글은 늙어서 전성기가 지난 김종귀와 한창 성가를 올리던 김한흥의 대국을 박진감 넘치고 생기 있게 묘사했다. 이제는 자신이 최고라는 김한흥의 무서운 기세와 아직 죽지 않았다고 외치고 싶은 노국수의 소리 없는 절규, 덩달아 들뜬 관중의 흥분이 생생하게 그려진다.

"그 사람이 실수하지 않는 것은 두렵지 않으나 실수하는 것은 두렵다."라는 말은 명말 청초의 문인인 전겸익(錢謙益)이 한 말이다. 당대의 국수인 왕유청(汪幼清)의 저서 『기보신국(棋譜新局)』의 서문에서 저자를 치켜세우려고 한 말을 그대로 원용했다. 전겸익에 따르면 왕유청은 너무 수준이 높아서 상대를 얕잡아 보고 고민 없이 대충 두는 경우가 많았다. 그러다가 종종 실수를 범했는데 그 순간부터 정신을 차려 본디 실력을 십분 발휘했다. 작은 실수를 범했을 때는 약간만 만회하여 조금 이기고, 큰 실수를 범했을 때는 아예 본때를 보여서 만방으로 이기곤 했다. 그러니 상대방은 도리어 그가 실수하는 것을 두려워할 수밖에 없었다.

왕적신이 만났다는 바둑 잘 두는 시어머니와 며느리 이야기는 이조(李肇)의 『국사보(國史補)』에 실려 있다. 바둑으로 천하에서 으뜸이라 자부하던 왕적신이 어느 날 객점에 묵게 되었다. 밤에 도란도란 말소리가 들려 귀를 기울여 보니 주인 아낙과 며느리가 바둑돌과 바둑판도 없이 말로만 바둑 한 판을 다 두고 집을 계산하여 승패를 가리는 것이 아닌가! 말로만 두는 것도 놀랍지만, 이튿날 왕적신이 들은 것을 토대로 바둑을 복기해 보니 그 수법이 자신의 실력보다 훨씬 수준 높아서 더 놀랐다고 한다.

이만용 李晚用

1792~1863년

자는 여성(汝成)이고, 호는 동번(東樊)·대금루(帶琴樓)·석초(石蕉)이다. 본관은 전주(全州)다. 조부인 이봉환(李鳳煥, 1710~1770년), 부친인 이명오(李明五, 1750~1836년)와 함께 삼대가 모두 당대의 이름난 시인이었다. 그는 19세기 전반기를 대표하는 시인의 한 사람으로 수많은 시인들과 교유하였고, 많은 시를 지었다. 거의 전생을 시를 짓고 여행하면서 순전한 시인으로 지냈는데 그러다가 1844년 53세 되던 해에 진사시에 합격했고, 1858년 정시 문과에 합격하여 병조 참지를 지냈다.

그가 남긴 작품은 거의 대부분 시이고 고종 때 『동번집(東樊集)』 2책이 간행되었으나 그보다 훨씬 많은 작품이 정리되지 않은 채로 전한다. 문장은 많이 짓지 않았으나 문집 권4에 사적인 문장 위주로 수록되어 전한다. 그중에는 발상이 새로운 산문이 보인다.

잠자는 인생의 즐거움 寐辨

해당(海堂)의 집에 드나드는 사람들 중에 양주(楊州) 사는 이생(李生)이라는 젊은이가 있다. 나이는 젊고 재주는 출중하여 해당이 시도(詩道)를 전수했더니, 때때로 근사한 말을 지어냈다. 해당이 그의 작품을 보기만 하면 감탄하면서 부지런히 공부하기를 권했다. 하루는 이생이 곤하게 잠이 들어 신시(申時, 오후 3~5시)가 되도록 일어나지 않았다. 해당이 잠을 경계하는 글 한 편을 지어 훈계했는데, 그 글은 문사(文辭)가 유창하고 논리가 정연하여 사람을 일깨워 감동시켰다. 나는 본래 등만 붙이면 자는 사람이라, 이에 이생을 대신하여 한번 변호하고자 한다.

천하의 즐거움은 오직 몸이 편안하고 마음이 느긋한 것에 있다고 나는 알고 있다. 그 때문에 소부(巢父)와 허유(許由)가 보기에 요임금과 순임금은 너무 피곤하게 일했고, 장저(長沮)와 걸익(桀溺)이 보기에 공자는 곤궁하기 짝이 없었으며, 기리계(綺里季)와 녹리 선생(甪里先生)이 보기에 진(秦)나라와 초(楚)나라는 서로를 협박하는 세상이었다. 만고의 성인과 백세의 영웅이 도리어 평범한 사내보다 못한 것은 어째서인가? 영웅은 걱정이 많고, 평범한 사내는 즐겁기 때문이다. 사람은 세상에 날 때 시름과 함께 태어난다. 태어나 일정한 수명을 누린 사람 중에서 시름 없이 살다가 죽은 사람이 몇이나 되겠는가? 죽은 뒤에라야 시름이 없어질 것이다.

나는 잠을 잘 알고 있다. 하루 동안 슬프거나 기쁘거나, 울거나 웃거나, 놀라거나 두려워하던 일들은 잠이 들면 곧 사라진다. 그러나 지인(至人, 수양이 높은 경지에 오른 사람)이 아니라면, 한창 잠을 잘 때 상념으로 인해 꿈을 꾸게 된다. 어부는 물고기 잡는 꿈을 꾸고, 나무꾼은 나무하는 꿈을 꾸며, 배고픈 사람은 배불리 먹는 꿈을 꾸고, 부자는 재물을 얻는 꿈을 꾸고, 존귀한 사람은 수레를 타는 꿈을 꾸며, 떠돌이와 나그네는 집과 고향을 꿈꾼다. 모두들 즐거운 일을 선망하나 그렇다고 끝내 시름에서 벗어나지는 못한다.

오직 몸이 편안하고 마음이 느긋한 이만이 꿈 또한 그 몸이나 마음과 같다. 정욕도 없고 힘든 노동도 없어 담박하게 유유하고 아득히 흘러간다. 기(氣)는 올라가고 신(神)은 돌아다녀, 되는 대로 맡겨 두고 저절로 흘러가게 할 뿐이다. 이 어찌 사람 사는 세상의 한 가지 쾌락이 아니랴!

아! 죽음은 천 년 동안의 잠이고, 잠은 하루 동안의 죽음이다. 그렇게 보면, 백 년 사는 사람이라도 실제로는 불과 오십 년을 사는 것이다. 잠을 자야 할 때 자지 않고 버틸 수 있다면, 오십 년을 사는 사람도 백 년의 삶을 횡재하는 셈이다. 이치가 그럴진대 잠을 무엇 하러 많이 자는가! 이와 같은 생각이 해당 거사의 말에 담겨 있다.

이생이 그 말을 듣고 가슴이 뭉클하여 공부를 시작하여 게으름을 피우지 않았다. 세월이 훌쩍 지나갈까 봐 두려워하고, 포부가 식고 학업을 팽개칠까 봐 염려하였다. 낮에는 촌음을 아꼈고, 밤 시간도 낮처럼 보내면서 잠을 자지 않음으로써 목숨을 연장하고자 했다. 그 성실하고 진지한 태도는 존경할 만하다. 그러나 아무래도 미혹에 빠진 처신이다.

옛날에 황제(黃帝)는 잠을 잘 자서 나라를 잘 다스린 군주가 되었고, 은(殷)나라 고종(高宗)은 잠을 자다가 어진 재상을 얻었다. 제갈량(諸葛亮)은 잠을 자다가 세상에 나아가 충신이 되었고, 도연명(陶淵明)은 잠이나 자고 시골에 처박혀 지조 있는 선비가 되었다. 장자(莊子)처럼 잠을 자면 꿈속에 나비로 변했고, 진희이(陳希夷)처럼 잠을 자면 신선이 되었다. 강엄(江淹)이나 이백(李白), 왕순(王珣)과 같은 문인들은 잠을 자는 동안 문장이 나날이 진보했다. 이런 사례로 볼 때, 잠이 공부에 무슨 방해를 놓는가!

심지어 허벅지를 송곳으로 찌르거나 환(丸)을 삼키기도 하고, 기름을 태우거나 경침(警枕, 잠을 깊이 자지 못하게 하는 베개)을 베면서까지 밤새도록 자지 않는 이가 있다. 이것은 생명을 해치는 큰 병이니 그렇게 배워서 장차 어디에 쓰려고 하는가? 게다가 밤이 한창일 적에는 사위가 적막하고, 들리고 보이는 것은 등불 빛과 닭 울음소리일 뿐이다. 이럴 때의 그대는 부처가 아니라면 귀신일 테니 누가 그대를 알아주고 사랑해 주랴? 이러한 삶은 즐거운 것이 아니다.

나 한 사람이 잠을 자지 않아 수명을 늘리는 방법을 터득한다면, 다른 천 명 만 명의 사람도 잠을 자지 않기 위해 온갖 궁리를 다할 것이다. 그렇다면 집에서 쉬는 이나, 길을 가는 이나, 명리(名利)를 추구하는 이나, 생업에 힘쓰는 이나, 오십 년 살 사람은 백 년 살 걱정을 할 테고 백 년 살 사람은 천 년 살 걱정을 하리라. 이렇게 오래 사는 삶은 또 즐거운 것이 아니다.

앞에서 말한 천하의 즐거움은 바로 잠이 아니겠는가? 몸이 편안하고 마음이 느긋한 것도 잠이 아니겠는가? 죽은 사람은 틀림없이 꿈이 없을 테니 그것이야말로 지인(至人)의 잠일 것이다. 저 소부와 허유는 잠자지 않고 산에 숨었고, 장저와 걸익은 잠자지 않고 밭을 갈았으며, 기리계와 녹리 선생은 잠자지 않고 바둑을 두었다. 그렇게 사는 삶 또한 모두 인생을 즐겁게 살고 수명을 늘리는 것 아니겠는가? 나는 장차 수향(睡鄉, 잠을 공간화하여 표현한 말)의 무리와 더불어 즐기려 한다.

해설

이 글은 잠자는 문제를 두고 잠을 충분히 자면서 즐기는 것이 인생의 행복이라는 주장을 펼친다. 잠을 많이 자는 것은 인생을 소비하는 좋지 않은 태도라는 주장에 반박하는 성격의 글인데 문체로는 옳고 그름을 명확하게 따지는 글인 변(辨)에 속한다. 앞부분에는 이 글을 쓰게 된 동기가 밝혀져 있다. 잠을 줄여서라도 열심히 공부해야 한다는 해당의 주장이 반론의 출발이다. 해당의 실명이 누구인지는 밝혀지지 않는다.

잠을 많이 자는 것은 옳은가? 그른가? 잠을 줄여 덜 자면 그만큼 생을 늘려 사는 것이므로 수명을 연장하는 셈이다. 해당의 그런 주장에 글쓴이는 반론을 제기한다. 모든 사람이 그렇게 잠을 줄여 추구하는 생업이나 학업, 권력과 이익은 고통을 수반한다. 잠 자체가 인생의 즐거움인데 그 즐거움을 포기하면서까지 추구해야 할 가치가 있을까?

잠에 대한 상반된 시각 사이에서 인생을 즐겁게 사는 방향으로 잠을 즐기는 쪽으로 글쓴이는 결론을 냈다. 그의 판단을 긍정하든 부정하든 흥미로운 글이다.

조두순

趙斗淳

1796~1870년

자는 원칠(元七), 호는 심암(心菴)이며, 본관은 양주(楊州)다. 1826년 문과에 급제하여 벼슬살이를 시작했고 승진을 거듭하여 영의정까지 올랐다. 세도 정권 시기에 안동 김씨와 풍양 조씨 세도가와 친분을 유지하며 최고위직까지 올랐다.

시문을 많이 쓰기도 하고 작품 수준도 높아서 당시의 관각 문학을 대표하는 담당자 중 한 사람이다. 대제학을 지낸 경력은 그의 문학에 대한 조예를 말해 준다. 시와 문장을 모두 잘 지었고, 문장은 조정에 필요한 다수의 작품 외에 개인적이고 문예적인 산문도 많이 지었다. 그의 문장은 평범한 듯하나 의도적으로 난해한 구절을 구사했다. 문집으로 『심암유고(心庵遺稿)』가 전한다.

천재 시인 정수동 鄭壽銅傳

정지윤(鄭芝潤)은 본관이 봉산(蓬山)이고, 대대로 외국에 나가는 사신을 보좌한 역관 집안 출신이다. 태어날 때 손에 목숨 수(壽) 자가 새겨 있었다. 관례(冠禮)를 치르고서 지초(芝草)가 동지(銅池)에서 났다는 『한서』 문구를 취하여 마침내 수동(壽銅)이라 스스로 호를 지어 썼다. 귀인이나 천인이나 먼 곳 사람이나 가까운 사람이나 아는 이나 모르는 이나 다들 그를 정수동이라 불렀다.

수동은 성품이 활달하여 평생 남으로부터 구속을 받으려 하지 않았고, 제 발로 규율과 예법 밖으로 벗어나 제멋대로 살았다. 천진스럽게 자신을 낮추어 말을 잘 못하는 사람처럼 행동했고, 자신의 재능을 뽐내 남들에게 자랑하려 하지 않았다. 위로는 옥황상제를 모실 수 있고 아래로는 거지들과도 동무가 될 수 있었다.

총명한 재능이 문장에 집중되어, 무릇 궁벽하고 기굴(奇崛)하며 오묘하고 번잡하여 아무리 해도 알 수 없는 문장이라도 수동은 한 번 보고 그 내용과 줄거리와 핵심이 어디 있는지 바로 알아차렸다. 그중에서도 시를 가장 잘 알았다. 자신이 수집하고 섭렵한 고금의 오묘하고 정확하여 마음에 꼭 드는 작품을 모아서 잘 단련하고 용해하여 시를 지어 냈다. 술을 잘 마시는 행동으로 목숨을 삼아, 슬픔과 기쁨, 얻음과 잃음, 울음과 웃음, 실망과 좌절 일체를 술에 부치고 시로 쏟아 냈다.

추사 김정희 참판이 기이한 재사로 인정하여 집에 머물게 하고 소장한 서책을 읽게 하여 박학한 사람으로 만들어 세상에 내보내고자 했다. 수동은 몇 달 동안 마음과 눈을 오로지 글줄 사이에 쏟아 마치 문밖의 일은 모르는 사람처럼 공부하더니 홀연히 한번 뛰쳐나가서는 다시 돌아오지 않았다. 그 뒤를 추적하여 찾아보니 한적한 곳에 이르러 두건도 옷도 걸치지 않고 있었다. 그 뒤에도 그렇게 한 일이 한두 번이 아니었다.

현재 참판 자리에 있는 김성일(金聖一)은 행동거지가 매우 단정하여 함부로 다른 사람과 친하게 지내지 않지만, 유독 수동을 좋아하여 그를 성의껏 대우하면서 놓아주려 하지 않고 술과 안주를 잘 차려서 머물게 했다. 수동이 참판에게 대우를 잘 받고 있으나 동그란 자루가 네모난 구멍에 잘 들어맞지 않는 격이라고 사람들은 수군거렸다. 그러나 토시를 찢고 끈을 끊고서 날아가는 매처럼 수동은 때때로 제멋대로 굴어서 마치 추사 댁에 있을 때처럼 하였는데 그보다 더 심한 행동도 벌여서 끝내 길들일 수 없었다. 나이가 들수록 더욱 술에 빠져, 간혹 열흘 동안 쌀 한 톨 먹지 않기도 했다.

내가 제조(提調)가 되어 사역원(司譯院)을 담당할 때의 일이다. 월과(月課) 시험을 보기에 앞서 녹봉을 나누어 주면서 "그대가 반드시 백운(百韻)의 오언시(五言詩)를 지어야 통과시키겠네."라 말했다. 밤을 새워 지어 왔는데 구슬을 꿴 것처럼 아름다웠다. 정작 시험을 볼 때는 역서(譯書)를 들고 읽어 보게 했더니 눈을 휘둥그레 뜨고 두리번거리며 소리 내어 읽지 않고 "저는 이 대목을 알지 못하겠고, 아예 알고 싶지도 않습니다."라 말했다.

아내 김씨(金氏)는 성품이 착하고 유순했다. 살림살이라고는 벽만 덩

그러니 있는 처지라도 베를 짜서 지아비를 섬기며 싫어하고 힘들어하는 기색이 전혀 없었다. 지아비가 사대부들과 교유하면서 문학으로 명성을 날리는 것을 영예로 알아 나머지는 괘념치 않은 것이다. 수동이 두 번째로 묘향산에 놀러 갔을 때 서울에는 그가 머리를 깎고 스님이 되었다는 소문이 불쑥 퍼졌다. 그가 돌아오자 김씨가 맞이하며 "제 애간장이 다 녹았습니다."라 하니, 수동은 "여자는 간이 작을수록 좋다네."라 했다.

일찍이 "내가 세상에 살날도 얼마 남지 않았는데 심암(心庵)의 문장 몇 줄을 얻는다면 내 인생을 잘 마칠 텐데."라고 했다. 얼마 뒤 갑자기 병이 나서 하룻저녁에 일어나지 못했으니, 향년 오십일 세였다. 김성일 참판이 전적으로 힘을 써서 장사 지내 주었다. 시집으로 『하원시초(夏園詩抄)』 한 책이 있는데, 최성환(崔瑆煥) 군이 엮어서 간행하였다.

태사씨(太史氏)는 말한다.

세상이 단지 문벌과 처지로 사람의 재주와 식견을 제한해서야 되겠는가! 수동이 스스로 방종하여 현실로 돌아오지 않고 이 지경까지 이른 것을 나는 남몰래 슬퍼한다. 만약 수동이 자신이 할 일이 있어 꼭 하려고 노력했더라면, 그가 이뤄 놓은 문학의 수준은 얼추 이언진(李彦瑱)과 우열을 겨루었을 것이다. 그러나 이언진은 오래 살지 못했고, 수동은 평생 술에 빠져 지냈으니 안타까운 일 아닌가! 수동은 말이 어눌한 듯했으나 박수 치고 농담하여 겨우 한두 바퀴를 돌게 되면 듣는 사람들이 모두 웃다가 뒤로 넘어갈 지경이 되었다. 그 뜻은 세상을 희롱하는 중에 풍자의 생각을 담는 데 있었는데, 취하면 그 자리에서 잠을 쿨쿨 자고 다시는 말을 하지 않았다.

해설

역관 출신의 천재 시인 하원(夏園) 정지윤(鄭芝潤, 1808~1858년)의 특별한 인생을 기록한 전기이다. 제목에 기미년(1859년)에 지었다고 밝혀 정지윤이 세상을 떠난 이듬해에 쓴 작품임을 알 수 있다. 시집이 간행되자 생전에 글쓴이로부터 자신의 생애를 평가하는 몇 마디 글을 얻고 싶다는 말을 들은 기억을 떠올리고 전기를 지었다. 글쓴이는 주인공을 생전부터 인정했던 터였다.

정지윤은 정수동이라는 이름으로 더 널리 알려진 시인이자 자유분방한 지식인이었다. 재능이 뛰어났지만 중인이라는 신분의 한계 탓에 뜻을 펴지 못하고 평생을 술에 취해 살았던 정수동의 삶과 고민을 연민의 감정을 담아 표현하고 있다. 이 글에서는 그를 태생적으로 구속과 규율을 견디지 못하고, 누구도 현실 세계에 붙잡아 두지 못하는 광기의 천재로 그리고 있다. 하지만 그 광기가 천성만이 아닌 조선의 현실을 향한 불만과 비판의 행동이었음을 글 뒤의 논평에서 읽을 수 있다. 비운에 간 광기의 시인을 짙은 연민의 감정을 담아 쓴 전기로서 독자로 하여금 그의 삶을 동정하도록 유도한다. 수십 년 뒤에 김택영이 지은 「정지윤전(鄭芝潤傳)」에는 정지윤의 광기와 기행이 이 글보다 더 흥미롭게 그려졌다.

조두순

바둑 이야기, 남병철에게 주다

碁說, 贈南原明

남병철(南秉哲) 학사가 고진풍(高鎭豊) 군에게 준 「바둑 이야기」를 읽었다. 나는 바둑에 어두운 사람이라 역겁(歷劫)을 지나간다는 말이 무슨 일인지도 모르고, 무슨 방법으로 앉아서 완벽하게 이기는지도 모른다. 다만 학사의 글 가운데 "오직 천하의 지극히 고요한 사람만이 바둑을 잘 둘 수 있다."라는 말이 들어 있었다. 학사처럼 바둑을 잘 아는 이가 담장을 더듬고 촛불을 문지르는 식으로 이런 말을 하지 않았을 텐데 고요함의 묘를 구경꾼에게만 돌렸다. 그렇다면 바둑을 직접 두는 당사자가 모두 제이수(第二手)가 된다는 말인데, 단지 한발 앞서기를 다투느라 구경꾼보다 깨닫지 못한단 말인가? 내가 이에 부득이 반론을 제기하지 않을 수 없다.

지극한 고요함은 지극한 움직임의 뿌리가 되고, 지극한 움직임은 지극한 고요함의 쓰임이 된다. 소매를 떨쳐 바둑돌을 쥐고 행마의 솜씨를 다투는 사람은 그 마음이 이미 득실 때문에 흔들리게 되므로 움직임에 속한다. 소매에 손을 넣어 팔짱을 끼고 승부의 귀추를 주목하는 사람은 처음부터 마음속에 욕심이 없으므로 고요함에 속한다. 그러나 바야흐로 수읽기를 하고 이해득실을 계산하려면 승부를 겨루는 사람도 지극한 고요함에 속하지 않을 수 없고, 승부의 수를 알아내어 담소의 밑천으로 삼으려면 훈수꾼도 지극한 움직임에 속하지 않을 수 없다.

옛날 두보(杜甫)는 "문장은 천고의 일이지만, 득실은 내 마음이 안다."라고 했다. 바둑판 밖에서 구경하는 사람이 바둑을 직접 두며 고심하는 사람보다 낫다면, 나는 존덕성(尊德性)과 도문학(道問學)의 변별이 장차 움직임과 고요함의 사이 어디에 존재해야 하는지 모르겠다. 더욱이 보잘것없는 문장이란 말단의 기예조차 오히려 "내 마음이 안다."라고 했는데 성명(性命)과 지행(知行)의 관건을 바둑이란 작은 기예로 판단하겠는가!

학사는 바둑의 도를 터득한 사람이라서 바둑의 움직임과 고요함의 이치를 이와 같이 원론적으로 말했을 뿐이다. 만약 총명하고 뛰어난 선비가 그가 한 말을 굳게 믿고서 간편하고도 재빠른 지름길로 가려 한다면, 진헌장(陳獻章)과 오여필(吳與弼)의 말류(末流)가 끼친 해독이 일어날지도 모른다. 나의 바보 같고 쓸데없는 걱정을 두고 학사는 무어라 여길지 모르겠다.

해설

이 글은 뒤에 실린 남병철의 「바둑 이야기(奕說)」에 펼친 반론이다. 남병철이 말한 "오직 천하의 지극히 고요한 사람만이 바둑을 잘 둘 수 있다."라는 전제에 수긍하면서도 구경꾼은 마음이 고요하여 바둑을 더 잘 알 수 있다는 말에 반박하고 있다. 따라서 남병철의 글과 함께 읽어야 한다. 문체는 설(說)로 자신의 주장을 자유롭게 펼치는 글이다.

구경꾼은 마음이 고요하고 대국하는 사람은 마음이 움직인다는 남병철의 주장에 조두순은 그 반대의 경우도 얼마든지 있다고 했다. 이를 빗대어 조두순은 "문장은 천고의 일이지만, 득실은 내 마음이 안다."라는 두보의 시구를 인용했는데 문장의 진정한 평가는 독자나 비평가가 아니라 작가 스스로가 가장 잘 안다는 뜻이다.

조두순이 걱정하는 것은 단순히 바둑에 국한된 문제가 아니다. 총명한 사람들이 남병철의 이 말을 공부에 응용하여 주자학에서 말하는 격물(格物) 공부는 건너뛰고 곧장 마음만 고요히 가지는 공부를 최상의 방법으로 여길까 염려했다. 조두순이 글 말미에서 말한 오여필과 진헌장은 모두 명나라의 학자들로 사제간이다. 오여필은 주희와 육구연(陸九淵) 학문의 장점을 겸비했다고 평가받으며, 진헌장은 이(理)보다는 마음(心)을 중시하여 양명학의 창시자인 왕수인에게 지대한 영향을 끼쳤다. 양명학파인 황종희(黃宗羲)는 『명유학안(明儒學案)』을 편찬하면서 왕수인을 중심에 두고 오여필이 그 단서를 열었다고 보았다. 따라서 조두순이 날린 비판의 화살은 양명학의 수양론과 공부법을 과녁으로 삼고 있다고 할 수 있다.

결국 대국하는 당사자와 훈수꾼 중에서 누가 더 바둑의 묘를 잘 아는가를 두고 토론한 것이 학문과 덕성에 대한 논쟁으로 번졌다. 남병철이 이 글에 어떤 반응을 보였을까? 그 귀추를 알려 주는 자료는 확인되지 않는다.

홍한주

洪翰周

1798~1868년

자는 헌경(憲卿), 호는 해옹(海翁)·쌍송관주인(雙松館主人)이며, 본관은 풍산(豊山)이다. 홍석주 형제와는 재종간이고, 저명한 문인 권상신(權常愼)의 사위이다. 서유영(徐有英) 등과 시사 활동을 활발히 하는 등 유명 문사들과 교유하며 문인으로 명성을 쌓았다.

문과에 급제하지 못했으나 학문과 문장에 힘썼고 음직으로 여러 고을의 지방관을 역임했다. 1862년 8월 상주 목사 재임 시 발생한 사건으로 전라도 나주의 지도(智島)에 유배되었다가 이듬해 7월에 풀려났다. 유배 기간 동안 『지수염필(智水拈筆)』 초고를 완성했다. 이 책은 학문, 문장, 당대 인물 등에 대해 폭넓게 다루고 있는데, 내용이 풍부하고 알차며 문장도 아름답다. 일반 문장 역시 다수 지었는데 편지글이 많고 서발문과 기문 등이 유려하다. 문집을 초록하여 정리한 『해옹고(海翁藁)』가 전한다.

솔고개의 가성각 嘉聲閣

두실(斗室) 심상규(沈象奎) 공은 한양의 송항(松巷) 북쪽에 저택을 두었다. 바깥채로부터 구부러져 들어가면 두실(斗室)이 있고, 이곳을 지나 난간을 두른 곳이 정당(正堂)이다. 여기에 가성각(嘉聲閣)이라는 편액을 걸었으니 담계(覃溪) 옹방강(翁方綱)이 여든 살에 쓴 글씨이다. 가성각 동쪽 기둥으로부터 북쪽으로 꺾어 가면 모두 복층처럼 보이는 행랑이 이어졌다. 또 그 서북으로는 붉은 담장이 굽이굽이 이어지고 벽돌을 쌓아 월문(月門)을 만들었는데, 그 사이에 온돌이 있는 건물을 두었고 방들이 높낮이가 달랐다. 그 뒤쪽으로 일당(一堂)·이당(二堂)·삼당(三堂)을 줄지어 배치하고, 그 뒤쪽으로 또 속당(續堂)을 지어 사만 권의 도서를 보관하되 경사자집(經史子集)으로 분류하여 소장했다. 중간에는 영당(影堂)을 지어 선친인 함재(涵齋) 심염조(沈念祖) 공의 초상화를 봉안한 뒤 붉은 휘장으로 가리고, 밖에는 향탁(香卓)을 놓아두었다.

가성각 앞에는 작은 집 몇 칸을 지어 각양각색의 신기한 화초들을 재배했고, 마당에는 종려나무를 심어 그 키가 처마와 나란했다. 또 상아로 만든 상과 벽 하나를 가득 채우는 거울이 있었으니 모두 우리나라에는 없던 물건이다. 그 밖의 기물과 애장품이 모두 질서 있게 배치되어 있고, 건물의 창살이며 난간의 문양이 모두 정교하고 신기했다. 그 주렴과 휘장, 책상과 자리는 깨끗하고 고요하여 밖에서 보면 신선이 사는 집 같았다. 담장이나 뒷간도 오물이나 낙서가 보이면 마치 당신 몸이 더러워진 듯 여겼다.

공은 성품이 단정하고 장중하여 성색(聲色)을 좋아하지 않았고 시끄러운 것을 아주 싫어했다. 그러므로 집 안팎이 고요하여 집안 식구들이 함부로 떠들지 못하고 웃거나 장난치지도 못하며 모두 숨을 죽이고 발을 끌면서 다녔다. 평소에 방 안에는 서양에서 들여온 자명종을 휘장 안에 두고 방 밖에는 섬돌 위에 해시계를 두어 아침 점심 저녁을 모두 정해진 시간에 먹었으며, 지팡이를 짚고 출입하는 시간은 조금도 어긋남이 없었다. 중국 재상들의 호화로움에는 미칠 수 없어도 우리나라에서는 거의 그 짝이 없었다.

그러나 공은 내직과 외직을 두루 거치면서 청렴함으로 유명하여, 하급 관원에서 고관대작에 오르기까지 한결같았다. 한양의 내직에 근무할 때는 녹봉을 집으로 가져가지 않고 남겨 두었다가 소속 부서에서 긴요한 일이 있을 때 쓰도록 한 일이 많았다.

다만 공사(公私)를 불문하고 건축하기를 좋아했으니 공의 고질병이다. 광주 유수(廣州留守)로 남한산성을 지킬 때에는 좌승당(坐勝堂)을 짓고 이층의 누각에 유차산루(有此山樓)라는 이름을 걸었는데 규모가 웅장하여 당시의 명공(名公)들이 모두 기문을 짓고 시를 써서 걸어 두었다. 또 계곡 깊숙한 한 굽이에 옥천정(玉泉亭)을 지었는데 모습이 배와 같았다. 다음 절구 한 수를 읊고서 정자 앞 석벽에 손수 글씨를 써서 새겨 놓았다.

옛 소나무와 기이한 바위가 구름 빗장에 꼭 잠겨서　　古松奇石秘雲扃

천년토록 보존되니 산신령 덕분이라　　呵護千年賴地靈
훗날 다시 한갓진 꿈 꿀 곳을 찾는다면　　他日來尋閒夢處
시원한 가을 냇물 옥천정뿐이리라　　冷然秋水玉泉亭

공은 영조 병술년(1766년)에 태어나 정조 기유년(1789년) 문과에 급제하여 규장각 대교(待敎)가 되었다. 마흔다섯 살 때 보국대부(輔國大夫)의 품계에 올라 문형(文衡)을 맡았으며, 예순 살에 정승이 되어 영의정에 이르렀다. 순조께서 붕어하셨을 때에는 원상(院相)이 되었고, 헌종 무술년(1838년)에 세상을 떠났으니 향년 일흔셋이다. 공의 두 아들은 모두 일찍 요절하여 족손(族孫) 희순(熙淳)을 데려다 후사를 이었는데 바로 나의 맏사위이다. 시와 문장 모두 세상에 유명했으나 시가 특히 뛰어나며, 고체시와 근체시를 모두 잘 지어 굳세면서도 절창이다. 『두실집(斗室集)』 수십 권을 남겼으나 아직 출간되지 못했다.

해설

『지수염필』에 실린 글로서 심상규의 개인 서실인 가성각과 그에 관련한 사실을 상세하게 밝혀서 썼다. 필기(筆記)의 한 조목에 해당하지만 그 자체로서 완결된 한 편의 글이다. 필기 또는 차기(箚記)는 글쓴이가 관심을 가진 주제에 관해 자유롭게 사실을 밝히고 자신의 소견을 펼치는 성격의 글인데 이 글은 필기의 글쓰기 특징을 잘 보여 준다.

심상규의 저택은 경복궁 옆 동십자각과 백상기념관 사이에 있는 옛 미국 대사관 직원 숙소 일대에 자리 잡고 있었던 것으로 추정한다. 저택

안의 가성각은 조선 후기 사대부의 개인 서실 가운데 가장 규모가 크고 장서량이 많았던 곳이다. 심상규의 호는 두실(斗室)인데 그 뜻은 비좁은 방이지만, 그가 실제로 살던 집은 서울 안에서도 으뜸가는 크고 화려한 대저택이었다. 워낙 부유하고 건축에 취미가 있었던 데다가 "무엇이든 두 번째가 되는 것을 싫어한"(서유구가 지은 심상규의 묘지명) 그의 성미가 결합하여 대저택과 거창한 서실을 소유하게 되었다.

나중에 심상규가 실각할 때 이 집은 "거창한 규모가 하늘을 찌를 듯하고, 기이하고 화려함은 인간의 기술을 다한 것 같다."라고 탄핵의 빌미를 제공하기도 했다. 반대파에서 트집을 잡은 것이기는 하지만 검약을 과도하게 숭상하는 조선 사회에서 이만한 규모의 저택을 유지하기란 쉽지 않은 일이었다.

책, 도서관, 장서가 藏書家

유(有)가 무(無)로 돌아가고, 사물과 현상이 극단에 이르면 원래 상태로 되돌아가는 것이 또한 이치이다. 천하 서적이 오늘날처럼 많고 풍성한 적은 없었다. 문자를 대충 아는 고금의 사람들 중에는 저술가로 자처하지 않는 이가 없다. 이른바 아무개의 문집과 아무개의 저술이 집 안을 가득 채우고 책을 운반하는 마소를 땀을 뻘뻘 흘리게 할 지경이다. 그중에는 또 아무 보탬도 없이 도에 해를 끼치는 군더더기 말이나 쓸데없는 글과 요망하고 괴상하며 사악하고 괴벽하여 불경스러운 책이 열에 일고여덟이다. 진시황이 책을 불사르는 소행을 다시 벌인다면 모두 서둘러 불태워야 할 책들이다.

내가 『한서』 「예문지(藝文志)」에 실린 구류백가(九流百家)의 서적을 확인해 보니 『수서(隋書)』와 『당서(唐書)』의 「경적지(經籍志)」에 이르러서는 없어진 책이 벌써 절반을 넘겼다. 송대(宋代)부터 지금까지 천여 년 동안 사람마다 문집 한 종을 남기고, 또 각각 경사(經史)를 논하고, 저작을 평론하여 편집하며, 붓으로 기록하고 자유롭게 써서 글쓰기를 즐긴 저작이 가면 갈수록 더욱더 새로워져 또 몇천 몇만 권인지 모르는데 모두 별 탈 없이 고이 보관되어 있다. 옛날 책은 가벼워서 쉽게 없어지고, 지금 글은 무거워서 사라지지 않아 그럴까? 그 문제는 분간하여 쉽게 이해할 수 있다.

서계(書契)를 만들어 결승(結繩) 문자를 대신한 일은 너무 오래된 과거의 일이라 굳이 논하지 않겠다. 삼대에는 모두 과두문(蝌蚪文)과 전주(篆籒) 및 칠서(漆書)와 죽백(竹帛)과 같은 서체(書體)를 사용했으며, 말이나 사건도 간략했다. 진나라 말엽에 이르러 형벌이 가혹하고 정치가 번잡해 기록하기에 어려움이 발생하자 옥리(獄吏)인 정막(程邈)이 비로소 예서를 창시해 편리하게 사용하도록 했다. 한나라에 이르러 또 장초(章草), 행초(行草), 팔분서(八分書), 해서(楷書)의 서체가 차례로 창조되어 날이 갈수록 쓰기가 간편해지긴 했어도 여전히 죽백의 서체가 바뀌지 않고 쓰였다.

후한 시기에 이르러 채륜(蔡倫)이 또 종이를 발명하니 베껴 쓰기가 더욱 쉬워졌다. 당나라 세상에 이르러 문서와 사서, 시와 문장이 날이 갈수록 풍부해졌는데 대부분 필사본이라 오래된 거질의 도서를 누구나 다 볼 수 없었다. 게다가 나라의 역사와 패설(稗說)은 대체로 왕실 도서관에 모아 놓았으므로 병란을 한번 겪고 나면 곧잘 남김없이 사라졌다. 천록각(天祿閣)과 석거각(石渠閣)에 소장된 진한 시절의 저작은 적미(赤眉)의 난에 모두 사라졌고, 백호관(白虎觀)과 동관(東觀)에 소장된 책은 이각(李傕)과 곽사(郭汜)의 난에 다시 모두 사라졌다. 또 양(梁)나라 원제(元帝)는 책을 좋아해서 도서를 많이 소장했는데 난리의 발생에 임박하여 도서 십사만 권을 모아 놓고 불태우며 "문왕과 무왕의 도가 오늘 밤 사라진다."라며 탄식했다. 이는 스스로 불태워서 세 번째로 모두 사라졌다.

오대(五代) 시절에 이르러 풍도(馮道)와 화응(和凝) 등이 목판에 글자를 새겨 출판하는 법을 창시하자 서적이 크게 유행하고 인쇄하기가 날이 갈수록 편리해졌다. 옛사람이 얻기 어렵고 보기 힘들던 책을 거의 집집마다 소장하게 되었다. 지금은 토판(土板)과 활자가 발명되어 편리하기가 이루 말할 수 없을 정도라 더 이상 보탤 것이 없다.

수나라 가칙전(嘉則殿), 당나라 이정전(麗正殿), 송나라 숭문관(崇文館), 명나라 황사성(皇史宬)과 현재의 청나라 무영전(武英殿)·남서방(南書房)은 모두 황실 도서관이라 소장한 서적은 만 권 단위로 헤아려야 한다. 사대부의 개인 장서도 때때로 칠만 권, 팔만 권에 이르고 간혹 십여만 권이나 소장한 이도 있다. 왕세정(王世貞)의 엄산당(弇山堂), 서건학(徐乾學)의 전시루(傳是樓), 전겸익(錢謙益)의 불수장(拂水莊)이 있고, 왕완(汪琬)과 완원(阮元), 섭지선(葉志詵) 무리도 똑같다.

우리나라가 비록 작은 나라이나 두실 심상규의 속당(續堂)은 사만 권이 넘고, 유하(遊荷) 조병귀(趙秉龜)와 석취(石醉) 윤치정(尹致定) 두 집안의 장서가 삼사만 권 아래로 내려가지 않는다. 그 밖에 진천현(鎭川縣) 초평리(草坪里) 화공(華谷) 이경억(李慶億)의 만권루(萬卷樓)와 풍석(楓石) 서유구(徐有榘)의 두릉리(斗陵里)에 소장한 팔천 권이 또 그다음이다. 서울의 유서 깊은 집안에서 수천 권에서 만 권 정도의 장서를 갖춘 집은 일일이 손가락으로 꼽을 수 없다.

우리나라가 그 정도이니 일본과 유구는 문명이 바야흐로 번성하므로 미루어 짐작할 수 있다. 조선도 이렇고, 섬 오랑캐도 이러하니 오늘날 중국은 특히 어떻겠는가? 일찍이 듣자니 연경에서 객지 생활을 하는 공생(貢生)들은 먹고살기 힘들면 두세 명의 문사들이 바로 의견을 모아 대충 소설 한 종을 지어서 인쇄업자에게 맡겨 서사(書肆)에서 판다고 들었다. 책의 간행이 저처럼 아주 쉽고 빠르다.

우리나라는 국초부터 출판이 성행해 십칠사(十七史)와 『문선(文選)』,

『통전(通典)』 따위의 서적을 이미 간행하여 반포했다. 지금도 『영락대전(永樂大全)』본 사서삼경과 『통감강목(通鑑綱目)』, 『주자대전(朱子大全)』 따위의 판목(板木)이 대구 감영이나 전주 감영에 보관되어서 서울과 지방의 관료나 아전과 백성들 가운데 글자를 대충 익힌 사람들이 툭하면 인출(印出)해다가 집집마다 소장하고 있다. 지금은 설령 진시황이나 이사(李斯) 같은 무도한 임금이나 신하가 나타나 기어코 책을 불태우고 파묻어 없애려 한들 만에 하나도 없앨 수 없다. 그러니 후세에 금문(今文)과 고문(古文) 사이에 어지러운 분란이 일어나겠는가?

그러나 진나라가 서적을 깡그리 불태워서 육경이 어지러워졌어도, 옛 성현이 만세에 끼친 가르침은 마치 하늘에 걸려 있는 다섯 개의 별이 빛은 서늘하고 색은 정당하듯 영원토록 늘 새로워서 끝내 다 없앨 수 없었다. 저 과두 문자로 죽백(竹帛)에 쓴 희귀한 문헌도 다 금지하기가 어려웠는데 더구나 지금 천하가 같은 글을 쓰고 집집마다 책을 갖추고 있으니 오죽할까!

비록 성쇠가 꼭 있다고는 해도 경사자집(經史子集) 가운데 없어서는 안 되고 반드시 후세에 전해져야 할 책들은 마땅히 천지와 더불어 운명을 같이할 것이며, 아무 보탬도 없이 도에 해를 끼치는 책들은 후세에 불에 태워지기를 기다릴 필요도 없이 사라질 것이다. 그렇다면 책이 많아지고 쉽게 전해지는 것은 실로 인쇄와 출판에 달려 있다. 사람들이 책을 귀하게 여기지 않아서 도리어 책이 좀벌레의 밥이 되는 것 또한 인쇄와 출판의 탓이 크다. 이 어찌 사물과 현상이 극단에 이르면 원래 상태로 되돌아가는 일이 아니겠는가?

해설

『지수염필』의 첫머리에 나오는 글이다. 단행본 저술을 시작하며 세상에 책이 너무나 많아지는 현상을 역사적으로 분석하였다. 그 문제가 지식 사회를 이해하는 관건에 해당하는 주제의 하나이므로 깊이 있게 조명해 보고자 하였다.

상고에서부터 현대까지, 중국에서부터 조선에 이르기까지 시간과 공간으로 좁혀 가며 책이 많아지고 장서가가 등장하는 현상을 분석했다. 그 종착지는 조선의 현재이고, 그것이 자신이 글을 쓰고 지식을 기록하는 단계를 규정한다.

후대로 갈수록 서적이 폭발적으로 증가하는 현상을 한자 서체의 변천, 종이의 보급, 출판 인쇄술의 발달과 결부해 설명한 내용은 오늘의 관점에서 보아도 탁견이다. 또 서적 소장의 동기와 장서 문화 형성을 진단하고, 당시 출판 상황과 유명한 장서가 정보를 실어서 장서 문화와 역사를 이해하는 요긴한 정보를 제공하고 있다. 그 자신이 경화 세족의 핵심 일원으로서 국내외의 서적에 접근하기 쉬웠기에 알 수 있었던 내용이다. 너무 잘 알기에 무심히 지나칠 수도 있는 사실을 기록하여 차기(箚記)의 글이 지닌 가치를 잘 보여 주고 있다.

유신환 俞莘煥

1801~1859년

자는 경형(景衡), 호는 봉서(鳳棲), 본관은 기계(杞溪)이다. 시남(市南) 유계(兪棨)의 아우인 유비(兪棐)의 6대손으로 가학의 전통을 이어받았고, 우암 송시열의 학통을 이은 노주(老洲) 오희상(吳熙常)의 계보를 이어받았다. 조선 후기 성리학의 적통을 계승하여 대가로 군림했다.

학행으로 추천받아 전의 현감 등을 잠깐 역임했으나 모함을 받아 유배되었다가 풀려난 뒤로 한양 사직동에서 제자를 양성했다. 문하에서 뒷날 정계와 문단에서 크게 활약한 인물이 많이 배출되었고, 조선 말기에 온건한 개화를 추진하여 정계의 주축을 이루었다. 노론 계열 학맥에서 그와 그의 문하 제자들이 차지하는 비중이 커서 봉서학파(鳳棲學派)라고 불린다.

한편 그는 문장가로 명성이 매우 높았다. 문학의 가치를 높이 인정하여 경술(經術)에 뿌리 내린 문장을 짓고자 하였고, 문장의 단련과 연마를 특별히 강조했다. 주로 농암 김창협의 문장을 배워서 순정하고도 법도를 잘 갖추고, 엄밀하고도 깔끔한 문장을 지어서 높은 수준에 이르렀다는 평가를 받았다. 홍석주와 김매순을 종유하면서 그들로부터 문장을 배웠고, 그의 문하에서 서응순(徐應淳)과 김윤식(金允植), 남정철(南廷哲), 한장석(韓章錫) 등 구한말의 뛰어난 문인들이 배출되었다. 문집 『봉서집(鳳棲集)』이 전해진다.

충무공의 쌍검명 李忠武公雙劍銘

충무공(忠武公) 이순신(李舜臣)의 공훈은 우리나라 오백 년 역사에서 맞설 분이 없다. 충무공이 아니었다면 우리는 아마도 왜국이 되었을 것이다. 내가 야사를 보니 율곡(栗谷) 선생께서 충무공의 명성을 듣고 한번 보기를 원하여 서둘러 사람을 보내 그 의중을 전하셨다. 당시에 율곡께서는 병조 판서의 자리에 계셨다. 충무공께서 사양하고 가지 않자 율곡께서 먼저 찾아가셨다. 현명하지 않다면 이렇게 할 수 있을까?

충무공이 한창 승세를 타서 남해에 이르렀을 때 왜구는 거의 다 섬멸되었다. 공은 풍신수길(豊臣秀吉, 도요토미 히데요시)이 죽어서 국가가 더는 병란으로 괴로움을 겪지 않을 터이지만 간신들이 아침저녁으로 곁에서 틈을 노리므로 곧 나를 악비(岳飛)처럼 만들 것이라 판단하고서 스스로 갑옷을 벗어 적탄을 맞고서 돌아가셨다. 지혜롭지 않다면 이렇게 할 수 있을까?

충무공의 마음을 평가한다면 앞은 제갈량과 같고 뒤는 장량과 같다고 나는 생각한다. 홀연히 세상을 버린 것은 까마득한 하늘로 날아간 기러기와도 같지 않은가? 그 마음이 이렇기에 세운 공훈이 저와 같다. 그런데 세상에서 공을 말하는 이들은 공의 공훈으로 평가하고 공의 마음으로 평가하지 않는다. 아마도 공을 얕게 알아서가 아닐까?

충무공의 사당에는 보검 한 쌍이 있는데 공과 더불어 공훈을 세운 칼이다. 공의 구세손인 완희(完熙)가 그 검을 꺼내 내게 보여 주었다. 크기는 한 길 남짓 되었는데 막 숫돌로 간 것처럼 날이 서 있고, 휘둘러 보니 바람이 쏴아 불어 마치 한산도에 가 있는 듯한 느낌이 들었다. 아! 충무공의 공훈은 이 검을 살펴보니 알 만하건만 충무공의 마음은 이 검을 보고서는 알 수 없구나. 검명(劍銘)을 짓는다.

간장(干將)과 막야(莫耶)요
용천(龍泉)과 태아(太阿)로다.
앞에도 없고 뒤에도 없으며
큰 대야도 절단하고 소나 말도 자르네.
아아!
물건과 사람은 유유상종하는구나!
이 검은 용광로에서 튀어나오지 않았듯이
또 물에 빠져 용으로 변할 물건임을 잘 알겠네.

해설

조선의 국운을 살린 이순신 장군의 유물 쌍검을 보고 지었다. 뒤에 있는 운문 부분이 명(銘)이고, 그 앞에 실린 산문 부분이 서문에 해당한다. 서문을 통해서 글쓴이가 아산에 있는 충무공 사당에 가서 쌍검을 친견하고, 충무공의 9세손인 이완희(1813~1860년) 장군의 부탁으로 글을 썼음을 알 수 있다. 이완희는 1841년에 선전관, 뒤에 병조 판서를 지낸 무인이다.

검을 묘사할 때에는 적을 섬멸한 서슬 퍼런 위용을 찬미하는 것이 상식이다. 글쓴이는 그 점을 충분히 인정하면서도 색다른 시각으로 검을 찬미했다. 하나는 병조 판서 율곡 이이가 만나자는 제안을 거절한 현명함과 마지막 전투에서 스스로 죽음을 선택한 지혜로움이다. 누구도 하기 힘든 그 행동에서 찾아볼 수 있는 현명함과 지혜로움이 혁혁한 공훈을 낳게 한 원천이라 했다.

모두들 충무공의 무훈을 높이 평가하지만 진정 높이 평가할 것은 바로 충무공의 마음이다. 충무공의 위대한 마음은 쉽게 드러나지 않는다. 남겨진 검도 그 마음을 보여 주지는 못한다. 조선 후기에 충무공의 검을 노래한 많은 시문이 있는데 이 글은 그중에서도 뛰어난 작품이다.

사직단 근처 마을에서 책을 교정하다 稷下校書記

갑인년(1854년) 여름 여러 선비들이 사직단(社稷壇) 근처 마을에 모였으니 책을 교정하기 위해서다. 교정하려는 책은 어떤 책인가? 『주자대전차의문목표보(朱子大全箚疑問目標補)』이다. 『주자대전차의문목표보』란 대체 무엇을 말하는가? 『대전차의』는 우암(尤庵) 선생의 책이요, 『차의문목』은 농암(農巖) 선생의 책이며, 『문목표보』는 대산(臺山) 선생의 책이니 그에 관한 전말은 책의 서문에 자세하다.

어떤 이가 물었다.

"『대전차의』가 세상에 유행한 지 오래되었는데 『문목표보』는 걸핏하면 『대전차의』와 풀이를 달리합니다. 『문목표보』가 유행한다면 『대전차의』가 어찌 되겠습니까?"

내가 다음과 같이 대답하였다.

"그렇지 않습니다. 질문은 어디서 생겨날까요? 의심에서 생겨납니다. 의심은 어디서 생겨날까요? 같지 않음에서 생겨납니다. 묻지 않는다면 그만이지만 묻기 시작하면 같지 않게 되니 형세상 달라질 수밖에 없습니다. 설령 우암 선생께서 생존해 계셔서 질문을 받으신다면 처음에는 의견을 달리하다가도 나중에는 질펀하게 동의할지 어찌 알겠습니까? 『주역』을 놓고 보더라도 정자의 『역전(易傳)』과 주자의 『본의(本義)』는 그

학설이 같지 않지만 두 종의 책이 다 유행하고 있습니다. 서로 보는 시각이 다른 것은 독자의 소견이 어떠한가에 달렸을 뿐입니다. 더욱이 묻는 것이 같지 않다면 묻지 않는 것은 같다는 말입니다. 『대전차의』가 유행하지 않는다면 『문목표보』가 어떻게 유행하겠습니까? 이 두 책은 하나라도 없어서는 안 되니 이 점을 독자는 반드시 알아야 합니다."

대산 선생의 아들인 선근(善根) 인회(人會)가 나에게 『문목표보』를 보내 교감하는 일을 맡겼는데 책의 판각을 곧 시작할 예정이었다. 내가 책을 받아서 서안에 올려놓았으나 재주와 지혜가 부족한 데다 노쇠하고 병들어 그 일을 감당할 수 없었다. 더불어 공부하는 여러 군자에게 "부디 나를 도와주시겠는가?" 하고 상의했더니 다들 "좋습니다."라고 대답하였다.

그리하여 어떤 이는 매일 왔고, 어떤 이는 하루걸러 왔으며, 어떤 이는 사나흘에 한 번 왔으니 참여 인원이 많은 날과 적은 날의 평균을 내면 하루에 다섯 명 밑으로 내려가지 않았다. 서로 토론을 거쳐 오로지 합당한 대로 지우고 보태었으니 내가 다시 무엇을 보태랴! 단지 팔짱을 끼고 옆에서 구경만 했을 뿐이다. 모두 합해 사십여 일 만에 책의 수정이 비로소 완결되어 두 분 선생께서 우리 후학에게 내려 준 저서가 이제 세상에 유행하게 되었다. 여러 군자의 공훈이 어찌 얕고 작다 하겠는가!

책이 완성될 즈음에 내가 인회에게 "이 책을 출판할 때 교정 본 사람의 성명을 넣어야 하지 않겠는가?"라 말하니 인회가 "좋소."라 하였다. 여러 군자들이 모두 기뻐하지 않으며 "저희가 이 일에 참여한 것이 공로를 계산해서겠습니까! 굳이 성명을 넣어야 하겠습니까?"라 하였다.

그 말에 내가 대답하였다.

"이렇게 하지 않으면 교정한 공이 모두 나에게 돌아오네. 하늘이 이룬 공을 탐내어 내가 이룬 공으로 만드는 짓을 내가 어찌하겠는가!"

여러 군자들이 이름을 넣어서는 안 된다고 말한 것이 세 번이었고, 내가 이름을 넣지 않을 수 없다고 말한 것이 또한 세 번이었다.

이튿날 여러 군자들이 인회에게 가서 굳게 사양하여 인회의 허락을 받은 뒤에 떠났다. 나도 인회에게 억지로 권할 수가 없어서 이 때문에 『문목표보』가 출판되었으나 여러 군자들의 이름은 책에 밝히지 못했다.

한참 뒤에 어떤 손님이 나를 찾아왔다가 『문목표보』에 말이 미쳐서 내가 이렇게 물었다.

"공을 이루고서도 자처하지 않는 것을 사양한다고 하니 사양하는 것은 아름다운 일입니다. 차지하지 못할 것을 차지하는 것을 탐욕스럽다고 하니 탐욕스러운 것은 덕을 해치는 일입니다. 제가 남이 행한 아름다운 행위를 드러내어야 할까요? 아니면 어질지 못한 이름을 스스로에게 붙이지 말아야 할까요? 두 가지 중에 무엇이 더 중요할까요?"

손님이 "어질지 못한 이름을 스스로에게 붙이지 말아야 합니다!"라 대답하였다.

그렇다면 여러 군자의 성명을 기록하지 않을 수 없어서 물러나 「직하교서기(稷下校書記)」를 지었으니 내 혼자 힘으로 책을 교정하지 않았음을 밝히기 위해서이다.

교정에 참여한 사람은 모두 열네 명으로 대구(大邱) 서승보(徐承輔) 원예(元藝), 연안(延安) 이대우(李大愚) 보여(保汝), 광산(光山) 김낙현(金洛鉉) 정여(定汝), 완산(完山) 이응진(李應辰) 공오(公五), 해평(海平) 윤치담(尹致聃) 주로(周老), 남원(南原) 윤병정(尹秉鼎) 사홍(士弘), 대구 서응순(徐應淳) 여심(汝心), 반남(潘南) 박홍수(朴洪壽) 자범(子範), 남원 윤병익(尹秉益) 사정(士正), 여흥(驪興) 민영목(閔泳穆) 원경(遠卿), 수양(首陽) 오준영(吳俊泳) 영중(英仲), 상당(上黨) 한장석(韓章錫) 치수(稚綏), 여흥 민태호(閔台鎬) 경평(景平), 여흥 민규호(閔奎鎬) 경환(景圜)이다.

해설

대산 김매순이 엮은 『주자대전차의문목표보』는 송시열의 『주자대전차의(朱子大全箚疑)』와 김창협의 『주자대전차의문목(朱子大全箚疑問目)』을 이어서 나온 책으로, 조선 시대 지식인이 가장 존경한 주희의 전집을 대상으로 주석을 집대성하였다. 조선 시대 학자의 학문적 성실성과 치밀함을 상징하는 저술이다.

학문의 역사에서 큰 의미를 지닌 이 책을 간행하기 직전에 김매순의 제자인 유신환은 최종 원고를 놓고 젊은 제자들과 함께 모여 교정을 보았다. 이 글은 그 과정에 얽힌 사연을 밝힌 것으로 1854년에 지었다. 제자들은 스승의 부탁을 받고 흔쾌히 교정에 참여하여 공동의 노력으로 교정을 마쳤다. 스승은 그런 의미를 살려 출간하는 책에 참여자 모두의 이름을 밝히려 했으나 제자들은 공을 탐내고 이름을 내고자 스승과 이름을 나란히 하기를 거부하였다. 제자들이 끝까지 완강히 사양하여 그 책에는 교정 책임자로 유신환만 들어가게 되었다. 모든 공을 혼자서 차지한 꼴로 되는 것이 끝끝내 마음에 걸려 유신환은 따로 이 글을 써서 참여한 제자들의 이름을 낱낱이 기록하고 그 공로를 밝혔다. 여기에서 당시 학자의 학문을 대하는 엄정한 태도와 스승과 제자의 도리를 지키는 아름다운 행위를 확인할 수 있다. 참여한 제자들은 모두 조선 말기의 저명한 정치가나 학자로 성장하여 유신환이 문하에 훌륭한 제자를 많이 두었음을 보여 준다.

김영작 金永爵

1802~1868년

자는 덕수(德叟), 호는 소정(邵亭)·존춘헌(存春軒), 본관은 경주(慶州)다. 이른 나이에 문예의 능력을 갖추어 청년 시절부터 선배나 동학들에게 주목받았으나, 번번이 과거에 실패하고 중년 이후 음직(蔭職)으로 관직에 진출했다. 종묘서(宗廟署)에 근무할 때 헌종으로부터 인정을 받아 마흔두 살에야 비로소 문과에 합격했다. 그 뒤로 여러 직책을 역임하여 이조 참판에까지 이르렀고, 아들 김홍집(金弘集)이 고위직에 임용되어 훗날 영의정에 추증되었다. 김홍집이 갑오개혁 때 총리대신으로 활약한 사실에서도 짐작되듯이 박규수(朴珪壽)와 함께 온건 개화파의 형성에 영향을 끼친 인물로 평가받는다.

젊은 시절에는 불교를 좋아하고 양명학에 심취했다. 만년에는 주자학으로 전향했다는 증언이 있으나 양명학은 물론 고증학에도 관심을 기울였다. 문장에서는 청초의 문장가인 위희(魏禧) 삼 형제의 문장을 매우 좋아했다.

저작으로 『해동칠자문초(海東七子文抄)』를 엮었다고 하나 현존하지 않는다. 문집으로 『소정고(邵亭稿)』가 전한다.

삼정의 개혁 방안 三政議

삼정(三政)의 폐단이 극단에 이르렀습니다. 세상에서는 다들 "경장(更張)하지 않으면 수습할 길이 없다."라고 합니다. 그러나 지금 나라의 기강이 바로잡히지 않았고 백성들의 마음이 안정되지 않아, 아무리 좋은 제도를 새로 만든다 해도 소란만 떨고 잘못 시행되기 쉽습니다. 차라리 옛 제도를 그대로 두고 조금 변통하는 조치가 더 나으리라 판단합니다.

전제(田制)는 토지를 다시 측량하지 않을 수 없습니다. 지금부터 계속하여 각 도로 하여금 두세 고을이나 네댓 고을씩 측량하도록 해야 합니다. 해마다 이렇게 측량하여 그 결과에 따라 잘한 이는 격려하고 못한 이는 징계한다면, 몇 년 지나지 않아서 팔도 토지의 경계가 바로잡힐 것입니다. 인재를 얻기 어렵고 재정이 충분하지 않다고 꺼릴 이유가 있겠습니까?

연안 지대의 쌀과 콩, 산지의 베와 삼은 모두 지방 관아의 담당자가 수납하게 한다면 파렴(派斂)이 늘어나는 일은 저절로 없어질 것입니다. 군적(軍籍)은 철저히 조사하지 않을 수 없습니다. 청탁하고 규례로 피하는 편법이 한두 가지가 아니라 해도 담당 관원을 시켜 안면이나 사정을 봐주지 않고 법조문을 철저히 따르게 한다면, 군적에서 빈 곳이 저절로 메워질 것입니다.

환곡의 문제에 이르러서는 허울만 남아 있고 좀먹은 상태라 좋은 대책이 전혀 없습니다. 그러나 굶주린 백성의 구휼과 군량미의 비축을 미리 대비하지 않을 수는 없습니다. 팔도(八道)와 사도(四都)로 하여금 곡포(穀包) 가운데 흩어지거나 모아 둔 것이 얼마나 되는지, 횡령한 재물 중에서 아직도 추징할 수 있는 수량은 얼마인지 확실히 조사하여 보고하도록 하고, 나머지는 탕감해 주십시오. 이어서 방백(方伯)과 수령들에게 하명하여 각자의 역량에 따라 재물을 바치게 하고 이를 평가에 반영하십시오. 고을마다 호구를 계산하고 환곡을 남겨 해마다 이자를 취하되, 넘치지도 모자라지도 않고 늘 일정한 숫자를 유지하게 하십시오. 각 관아가 관리하는 명목을 깎아 버리고, 잡곡으로 준절(準折)하는 관례를 없앤다면, 교활한 아전들이 농간을 부리려 해도 빈틈이 없어져 환곡의 폐단이 조금은 완화될 것입니다.

또 환곡의 이자는 서울과 지방 관청에서 쓰는 예산과 관련이 있으므로 대체 예산을 내려보내지 않으면 안 됩니다. 경(經)에서는 "위에서 덜어서 아래에 보태 준다."라 하였고, 전(傳)에서는 "백성이 넉넉하면, 임금이 누구와 더불어 부족하겠는가?"라 하였으며, 또 "씀씀이를 절약하고 백성들을 사랑하라."라고 하였습니다. 대체 예산을 내려보내려 하신다면 절약하는 조치가 가장 나으며, 절약은 마땅히 궁중으로부터 시작하셔야 합니다.

우리 전하께오서 분연히 결단을 내리시어 몸소 검약을 실천하시고, 편전(便殿)에서 사대(賜對)하시는 날마다 강구하십시오. 필요 없거나 분수에 넘치는 물건을 줄이도록 실천하는 길밖에 없습니다. 진실로 이와 같이 하신다면, 절약한 물자로 충분히 대체 예산을 내려보낼 수 있을 것이며, 또한 환곡에서 축난 부분을 메울 수 있을 것입니다.

신의 좁은 소견으로 어찌 감히 나라의 큰 계획이나 백성들의 걱정거리와 같은 큰 문제를 함부로 의논하겠습니까? 삼정의 폐단에 대해 자세히 물으신다는 명을 내리신 터라 침묵할 수만은 없어 감히 이처럼 아뢰었사오나, 다만 황송하고 부끄러울 따름입니다.

해설

이 글의 문체는 의(議)로 자신의 의견을 개진한 산문이다. 1862년 임술 민란이 발생하고 민심이 흉흉해지자 조정에서는 삼정이정청(三政釐整廳)을 설치하고 전국의 사대부들에게 그 해결 방안을 물었는데, 이 글은 이에 호응하여 지었다.

삼정(三政) 중에서 전정(田政)은 전답에 부과하는 토지세이고, 군정(軍政)은 병역의 의무를 대신하여 납부하는 군포(軍布)이다. 환정(還政)은 국가에서 군량미 겸 진휼미로 일정한 수량의 곡식을 비축해 두었다가 봄에 농민들에게 빌려주고 가을에 일정한 이자를 받는 조치인데, 이 방법을 통해 묵은 곡식을 소비하고 백성을 도왔으며 관청의 예산도 확보했다.

정조가 세상을 떠난 뒤 국가의 기강이 갈수록 해이해져서 토지세의 준거가 되는 농지 측량조차 몇십 년 동안 시행하지 못하고 있었다. 게다가 각종 편법으로 군포를 면제받는 사람이 늘자, 지방 관아에서는 할당량을 채우기 위해 애매한 사람에게 덮어씌우는 일이 잦았다. 환정 역시 본래의 좋은 의도가 빗나가서 부패한 관리의 부정 축재 수단으로 전락하고 말았다.

당시에 많은 대책이 올라왔는데 대부분 상당히 길고 구체적인 제안이 많았다. 반면에 김영작은 매우 간명하고도 온건한 대책을 제안했다. 삼정의 폐해가 극에 달했으므로 개혁해야 하지만 현재 나라와 민심의 상태로는 전면적 개혁을 감당하지 못한다고 판단하여 점진적 개혁을 주문했다. 그의 대책이 과연 현실성이 있었는지는 쉽게 판단할 수 없으나 글은 논지가 간명하고 요령을 갖추었다.

고매산관기 古梅山館記

한양에서 매화를 품평하는 이들이 반드시 정릉(靖陵) 재실 곁에 심어진 매화를 첫손가락에 꼽는 지가 지금으로부터 삼백여 년째다. 꽃송이가 거꾸로 매달리고 꽃잎이 크고 향기가 짙어 일반 매화와는 확연히 다르다. 세상에서는 나부매(羅浮梅) 품종이라 일컬어 석호(石湖) 범성대(范成大)의 『매보(梅譜)』를 살펴보니, 구십여 종 가운데 이와 유사한 품종이 없었다. 유독 두보가 "강변에 매화 한 그루 차츰차츰 꽃이 피어"라고 읊은 품종과 조금 가깝다. 참으로 매화 중에서 진귀한 품종이다.

안향청(安香廳) 좌우에 몇 그루 묵은 매화나무가 있어, 빼짝 마른 줄기는 굽은 쇠 같고, 성근 꽃봉오리는 옥처럼 달렸다. 매화가 활짝 필 때마다 재실 관리가 한양의 시인들을 불러 매화 아래에서 술을 마셔서 마침내 정릉의 고사(故事)가 되었다. 영조 임금 때 능참봉 아무개가 동쪽 들창을 뚫고 한 가지를 방 안으로 들여 따뜻하게 해 주니 꽃봉오리가 먼저 터졌다. 동지에 향을 올리러 온 관원이 보고 기이하게 여겨 돌아가 임금께 아뢰었다. 임금께서 내관을 보내 살펴보라 하셨고, 내관이 몇 가지를 꺾어서 달려와 바쳤다. 이로부터 동쪽 담장 아래 있는 매화는 더욱 세상에서 지극히 칭송하는 꽃이 되었다.

예부터 전하기를 만력(萬曆) 32년(1604년) 사명 대사 유정(惟政)이 일본에 들어가서 장기(長崎, 나가사키)와 살마(薩摩, 사쓰마) 사이에 정박한 광동(廣東) 상선으로부터 나부매를 구해 배에 싣고 돌아왔다고 한다. 지금 봉은사 심검당(尋劒堂) 동남쪽에 매화당(梅花堂) 옛터가 있는데, 사명 대사가 주석(住錫)하던 곳이니 증거가 매우 분명하다. 찬성(贊成)에 증직된 이신성(李愼誠) 공이 능참봉으로 있을 때 봉은사에서 정릉으로 옮겨 심었다. 이로부터 옮겨지고 접을 붙이고 어린 나무가 커 나가고 꺾였다가 살아난 것이 몇 번인지 모른다.

증거로 삼을 만한 기록에는 영조 임자년(1732년)에 쓴 「제명기(題名記)」가 있다. 글 뒤에 선조 이신성 공이 매화를 옮겨 심은 업적을 기록한 사람은 바로 이도익(李道翼)이다. 김굉유(金宏裕)는 호가 매수(梅叟)인데 나무를 잘 키웠다. 병인년(1746년) 김굉유에게 부탁해 향실(香室) 섬돌의 동서에 나누어 심은 사람은 신간(申暕)이다. 매수는 "내가 젊었을 때 정릉 재실의 옛 매화나무는 이미 오래전에 말라 죽었다. 송애(松厓) 서종태(徐宗泰, 1652~1719년) 정승께서 은퇴해 압구정에서 지내셨는데, 정자 근처에 나부매가 있어서 이를 구해 접을 붙여서 심었다."라고 말했다. 경오년(1750년)에 매수가 한 말을 근거로 삼아 지금의 매화는 옛 매화가 아니라고 단정한 사람은 이석상(李錫祥)이다. 정조 병진년(1796년)에 매화나무가 반쯤 시든 것을 보고, 다시 대여섯 그루를 심고 칠언절구 다섯 수를 지은 뒤 그 전말을 기록한 사람은 신사준(愼師浚)이다. 정사년(1797년)에 능지(陵誌)를 엮으면서, 매수가 한 말을 늙은이의 정신 나간 소리에 가깝다고 염려한 사람은 이정규(李鼎珪)이다.

내 생각은 이렇다. 우리나라의 나부매는 천하에 짝이 없는 큰 복을 받은 경화(瓊花)이며, 압구정은 재실과 소 울음소리가 들릴 만한 거리이다. 애초에 압구정에 심긴 매화는 서 정승 댁 정원사가 훔쳐 간 것이 틀림없다. 그렇다면 매화는 원래 있던 곳으로 되돌아갔을 뿐이다. 매수가 늙어서 정신이 흐릿해진 것이 아니라 다만 실상을 파헤쳐 보지 못한 것일 뿐이다. 어찌 그의 말을 근거 삼아 지금 매화는 옛날 매화가 아니라고 단정할 수 있겠는가? 이도익의 기록과 신사준의 시를 한번 보면 정확히 알 수 있으므로 길게 변론할 필요도 없다.

성상이 등극한 지 사 년째 되는 무술년(1838년)에 나는 성은을 입어 정릉(靖陵) 참봉에 제수되었다. 재실에 부임한 날 옛 능지를 뒤지고 묵은 자취를 더듬어 찾았다. 매화나무는 이미 칠팔 년 전에 어떤 사람이 가져가 휑하니 한 그루도 남아 있지 않은 터라, 오래도록 배회하면서 구슬픈 마음을 가졌다. 그러다 저자도(楮子島)에 허 노인(許老人)이라는 이가 백 리 너머로 흘러 들어간 옛 매화를 찾아서 접을 붙여 살려 냈다는 소문을 들었다. 이듬해 가을 동료인 이휘재(李彙載)와 상의해, 동쪽 담장 아래에 옮겨 심었다. 잘 북돋아 주고 땅을 잘 다져 주니, 한 해가 지나자 네다섯 가지가 담장 너머로 높이 나왔다. 다음 해 봄이면 꽃망울이 서너 송이 맺힐 듯하다. 그러나 이휘재는 지난 섣달에 임기가 차서 이미 돌아갔고, 나 또한 앞으로 매화와 작별할 것이다. 늘그막의 벼슬길은 인연 따라 사방으로 다니므로 뒤에 오는 사람만이 맑은 향기를 독차지하겠구나!

능원(陵園)을 지키는 직분은 경계 안의 풀 한 포기, 나무 한 그루도 감히 상하게 해서는 안 된다. 더욱이 매화는 식물 중에서도 향기롭고 깨끗한 나무라 범상한 초목들과는 다르며, 또 먼 곳에서 옮겨 온 특이한 품종이고, 지존의 사랑까지 받았다. 수백 년 동안 명공과 고승이 심어 가꾸고 보호하고 지켜 오기를 이처럼 열성으로 한 나무가 아니던가! 매화가 잘 자라 무성하거나 시들어 말라 버리는 갈림길에서 능참봉이 직분을 잘 수행했는지 여부와 인품이 어질고 모자란 차이가 판가름 난다. 이에 매화와 관련된 고사와 사실을 모으고, 나를 이어 이 매화를 관리할 사람에게 알리면서 마침내 재실의 편액을 고매산관(古梅山館)이라 하고, 기문을 짓는다.

해설

특정한 매화나무의 역사를 추적하여 그 사연을 기록한 기문(記文)이다. 앞에 수록한 유본예의 「이문원의 노송나무(摛文院老樅記)」와 함께 기념할 만한 특별한 나무의 생태와 역사, 인문적 가치를 살려서 평가한 글이다.

서울 정릉은 중종(中宗)의 왕릉으로 이 정릉에는 흥미로운 사연이 많지만 매화도 그중의 하나이다. 여느 매화와 다르게 땅을 향해 꽃이 피는 특별한 매화나무가 있었다. 이른바 정릉매이다. 사명 대사가 일본에 갔을 때 중국 상선에서 구해 온 매화를 옮겨 심었다고 알려져 있다. 문인들이 소개하고 시로 읊어서 시문이 제법 많이 남아 있는, 유서 깊고 역사적 가치가 있는 매화이다.

글쓴이는 정릉 참봉으로 부임한 뒤 흔적도 없이 사라진 매화나무의 자취를 찾아 다시 복원해 심고, 재실에 고매산관이라는 편액을 달았다. 정릉매의 유래를 서술하고, 후임 참봉들이 잘 보살펴 줄 것을 간곡히 당부하고자 이 글을 썼다. 유서 깊은 매화를 지키고 되살리기 위해 애쓴 나무 애호가의 고심이 잘 드러난다. 후배 문장가인 한장석(韓章錫)의 『미산집(眉山集)』에는 「이원필만력매첩발(李元泌萬曆梅帖跋)」이 있는데 이 글을 거론하며 매화의 이야기를 전개하고 있다.

이상적 李尙迪

1803~1865년

자는 혜길(惠吉), 호는 우선(藕船)·은송당(恩誦堂), 본관은 우봉(牛峯)이다. 역관 명가에서 태어나 24세 때 역과에 합격한 뒤 열두 차례나 역관으로 청나라에 다녀왔을 만큼 청나라 외교에서 중요한 역할을 했다.

추사 김정희가 그에게 그려 준 「세한도(歲寒圖)」의 명성 덕분에 일반인에게 많이 알려져 있으나 19세기의 학문과 시문, 한·중 지식인 사이의 교유에서 추사에 못지않은, 아니 어느 부분에서는 더 큰 영향력을 지닌 인물이다. 조선 후기에 역관 출신 시인이 적잖이 배출되었으나 영향을 크게 끼치고 명성이 높은 사람으로 그를 꼽을 수 있다. 은송당이란 호는 헌종이 직접 그의 시를 읊어 준 인연으로 감격하여 지었다. 그의 아들 이용림(李用霖)은 화가로 저명하다.

시인으로 명성이 대단히 높으나 산문 역시 뛰어나다. 청나라 문인들과 주고받은 편지가 수량도 많고 작품도 우수하다. 특히 사륙변려문에 관심을 많이 가져 작품 선집도 편집했을 뿐만 아니라 많은 명작을 지었다. 문집에 다양한 변려문이 수록되어 있어 「녹파잡기서(綠波雜記序)」를 비롯하여 작품이 순전한 문예물로서 빛을 내고 있다. 문집으로 『은송당집(恩誦堂集)』, 『은송당속집(恩誦堂續集)』, 『우선정화록(藕船精華錄)』 등이 전한다.

고려 석탑에서 발견된 용단승설 記龍團勝雪

용단(龍團) 한 과(銙)의 정면은 둥근 용의 형태를 하고 갈기와 비늘이 은은히 일어나 있다. 측면에는 승설(勝雪, 눈보다 더 하얗다는 뜻)이라는 두 글자가 해서(楷書)로 음각되어 있다. 건초척(建初尺)으로 재어 보니 사방 한 치이고, 두께는 그 절반이다. 최근 석파(石坡) 이하응(李昰應) 공께서 호서의 덕산현(德山縣)에 성묘하러 가셨다가 고려 때의 옛 탑을 찾으셨다. 거기서 조그만 청동 불상, 금니로 쓴 불경, 사리자(舍利子), 침단(沈檀), 진주 따위의 물품과 용단승설 네 과를 얻으셨다. 얼마 전에 나도 그 중 하나를 구하여 소장하게 되었다.

구양수(歐陽修)의 저서 『귀전록(歸田錄)』을 살펴보니 "경력(慶曆, 송나라 인종의 연호, 1041~1048년) 연간에 채군모(蔡君謨)가 비로소 작은 용차(龍茶)를 만들어 바치니, 소단(小團)이라 일컬었다."라고 기록하였다. 『잠확유서(潛確類書)』에는 "선화(宣和) 경자년(1120년)에 조신(漕臣) 정가간(鄭可簡)이 은선(銀線) 빙아(冰芽)로 사방 한 치쯤 되는 새로운 단차(團茶)를 만들었는데, 작은 용이 그 위에 꿈틀꿈틀하여 용단승설이라 일컬었다."라고 기록하였다. 또 『고려도경(高麗圖經)』을 살펴보니 "고려 토속 차는 맛이 쓰고 떫어서 입에 댈 수 없다. 오직 중국의 납차(蠟茶)와 용봉단(龍鳳團)을 귀중하게 여긴다. 황제께서 하사하신 것 이외에도 상인들이 무역으로 유통한다. 그러므로 최근에는 자못 차를 마시기 좋아하고, 다구(茶具)도 갖추고 있다."라고 기록하였다.

송나라 인종 때 벌써 작은 용단 차가 있었으나 오로지 승설이라는 이름은 휘종(徽宗) 선화 2년에 비롯되었다. 서긍(徐兢)은 선화 5년 계묘년(1123년)에 우리나라에 사신으로 온 사람이라, 중국이나 외국의 풍속과 물산을 정말 잘 알고 있어서 이처럼 말했다. 또 고려의 승려인 의천(義天), 지공(指空), 홍경(洪慶), 여가(如可)처럼 앞뒤로 바다를 통해 도를 묻고 경전을 구하러 송나라에 왕래한 사람이 줄을 이었음을 문헌에서 증명할 수 있다. 이때 이들은 필시 다투어 좋은 차를 구해서 불사(佛事)에 공양했을 테고, 심지어 석탑에까지 넣어서 칠백여 년을 넘겨 다시 세상에 나오도록 했다. 아! 참으로 기이하구나!

그러나 부패하기 쉽고 없어지기 쉬운 물건이 바로 먹을거리이다. 두강(頭綱, 경칩 또는 청명 전에 만든 첫 번째 공차(貢茶)를 말함) 하나가 동쪽 땅으로 흘러들었는데 백응도(白鷹圖)와 맞먹을 만큼 오래되었고, 수금체(瘦金體)로 쓴 동전보다 더 귀하다. 나는 휘종이 그린 매 그림과 휘종이 수금체로 쓴 숭녕중보(崇寧重寶) 몇 매를 소장하고 있다. 지금껏 예림(藝林)에서 귀하게 여겨 감상하는 유물이다. 어찌 신물(神物)이 보호하여 옛것을 좋아하는 내 고질병을 남몰래 도와준 것이 아니겠는가? 이에 옛 사실을 고증하여 동호인과 함께한다.

해설

새롭게 나타난 물건을 고증한 글로 문체로는 기문(記文)이다. 탑에 봉안

된 특별한 차를 대상으로 삼아 어떻게 그곳에 차가 봉안되었고, 그 차의 정체가 무엇이며, 어떤 과정을 거쳐 자기가 입수하게 되었는지를 상세하게 밝힌 흥미로운 글이다.

'과(銙)'는 본래 옛날 허리띠의 고리를 가리키는 말이다. 이 고리는 대체로 납작하고 네모난 형태여서 그 형태를 가진 사물인 차(茶)를 세는 단위로도 쓰였다. 석파 이하응은 바로 훗날 흥선 대원군이 된 인물로 그는 선친인 남연군(南延君)의 무덤을 명당에 쓰기 위해 충청남도 덕산(德山)에 있던 가야사(伽倻寺)를 파괴하고 그 석탑을 옮기기까지 했다. 그 과정에서 고려 초기의 여러 유물과 함께 이 차가 발견되었다.

글쓴이가 자세하게 고증한 내용에도 나와 있듯이, 용단승설은 본디 북송 시대에 제조된 차로 고려 때 탑 안에 봉안했다. 그 차가 무려 700년 이상 되는 세월을 경과한 뒤에 발견되었는데, 놀랍게도 전혀 변질되지 않은 상태였다.

최근 발견된 초의(草衣)에게 보낸 김정희의 간찰에도 김정희가 용단승설 한 덩이를 얻은 사실이 나와 있다. 이상적이 김정희를 통해 얻었거나 아니면 김정희가 이상적을 통해 얻었을 것이다. 19세기는 차 문화가 새롭게 융성하던 시기인데 이 기이한 보배가 이때 출현한 것도 우연은 아니다. 희귀한 옛 물건을 소중히 여기고 그 역사와 가치를 밝히는 고증적 산문의 특징을 보여 주는 글이다.

정벽산 선생 묘지명 鄭碧山先生墓誌銘

도광(道光) 8년인 무자년(1828년) 여름, 정벽산(鄭碧山) 선생은 큰 병에 걸려 다리가 크게 부어올랐다. 내가 강가의 셋집으로 문병을 갔더니 벌써 위독하여 일어나지도 못하시기에 눈물을 흘리며 작별했다. 사흘을 넘겨 선생께서 돌아가시니 향년 예순이셨다. 모월 모일에 양주(楊州) 쌍문(雙門) 언덕에 장사 지냈다. 나는 대대로 교유를 맺은 집안의 후학이므로 묘지를 지어 다음과 같이 쓴다.

선생의 휘는 민수(民秀)이고, 옛 월성(月城, 경주) 사람이다. 기범(豈凡)은 자이고 벽산(碧山)은 호인데, 알거나 모르거나 다들 벽산 선생이라 일컬었다. 선생은 어려서 선친을 여의고 가난하게 지냈다. 어머니 방씨(方氏) 부인을 효성으로 섬겼고, 변변찮은 끼니도 자주 걸렀으나 늘 맨다리로 시장을 나가 죽을 사다가 봉양했다. 모친상을 당했을 때는 남달리 슬퍼하여 몸이 몹시 상했다. 매달 초하루와 보름에 묘소를 찾아뵐 때는 반드시 제수(祭需)를 잘 갖추어 어깨에 지고 갔다. 삼년상을 마치도록 춥고 덥고 바람 불고 비 온다고 거른 적이 없었다. 평소에 의술을 공부하였으나 성공을 거두지는 못했고, 시 읊기를 즐겼다. 그 시를 읊어 보면 담백하고 소탈하여 그 사람됨을 닮았다.

선생이 혼인을 처음 한 때는 마흔여섯 살 나이로 배는 불룩 나왔고

머리숱도 듬성듬성했다. 자산(茨山) 박 공(朴公)과 판향(瓣香) 함 공(咸公)이 모두 선생과 나이를 잊은 벗으로서 방반석(方半石)에게 부탁하여 「벽산빙행도(碧山聘行圖)」를 그리게 하고 거기에 시가(詩歌)를 써 주었다. 그때 화답하는 작품을 지은 사람이 아주 많았다.

선생이 노쇠하기도 하고 세상에도 뜻을 잃자 마침내 부인을 데리고 책을 싸서 적성(積城) 고을을 택해 옮겼다. 산속에 살며 흐르는 물을 보며 지냈는데 훌쩍 세상을 벗어난 고상한 선비의 풍모가 있었다. 얼마 뒤 큰 흉년이 들어 유민(流民)들이 밤에 약탈하러 왔는데 큰 몽둥이를 든 자들이 수십 명이었다. 선생이 울타리 틈으로부터 짧은 지팡이를 보이며 "누군들 무기가 없겠느냐? 너희들이 나를 어찌하겠느냐?" 하였다. 도적들은 크게 웃었고 선생도 크게 웃었다. 바로 사립문을 열어 주고 들어오라 하여 "쓸 만한 세간이 있거들랑 다 가져가도 좋다."라 말하고, 손수 관솔불로 네 벽을 비추자 방 안에는 오직 베틀 한 대와 책 몇 상자만 놓여 있었다. 도적들은 그냥 몸을 빼내 돌아갔다. 뒤에 다시 남양(南陽)의 섬으로 이사하여 여덟 해를 살았으나 한층 더 곤궁해졌다. 끝내는 서울에서 여생을 보내 학생을 받아 가르치며 생계를 이어 갔다.

돌이켜 보면 내가 막 관례를 치르고 나서 자주 숙부님의 몽관재(夢觀齋)에서 선생을 모셨는데 늘 문예에 대해 끊임없이 말씀을 하면서 하루해가 다 가도록 싫증 내지 않았다. 선생이 본받는 시인들은 건안(建安)과 개원(開元)·천보(天寶) 사이를 벗어나지 않았으며, 원화(元和) 이후는 달가워하지 않았다. 다만 왕세정(王世貞)과 이반룡(李攀龍) 일파를 좋아하여 옛 법도로 나아가는 길잡이가 될 수 있다고 생각했으니, 나와는 지론이 정말 어긋났다. 그러나 지은 글을 가지고 질정을 부탁드리면 바로 격려하고 칭찬하기를 그만두지 않았다. 아! 부끄러울 뿐이다.

선생은 평소 『장자』와 『태현(太玄)』을 즐겨 읽었고, 척독을 잘 지었으며, 특히 작은 해서를 잘 썼다. 시는 흩어져 잃어버린 것이 많되 고시(古詩)와 근체시(近體詩) 약간 편이 겨우 몽관재(夢觀齋) 선생의 『태잠집(苔岑集)』에 실려 있다.

예전에 선친께서 임술년(1802년) 가을 칠월 기망(旣望, 음력 16일)에, 소동파(蘇東坡, 소식(蘇軾))의 고사를 본받아 선생을 비롯한 시사(詩社) 동인들과 함께 시냇가 누각에 모여서 잔치하며 옛일을 회고하고 시를 읊었다. 지금껏 그 시권이 상자 속에 간직되어 있건만 삼십 년 동안 여러 어른들이 거의 다 돌아갔다. 선생은 그 추억을 말할 때마다 지난날과 현재를 돌아보며 가슴 아파하곤 했다. 그런데 지금 또 선생께서 돌아가셨다. 오호라! 나 같은 후배는 앞으로 어디에서 옛일을 얻어듣고 그 실마리를 펼칠까? 슬프구나!

선생의 아버지는 아무개이고, 할아버지는 아무개이며, 증조할아버지는 아무개이다. 부인은 안의(安義) 김씨(金氏)이니, 아들은 없고 두 딸은 아직 어려 시집가지 않았다.

명을 쓴다.

살아서는 푸른 산(碧山)이라 일컫다가
죽어서는 푸른 산에 묻히셨네.
백양(白楊)나무 숲속에 귀신의 노랫소리가 들리는 듯하니
후세에 지각 있는 분이라면
이곳은 "벽산 선생의 무덤이다." 말하리라.

해설

스승의 독특한 삶을 묘사한 글로 문체는 묘지명(墓誌銘)이다. 묘지명의 주인공인 벽산 정민수는 글쓴이의 숙부인 몽관(夢觀) 이정주(李廷柱, 1778~1853년)의 벗으로 중인 계층 지식인이다. 그가 사망하자 그의 일생에서 중요하고도 인상적인 일화를 몇 개 추려서 서술함으로써 생애의 특징을 잡아 내고 있다. 부친이 일찍 세상을 떠나 경제적으로 어려운 상황 속에서도 홀어머니에게 효도를 다한 일, 마흔여섯 살에 처음 결혼할 때 있었던 일, 적성에서 도적들이 쳐들어왔을 때 임기응변으로 대처했던 일 등이 일화인데 그 일화는 소탈하면서도 어리숙하고 진정성 있는 인간 됨을 잘 드러내고 있다. 나이 들어 결혼할 때의 사연과 도적과 대면한 일은 유머러스하면서도 세상 물정 모르는 천진함이 약동한다. 다른 사람과 다른 벽산만의 개성이 잘 부각된다.

한편으로는 재능을 갖고도 세상에 제대로 발휘하지 못한 선배의 불우함에 연민의 감정을 표현하고 있다. 정민수는 당대에 저명한 인물이었는데 그의 개성 넘치는 삶이 잘 묘사되었기에 겸산(兼山) 유재건(劉在建, 1793~1880년)이 편찬한 여항인 전기집 『이향견문록(里鄕見聞錄)』에도 조금 수정된 내용으로 실려 있다.

삽을 든 장님 書錨瞎

유(兪) 아무개 공이 젊은 시절 같이 공부하는 친구 예닐곱 명과 어울려 충청도에 갔다가 날이 저물어 주막에서 묵었다. 저녁밥을 먹고 나서 선비들이 우르르 일어나 주먹질하고 발길질하며 힘을 겨루고 왁자하게 장난치고 있었다. 그때 나이가 쉰 살 남짓 되고 수염이 텁수룩하게 난 장님 하나가 모퉁이에서 짚신을 삼고 있다가 불쑥 "에잇!" 하며 비웃는 것이었다. 선비들이 장님을 잡아끌며 "왜 비웃는 게냐!"라며 따졌다. 장님은 또 비웃기만 할 뿐 대꾸를 하지 않았다. 선비들이 다그쳐 묻자 장님이 그제야 "공들은 양반님네 자제들일 뿐인데, 뭔 힘이 있겠소?" 하더니 제 오른팔을 구부려 바닥에 세우고는 이렇게 말했다.

"공들이 차례로 내 팔을 꺾어 눕혀 보시우. 눕히지 못하면 내게 술을 받아 주시구려!"

선비 한둘이 먼저 나서서 장님의 팔을 눕히려 했으나 꿈쩍도 하지 않았다. 그러자 선비들이 번갈아 장님의 팔을 누르고 꺾었다. 모두들 힘이 다 빠졌는데 장님의 팔은 여전히 우뚝 선 채 꿈쩍도 하지 않았다. 주막 사람들이 입을 떡 벌리고 낯빛이 달라지지 않는 이가 없었다. 장님은 껄껄 웃으며 속히 술을 내오라고 재촉했다.

"내가 공들을 위해 젊은 혈기를 조금 꺾으려 한 것뿐이우. 이상하게 여기지 마시우."

선비들은 차츰 숨을 진정시키고는 "아깝다! 정말 장사인데."라며 쑤군거렸다. 장님은 한숨을 내쉬고는 눈을 비비며 중얼거렸다.

"삽 때문에 내 눈이 이 모양이 됐지. 삽 탓이야!"

이윽고 술이 불콰해지자 장님은 선비들에게 이야기를 들려주었다.

"나는 충청도 사람이라오. 나면서부터 힘이 셌소. 집안이 가난해 먹고 살 길이 없는지라 품팔이를 했소. 힘을 쓰는 농사일은 무엇이든 남들이 이틀 걸려 할 것을 아침나절에 해치웠으니 열 사람 몫을 나 혼자 독차지했소. 그 덕에 농사짓는 이웃들은 다들 나를 데려다 쓰려고 안달했다오.

그렇게 몇 해가 흐른 뒤 어느 여름철에 큰 비가 내려서 논밭이 물에 잠기고 무너졌소. 하루는 큰 삽을 메고 밤중에 나가 저수지 둑을 터서 물을 빼내고, 일을 마친 뒤 둑에 앉아 쉬고 있었소. 아직 동이 트지 않아 달빛과 별빛이 땅에 가득하고 삽날이 빛을 받아 눈에 번쩍번쩍했소. 조금 있다가 과객이 앞을 지나가는데 갑자기 지고 가던 짐 보따리를 길가에 풀어 던지고 허둥지둥 뒤돌아 달아나더이다. 뭔 일인지 좀체 종잡을 수 없었는데 아침이 밝아서 살펴보았더니 백 냥이 들어 있는 꾸러미였소.

그때 난 생각했소. '영남과 호서에 흉년이 이어져 도로에 도적 떼가 출몰한다더니, 그 과객이 삽을 보고 겁에 질려 나를 도적으로 생각한 모양일세. 하지만 내가 한 짓도 아닐뿐더러 돈 보따리가 저절로 굴러들었을 뿐이다. 내가 가진들 뭐가 문제랴!' 그리해서 돈 보따리를 가지고 집으로 돌아왔다오. 그 돈으로 집도 짓고 그 돈으로 아내도 얻고, 그 돈으로 술도 마시고 고기도 먹고 노름도 하면서 날마다 무뢰배 짓을 일삼았소. 얼마 지나지 않아 돈이 벌써 바닥나고 말았다오. 나는 다시 삽을 메고 일어서서 '삽아! 내가 너하고 품을 팔며 고생하느니보다 차라리 손 한번 휘둘러 편히 사는 게 낫겠지!' 했다오.

그로부터 해가 저물기만 하면 으슥한 곳에서 행인을 기다리다가 삽을 휘두르며 다가섰는데 삽을 보고 기운이 빠져 협박당하지 않는 이가 없었소. 오늘 빼앗은 것이 부족하면 내일은 또 다른 데로 옮겨 갔소. 그 무렵 내 생각에 힘으로는 온 세상에 날 당할 자가 없었다오.

오호통재라! 그러나 힘이란 뽐내서는 안 되는 것인데, 내 경우를 보면 알 수 있지. 나는 어느 날 들판에서 한 과객을 마주쳤소. 행색이 거상으로 보였으며, 차림새가 몹시 호사스럽고 풍채가 아주 아름다웠다오. 그 사람이 대수롭지 않게 보이고 그 행장은 탐이 나더이다. 바로 말 머리를 치고서 냅다 소리를 질렀소.

'객은 안장과 말을 두고 가쇼.'

과객은 나를 위아래로 훑더니 말에서 내려 고삐를 건네주고 '예! 예!' 하더이다. 옷도 벗으라고 다그쳤소. 과객은 담비 갖옷을 벗어 들고 예를 표하며 이랬소.

'장사로군요! 날씨가 이렇게 추우니 속옷이야 어떻게 주겠소. 이 갖옷은 값이 백 냥이니 이것으로 목숨을 대신하기 바라오.'

나는 허락하지 않고 삽을 휘두르며 위협했다오. 그런데 갑자기 과객의 발길에 차여 십여 걸음 밖에 내동댕이쳐져 혼절하고 말았소.

정신을 차리고 났더니 과객이 큰 소리로 나를 꾸짖더이다.

'이놈아! 갖옷과 말로도 탐심이 차지 않아 기어코 인명을 해쳐 속옷까지 뺏으려 드는 심보가 대체 무엇이냐? 네놈의 삽 끝에 죽는 행인이 몇이나 될지 모르겠다. 네놈을 죽여야 마땅하다. 하나 네놈의 눈만을 파내 행인들에게 속죄하게 하리라. 그리하지 않으면 네놈은 어디에서 죽게 될

지도 모를 게다.'

과객이 나를 잡아 일으켜 손으로 뒤통수를 치자 내 두 눈알이 빠져 바닥에 굴렀다오. 나는 외마디 비명을 지르고 결국 기절해 버렸소.

이튿날 아침 이웃 사람이 나를 발견해 떠메고 집에 데려와 겨우 죽음을 면했소. 눈을 잃은 지 얼추 스무 해가 되도록 저자를 떠돌며 짚신을 삼아 입에 풀칠하고 산다오. 앙화를 내가 자초했으니 그 사람을 어찌 탓하겠소.

아무튼 이 일로 볼 때, 내가 비록 노쇠했어도 공들보다 힘이 열 곱절은 될 거요. 그 과객은 훨씬 힘이 세니 내가 공들보다 힘센 정도를 훌쩍 넘길 것이외다. 천하에서 모르는 사람의 힘을 어찌 쉽게 헤아리리오."

여러 선비들은 이야기를 듣고서 감탄을 쏟아 냈다. 이름을 물었으나 장님은 빙긋이 웃고 대답하지 않았다.

해설

기이한 인물의 특이한 체험과 그 의미를 기록한 글로 문체로는 기사(記事) 내지 서사(書事)에 속한다. 마치 한 편의 야담이나 단편 소설을 읽는 듯한 느낌이 드는 서사적인 문장이다. 글쓴이가 직접 본 사실이 아니라 유 아무개로부터 들은 이야기를 하나의 글로 완성하였다.

일군의 젊은 선비들이 주막에 머물 때 우연히 만난 한 장님으로부터 기이한 사연을 들었다. 젊은 혈기를 못 이기는 선비들을 향해 토해 내는 장님의 고통스러운 과거담은 충격적이다. 센 힘을 믿고 강도질에 나섰다가 더 힘이 센 장사에게 눈을 잃었다는 이야기이다. 그가 강도질에 나서는 과정과 남을 무시하게 된 동기가 아주 그럴듯하게 그려졌고, 더 힘이 센 장사를 만나 장님이 된 사건의 묘사가 생생하다. 글의 주제는 뛰는 놈 위에 나는 놈 있다는 교훈과 재주 믿고 날뛰지 말라는 교훈에 있다. 그러나 교훈을 넘어서 사연이 흥미롭고 신비하며, 당시의 생활 풍정이 잘 드러난다. 문장도 뛰어나서 한 편의 빼어난 전기 소설이라 평가할 수 있다.

조면호
趙冕鎬

1804~1887년

자는 조경(藻卿), 호는 옥수(玉垂)·이당(怡堂)이며, 본관은 임천(林川)이다. 어려서 김려(金鑢)의 동생인 서원(犀園) 김선(金鏇, 1772~1887년)으로부터 시문을 배웠고, 중년 이후로는 추사 김정희로부터 많은 영향을 받았다.

자하 신위 이후 철종·고종 시대 서울 북촌의 시단을 주도한 문인으로 박규수나 신석우(申錫愚)와 친밀하게 지내며, 많은 양의 시와 산문을 썼다. 시인으로 이름이 알려졌으나 주변 인물들과 생각을 주고받은 편지글과 송서(送序), 문인들의 관심과 취미를 고아하게 표현한 서발문, 고동 서화 취미를 묘사한 소품체 산문 등을 많이 썼다. 그의 산문은 19세기 중후반 사대부 사회를 풍미한 관심사를 잘 보여 준다. 글씨도 잘 써서 추사체의 진수를 터득했다는 평가를 받는다. 문집으로 『옥수집(玉垂集)』이 전한다.

자기가 잘 모른다는 것을 잘 아는 선생 自知自不知先生傳

선생은 어느 때 사람인지 모른다. 알봉(閼逢) 이전 소양(昭陽) 이후의 해에 태어나서 그가 몇 살인지 아무도 모른다. 나면서부터 남과는 달라서 눈으로는 파란색과 노란색을 분간하지 못했으나 때때로 모기의 눈썹을 살펴보았고, 귀로는 종소리나 북소리를 듣지 못했으나 개미가 싸우는 소리는 잘 들었다.

손으로 뜨거운 물건을 잡고도 물에 식히지 않았고, 맨발로 얼음을 밟아도 벌벌 떨지 않았다. 행동을 때맞춰 하지 않고 욕망을 절제하지 않다가 희한한 병에 걸렸는데 마치 진흙 소상이나 나무 인형처럼 어쩔 줄 몰라 했다. 위장은 맛있는 음식을 싫어했고, 마음은 무슨 일을 열심히 하는 태도를 싫어했다. 의원이 "이 병은 고치기 어렵다."라고 말해 주었으나 병은 더욱 심해졌다. 정신이 멍하거나 풀어져서 얻고 잃는 사이에서 깨닫지를 못했다.

언젠가 물건을 준 사람이 있었는데 "이 물건이 어떻게 내게 왔지?"라 말하였고, 누가 빼앗아 가자 "물건이 이제 가 버렸다."라 말했다. 또 남들은 찾지 않는 물건을 남에게 구하다가 그 물건도 남에게 주어 버렸다. 병이 한창 깊어져서 집은 황폐하고 썰렁해졌고 끼니도 자주 걸렀으며 겨울에는 갖옷 한 벌, 여름에는 베옷 한 벌로 지내며 망건도 쓰지 않고 버선도 신지 않은 때가 많았다. 때때로 의관을 차려입고 향을 사르며 성현의 책을 읽기는 했으나 하루도 삿갓 쓰고 김매는 것을 잊지 않았다. 사람들이 모두 "이 병은 종잡을 수 없군."이라 하였다.

차와 술을 품평하다 흥이 나면 시를 짓고, 거문고를 어루만지고 바둑내기를 하다 그림을 그렸다. 때로는 지팡이에 나막신을 신고 산에 들어가면 어디로 갔는지 종적이 묘연했고, 말을 타고 성 밖을 나가면 언제 돌아올지 모르게 담박하였다. 괴질에 고약한 증세가 갈수록 변화무쌍하고 갈수록 해괴했다.

날마다 규염객(虯髥客, 붓), 고절군(苦節君, 지팡이), 파릉위(灞陵尉, 매화), 동리처사(東籬處士, 국화), 조향암도인(祖香庵道人, 난초)과 더불어 은미한 말을 논하고 오묘한 도리를 강론하였다. 그때 석장(石丈) 하나가 곁에서 고개를 끄덕였다.

이윽고 늙고 병이 깊어지자 가족을 소평(邵平), 주옹(周顒), 왕신민(汪信民) 등 서너 분에게 맡기고는 마침내 산의 맑고 빼어남을 오만하게 이야기하며 바람이랑 달이랑 어울려 거닐었다. 남들은 두려워하고 위태롭게 여겼으나 침을 놓거나 뜸을 뜨지 않았다. 그래서 스스로를 '자기가 잘 모른다는 것을 잘 아는 선생(自知自不知先生)'이라 일컬었다.

해설

조면호가 관직에서 좌절을 경험한 1863년에 쓴 작품이다. 제목에 계해년(1863년)에 썼음을 밝혔다. 자신의 생애를 직접적으로 묘사한 글은 아니나 '자지자부지선생(自知自不知先生)'이라는 가상의 인물에 자신의 인생을 기탁한 탁전(託傳)이다. 그는 '자지자부지선생'이 사는 집을 묘사한 「자지자부지서옥기(自知自不知書屋記)」도 썼다.

글의 제목도 대단히 특이하지만, 주인공 역시 세상의 평범한 사람과는 완전히 다른 삶을 살아가는 괴기한 인물로 그려지고 있다. 그는 남들이 잘하는 것은 하지 못하고, 남들이 하지 않는 것을 잘한다. 의원은 "이 병은 고치기 어렵다."라고 진단하고, 사람들은 "이 병은 종잡을 수가 없다."라고 할 정도로 특이한 행동은 거의 병적이다. 그런 병적인 삶은 본인도 왜 그런지 모른다. 자기가 아는 것이라곤 본인도 알 수 없는 병적인 사람이라는 것이다. 세상에서 가장 이해하기 힘든 특이한 한 인간으로서 자기를 내세우고 있다. 발상도 특이하고 글도 독특하다.

심대윤 沈大允

1806~1872년

자는 진경(晉卿), 호는 백운(白雲)·동구자(東邱子)이고, 본관은 청송(靑松)이다. 소론의 명문가 출신으로 고조부는 영의정을 지낸 심수현(沈壽賢)이다. 증조부는 심악(沈鑵, 1702~1755년)으로 을해옥사에 연루되어 처형된 이후 폐족이 되었다.

경기도 안성에 살면서 학계와는 고립된 채 학문에 전념하여 경서 연구에 일가를 이뤘다. 조선 학계의 고질적 병폐인 주희 존숭의 태도를 버리고 경학(經學)에서 주희를 따르지 않고 자신만의 학설을 주창했다. 당시 학자들의 비난도 무시하고 자신만의 학설을 내세운 것이다. 양명학에 뿌리를 둔 그의 경학 연구는 19세기 학문에서 매우 독특한 경지를 수립했다. 『복리전서(福利全書)』를 비롯해 주목할 만한 저서를 다수 남겼다. 그의 학문은 정인표(鄭寅杓)와 정기세(鄭基世) 등의 제자로 전수되었다.

문장에서도 자신만의 세계를 구축하려고 노력하여 이른바 당송고문(唐宋古文)의 위세를 인정하지 않고 한(漢)나라의 문장을 배우려고 노력했다. 그의 시문은 문집 『백운집(白雲集)』을 비롯한 몇 종의 필사본에 수록되어 전하는데 최근 『백운 심대윤의 백운집』(사람의 무늬, 2015) 한 책으로 정리·번역되었다.

소반을 만들며 治木盤記

예전에 아우 태경(泰卿)과 익경(益卿)이 어머니를 모시고 안성(安城)의 가곡(佳谷)에 살았는데, 흉년이 들어 봉양할 방법이 없었다. 마침 통영(統營)의 장인(匠人)이 마을에 들어와 세 들어 살면서 소반을 만들어 생계를 꾸려 갔다. 태경이 때때로 구경하고 돌아와서 소반을 흉내 내어 만들고 쌀과 콩으로 바꾸어 모친을 봉양했다. 이듬해 풍년이 들자 어머니께서는 내게로 돌아오셨고 두 아우도 장인 노릇을 그만두고 책을 읽었다.

시일이 흘러 우리 형제는 나이가 더 들었으나 계획한 대로 되는 일이 하나도 없었고, 세상의 험난함에 싫증을 더 크게 느껴 세상 물정을 접하고 싶지 않았다. 그러나 모친이 연로하고 집안이 가난한 처지를 생각해 보니 힘껏 일하여 생계를 도모하는 것이 중요한지라, 이렇게 서로 상의하였다.

"군자라도 형편이 어려우면 천한 일을 할 수 있으나 의롭지 못한 일을 해서는 안 된다. 지금 우리는 재물이 없으니 장사를 할 수도 없고, 밭이 없으니 농사를 지을 수도 없다. 소반을 만드는 일은 천한 일이나 집 안에서 할 수 있고 남의 간섭을 받지도 않는다. 농사나 장사처럼 여름날 뙤약볕 내리쬐는 밭에서 일하고 조금이라도 이익을 더 얻으려고 언덕 사이를 내달리는 것보다 낫다."

이에 태경은 처자식을 가곡에 두고, 몸만 나를 따라 읍내로 와서 익경과 한 집에서 지내며 공방 일을 시작하였다. 태경이 제일 솜씨가 좋았고 익경이 버금갔으며 나는 제일 무능해서 곁에 앉아 쉬운 일을 택하여 공역을 도왔다.

몸은 힘들어도 마음은 느긋하고 사고가 없어 곧잘 경전과 역사를 토론하여 정밀한 뜻을 찾았다. 하늘과 땅, 인간과 사물이 존재하게 된 경위, 고금(古今)의 치란(治亂)이 초래된 원인, 세상 인정물태의 추이, 사리(事理)의 단서와 인과 관계로부터 아래로는 온갖 방면의 기예와 해외의 신기한 풍문에 이르기까지, 정신과 지혜에 보탬이 되고 심령을 환기시킬 수 있는 대화가 종횡으로 출입하여 변화가 무궁하였고, 익살과 농담을 섞어 웃음을 터뜨리게도 하였고, 흔연히 즐기면서 피곤한 줄도 몰랐다. 모친 또한 기뻐하시며 술지게미를 사다가 짜서 술을 빚어 주셔서 날마다 술 마시는 것을 일과로 삼았다.

나는 이렇게 말했다.

"숨어 살면서 뜻을 달성하고, 힘을 다해 모친을 봉양하니, 현명하도다! 현명하다면 천하고 욕되다 마음 상할 필요가 있는가? 내가 평생 마음을 쓰고 힘을 들여 조금이라도 남을 도운 공을 세운 적이 없으면서도 배 속에 곡식을 넣고 온몸에 옷을 걸친 지가 사십 년일세. 늘 이맛살을 찌푸리고 부끄러운 마음이 들어 하늘과 땅 사이에 한 명의 좀도둑이라 생각했었네. 아우 둘을 따라 이 일을 하니 내 마음이 조금 편안해지고 부끄러움이 없어졌네. 일은 크나 작으나 스스로 최선을 다하여 밥값을 하는 것이 중요하네."

익경은 이렇게 말했다.

"사물이 귀하고 천한 것에는 일정함이 없습니다. 귀하게 여겨지는 때를 만나면 귀해지고, 천하게 여겨지는 때를 만나면 천해집니다. 선비란 존재를 옛날에는 귀하게 여겼으나 지금은 천하게 여기니 장인을 지금은 천하게 여겨도 훗날에는 귀하게 여길지 또 어찌 알겠습니까? 게다가 선비와 장인은 모두 오늘날 천하게 여기는 처지인데 우리는 겸하고 있습니다. 사물의 천함이 극에 달하면 도리어 귀해질 테니 또 무엇을 슬퍼하겠습니까?"

태경은 이렇게 말했다.

"『시경』에서 말하기를 '시냇가에서 고반(考盤)하니, 석인(碩人)의 마음이 넉넉하도다'라 했는데 해석하는 이가 '고(考)는 친다는 뜻이고, 반(盤)은 악기이다.'라 하였습니다. 그러나 고(考)를 친다는 뜻으로 해석한 것은 다른 책에 보이지 않으며, 반(盤)은 주전자나 솥과 같은 그릇으로 물과 반찬을 담는 물건이지 쳐서 노래를 반주하는 악기는 아닙니다. 고(考)는 공사가 완공되는 것이니, 『춘추(春秋)』에 나오는 '고궁(考宮)'과 『주관(周官)』에 나오는 '고공(考工)'이 이것입니다. 『시경』의 이 구절은 아마도 주나라 말년에도 숨어 사는 이가 있어 우리 형제들처럼 소반을 만드는 생업을 꾸리면서 덕을 가진 사람이 되었다는 말이니, 천함이 어디 있겠습니까? 저는 오늘날 귀하다고 여겨지는 것이 귀한 줄을 모르겠으니 또 천하다고 여겨지는 것이 천한 줄을 어찌 알겠습니까?"

그리하여 서로를 돌아보며 활짝 웃고서 마침내 기록하여 후대 사람에게 남긴다.

소반을 만드는 도구는 삼십여 가지로 날카로운 도구와 둔한 도구의 쓰임새가 다르다. 소반 한 개의 값은 육십 내지 칠십 전(錢)이며, 하루 일을 하면 백 전의 이익을 남길 수 있는데 부지런하고 게으른 데 따라 벌이가 다르다.

해설

문체는 기문(記文)인데 소반을 만들게 된 동기와 체험을 쓴 특이한 기문이다. 작품 뒤에 작은 글씨로 "을사년 모월 모일에 지었다.(乙巳月日.)"라는 주석이 있어서 1845년 글쓴이가 마흔 살 때 지은 글임을 밝혀 준다. 글에 나오는 태경은 심의래(沈宜來), 익경은 심대시(沈大時)이며, 경기도 안성의 가곡에 이 집안의 선영(先塋)이 있었다.

육체노동을 극단적으로 낮게 평가했던 조선 사회에서 명문가의 후손이 자기 손으로 소반을 만들어 판매한다는 일은 상상할 수조차 없다. 어쩔 수 없이 했더라도 쉬쉬하는 것이 상정(常情)일 터인데 생계로 삼고 거기서 얻은 깨달음과 기쁨을 이렇게 글로 남기기까지 했다. 조선 후기 산문의 새로운 세계가 펼쳐진 것이다.

소반을 만드는 공방을 운영하게 된 과정을 서술한 앞 대목도 흥미롭지만, 삼 형제의 대화를 통해 깊은 고뇌나 인식의 변화를 직접적으로 보여 주는 후반부도 재미있다. 노동 없이 살았던 여태까지의 삶이 부끄러웠다는 심대윤의 고백, 유교가 국시(國是)인 나라임에도 선비가 천하게 여겨지는 세태를 토로한 심대시의 개탄, 『시경』에 나오는 '고반(考槃)'을 '소반을 완성하는 작업'으로 해석하여 장인도 덕을 지닌 '석인(碩人)'이 될 수 있다는 심의래의 자각이 차례로 교직되면서 주제를 심화하고 있다.

남과 다른 삶을 살았기 때문에 비범한 글을 쓸 수 있었다. 심대윤은 마흔일곱 살 때에는 안성 동리(東里)에서 약방(藥房)을 경영하기도 하면서 더욱 학문에 몰두하였다. 성리학에서 극단적으로 배척했던 이익을 적극적으로 긍정하고, 선(善)과 이익을 조화시키는 사상 체계를 수립하게 된다.

조선 시대에 몰락한 양반이 한둘이 아니므로 극한 상황에 몰려 직접 농사를 짓고 장사를 하고 기술자가 된 경우도 꽤나 있었을 것이다. 그러나 이처럼 기술자 노릇을 한 체험을 글로 남긴 사람은 지금까지 심대윤이 유일하며, 노동을 통해 생계를 유지하면서 경학사(經學史)와 사상사(思想史)에 괄목할 만한 저작을 남긴 이도 심대윤이 유일하다.

박규수

朴珪壽

1807~1876년

자는 환경(桓卿), 호는 환재(桓齋) 또는 환재(瓛齋)이며 본관은 반남(潘南)이다. 연암 박지원의 손자이고, 『과정록(過庭錄)』을 지은 박종채(朴宗采)의 아들이다.

청년 시절 효명 세자의 인정을 받았는데, 세자가 급서한 이후 벼슬길에 나아갈 생각을 접고 18년간 은거 생활을 했다. 1848년 증광 문과에 급제하며 관직에 진출해 우의정에 이르렀다. 1860년 12월 북경이 영국·프랑스 연합군에게 점령되자 열하(熱河)로 피한 함풍제(咸豐帝)를 위문하기 위한 문안사(問安使)의 부사로서 그 이듬해 북경에 가서 중국의 정세를 살피고, 청나라 문인들과 교유하고 복명했다. 1866년 평안도 관찰사 재직 시에는 평양에 침입해서 횡포를 부린 제너럴셔먼호를 격퇴하기도 했다.

학자로서 실학파를 계승하여 온건한 개화를 주장했으며 그의 문하에서 조선 말기에 개화를 추진한 관료들이 다수 배출되었다. 서울의 노론계 문인, 학자, 관료들과 깊은 교분을 쌓아서 서울 북촌(北村) 지역의 문단을 주도했다.

시와 문장 모두 잘 지었고, 독창적인 저술로 『상고도회문의례(尙古圖會文義例)』를 손꼽을 수 있다. 다양한 산문이 『환재집(瓛齋集)』에 실려 전한다. 근래에 성균관대학교 대동문화연구원에서 저술을 망라해 『환재총서(瓛齋叢書)』 6책을 간행했다.

그림은 대상을 충실히 재현해야 한다

錄顧亭林先生日知錄論畫跋

앞에 쓴 넉 장의 글은 고염무(顧炎武) 선생의 『일지록(日知錄)』에 나오는 말이다. 그림도 예술의 한 분야로서 학문과 실지로 큰 관련을 맺고 있는데 지금 사람들이 대단히 소홀히 여기니 그 까닭은 무엇일까? 사의(寫意)로 그림을 그리는 방법이 성행하면서 현상과 사물을 묘사하는 화법이 무너졌기 때문이다.

후세 사람은 정밀하고 세심한 공부가 옛사람에게 미치지 못하고, 또 번거로움을 견디려 하지 않는다. 단지 물 한 줄기나 바위 한 덩이의 화폭에 나뭇가지 몇 개를 윤곽 없는 색칠로 대강 바림질을 해 놓고서 간결하고 예스러우며 크게 신경 쓰지 않았다고 자부한다. 이것을 고인(高人)이나 일사(逸士)의 한묵 유희(翰墨遊戲)라면 즐겨도 좋고 귀하게 여길 만하다. 그러나 사람마다 이렇게 그리거나 심지어 도화서 화원 같은 전문 화가가 힘을 기울이고 잘한다고 하는 분야가 이 수준에 그친다면, 화학(畫學)은 거의 망한 것이나 진배없다.

문자의 길에는 경학가(經學家)이나 사학가, 고증가(攷證家), 경제가(經濟家), 저술가, 문장가가 있어서 그 문호(門戶)를 쉽게 논하거나 평가하지 못한다. 더욱이 그 잘잘못과 같고 다른 점을 어찌 가볍게 거론할 수 있겠는가? 하지만 논란거리가 무슨 주장인지 전혀 파악하지도 못한 주제에 억지로 칠언 근체시(近體詩)의 각운에 맞춰 시 한 수 쓰거나 상량문 한 수를 대충 짓고 나서 바로 문인이라 으스대고 자신을 문사라 떠벌린다.

지금 그림을 그리는 화가들은 반 폭의 산수도를 덩그마니 그리되, 먼 산 한 모퉁이에 고목 몇 그루와 초가집 반쪽을 그려 놓고서 대뜸 그림 그리는 법도는 이와 같아야 하고, 그러면 성정을 도야하는 데 충분하다고 말한다. 저 문인인 체하는 자와 무엇이 다르겠는가!

그림을 배우는 것이 작은 기예이기는 하다. 그러나 학문을 하고 백성을 다스리는 도(道)에 대단히 큰 도움을 준다. 천여 년 긴 역사와 가로세로 사해(四海) 안팎의 세계에서 견문으로 접하지 못하고 발걸음이 미치지 못하며, 언어가 통하지 못해 자세히 알 수 없는 내용을 오로지 그림만은 잘 전해 줄 수 있고, 잘 기록할 수 있으며, 잘 묘사해 낼 수 있다. 그 쓰임이 어찌 문자의 오묘함보다 모자라겠는가!

염립덕(閻立德)의 「직공도(職貢圖)」를 살펴보면, 당 태종의 치세에 그 위세가 어디까지 미쳤는지, 산 넘고 바다 건너온 잡다한 이민족이 얼마나 되는지를 알 수 있다. 「서경대포도(西京大酺圖)」를 살펴보면, 성당(盛唐) 시대의 풍속이 어떠한지, 그 시대의 의관과 물건이 어떠한지를 알 수 있다. 「청명상하도(淸明上河圖)」는 구영(仇英)의 작품이다. 비록 송나라 때 일을 나중에 그린 그림이나, 변량(汴梁)이라는 도시의 도성과 시정이 번성한 모습과 곳곳에 사는 백성의 생활상을 충분히 눈앞에 그려 볼 수 있다. 이와 같은 성격의 그림을 거론하자면 일일이 다 꼽을 수 없을 정도인데, 요컨대 수묵 산수도나 그리는 화가가 그려 낼 수 있는 그림은 결코 아니다.

상(商)나라 고종(高宗)은 자나 깨나 어진 재상감을 구하다가 꿈속에서 어렴풋이 보고서 화가에게 그리도록 하였다. 그때 틀림없이 수염과 머리

칼의 열고 짙음과 광대뼈와 뺨의 넓고 좁음을 하나하나 말해 주었을 것이다. 화가는 바닥에 엎드려 정성을 다하여 묘사를 고치고 다시 그리기를 수십 차례 한 뒤에야 고종의 꿈에 나타난 사람과 비슷하게 그릴 수 있었을 것이다. 그 초상화를 바탕으로 널리 천하에서 찾아 마침내 그 사람을 얻게 되었으니, 이런 일을 어찌 수묵 산수도나 그리는 화가가 해낼 수 있겠는가!

또 그중에서 가장 작은 소재를 거론해야 하겠다. 영모(翎毛), 초충(草蟲), 화훼(花卉)의 부류는 그다지 신경 써야 할 대상이 아닌 듯하나 이는 결코 그렇지 않다. 이시진(李時珍)의 『본초강목(本草綱目)』은 본초가(本草家)의 학설을 집대성한 저술이다. 하지만 초목의 모양과 빛깔의 같고 다른 차이를 두고 학자들 사이에 논쟁이 시끌시끌하여 끝이 나지 않는다. 나는 늘 그 점이 유감이다. 이시진이 하나하나 고증하고 바로잡았다고 해도 그 삽화가 정밀하지 못해, 지금까지 엉뚱한 약재를 채집해서 잘못 쓰는 약이 매우 많다. 좋은 화가를 만나지 못한 탓에 민생에 이처럼 해독을 끼치게 된다. 어찌 작은 소재라 해서 소홀히 하겠는가!

이 점을 미루어 논하면 산수·인물·누대·성시(城市)·초목·충어(蟲魚)를 막론하고, 오로지 진경(眞境)과 실사(實事)만이 결국에는 실용의 효과를 볼 수 있다. 그 뒤에야 화학(畵學)이라 일컬을 수 있다. 이른바 학(學)이란 것은 모두 실사이다. 천하에 어찌 실(實) 없이 학문이라 일컫는 것이 있겠는가!

정석초(鄭石樵) 군은 그림에 고질병이 있다. 그 아들 내봉(來鳳)이 또한 가업을 이어 한창 옛 명작을 임모(臨摹)하는 중이다. 대체로 수묵으로 물들이는 화법을 능사로 삼고 있다. 그래서 내가 일부러 그의 뜻을 넓혀 주고자 이 말을 써 주어 크게 성취를 이루어 명가로 우뚝 서기를 기약한다. 그저 근래의 엉성하고 지리멸렬해 졸렬함을 감추기에 급급한 좋지 못한 풍토를 좇지 말아야 할 것이다.

참으로 훌륭한 화가를 얻을 수 있다면, 꼭 그리게 하고 싶은 그림이 「성주왕성도(成周王城圖)」이다. 고문(皐門)·고문(庫門)·치문(雉門)·응문(應門)·노문(路門) 등 다섯 문의 제도 및 묘사(廟社)와 시조(市朝)의 위치, 궁궐 안으로는 노침(路寢)과 연침(燕寢), 밖으로는 비려(比閭)와 족당(族黨), 경도(經塗) 아홉 줄기와 위도(緯途) 아홉 줄기에서 원구(圓邱)·방택(方澤)·명당(明堂)의 순서와 위치 및 하수도와 밭 사이의 물길, 들에 있는 두 무(畝) 반(半)의 집과 우물을 함께 쓰는 여덟 집에 이르기까지 한 질의 『주례(周禮)』가 눈앞에 삼삼하게 펼쳐질 것이다. 조회를 드리고 잔치를 열며 관례나 혼사를 거행하는 예법에서부터 수레와 말을 몰아 사냥하는 모습까지 아울러 그려 넣는다면, 「빈풍(豳風) 칠월(七月)」의 그림과 나란히 놓일 것이다. 이 그림은 화가 자신이 가슴속에 삼례(三禮)의 전질이 담겨 있지 않다면 그릴 수 없다. 이 그림을 화학가(畵學家)에게서 얻기는 대단히 쉽지 않다.

한양(漢陽)의 경물은 등시(燈市)를 가장 번화한 풍경으로 인정해야 한다. 우리나라의 등불 행사는 대보름이 아니라 사월 초파일에 거행한다. 시장이며 여염집들이 모두 등간(燈竿)을 세워 배의 돛처럼 빽빽하게 솟았으며, 바람에 날리는 오색 깃발이 펄럭펄럭 하늘을 가린다. 한양의 남녀가 어지러이 길마다 나와서, 동쪽으로 흥인문 밖 관제묘(關帝廟)로부터 서남쪽으로 용산, 마포에 이르기까지 모두 등시를 연다. 때때로 잡희(雜戱)를 공연하고, 풍악을 요란하게 연주한다. 만약 봄철이 빨리 시들지 않은 해를 만나면 붉은 복사꽃과 흰 배꽃이 한창 흐드러지게 펴서 화사한 꽃놀이까지 겸할 수 있다.

또 초여름 상순에는 때때로 임금님께서 종묘에 친히 행차하시는데, 법가(法駕)와 의장대가 새벽에 출발하고, 따르는 관리와 호위병들의 행차가 엄숙하다. 이때는 또 봄철 조운선이 한창 모여들 때라 한양 남쪽 한강에 운집한 배들이 한 해 중 제일 많다. 이 광경은 구도를 잡아 한 폭의 커다랗고 긴 두루마리로 그림 직하다. 만약 정밀하고 자세하게 그릴 수 있다면 마땅히 「청명변하도(淸明汴河圖)」보다 나은 점이 많을 것이다. 훌륭한 화가를 얻어서 도모하지 못한 것이 한스러운 터에 지금 내봉이 그림을 배운다 한다. 일단 그 공부가 정밀하고 익숙해질 때를 기다렸다가 더불어 의논하면 좋지 않을까?

을묘년(1855년) 동짓달에 환재거사(瓛齋居士)가 쓰다.

해설

이 글의 문체는 발문(跋文)이다. 고염무의 저술 『일지록』에서 그림은 사실대로 그려야 한다는 주장을 담은 대목을 직접 필사하고, 필사한 동기와 그림을 보는 자신의 시각을 적었다. 큰 학자인 박규수의 회화관을 보여 주는 중요한 의의가 있는 글이다.

글쓴이는 소싯적부터 그림을 좋아했고, 할아버지 연암 박지원이 은거했던 황해도 금천(金川)의 연암협(燕巖峽)을 「연암산거도(燕巖山居圖)」에 직접 그린 일도 있다. 화가의 한 사람으로서 그는 당시 화단이 사의(寫意)를 중시하는 남종 산수화 일색인 현상을 못마땅하게 여겼다. 직업 화가는 자신처럼 취미로 그림을 그리는 사대부 화가들과 다른 길을 가야 한다고 생각했다. 그 생각을 뒷받침하기 위해 명말 청초의 대학자인 고염무의 『일지록』에서 유사한 주장을 펼친 부분을 적고, 자신의 견해까지 첨부하여 이 글을 썼다.

글쓴이가 이 글을 써서 준 사람은 정내봉(鄭來鳳)으로 화가 정안복(鄭顔復)의 아들이다. 정안복은 대구 사람으로 난초와 대나무를 잘 그렸다고 하는데, 박규수는 1854년 암행어사로 영남 지방에 왔을 때부터 그를 알고 지낸 것으로 추정된다. 직업 화가의 길을 걸으려고 하는 화가 지망생에게 진정한 화가의 길은 사의가 아니라 사실과 현상을 정확하게 묘사하는 것임을 강하게 주장했다. 글쓴이의 주장은 조선 후기 화단의 폐단을 예리하게 분석해 내고 방향을 짚어 준 비평문으로 인정할 수 있다.

신석희

申錫禧

1808~1873년

자는 사수(士綏), 호는 위사(韋史), 본관은 평산(平山)이다. 생부는 신재업(申在業)으로 신재정(申在正)의 양자가 되었다. 해장(海藏) 신석우(申錫雨, 1805~1865년)의 친동생이다. 1848년 문과에 합격했고, 벼슬이 이조판서에 이르렀다. 신석우와 함께 19세기 중반의 저명한 문인이며, 동시대의 많은 문인과 교유했다. 시를 잘 썼으며, 저작으로『위사시고(韋士詩稿)』등이 전한다.

『담연재시고』 서문 覃揅齋詩藁序

완당(阮堂) 김정희(金正喜) 공은 본디 시문에 걸출한 대가인데 명필로 천하에 명성이 드높아서 그 이름에 묻혔다. 내가 젊은 시절 완당의 시를 빌려 읽고서 비로소 후세에 전해질 만한 시이고, 다만 명필로 명성이 높은 데 그치지 않음을 믿게 되었다. 완당의 글씨는 온 세상에 널리 퍼져서 중국 사대부들은 제단에 모시고 제사를 지낼 정도로 공경한다. 그러나 압록강 동쪽 사람들은 손을 공손히 모으고 배우려 들지 않는다. 이는 포산공(蒲山公) 이밀(李密)이 진왕(秦王) 이세민(李世民, 당 태종)을 제대로 보지도 않고 좋아한 격이니, 난쟁이가 남들 뒤에서 연극을 구경하는 꼴일 뿐이다.

완당이 일찍이 입옹(笠翁, 청나라 문인 이어(李漁))이 그린 눈 내린 풍경 네 가지를 한 폭에 그렸다. 위치의 안배가 같은 데가 없었으나 나무 하나, 바위 하나 덜고 더한 것이 없었다. 또 어떤 사람이 고목죽석도(枯木竹石圖)를 들고 와서 가르침 받기를 청하였다. 완당은 마침 먼 곳에 보내는 편지를 쓰고 있었다. 흘끗 보면서 글을 짓다가 채 열 줄도 안 되게 거침없이 쓰더니 붓을 던지고 옆에 있던 사람에게 주면서 "이것이 내가 그린 고목죽석도이니 잘 간직하게!"라 하였다. 아! 글씨 쓰는 법은 그림 그리는 법과는 다르건만 파(波), 과(戈), 적(趯), 책(磔)의 필획에 나아가 고목의 가지와 죽석의 야위고 마른 모습을 찾은 것은 어째서인가! 일찍이 들으니, 소동파는 이렇게 말했다고 한다.

그림을 논할 때 꼭 외형의 비슷함만 찾는다면	論畫必形似
그 소견이 아이들과 비슷하며	見與兒童隣
시를 읊을 때 꼭 이렇게 읊으라 고집하면	賦詩必此詩
제대로 된 시인이 아님을 잘 알 수 있다	定知非詩人

완당의 글씨와 그림에 나아가 보면 완당의 시를 알 수 있는 이유도 같은 이치이다.

세상에는 서화와 시문을 불법(佛法) 배우듯이 배우려 하는 사람이 있게 마련이다. 그들이 한창 물가에서 소를 찾고 산속에서 매화가 피기를 기다릴 때, 완당은 한번 몽둥이로 내려치고 고함을 냅다 쳐서 정법안장(正法眼藏)을 얻도록 만든다. 나와 같은 사람은 행각(行脚)하다 지쳐서 돌아왔다가 지금은 절에서 나온 늙은 중에 비유할 수 있다. 그러니 가섭(迦葉)처럼 염화시중의 미소를 지으며 신광(神光)의 정수를 얻은 수준을 논할 수 있겠는가?

이재(彝齋) 권돈인(權敦仁) 정승이 완당의 글씨를 논하여 "완당이 제주도 유배 이후에 쓴 글씨는 두보가 기주(夔州) 이후에 쓴 시나 유종원(柳宗元)이 유주(柳州)에 좌천된 이후에 지은 산문과 같다."라 말하였다. 나라면 "시 또한 그 글씨와 같다. 그 신비한 깨우침과 깨달아 들어가는 오묘함은 절로 '정신에서 예스럽고 기이한 것이 솟아나니 담담하여 다 거두지 못한다.(神出古異, 澹不可收.)'라는 경지가 있다."라고 말하겠다.

유재(留齋) 남병길(南秉吉) 판서가 완당의 척독과 시를 모아 간행하고서 내게 시집의 서문을 요청하였다. 나는 평소 즐겨 말하던 내용을 써서 보낸다.

정묘년(1867년) 겨울, 평산 신석희가 서문을 쓰다.

해설

추사 김정희의 시집에 붙인 서문이다. 서두에 그의 시가 글씨에 비해 주목을 덜 받고 있는 점을 아쉬워한다. 글씨의 명성이 워낙 높아서 시문에서 거둔 성취가 작아 보이는 탓이다. 그러나 글씨나 그림을 넘어서 시와 문장도 대단한 수준에 이른 김정희의 문학을 새롭게 조명해야 함을 제기했다.

김정희의 시문은 평범한 문학의 차원을 넘어서 가장 높은 수준의 상승(上乘)에 속한다는 것이 글쓴이의 판단이다. 소동파의 시를 인용하고 불법을 배우는 사람을 비유한 실상이 바로 그것이다. 김정희의 신광(神光)은 차원이 다른 문학의 세계를 보여 준다. 그의 시문은 '신비한 깨우침과 깨달아 들어가는(靈警悟入)' 오묘함을 지니고 있다.

두보가 기주 이후에 지은 시나 유종원이 유주 이후에 지은 산문은 모두 중국 문학사의 정점에 있는 고전이다. 권돈인이 김정희의 제주 유배 이후의 글씨를 이에 견준 것은 그 예술적 성취를 더할 나위 없이 높게 평가한 결과인데, 글쓴이는 이 논리를 빌려 그의 시가 서법 못지않게 고고(孤高)한 경지에 올랐다고 평가했다.

효명 세자 孝明世子

1809~1830년

휘는 영(旲), 자는 덕인(德寅), 호는 경헌(敬軒)·학석(鶴石)·담여헌(淡如軒)이다. 묘호(廟號)는 익종(翼宗), 능호(陵號)는 수릉(綏陵)이다. 순조의 세자로 어릴 때부터 용모는 물론 호학(好學)의 자세가 정조의 재림(再臨)으로 여겨졌다. 19세에 부왕의 명으로 대리청정을 시작하여 왕권을 강화하고 국정을 쇄신하리라는 기대를 한 몸에 받았으나, 22세에 돌연 급서(急逝)했다. 1834년 아들인 헌종이 즉위하면서 익종으로 추존되었고, 대한 제국 성립 이후에는 문조익황제(文祖翼皇帝)로 추존되었다. 세상을 떠난 뒤에 순조의 명으로 생전의 유고를 정리한 『경헌집(敬軒集)』이 편찬되었다. 그의 문집에 실린 시문을 보면, 문학적 능력이 빼어난 것을 확인할 수 있다.

시는 꽃과 같으니 鶴石集序

사람이 시를 짓는 것은 마치 하늘이 꽃을 피우는 것과 같아서, 그 고갱이를 피워 내어 그 아름다움을 꾸민 것이라고 나는 생각한다. 사람은 성정(性情)이 없을 수 없고, 성정이 발동하면 시가 없을 수 없는데 마치 하늘에 기기(氣機)가 없을 수 없고, 기기가 운행하면 꽃이 없을 수 없는 현상과 같다. 그렇다면 학문에 근원을 두는 단계가 바로 꽃의 뿌리이고, 시상이 싹트는 단계는 꽃의 배태이다. 시의 결구(結搆)는 꽃의 꼭지이고, 시의 절주(節奏)는 꽃의 무늬이다. 읽어서 운율이 있는 상태는 꽃의 향기이고, 보아서 기쁜 상태는 꽃의 빛깔이다. 기려(綺麗)하거나 섬농(纖穠)한 시가 있고, 냉담(冷淡)하거나 고고(孤高)한 시가 있으니 그것이 꽃의 품격이다. 옛사람들의 시는 모두 화보(花譜)이다.

일찍이 시의 화보를 보고 시의 품격을 품평해 본 적이 있다. 『시경』 삼백 편은 하늘나라의 꽃이요, 굴원의 「이소」는 난초에 안배하는 것이 좋았다. 도연명의 시는 국화와 짝하는 것이 좋고, 사령운(謝靈運)의 시는 연꽃과 짝이 되고, 임포(林逋)의 시는 매화와 짝이 된다. 그 나머지 형형색색은 비유컨대 이름 없는 꽃들과 같지만, 스스로 한 가지 꽃이 되는데 아무런 지장이 없다.

지난해 꽃이 그 아름다움이 끝난 듯 보여도 다시 올해의 꽃으로 피어나고, 다른 나무의 꽃은 화사함이 남지 않은 듯해도 또 이 나무의 꽃은 화사함이 있다. 꽃받침마다 각각 다르고, 꽃잎마다 같지 않다. 이야말로 조물주가 베풀어 준 은혜인데 시도 마찬가지이다. 옛 화보를 답습하지 않고 자신의 천기(天機)를 독창적으로 발휘하는 것을 귀하게 여긴다.

내가 경전과 사서를 공부하는 틈틈이 곁가지로 시학(詩學)에도 관심을 두어 궁료(宮僚) 두세 사람과 때때로 시를 주고받았다. 한낮의 물시계가 드문드문 들릴 때나 한밤중 시간이 빨리 지나갈 때나 날씨가 화창하고 좋을 때나 눈과 달이 희고 고울 때, 경(境)에 의지하여 정(情)이 생겨 자연스럽게 시를 지었으니, 이는 나의 고갱이와 아름다움이 밖으로 드러난 꽃이 아니겠는가! 내 시를 읽는 이가 어떤 꽃과 견주어 품평할지 모르겠으나, 옛 화보를 답습하지 않고 홀로 천기를 발휘한 결과이다. 모아서 『학석집(鶴石集)』이라 했는데 학석은 나의 호이며, 학과 바위는 꽃과 가까운 사이이다. 평소에 느낀 바를 써서 학석 시집의 서문으로 삼는다.

해설

시집의 서문이다. 다만 대리청정한 스무 살 전후의 세자가 자신의 시집에 붙인 서문이라는 점에서 매우 독특한 가치가 있다.

정조의 손자이자 순조의 아들인 젊은 세자는 어렸을 때부터 총명하여 기대를 한 몸에 받았다. 다방면에 왕성한 지적 호기심을 보였고, 문예의 자질도 빼어나서 이른 나이에 자신의 시집을 엮었다. 이 글은 그 시집에 스스로 지어 붙인 서문이다.

시집에 실린 시들은 대체로 습작에 가깝다. 역대 시인들의 시를 꽃에 비유하고, 자신은 이미 화보에 수록된 꽃과 같은 옛 대가들의 시를 본뜨지 않고 자신의 성정에 맞는 자신만의 시를 쓰겠다는 다짐을 밝혔다. 시집의 수준과 바로 어울리지는 않으나 그 태도는 대단히 참신한다. 세자의 식견이 우수한 결과이기도 하지만, 곁에서 보좌한 신위(申緯)와 같은 신료의 영향도 적지 않았을 것이다. 문장도 빼어나고 시를 꽃과 결부시켜 논의한 시각도 참신하다.

신헌 申櫶

1810~1884년

자는 국빈(國賓), 호는 위당(威堂), 초명은 관호(觀浩)이며 본관은 평산(平山)이다. 훈련대장을 지낸 신홍주(申鴻周)의 손자로, 무인의 길을 걸었지만 젊은 시절부터 정약용이나 김정희 같은 학자의 문하에서 가르침을 받았다. 강위(姜瑋)나 박규수 등과도 교유했다.

1828년 무과에 급제한 뒤 순조, 헌종, 철종, 고종 대에 이르기까지 요직을 맡아 국가의 간성(干城) 역할을 했다. 삼도 수군통제사, 금위대장, 한성부 판윤, 훈련대장을 거쳤으며, 병조·형조·공조 판서 등 고위직을 두루 역임했다.

1866년 병인양요 때에는 총융사(摠戎使)로 강화도를 수비했고, 1875년 운양호(雲揚號) 사건이 일어나자 그 다음 해에 전권대신(全權大臣)이 되어 일본과 강화도 조약을 체결했으며, 1882년에는 미국과 협상해 조미 수호 통상 조약을 체결했다.

시문을 잘 지었고 금석학에도 조예가 깊었으며, 특히 예서를 잘 썼다. 시에 뛰어나 다수의 작품을 남겼다. 문장도 잘 지어 많은 작품이 남아 있다. 저작으로 문집인 『위당집(威堂集)』과 『민보집설(民堡輯說)』 등이 전한다.

민보 제도 民堡輯說序

민보(民堡, 민간에서 쌓은 보루)는 옛 명장이 변방을 지키던 방법이라 들었다. 어떤 사람은 "주나라 제도에 백성에게 다섯 무(畝)의 택지를 주고 고을과 들에 따로 집을 장만했으니, 적의 침입에 백성을 보(堡)에 들어가도록 하려는 취지이다."라 하였는데, 아마도 그러할 것이다. 백성을 안전하게 보호하지 못하고서 적을 막은 경우는 전쟁이 벌어진 이래 듣지 못했다.

일찍이 병지(兵志)를 살펴본즉 전투를 말한 것은 열에 셋이고 수비를 말한 것은 열에 일곱이었으니, 수비를 못하면 진실로 잘 싸울 수 없음을 말한다. 또 전투를 잘하는 자가 무슨 방법으로 수비를 잘하는 나라를 이길 수 있겠는가? 따라서 "그러므로 전쟁을 잘하는 자는 적이 자기를 이기지 못하게는 할 수 있어도, 적으로 하여금 우리가 반드시 이기게 할 수는 없다."(『손자병법』)라고 말한다. 그렇다면 수비는 적을 막는 좋은 계책이고, 백성으로 하여금 보에 들어가게 하는 것은 나라를 지키는 급선무이다.

더욱이 지금 나라가 평화로워 방비가 해이해진 지 오래되었으니, 우연히 위급한 일이 생기면 백성이 틀림없이 흩어질 것이다. 미리 백성을 안정시킬 방도를 강구하지 않는다면 누구와 더불어 나라를 지킬 것이며, 방방곡곡에 각각 요새를 구축해 스스로 지키게 하지 않는다면 어떻게 백성을 안정시키겠는가?

이제 우리 백성이 과연 모두 요새를 구축해 스스로를 지키도록 한다면 조상의 분묘와 가족 친지가 있어 그 마음을 묶어 두고, 집과 재산이 있어 그 생업을 보호하며, 마을과 부락이 있어 삶의 터전을 공고히 할 수 있다. 성벽과 무기가 안정되면 모두 믿는 구석이 생기고 담력이 튼튼해져 저절로 죽음을 무릅쓸지언정 떠나가지 않을 것이다.

여기에만 그치지 않는다. 험준한 지형을 거점으로 삼는 법과 들판을 싹 비우는 법은 모두 나라를 지키는 방법이다. 험준한 지형을 만나면 진격하여 감히 전투할 수 없고, 들판을 싹 비우면 후퇴하여 노략질할 곳이 없다. 두 가지 계책을 실행하면 적들은 저절로 물러날 것이다. 이 민보(民堡)의 주장은 오랑캐를 막던 이목(李牧)의 책략을 깊이 터득하였다. 군사가 많고 적거나 수고롭고 편안한 사정을 모두 우리 편이 조종할 수 있으니, 주인으로서 객(客)을 대처하는 뛰어난 방법이다. 그러므로 일찍이 얕은 지식을 헤아리지 않고 책 한 권 분량을 모아 활 쏘고 말 타는 틈에 살펴보고자 했다. 무딘 칼이라 한번 써 볼 필요도 없으나 잘라 내고 주워 신는 과정에서 자못 정력을 쏟아서 남에게는 보잘것없어도 내게는 참 아까운 계책이다.

지난 임술년(1862년) 외람되이 삼도(三道)의 수군통제사를 맡았을 때를 생각해 보니, 바다에 뜬 이양선(異樣船)이 남북을 오가지 않는 날이 없어서 해안가의 백성들이 동요할 때 식견이 있는 이들이 다들 변경에 땅을 골라서 방어 설비를 갖추고 백성을 모아서 방어하고자 했다. 민보의 주장을 수집한다면 많은 이들의 의견에 부합하고 여론에 호응하리라 판단하여 물정에 어두워 시행할 수 없음을 알았지만 많은 이들의 소원에 부응하고자 감히 위에 아뢰어 요청하였다.

지난가을 서양 오랑캐가 침입하자 다시 백성들의 마음이 불안하여 쉽게 흩어질까 걱정해 다시 앞서 마련한 민보의 주장을 제기하여 상소문을 쓰려고 준비하다가 미처 올리지 못하던 중에 외람되이 한강을 지키라는 명을 받들었다. 이때는 서양 오랑캐가 이미 강화도를 침입하여 창궐하는 형세라 군무(軍務)가 황급해 다른 생각을 할 겨를이 없었다. 천만다행으로 하늘이 오랑캐를 타일러 어려움을 알고 철수하게 만들었다.

그러니 이제부터 수비는 주밀하지 않으면 안 되고, 또 미리 대비해야만 한다. 그러나 나라 안팎이 오래도록 평화로워 국방 행정은 헛된 조항만 남아 있고, 군사를 징발하고 군량미를 모으기에 합당한 좋은 계책이 하나도 없다. 마침내 재주가 없는 내가 막중한 임무를 맡게 되었으니, 두렵고 황송하기가 예전에 견줄 바가 아니다.

그리하여 군무(軍務)를 처리하고 조정에 보고하는 틈틈이 예전 주장을 정리하던 중에 갑자기 그 주장을 채택하여 하명하실 줄은 생각도 못했다. 보제(堡制)와 보약(堡約)을 전국에 반포하고 편리한지 여부를 묻되 백성들의 소원에 부합하면 연습하고 시행하도록 하명하셨다. 이는 성상의 지극한 뜻으로 백성을 안정시키는 일에 힘써 하찮은 견해도 버리지 않으시는 은전이다. 그러나 이 일이 어찌 나처럼 용렬하고 열등한 자가 감히 바랄 일인가!

곧이어 의정부에서 나의 부족한 주장을 제출하도록 독촉하여 참고할 자료로 삼고자 하였다. 바로 옛날에 모아 둔 주장 가운데 제식(制式)과 조약의 글 수십 항목을 추려서 취하고 버리는 선택에 대비하고자 했다. 가만히 생각하기에 국난을 당한 위기에 중요하고 긴급한 병사(兵事)의 시무(時務)가 어찌 한량이 있겠는가? 그저 이 논의만 고집한다면 그 견해가 비루하고 그 계책이 가장 아래라 국토방위에 만분의 일도 돕지 못함을 잘 알고 있다. 그러나 적을 막는 방법의 경우에는 먼저 수비해야 하며, 먼저 수비하는 요점은 백성을 안정시키는 것에 있다. 그 요점이 여기 정리되어 있으므로 이것을 바탕으로 견해를 덧붙일 수 있을 것이다. 정묘년(1867년) 중춘(仲春)에 동양(東陽) 신관호(申觀浩)는 서문을 쓴다.

해설

이 글은 『민보집설(民堡輯說)』이란 국방 관련 전문서에 붙인 서문이다. 조선 말기의 대표적 명장 가운데 한 사람인 글쓴이가 직접 저술한 책에 저술의 취지와 동기를 간략하게 밝혔다.

저술의 핵심어인 민보(民堡)는 각지의 백성들이 요새를 쌓았다가 유사시에 그곳에 들어가 농성(籠城)하여 외적의 침입에 대항하기 위한 일종의 민방위 제도이다. 신헌의 『민보집설』은 정약용의 『민보의(民堡議)』를 계승한 주장으로 평가되며, 요새를 구축하는 방법과 구성원들의 기율, 식량 확보 문제 등을 다루었다.

이 글에서는 민보를 확산해 청야(淸野) 작전과 병행하여 장거리 원정을 온 대군이 제 풀에 지쳐서 물러나게 하는 전략을 내세웠다. 만성적인 재정 부족과 군역 제도의 부패에 시달렸던 조선 정부의 처지에서 선택할 수 있는 최선의 대비책이라 할 수 있다.

신헌이 참고한 전략서는 대체로 명대(明代)에 나온 것으로, 글쓴이 스스로 하등의 전술이라 인정했듯이 압도적인 화력을 갖춘 외적을 상대하기에 근본 대책은 아니었다. 다만 백성의 동요를 막는 효과는 있었으나, 실제로는 이 민보마저 제대로 시행되지 못한 것이 역사의 실상이다.

이대우

李大愚

?~?

19세기 중반의 문인으로 장사랑(將仕郎), 동몽교관(童蒙敎官) 등을 역임했다. 시문 약간 편이 실려 있는 문집 『연항집(蓮巷集)』이 최근에 발굴되었으나 연구가 전혀 되어 있지 않다. 작은 문집이나 흥미로운 글이 보인다.

장모님의 시집

幽閒集序

恭人洪氏詩集序

내가 어렸을 때 시골 훈장에게 『시경』을 배웠는데, “잘못도 저지르지 말고 선(善)도 행하지 말고(無非無儀)”란 말에 이르러 의심을 품고서 “악(惡)은 따질 것이 없으나 선(善)은 바람직한 것이 아닙니까? 한마디 말로 천고의 여성들을 어리석게 만들다니 이유가 무엇인가요?”라고 물었다. 훈장은 “부인은 밖에서 활동하지 않으니 선을 행하여 무엇 하겠는가?”라 하였다. 나는 입으로는 “예예.” 수긍했으나 끝내 의혹을 풀 수 없었다.

그 뒤에 장모님인 홍 공인(洪恭人)을 처가에서 뵈었는데, 평소부터 공인께서 경전과 역사에 정통하고 『시경』과 예학에도 밝아서 여성 선비로 명성이 대단하다는 사실을 알고 있었다. 매번 엿봐도 남들과 다른 점을 깨닫지 못하였고, 오로지 쌀과 소금을 다루고 길쌈을 열심히 하실 뿐이었다. 나를 몹시 사랑하시어 무슨 일이든 조곤조곤 말씀을 잘해 주셨지만, 유독 문자(文字)와 관련한 일은 일언반구도 말씀하지 않으셨다. 내가 사랑을 믿고 때때로 간절히 청해도 또한 답을 하지 않으셨다.

언젠가 시골 훈장이 답해 준 말을 여쭈어 보니, 공인께서 이렇게 말씀하셨다. “재주가 있으면 기운이 방자해지기 쉽고, 선을 행하면 뜻이 들뜨기 쉽다네. 방자해지고 들뜨느니 차라리 졸박하고 미련하여 소박함을 편안히 지키는 것이 낫네. 있어도 없는 듯, 채웠어도 빈 듯해야 하네. 남자도 오히려 그러한데 하물며 부인임에랴!" 내가 물러나 탄식하며 "문장을 품고도 스스로 감춘 것은 장모님의 재능이요, 남모르게 스스로 닦은 것은 장모님의 덕이니, 이 말씀은 거의 당신 스스로를 말씀하신 것이다."라 하고, 이로부터 다시는 감히 부탁드리지 못하였다.

장모님이 돌아가신 뒤 처남인 성택(誠澤)이 상자 속 종이 더미를 더듬어 젊으셨을 때 지으신 시 수백 편을 얻었다. 울면서 나에게 보여 주며 "매부처럼 친하고 가까웠어도 이 원고가 있는 줄은 알지 못했지요. 정리하여 기록하자니, 고인(故人)께서 평소에 바라시던 바가 아니요, 그대로 없어지도록 두자니 내 마음이 견딜 수 없소. 매부가 나를 위해서 어떻게 해 주지 않겠소!"라 하였다. 나는 이렇게 대꾸하였다.

"그렇지. 장모님께서 살아 계셨다면 이런 일을 벌이려 하셨겠는가? 하지만 후손들은 그만둘 수 없지. 『시경』의 이남(二南)에 실린 시에는 부인이 지은 작품이 가장 많네. 「관저(關雎)」와 「갈담(葛覃)」 같은 작품이 으스대며 세상에 이름 얻기를 바라서 지었겠는가? 성정(性情)의 바름을 얻어 성음의 조화에 맞추었던 까닭에 음악으로 반주되어 천하를 교화했네. 시의 도(道)가 폐해진 지 오래라, 지금 태사(太史)가 채집하여 천자에게 보고할 수야 없겠지만, 후세 자손들이 분명히 몰라서야 되겠는가!"

드디어 대략 교정을 보고 정리하여 돌려주며 이렇게 말했다.

"성률(聲律)의 공교로움과 문장의 아름다움은 장모님을 칭송하는 말이 아닐세. 오로지 지난날 듣던 말씀이 완연히 어제 일처럼 느껴지네. 이것으로 평소의 겸손한 덕을 개괄할 수 있고, 천고토록 규합(閨閤)의 가르침이 될 걸세. 감히 삼가 음송하고 책에 글을 쓰네. 만약 누군가 '부인은 밖에서 활동할 일이 없는데, 마침내 선을 행하여 무엇 하겠는가?'

라 한다면 이는 시골 훈장의 한심한 말이니, 어찌 이 시집을 두고 할 말이겠는가!"

갑인년(1854년) 중춘(仲春)에 사위 연안(延安) 이대우가 삼가 쓰다.

해설

시집을 편찬하고 쓴 서문이다. 그중에서도 여성 시인의 시집에 붙인 서문이라는 점에서 독특하고, 장모의 시집에 사위가 쓴 서문이라는 점에서 또 독특하다. 조선 시대는 물론이고 오늘날까지도 장모의 저작을 사위가 정리하고 서문까지 쓴 경우는 극히 드물다.

이대우의 장모는 유한당(幽閒堂) 홍원주(洪原周)로, 영수합(令壽閤) 서씨(徐氏)의 딸이자 홍석주의 누이이다. 앞에 실린 홍석주의 글 끝에 나오는 "심씨(沈氏)에게 시집간 딸"이 홍원주다. 문한 세가(文翰世家)이자 여성 교육에도 적극적이었던 친정의 분위기로 어머니의 뒤를 이어 여성 문인으로 성장한 것이다.

사위 사랑은 장모라는 말이 있듯이 홍원주는 사위를 몹시 아꼈으나, 사위에게도 끝내 자신이 쓴 시를 보여 주지는 않았다. 여전히 여성이 글을 짓는 것을 금기시하는 사회 분위기 탓도 있었고, 홍원주의 시집이 친정보다 덜 개방적이었기 때문일 수 있다.

홍원주가 세상을 떠난 뒤 아들과 사위는 고민에 빠진다. 홍원주의 원래 의도를 살려 원고를 모두 흩어진 채 사라지게 할 것인가? 아니면 이를 어기고 정리하여 시집을 만들어 후세에 전할 것인가? 사위는 과감하게 여성의 문학 활동을 억압하는 것은 촌학구(村學究)의 좁은 소견이라 단정하고, 장모의 원고를 모두 정리해서 집안에 길이 물려주기로 결단을 내린 뒤 그 경위를 글로 남겼다. 이 글은 현재 전해 오는 시집에도 실려 있다.

남병철 南秉哲

1817~1863년

자는 자명(子明) · 원명(元明), 호는 규재(圭齋) · 강설(絳雪)이며, 본관은 의령(宜寧)이다. 김조순의 외손자로, 1837년 문과에 급제한 뒤로 탄탄대로를 달려 병조, 예조, 형조의 판서와 대제학 등을 역임했다. 박람강기의 통유(通儒)로 인정받았고, 실사구시(實事求是)의 태도로 경학을 연구하였다. 시문에도 능했으나 과작(寡作)의 작가로 작품을 많이 짓지는 않았다. 「삼정구폐의(三政捄弊議)」와 같은 경세 문자(經世文字)가 명작으로 알려졌다.

아우 남병길(南秉吉)과 함께 당대를 대표하는 사대부 출신의 천문학자이자 수학자로 천문 기구의 구조와 사용법을 해설한 『의기집설(儀器輯說)』, 이차 방정식을 다룬 『해경세초해(海鏡細艸解)』, 해와 달의 운행 등을 설명한 『추보속해(推步續解)』 등의 저작을 남겼으며, 문집으로 『규재유고(圭齋遺稿)』가 전한다.

바둑 이야기 奕說

바둑의 길은 삼백육십하나가 있는데 한결같이 승패가 갈리는 승부처이다. 바둑은 작은 기예에 불과하지만 그 기술은 대단히 깊고 섬세하다. 천하의 고요한 사람이 아니면 심오한 경지에 이를 수 없다.

나는 바둑에 고질병이 있어 때때로 고수들에게 내기 바둑을 두게 하고 구경했다. 진을 치고 기세를 올리며 날개를 활짝 펼 때는 마치 학정옥(郝廷玉)이 이광필(李光弼)이 남긴 전법을 그대로 쓰는 듯하고, 법도를 따르지 않고 임기응변할 때는 곽거병(霍去病)이 형식만 남은 병법을 묵수하지 않는 태도다. 성벽과 참호를 굳게 지켜서 적이 먼저 침범하지 못하게 할 때는 진(晉)나라 양호(羊祜)·육항(陸抗)이나 명나라 유대유(兪大猷)·척계광(戚繼光)과 같아서 혁혁한 공훈을 세우지는 못해도 패하지는 않았다.

그러나 기술은 재주에서 나오고, 품격은 성정에서 나온다. 규모가 큰 사람은 자잘한 기술을 놓치기 쉽고, 잔재주가 번득이는 사람은 대세에 어두운 경우가 많다. 크고 작은 기술을 두루 갖춘 이를 찾는다면 매우 드물 것이다.

설령 왕적신(王積薪)이나 축불의(祝不疑) 같은 고수라 해도 한창 바둑을 둘 때에는 눈이 아프고 속이 타서 공격하고 수비하며 을러대고 빼앗느라 정신이 없다. 고아하고 맑은 아치는 완전히 바둑판 밖의 구경꾼에게 돌아간다. 게다가 바둑을 두는 당사자는 헤매지 않는 이가 드물어 길을 가까이에 두고도 멀리서 찾는다. 바둑판 밖에서 팔짱을 끼고 있는 저들이 바둑돌을 쥔 자보다 다들 실력이 좋아서 그럴까? 그들의 가슴속에는 득실(得失)을 따지는 마음이 없기 때문에 수를 보면 바로 깨닫는다. 그러므로 천하의 고요한 사람이 아니면 심오한 경지에 이를 수 없다.

일행(一行) 스님은 "빈도(貧道)의 네 구로 된 승제어(乘除語)를 명심한다면 누구나 국수가 될 수 있으리라."라고 하였다. 나도 "내가 경쟁하는 마음이 없으면 남이 나를 해치지 못한다. 마음을 안정시키는 데는 바둑판보다 나은 것이 없다."라는 짤막한 요결(要訣)을 가지고 있다. 지론이라고는 감히 말하지 못하지만 삼가고 수양하는 열 가지 요령에는 보탬이 되리라.

옛날 육 씨(陸氏)는 옥을 다듬는 기예로 일가를 이루었고 하 씨(何氏)는 전각(篆刻)으로 양생(養生)을 하였으니, 천하의 이치는 하나이다. 그러므로 아무리 작은 기예라도 오묘한 수준에 들어서면 신령과 통하여, 이것을 미루어 저것에 미쳐 유추하여 터득하는 것이 있다. 더욱이 바둑이란 기예는 깊고도 미묘하지 않은가!

고진풍(高鎭豊) 군은 바둑을 잘 두고, 나와 친하게 지내는 사이라 육 씨와 하 씨의 이야기를 써서 준다. 부디 고 군은 바둑으로 부자가 되고 번창하며, 나는 바둑으로 장수하고 건강해지기를 바란다.

을사년(1845년) 구월 고진풍 군에게 써서 주다.

해설

바둑을 주제로 생각을 펼친 글이다. 문체는 설(說)로 바둑을 보는 독특한 관점을 설득력 있게 펼쳐서 고진풍이라는 국수에게 증정했다. 그의 관점에 동의하지 않은 선배 문인 조두순이 같은 제목의 글을 써서 반론을 제기했는데 그 글은 앞에 실려 있다.

글쓴이는 천문학과 수학에 조예가 깊은 19세기 과학 분야의 거장인데 바둑에도 일가견이 있었다. 이 글에는 특유의 바둑관이 펼쳐진다. 예부터 훈수꾼에게 바둑이 더 잘 보인다는 말이 있지만, 글쓴이는 한 걸음 더 나아가 그것을 마음의 동정(動靜) 문제와 결부시켰다.

글에 등장하는 왕적신과 축불의는 각각 당나라와 송나라를 대표하는 고수이다. 왕적신은 바둑을 배우는 사람들에게 금과옥조로 전해지는 '위기십결(圍棋十訣)'을 남긴 위인이다. 일행 스님은 당나라 밀종(密宗)의 고승으로 천문학에 정통하여 역법서인 『대연력(大衍曆)』을 편찬하고 최초로 자오선을 실측한 인물로 꼽힌다. 『유양잡조(酉陽雜俎)』에는 왕적신과 일행의 일화가 실려 있다. 어느 날 왕적신이 대국하는 모습을 보고 일행이 그와 대적했는데 생전 바둑을 둬 본 적이 없었음에도 그에게 밀리지 않았다. 그러고는 자신의 '네 구로 된 승제어', 즉 사구결(四句訣)을 외우면 누구나 국수가 될 수 있다고 장담했다. 그 사구결의 구체적 내용은 지금 전하지 않는다.

글은 고진풍과 자기 자신에게 주는 덕담으로 끝맺었다. 옥의 가공술로 일가를 이룬 육 씨는 명나라의 육자강(陸子剛), 전각으로 양생한 하 씨는 명나라의 하진(何震)을 말한다. 고진풍은 자가 낙여(樂汝)로 중국어 역관이고, 그의 손자가 최초의 서양화가인 고희동(高羲東, 1886~1965년)이다.

김윤식 金允植

1835~1922년

자는 순경(洵卿), 호는 운양(雲養), 본관은 청풍(淸風)이다. 잠곡(潛谷) 김육(金堉)의 후예로, 열여섯 살 때부터 박규수(朴珪壽)와 유신환(兪莘煥) 문하에서 배워 청년 시절부터 문학으로 명성이 높았다. 마흔 살 때 비로소 문과에 급제하여 벼슬이 병조 판서, 외무아문 대신(外務衙門大臣)에 이르렀다. 온건 개화파로 영선사(領選使)가 되어 학도와 공장(工匠) 38명을 인솔하고 천진(天津)에 다녀왔으며, 조선 말기 외국과의 조약 체결에 큰 역할을 수행했다. 격변하는 정세 속에 외세와 국내 권력 틈바구니에서 반전을 거듭하며 문과 급제 10년 만에 판서의 지위에 올랐지만, 유배지에서 보낸 기간만 19년이었다. 대제학을 지냈고, 외국과 오가는 중요한 문서를 많이 지었다.

경술국치(庚戌國恥) 이후에 고종과 순종의 권유로 작위와 연금 등을 받았고, 문집인 『운양집(雲養集)』을 간행했을 때는 일본제국학사원(日本帝國學士院)에서 주는 상을 받기도 했다. 그러나 3·1 운동이 일어나자 이용직(李容稙)과 연명으로 조선의 독립을 요구하는 글을 일본 정부에 보냈다가 작위를 박탈당하고 투옥되기도 했다.

오락가락한 처신 탓에 비판을 받아서 시문의 성취를 야박하게 평가하는 이가 있으나 일가의 문학을 이루어 조선 말기 한문학의 대가로 꼽기에 충분하다. 그의 행적과 시문을 명말 청초의 전겸익(錢謙益)에 견주기도 한다. 문장을 평이하고 순탄하게 썼으나 주제를 적확하게 표현했다.

저술로는 문집 『운양집』, 『운양속집(雲養續集)』과 일기 『음청사(陰晴史)』, 『속음청사(續陰晴史)』가 널리 알려졌다.

집고루기 集古樓記

맹자는 "이른바 고국(故國)이란 높게 자란 고목이 있음을 말하는 것이 아니라 대대로 벼슬하는 신하가 있음을 말한다."라고 하였는데, 나는 "이른바 고가(故家)란 누정(樓亭)이 있음을 말하는 것이 아니라 고적(古籍)이 있음을 말한다."라고 말하겠다.

이른바 고적이란 글씨와 그림, 골동품을 말하니 모두 옛날의 유물이다. 옛사람은 만나 볼 수 없으므로 글씨를 통해 그들의 마음을 살펴보고, 그림을 통해 그들의 모습을 살펴보며, 옛 물건을 통해 그들의 풍속을 살펴본다. 천 년 후에 태어나서 천 년 이전 사람들과 교유하면서 그들의 마음씀과 용모, 풍속이 눈앞에 또렷하게 펼쳐지니 즐거운 일이 아니겠는가? 그러므로 고적은 천지 사이에 있는 지극한 보물이다. 세상 사람들이 진귀하게 여길 뿐 아니라 신선들도 애호하는 물건이다.

옛날부터 군옥산의 서고니 낭환(琅嬛)의 기이한 책이 전해 오는데 모두 이 세상에 없어 보기 힘든 비밀스러운 보물을 보관하고 있다고 한다. 그러나 그 말이 황당하고 기이하여 다 믿기가 어렵다. 설령 그런 곳이 있다고 해도 내가 이해하는 글씨가 아니고, 내가 보던 그림이 아니며, 내가 써 온 물건이 아니다. 마치 꿈속에서 신선 세계를 여행한 것과 같아서 말로는 옮길 수도 없고, 결국 세상에 아무 보탬도 되지 않는다. 어찌 업후(鄴侯) 이필(李泌)이 찌를 꽂고 두루마리로 보관한 삼만 권의 도서나 구양수(歐陽修)가 모은 금석문 천 권이 지식을 넓혀 주고 고증의 근거가 되며 성정을 다스리는 데 도움을 주는 것만 같겠는가?

나의 벗 윤동암(尹東庵)은 박식하고 옛것을 좋아하는 선비이다. 평소에 달리 좋아하는 물건이 없고 오로지 서화와 골동품을 제 목숨인 양 좋아했다. 고가의 후예 중에는 가세가 영락하여 궁핍한 이들이 많다. 그들은 대대로 소장해 오던 보물을 시장에 싼값에 내다 팔아서 물건이 굴러다니다 해외까지 흩어져 버렸다. 그 수를 이루 다 헤아릴 수 없다. 동암은 그 실정을 안타깝게 여겨 큰돈을 아끼지 않고 사들였다. 세월이 오래되어 모아 놓은 유물이 공후나 세가보다 풍부해졌다. 모두 비단으로 장황(裝潢)하고 옥으로 축을 만들어 서가에 얹어 놓거나 책 상자에 보관했다. 그리고 서화 골동을 보관한 서재를 집고루(集古樓)라 이름했다.

그리하여 온 세상 고가의 정화(精華)가 모두 여기에 모아져 사방에서 구경하러 오는 사람들이 날마다 문 앞에 모여들었다. 이야말로 진정 이른바 고가이다. 손님이 찾아오면 바로 안내해 누각에 올라 갖가지 차려 놓은 떡과 좋은 차를 들게 하고, 마음껏 책을 펼쳐 보도록 하며, 온종일 보더라도 싫어하는 눈치를 보이지 않았다. 여기에서 또 그가 공익의 마음을 지녔고, 전적으로 자기 혼자 누리는 사유물로 여기지 않음을 알게 되었다.

옛날 정개(丁顗, 북송의 장서가)는 가산을 모조리 써서 도서 팔천 권을 소장했다. 일찍이 "내가 책을 많이 모았으니 분명 학문을 좋아하는 자가 내 자손이 되리라."라고 말했더니 그 말대로 손자 대에 이르러 정도(丁度)가 문학을 잘하여 재상이 되었다. 동암도 후손이 반드시 크게 번창하리라는 점을 나는 잘 알겠다.

해설

글씨와 그림, 골동품을 수집해 놓은 건물을 설명하며 고서화 수집의 의의를 밝힌 글이다. 옛것을 모아 놓은 누각이라는 뜻의 집고루는 이름이 곧 그 기능을 표현하고 있다. 조선 말기 급격히 몰락한 전통 명문가는 갖고 있던 장서와 골동품을 내다 팔고, 일본인들은 헐값에 마구 사 가던 시기가 글의 배경이다. 윤동암은 그렇게 흩어지는 귀중한 유물을 사서 모아다 아낌없이 남에게 열람하게 했다. 수집가의 공익적 행동이 지닌 의의를 높이 평가하고 있다.

집고루의 주인 윤동암은 윤치오(尹致旿, 1869~1950년)로 제4대 대통령 윤보선의 큰아버지이다. 조선 말기 외국 유학생이자 교육자로서, 이 글에 따르면 공익적 행동을 한 위인으로 나오지만 나중에 친일의 길을 걷고 말았다.

당진의 명산 유기 登兩山記

의두암(依斗巖)에 앉아 멀리 조망하면 몽산(蒙山)과 아미산(峨嵋山)이 구름 낀 하늘로 솟아 있어서 그때마다 옷을 걸치고 한번 올라가 봐야겠다고 생각했다. 경인년(1890년)도 칠월에서 팔월로 넘어갈 무렵 하루가 다르게 서늘한 바람이 불어와 드디어 손님들과 함께 산에 오를 차비를 했다. 팔월 초사흘 시중(時中), 원회(元會), 왕천우(王千又), 승려 정기(正基), 동자 장운(壯雲)과 함께 길을 떠났다. 술 마실 장만을 해서 몽산 정상에서 기다리도록 종을 먼저 보냈다. 목현(木峴)에 걸음이 이르렀더니 인세경(印世卿), 이군선(李君先)이 와서 만났다.

때는 마침 벼가 한창 익어서 목현과 정기(淨基) 사이에 누런 구름 같은 물결이 골짜기를 가득 메웠다. 메뚜기가 어지럽게 튀어 품에도, 소매에도 들어왔다. 길옆에 높다란 언덕 두 개가 보였는데 수백 궁(弓, 여덟 자)쯤 떨어져 있었다. 그 언덕을 둘러싸고 나무 울타리가 쳐져 있었다. 누군가 "이것은 옛날 민보(民堡)입니다." 하였다.

멀리 몽산 발치에 허옇게 서 있는 사람이 보였다. 다가가서 보았더니 바로 최성여(崔誠汝)였다. 여기에서부터 산등성이를 타고 오르는 길인데 부서진 자갈이 끊임없이 이어졌다. 누군가 "여기는 옛 성터입니다." 하였다. 그 아래가 바로 면양(沔陽)의 옛 읍치이다. 산세가 높고 커서 사방이 하늘로 솟아 있다. 그 위에 성을 쌓았으니 당시에 얼마나 힘을 많이 쏟았는지를 짐작할 만하다. 그러나 성은 크고 백성은 적어서 아무리 험한들 지킬 수 없었으리라.

담쟁이넝쿨과 등나무 덩굴을 부여잡고서 천천히 걸어갔다. 정오를 지나서야 정상에 올라섰다. 거기에 서낭당이 있었는데 고을 사람이 무당을 불러다 떡과 과일을 차려 놓고서 한창 빌고 있는 중이었다. 서낭당 옆에 높이가 어깨까지 닿는 바위 하나가 있어서 돗자리를 펴고 앉았다.

사방을 위아래로 둘러보니 광활하게 트여 끝이 없었다. 바닷물이 대진(大津)으로 들어와 서북쪽에서 동남쪽으로 띠처럼 감돌아 예산(禮山) 구만포(九萬浦)에 이른다. 면천과 당진이 그 가운데 감싸여 있어서 사실은 섬 같은 고을이다.

대진 서쪽은 큰 바다가 펼쳐져 경기와 해서로 통하는 뱃길이다. 구만포 이남은 호서와 호남으로 이어지는 육로이다. 푸른빛 수많은 산들이 구불구불 구름과 아지랑이 사이에서 보일락 말락 했다. 수백 리 안쪽에 사는 토박이는 산의 이름을 다들 잘 알고 있다.

가을볕이 몹시 뜨겁고 산꼭대기라 샘물도 없었다. 도중에 배도 고프고 목도 말라서 종이 가져온 술병의 술을 따라 마시거나 또 꾸러미를 풀어 기장떡을 나누어 먹었다. 정기 역시 누룽지를 들고 왔기에 함께 요기를 했다.

이군선은 산 왼쪽에 집이 있어 가깝다고 먼저 간다 했다. 나는 여러 사람들과 산 오른쪽을 택해 내려갔다. 북쪽으로 아미산에 오르려니 몽산보다 한층 높고 가팔랐다. 왕천우는 나이가 칠십여 세라 힘이 빠져 숨을 헐떡였고, 나도 다리가 풀려서 자주 쉬었다. 오로지 정기만은 펄펄 날아 앞으로 가며 말했다.

"이 산을 오르기 겁내면 금강산은 어떻게 오르시려구요?"

산 정상에는 왼쪽에 유선암(遊仙巖)이라는 바위가 있었다. 바위 표면에 결이 있어 가로세로로 줄이 여러 개 나 있었다. 사람들이 신선이 두는 바둑판이라 하였다. 그 위에서 잠시 쉬었다가 십여 걸음을 가서 최정상에 이르렀다. 구름이 말끔히 걷혀 북쪽으로 관악산과 삼각산을 비롯한 산이 아스라이 모습을 드러냈다. 아! 남쪽으로 온 지 사 년 만에 비로소 한양 산빛을 보았다.

산은 높고 우뚝했다. 날짐승 따위가 없고 황금(黃芩, 속서근풀의 뿌리로 한약재)과 자초(紫草, 한약재로 쓰이는 지치)가 많이 난다. 간혹 산삼을 캐는 자도 있다고 한다. 산 아래 촌락은 모두 넓게 트였고 밝고 깨끗했다. 농토는 비옥하고 뽕나무와 과일나무가 빽빽했다. 산 남쪽에는 송평(松坪), 다불(多佛), 금학(金鶴) 등의 마을이 있어 여러 성씨가 뒤섞여 산다. 산 북쪽에는 죽동(竹洞), 백치(柏峙)를 비롯한 여러 마을이 있어 인씨(印氏)와 이씨가 세거(世居)하고 있다. 대부분 거주자들이 대대로 선조의 묘를 지키며 왕왕 수십 대를 이어 와 분묘를 잃지 않고 있다. 지역이 외진 데다가 사면이 만(灣)으로 막혀 있어서 흉포한 병란의 우환이 없기 때문이다. 혼란한 시기에 도적 떼가 슬며시 일어나게 되면 보(堡)를 쌓아 막기에 백성들이 뿔뿔이 흩어질 걱정이 없다. 참으로 복된 땅이다. 임진왜란을 당해 송익필(宋翼弼), 이식(李植) 두 분이 여기에서 병란을 피했다고 전해 온다.

이윽고 산 위에 해가 뉘엿뉘엿 져서 오래 머물 수 없었다. 마침내 산 오른쪽을 따라 내려가는데 지세가 물동이를 쏟아붓듯이 정상과 발치가 딱 달라붙어서 편안히 걸을 길이 없었다. 이 산은 사면이 모두 깎아서 만든 것처럼 가팔랐다. 채 피지 않은 부용꽃처럼 맑고 빼어나며 전아하고 수려해 그 기상이 바라보는 이에게 기쁨이 솟게 했다. 그래서 당진과 면천 두 고을 사람들은 이 산을 바라보며 즐거워한다고 한다.

내가 일찍이 연경에 사신으로 갔을 적에 창려현(昌黎縣)을 거쳤다. 멀리 내다보면 붓 끝처럼 생긴 산이 하나 있었는데 토박이가 문필봉(文筆峰)이라 하였다. 그 빼어난 기운이 뭉쳐서 한유(韓愈)라는 문장가를 배출했다. 지금 이 산의 형세를 살펴보니 전날 본 모양과 매우 비슷했다. 그러나 지난날 한유와 같은 명사나 달인이 이 고장에서 배출되었다는 말을 듣지 못했다. 혹시라도 후세에 배출되기를 기다려야 하는 것일까? 인걸은 때때로 땅의 신령함과 감응해 생겨나는 법이니 이 산을 만든 것은 분명코 우연이 아닐 테다. 영탑사(靈塔寺)에 머물러 사는 이가 쓴다.

해설

구한말 김윤식은 명성 황후의 친러 정책에 반대했다. 민영익(閔泳翊)과 함께 대원군의 집권을 모의하다 명성 황후의 미움을 산 그는 1887년(고종 24년)부터 7년 동안 충청도 면천군(沔川郡)에 유배되었다가 1893년에 사면되었다. 이 시기에 수많은 시문을 창작했는데 이 유기는 1890년에 지은 작품이다.

이 글의 문체는 유기이다. 일반 유기가 전국적으로 알려진 명산의 유람을 많이 묘사하고 있는데 이 유기는 좁은 지역에서 알려진 산을 유람하고 썼다. 명산으로 알려진 곳은 아니지만 지역민이 좋아하는 산을 탐방하는 산행의 멋과 정취를 아름답게 묘사했다. 가을 풍정이 아름답게 표현되고, 등산의 과정부터 고장의 풍토와 역사, 내포 지역의 물산과 문화를 묘사한 내용이 세밀하면서도 진실성이 있다. 특히 산을 둘러싸고 있는 지역의 지리적 특징을 포착한 내용은 사료로도 가치가 있다. 조선 말기에 지어진 유산기로서 작품성이 뛰어나다.

현재의 시무 時務說

送陸生鍾倫遊天津

옛날에 사마휘(司馬徽)가 촉한(蜀漢) 소열제(昭烈帝, 유비(劉備))에게 "속된 선비들은 시무(時務, 시대의 급무)를 알지 못합니다. 시무를 아는 사람은 오로지 준걸(俊傑)밖에 없습니다."라고 했다. 그가 말한 시무란 무엇인가? 바로 당시에 마땅히 해야 할 일이다. 환자가 약이 필요할 때 각자에게 합당한 처방이 따로 있어서 제아무리 신기한 처방이 있다 해도 아무나 복용하지 못하는 것과 같다.

소열제의 시대에는 천하대세가 열에 여덟아홉은 모조리 조조(曹操)에게 기운 상태라, 땅을 차지해 천하를 삼분하는 거점으로 삼을 만한 곳은 오직 형주와 익주밖에 없었다. 그런 까닭에 제갈량과 방통(龐統)이 조바심을 내며 그 땅을 차지하라고 부추기면서 때를 놓칠까 봐 염려했다. 마침내 그곳을 발판으로 천하에 대항하는 온전한 힘을 기를 수 있었다. 이들이야말로 시무를 아는 준걸이라 하겠다.

그때 만약 순리를 따라 역적을 토벌하면 강약과는 무관하니, 비록 한 자 한 뼘의 거점이 없어도 한번 거병하면 조조를 무찌르고 신주(神州)를 회복하며 오(吳)나라를 병합할 수 있다고 주장했다면, 듣기에는 썩 좋으나 실정에는 부합하지 않는다. 이야말로 속된 선비의 소견이 아니겠는가?

오늘날 논자들은 서양의 정치 제도를 본받는 것을 시무라 하여 자신의 힘은 생각하지 않고 오로지 남만 쳐다본다. 이는 체질이나 증세는 살펴보지 않고 남이 복용한 약을 복용하여 신속한 효험을 보려는 것과 똑같은데 대단히 어려운 일이다.

각각 처한 시대가 다르고, 나라마다 시무가 다르다. 한 사람의 독점을 깨뜨리고 공업과 상업의 길을 확대하며, 사람들로 하여금 각각 자신의 노력으로 먹고살게 하여, 국권을 보존하고 나라가 나날이 부강해진 것은 서양의 시무이다. 상도(常道)와 기강을 세우고, 사람을 가려 관직에 임명하며, 군대를 훈련하고 무기를 갖춰서 사방의 침탈을 막는 것은 청나라의 시무이다. 청렴한 이를 숭상하고 탐욕스러운 자를 내쫓으며, 백성들을 부지런히 보살피고, 삼가 조약을 지켜서 우방과 틈이 벌어지지 않게 하는 것은 우리나라의 시무이다.

만약 우리나라가 대뜸 청나라의 일을 본받아서 군사력을 증강시키는 데 온 힘을 기울인다면, 백성은 궁핍해지고 재정은 결핍되어 반드시 나라가 와해되는 환난이 발생할 것이다. 만약 중국이 대뜸 서양의 제도를 본받는다면, 명분이 엄하지 않고 기강이 해이해져서 반드시 쇠퇴하는 우환이 발생할 것이다. 만약 서양 여러 나라가 동양의 법규를 본받아 정치와 법령의 시행을 통치자가 좋아하고 싫어하는 것에 따라 행한다면 국세가 시들해져서 반드시 강한 이웃 나라에게 병합될 것이다.

이로 말미암아 본다면, 아무리 좋은 법이 있다 해도 지구 위에는 하루아침에 두루 통할 수 없다는 점은 분명하다. 지금 나라의 형세는 생각하지 않고 서양이 행하는 제도를 멀리에서 흠모한다면, 이는 기댈 만한 한 자 한 뼘의 땅도 없이 조조와 더불어 싸우려는 무모함과 무엇이 다르겠는가!

따라서 나라를 잘 다스리는 사람은 때에 맞추어 마땅한 일을 하고, 역량을 헤아려 대처하며, 재물을 허비하지 않고 백성을 해치지 않는다. 근본을 공고히 다지는 데 힘쓰면 가지와 꽃과 잎은 장차 차례로 번성할 것이다. 지금의 이른바 시무는 모두 서양의 가지와 꽃과 잎일 뿐이다. 근본을 공고히 다지지 않고 남의 지엽 말단을 배운다면 지혜롭다 할 수 있겠는가!

현재 시무를 아는 이로는 북양대신(北洋大臣) 소전(少荃) 이홍장(李鴻章)만 한 분이 없다. 드넓은 아시아 대륙과 큰 청나라에 시무를 말할 만한 사람이 왜 없겠는가. 하지만 소전은 그 원인을 깊이 통찰하여 완급의 조절을 잘 알며, 역량과 지략이 또 그의 주장에 충분히 부합한다. 이는 준걸이 아니면 할 수 없다. 따라서 "오직 소전만이 감당할 수 있다."라 말한 것이다.

그렇지만 소전을 사모하기만 하여 일마다 천진(天津, 톈진)을 본받으려 한다면, 벌써 우리나라 오늘날의 급무가 아니다. 더욱이 서양의 지엽 말단을 본받는 것은 말할 나위도 없다! 『시경』에 이렇게 읊었다.

동문을 나서니	出其東門
여자들이 구름처럼 많구나	有女如雲
비록 구름처럼 많으나	雖則如雲
내가 그리워하는 이가 아니로다	匪我思存
흰 명주옷에 쑥색 두건을 쓴 이가	縞衣綦巾
나를 기쁘게 하노라	聊樂我員

또 『주역』에서는 "동쪽 이웃이 소를 잡은 것보다 서쪽 이웃이 간소한

제사를 지내 그 복을 실제로 받는 것이 낫다."라고 하였다. 그렇듯이 군자의 도는 자신을 돌아보고 자신을 지키는 것을 귀하게 여긴다. 어찌 자신의 몸을 닦는 일만 그러하겠는가!

육종륜(陸鍾倫) 군은 평소부터 세상을 경륜하려는 포부가 있었다. 그 아버지 의전(宜田)은 독서하여 이치에 밝은 선비로서 대문 밖을 나서지 않고도 천하의 일을 알았다. 육 군은 가정에서 가르침을 받아 고금 시의(時宜)의 개략을 벌써 가슴속에 환히 알고 있다. 그런데도 또 천진에 가서 노닐며 견문을 넓히려고 한다. 나는 이번 여행이 단순한 것이 아님을 잘 안다. 육 군은 힘쓸지어다!

천진은 내가 예전에 여행한 곳으로 북양아문(北洋衙門)이 있다. 천하에서 시무를 말할 능력이 있는 이들이 모두 여기로 모여든다. 육 군이 가서 찾아보면 반드시 내 말과 부합하는 사람이 있을 것이다.

해설

1892년에 쓴 글로 문체는 설(說)이다. 청나라 천진으로 견문을 넓히러 가는 육종륜(陸鍾倫, 1863~1936년)에게 주었다. 육종륜은 육종윤(陸鍾允)으로도 알려져 있다. 조선 말기 제중원 주사와 외부 교섭 국장(外部交涉局長) 등을 역임하였다. 을미사변에 연루되어 망명 생활을 하고, 나중에는 적극적인 친일의 길을 걸었다. 그의 아버지는 당세의 시무를 논한 『의전기술(宜田記述)』의 저자 의전(宜田) 육용정(陸用鼎, 1843~1917년)이고, 그의 아들은 신소설 『송뢰금(松籟琴)』을 지은 육정수(陸定修, 1885~1949년)이다. 1887년 김윤식이 면천(沔川)에서 유배 생활을 할 때, 육종륜이 김윤식을 찾아오면서 교유가 시작되었다. 이 글을 짓기 한 해 전에는 『의전기술』의 서문을 써 주기도 했다.

이 글에서 김윤식은 나라마다 시무가 다르니, 다른 나라에서 하는 일을 무조건 모방하는 태도는 바람직하지 않다고 말했다. 당시 조선의 시무로 "청렴한 이를 숭상하고 탐욕스러운 자를 내쫓으며, 백성들을 부지런히 보살피고, 삼가 조약을 지켜서 우방과 틈이 벌어지지 않게 하는 것"을 거론하고 있는 점이 이채롭다. 고루하다는 비판을 받을 수도 있으나 그만큼 나라의 기강이 해이해진 상태였기 때문에 그렇게 말한 것이리라. 앞서 살펴본 김영작의 「삼정의 개혁 방안」에서 1862년에도 이미 전정, 군정, 환정의 급진적 개혁을 감당하기 어려울 정도로 나라의 체력이 약해져 있다고 언급했다. 거듭된 외척의 발호와 30년 전에는 없던 외세의 개입으로 1892년에는 상황이 훨씬 좋지 않았던 시기에 나라의 틀을 갑자기 구미 선진국 수준으로 아예 바꾸려다가는 자칫 자중지란에 빠질 우려가 있었다.

"청렴한 이를 숭상하고 탐욕스러운 자를 내쫓으며, 백성들을 부지런히 보살핀다."라는 말을 뒤집으면 조선의 위정자 가운데는 백성의 고통을 아랑곳하지 않는 탐관오리가 적지 않다는 뜻인데, 이런 상황에서 어떤 급진적인 개혁을 시도할 수 있겠는가? "삼가 조약을 지켜서 우방과 틈이 벌어지지 않게 하는 것"은 당시 외세를 의식한 발언이지만, 단순히 트집을 잡히지 않는 것만으로는 나라를 지킬 수 없음을 그 자신도 모르지 않았을 것이다.

김택영
金澤榮

1850~1927년

자는 우림(于霖), 호는 창강(滄江)·소호당(韶濩堂), 본관은 화개(花開)다. 개성 출신 문인으로 평생 그 자의식을 가지고 살았다.

가학의 연원이나 저명한 학맥의 뒷받침 없이 자력으로 공부하여 조선 말기 문단에서 명성을 얻었다. 서울에서는 이건창을 종유하여 남사(南社)에 참여하면서 문학이 크게 진보했다. 시문에서 모두 뛰어나 강위, 이건창, 황현(黃玹)과 더불어 한말 4대가로 일컬어진다. 학자로서는 역사학에 큰 강점을 보여 갑오개혁 이후 편사국(編史局)의 주사(主事)로 근무하며 주로 역사나 문헌을 편찬하는 직책에 종사했다. 『삼국사기』, 『고려사』를 비롯한 역사 서적을 간행하고, 『여한구가문초(麗韓九家文鈔)』를 편찬하는 등 조선의 역사와 문학의 성취를 정리하는 일에 큰 공훈을 쌓았다.

1905년 중국으로 망명한 뒤에는 장건(張謇)의 후원 아래, 한묵림인서국(翰墨林印書局)에서 서적을 교열하고 출판하는 일에 종사했다. 이 시기 한국의 서적을 많이 간행하여 국내로 들여왔다.

그의 시와 산문은 구한말을 대표하는 수준으로 인정받고 있다. 문장은 각 문체를 모두 잘 썼고, 서사와 의론 모두에서 특장을 보였으며, 특히 서문과 전기의 문체가 우수하다. 저작으로 문집인 『소호당집(韶濩堂集)』과 조선 시대 역사를 정리한 『한사경(韓史綮)』, 개성 출신 인물의 전기집인 『숭양기구전(崧陽耆舊傳)』 등이 전한다.

『신자하시집』 서문 申紫霞詩集序

내가 약관을 넘긴 나이에 한양을 들어갔다가 자하(紫霞) 신위(申緯)의 시고(詩藁) 십여 책을 보았으니, 이른바 『경수당집(警修堂集)』이다. 저술의 규모가 크고도 아름다움을 알고 간행되지 못한 점을 안타깝게 여겼다. 보당(葆堂) 서병수(徐丙壽)로부터 한 질을 빌려 동향의 벗인 최준경(崔準卿)에게 주어 베껴서 간직하게 했고, 중국에 올 때 최준경으로부터 얻어서 가지고 왔다. 삼 년 사이에 두 번을 꼼꼼히 읽어 보면서 일단 사분의 일을 뽑아서 여섯 권으로 엮고 『신자하시집(申紫霞詩集)』으로 이름을 바꾸었다.

앞뒤로 삼십여 년 사이에 천하는 나날이 어지러워졌고 기호와 숭상함은 벌써 변해 버렸으나 그래도 이렇게 선집을 만들어 간행을 기다리고 있으니 내가 떠돌이 생활을 하면서 고적하여 마음 쓸 데가 없어서일까? 아니다. 사실은 재주를 아끼는 마음을 스스로 멈출 수 없었기 때문이다. 때마침 돌아가신 스승님 청고(靑皐) 공의 손자인 전석윤(全錫潤) 군이 상해(上海)에 왔다가 나를 찾아왔다. 내가 더불어 이야기하다가 우연히 앞에서 말한 뜻을 비쳤더니 전 군이 팔뚝을 불끈 뽐내면서 "그대를 위해 주선해 보지요."라고 말했다. 마침내 장인들을 모으고 힘을 써서 얼마 되지 않아 인쇄에 부치게 되었기에 이에 서문을 짓는다.

우리 동방의 시는 고려의 익재(益齋) 이제현(李齊賢)으로 으뜸을 삼고,

우리 조선에 들어와서는 선조와 인조의 사이에 잇달아 뛰어난 작가가 나와 큰 성황을 이루어 오봉(五峰) 이호민(李好閔), 오산(五山) 차천로(車天輅), 옥봉(玉峯) 백광훈(白光勳), 허난설헌(許蘭雪軒), 석주(石洲) 권필(權韠), 청음(淸陰) 김상헌(金尙憲), 동명(東溟) 정두경(鄭斗卿) 등 여러 시인이 나타났다. 대체로 풍성하고 웅장하고 높고 화려한 취향을 위주로 하였다.

영조 이후로는 풍기가 싹 바뀌어 혜환(惠寰) 이용휴(李用休)·금대(錦帶) 이가환(李家煥) 부자, 형암(炯菴) 이덕무(李德懋), 영재(泠齋) 유득공(柳得恭), 초정(楚亭) 박제가, 강산(薑山) 이서구(李書九) 등이 혹은 기이하고 궤벽함을 위주로 하고, 혹은 첨예하고 새로움을 위주로 하였다. 시대마다 오르고 내린 자취를 옛날에 견주어 보면, 성당(盛唐)과 만당(晩唐)의 관계와도 같다.

자하는 강산 등 여러 대가의 뒤를 직접 계승하여 시서화(詩書畵) 삼절(三絶)로 천하에 유명하였다. 그의 시는 소식(蘇軾)을 스승으로 삼고, 서릉(徐陵)·왕유(王維)·육유(陸游)의 사이를 두루 출입하였다. 밝고 환하게 깨달아서 날아갈 듯이 달려 나가, 고와야 할 때는 곱고 질박해야 할 때는 질박하며, 환상적이어야 할 때는 환상적이고, 사실적이어야 할 때는 사실적이며, 졸박해야 할 곳에서는 졸박하고, 씩씩해야 할 곳에서는 씩씩하며, 평탄해야 할 곳에서는 평탄하고, 험벽해야 할 곳에서는 험벽하였다. 오만 가지 정태(情態)와 물상(物狀)을 뜻 가는 대로 담아서, 살아 움직이지 않음이 없고 눈앞에 삼엄하게 펼쳐져 있어서, 독자로 하여금 눈은 아찔하고 정신은 취하게 한다. 마치 만무(萬舞, 중국 고대의 춤 이름)가 바야흐로 펼쳐지고 오제(五齊, 다섯 가지 종류의 잘게 썬 고기와 야채)가 바야흐로 짙은 향기를 풍기니 그야말로 드물게 나타나는 기재(奇才)를 갖추고 한 시대의 극단적 변화를 다 보여서 저물어 가는 시대에 훨

훨 날아오른 대가(大家)라 하겠다.

그러나 나는 일찍이 이렇게 논한 바 있다. 문장은 기(氣)가 발(發)한 것인데 기는 물과 같고, 글은 물에 뜬 사물과 같다. 기가 글을 제어하지 못한다면 이는 마치 물의 수량이 적어서 사물을 띄우지 못해 가라앉거나 엉뚱한 데로 흐르기까지 하는 것과 같다. 그러므로 소식의 시가 거친 작품이 많기는 해도 사람들이 그 거친 면을 눈치채지 못하는데 이는 기가 성하기 때문이다. 후세에 소식을 배우는 이들은 기가 소식에게 미치지 못하기 때문에 그 폐단은 대체로 거친 점이 많다. 이것은 소식의 수준에 미치지 못한 사람은 마땅히 정밀해야지 거칠게 지어서는 안 된다는 점을 분명하게 보여 준다.

옛날 한유는 이백과 두보의 시가 많이 사라졌음을 안타까워하여 이 세상 밖으로 나가서라도 수습해 오고 싶다는 말을 남기기까지 하였다. 후세 사람이 육유(陸游)의 시를 논할 때 작품이 너무 많은 것을 병통으로 여겼는데 늘그막에 지은 흐리멍텅한 작품이 모두 빠짐없이 수록된 탓이다. 이백과 두보의 수준에 미치지 못하는 시인은 마땅히 간추려야지 작품을 많이 남겨서는 안 된다는 점을 분명하게 보여 준다.

지금 자하는 소식을 배웠으나 늘그막까지 시 읊기를 그치지 않은 점은 또 육유와 비슷하다. 아! 하늘과 땅이 열린 지가 오래되어 원기(元氣)가 날로 엷어지매, 문장의 기(氣)도 따라서 엷어졌는데 인력으로 붙잡아 흉내 내어 억지로 할 수 없다. 내가 자하의 시만을 별개로 간주하고 정화를 취하여 간추리지 않을 수 있겠는가! 자하의 시를 좋아하는 세상 사람들은 급급하게 많은 작품을 바라지 말고 오직 이른바 드물게 나타나는 기재(奇才)가 한 시대의 극단적 변화를 다 보여 준 점을 찾아보는 것이 마땅하리라.

해설

시집에 붙인 서문으로 문장의 대세와 틀은 당나라 문인 이한(李漢)이 스승인 한유의 문집에 붙인 서문 「창려선생집서(昌黎先生集序)」와 많이 유사하다. 글쓴이는 평생 자하 신위를 몹시 존경했다. 중국 망명길에도 자하의 시집인 『경수당집』 10여 책을 짐 속에 넣어 가져갈 정도였고, 급기야 지인의 도움으로 망명지에서 『신자하시집』을 간행하고 서문을 썼다. 본문에서 우리나라 한시의 흐름, 특히 조선 시대 한시사를 선조·인조 연간의 '풍성하고 웅장하고 높고 화려함(豊雄高華)'과 영조·정조 시대의 '기이하고 궤벽하고 첨예하고 새로움(奇詭尖新)'으로 대별한 것은 탁견으로 현대의 한시사 연구자들에게 끼친 영향이 크다.

이 글은 김택영의 문집인 『소호당문집정본(韶濩堂文集定本)』에도 실려 있는데, 글자에 약간의 출입이 있다. 가장 큰 차이는 문장과 기(氣)를 논하며 시작하는 마지막 두 단락이 삭제되고, 다음 내용으로 대체되어 있다.

> 같은 시대 자하의 선배 중에서 연암 박지원 선생이라는 분이 있었는데, 그의 문장은 우리나라의 고문가(古文家) 중에서 우뚝 빼어나서 변화가 다채롭고 만상(萬象)을 구비하여, 자하의 시와 함께 두 호걸이라 할 수 있다. 아마도 하늘이 사물을 만드심에, 용이 있으면 반드시 호랑이가 있고 구슬(珠)이 있으면 반드시 옥(玉)이 있는 것과 같은 것이 아닐까?("公之同時前輩, 有曰朴燕岩先生者. 其文在本邦古文家中, 出類拔萃, 變動具萬象, 與公之詩對爲兩豪. 豈天之生物, 有龍則必有虎, 有珠則必有玉之類歟?")

근세의 문장가인 산강(山康) 변영만(卞榮晩, 1889~1954년) 역시 "우리나라의 문장은 연암에게서 망하였고, 시는 자하에게서 망하였고, 글씨는 추사(秋史)에게서 망하였다."라는 말을 남기기도 했다. 물론 이 말은 그 분야를 망쳤다는 이야기가 아니라, 각각 그 분야에서 극도로 높은 성취를 이루어 후학들이 더 발전시킬 여지가 없을 정도로 높은 벽이 되었음을 말하는 것이다.

양잠법의 교육 重刊養蠶鑑序

먼 옛날 요순과 삼대 때 백성을 가르치는 한 가지 방법은 정덕(正德)이요, 백성을 기르는 두 가지 방법은 이용(利用)과 후생(厚生)이었으니 이른바 백성을 부유하게 만든 뒤에 가르친다는 것이다. 정덕의 종류에는 삼강(三綱)과 오상(五常)이 있어 참으로 학문 중에서 중대한 것이다. 이용과 후생의 종류에는 농업, 공업, 상업, 임업이 있어서 학문 아닌 것이 없다. 비록 선후와 경중에는 차등이 없을 수 없지만, 나라에서 인재를 발탁해 쓸 때에는 심하게 천하거나 심하게 귀한 차별이 없었다. 윤리와 교육을 담당하는 설(契)이 기(棄)와 수(垂)에게 오만하게 굴거나, 농업과 공업을 담당하는 기와 수가 설에게 부끄러워한 일이 일찍이 있었던가? 따라서 천하 사람들이 날마다 각자 맡은 일을 부지런히 수행하여 마음이 밖으로 치달리지 않았고, 임금과 함께 잘 다스려지는 한 시대를 만들었다.

한나라가 세워졌을 때는 옛날과 시대가 멀지 않았기에 규모와 법도에 아직 볼만한 것이 있었다. 이 뒤로부터 정덕 하나만 홀로 학문으로 인정받아 그보다 더 귀한 학문이 없었다. 농업과 공업의 여러 분야는 학문이라 불리지도 못하고 잡류로 취급되어 매우 천시되었다. 그러니 매우 천시되는 일을 무엇이 즐겁다고 힘써 종사하겠는가? 천하의 총명하고 재주 있는 선비들이 모두 정덕의 학문으로 몰려들어 마음과 힘을 다 쏟았다.

잡류에 몸을 기탁한 자들은 모두 용렬하거나 어리석은 사람들로, 곤궁하며 먹을 것이 없는 자들이었다. 그러니 이 학문은 날이 갈수록 황폐해져 거의 끊어질 지경이고, 이용과 후생의 방도가 사라졌다. 그 폐단이 극심해져서는 또 놀면서 먹고 입는 사이비 선비와 거짓을 일삼고 요행을 바라는 무리가 나타나 세상을 가득 채웠다. 농사를 짓는 집은 하나인데 열 집에서 나눠 먹고, 누에를 치는 집은 하나인데 열 집에서 나눠 입는 형국이 되었다. 오호라! 이용과 후생의 방도가 사라졌는데 소모하고 해치기만 하니 백성이 어떻게 곤궁하지 않을 수 있겠는가!

우리나라는 근년 이래 그동안의 폐단을 통렬히 반성해, 거슬러 올라가 옛 법도를 찾고 옆으로는 외국에서 찾아서 이용과 후생의 학문이 차츰 부흥되었다. 김 아무개, 강 아무개 등은 일본에 유학해 양잠하는 법을 터득했다. 증기로 누에를 따뜻하게 해서 속성시키는 양잠법은 일 년에 여섯 번 누에를 칠 수 있어, 중국 강남 지방에서 일 년에 세 번 치는 것과 비교하면 성과가 곱절이다. 참으로 조물주의 재능을 빼앗은 묘수라고 하겠다. 여러 사람들이 귀국한 뒤 양잠사(養蠶社)를 만들고, 나와 상의하여 전습소(傳習所)를 열고 학생을 받아 날마다 익히게 했다. 그리하여 전습소의 감(監)인 서 아무개가 여러 사람들과 공동으로 일본인이 지은 『양잠감(養蠶鑑)』을 번역했다. 곧 인쇄하여 멀고 가까운 데 배포하려 하면서 내게 서문을 부탁했다.

돌이켜 보니, 나는 나라의 두터운 은혜를 받았으나 무엇 하나 보답한 것이 없었다. 여러 군자들의 뒤를 따라서 이 일에 참여했는데, 장래에 나라를 부강하게 하는 효과를 보아 기왕에 자리만 차지하고 있던 허물을 덮을 수 있게 되었다. 어찌 큰 다행이 아니랴! 이 때문에 요순 삼대의 이용과 후생의 본뜻을 자세히 논하여 여러 군자들의 의기를 북돋아 주는 바이다.

해설

요코타 가쓰조(横田勝三)가 짓고 서상면(徐相勉), 김한목(金漢睦) 등이 번역한 『인공양잠감(人工養蠶鑑)』의 서문이다. 문체는 서문으로 조선 말기 근대적 서양 문물의 번역서가 다수 나올 때 그 의의를 밝힌 서문의 하나이다. 번역 저본으로 삼은 문집의 글에서는 제목 뒤에 대작(代作)이라 덧붙이고 경자년(1900년)에 쓴 글임을 밝혔다. 출간된 『인공양잠감』에는 민병석(閔丙奭, 1858~1940년)의 이름으로 실려 있다.

옛 성현들이 다스리던 고대에는 정덕(正德)의 학문만이 아니라 이용(利用)과 후생(厚生)의 학문도 중시했음을 강조한 뒤, 그 뒤의 역사에서 후자의 중요성이 몰각되고, 정덕만을 강조하여 실용이 무시된 폐단을 통렬히 비판했다. 그의 논점은 18세기 중후반 북학파의 논리와 매우 유사하고, 조선 말기 개화파의 의식을 잘 보여 준다.

본문에서 일본 유학파 출신으로 번역을 주도한 '김 아무개', '강 아무개'는 김한목(金漢睦)과 강홍대(姜鴻大), '전습소의 감인 서 아무개'는 서상면(徐相勉)과 서병숙(徐丙肅)임을 『인공양잠감』에 실린 내용을 통해 확인할 수 있다. 또 한의동(韓宜東), 방한영(方漢英), 윤수병(尹壽炳) 역시 번역에 참여하였다.

대정묘 중수기 大井廟重修記

성상께서 등극하신 지 이십구 년째 되는 임진년(1892년) 오월 경오일 개성부에 있는 옛 개성현(開城縣)의 대정묘(大井廟)를 중수해 완성했다. 성상께서 전 병사(兵使) 신 고영근(高永根)에게 명을 내려 공사를 벌였다. 우물에 지내는 제사가 고려 때에는 대단히 성대하게 치러졌으므로 이 묘는 제사하기에 참으로 합당하다고 하겠다. 조선조에 들어와 해마다 한 번씩 제사를 올리는 데 그쳤고, 그에 따라 묘가 점차 퇴락했으니 형세가 그러했다.

병사가 이 공사를 맡으면서 추정해서 옛것으로 복원하고, 목재와 기와를 바꾸고 주춧돌을 고이고 새로 단청을 칠했다. 북쪽에 재숙하는 장소를 증설하며 우물에 담을 쳐서 묘정(廟庭)에 이어지도록 했다. 그렇게 하니 지난날 기우뚱하던 것은 바로잡히고, 낮았던 것은 높다랗게 변했으며, 부서진 것은 원만해지고, 우스꽝스럽던 것은 의젓해졌다. 완성을 보게 되자 공사에 참여했던 개성부 선비 장익방(張翼邦)이 찾아와 기문을 요청했다.

내가 삼가 『고려사』 「오행지(五行志)」를 살펴보았더니 이 큰 우물의 영험함과 기이함을 기록한 것이 한두 가지에 그치지 않았다. 삼천리 국토 안에서 이름난 내와 큰 강 가운데 크고 거세며, 맑고 깨끗해 기운이 쌓이고 모여서 비바람을 일으키고 괴이한 징조를 보이는 현상은 이루 헤아릴 수 없다. 그런데 유독 이곳이 특이한 우물로 유명한 까닭은 무엇일까?

또 고려 김관의(金寬毅)가 편찬한 『편년통록(編年通錄)』을 살펴보았더니 의조(懿祖)께서 서해의 용녀(龍女)를 아내로 맞이해 돌아오셨다고 했다. 용녀가 은 사발로 땅을 파서 물을 얻었는데 이것이 큰 우물이 되었다는 것이다. 따라서 지금도 세속에서는 용녀정(龍女井)이라 부르기도 한다. 묘의 벽에는 나무로 의조와 부인이 용을 타고 있는 형상을 새겨 놓기까지 했는데 대단히 공교롭고 세밀하다.

적이 생각건대, 의조는 당시의 영웅으로 민간에서 몰래 일어나 그 기운이 동방을 삼켜 버릴 기세였다. 한창 그 부인과 함께 송악과 예성강 사이에서 오락가락하고 주위를 둘러보았다. 그 일은 고공단보(古公亶父)가 강씨(姜氏) 부인과 함께 서쪽 물가에 집터를 정한 옛일과 같다. 그때 우연히 이 샘을 얻어 물을 마셔 보고 달게 여겨 이곳을 떠나지 않고 제왕의 기틀을 만들었다. 김관의가 이런 이야기까지 설명한 이유는 어디에 있을까?

위에서 말한 두 가지 이야기는 모두 평범한 사람들의 머리로 헤아릴 수 있는 것이 아니다. 하늘로부터 부여받은 우리 성상의 학문으로 가슴 속 깊은 곳에서 명확히 보고 묵묵히 판단하신 것이니 특별한 근거가 반드시 있으리라. 천금이든 만금이든 비용이 드는 것을 꺼리지 않으시고 하루의 짧은 기간에 완성을 보았다. 보답해 지내는 제사의 예절이 합당하게 이루어질 테니 어찌 성대하지 않겠는가?

이 우물은 강이나 바다에 견주면 한 말이나 한 가마니 크기라 하기에도 터무니없이 작다. 그 신령의 등급도 우물임을 감안하면 보답해 지내는 제사의 예절은 생략해도 될 수준이다. 하지만 옛날의 성왕은 어느 사물이든 공경하지 않은 것이 없고, 어느 일이든 삼가지 않은 것이 없다. 따라서 하늘에 제사를 올릴 때 해와 달 그리고 별이 모두 하늘에 통합되어 있더라도 별도로 해, 달, 별에 제사를 드려 왔다. 또 대지에 제사를 드릴 때에 산과 강, 골짜기가 모두 대지에 통합되어 있더라도 별도로 제사를 드려 왔다. 그와 같은 예법을 확대해 농로의 신이나 제방의 신, 수로의 신 같은 작은 귀신에까지 모두 차등 있게 제사를 드렸던 것이다. 그 덕분에 음양이 조화를 이루고 비바람이 때맞춰 이르며, 감로(甘露)가 내리고 맛 좋은 샘이 솟아나며, 만백성이 잘 다스려지고 사방의 오랑캐가 굴복했다. 풍속은 요임금 때처럼 태평하고 수명은 은나라 고종(高宗)보다 더 길어졌으니 모두가 공경하고 삼간 효과이다. 그렇다면 우리 성상이 어찌 이 예절을 생략하도록 내버려 두실 것인가? 거두게 될 효과 또한 달라질 수 있겠는가?

게다가 고려 때에는 이 우물이 도성에서 십여 리 떨어진 가까운 곳에 있고 선왕의 유적까지 겸했으므로 보답하는 제사를 부지런히 거행하는 것이 참으로 옳았다. 그리하여 신령의 힘을 얻어서 삼한을 통일하고 탐라를 복속시키며, 여진을 휘어잡고 오백 년 예악과 문물을 이어 왔다. 더구나 우리 성상께서는 관련이 없는데도 이렇게 부지런히 거행하시지 않는가?

앞으로 이 우물의 신이 감동해 분주하고 앞다투어 비바람을 제때 내려 우리 국가의 억만 년 무궁한 과업을 돕고, 우리 성상의 공경하고 삼가는 덕이 앞선 제왕보다 더 빛나도록 도울 것이다. 오호라 성대하도다! 오호라 아름답도다!

해설

개성의 유적지 대정묘(大井廟)를 수리한 동기와 과정을 밝힌 글이다. 개성 출신인 작자는 개성과 관련한 글을 많이 썼는데 이 글도 그중의 하나이다.

대정묘는 우물을 신성시하는 풍속과 관계가 있다. 그중에서도 고려의 건국 설화인 작제건(作帝建)과 용녀(龍女) 전설과 밀접한 관련이 있어 고려조에서 크게 숭배되었다. 그런 탓에 조선 대에 와서는 역차별을 받아 퇴락을 거듭했다. 그처럼 깊은 의미가 있는 고려 적 유적을 고종이 수리하도록 명을 내린 조치에 작자는 큰 의의를 부여했다. 무시해도 좋을 법한 대정묘를 중수한 고종의 의중을 글의 후반부에서 부각했다. 단순히 옛 유적을 복원하는 작은 의미가 아니라 국가의 안녕과 부강을 꾀하려는 제왕의 의도를 읽은 것이다. 한편 고종의 의중과는 별개로 민속 신앙이나 건국 설화에 관한 신비로운 사적을 충실하게 보고했다는 점에서 의의가 큰 글이다.

김홍연전 金弘淵傳

김홍연(金弘淵)은 자가 대심(大深)으로 본디 웅천(熊川) 사람이다. 사람됨이 기이하고 호걸스러웠으며 기생 둘을 겨드랑이에 끼고서 몇 길 되는 담장을 뛰어넘을 만큼 힘이 셌다.

젊은 시절 집안이 부유했다. 아버지가 선비의 길을 권유하고 서적과 오래된 서화를 많이 사들여 그 속에서 지내도록 했다. 홍연은 독서하는 여가에 몰래 밖으로 나가 기생집에서 놀았다. 아버지는 “아들놈이 이렇듯 규범을 즐겨 어기니 과거를 보게 해서 방종을 막는 길밖에 없겠구나. 하지만 문과에 오르기는 어려우니 무과를 봐야겠다.” 하고서 무인의 길로 들어서게 했다.

홍연은 활과 화살을 잡게 되자 참 출중한 기예를 발휘했다. 과거 시험장에 나가서는 피식 웃으며 불쑥 “에이! 할 게 못 되는군. 시골 놈이 무과에 오른들 누가 대장군 인장을 팔뚝에 채워 주기나 한담!” 하고 긴 토시를 소매 끝에 끼웠다. 토시는 속어로 한삼(汗衫)이라 하는 물건인데 이것을 끼고 펄렁펄렁 팔을 휘저으며 시험장에 들어갔다. 그 모습을 본 이들이 “토시를 벗게나! 활쏘기에 방해가 되네.”라며 충고했다. 홍연은 이렇게 대꾸했다. “활쏘기에 방해가 되었으면 되었지, 펄렁펄렁한 것을 벗어야 되겠는가!” 활을 쏘자 과연 토시가 시위에 걸려 화살이 떨어지고 말왔다. 아버지가 그 사실을 알아차리고 화를 내며 꾸짖었다. 그 뒤에도 홍연은 시험장에 나가면서 토시를 착용했다. 활쏘기가 끝나자 아버지에게 벌을 받을까 두려워 말에 채찍질을 해 바로 금강산으로 달아났다. 동해에 이르러 장관을 구경하고 돌아왔다.

나중에야 성깔을 꺾은 홍연은 "예로부터 효도하지 않고서 열사(烈士)가 된 자가 있었던가?"라 자책하며 토시를 벗고 활을 쏘아 무과에 급제했다. 늘그막에는 악질을 앓아서 신체가 훼손되었다. 그는 "대장부가 머리가 허옇게 되도록 기이한 공훈이나 큰 업적을 세우지 못하고 부모님이 물려주신 몸뚱어리나 상하게 만들다니! 무슨 면목으로 세상에 머물겠는가?"라 한탄했다. 이윽고 집안일을 자식에게 맡기고 사방 명산의 절에 가서 머물며 스스로 호를 발승암(髮僧菴)이라 했다. 왕왕 산의 바위에 자기 이름을 직접 새겨 놓고는 말했다. "후세 군자들이 이 새긴 이름을 보고서 오늘에 이른바 김홍연이란 자가 있었음을 알고 불쌍히 여기기를 바란다."

최후에는 평양 영명사(永明寺)에 머물렀다. 박지원(朴趾源)이 이르렀다는 소식을 듣고서 "내가 지금까지 이름을 새긴 것은 얕은꾀에 불과하다. 천하의 기이한 문장을 얻어서 성명을 전하느니만 못하다."라 하고는 박지원을 찾아갔다. 자기 일생을 말해 주고 발승암에 기문을 써 달라고 요청했다. 박지원이 그와 이야기를 나눠 보고 기이한 남자라 칭송한 다음 그를 위해 기문을 지어 주었다.

글쓴이는 논한다. 김홍연은 권모술수와 언변이 있어서 지금토록 고을 사람들이 그에 관해 전해 오는 기이한 행적이 상당히 많다. 만약 큰일이 있을 때 태어났더라면 기이한 행적 하나쯤은 충분히 이루지 않았을까? 한나라 수하(隨何)와 육가(陸賈)는 무용(武勇)의 능력이 없었고, 주발(周

勃)과 관영(灌嬰)은 문학(文學)의 재능이 없었다. 한 가지 그릇 이상이 되기가 참으로 어렵구나. 저 사람이 문학의 힘을 빌려 이름을 남기고자 했으니 또 어쩌면 저렇게 명사다운가!

해설

이 글은 150년 전 개성의 명사였던 김홍연이란 인물의 독특한 삶을 재구하여 쓴 전기이다. 많은 개성 명사의 전기를 단행본으로 출간한 『숭양기구전(崧陽耆舊傳)』에도 실려 있다. 김홍연이란 인물의 특이한 행적은 연암 박지원이 「발승암기(髮僧菴記)」로 썼다. 글쓴이는 개성에 전해 내려오는 사연을 바탕으로 새롭게 썼는데, 박지원의 글을 의식하며 쓴 노력이 느껴진다.

개성 출신으로 부와 능력을 갖춘 김홍연이 사회 체제 안에서 능력을 발휘하는 인물로 편입되지 못하고, 방랑과 자포자기로 전락한 삶을 살았다는 점이 새롭게 부여된 의미이다. 바위에 이름을 새김으로써 후세에 이름을 남기는 일을 무의미하게 본 것이 박지원이 쓴 글의 주제와는 접근 방식이 다르다. 김홍연을 통해 지역 차별, 인물 배제의 조선 사회를 비판하려는 의도가 보인다.

매천 황현 초상 찬 黃梅泉像贊

얼굴은 볼품없으나 기개는 우뚝하고
눈은 흐릿하여도 흉금은 시원하네.
문학을 숭상했으며 인생을 윤곡(尹穀)과 같이 끝맺었노라.
풍만한 몸집 윤택한 살결에 낯 번지르르한 자만이 부끄럽겠는가?
도덕군자인 체 꾸미는 자라도 이마에 땀 흘려야 하리라!

해설

문체는 찬(贊)으로 초상화에 붙인 글이다. 조선이 망한 다음 해인 1911년에 썼다. 황현은 나라가 망하자 절명시를 남긴 다음 다량의 아편을 먹고 자결했다. 글쓴이는 황현의 초상화를 보고 막역한 친구이자 장렬하게 산화한 의로운 인물을 추모하는 마음이 우러나와 글을 지었다. 용모는 볼품없어도 기개와 흉금은 뛰어나다는 찬사를 보냈다. 윤곡은 남송(南宋) 시대 인물로 몽골군의 침입에 맞서 성을 지키며 싸우다 분신하여 순절한 인물이다.

저 용모가 뛰어나고 도덕군자연하는 자들은 과연 어떤 처신을 하고 있을까? 나라를 팔아먹고도 아무렇지도 않게 잘 살고 있는 것은 아닌가? 뚜렷한 대조를 통해 황현의 개결한 정신을 높이 평가하는 취지를 잘 드러낸 글이다.

여기가 참으로 창강의 집 是眞滄江室記

드러누운 채로 배에 매달린 깃발이 동문(東門) 밖 뽕나무 가지를 살랑살랑 스치며 지나는 모습을 보니 여기가 참으로 창강의 집(是眞滄江之室)이다. 집주인은 어려서부터 자칭 창강(滄江)이라 했으나 사는 곳에 실제로 강물이 있지는 않았다. 그 사실을 벌써 글로 쓴 일이 있다.

을사년(1905년) 한국을 떠나 중국 강소성(江蘇省)의 통주(通州)에 이르렀다. 대부(大夫)를 지낸 장퇴암(張退菴), 장색암(張嗇菴) 형제에게 의지해 집 한 채를 빌려 살았다. 얼마 뒤 세 들었던 곳 왼쪽 집을 사서 옮겼으니 통주성 동남쪽의 운하 근처이다. 통주의 지형은 서북쪽에 작은 강물이 흘러 당가갑(唐家閘)을 지나, 통주성을 경유해 동남쪽으로 백여 리를 흘러 바다로 들어간다. 남쪽으로 당가갑에서 육칠 리 떨어진 곳에서 강물이 나뉘어 한 갈래는 동쪽으로 달려 나가 통주성의 북쪽을 경유해 주류에 합류한다. 그 모양이 고리 같아서 성의 해자가 되니 주인의 집은 사실상 섬과도 같은지라, 처음으로 물이 싫증 나 물릴 지경이었다. 이 집이 저 이름을 얻게 된 연유이고, 색암이 편액을 써서 밝힌 바이다.

문밖에는 늘 고깃배 한두 척이 와서 묵는데, 말소리가 왁자지껄해 이웃집 같다. 오락가락하는 장삿배들은 아침저녁으로 베 짜는 듯, 때때로 작은 화륜선이 배 한두 척을 끌고 가는 모양이 마치 물고기를 꿴 듯하다. 그 너머로 또 삿대질을 하며 고기 모는 이와 가마우지를 시켜 고기 잡는 이가 때때로 모여들어 떠들썩하다. 운하 언덕 너머로 대숲이 들판을 덮고 집들은 어렴풋이 보이며 아스라이 이어져 마치 끝이 없는 듯하다가, 갑자기 낭산(狼山)과 검산(劍山)의 몇몇 봉우리가 꿈틀꿈틀 남쪽 일이십 리 밖에서 우뚝 솟아난다. 마치 큰 바다에서 바람을 맞고 멈춰 선 돛대가 물결 사이에 솟아 있는 듯싶다. 이것이 또 운하의 물이 밖에서 아름다움을 보태 주는 실경(實境)이다. 본디 집은 자못 웅장했는데 중간에 무너진 곳이 삼분의 일이라 주인이 수리하거나 새로 지었다. 그러다가 더위가 심해 중당(中堂)의 북쪽 벽을 뚫어 창문을 내었으며, 무너진 곳은 밭을 만들어 채소와 곡식을 심었다. 마당에는 비파나무, 귤나무, 대나무가 한 그루씩 있는데 귤과 대는 주인이 새로 심었다.

누군가 말했다.

"그대는 고국에서 만 리를 떠나 비로소 거처를 얻었고, 이름에 걸맞은 장소를 잡았으며, 그에 걸맞은 경관을 갖추었으니 이 또한 천하의 지극히 기이한 일입니다. 그대는 이것으로 즐거움을 삼아야지 내가 어찌해 여기에 이르렀단 말인가 하며 낙담해서야 안 됩니다."

주인은 살짝 웃고 대답하지 않았다. 집의 이름을 지은 지 삼 년째 되던 해에 비로소 기(記)를 짓는다.

해설

1907년 망명지인 중국 남통(南通)에서 지은 글이다. 문체는 기문(記文)이다. 글쓴이의 호 중에서 가장 널리 알려진 것이 창강(滄江)인데, 사실 그는 한 번도 강물 근처에 살아 본 적이 없었다. 왜 그 호를 가졌는지를 밝힌 글은 정유년(1897년)에 지은 「별호기(別號記)」이다. 화질(火疾)로 몇 년을 고생할 때 흐르는 냇물을 바라보면 가슴이 상쾌해지기에 그 상쾌함이 마음과 몸에 늘 함께하기를 바라는 뜻에서 그 이름을 붙였다고 한다.

1905년 중국으로 떠난 김택영은 교분이 있던 장찰(張詧), 장건(張謇) 형제의 후원으로 남통에 살게 되었다. 고국을 떠나 타국 낯선 땅에서 뜻밖에 살게 된 집이 강물을 실컷 볼 수 있는 곳이라 '여기가 참으로 창강의 집(是眞滄江之室)'이라는 이름을 붙이고 이 글을 지었다. 사연이 매우 독특하면서도 운치가 넘치는데 그러면서도 끝 대목에서는 타국을 전전하는 망국민의 아련한 슬픔이 감돈다.

안중근전 安重根傳

한국의 의병장 안중근(安重根)은 어릴 적 이름이 응칠(應七)이었으니, 가슴에 일곱 개의 점이 있었기 때문이며 이를 자(字)로 삼았다. 황해도 해주(海州)에서 태어났으며, 그 조상은 본래 순흥(順興) 사람이었는데 해주에 살면서 대대로 아전 노릇을 했다. 아버지인 태훈(泰勛)은 글을 읽어 진사(進士)가 되었는데, 사람됨이 웅걸하고 기이한 책략을 좋아했다. 태상황(太上皇, 고종) 31년(1894년) 살고 있던 신천(信川) 땅에 동학교도들이 침입해 오자 군사를 일으켜 격퇴했다. 중근은 어렸을 때부터 책을 읽는 여가에는 반드시 활과 화살을 쥐고, 창을 휘두르고, 말 달리는 법을 익혀서 말 위에서 나는 새를 쏘아 떨어뜨릴 수 있었다. 아버지가 동학군을 공격할 때 항상 선봉에 서서 공을 세웠다. 약관에 큰 뜻을 품고 개연히 탄식하며 이렇게 말했다.

"국가의 문약하기가 심하고 외침의 우려가 날이 갈수록 깊어지니 무를 숭상할 때가 아니겠는가!"

집안이 본디 넉넉하고 식구들이 많았지만 선뜻 치산(治產)에 뜻을 두지 않았고, 인근 고을로 놀러 다니며 협객이나 용사들과 사귀었으며, 좋은 병기를 만나면 바로 구매했다.

광무(光武) 8년(1904년) 일본이 러시아를 공격해 이기고, 대한 제국에 침입해 국권을 빼앗았다. 중근은 아버지에게 이렇게 고했다. "이전에 우리나라가 러시아를 믿고 후원을 삼았는데, 지금 일본이 러시아를 이겼으니 무엇을 꺼려서 우리를 삼키지 않겠습니까? 그렇다면 우리가 입술과 이처럼 의지할 수 있는 나라는 중국뿐입니다. 중국에 가서 재능 있는 준걸과 사귀며, 나라의 유지를 도모하는 것이 저의 소원입니다." 마침내 길을 떠나 상하이 등지를 돌아다니다 몇 달 만에 부친상을 당해 귀국했다.

이때 일본의 이토 히로부미(伊藤博文)는 우리나라를 통감(統監)으로서 지배하고 있었다. 중근은 부친의 장례를 마치고, 평안도 삼화(三和) 증남포(甑南浦)가 중국을 왕래하는 요지라 판단해 이사했다. 집안의 재산을 쏟아서 평양성 안에 학교를 세우고 널리 학생들을 모집해 교육했다. 때때로 평양의 큰 협객인 안창호(安昌浩) 등과 서울에 들어가, 서북학교(西北學校) 등에 학생을 모아 놓고 나라가 위급한 상황을 설명해 그들을 격동시켰다.

광무 11년(1907년) 이토가 태상황을 위협해 선위하게 하고 한양과 지방의 군대를 해산하자, 중근은 분노하며 회복할 계획을 강구했지만 국내에서는 손쓸 여지가 없었다. 유독 러시아 블라디보스토크 항구에는 이민 가서 사는 한국 사람들이 많았으므로 더불어 도모할 수 있었다. 그리하여 블라디보스토크로 떠나 교민들 중 협사(俠士)인 관동 출신 김두성(金斗星), 제천 출신 우덕순(禹德淳) 등 열두 사람을 얻어, 서로 손가락을 끊어 나라를 구하기로 맹세하고 충의로 교민들을 격동시켰다. 한 해 사이에 장정 삼백 명을 모집해 군사 훈련을 시켰다. 의병 대장은 김두성에게 양보하고, 자신은 참모 중장(參謀中將)이 되었으며, 나머지 사람들도 부서를 나누어 임무를 맡겼다.

융희(隆熙) 3년(1909년) 유월 중근은 병사들을 모으고 맹세했다.

"옛날 문천상(文天祥)은 향병(鄕兵) 팔백 명으로 원나라를 도모했고, 조헌(趙憲)은 유생(儒生) 칠백 명으로 왜적을 쳤다. 지금 우리들이 비록 적지만 어찌 일본을 두려워하겠느냐? 더욱이 각지에서 봉기한 우리나라의 의사(義士)들이 한양과 지방의 해산된 군인들과 연합해 일본을 곤란하게 한 지가 삼 년이다. 북을 울리고 전진하면 호응하는 세력이 많을 것이니, 그대들은 각자 힘을 다할지어다!"

이윽고 병사를 이끌고 두만강을 넘어가, 경흥군(慶興郡)에서 일본 부대를 습격해 오십 명을 죽였다. 회령(會寧)에 진격했을 때 대군의 역습을 받아 부대가 모두 궤멸당하고, 중근은 두 사람과 도망해 모면했는데 열이틀 동안 겨우 두 끼만 먹고 돌아왔다.

그 무렵 이토는 통감을 사임하고, 이미 한국을 얻었으니 나아가 청나라를 도모할 수 있다고 판단하였다. 시월에 유람을 핑계로 청나라 만주(滿洲)에 와서 영국, 러시아 두 나라의 대신과 하얼빈(哈爾濱)의 항구에서 회담을 하기로 약속했다. 중근이 이 소식을 듣고 기뻐하며 "하늘이 이 도적놈을 보내 주셨다!"라 하고는 덕순에게 말했다.

"우리 한국을 망하게 한 것이 이토가 아니면 누구겠는가? 이제 곧 하얼빈에 온다 하니, 자네와 더불어 도모하고 싶네."

"좋소."

마침내 각각 가슴에 총을 품고 하얼빈을 향했다. 길림(吉林)에 이르러 중근은 하얼빈이 러시아 사람들이 가장 많은 땅이니, 이토의 동정을 살피려면 러시아 말을 할 줄 아는 우리나라 사람을 얻어야 한다고 생각해 유동하(劉東夏)와 조도선(曺道先) 두 사람과 함께 하얼빈에 갔다. 이날 밤 중근은 여관에서 강개히 울분을 토하며 노래 한 곡을 지어 자신의 뜻을 밝히며 불렀다.

장부가 세상을 살아가며
마땅히 기특한 뜻을 품어야 하네.
시대가 영웅을 만든다지만
영웅이 시대를 만든다네.
북풍은 차디찬데
내 피는 뜨겁구나.
강개히 떠나왔으니
반드시 쥐새끼 같은 도적놈을 죽이리라.
무릇 우리 동포여
공업(功業)을 잊지 말라.
만세, 만세, 대한 독립이로다!

덕순은 우리말 노래로 화답했다.

이튿날 중근은 덕순, 도선과 같이 관성자(寬城子; 만주 장춘 교외)에 이르러 이토가 오는 소식을 정탐했다. 이윽고 자금을 마련하려 두 사람을 남겨 두고 하얼빈으로 돌아오니, 이토가 다음 날 온다는 소식이 들려왔다. 중근은 새벽에 일어나 정거장에 나가 러시아 군대의 뒤에 서서 기다렸다. 중근이 서양 옷을 입고 있었으므로, 러시아 군대는 일본인으로 인식하고 우리나라 사람인 줄 알지 못했다. 이토가 기차에서 내려 러시아 대신과 악수하고 인사를 마친 뒤 각 나라의 영사(領事)들이 있는 곳으로 천천히 걸어가니, 중근과는 열 걸음도 채 떨어지지 않았다. 중근은 평소에 이토를 만난 적이 없었지만, 오직 신문에 실린 작은 사진에서 본 기억을 더듬어 군대를 헤치고 들어가 총을 들어 쏘았다. 세 발을 가슴과 배에 맞고 이토가 죽었다. 그의 종자(從者) 세 사람도 모두 쓰러졌다. 이에 중근이 큰 소리로 대한 만세를 외치자, 러시아 군대가 달려와 결박했다. 중근은 크게 웃으며 소리쳤다.

"내가 어찌 도망갈 사람이겠는가!"

중근은 러시아 재판소에 갇혔다가, 달포쯤 뒤 일본인이 뤼순(旅順)에 있는 일본 관동법원(關東法院)의 감옥으로 이감했다.

애초에 우리나라에 통감부를 두었을 때 일본은 한국 사람들이 일본의 보호에 감격하고 기뻐하고 있다고 세계 각국에 선전했다. 하지만 이즈음에는 비난의 말을 두려워해 법원장인 마나베(眞鍋)에게 한국어를 할 줄 아는 사카이 기메이(境喜明)와 소노키 지로(園木次郎)를 파견하도록 했다. 이들은 감옥에 가서 중근을 구슬렸다.

"그대가 한국을 통감으로 다스린 이토 공의 큰 뜻을 깨닫지 못했을 뿐이다. 이토 공이 귀국에 실시한 일은 모두 국가와 백성에게 복을 준 것인데, 그대는 어째서 해쳤는가? 만약 지금이라도 뉘우쳐 잘못이라 스스로 밝힌다면, 일본 정부는 반드시 그대의 뜻을 가엾게 여기고 그대의 재주를 기특하게 여겨서 곧바로 관대히 석방할 것이다. 이렇게 한다면 그대 앞날의 사업은 한량이 없으리라!"

중근은 웃으며 대꾸했다.

"살기를 좋아하고 죽기를 싫어하는 것이 인정이다. 그러나 내가 구차하게 살고자 했다면, 어찌 이렇게 했겠는가? 그대는 나를 회유하지 마라."

두 사람은 낯빛이 어두워져 물러났다. 다음 날 다시 와서 온갖 방법으로 회유했지만 중근은 들으려 하지 않았다. 보고를 받은 마나베는 사형을 내리기로 결심했다. 십이월에 공판을 열자 우리나라와 중국 및 서양 사람들 수백 명이 방청객으로 참석했다.

이보다 앞서 중근의 아우인 정근(定根)과 공근(恭根)은 장차 공판이 있을 것이므로 마나베에게 변호사를 선임하게 해 달라고 요청했다. 마나베는 외국의 변호사들이 틀림없이 중근이 옳다고 변호할 것을 염려하면서도, 각국의 법률을 무시할 수도 없어 겉으로는 허락하는 척했다. 이에 미국과 블라디보스토크에 있는 우리 동포들이 칠천 금을 모금해 서양 각국에 변호사를 청했다. 영국의 변호사 더글러스, 러시아의 변호사 미하일로프 등이 연이어 도착했고, 한국의 변호사인 안병찬(安秉瓚) 또한 강개하게 자발적으로 의주(義州)에서 왔다. 마나베는 모두 일본어를 모른다고 해서 거부하고, 일본 율사 두 명만을 변호사로 삼았다.

법정으로 끌려 나온 중근은 신장이 약 오 척 사 촌(대략 164센티미터)에 신채(神彩)는 초탈해 법정에서도 의기(意氣)가 여유로웠으며, 두 손을 가슴에 깍지 끼고 자주 수건으로 얼굴을 닦았다. 마나베가 법정에서의 관례를 따라 먼저 성명과 나이, 주소를 묻고 이토를 사살한 일에 대해 물었다.

"너는 어찌해 우리 이토 공을 해쳤는가?"

"귀국이 러시아를 칠 때, 귀국의 천황은 선전 포고를 한 뒤 우리에게 글을 보내 장차 한국의 독립을 보장해 주겠다고 하기에 우리나라 사람들은 모두 마음으로 감복했소. 그러나 러시아를 이긴 후 이토는 귀국 천황의 뜻을 어겨 공을 탐내고 화를 즐기며 군대로 우리를 위협하고 우리 독립을 어그러뜨렸소. 이는 우리 대한 제국 신민들의 만세의 원수이니 어찌 죽이지 않을 수 있겠소?"

"듣자 하니 너희 무리에는 참모 중장이 있다는데, 누구냐?"

중근이 팔짱을 끼고 말을 이었다.

"이른바 참모 중장이라는 사람은 나요. 예전부터 내가 의병 대장 김두성과 더불어 군대를 이끌고 바다를 건너 이토를 쳐 죽이고자 했소. 때

마침 이토가 이곳으로 오기에 단신으로 먼저 복수해서 이곳에 이른 것이오. 나는 귀국에 한 명의 적장으로 사로잡힌 사람인데, 귀국이 날 감옥의 한 죄수로 대하는 것은 어째서요? 무릇 이토는 우리 독립을 어그러뜨렸으니, 진실로 우리의 원수이며, 제멋대로 우리 태상황을 폐위했소. 이토는 우리 태상황에 대해 외신(外臣)인데, 외신 또한 신하요. 신하로서 임금을 폐했으니 어찌 죽음을 면할 수 있겠소?"

여기에 이르자 목소리가 더한층 씩씩해지고 눈빛은 번개와 같았으며, 더욱 이토의 죄를 따지고 꾸짖었다.

"이토의 죄는 위로 하늘에 통했으니, 이토가 이처럼 우리 대한의 황제를 폐위했고, 이처럼 우리 대한의 독립을 떨어뜨렸고, 이처럼 동양의 평화를 어그러뜨렸소. 또 지난날까지 거슬러 올라가면, 우리 명성 황후를 시해하는 음모를 이토가 실제로 주도했고, 귀국의 선황제(先皇帝)……."

이 말을 듣던 마나베가 크게 놀라 낯빛이 바뀌며 급히 손을 흔들어 멈추게 하고 방청객들을 모두 퇴장시켰으므로, 그 끝말을 들은 사람이 아무도 없었다. 선황제를 언급한 것은 이토가 천황을 시해한 일을 말한다.

이듬해 정월까지 재판이 여섯 번 열렸는데, 중근은 시종 하는 말이 같았다. 변호사가 "안중근은 이토 공이 한국을 보호하려는 뜻을 오해했으니, 비록 복수라 하지만 실제로는 아닙니다. 마땅히 사형에 처해야 합니다."라 했다. 마나베는 또 사람을 시켜 중근에게 전했다.

"그대가 지금 죽게 생겼네. 만약 오해였다고 말하면 살 수 있을 걸세."

중근은 꾸짖어 말했다.

"너희들의 이른바 오해라는 것이 무엇이냐? 이토가 한 짓이 인도(人道)에 어긋나고 천리(天理)를 짓밟은 줄은 삼척동자도 아는 것인데, 내가 오해했다고 말하느냐? 너희들은 나를 죽이는 것이 마땅하다. 내가 하루 더 살면 너희 나라는 하루의 근심이 더 있게 될 것이요, 참된 시비가 천하에 드러날 날이 반드시 오게 될 것이다."

끝내 굴복하지 않으니, 마나베가 마침내 변호사가 논한 대로 선고하고 삼월 이십육일 교수형을 집행했다. 중근은 삼십이 세였고, 두 아들이 있었다.

앞서 유죄 판결이 나고 두 아우가 이별할 때 중근은 "내가 죽더라도 일본이 지배하는 땅에는 차마 묻힐 수 없구나. 임시로 하얼빈 공원 옆에 묻었다가, 국권이 회복되기를 기다려라."라고 일렀다. 후에 두 아우가 그 말대로 하려 했지만, 일본은 허락하지 않고 감옥 안의 땅에 매장했다.

중근은 평소에 학문을 많이 닦지는 않았지만, 총명함은 보통 사람들보다 뛰어나서 붓을 쥐면 빨리 써 내려갔다. 감옥 속에서 『동양평화론(東洋平和論)』 수만 자를 지었고, 또한 시를 읊으며 시간을 보냈다. 일본 및 각국 사람들이 다투어 돈을 내고 그 필적을 사 갔다. 옥중에서 앞뒤로 이백여 일 갇혀 있는 동안 평소처럼 먹고 마시며, 매일 밤 코를 골고 잠이 들어 아침에야 깨어났다. 사형 집행일에는 서양 옷을 벗고 새로 지은 한복으로 갈아입은 채 웃고 말을 나누며 형을 받았다. 더글러스는 안병찬에게 이렇게 말했다. "내가 천하의 사람들과 천하의 옥사를 많이 겪었지만, 이러한 열사는 본 적이 없소. 내가 귀국하면 마땅히 천하에 널리 알릴 것이오."

덕순, 동하, 도선 세 사람은 이토가 죽고 얼마 안 되어 모두 체포되었다. 공판 날 덕순은 이를 갈며 응대했고 또한 자못 격앙했는데, 일본인들이 징역 삼 년에 처했다. 동하와 도선은 중근의 사정을 몰랐다고 스스로 말했지만, 일본인들은 또한 유죄로 판결해 덕순에 버금가는 벌을 내렸다.

이렇게 논한다.

해주는 명산을 등지고 큰 바다를 앞에 둔 해서의 큰 도읍이다. 고려 시대부터 이름난 선비인 최충(崔沖)이 배출되어, 해동의 공자라 일컬어졌다. 중근도 그곳에서 태어나서 천하에 굉장하고도 웅대한 절개를 세웠으니, 땅의 정기가 시켰다고도 할 수 있겠다. 예로부터 충신, 의사의 죽음은 항상 뜻이 이루어지지 못한 데서 나왔으나, 지금 중근의 죽음은 그 뜻을 이루어 호랑이를 찢어 죽이고 고래를 베었다는 소식을 들은 온 세상 사람들이 깊은 밤 혼자 자다가 우렛소리를 들은 것처럼 놀라게 했다. 오호라! 천 년에 한 번 나올까 말까 한 기특한 일이라 하지 않을 수 있겠는가! 일을 이룬 것은 하늘이 도운 덕분일 수 있으나 이백 일 동안 포로로 갇혀 있으면서 뜻을 굽혀 살기를 꾀하지 않은 것은 오로지 사람이 한 일이다. 이야말로 정말 어려운 일이다.

해설

조선 침략의 원흉인 이토 히로부미를 통쾌하게 사살한 영웅 안중근 의사의 전기이다. 제목 뒤에 "처음에는 경술년(1910년) 상하이의 신문에 근거해 이 전을 지었다. 최근에 안 열사의 벗인 박은식(朴殷植)이 지은 글 한 편을 얻어 살펴보니 사실과 어긋난 점이 매우 많아서 이에 고쳐 지었다.(始庚戌, 據滬報, 作是傳. 近得安烈士友朴殷植所記一編考之, 則失實甚多矣, 故玆改作.)"라는 설명이 붙어 있다. 따라서 1914년에 나온 박은식의 『안중근전』과 『한국통사(韓國痛史)』를 보고 개작한 글임을 알 수 있다. 안중근의 의거 이후 글쓴이는 제문과 시 등을 통해 의거와 안중근을 예찬하고 추모하는 작품을 다수 지었다.

안중근의 순국 이후 많은 전기가 지어졌다. 문장가가 쓴 대표적인 전기가 이건승의 「안중근전」(1910년대)과 김택영, 박은식의 전기이다. 글쓴이가 언급한 것처럼 1912년에 간행된 『창강고(滄江稿)』에 수록된 전기와는 많은 차이가 있다.

이 글은 안중근 의사의 성장 과정과 의병 활동을 자세히 기술했고, 무엇보다 의거 전후 과정의 영웅적 모습을 잘 부각했다. 이토를 사살하기 위해 준비하는 과정, 의거 당일의 상황은 물론 공판 과정을 묘사한 대목도 치밀하게 안배하여 의사의 진면을 생생하게 묘사했다. 또 옥중에 갇힌 상태에서 일본 측의 온갖 회유에도 끄떡하지 않고, 자신의 길을 걸어가는 모습을 통해 그 비범한 인품을 유감없이 보여 주고 있다. 김택영의 글은 안중근 의사 의거 직후에 나온 전기들 가운데 그 민족적 영웅의 기개와 절의 등을 부각시킨 우수한 작품으로 꼽을 수 있다.

이건창

李建昌

1852~1898년

자는 봉조(鳳朝, 鳳藻)이고, 호는 담녕(澹寧)·명미당(明美堂)·영재(寧齋)이며, 본관은 전주(全州)다. 1866년 병인양요 때 강화도에서 유소(遺疏)를 올리고 자결한 이시원(李是遠)의 맏손자이다. 이시원의 순국을 기념하기 위해 치른 문과에 15세의 나이로 급제한 뒤 20세 때 홍문관 교리(校理)가 되어 벼슬살이를 시작했다. 충청우도 암행어사, 경기도 암행어사, 형조 참의, 한성부 소윤, 형조 참판 등을 역임했다. 그의 선정에 감명한 백성들이 선정비를 세운 일까지 있었으나, 강직한 성품 탓에 벼슬살이가 순탄하지 않았고 부침을 거듭했다. 갑오개혁을 부정적으로 평가하여 1894년 이후로는 조정에서 여러 차례 벼슬을 내려도 취임하지 않고 고향에서 은거하다가 아까운 나이에 세상을 떠났다.

시와 문장에서 일찍부터 대가로 명성을 얻어 조선 말기 문단에서 명망이 대단히 높았다. 남사(南社)의 주도자로 당대의 저명 문인들과 시사를 결성하여 활동했다. 강위(姜瑋), 김택영, 황현(黃玹)과 더불어 한말(韓末) 사대가(四大家)라 일컬어진다.

문장가로서 조선 말기의 거장으로 평가받는다. 김택영은 그의 문장을 다음과 같이 평했다. "그러나 영재는 왕안석과 증공을 위주로 한 데다가 또 때때로 구양수의 문을 출입하였다. 따라서 영재의 문장에서 바르고 고아한 점은 들에서 예를 차린 모습이요, 정밀하고 섬세한 점은 실오라기를 다듬은 모습이요, 깎고 베어 낸 점은 도검을 잘 벼린 모습이요, 밝고 깨끗한 점은 얇은 비단 폭을 펼친 모습이요, 그윽하고 깊은 점은 귀신을 찾는 모습이요, 굳세고 긴박한 점은 범과 표범을 묶는 모습이다. 봄철 나무에 싹이 트는 모습이 그의 따뜻함과 부드러움이요, 단술이 맛나고도 풍성한 것은 그의 질탕함이요, 신악이 아홉 번 변하자 봉황이 내려오는 것은 그의 글이 바뀌고 전환하여 극점에 이르는 모습이다. 문장이 이 경지에 이르렀으니 장기를 다 갖추었다고 할 만하다.(然公旣以王曾爲主, 而又時時能出入于歐陽子之門. 故其文也, 其正其雅, 綿蕝之陳也; 其精其纖, 絲縷之理也; 其鑱其削, 刀劍之淬也; 其明其淨, 綺縠之張也; 其窈其冥, 鬼神之搜也; 其勁其緊, 虎豹之縛也. 春木之句萌, 其溫柔也; 酒醴之旨且多, 其跌宕也; 神樂之九變而鳳凰來下, 其折轉而至于極也. 文至於此, 亦可謂能事畢焉已矣.)”

그의 평가처럼 이건창은 다양한 주제에 다양한 작법을 구사하여, 조리가 있고, 주제가 분명하고 당대 현실을 비평한 깊이 있는 문장을 썼다. 조선 말기 문단의 거장으로 평가할 만하다. 저서로 시문집인 『명미당집(明美堂集)』이 있고, 당쟁의 역사를 객관적이고 체계적으로 정리한 『당의통략(黨議通略)』 등이 있다.

당쟁의 원인 原論

아! 붕당(朋黨)이라는 명칭은 그 유래가 오래되었다. 그러나 붕당의 사악함과 올바름, 순리와 역리의 구분, 구성원의 많고 적은 차이, 오래가고 짧게 유지된 차별은 일일이 밝혀서 말할 수 있다. 구양수는 붕당을 요순과 은(殷)·주(周) 때부터 시작된 현상으로 논했다. 그러나 사흉(四凶)과 주(紂)임금의 사악함, 열여섯 재상과 무왕(武王)의 어짊은 구태여 가리지 않아도 분명했다. 또 요임금 시절에 이른바 붕(朋)은 불과 네 명과 열여섯 명이라 큰 붕당이라 하기에는 부족하다. 은나라의 백만 명과 주나라의 삼천 명은 규모가 크다고 하겠으나 이는 적대국의 세력일 뿐 나라 안의 붕당을 가리키는 말은 아니다. 또 사흉의 붕당은 요임금이 국사에 지친 말년의 일이요, 순임금이 즉위하면서 쫓아내고 죽였으므로 해독이 오래가지 못했다. 주임금이 남긴 해악이 완악한 백성에 이르도록 섬멸되지 않았으나 주나라 무왕과 성왕(成王)의 시대를 넘겨 유지되지는 않았다.

후세로 내려와서는 동한(東漢, 후한)과 당나라, 송나라 때에 붕당이 가장 극심했다. 동한의 붕당은 숫자도 많고 오래도 갔다. 그러나 이고(李固)와 진번(陳蕃)이 충신이고 양기(梁冀)와 장양(張讓)이 악인이라는 점은 누구나 말할 수 있다. 당나라의 당(黨)은 그렇지 않다. 우승유(牛僧孺), 이종민(李宗閔)은 똑같이 군자가 아니지만 그렇다고 그렇게 심한 소인도 아니므로 뭐라 말하기 어렵다. 송나라의 당은 그보다 더 심했다. 범중엄(范仲淹), 정이(程頤), 소식, 유지(劉摯)는 모두 군자다. 그렇다고 여이간(呂夷簡)과 왕안석(王安石)을 소인이라 배척하기는 불가하니 이는 특히 붕당의 역사에서 없던 현상이다. 그러나 당나라의 당은 전후로 겨우 수십 년이요, 송나라의 당도 불과 몇 세대에 걸친 현상이다. 그런데도 마침내 나라를 망국으로 이끌고 말았다. 그리고 당나라와 송나라 때에는 모두가 소속된 당이 있었던 것은 아니었다.

온 나라 백성이 모두 나뉘어져 둘로 갈라졌다가 셋으로 나뉘었다가 넷으로 쪼개져 이백여 년이나 오래 지속되고도 다시는 합해지지 않으며, 누가 사악하고 누가 정의로운지, 누가 역신이고 누가 충신인지 끝내 분명히 밝혀서 정론으로 매듭지을 수 없는 붕당은 오로지 우리나라에만 있다. 고금 붕당의 역사에서 제일 크고 제일 오래가고 밝혀 말하기 제일 어려운 경우라 말할 수 있다!

일찍이 여기에는 여덟 가지 이유가 있다고 논한 적이 있다. 도학(道學)의 비중이 너무 높은 것이 첫 번째요, 명의(名義)가 너무 엄격한 것이 두 번째요, 문사(文詞)가 너무 번다한 것이 세 번째요, 형옥(刑獄)이 너무 각박한 것이 네 번째요, 대각(臺閣)이 너무 준엄한 것이 다섯 번째요, 관직이 너무 맑은 것이 여섯 번째요, 벌열(閥閱)이 너무 번성한 것이 일곱 번째요, 태평세월이 너무 오래 지속된 것이 여덟 번째다.

도학의 비중이 너무 높다는 것은 무슨 말인가? 천하 사람들은 제각기 자신의 몸이 있으면 자신의 마음이 있다. 자기 자신에게 이롭게 하고자 남과 경쟁하기를 즐기고 남에게 양보하기를 부끄러워하는 것은 형세가 그럴 수밖에 없다. 옛 성인들이 이를 걱정하여 예법을 높여서 외형을 균등하게 만들고, 선을 밝혀서 근본을 동일하게 했다. 사람들로 하여금 난폭하고 쟁탈하려는 기운을 극복하여 화목하고 공정한 상태에 이르도록 했다. 그러자 천하 사람들이 하나같이 성인을 존중하여 높이고 그 어짊을 가까이하며 그 이익을 즐겨 죽을 때까지 잊지 못했다.

이렇게 된 것은 성인이 권세와 힘을 갖고 사람들을 두렵게 만들어 복종시켜서가 아니다. 자기를 극복하는 학문을 함으로써 나를 앞세우지 않는 무아(無我)의 도(道)를 얻은 덕분이다. 성인은 마음이 넓고 툭 트여 피차(彼此)와 동이(同異)의 차별 없이 천하를 한 집안으로 생각하고 나라 안의 사람을 한 사람으로 생각했다. 선한 일을 사람들과 함께 하면서 자기 자신의 존재를 잊었다. 이것은 남들이 하기 어려운 일이라 도학이라는 이름을 그런 사람에게 붙여 주었다.

만약 자기를 극복하지 못하고 나를 앞세우는 태도가 있을 경우에는, 비록 그가 읽는 책이 성현의 책이고 입는 옷이 성현의 옷이며 행실이 성현의 행실을 따르려는 의도가 있다고 해도 자기 자신을 이롭게 하려는 마음은 오히려 천하의 용렬한 사람들과 끝내 차이가 크게 나지 않는다. 용렬한 사람의 마음을 가지고 도학이라는 이름을 갖고 있다면 이는 안 될 일이다. 더욱이 천하의 용렬한 사람들을 끌어다가 자기 도학의 당으로 만들어 당세에 호령하며 남들이 감히 자기 잘못을 거론하지 못하도록 한다면, 옛 성현들과 비교하여 어떠하겠는가?

자기는 나날이 높아지고, 나를 앞세우는 태도는 나날이 커지며, 사사로움은 나날이 굳어지고, 이익은 나날이 쌓여 간다. 그 누가 이런 도학을 하고 싶어 하지 않으랴! 그리하여 경쟁하고 빼앗는 형국이 만들어지고 화란(禍亂)이 일어나게 되었다. 용렬한 사람과 서로 경쟁하여 빼앗는 사람은 반드시 용렬한 사람이다. 따라서 그 화는 한때에 그친다. 그러나 도학과 경쟁하여 힘을 빼앗는 것은 반드시 도학이라 그 화가 무궁하게 지속된다.

도학을 귀히 여기는 이유는 무궁한 혜택이 있어서지 무궁한 화가 있어서는 아니다. 하지만 이제 그 결과가 이러하다. 아마도 도학이 모두 이렇다기보다는 부질없이 추종하는 무리들의 잘못일 것이다.

명의가 너무 엄격하다는 것은 무슨 말인가? 명의라는 것은 천하의 공물(公物)이며 한 사람이나 한 집안이 사유하는 조건이 아니다. 옛날 공자의 시대에 천하가 크게 어지러워져 차마 말 못할 음란한 일과 아랫사람이 윗사람을 해치는 앙화가 시대마다 끊이지 않고 나라마다 이어져 모두들 태연하게 여기고 변고로 생각하지 않았다. 그러므로 공자께서 『춘추(春秋)』를 지으셔서 말로써 도끼를 대신했다. 이로부터 인륜이 비로소 밝아졌다. 오늘날 『춘추』를 읽는 이들은 공자가 비판한 대상의 악함을 모르는 자가 없다. 시대가 그렇기 때문이다. 이른바 명의라는 것도 이와 같을 뿐이다. 지금 천하의 모든 이들이 명의가 무엇인지 모르고 오직 나 혼자만 안다고 주장한다면 이는 반드시 나라의 혼란스러움이 춘추 시대와 똑같고 그 사람의 어짊이 공자와 같은 다음에라야 가능하다. 스스로를 성인으로 간주하여 온 세상을 속이는 짓에 가깝지 않은가!

게다가 명의가 늘 똑같은 것이겠는가! 공자는 『춘추』를 지어 주나라 왕실을 높인 반면, 맹자는 제후들에게 왕정(王政)을 펴도록 권했다. 공자는 위(衛)나라 임금을 인정하지 않았으나 자로(子路)는 그를 위해 죽었으며, 공자는 삼가(三家)의 성(城)을 허물고자 했으나 염유(冉有)와 재아(宰我)는 그들의 신하 노릇을 했다. 그럼에도 맹자는 아성(亞聖)이고 세 사람은 오히려 공자의 큰 제자로 인정받는다. 지금 관점으로 본다면 맹자는 왕위 찬탈을 모의했고 자로와 염유와 재아는 반역에 가담했다고 하지 않을 자 누가 있으랴! 또 공자는 성인이 아니고 끼친 폐해가 이 지경에 이르렀다고 하지 않을 자 누가 있으랴!

천하의 변화는 지극히 무궁하고, 인심의 미묘함은 지극히 들여다보기 어렵다. 요점은 실질에 힘쓰는 것이 가장 낫고, 변화는 시대를 따르는 데 달려 있다. 한때의 한 가지 일을 가지고 억지로 명분을 붙이고 우겨서 정의로 삼아 자기편을 유리하게 만들고 상대편을 막는 필승의 계책으로 삼아서는 절대 안 된다. 더욱이 갑(甲)이 명분으로 삼은 것을 을(乙)이 뒤쫓아 가서 죄로 몰고, 을이 정의라 한 것을 갑이 뒤쫓아 가서 사특함을 캐낸다.

명의라는 것이 정녕 고정불변의 것이겠는가! 예로부터 붕당의 싸움에서 스스로를 군자로 일컫고 다른 편을 소인이라 배척하지 않은 경우가 없었다. 후대에 옛일을 논하는 이들은 이를 병폐로 여겼다. 지금은 그렇지 않다. 소인이란 이름만으로는 그 일족을 몰살시키고 그 무리를 제거하기에 부족하다고 여긴다. 그래서 기어코 명의를 빌려 모조리 난신적자(亂臣賊子)로 몰아 일망타진(一網打盡)한 뒤라야 통쾌하게 여긴다. 너무 모질어서 최초로 인간의 모습을 본떠 허수아비를 만든 악인보다 더하다고 하겠다.

문사가 너무 번다하다고 한 것은 무슨 말인가? 자구(字句)의 흠집을 들춰내어 사람을 죄주는 것은 예전 세상에서도 경계하던 행위인데, 우리나라 근래 백여 년 동안 당화에 피해를 당한 사대부들이 대체로 모두 여기에 연루되었다. 처음에는 본래의 의중을 따지지 않고 말한 것만을 벌하려 하더니, 마침내는 그 말도 따지지 않고 그 글로 죄를 얽으려 하였다. 마음은 가슴 깊이 숨어 있고, 말은 잠깐 사이에 뱉어진다. 그러므로 마음에 잘못이 있어도 남들은 다 보지 못하고, 말에 실수가 있어도 일시에 그친다. 오직 글만은 그렇지 않다. 한번 종이 위에 먹으로 올려지면 오래도록 전해진다. 글은 감추거나 없앨 수 없는데, 문구의 흠집을 들춰내어 죄상을 찾아내는 자들은 세월이 지날수록 더욱 솜씨가 좋아졌다. 고증을 하기도 하고, 전주(箋註)를 붙이기도 하고, 그 요점을 초록하기도 하고, 미진한 뜻을 부연하기도 한다. 정밀하게 마음을 쓰고 근면하게 힘을 쏟는 정도가 옛 선비가 경전을 공부할 때보다 훨씬 더하다. 이것을 활용하여 다른 사람을 공격하고 죽이는 밑천으로 삼아 목적을 달성하지 못하면 그치지 않는다. 세상에 온전한 문장이 어디에 있으며 온전한 사람이 어디에 있으랴! 슬픈 일이다!

그러나 이 지경이 된 데에는 이유가 있다. 군주를 논박하는 자가 다만 "폐하께서는 마음속으로는 욕심이 많으신데 겉으로만 인의(仁義)를 펴려고 하십니다."라 말하고, 재상을 논박하는 자가 다만 "원컨대 상방검(尙方劍)을 얻어 아첨꾼 한 놈의 목을 베고 싶습니다."라 말한다고 해 보자. 비록 미련할 정도로 직설적이고 거침이 없어 곧바로 예측할 수 없는 화를 당할 수도 있다. 하지만 그 말은 질박하고 그 언사는 간명하니 제아무리 문구의 흠집을 들춰내어 트집을 잡으려 한들 더 뒤집어씌울 죄목이 없을 것이다.

문장의 문체가 시대의 추이를 따라 하락하는 것은 우리나라만 그런 것은 아니지만, 늘어지고 지루하기가 우리나라처럼 심한 곳은 없다. 늘어지기 때문에 사정(事情)에 꼭 들어맞지 않고, 지루하기 때문에 의논을 각박하게 펴는 데 힘쓴다. 사정에 꼭 들어맞지 않으므로 곡직을 밝히고 시비를 가리기가 어려워 듣는 사람이 쉽게 현혹된다. 의론을 각박하게 펴는 데 힘쓰다 보니 좋아하고 미워하는 감정이 편벽되고 감정과 분노가 더욱 격해져서 보는 사람이 쉽게 흥분한다. 조정에 올리는 상소나 사대부의 편지를 보면 종이를 다 쓰고 붓이 다 닳도록 잔뜩 쌓아 늘어

놓았는데 늙어 죽도록 기운을 다 써도 그 주장을 이해할 수가 없다. 글이 이렇게 번거로워서 아무리 문장을 잘하는 이라도 실수가 없기가 어렵다. 더욱이 글의 폐단이 이런 데다 당파의 편견이 더해지니 어떠하랴! 어지러이 뒤엉켜서 아무리 파헤쳐도 종잡을 수 없는 것이 당연하다.

형옥이 너무 각박하다는 것은 무슨 말인가? 대부(大夫)에게는 형벌을 가하지 않는 것이 예법이다. 송나라에서는 재상을 죽이지 않았고, 고려에서는 간관(諫官)을 죽이지 않았다. 우리나라는 충후(忠厚)함으로 나라를 세웠음에도 당화(黨禍)가 연달아 일어나 마구잡이로 살육을 일삼았다. 가까운 종실이니 용서해 주고 신분이 높으니 사면해 주자는 주장 자체가 드디어 엄금되었다. 이것만으로도 아쉬움이 없을 수 없는데, 의금부에서 죄인을 국문(鞠問)하는 옥사의 엄혹함은 특히 예전 시대에는 없던 모습이다.

대개 전대에 이른바 목과 손과 발에 모두 형구(刑具)를 채워서 옥에 가두고 조의(朝衣)를 입은 채로 동시(東市)에서 참수하는 형벌은 애초에 남형(濫刑)이자 혹형이다. 이는 모두 임금의 일시적 분노에서 나왔거나 권간(權奸)과 소인배의 사적인 원한에서 나왔을 뿐이다. 그러므로 지나친 위세가 한창 극성을 부려도 정기(正氣)는 막지 못하고, 목숨을 잃는 큰 화는 막지 못해도 강직하다는 명성은 더욱 퍼졌다. 이미 당시에 선비들이 억울함을 하소연했고, 후대의 역사를 논하는 이들이 한목소리로 칭송했다.

우리나라는 전대의 잘못을 거울로 삼아 무고한 사람들을 함부로 죽이려 하지 않았다. 그러므로 반드시 명의를 빌리고 법조문에 근거하여 죄상을 만들고 죄목을 정한다. 난역(亂逆)이라 하여 옥에 가두고, 고문을 가하여 신문하고 재심하여 절차를 두루 갖춘다. 요컨대 입으로 부르고 손으로 서명하여 죽을죄를 스스로 인정한 뒤에라야 죽인다.

『주서(周書)』에서 "이미 죄를 다 털어놓았다면, 이는 죽여서는 안 된다." 라고 했고, 제갈량은 촉(蜀)을 다스릴 때 사실을 자백한 자는 비록 죄가 중해도 반드시 용서했다. 죄를 털어놓고 사실을 자백했는데도 기어코 죽여야 할 자가 어디 있으랴? 이는 다름이 아니라 반드시 그렇게 한 뒤에라야 정당한 형벌이자 정당한 사형이었노라고 온 나라에 선전할 수 있기 때문이다. 속으로는 죄인이 억울한 줄 잘 알더라도 끝내 감히 입을 열어 한마디도 그 억울함을 말해 주지 않는다. 자신도 난역(亂逆)의 당으로 몰릴 우려가 있기 때문이다.

또 한 사람을 죽여야 한다면 한 사람에 그쳐야 한다. 단박에 죽이지 않고 국문을 하니 고문당해 고통스러우나 죽고 싶어도 죽지 못한다. 그러면 자기에게 죄를 뒤집어씌워도 달게 여기는 판이니 남에게 죄를 뒤집어씌우는 것에 무슨 거리낌이 있겠는가? 그리하여 줄줄이 주변을 끌어들여서 그 당파 관련자를 섬멸할 수 있다. 이는 도적 떼를 다스리는 법을 가져다 사대부에게 적용한 것이다. 시대가 바뀌고 사건은 변하며, 번복이 거듭되더라도 서로 죽이고 보복하는 일은 수레바퀴처럼 똑같고 조금도 후회하지 않는다. 나라가 비지 않는 것이 다행일 지경이니 인재가 늘어나기를 어떻게 기대하랴!

대각(臺閣, 사헌부와 사간원)이 너무 준엄하다는 것은 무슨 말인가? 대각을 설치한 목적은 분명 임금과 더불어 시비를 다투라는 것이다. 그러나 여기에도 크고 작으며 무겁고 가벼움의 구별이 있다. 무겁고 큰 문제는 간언하여 임금이 듣지 않으면 떠나가는 것이 옳다. 가볍고 작은 문제는 간언하여 임금이 듣지 않더라도 그냥 두는 것이 옳다. 이제 일의 가볍고 무거움과 크고 작음을 따지지 않고, 한번 간언해서 들어주지 않으면 그치지 않는다. 선임자가 떠나도 후임자가 계속 반복하고, 임금도 익숙해져서 대각이 아무리 떠들썩하게 말해도 관례상 그렇다고 여긴다. 임금의 뜻을 따라 간언을 중단하는 자가 나타나면 시끄럽게 떠들고 크게 괴이하게 여긴다. 이것이 첫 번째 폐단이다.

조정에 사건이 생기면 간언하는 것이 옳기는 옳다. 그렇다고 간언하지 않은 사람이 다 그른 것은 아니다. 설령 간언할 만한데도 간언하지 않는다면 용렬한 자의 평범한 태도이므로 미워할 거리가 못 된다. 그럼에도 한 사람이 논의를 시작하면 수십 명이 뒤따라 하고 따르지 않는 동료부터 공격한다. 그런 까닭에 부득이 다른 논의를 내세워 자신을 변호할 수밖에 없다. 간언할 사안이 임금에게 이르기에 앞서 간언하는 자들부터 먼저 아래에서 무너져 버린다. 이것이 두 번째 폐단이다. 그러나 이것은 오히려 작은 폐단일 뿐이다.

대체로 일에는 일정한 이치가 있지만, 모두가 의견을 반드시 같이해야 하는 법은 없다. 대각이 중요하다 해도 조정의 한 부서일 뿐이다. 대각이라고 해서 유독 뭇사람과 다른 주장을 펴는 것도 옳지 않고, 뭇사람이 구차하게 대각의 주장을 뒤따라가는 것도 옳지 않다. 지금 당인(黨人)들은 반대편을 공격하려면 반드시 자기 당의 사람을 대각에 포진시키고 준엄한 의론을 먼저 펼쳐서 의견이 다른 이들을 배제한다. 정상을 참작하자고 하면 간사한 자를 용납한다고 하고, 은혜를 베풀자고 하면 법을 어지럽힌다며 유배 보내고 국문하고 참수하고 처자식을 노비로 삼자고 요청한다. 조금이라도 완화하려는 이가 있을 경우에는 칼날을 그에게로 옮겨서 공격한다. 이것이 옛날에 이른바 옥리(獄吏)의 가혹한 법 적용인데, 우리 조정에서는 이른바 대각의 전통이다.

대각의 직책은 조정의 실수를 보완하고 잘못을 시정하여 군주의 덕을 완성시키고 사악한 관리를 바로잡는 데 있을 뿐이다. 남들의 장단점을 긁어모아 당동벌이(黨同伐異)만을 일삼으니 자기 스스로를 이렇게 형편없이 대우하고서 조정에서 뜻을 펴려 한들 어떻게 존엄한 임금을 감동시키며 많은 관원을 복종하게 하겠는가! 그러므로 준엄한 의론이라는 말은 대각으로부터 비롯되었으나 끝내 당인(黨人)의 구실이나 되었을 뿐이다. 준엄함을 경계하여 과격함을 걱정해야 할 처지에 준엄함을 중시하니 무슨 짓인들 못하겠는가?

관직이 너무 맑다는 것은 무슨 말인가? 관직이란 하늘의 직분을 사람이 대신 집행하는 것이므로 삼가지 않을 수 없다. 크고 작은 관직과 내직 외직을 막론하고 그렇다. 이른바 맑다(淸)는 것은 무엇을 말하는가? 맑음이 있으면 흐림이 있나니, 사람이 아무리 어리석더라도 제 스스로 흐린 것에 안주하여 맑은 것을 사모하지 않을 이가 어디에 있으랴! 이는 반드시 싸움을 일으킬 사안이다. 수당(隋唐) 이래로 문장을 중시하고 과거를 귀하게 여겨서 문관 직책이 기세를 얻었다. 그러나 당나라의 한원(翰苑)과 송나라의 양제(兩制)는 그 정원이 우리나라처럼 지나치게 많지 않았고, 그 권세도 우리나라처럼 무겁지 않았다.

우리나라는 전적으로 문관 직책을 사대부를 격려하는 도구로 삼는다. 이른바 맑은 관직과 명예로운 자리가 옛날보다 너무 많은데, 정승 판서의 고관들이 모두 여기에서 배출되었다. 또 그 제도가 서로 추천하여 기용하도록 되어 있다. 이에 따라 젊고 날카로운 이들이 조야를 흔들 권세를 차지하여 그들의 말과 시선이 그 시대의 영욕을 좌우하였다. 그러나 이를 달가워하지 않는 자가 빈틈을 노려서 서두르면 사화(士禍)를 만들고, 오래되면 당론(黨論)이 되었다.

그러나 사화는 소인이 선비의 무리를 해친 일이라 그러려니 할 수 있지만, 당론은 선비들끼리 서로 싸우는 행동이다. 똑같은 선비들끼리 어째서 서로 싸운단 말인가! 여기에는 반드시 서로 싸우는 이유가 있나니 도학과 관직이 바로 그것이다. 도학을 다투는 사람이 하나라면 관직을 다투는 사람은 열이요, 도학의 당이 백 개라면 관직의 당은 천 개다. 도학의 중후함이 아니면 관직의 종주 노릇을 할 수 없고, 관직이 맑지 않으면 도학의 성원을 받을 수 없다. 이는 그 형세가 서로 안팎을 이루고 득실성패(得失成敗)가 서로 시작과 끝이 되기 마련이다. 천하의 앙화는 늘 지나친 찬미에서 단서가 열리고, 세도(世道)의 우환은 반드시 편중됨에서 발생한다. 그러므로 "큰 명성 아래에서는 오래 머물 수 없다."라고 했으며, 또 "나라의 이기(利器)를 남에게 보여 줄 수 없다."라고 하였다. 정말 그렇지 아니한가!

벌열이 너무 번성하다는 것은 무슨 말인가? 천하의 일은 마땅히 천하 모든 사람과 함께해야 하고, 만세(萬世)의 일은 마땅히 만세 사람과 함께해야 한다. 내가 혼자서 어떻게 할 것이 아니다. 나도 어떻게 할 것이 아닌데 더구나 내 아들이나 손자야 말해 무엇 하랴! 내가 현명해도 자손은 모자랄 수 있으니, 자손이 나보다 못한 것을 내가 어쩌겠는가? 내가 현명하지 못해도 자손은 현명할 수 있으니, 자손이 나와 다른 것을 내가 또 어쩌겠는가? 설령 나도 현명하고 자손도 현명하더라도 자손이 내가 하던 일을 꼭 물려받는다는 보장이 어디 있는가?

내가 농업에 종사하더라도 내 자손이 꼭 농업에 종사하는 것은 아니며, 내가 공업에 종사하더라도 내 자손이 꼭 공업에 종사하라는 법은 없다. 농사와 공업 같은 천한 일도 그러한데, 더욱이 내가 요행히 높고 귀하게 되어 조정에서 언론을 주장한다 해도 또 감히 내 자손을 꼭 높고 귀하게 만들 수 있으랴! 설령 높고 귀하게 되더라도 내가 주장한 언론은 한때의 처방에서 나온 언론인데 내 자손의 시대에 어떻게 굳이 같은 의논을 펼쳐야 하겠는가? 내 자손도 오히려 그러한데, 더욱이 나와 더불어 논쟁하던 사람의 자손이 또 모두 높고 귀하게 되어 다시 내 자손과 더불어 이 문제를 다투겠는가! 이는 전혀 있을 수 없는 이치이다. 그러나 유독 우리나라에는 이러한 일이 벌어진다. 벌열의 처지에서는 지극히 번성하다고 말해야 하나 국가에는 무슨 이로움이 있겠는가?

습관이 오래되면 변하지 않으며, 지킴이 단단하면 통하지 않는다. 변하지 않고 통하지 않는 사람과는 한 집안의 일도 처리하기 어려운데, 더구나 나라의 일이야 말해 무엇 하랴! 지금 변화시켜 통하게 하려고 해도 강자는 안락함을 편히 여기고 약자는 굴복함을 부끄럽게 여기며, 현명한 자는 조상을 사모하고 미련한 자는 그 일족을 두려워하여 형세상 불가능하다. 또 태생부터 혼인하고 교유함에 이르기까지 모두 자기 당파 사람들뿐이니 아무리 해도 고칠 수 있는 길이 어디 있겠는가!

오로지 위에 군림한 군주가 어느 날 떨쳐 일어나 현자를 세우고 준걸을 부르되, 문벌과 지체에 구애받지 않고 그 행동거지와 조치가 보통 사람보다 만만배 뛰어나 종전의 유유한 담론을 모두 묶어 한구석에 세워 놓고 천하 만세의 공정한 마음과 공정한 눈에 맡기는 방법밖에 없다. 그러면 누가 케케묵은 당론을 꺼내겠는가!

당론이 나뉜 뒤로 벌열을 취하는 행태가 더욱 심해졌다. 이전의 벌열은 그래도 지체를 살폈으나 나중의 벌열은 순전히 당론의 산물이다. 조종(祖宗)의 명기(名器)가 마침내 당인(黨人)들의 사적 소유물이 되고 온 나라 사람들이 사모하는 바가 되었다. 당론이 어찌 치열해지지 않을 수 있겠는가!

태평세월이 너무 오래 지속되었다는 것은 무슨 말인가? 태평세월이 오래 지속되는 것은 나라의 복이면서 또한 나라의 근심이다. 맹자는 "나라가 한가하여 놀고 안일하게 지내며 오만한 것은 멸망하는 길이다."라고 했다. 그러므로 옛날의 밝은 임금과 현명한 재상들은 반드시 이에 전전긍긍하여 정사와 형벌을 닦고 고쳐 백성을 위해 근면하게 일하고 외적을 대비하느라 시간이 부족하다고 여겼다. 어느 겨를에 당론을 일삼겠는가!

우리나라는 열성(列聖)들께서 뒤를 이어 등극하여 옛날보다 우뚝 뛰어나고 현명한 사대부가 성대하게 배출되었다고 일컬어졌다. 쾌락에 빠지지도 않았고 게으르거나 오만하지도 않았다. 다만 문치(文治)가 지나치게 융성하고, 공적을 세우기보다 의론이 많았으며, 실질에 힘쓰기보다는 겉모습을 꾸미기에 치중했다. 그러므로 나라를 다스리고 정사를 행하는 중요한 실상에서는 한나라와 당나라보다 못했다. 외적이 침략하면 졸지에 당해 낼 방법이 없었고, 외적이 물러나면 위와 아래가 모두 편안히 여겨 애초에 국난이 없었던 것처럼 굴었다.

나라가 작고 지역이 한쪽에 치우쳐 있으며, 어짊과 은혜에 무젖어 들었다. 밖으로는 호시탐탐 노리는 강한 적국이 없고, 안으로는 왕위를 넘보는 권신(權臣)이 없었다. 사람들이 잘해서 그렇게 된 것이 아니라 천행(天幸)이었을 뿐이다. 그리하여 사대부가 정신과 마음을 쓸 데가 없어서 비로소 붕당의 의논이 일어나 서로 어울려 도의(道義)를 내세우고 명절(名節)을 다투었다. 세교(世敎)를 유지하고 인심을 고무시켜 국가에 보탬이 되는 점도 있으므로 전적으로 사사로운 이익을 추구한 것만은 아니다.

그러나 진작 이 마음을 실용으로 옮겨 발휘함으로써 안으로는 자신을 다스려서 욱하고 치미는 기운을 누르고, 밖으로는 나라의 정사에 베풀어 지리하고 문식(文飾)하는 폐단을 없앴다면 임금과 신하가 함께 복록을 누리고 후세에 복록을 드리울 것이다. 그렇다면 무슨 일을 해내지 못할 것이며, 앞날을 근심할 필요가 어디 있겠는가! 전(傳)에서는 "반드시 한 세대 이상 지속하여 노력해야 교화의 효과가 나타난다."라고 했고, 또 "백 년 동안 덕을 쌓아야 예악(禮樂)을 발전시킬 수 있다."라고 했다. 한 세대와 백 년은 길다고 할 만하다. 지금 당론이 이보다 몇 곱절이나 더 오래되었다. 따지기를 지극히 자세하고, 지키기를 지극하게 전일하며, 행하기를 지극하게 오래하였다. 국가가 생긴 이래로 없던 일이다. 진실로 이 마음을 들어서 왕정(王政)을 행한다면 그 효과가 또 어떠하겠는가? 만약 공자와 맹자가 본다면 이 현상에 가슴 아파하고 안타까워하지 않겠는가?

이 여덟 가지는 당론이 초래된 원인이거니와, 그 잘잘못은 피차가 똑같다. 나는 한쪽 당을 편들어 말하는 것이 아니다. 나는 분명히 말한다. "누가 사악하고 누가 정의로운지, 누가 역신이고 누가 충신인지는 명확하게 밝혀서 정론으로 매듭지을 수 없는 문제다." 또 분명히 말한다. "지극히 크고 지극히 오래되고 지극히 말하기 어려운 문제다."

해설

사대부가 이끌었던 조선 시대에는 치열한 당쟁의 역사가 오래 지속되었고 각각 자기 당의 편에서 자신들의 입장을 옹호한 많은 당론서(黨論書)가 나왔다. 이건창은 당화(黨禍)를 크게 겪은 소론 집안 출신이지만 각 당파의 이해관계에 초연한 태도로 당론을 기술하고자 노력했다. 그의 저작 『당의통략(黨議通略)』이 당쟁의 역사를 객관적인 관점에서 체계적으로 정리한 저작이라면, 이 글은 당쟁의 폐해와 원인을 이론적으로 분석하고 그 해결 방안을 제시한 글로 두 글은 서로 보완하는 관계에 있다.

조선 시대의 문인들이 당론에 대해 쓴 적지 않은 글 중에서도 이 글은 당파의 원인과 폐해를 가장 명료하게 분석하고 체계적으로 서술한 명문이다. 그는 각 당파의 잘잘못이 똑같다고 하면서 어떤 당파가 옳고 그른지를 판가름하고자 하지 않았다. 당파의 원인을 찾아내고 그 폐해를 분석함으로써 당론 극복의 당위성을 제시했다. 이렇게 장기간에 걸쳐 당쟁이 전개되며 국가를 피폐하게 만든 현상은 역사적으로 유례를 찾기 어려우며 오로지 조선에만 존재한다고 보았다. 그의 분석은 참으로 예리하고, 현상을 대하는 태도는 객관적이면서도 비분에 차 있다. 그는 비록 당쟁이 망국으로 이어진다고 대놓고 말하지는 않았으나 글을 읽다 보면 망국의 조짐을 당쟁에서 찾고 있음을 잘 알 수 있다.

이건창은 조선조 당쟁의 원인으로 여덟 가지를 제시했다. 도학의 사회적 비중이 너무 높고, 명의가 너무 엄격하며, 문사가 너무 번다하고, 형옥이 너무 각박하며, 대각이 너무 준엄하다는 것이다. 그리고 관직에서 학술과 언론을 담당하는 청직(淸職)이 너무 많은 데다가 사대부들이 청직만을 너무 선망하여 분란이 끊이지 않으며, 정치 구조상 벌열에 과도하게 의존하여 파벌조차 세습되며, 태평성대가 너무 오래 지속되다 보니 지배층이 자신들끼리 다투는 데만 몰두하게 되었다는 진단이었다. 이 여덟 가지는 당쟁의 요인을 파악하는 데 설득력이 있을 뿐 아니라, 조선 후기의 정치 상황을 분석하는 틀로서도 유효하다. 이 글은 정치의 근본적인 문제를 파악하는 시각을 분명하게 제시하므로 당대의 정치적 상황에 둔감한 현대인에게도 시사하는 점이 크다. 현대 한국 정치의 폐해와 유사한 점도 매우 많다.

그는 심각한 당쟁의 해결 방안으로 국왕에게 이 상황을 타개할 비상한 결심과 노력을 촉구하고, 사대부에게는 당론에 힘쓰는 마음을 실용(實用)으로 돌려 새롭게 국가를 일구자고 제언한다. 원론적이고 소박한 주장이라는 혐의가 없지 않다. 강렬한 주제 의식을 드러낸 경세문자(經世文字)의 백미로 사실을 열거하고 현상을 분석하는 글의 전형이다.

사슴의 충고 鹿言

나는 몸이 허약하여 쉬이 피로를 느끼는 병이 생겨 의원을 찾아가 치료 방법을 물었다. 의원은 녹용을 복용하면 좋겠노라고 말했다. 그래서 동양(東陽) 골짜기에 사냥하러 나갔으나 한 달이 넘도록 한 마리도 잡지 못했다. 피곤하여 잠깐 잠든 사이에 꿈을 꾸었다. 대장부 하나가 누런 관을 쓰고 푸른 가죽옷을 입고 나타났는데 훤칠한 키에 매끄러운 살결을 가지고 있었다. 한 쌍의 뿔이 불룩 튀어나왔는데 길이가 석 자나 되었다.

그가 앞으로 다가와서 말을 걸었다.

"나는 녹(鹿, 사슴) 선생입니다. 그대가 내게 약물을 구하려 한다고 들었습니다. 안개를 헤치고 빗길을 걸어서 이 산골짜기에서 오래 머무니 고달프지 않습니까?"

그 말에 부끄러워진 나는 사죄하고 말했다.

"선생의 말씀 그대로입니다. 명성을 흠모하여 뵙기를 고대한 지 오래입니다. 선생은 이 못난 놈을 좀 가르쳐 주지 않으시려는지요?"

내 말에 녹 선생이 이렇게 대답했다.

"나는 이렇게 들었습니다. 낮은 수준의 의원은 환자의 얼굴빛을 보고, 중간 정도 되는 의원은 맥을 보며, 높은 수준의 의원은 보지 않아도 저절로 안다고 말입니다. 나는 바로 말을 듣지 않고도 다 알 수 있는 자입니다. 그대의 병을 살펴보니, 음(陰) 탓도 아니고 양(陽) 탓도 아니며, 화(火) 탓도 아니고 풍(風) 탓도 아닙니다. 오관(五官)이 고루 균형을 이루고 육기(六氣)가 순조롭게 소통되며, 겉모습은 허약하나 골격은 단단하고, 몸은 수척하나 정신은 풍성하여 오래 살고 매우 건강할 것입니다. 그런데도 내게 약물을 구하려 하니 그대가 몸을 잘 간수하여 충실하게 만들기는커녕 외물로 뒤흔들어 속을 어지럽힌 결과일 것입니다.

대저 건강을 지키는 법은 하나가 아니지만 몸을 해롭게 하는 일은 참으로 가지가지입니다. 맛 좋은 술과 아름다운 여인은 사람을 미친 듯이 빠지게 만들고 사악한 마음이 들게 합니다. 지혜로운 이는 그물에 걸리기라도 할 듯이 그것을 피하지만 어리석은 이는 그것에 빠지기나 할 뿐 나머지 일은 염두에 두지 않습니다. 그대와 같은 고명한 분이 설사 그런 사람이겠습니까?

그러나 그대는 사람을 해치는 몇 가지 원인은 알고 있지만 그대의 병을 초래한 원인이 과로라는 것을 모르고 있습니다. 그대가 문장을 지은 지 몇십 년이 되었어도 입으로는 쉼 없이 글을 읊조리고 손에서는 책을 놓지 않습니다. 오늘날의 문체를 마땅치 않게 여겨 옛 문체에 전력했습니다. 그러나 위대한 성인의 교화가 사라지고 시대는 변했으니 그대가 재능이 없어서가 아니라 대세가 그렇게 만든 것입니다.

그러나 그대는 이를 무시하고 부지런히 앞으로 매진하여 분개하고 고민하며, 먹는 것도 자는 것도 잊어버리고 속을 태우며 머리가 세게 만듭니다. 이런 짓은 예로부터 안타깝게 여긴 것입니다. 그대는 벼슬길에서는 만족할 줄을 알지만 옛것을 그리워하고 원대한 것을 추구하는 큰 욕심으로 마음을 채우고 있습니다. 뭇사람의 비난이나 칭찬 따위는 거들떠

보지도 않고 역사에 홀로 찬란하게 빛나고자 합니다. 세상에 나타나기도 하고 숨기도 하는 옛 성현을 살펴보십시오. 이름나기를 좋아하는 조급함이 녹봉을 구하는 것과 무엇이 다릅니까?

위대한 도는 진실하여 부드럽고 낮은 곳에 처합니다. 속을 태우며 외면을 추구하는 것을 질곡이라 부릅니다. 그대는 사람됨이 일이 닥치면 속마음을 다 드러내어, 기뻐하고 성내는 감정에 치우칠 때가 많고 평정을 유지할 때가 적습니다. 분란과 격정이 번갈아 발생하는데 후회하되 고치지 못하므로 자기 정기를 스스로 흔들어 놓습니다.

그대는 평상시에 한가함을 좋아하고 번거로움을 싫어하여 하루 종일 여유 있게 지내면서 뒤뜰에는 발도 들여놓지 않습니다. 그래서 온몸이 게을러져 사지가 뿌리에 붙어 있지 않습니다. 오랜 습관이 천성으로 굳어지니 맑은 기운이 탁해졌습니다.

이 모든 것이 그대의 병을 만든 근원입니다. 그대는 내 말을 잘 생각해 보십시오. 게다가 그대는 내게 약이나 구하려고 할 뿐 내가 그대에게 왜 약이 되는지 그 까닭을 모릅니다. 그대는 그 이유를 들어 보시렵니까?

나는 숲속에서 살아가는 털 짐승입니다. 눈으로는 창힐이 만든 문자도 분별하지 못하고 마음으로는 주공이나 공자의 문장을 접하지 않고 있습니다. 얻고 잃는 것이라곤 풀 몇 포기이고, 시비를 따지는 것이라곤 한 조각 구름입니다. 여기저기 떠돌면서 슬픈 일도 기쁜 일도 없으며, 이리 뛰고 저리 뛰며 노닐고 내달립니다. 마음은 언제나 편하나 겉모습은 언제나 바쁩니다. 마음이 편한 것은 하늘로부터 받은 성질을 보존하는 방법이고, 겉으로 바쁜 것은 생명을 늘리는 길입니다. 내가 무슨 의도가 있어서 하는 것이 아니라 자연이 시키는 대로 할 뿐입니다.

그런데 세상 사람들은 이를 무시하고 자기를 이롭게 하려고 사물을 죽입니다. 내 뿔 끝에 있는 살을 떼어 가더니만 또 내 위 속에 있는 피를 빨아 먹습니다. 저들은 폭력을 휘두르고 욕망을 마음껏 채우려는 속셈이니 어찌 약으로 복용하여 병을 고치려는 것뿐이겠습니까? 그대만은 사리를 밝힐 만큼 명석하고 남을 구휼할 만큼 인자합니다. 그런데도 용렬한 의원의 말을 믿고서 나 사는 곳을 시끄럽게 하고 우리 집을 강탈하려 하니 어찌 천려일실(千慮一失)이 아닙니까?

오호라! 사람의 생명은 정기를 축적하고 빼어난 기운을 길러서 만들어집니다. 누가 저 하늘을 공평무사하다 했습니까? 하늘은 그 나머지 냄새나고 더러운 찌꺼기를 모두 거둬다가 우리 족속에게 주고서는 짐승이라 이름하였습니다. 그렇지만 짐승은 스스로를 아껴서 하늘로부터 받은 것을 잘 보전하고 있습니다. 그러나 사람들은 도무지 절제하지 않고 넉넉하게 부여받은 것을 잃고서 도리어 우리가 가진 것을 빼앗으려 하니 그래 마음에 편안하신지요?

이를 음식에 비유하면, 술은 제사상에 올려놓고 찌꺼기는 버리며, 기장과 피는 올려놓고 쭉정이는 버리는 것과 같습니다. 술맛이 옅은 것을 염려하여 찌꺼기를 더 보태고, 기장과 피가 깨끗하게 찧어지지 않는 것을 안타깝게 여겨 쭉정이를 보탠다는 이야기를 나는 들은 적이 없습니다. 이제 그대가 총명함과 빼어남을 하늘로부터 받고서도 흡족하지 않아 나와 같은 더러운 짐승의 물건을 가져가려 하니 이야말로 술동이에 술지게미를 채우고 제기에 쭉정이를 담는 격이 아닐는지요? 이 누린내 나는 몸뚱어리를 아껴서가 아니라 어진 군자를 위해서 부끄럽게 여기지 않을 수 없군요."

나는 한참 동안 고개를 수그리고 있다가 일어나 대답했다.

"녹 선생의 훌륭한 말씀을 잘 들었습니다. '내게 좋은 손님 있으니 비파와 금을 뜯으며 따뜻하고 즐겁네'라고 읊은 『시경』의 말과 같습니다."

사냥을 그만두고 집으로 돌아와 좌우명을 지어 마음에 새겨 둔다. 어찌 병을 없애는 것에 그치리오? 마음을 수양하는 데 쓰리라.

해설

꿈속에서 사슴과 만나 대화한다는 설정의 우언이다. 몸이 허약하므로 녹용을 먹어야겠다는 의원을 말을 듣고서 사슴을 사냥하러 갔다가 사슴은 잡지 못하고, 대신 꿈속에서 사슴을 만나 사슴으로부터 충고를 들었다. 사슴의 충고는 병이 생긴 까닭은 몸이 아니라 마음이므로 마음을 치유하라는 것이었다. 글쓴이가 옛 문장을 좋아해서 문장가로 이름을 남기고 싶은 명예욕 때문에 쉬지도 않고 과로하는 것이 병의 근원이므로, 지나친 욕망에서 벗어나 마음을 다스리라는 것이 충고의 핵심이다.

그런데 사슴의 충고는 여기에서 그치지 않는다. 자연과 짐승을 오로지 인간의 편의에서만 바라보고 정복과 수탈의 대상으로 삼는 인간 중심의 관점을 비판하고 있다.

사슴이 병자에게 하는 말은 실제로는 글쓴이 이건창의 시각이다. 사슴의 말을 빌려서 인간의 자연스러운 본성을 해치며 욕망을 추구하는 행위와 자연을 손상시키는 행위에 문제를 제기하는 문명 비판적 시각이 잘 드러난다.

보물 송사 寶訟

어느 마을에 조상 때부터 대대로 부자로 살다가 중간에 집안이 기운 '동쪽집'이라는 사람들이 있었다. 동쪽집은 선대의 귀중한 보물을 다 잃어버려 남은 것이라곤 오로지 덩그렇게 서 있는 집과 솥, 시루 따위였다. 그런데 '서쪽집'이 갑자기 집안을 일으켜 부자로 소문이 났다. 서쪽집은 먼 지방에서 이주했기에 그 선대가 어떤지를 아는 이가 없었다. 동쪽집에는 아들 셋이 있었는데 맏아들이 서쪽집에 가서 머슴살이를 하여 날마다 삯을 바라며 생계를 꾸려 나갔다.

머슴을 산 지가 오래되자 맏아들은 서쪽집의 깊숙이 숨겨 놓은 물건까지 잘 알게 되었다. 그 진귀한 보물을 엿보니 휘황찬란한 빛을 뿜어 대었다. 속으로 부러워하여 둘째 아우에게 은밀히 말했더니 둘째가 맏형의 안내를 받아 서쪽집 담을 넘어가 보물 궤짝을 열고 하나하나 훔쳐 냈다. 그런데 집에 와서 보았더니 모조리 그 집안에서 잃어버린 귀중한 보물이었다.

막내가 화가 나서 "이놈들이 우리 집 보물을 도둑질하여 마을에서 떵떵거리며 살다니!"라고 하고는 따르는 무리를 몰아 서쪽집으로 가서 그들을 협박해 재물을 모두 거둬 왔다. 그리하여 동쪽집은 예전과 같이 부자로 살게 되었다.

이건창

그 뒤 세 형제의 아들들이 보물을 놓고 서로 다투었다. 맏이의 아들은 "우리가 맏이이고, 게다가 옛날에 우리 아버지가 길잡이가 되지 않았다면 무슨 수로 보물을 되찾았겠느냐?"라고 주장했다. 둘째의 아들은 "네 아버지는 도둑놈의 모습이었을 뿐, 보물은 우리 아버지가 찾아왔다."라고 주장했다. 그러자 막내의 아들이 "네 아버지는 도둑질한 보물을 다시 도둑질한 것일 뿐, 도둑놈들은 우리 아버지가 잡았다."라고 주장했다. 그 말에 맏이와 둘째의 아들들은 자기 아버지가 떳떳하지 못했기 때문에 감히 대항할 수가 없었다. 보물은 막내의 아들에게로 돌아갔다.

막내의 손자가 장성했을 때 서쪽집 사람이 관아에 소송을 걸었다.

"저자의 할아버지가 우리 집에서 머슴살이를 할 때 보물을 도둑질했습니다. 그 보물은 우리 것입니다."

그러자 막내가 이렇게 주장했다.

"머슴살이를 했다는 분은 내 할아버지가 아니고, 도둑질했다는 분도 내 할아버지가 아닙니다. 도둑을 잡은 분이 바로 내 할아버지입니다. 그러나 도둑을 잡았을 뿐 보물을 얻은 것이 아닙니다. 그 보물이란 것은 모두 가짜일 뿐이라서 내 할아버지께서 벌써 다 부숴 버렸습니다."

그러자 관리가 물었다.

"그렇다면 네 집에 있는 보물은 어디에서 나온 것이냐?"

"그것은 본래 우리 선대부터 내려온 귀중한 보물입니다. 중간에 잃어버린 적이 있는데 내 할아버지께서 찾아왔을 뿐 저 도둑이 말하는 보물이 아닙니다."

그 말을 듣고 관리는 서쪽집 사람에게 매질을 가하고 쫓아냈다.

해설

재산 송사(訟事)와 관련된 사연을 하나의 작품으로 꾸몄다. 보물의 주인이 누구인지를 판가름하는 이야기의 과정을 짚어 낸 글로 조선 후기의 소송 사건을 다룬 많은 작품과 같은 계열에 있다.

송사의 내용은 상당히 난해하다. 선대로부터 내려온 보물을 누가 가질 것인가? 자손이 잘 지키지 못해서 다른 집안에서 훔쳐다가 떵떵거리며 살기도 하고, 다시 후손이 찾아오기도 한다. 삼 형제가 우연한 계기로 조상의 재물을 되찾아 왔으나 그 보물은 과연 누구의 손에 들어갈 것인가? 훔친 것이기는 하지만 주인에게 빼앗긴 것을 다시 되찾으려 하면 어떻게 할까? 마지막으로 셋째 아들의 후손이 보물을 차지한 것을 보면 글쓴이는 그가 가장 정당하다고 본 것 같다. 그러나 과연 이 글의 주제가 그런 논리에 있을까?

이 글의 주제는 먼 조상이 가지고 있던 귀중한 보물이 대를 내려오며 다른 사람의 손을 탔다가 그 후손과 그 후손의 아들 손자로 이어지면서 소유권이 불분명해지고 다툼의 대상이 되는 그 과정에 있다. 여기에서 그 귀중한 보물이란 나라의 주권도 될 수 있고, 한 나라의 권력도 될 수 있다. 조선 말기에 풍전등화처럼 흔들리는 국권의 향배를 우울하게 바라보던 글쓴이의 한량없는 걱정이 투영된 작품이다.

글쓰기의 비법 答友人論作文書

글쓰기에 대해 물으시면서 비법을 가르쳐 달라고 부탁하시는 편지를 받고 보니 이 아우가 어떻게 대답해야 좋을까요? "어리석어 말씀을 받들지 못하겠습니다."라고 삼가 거절해야 마땅할 것입니다. 그런데 이 아우가 어리석은지 아닌지는 형님께서 일찍부터 다 아시는 바이고, 종전에도 형님과 더불어 이 일에 대해 이야기한 적이 있으니, 끝내 어리석다는 핑계로 거절할 수 있겠습니까? 이는 거만하게 구는 태도일 테지요.

곧이곧대로 "글쓰기에 어찌 비법이 있겠습니까? 그저 많이 읽고 많이 쓰는 방법밖에 없습니다."라고 말씀드리면 마땅할 것입니다. 그런데 많이 읽고 많이 쓰는 것은 옛날에 글을 지은 사람치고 그렇게 하지 않은 이가 없고, 오늘날에도 글쓰기에 뜻을 둔 사람치고 모르는 이가 없으니, 어찌 이 아우의 말을 기다릴 필요가 있겠습니까? 이 역시 거만하게 구는 태도일 뿐입니다.

형님께서 육백 리 밖에서 오로지 이 일을 물으려 사람을 보내 이토록 부지런하고 지극한 정성을 기울이셨는데, 제가 거만하게 사양하거나 거만하게 대답하는 것은 둘 다 옳지 못할 태도입니다. 차라리 제가 평소에 글을 짓느라 어려움을 겪은 사실을 형님께 낱낱이 고백하는 것이 나을 듯합니다. 비록 고명하신 식견에 보탬이 되지는 못해도 제 충정을 다 펼쳐 내고 형님의 부지런하고 지극한 정성을 저버리지 않을 수 있다면 괜찮을 것입니다.

글을 지으려면 반드시 먼저 생각을 엮어야 하는데, 생각에는 처음과 끝이 있고 짜임새가 있습니다. 처음과 끝이 대략 갖추어지고 짜임새가 대략 마련되면 바로 붓을 휘둘러 써 내려갑니다. 다만 생각이 서로 이어져 관통되어 또렷하게 이해하기 쉽도록 합니다. 어조사와 같은 쓸데없는 글자를 사용할 겨를이 없고, 속된 말을 피할 겨를도 없습니다. 핵심이 되는 생각(正意)을 잃어버려 말하고자 하는 것을 싣지 못할까 염려되기 때문입니다. 생각이 선 다음에는 말을 다듬습니다.

말을 다듬는 것은 아름답고 깨끗하고 정밀하도록 하는 것일 뿐입니다. 앞의 한 구를 다듬을 때는 뒤의 한 구를 생각하지 말고, 위의 한 자를 다듬을 때는 아래의 한 자를 생각하지 말아야 합니다. 비록 천 글자만 글자의 글이라도 한 자 한 자 소심하여 마치 짧은 율시를 짓듯 합니다. 그러나 단어는 쌍행(雙行)이 있고, 단행(單行)이 있으며, 네 글자가 한 구를 이루는 경우도 있고 세 글자나 다섯 글자가 한 구를 이루는 경우도 있습니다. 다듬을 때는 먼저 그것부터 선택해야 합니다. 쌍행으로 쓸 곳을 단행으로 쓰지 않는 것은 단행으로 쓸 곳을 쌍행으로 쓰지 않는 것과 같습니다. 네 글자로 구를 이루는 것과 세 글자나 다섯 글자로 구를 이루는 것도 마찬가지입니다.

말은 옛사람의 뜻을 취해서 쓴 것이 있고, 뜻을 새로 만들어 쓴 것이 있습니다. 옛사람의 뜻을 취해서 쓴 것은 말을 어렵게 하여 사람들로 하여금 본 적이 없는 듯해야 하고, 뜻을 새로 만들어 쓴 것은 말을 쉽게 하여 사람들로 하여금 의문이 나지 않게 해야 합니다. 옛사람의 뜻을 취하되 아울러 그 말까지 취한 것은 반드시 옛사람과 옛 책의 이름을 표기하여 구별함으로써, 내 말과 혼동되지 않게 해야 합니다. 그렇지 않으면 진부해지거나 표절이 됩니다.

주제(意)를 구상할 때도 마땅히 먼저 선택부터 해야 합니다. 주도하는 주제(主意)가 있으면 반드시 그에 대적하는 주제(敵意)도 있습니다. 주도하는 주제로 글을 지으려면 그에 대적하는 주제를 사용하여 따로 글 한 편을 짓습니다. 저것으로 이것을 공격하여, 주도하는 주제는 갑옷의 역할을 하게 하고, 그에 대적하는 주제는 무기의 역할을 하게 합니다. 갑옷이 견고하면 무기가 제 풀에 꺾일 것이니 여러 번 공격해도 거듭 꺾이면 주도하는 주제가 이긴 것입니다. 그에 대적하는 주제를 거둬 포로로 삼아 들어오도록 하면 주도하는 주제는 한층 높고 분명해집니다. 만약 어느 때는 이기고 어느 때는 지며, 또는 이기고 지는 차이가 얼마 나지 않는다면 모두 글을 지을 거리가 아니므로 주도하는 주제와 함께 버려 버립니다. 주제가 서고 말이 가다듬어지면 글은 다 쓴 것입니다.

또 주제와 말을 취하여 서로 무게를 재 보고 견주어 봅니다. 그래서 긴 것은 짧게 하고 짧은 것은 길게 하며, 성근 것은 빽빽하게 하고 빽빽한 것은 성글게 하며, 느린 것은 급하게 하고 급한 것은 느리게 하며, 드러난 것은 희미하게 하고 희미한 것은 드러나게 하며, 빈 것은 채우고 가득 찬 것은 비우며, 처음은 끝을 돌아보게 하고 끝은 처음을 바라보게 하며, 앞은 뒤를 부르게 하고 뒤는 앞에 호응하게 하며, 풀어 주었다가 사로잡으며, 헤아리다가 꺾어 버리며, 때로는 묶고 때로는 다스리며, 어지러워서 하나로 묶을 수 없기도 하고 명료하여 흐트러짐이 없기도 하여 서로 무게가 적당하게 맞아야 합니다.

말은 주제를 잘 감당하고, 주제는 말을 잘 감당해야 합니다. 말이 주제를 감당하지 못하면 제아무리 교묘한 말도 졸렬하게 바꾸어야 좋고,

주제가 말을 감당하지 못하면 제아무리 정돈된 주제라도 어지럽게 바꾸어야 좋습니다. 졸렬한 뒤에 더욱 공교로워지고 어지러운 뒤에 더욱 정돈됩니다. 구절마다 다 공교로운 것은 반드시 주제에 해를 끼치고, 글자마다 다 바른 것은 반드시 말에 누를 끼칩니다.

말과 주제는 서로를 해치지 않아야 마땅하니, 마땅한 것이 법이 되고, 법이 정해지면 글은 다 완성된 것입니다. 그러나 또 어찌 자신할 수 있겠습니까! 잠자코 글 상자 속에 던져두고 눈으로 접하지 않고 또 가슴에서 싹 씻어 몰아내어 마음속에서 떠오르지 않게 합니다. 하룻밤을 자거나 이틀 내지 사흘 밤을 자고 일어나서 다시 원고를 가져다 살펴봅니다. 내가 이 글을 아끼는 정이 약해져서 남이 지은 글처럼 보이면, 옳은 것은 바로 옳게 보이고 그른 것은 바로 그르게 보여서 그른 것을 버리기가 수월할 것입니다.

이와 같이 하고 나서, 다시 당송(唐宋) 시대나 근세 명가와 같은 옛사람의 글을 가져다가 내 글과 함께 섞어서 읽어 봅니다. 내게 내 글을 귀중하게 여기는 마음이 생겨도 옛사람의 글을 기준으로 재단하면, 옛글에 부합하는 것은 바로 부합한 것이 보이고 부합하지 않는 것은 바로 그 부합하지 않는 것이 보여서 부합하지 않는 것은 또 어렵지 않게 버릴 수 있을 것입니다. 반드시 자신할 수도 있고 또 옛사람과도 부합하는 점이 있은 뒤라야 나의 글쓰기는 끝나는 것입니다.

그러므로 글쓰기에서 어려운 문제는 생각하는 것이 아닙니다. 생각나는 것을 기록하여 잃어버리지 않도록 하는 것이 어렵고, 거듭 쓰고 거듭 읽어 보는 것이 또 어렵습니다. 무릇 글을 베껴 쓸 때는 반드시 정확하게 대조하여 쓰되 영지(影紙)를 사용하여 해서(楷書)로 씁니다. 반드시 붉은 먹으로 구두를 찍고, 보태고 빼고 고친 곳은 살펴보기에 어지럽지 않도록 합니다.

글을 소리 내어 읽을 때는 반드시 천천히 더듬고 깊숙이 생각하면서 씹고 깨물고 삶고 단련하고 당기고 떨어뜨리고 흔들고 끌면서, 억양과 곡절(曲折)이 있고 선회(旋回)와 반복이 있어서 소리에 절도가 있도록 합니다. 글을 보는데 어지럽거나 소리에 절도가 없으면 베껴 쓰거나 읽은 것을 잘하지 못한 탓입니다. 베껴 쓰고 읽기를 잘했는데도 여전히 그렇다면 글에 흠이 있는 것이므로 반드시 서둘러 고쳐야 합니다.

글쓰기는 반드시 열 번 베껴 쓰고 열 번 소리 내어 읽었는데도 흠을 찾지 못한 뒤에야 멈춥니다. 천하는 넓고 후세는 영원하므로 내 글을 알아주는 사람도 드물 것이며, 설사 알아주는 이가 있다 해도 서로 만나 대면하기는 어려울 것입니다. 오직 내 마음과만 더불어 내 글에 대해 상의할 수 있습니다. 내 마음에서 일어나 내 마음에서 느꼈는데도 오히려 내 마음에 꼭 들지 않는다면 이는 심히 유감스러운 일입니다. 나는 오직 내 마음에 꼭 들도록 노력할 뿐, 어찌 천하와 후세에 바라겠습니까! 천하와 후세에 바라기도 오히려 부족하거늘 구구한 지금 시대의 명성이야 말할 나위가 있겠습니까? 내 마음에 꼭 든다면 내 글쓰기는 일이 다 끝난 것입니다.

그러나 내가 겪는 고생과 어려움이 너무 심합니다. 게다가 또 내 글은 다른 사람들이 지을 수 있는 바가 아니니, 필시 세상 사람들도 잘 모르고 집안사람도 이해를 못할 것입니다. 밖에 나가면 고관대작들이나 당세의 선비들이 괴상하게 여겨 비웃고, 집에 들어오면 집안 식구들이나 노비들도 비아냥거립니다. 밥 먹을 때가 되어도 입이 어디 있는 줄 모르고, 갖옷을 걸칠 때에도 소매에 목을 끼는 이 아우처럼 바보 같은 자만이 할 수 있는 일입니다. 그렇지 않으면 벼슬을 잃고 쫓겨나 깊은 시름 속에 쓸쓸하여 뜻을 펼칠 길이 없는, 오늘날의 형님과 같은 사람만이 할 수 있는 일입니다.

그런데 이 일은 조금만 성취가 있으면 다른 일은 모조리 폐하고 맙니다. 무릇 내가 겪는 온갖 고생과 어려움도 피하지 않고, 다른 일을 모두 폐하더라도 돌보지 않은 채 오로지 여기에만 매달리니 이것은 또 우스운 일입니다. 그러나 아우는 어리석어서 소견이 이것을 벗어나지 못합니다. 입만 열었다 하면 붓을 휘갈겨 걸핏하면 문장을 지어 내는 저들은 보통 사람보다 천 배 만 배 넘는 천재성을 가진 사람이리니, 또 어리석은 아우가 입을 놀릴 대상이 아닙니다. 형님은 고명하신 분이라 참으로 보통 사람과 어울리지 않고 우뚝하시지만, 보여 주신 여러 글들을 살펴보면 위에서 말씀드린 말을 다듬고 법이 정해진 경지에는 아직 도달하시지 못한 것처럼 보입니다. 재능이 높고 성품이 시원하여 마음 내키는 대로 모조리 쏟아부어야 통쾌하게 여기시는 탓에 그런 것이 어찌 아니겠습니까?

형님께서는 위숙자(魏叔子)의 부류는 옛 문장가와 더불어 이야기할 수준이 아니라고 말씀하셨는데 이 말씀은 정말 옳습니다. 그러나 위숙자의 "많이 짓느니 많이 고치는 것이 낫고, 많이 고치느니 많이 깎아 버리는 것이 낫다."라는 말은 정녕 옛 문장가가 전하지 않았던 비법입니다. 위숙자가 그 점을 말한 것은 문장에 대단한 공을 세운 것입니다.

진실로 하루에 한 번 고쳐서 한 해에 약간 편을 얻되, 이 약간 편 가운데서 깎아 내어 약간 편만 남깁니다. 그렇게 십 년을 지낸다면 한 권쯤 될 것입니다. 더 이상 고칠 것도 없고 더 이상 깎아 낼 것도 없는 글을 한 권 정도 쓴다면 내 마음에 꼭 맞을 것입니다. 한 권 분량의 글로 십 년을 바꾸는 것은 비록 고생스럽고 수확이 별로 없다 하겠지만, 십 년의 노력으로 천년만년을 기약한다면, 크게 수지맞는 장사요 그 또한 바랄 만한 일입니다. 그러나 이 비법은 형님께서 육백 리 길을 사람을 보내는 열성을 보이지 않으셨다면 제가 감히 경솔히 보여 드리지 않았을 것입니다. 부디 형님께서는 살펴 주시기 바랍니다.

해설

어떻게 하면 불후의 명문을 남길 수 있을까? 자존심을 누르고 후배에게 글쓰기의 비결에 대해서 물어본 선배에게, 자신의 체험에서 우러나온 글쓰기의 비법을 상세하게 설명하고 있는 편지다.

실제 글쓰기를 할 때 꼭 필요한 가장 기초적이고 구체적인 방법부터 시작하여 주제와 수사의 관계, 글의 리듬은 물론 작가의 마음가짐과 자세까지 두루 논하고 있다. 특히 글을 구상하고 다듬는 과정을 세밀하게 서술한 대목은 오늘날의 독자들이 글쓰기를 할 때에도 곧바로 도움을 받을 수 있을 내용이다.

앞서 홍석주의 글에서는 "마음 바깥에는 글이 없고, 도의 바깥에는 문장이 없다."라는 말이 핵심 주제였다면, 이 글에서는 "오직 내 마음에 꼭 들도록 노력한다.(惟吾心愜.)"라는 말이 가장 중요하다. 언뜻 보면 비슷하지만, 홍석주는 도를 마음에 체득하여 글을 써야 한다는 성리학적 입장을, 이건창은 글을 평가하는 가장 중요한 잣대를 외부에서 찾지 않고 내 마음에서 찾음으로써 양지(良知)를 중시하는 양명학적 입장을 대변한다 할 수 있다.

글의 말미에서 언급한 위숙자는 명말 청초의 유명한 문장가인 위희

(魏禧)를 가리킨다. 그의 문장이 최상승(最上乘)은 아니라는 선배의 의견에 동조하는 듯하면서도, 선배가 지은 글의 단점을 고치기 위한 약으로 위희의 "많이 짓느니 많이 고치는 것이 낫고, 많이 고치느니 많이 깎아버리는 것이 낫다."라는 말을 처방하고 있다. 아마 선배는 천부적인 재능이 탁월하여 즉흥적으로 글을 짓고 말 뿐, 두고두고 다듬는 공력은 기울이지 않았던 것으로 보인다.

간본 『명미당집』에는 수신자가 표시되어 있지 않지만, 국사편찬위원회에 소장된 초고본인 『명미당록고(明美堂麓稿)』를 통해 하정(荷亭) 여규형(呂圭亨, 1848~1921년)에게 보낸 편지라는 것을 확인할 수 있다. 여규형은 이건창과의 교유를 통해서 문학 수준이 크게 진보했다고 전해지는데 이 글이 그 증거가 된다.

정일헌의 시집 貞一軒詩藁序

동성(桐城) 요내(姚鼐)의 말에 "옛날에 태사(太姒) 이하 부인의 시를 공자께서 채록하였으니, 부인이 시를 짓는 것은 마땅치 않다고 보는 후세의 시각은 잘못이다."라 하였다. 나는 요내의 말이 정말 근거를 갖고 있다고 생각한다. 그러나 이른바 부인의 시로 전하는 작품에는 당시 사람이 그 행적을 아름답게 여기거나 그 마음을 슬프게 여겨 대신 읊어서 전해진 것이 많다. 모두가 부인이 직접 지은 작품은 아닐 것이다.

또 과거와 지금은 사람의 사정이 다르다. 『모시(毛詩)』의 서(序)에 "마음에 있는 것은 뜻이 되고, 말을 하면 시가 된다."라고 하였는데 이는 옛사람에 해당하는 말이다. 후세에는 말 밖에서 시를 구하므로 형세상 배우지 않고는 잘 지을 수 없다. 따라서 천하에서 시를 배우는 사람은 때때로 시간을 빼앗기고 일을 방해하는 탓에 도를 아는 이의 비판을 벗어나지 못한다. 더욱이 규방 안에서 길쌈과 음식에 힘쓰면서, 문사(文詞)와 성운(聲韻)에 미쳐 풍아(風雅)의 아름다움을 추구할 수 있겠는가! 부인이 시를 짓는 것이 마땅치 않아서가 아니라 단지 시를 지을 겨를이 없어서일 뿐이다. 만약 빼어나고 특출한 재능을 가진 부인이 예(禮)를 갖추고 덕을 베풀며 길쌈을 남에게 맡기거나 할 일을 그만두지 않는다면 누가 말을 꺼내 문장을 짓는 것을 막겠는가!

정일헌(貞一軒)은 나의 이종사촌 누이이자 성 씨(成氏)의 모친인 남 유인(南孺人)의 호이다. 누님은 정승 문충공(文忠公) 남구만(南九萬)의 후예로 문간공(文簡公) 성혼(成渾) 선생의 집안으로 시집을 가셨다. 일찍 홀로 되어 시조부모와 시부모를 잘 모셔서 효순(孝順)하기가 딸과 같았고, 시동생들을 친동생처럼 다독였고, 노년에 양자(養子)를 들여서는 친자식처럼 키우셨다. 집안을 잘 다스려 법도를 잘 지키는 관리가 고을을 다스리듯, 노련한 장수가 군대를 다스리듯 하셨다. 새벽에 일어나 밤늦어 쉬는 생활을 수십 년 동안 유지하며 괴로운 절개를 몸으로 지키면서도 유독 시를 잘 지었다.

그 시는 친정에 가고파도 가지 못하는 심경을 읊은 것이 많고, 시부모를 축수하고 양아들의 어짊을 바라며, 양잠과 농사가 잘된 것을 기뻐하는 작품이었다. 때때로 또 출새곡(出塞曲)의 강개한 시어나 유선시(遊仙詩)의 현묘한 소리, 태극(太極)과 이기(理氣)의 깊고 오묘한 말을 지었으나 싸늘한 등불 밑이나 차가운 빗속에서 짓는 처량하고 가련한 태도는 결코 보이지 않았다. 아! 부인이면서 이와 같이 시를 잘 짓고, 지은 시가 또 이와 같으니, 오히려 부인은 시에 마땅하지 않다고 말할 수 있겠는가!

돌아가신 내 어머니는 성품이 간단하고 투박하셔서 글을 읽을 줄 모르셨으며 남을 잘 인정하지 않으셨다. 유독 누님만은 자주 칭찬하셨고 누님도 어머님을 스승으로 모시고 어머니라 불렀다. 내 어머니가 돌아가셨을 때 누님은 사언(四言) 오십여 구(句)로 제문을 지어 올렸다. 그 글은 심경을 충분히 드러내었고, 또한 누님이 내 어머님을 어떻게 보는지 확인할 수 있었으니 덕을 아는 분이라 할 수 있다. 누님이 평생 지은 시편들은 성씨와 남씨 집안에서도 본 사람이 거의 없고 오직 나만이 볼 수 있었다. 나는 본 뒤에는 몰래 암송하고 물러나서 붓으로 적어 상자에 간직하였다.

올해 봄에 나는 벼슬에 응하지 않은 탓에 죄를 입어 섬으로 유배를 가게 되었는데, 도중에 누님이 사시는 도운산(道雲山) 밑을 지났다. 마루에 올라 절을 올리고, 옛날을 느꺼워하고 지금을 슬퍼하여 줄줄 눈물을 흘리니, 누님이 며칠 머물다 가라 붙잡으셨다.

누님의 아들 성태영(成台永) 경존(景尊)은 누님을 잘 모셔서, 누님이 즐겁게 지내시며 집안일로 걱정하지 않게 해 드린 지가 벌써 오래다. 근력이 그다지 쇠하지 않으셨는데도 다시 시를 짓지 않으시니, 시보다 더 즐거운 일이 많기 때문이리라. 경존이 내게 조용히 말했다.

"지난해에 토구(土寇)의 난리가 났을 때 어머님이 온 집안 식구를 데리고 피란 가시면서 서둘러 시고(詩藁)를 불에 던지며 '내가 손수 쓴 필적을 길에 흘릴 수 없다.'라고 하셨습니다. 난리가 평정되고 나서 제가 다시 부본(副本)을 수습하여 한 권으로 엮었습니다. 그대가 아니면 서문을 써 줄 사람이 없다 생각하여 길을 떠나 만나 뵙고 부탁하려 했더랍니다. 지금 그대는 불행히 여기까지 왔으나 나는 다행히 그대를 만났으니, 감히 부탁드립니다."

나는 이렇게 답을 했다.

"그대가 이 말을 안 했더라도 나도 글 상자 속에 간직하던 누님의 시고를 후세에 전하려 했고, 그 일을 도우려 했었네. 그런데 자네가 벌써 이렇게 마음을 썼군."

마침내 사양하지 않고 서문을 썼다.

누님은 일찍이 나에게 편지를 보내 이렇게 말씀하셨다.

"나는 일개 미망인이요 내 아들은 일개 서생일 뿐일세. 세상이 어지럽고 나라가 위태해도 내가 감히 걱정할 바가 아니지만, 오직 우리 아우님 때문에 밤낮으로 걱정한다네. 『중용』에서 이르지 않았는가? '그 말은 충분히 의지를 일으킬 수 있고, 그 침묵은 충분히 용납받을 수 있다.'라고. 우리 아우님을 위해 외워 드리네."

누님이 나를 이토록 사랑하시는데 지금 귀양길에 오르자 누님은 의연하게 괜찮다고 말씀하신다. 내가 그래서 시를 지어 올려 "다시 조대고(曹大家)의 말씀 들으니, 굴원의 누이처럼 꾸짖지 않으시네."라 하였다. 이 시를 보면 누님의 식견이 높다는 것을 알 수 있으리라. 나는 누님의 시를 읊을 수 있고 누님의 시집에 서문을 지을 수 있지만, 시집 속에 단 한 편도 내게 주신 시는 없다. 이것을 보면 누님의 법도에 미칠 수 없어 더욱 탄복할 뿐이다.

해설

여성의 시집에 붙인 서문으로 의론(議論)과 서사(敍事)가 잘 결합된 명문이다. 앞부분에서 의론을 전개하여 여성의 문학 활동을 긍정하는 견해를 피력하였다. 서두에 나오는 요내는 청나라를 대표하는 산문 유파인 동성파(桐城派)의 거물이다. 여성이 시를 짓는 것을 못마땅하게 생각할 이유가 없음을 역설하는 그의 글을 인용하여 여성의 문학 활동을 옹호하였다. 시를 짓는 여성이 드문 것은 그네들이 선천적으로 문학에 열등해서가 아니라, 집안일을 하느라 시를 지으려면 익혀야 할 많은 규칙과 지식을 체계적으로 익힐 틈이 없어서이다.

서사의 부분은 후반부에서 펼쳐진다. 이종사촌 누이인 정일헌(貞一軒) 남씨의 인품과 평소 행적을 비롯해서 그녀가 가꾼 시 세계의 특질, 그리고 서문을 쓰게 된 동기와 과정까지 선명하게 제시하였다. 1896년 예산에서 직접 정일헌을 만났을 때 일화를 써서 정일헌의 식견을 부각시켰다. 정일헌의 아들이 시집을 엮지 않았다면 자신이라도 시집을 간행했을 것이라는 말을 통해 여성의 문학 활동에 적극적 가치를 부여하고자 한 서두 부분의 의론과 호응하고 있다. 여성 문학을 다룬 문장 가운데 백미로 꼽을 수 있다.

유길준

俞吉濬

1856~1914년

자는 성무(聖武), 호는 구당(矩堂), 본관은 기계(杞溪)다. 소년 시절부터 박규수(朴珪壽)의 문하에 출입하며 나라 밖 사정에 눈을 떴으며, 1881년 신사 유람단에 참여하여 후쿠자와 유키치(福澤諭吉)의 게이오 의숙(慶應義塾)에서 공부했다. 1883년 1월에 귀국하여 통리교섭통상사무아문(統理交涉通商事務衙門)의 주사(主事)에 임명되었으나 곧 사임했다. 7월 보빙사(報聘使) 민영익의 수행원으로 미국으로 가서 일본 유학 시절부터 안면이 있던 에드워드 실베스터 모스(Edward Sylvester Morse)의 지도를 받았고, 이듬해 더머 아카데미(Governor Dummer Academy)에서 수학했다. 귀국 뒤에 『서유견문(西遊見聞)』을 완성하여 1895년에 일본에서 출판했다. 서구의 근대 문명을 소개한 이 책에서는 입헌 군주제 도입, 상공업 및 무역 진흥, 근대적 화폐 제도와 조세 제도 수립 및 교육 제도 실시 등을 주장했다. 이후 정계에서 고관이 되어 주요 역할을 수행했다. 일진회의 한일 합방론에 반대했으며, 국권 상실 후 일제가 수여한 작위를 거부했다.

『서유견문』 이외의 저서로 국어 문법서인 『대한문전(大韓文典)』, 민중을 계몽하기 위한 『노동야학독본(勞動夜學讀本)』, 한시를 모은 『구당시초(矩堂詩抄)』 등이 전한다.

『서유견문』 서문　　西遊見聞序

성상(聖上)께서 나라를 다스리신 지 십팔 년 되는 신사년(1881년) 봄에 내가 동쪽으로 일본에 유학하여 그 인민들의 근면한 습속과 문물의 번성한 모습을 보니 평소 예상하던 바와는 달랐다. 그 나라의 박학한 학자와 논의하고 시문을 주고받는 사이에 그 뜻을 파악하고, 새로 보는 기이한 책을 반복하여 연구하는 사이에 그 일을 살펴보아, 실제 정황을 투철하게 이해하고 참된 세계를 펼쳐 보았더니 그들의 조치와 설계에는 서구의 풍모를 모방한 것이 열에 여덟아홉을 차지하였다.

대개 일본이 유럽의 화란국(和蘭國, 네덜란드)과 교류한 지가 이백여 년이 넘었으나 오랑캐로 배척하여 변방의 관시(關市)를 허가할 따름이었다. 최근에는 구미 여러 나라와 조약을 맺은 뒤로 친선의 돈독함을 따르고 시류의 변개(變改)함을 관찰하여, 저들의 장기(長技)를 취하고 제도를 따라 하여 삼십 년 동안 이렇게 부강함을 이루었다. 그러하니 홍모벽안(紅毛碧眼)의 재예(才藝)와 식견이 우리보다 나은 점이 반드시 있을 것이요, 내가 옛날 예상한 바와 같이 순전한 오랑캐 수준에 머물지 않았던 것이다.

내가 이번 유람에 기행문 한 편이 없어서는 안 되겠다고 생각하여, 마침내 견문을 수집하고 또한 서적을 참조해서 한 종의 기행문을 지었으니 이때가 임오년(1882년) 여름이었다. 우리나라가 또한 구미 여러 나라와 우호 조약을 체결하여 그 소식이 에도(江戶)에 도착했다. 내가 기행문을 짓는 일에 전력을 제법 기울이며 생각하기를, '내 몸이 서양 여러 나라에 직접 가 보지 못하고 남에게 들은 이야기를 주워 엮어 이 기행문을 쓰는 것은 꿈속에서 남의 꿈을 말하는 것과 다르지 않다. 그러나 저들과 교류함에 저들을 모르면 안 되나니 저들의 일을 싣고 저들의 풍속을 논하여 우리나라 사람이 살펴보는 데 이바지한다면 오히려 작은 보탬이 없지는 않으리라.'라고 하였다. 하지만 직접 목격한 실제 상황을 쓰지 못했기 때문에 스스로도 미심쩍은 점이 있었다.

얼마 지나지 않아 나라에 사변이 갑자기 일어났는데 전보로 오는 풍문이라 실상에 근거한 소문인지를 다 알 수 없었다. 낯선 땅에서 방황하며 임금님과 부모님을 그리는 마음이 간절할 즈음에 운미(芸楣) 민 공(閔公)(공의 이름은 영익(泳翊)이니 운미는 공의 호이다.)이 배를 타고 와서 난을 진압한 전말(顚末)을 말해 주었다. 공이 또 나의 어리석음을 내치지 않아 그해 겨울에 함께 돌아왔으니 해를 넘긴 나그네가 어찌 깊이 감복하여 즐겨 따르지 아니하겠는가?

그다음 해 계미년(1883년)에 외람되이 외무 낭관(外務郞官)에 뽑혀 재가를 받는 성은을 입으니 감격하고 분발하여 보답하려는 뜻이 더욱 굳어졌다. 그러나 나이가 어리고 학식이 부족하므로 감히 그 벼슬을 사양하고 일본에서 보고 들은 것을 기록한 책을 엮었는데, 그 원고를 다른 사람이 가져가 잃고 말았다. 아쉬움을 이기지 못하고 있는 터에 이때 미합중국 전권사(專權使)가 우리나라에 오매, 우리나라에서 답방(答訪)하는 예를 의논하여 문무와 재덕을 겸비한 인재를 구할 때 민 공이 뽑혔고 나는 공을 수행하여 만 리 길에 올랐으니 또한 유람을 위함이었다.

미국의 수도에 이르러서 사행단의 일이 끝나자, 공이 장차 복명(復命)하기 전에 나를 미국에 머물게 하여 탐구하는 책임을 주고 미국 외무부에 부탁해서 돌봐 주기를 전적으로 요청했다. 외무부 역시 기꺼워하며 공의 깊은 뜻에 감복하고 친목하는 정의에 감격하였다. 나는 나이 어린 일개 서생으로 학식은 나라를 빛내기 부족하고, 재능은 다른 사람들에 끼일 만하지 못했다. 감히 사신의 명을 받아 외국에 유학하는 소임을 담당하니 나의 영광은 지극히 크지만, 만약 조금의 성취도 없다면 첫째는 나라에 부끄러움을 끼치는 것이요, 둘째는 민 공의 정중한 부탁을 욕되게 할 상황이었다. 이를 두려워하고 경계하여 언행을 스스로 삼가고, 뜻을 스스로 굳게 하여 근면하려는 뜻을 더하고 수업하는 노력을 기약했다.

그 나라의 문물을 알고자 하면 그 문자를 해독하지 않으면 안 되고, 그 문자를 해독하려 하면 그 말을 배우지 않으면 안 된다. 이는 몇 해에 걸친 학습을 통하여 이룰 수 있는 바요, 잠깐 사이에 효과를 바로 볼 수 없는 일이다.

마사주(磨沙州, 매사추세츠주)의 학문 대가 모씨(毛氏, Morse)에게 가서 가르침을 청하니, 마사주는 미합중국 문물의 주도권을 행사하는 곳이라 일컬어지며 큰 학자들이 줄줄이 나온 지역이다. 그러므로 그곳 사람들의 학술과 공예(工藝)가 미주(美洲)에서 으뜸가며, 또 모씨는 뛰어난 재주와 넓은 지식으로 미주 전역의 학문 지도자 자리에 있으면서 그 명성을 세계에 떨치는 분이다. 내 수업하는 차례를 가르쳐 주어 학교에 출입하는 데 여러 규정들을 살펴 주었으며, 또 자신의 집에 나를 머물게 했다. 학술에 대한 가르침이 매우 자상하고 친구를 사귀는 일에도 신경 쓰며, 문인 학사와 사귀도록 이끌어 주었다. 그러므로 내가 공부하는 데 그 도움이 적지 않았다.

나는 본 것이 좁을지언정 부허(浮虛)하다는 질책을 벗어났고, 들은 것이 소략할지언정 거친 폐단은 면했기에 그들의 말을 대충 이해하고 그들의 풍속에 점차 익숙해져서, 술 마시는 잔치에 초대받기도 하고 무도회에서 노니는 모임을 참관하기도 하면서 그들의 여가 생활과 슬퍼하고 즐기는 풍습을 알았으며, 혼인하고 장례하는 예절을 살펴서 길흉의 규범을 터득했다. 학교 제도를 연구하여 교육하는 깊은 뜻을 엿보고, 농업·공업·상업의 일을 살펴보아 그들의 부유하고 번성한 상황과 편리한 제도를 탐구하며, 무비(武備)·문사(文事)·법률·부세(賦稅)의 여러 규칙을 물어서 그 나라 정치의 줄기를 대략 이해하였다. 그 뒤에 비로소 크게 탄식하고 두려워하여 '민 공이 내가 재주 없음을 하찮게 여기지 않고 이 땅에 유학하게 한 것은 그 뜻이 있어서이니, 내가 나태한 습성으로 세월을 보내서야 되겠는가?'라고 생각하였다.

그리하여 들은 것을 기록하고, 본 것을 쓰고, 또 고금의 책에서 읽은 것을 추려서 풀이하여 책 한 권 분량을 이루었으나, 학업을 닦느라 틈이 없었던 까닭에 번다함을 깎아 내지 못하고 편차도 정하지 못한 채 짐 속에 넣어 두었다가 귀국하여 완성하기를 기약했다.

갑신년(1884년) 겨울에 강의실에서 문답하는 도중 어떤 학생 한 명이 손에 신문 쪽지를 쥐고 "자네 나라에 변고가 생겼다."라 하기에 깜짝 놀라 낯빛이 바뀌어 숙소에 돌아오니, 이때 큰 눈이 뜰 앞의 소나무를 누르고 으스스한 바람은 유리창을 때렸다. 한밤 내내 뒤척거리며 잠을 이루지 못하고 고국에 대한 그리움이 만 리 바다를 넘어 오갔건만, 달려가 위문하는 도리를 지키지 못하고 중간에 소식이 단절되었다. 충정의 분개함이 밤낮으로 심해졌으나 떨치고 날아가지 못함이 한스러웠다.

다음 해 을유년(1885년) 가을에 대서양의 거센 파도와 홍해(紅海)의 열기를 헤치고 지구를 돌아서 이해 겨울에 제물포(濟物浦)에 다다랐다. 이

때부터 강석(江石) 한 공(韓公)〔공의 이름은 규설(圭卨)이니 강석은 공의 호이다.〕 댁에 머물렀으니, 공은 뜻있는 군자였다. 내가 이 책을 저술하는 일을 돌아보아, 정해년(1887년) 가을에 한적한 정자로 거처를 옮길 것을 허락했다.

옛 원고를 살펴보니 태반은 잃어버려서 몇 년 동안 공들인 것이 눈 위의 기러기 발자국이 되어 버렸다. 남은 원고를 정리하고 잃어버린 부분을 증보하여 이십 편(編)의 책을 완성하되, 우리 글자와 한자를 혼용하여 문장의 체재를 꾸미지 않고 속어(俗語)를 사용하기에 힘써서 뜻을 전달하는 데 역점을 두었다. 원래 몇 년 동안 보고 들은 실사(實事)와 학습한 노력을 어렴풋이 정리한 것이라, 소략하다는 비판을 피하기 어려우며 착오한 잘못이 있기 또한 쉽다. 그러나 비유하자면 산을 그리는 것과 같아서 그림의 잘되고 못됨이 수세(手勢)의 운용과 의장(意匠)의 경영에 달려 있다. 진경(眞景)의 칠분(七分)에는 이르지 못해도 오히려 우뚝 높은 것은 산봉우리요 울퉁불퉁한 것은 바위이며 삐죽삐죽하고 울창하며 짙고 옅으며 깊고 빼어난 것은 풀과 나무이므로, 때때로 구름과 안개가 변화하는 자태나 기이한 모습을 덧붙여 그리는 것은 그저 화가의 기량에 달려 있다.

지금 이 책이 비록 졸렬하지만 또한 이와 같을 따름이라 산의 그림을 가리켜 산이라 말하는 것이 그림자를 가리키는 것이나 그림이 유래한 근본은 진실로 존재하나니, 이 책을 마주하는 사람이 또한 이와 같이 생각한다면 괜찮으리라.

책이 완성된 지 얼마 뒤에 벗에게 보여 주고 비평을 부탁하니 벗은 이렇게 말해 주었다. "그대의 뜻은 참으로 고심에서 나왔으나 우리글과 한자를 혼용한 것이 문장가의 궤도를 벗어났기에 안목을 갖춘 사람들의 비판과 비웃음을 벗지는 못할 것일세."

내가 이렇게 대답했다. "여기에는 까닭이 있으니, 첫째로 글의 뜻이 쉽고 순조로움을 취하여 문자를 조금이라도 아는 사람이면 쉽게 이해하도록 배려하였고, 둘째는 내가 읽은 책이 적어서 글을 짓는 법에 익숙지 않아 글쓰기의 편의를 도모하였으며, 셋째는 우리나라에서 칠서(七書)를 언해(諺解)한 법을 대략 본받아서 상세하고 명백하게 하고자 했네.

또 세상의 여러 나라들을 두루 돌아보니, 각각 그 나라의 언어가 다른 까닭에 문자도 자연히 같지 않네. 언어는 사람의 사려(思慮)가 성음으로 나타난 것이요, 문자는 사람의 사려가 형상으로 드러난 것이네. 이런 까닭에 언어와 문자는 나누면 둘이요 합하면 하나이니, 우리글은 우리 선왕(先王)께서 창조하신 문자이고 한자는 중국과 함께 쓰는 문자이네. 나는 오히려 순전히 우리글만 못 쓰는 것을 유감스럽게 여긴다네. 구미 여러 나라와 교류를 허락했으니, 우리나라 사람들이 상하 귀천(上下貴賤)과 아녀자를 막론하고 저들의 실정을 모르면 안 되는 상황이네. 난해한 문자로 모호한 이야기를 지어 실정을 전달하는 데 차질이 생기는 것보다는 명쾌한 주제와 쉬운 말에 의지하여 실제 상황을 드러내려 힘쓰는 것이 옳네. 우리나라 사람들에게 읽히기 위하여 민 공이 내게 유학하고 책을 짓도록 명한 것이니, 나는 이 책이 완성되어 공의 부탁을 저버리지 않은 것을 매우 다행스럽게 생각하네."

벗은 "알았네. 그대의 말이 그럴듯하지만, 사람들이 어떻게 생각할지는 나중에 공정한 의론을 기다림이 좋을 것 같네."라 말했다.

개국(開國) 498년 기축(1889년) 늦봄에 유길준은 스스로 서를 쓴다.

해설

근대의 명저인 『서유견문』에 저자가 직접 붙인 서문이다. 이 책은 서구 문명과 제도를 본격적으로 조선에 소개한 최초의 저서이다. 그 내용의 중요성과 가치는 굳이 언급할 필요가 없을 만큼 널리 알려져 있다. 이 글에서는 왜 서구의 문명을 소개하는 저작을 써야 했는지, 어떤 과정을 거쳐 서구 문명을 남보다 빨리 접하게 되었는지를 밝혔다. 책을 쓴 동기와 과정 자체가 역사적 격동기의 작은 역사임을 느끼게 한다.

그 내용 못지않게 중요한 사실은 내용을 전달하는 문장을 무엇으로 썼느냐 하는 점이다. 이 저술은 한문이 아니라 우리말로 지어지고 국한문 혼용체로 표기되었다. 이는 당시까지 지식인이 순전한 한문으로만 저술하던 관례를 통쾌하게 깨트린 일종의 충격적인 사건이었다.

글의 후반부에서 벗과의 대화를 통해 저자 스스로도 그 점을 매우 중요하게 생각하고 있음을 밝혔다. 새 술은 새 부대에 담아야 하고, 더욱이 가능한 많은 사람들에게 읽혀야 하므로 고상한 한문 문장으로 한껏 멋을 부려 쓸 수 없다는 결단이었다. 그러나 이전에는 유례가 없던 일이기에 고민을 거듭한 결과, 저자는 조선 시대에 출간된 유교 경전의 언해에서 모범을 찾아 새로운 문장의 좋은 선례로 삼았다. 어문 생활과 문자 생활의 혁명을 스스로 실현한 저자의 생생한 발언을 엿볼 수 있어, 역사적 의미가 있는 글이다.

이건승
李建昇

1858~1924년

자는 보경(保卿), 호는 경재(耕齋), 본관은 전주(全州)다. 이상학(李象學, 1829~1888년)의 둘째 아들로 이건창이 그의 맏형이다.

1891년 진사에 급제했고 1894년 나라에서 벼슬을 내렸으나 갑오개혁에 비판적이었으므로 취임하지 않았다. 1905년 을사조약이 체결된 뒤 자결하려 했으나 뜻을 이루지 못했고, 1906년 고향인 강화도 사기리(沙磯里)에 계명의숙(啓明義塾)을 세워 후학 교육에 전념했다. 1910년 경술국치 이후로는 만주로 망명하여 간도 지역에서 활동하다가 그곳에서 세상을 떠났다.

시문을 모두 잘 썼다. 특히 조선 말기와 일제 강점기 초기에 활동한 애국적 인물의 전기를 여러 편 지었고, 그들과 주고받은 편지와 논설문은 명료한 논지와 강개한 논조를 지녀 우수한 가치를 지닌다. 문집으로는 주로 망명 이후의 작품을 수록한 『해경당수초(海耕堂收艸)』가 전한다.

『명이대방록』을 읽고 書明夷待訪錄後

내가 예전에 이원도(李元度)가 편찬한 청나라의 『국조선정사략(國朝先正事略)』에서 황종희(黃宗羲)의 전기를 읽어 본 적이 있는데 열거된 황종희의 저서 가운데 『명이대방록(明夷待訪錄)』이 들어 있었다. 그 제목을 보고 나라를 다스리는 일을 다룬 대작임을 알아차려서 읽어 보고 싶었으나 책을 얻을 길이 없었다.

한참 뒤 내가 개성을 들렀을 때 여관에서 어떤 사람과 황종희에 얽힌 사건을 주제로 대화를 나누었다. 장우(張遇) 군이 옆에 있다가 "최근에 출간된 『대방록(待訪錄)』을 보았는데 틀림없이 이 책일 것입니다."라고 했다. 나는 기뻐서 "날 위해 좀 구해다 주게!"라고 부탁했다. 이튿날 장우 군이 『대방록』을 가져왔다. 나는 다 읽고 나서 한숨을 내쉬며 이렇게 말했다.

"만약 이 책에 실린 대로 중국이 실천했다면 중국이 어찌 이토록 피폐해졌겠는가? 만약 중국이 스스로 부강해졌다면 우리나라가 어찌 오늘날의 상황에 이르렀겠는가? 그러나 그 학설이 당시에는 실행되지 못했으나 오늘날에는 실행될 수 있으리라."

『대방록』의 「임금이란 무엇인가(原君)」에서 책 전체의 대의(大義)를 볼 수 있는데, 이야말로 옛 성왕의 심법(心法)이자 근래 열강이 입헌(立憲)한 본의(本義)다. 최근에 양계초(梁啓超)와 강유위(康有爲) 같은 무리도 이와 비슷한 주장을 펼쳤다. 그러나 그들은 눈으로 직접 유럽과 아시아의 시사(時事)를 보고 그 성패를 확인한 데다가 특별히 꺼릴 만한 금기가 없는 시대라 익숙하게 듣고 흔하게 보는 현상이므로 그 주장을 펴는 것이 어렵지 않다. 황종희의 시대는 그렇지 않았다. 중국이 서구와 교류하지 않았고, 아득히 수천 년 동안 감히 그 주장을 펴는 이가 없었다. 감히 말도 꺼내지 못했으며 군주의 전제(專制)에 길들여지고 자연스럽게 녹아들어 사고가 여기에 미친 이가 없었다. 오로지 맹자가 거칠게 이 주장을 펴기는 했으나 그마저도 시원하게 말하지 못했다. 옛날의 관점에서 보면 황종희는 특별한 안목의 소유자요, 오늘날의 관점에서 보면 황종희는 선견지명의 소유자다. 그만큼 특별한 안목과 선견지명을 갖춘 선비를 나는 고금에 많이 보지 못했다.

이 주장이 시행되었다면 큰 근본이 서고, 그가 주장한 교육 제도, 인재의 등용, 토지와 조세 제도, 국방 제도는 모두 그 벼리를 따라 그물코가 펴지듯 시행되어 어떤 정사이든 잘 시행되지 않았겠는가! 청나라 초기에 강희제(康熙帝)는 현명한 군주로 일컬어졌다. 한 시대의 명유(名儒)들을 다 불러 모아 제 손아귀에 쥐고, 나라가 잘 다스려지고 안정되었다고 스스로 판단했다. 이 사람이 그의 치세에 있었음에도 눈앞에서 놓치고 끝내 등용하지 않았으니 그 까닭이 무엇이었을까? 바로 황종희가 말한 것처럼 천하를 막대한 산업(産業, 여기서는 사유 재산을 가리킴)으로 간주하고 이해의 권한이 다 자기로부터 나오니까 자신의 자손 중에서 “앞으로 내세에는 결코 제왕의 집안에 태어나지 않도록 해 주소서!”란 말을 할 줄은 생각도 못했던 것이다. 어찌 안타까운 일이 아니겠는가!

근래의 여러 열강은 그렇지 않다. 적합한 인물이 있으면 쓰지 않은 적이 없다. 몽테스키외나 루소와 같은 사람들은 직접 세상에 쓰이지는 않았으나 그 학설이 마침내 세상에 쓰였다. 삼권 분립(三權分立)과 자유론이 시행되어 나라가 부강해지고 공리(公利)가 사람에게 미쳐 나라가 저와 같이 장구하게 유지되고 있다. 황종희의 넋이 있다면 어찌 황천에서 한스러워하지 않으랴! 내가 바야흐로 중국의 백성이 되려 하는 차에 그 나라의 국운이 장구하기를 기원하지 않을 수 없다. 그래서 이 글을 읽고 느꺼워 마지않는다.

해설

이 글의 문체는 서후(書後)로 발문과 같은 성격의 글이자 독후감이다. 글쓴이가 망국의 한과 분노를 삭이며 1910년 9월 만주로 망명하는 길에 개성에 들렀을 때, 황종희의 『명이대방록』을 얻어서 읽고 감상을 썼다. 황종희의 주장이 대한 제국에서 실현되었더라면, 또는 중국에서 실현되었더라면 저 일본에 나라가 망하는 치욕이 없었을지도 모른다는 비감한 소감이 바닥에 깔려 있다.

당시 이건승은 개성에서 왕성순(王性淳)의 집에 머물면서 함께 망명을 떠나기로 한 홍승헌(洪承憲)과 자신을 전별하러 온 사촌 동생 이건방(李建芳), 조카 이범하(李範夏)를 기다리고 있었다. 이건승은 이때 개성의 사진관에서 사진을 찍어 이건방과 나누어 가지고는 다음과 같은 찬(贊)을 적었다.

저 훤칠하면서도 파리한 사람은	彼頎而癯
나와 다르지 않건만	與吾不殊

이 끓어오르는 마음은 此魂磊而輪困

어디에서 찾을 수 있나? 於何見吾?

사진 속의 내 모습은 외양은 나와 같을지라도 나라를 잃은 마음속의 울분과 한은 표현하지 못한다고 했다. 명나라가 만주족에게 멸망한 뒤 『명이대방록』을 짓던 시절 황종희의 비분 또한 다르지 않았을 텐데, 망국 유민이 된 이건승 역시 그 비분을 이 발문에 싣고 있다. 이건승은 서구 선진국의 입헌 공화제를 접하기 한참 전에 이미 황종희가 전제 군주제의 폐해를 지적하고 체계적인 개혁 방안을 제시했음에 감탄하고, 그의 개혁 방안이 중국에서 시행되지 못한 것을 아쉬워했다. 조선에 적용하는 문제를 언급하지는 않았으나 실제로는 함께 들어 있다고 볼 수 있다.

박은식 朴殷植

1859~1925년

자는 성칠(聖七)이고, 호는 겸곡(謙谷)·백암(白巖)·태백광노(太白狂奴)·무치생(無恥生) 등을 썼다. 본관은 밀양(密陽)이다.

황해도 황주(黃州)에서 태어나 어려서부터 신동으로 이름났다. 전통 한학(漢學)을 깊이 공부한 바탕 위에 외세의 침략에 대처하고자 동도서기(東道西器)의 태도로 전환하여 적극적으로 언론과 계몽의 문필 활동을 전개했다. 1898년 독립협회에 가입하여 활발히 활동했고, 《황성신문(皇城新聞)》, 《대한매일신보(大韓每日申報)》 등의 신문과 《서우(西友)》와 《서북학회월보(西北學會月報)》 등의 근대 기관지에서 주필로 활동하며 애국계몽 운동과 항일 언론 활동, 교육 운동에 힘썼다. 국권을 잃은 뒤에는 중국으로 망명하여 꾸준히 독립운동에 참여해 1919년 대한민국 임시 정부가 수립되는 데 힘을 보탰고, 1925년에는 임시 정부의 제2대 대통령으로 취임하여 독립운동에 진력하다가 세상을 떠났다.

애국 계몽기의 주요한 문필가로 국민을 계몽하고 역사를 논하는 깊이 있는 논설문을 다수 썼다. 대부분 문장의 주제가 정치와 교육, 역사와 사회의 실무를 다루어 분석적이고 애국적이다. 저작으로 『한국통사(韓國痛史)』, 『한국독립운동지혈사(韓國獨立運動之血史)』, 『동명성왕실기(東明聖王實記)』, 『안중근전(安重根傳)』, 『겸곡문고(謙谷文稿)』 등이 전한다.

역사를 잃지 않으면 나라를 되찾는다

韓國痛史緖言

대륙의 원기(元氣)가 동쪽 바다로 달려가다 백두산에서 절정에 이르러 북쪽으로 요동(遼東) 벌판을 열었고 남쪽으로 한반도가 되었다. 한국(韓國)은 요임금 시대에 나라를 세웠으니 인문(人文)이 일찍부터 열리고, 백성들은 윤리를 돈독히 지켜서 세상에서 군자의 나라로 일컬었으며, 역사가 면면히 이어져 사천삼백여 년을 지속하였다. 오호라! 옛날에는 문화가 극동의 섬 세 곳에 전해져서 저들의 음식과 의복과 건축물이 우리나라에서 나왔고, 종교와 학술이 우리나라에서 나왔기에 저들은 일찍이 우리나라를 스승으로 섬겼건만 지금은 노예로 부리는가?

나는 지독한 액운의 시대를 만나서 망국의 설움이 맺혔으나 죽을 수는 없는 노릇이라 마침내 고국에서 도망하였다. 경술년(1910년) 모월 모일 아침에 한양을 떠나 저녁에 압록강을 건넜다. 다시 북쪽 강가를 거슬러 올라가면서 멀리 위례성(慰禮城, 한양) 방향을 바라보다가 걸음을 멈추었다. 고금의 일을 떠올려 생각하니 감회가 서리고 기막힌지라 머뭇거리고 안타까워하며 오래도록 자리를 뜨지 못하였다. 하지만 타국의 도망자 신세라서 남을 대할수록 부끄러움만 늘어나고, 거리를 다니는 아이들이나 장터의 종놈조차도 하나같이 망한 나라의 노예라고 나를 욕하는 것 같았다. 하늘과 땅이 크다고 한들 여기를 버리고 어디로 간단 말인가?

그때 혼하(渾河)에는 가을이 깊어가 쑥대는 꺾이고 풀은 시들었으며, 원숭이는 애처롭게 울고 부엉이는 섧게 울었다. 나는 선영과 고향에 통곡을 하고 떠나와서 그 눈물이 채 마르지 않은 터라 이렇듯이 풍경이 눈에 부딪혀 슬픔을 자아내니 더욱이 무슨 수로 견디랴?

고국은 구름과 안개에 너머 아스라이 보였다. 아름다워라! 산과 강은 우리 조상들이 터를 잡았고, 울창하여라! 삼림은 우리 조상들이 나무를 심었다. 기름진 들판 비옥한 땅에서는 우리 조상들이 논밭을 갈았고, 금과 은, 구리와 쇠는 우리 조상들이 캐어 냈으며, 집짐승과 강물의 물고기는 우리 조상들이 길러 냈다. 주택을 지어 햇볕과 습기를 피하였고, 의관을 갖춰 입어 짐승과 구별하였으며, 그릇과 도구를 만들어 편리하게 사용하였고, 예악(禮樂)과 형정(刑政)으로 문명을 만들었으니 그 모든 것이 우리 조상들의 손때가 묻은 자취이다.

우리 조상들이 한량없는 두뇌와 피와 땀을 다 쏟아서 우리 자손들에게 산업과 교육의 도구를 장만하여 물려주고서 대대로 전하여 지켜 가면서 우리의 삶을 윤택하게 하고 우리의 덕을 바르게 하여 영원토록 화목하게 살게끔 해 주셨다. 어찌하여 하루아침에 다른 민족에게 강탈당해 사방에서 입에 풀칠하기 바쁘고, 유리걸식(遊離乞食)하여 엎어지고 자빠지느라 고통을 견딜 수 없으니 또한 장차 민족이 멸절(滅絶)되는 지경에 빠질 것인가?

저 세계의 강하고 흉포한 나라는 나날이 힘이 약한 나라를 침략하여 삼키고 나약한 종족을 도태시키는 짓을 일삼고 있거니와 그 참독한 해를 입은 나라가 줄줄이 있으나 우리 한국과 같은 경우는 없다. 고금의 멸망한 나라로 비교하여 사례를 찾아본다면, 스웨덴이 노르웨이를, 오스트리아가 헝가리를 똑같이 합방(合邦)했다고 하지만 그 민족을 대우하기는 등급을 현격하게 나누어 차별하지 않았는데, 한국 사람에게 이렇게 했던가? 터키는 비록 이집트를 병합했으나 여전히 국왕을 그대로 두어 조상의 제사를 끊지 않도록 하였는데 우리 한국의 황제는 왕으로 강등시켰다.

영국은 캐나다 등 여러 나라에 대해서 헌법을 두어 그 나라를 지키고, 의회를 세워 유지하는 권리를 허락하였고, 다른 나라와 맺은 조약을 모두 하나하나 보존하도록 허가했는데, 한국 사람이 이 권리를 얻었는가? 저들이 한국에서 펼친 정사(政事)는 한결같이 대만(臺灣)에 펼친 것을 다시 펼치고 있어 조금도 차이가 없다. 대만은 독립된 나라가 아니었는데도 똑같이 취급하니 이는 멸망한 나라 가운데서도 특히 하등으로 대우한 것이다.

또한 사람은 몸에는 옷을 걸치고 배에는 곡식을 채워야 해서 흙을 먹고 샘물을 마시는 벌레 같은 존재가 아니거니와 먹고 살아가기 위해서는 오로지 산업이 필요하다. 저 영국은 인도와 이집트에 대하여, 프랑스는 베트남에 대하여, 미국은 필리핀에 대하여, 비록 부강한 국력으로 그 나라의 국권을 점유하였어도 국민의 산업은 스스로 보존하도록 내맡겨 두었다.

일본은 가난한 나라이며 곤궁한 국민이 많다. 재정(財政)이 날마다 고갈되고 채무가 날마다 늘어나서 가혹한 세금과 무자비한 수탈을 한국 국민에게 부과하여 갈수록 그 조목이 번잡해졌다. 한국에 건너온 일본의 곤궁한 빈민이 벌 떼처럼 이르러서 우리 국민의 산업을 빼앗지 않으면 살아갈 길이 없다. 저들 정부는 식민(殖民)에 급급하기만 하고 저들에게 베풀 만한 자산이 없으므로 설령 한국 사람에게 관대한 정사를 펴서 살아갈 명맥을 보존해 주려는 마음이 있다고 해도 형편상 할 수가 없다.

이렇게 본다면, 고금에 멸망한 나라의 참혹함이 한국보다 심한 나라가 어디에 있을까? 하늘과 땅은 까마득하고 식어 가는 목숨은 가물가물하니 고통의 울부짖음과 억울함의 호소를 자연히 멈출 수 없다.

그러나 옛사람은 "나라는 멸망시킬 수 있어도 역사는 멸망시킬 수 없다."라고 말하였다. 나라는 육체이고, 역사는 정신이다. 지금 한국의 육체는 훼손되었으나 정신은 홀로 존재할 수 없는가? 이것이 『한국통사(韓國痛史)』를 짓게 된 까닭이다. 정신이 존재하여 멸망되지 않는다면 육체는 때가 되면 부활할 것이다. 그러나 이 책은 불과 갑자년(1864년) 이후 오십여 년의 역사일 뿐이니 사천 년 역사 전체의 정신을 어떻게 전할 수 있겠는가? 이는 우리 민족이 우리 조상을 생각하며 잊지 않는 것에 달려 있다.

비록 예루살렘은 멸망하고 유태인은 타국을 떠돌아다녔으나 다른 민족에 동화되지 않아서 지금까지 이천 년 동안 유태 민족이란 호칭을 잃어버리지 않고 그 조상의 종교를 보존할 수 있었다. 인도는 비록 망하였으나 브라만이 그 조상의 종교를 굳게 지켜 부흥하기를 기다리고 있다. 반면에 멕시코는 스페인에게 망하고 문화와 문자가 모조리 사라져서 지금 인종은 비록 존재하지만 외우는 것은 모두 스페인 글이고, 행하는 것은 모두 스페인 문화이며, 사모하는 것은 모두 스페인의 인물이니, 멕시코인의 육체는 비록 존재하지만 그 정신은 이미 전멸하였다.

지금 우리 민족이 다함께 우리 조상의 피로 뼈와 살을 삼고, 우리 조상의 넋으로 영혼을 삼는다면, 우리 조상에게 신성한 교화(敎化)가 있고, 신성한 정법(政法)이 있으며, 신성한 문사(文事)와 무공(武功)이 있으니 우리 민족이 굳이 다른 데서 찾아야 하겠는가? 우리 형제들이 생각하고 생각하여 잊지 말아서 육체와 정신이 전멸되지 않도록 하는 것이 나의 소원이다. 이것은 이 책의 밖에 있는 우리 민족이 융성하던 시대의 역사에서 찾는 것이 옳은 일이다.

해설

나라가 망했어도 역사를 잃지 않고 보존하면 빼앗긴 나라를 되찾을 수 있다는 주제로, 왜 『한국통사』를 써야 하는지 동기를 밝힌 글이다. 원제목은 '『한국통사』의 서언(緖言)'인데 서문이라 하지 않고 서언이라 한 이유는 본론에 들어가기에 앞서 대강의 서론적인 해설로 썼기 때문이다. 제목이 말한 것처럼 저술의 동기와 함께 역사를 보는 시각과 이 책이 지닌 의의를 드러내고 있다.

박은식의 대표작이자 근대 민족 사학의 명저인 『한국통사』는 한국이 일본 제국주의의 희생양이 된 1864년부터 1911년까지의 '아픈 역사'를 서술한 역사책이다. 모두 3편 114장으로 구성되어 있고, 1914년에 완성하여 1915년 망명지인 중국 상해에서 간행하였다.

글의 첫 대목에서는 웅장한 국토와 유구한 역사를 펼쳐 내더니 바로 망국의 국민으로 도망치듯 외국으로 망명한 부끄러움과 슬픔을 그려 냈다. 쫓겨 가는 망국 지사의 절절한 비애의 묘사가 읽는 이의 가슴을 저미게 한다. 이어서 한국민에 대한 일제의 탄압과 차별상을 폭로하고, 그 유명한 "나라는 육체이고, 역사는 정신이다."라는 이른바 국혼론(國魂論)을 펼치고 있다. 물리적으로는 나라가 망했으나 정신을 잃지 않으면 곧

나라를 되찾을 수 있다는 점을 역설하고 그 정신을 잃지 않기 위해 역사를 서술한다는 주장을 펼쳤다. 그에게 역사 편찬은 잃어버린 나라를 되찾기 위한 위대한 투쟁의 적극적 표현이었다.

이 글은 역사서 저술의 동기와 의의를 밝힌 서설이지만 한 편의 독립된 문장으로도 빼어난 작품이다. 강렬한 주제 의식과 도도한 논지 전개, 비장한 문체는 20세기 초반에 지어진 명문 중의 명문으로 꼽을 만하다.

자주와 자강 與孫聞山貞鉉書

제가 보기에, 선생께서 천하 대사에 근심이 가득하고 말씀이 간절하지만 특히 마음이 죽었고 기운이 쇠약해졌다는 한마디 말씀은 오늘날의 병증에 절실하게 부합하는 말씀입니다. 대체로 나라가 나라를 유지하는 것은 자주(自主)의 마음이 있기 때문이요, 자강(自强)의 기운이 있기 때문입니다. 따라서 자주하고 자강해서 남에게 의지하지 않는다면, 나라가 작아도 남에게 굴복하지 않을 것이니 벨기에와 스위스 같은 나라가 여기에 해당합니다. 자주하고 자강하지 못해서 남에게 의지하려 든다면 나라가 크더라도 끝내 남에게 예속될 것이니 인도와 베트남 같은 나라가 여기에 해당합니다.

그러므로 병력이 많지 않다고 근심할 것이 아니고, 재정이 넉넉하지 않다고 근심할 것이 아니며, 무기가 갖추어지지 않다고 근심할 것이 아니고, 제조업이 왕성하지 않다고 근심할 것이 아닙니다. 오로지 인민의 마음이 가라앉고, 국민의 기운이 시드는 것이 가장 근심할 일입니다.

지금 우리 한국은 열강의 사이에 처해서 교류하는 것은 좋으나 의지하는 것은 좋지 않습니다. 기술은 배워도 좋으나 세력을 빌려서는 안 됩니다. 만약 의지하는 것을 적합한 계책이라 여기고 세력을 빌려도 좋다고 여긴다면 이것은 자기 나라를 남에게 맡기는 것입니다. 폴란드의 정당을 살펴보면 실패한 자취를 분명히 알 수 있습니다. 아! 나라를 보존하지 못하는데 저들 정당은 자기 사익만 추구하면서 나라를 돌보지 않았으니 저들이 과연 홀로 이익을 차지할 수 있었던가요? (전쟁에서 패해) 국민이 노예가 되고 병사가 죽어 원숭이나 학이 되고, 또 벌레나 모래가 되고 말았으니 이른바 '스스로 만든 재앙이라 벗어날 길이 없다'는 격입니다. 어찌 어리석지 않습니까?

우리 한국은 본디 예의가 있는 나라로 불렸습니다. 윗사람을 가까이 하고 어른을 위해 죽는 의리가 사람들의 마음에 단단히 맺혀 있어서 사사로운 이해로 없어지지 않았습니다. 어쩐 일인지 근래 들어 북쪽 나라를 편드는 당파는 북쪽에 의지해서 권력을 얻고자 하고, 동쪽 나라를 편드는 당파는 동쪽에 붙어서 권력을 얻고자 하는데 기타 각국을 편드는 당파도 모두 그렇게 하고 있습니다. 벼슬이 있는 자는 입으로는 복수설치(復讎雪恥)를 말하나 몰래 제 도당을 심어 훗날의 화를 모면하려 하고, 벼슬이 없는 자는 천하에 변란이 일어나기를 기다려 외국인에 기대어 자기 사욕을 채우려 듭니다. 저 폴란드 정당의 소행과 가깝지 않습니까? 아! 이들은 모두 우리 임금의 신하이고 우리 임금의 인민이건마는 어쩌다 타락하여 이 지경에 이르렀습니까?

아아! 의리가 어두워지고 막힌 지는 오래되었고, 사욕을 제멋대로 부리는 행태는 극에 달했습니다. 심지어 임금을 잊고 나라를 등지는 짓도 돌아보지 않고 있습니다. 그 원인을 캐 보면 마음이 죽었고 기운이 쇠약해진 것이 빌미가 되었습니다. 정녕코 사기(士氣)를 진작시키고 인민의 지혜를 이끌어 내어 사람마다 자주와 자강의 의리를 배 속에 착 달라붙게 하고 오늘 한 걸음 진보하고 내일 한 걸음 진보하여 인습대로 구차하게 시간만 때우려는 생각을 버리고 두려워하고 망설이는 태도를 없이 한다면 자강의 길이 이로 말미암아 생길 것입니다.

그러나 이것을 이룩하고자 한다면 또한 오로지 교육을 부흥시키는 데 달려 있을 뿐이니 어찌 다른 데서 구하겠습니까? 아아! 천하가 함께 가진 것이 마음이니 한번 불어 일깨운다면 따라서 깨닫는 사람이 어찌 없겠습니까? 이것이 제가 선생의 고심에 찬 말씀에 찬탄하여 마지않는 까닭입니다.

해설

대한 제국 시기에 박은식이 문산(聞山) 손정현(孫貞鉉)에게 보낸 편지이다. 손정현은 교육을 통해 국권을 회복하고 자주독립을 꾀하고자 한 근대의 교육사상가로 1897년 밀양에 사립개창학교(私立開昌學校)를 세워 이 학교가 훗날의 밀양초등학교가 되었다. 그와 가깝게 지내던 글쓴이가 교육을 통해 자주와 자강의 길로 들어서자는 취지의 비장한 다짐을 밝힌 글로 그에게 보낸 세 통의 편지 가운데 세 번째 것이다.

대한 제국 시기에 국정을 이끈 세력들은 북쪽의 러시아와 남쪽의 일본에 의지하여 친러파 친일파로 나뉘어 사리사욕이나 채우려 하고 국가의 위기를 스스로 개척하지 못하는 망국적 현실이었다. 게다가 조선 왕조 500년을 유지해 온 유교적 의리조차 사라져 상층 하층 모두가 정신적 공황 상태로 풍전등화의 위기 상황을 연출하고 있었다. 글쓴이는 주변 강국에 의지하는 관료를 비판하고 자주와 자강만이 살길임을 역설하고 있다.

자주와 자강의 길로 가기 위해서는 손정현이 언급한 바와 같이 '마음이 죽었고 기운이 쇠약해진' 무의욕과 무기력의 심리 상태를 극복해야 하며, 위기를 극복하기 위한 의욕과 활력은 교육을 통해 불러일으킬 수 있음을 주장했다. 교육을 통해 자강하자는 글쓴이의 고심에 찬 지사적 언론이 강렬한 감동을 일으키는 문장이다. 글쓴이는 이 밖에도 「흥학설(興學說)」과 「황실학교사의(皇室學校私議)」을 지었고, 『학규신론(學規新論)』이란 단행본 저술을 써서 새로운 학교 제도를 체계적으로 연구하였다.

이건방

李建芳

1861~1939년

자는 춘세(春世), 호는 난곡(蘭谷), 본관은 전주(全州)다. 이건창의 사촌 동생이다. 1885년 진사에 급제했으나 더 이상 세상에 나아가지 않고 향리에서 저술과 교육에 힘썼다. 신학문의 습득을 강조했고, 정약용의 학문을 높이 평가했다. 1910년 한일 합방 이후 한때 만주로 망명하려 했지만, 강화학(江華學)의 학통을 지키기 위해 국내에 남아 후학을 교육했다. 그의 문하에서 정인보(鄭寅普)와 같은 걸출한 학자가 배출되었다. 조선 말기부터 일제 강점기까지 강화학의 계승자이자 전통 고문의 대표적 작가로서 위상이 매우 높았다.

그의 문장은 여러 문체에 모두 특장을 보였다. 당시 재야의 우국지사들과 주고받은 서간과 논설에는 우국적이고 개명한 의식이 드러나 있고, 조선 후기부터 당시까지 애국적이고 양심적인 인물의 전기는 사료이자 작품으로서 가치가 있다. 특히 「원론(原論)」 상·중·하 세 편과 「속원론(續原論)」에는 유학과 사상, 당쟁과 정치를 주제로 양명학을 바탕에 둔 그의 깊이 이는 사유가 펼쳐진다. 일제 강점기를 대표하는 빼어난 문장으로 손꼽을 수 있다.

문집으로 『난곡존고(蘭谷存稿)』가 전한다.

안효제 묘지명 安校理墓誌銘

태황제(太皇帝, 고종) 30년 계사(1893년)에 북묘(北廟)의 할멈이 제사를 올리는 일로 총애를 얻어 기세가 대단했다. 앞서 임오군란(壬午軍亂)이 일어나 명성 황후께서 잠시 충주(忠州)로 몸을 피해 계실 때였다. 이씨 노파라는 자가 자칭 관왕(關王)의 신녀(神女)라 하면서 명성 황후를 위해 점을 쳐서 복위하는 달과 날까지 아뢰었는데, 조정에 복위하고 보니 과연 그날이 맞았다. 명성 황후께서 신령하다 여기시어, 대궐로 돌아오자마자 도성 동북쪽에 관왕묘(關王廟)를 크게 지어 북묘라 일컫고, 노파더러 주재하게 하며 진령군(眞靈君)이라는 호칭을 내려 주셨다. 곤전(坤殿)에 자주 출입하며 노파가 말하는 것을 따르지 않음이 없으셨으니, 정승으로부터 관찰사나 지방관의 발령, 이임에 이르기까지 노파에게 뇌물을 바쳐서 얻었다. 부끄러움이 없는 사대부가 다투어 달려가고, 심지어 노파를 어머님·누님이라 부르는 자까지 나타났으며, 어두운 밤에 왕래하며 뇌물을 바치니 더러운 일이 낭자해 일일이 기록할 수 없을 지경이었다. 이로부터 조정의 정사가 날로 어지러워지고 기강이 크게 무너졌다.

이 상황에서 전 지평(持平) 안효제(安孝濟) 공이 북묘의 노파를 참수해 백성에게 사례하시라고 상소를 올렸다. 여러 승지가 두려워서 감히 상소를 바로 올리지 못하다가 한밤중이 되어서야 아뢰었는데, 주상께서 진노

하시고 그 상소를 아래로 내려보내지 않으셨다. 노파는 아들 노릇을 하던 민영주(閔泳柱)와 이유인(李裕仁) 등을 시켜 공을 베라는 상소를 올리도록 삼사(三司)의 관원을 몰래 사주했다. 주상께서는 평소 인자하시고, 또 간신(諫臣)을 죽였다는 말을 꺼려 오래도록 머뭇거리시다가, 사형을 면해 추자도(楸子島) 유배형에 처하셨다. 큰 바다 남쪽에 있는 추자도는 몹시 험악해서 이곳에 귀양 온 사람 가운데 온전히 살아 나간 사람이 드물었다. 게다가 할멈의 무리가 칼을 쥐고 길가에서 노리고 있다는 소문이 자자하니, 모두가 두려워해 감히 전별하는 이조차 없었다.

예전에 증공(曾鞏)은 안진경(顔眞卿)이 죽음으로 절개를 지킨 행적을 논하면서, 의로운 일을 행하다 죽는 것쯤은 보통 사람도 힘쓰면 할 수 있으므로 공을 평가하기에 부족하고, 오로지 권간(權奸)을 계속 거스르고 일고여덟 번 넘어지더라도 후회하지 않는 것은 도(道)가 두터운 사람만이 할 수 있으므로 그야말로 안진경을 평가할 말이라 했다. 지금 나도 안효제 공에게 그렇게 말하겠다.

공이 조정에 있었던 것은 계미년(1883년) 명경과(明經科)에 급제해 계사년에 이르기까지 겨우 십 년 정도이다. 갑신년(1884년) 의복 제도를 바꿀 때, 공은 상소해 선왕의 법복(法服)은 바꿀 수 없다고 아뢰었다. 주상께서 노하시어 승정원에 이 일을 말하는 상소를 올리지 말라 명하셨다. 무자년(1888년) 겨울에 주상의 뜻에 영합해 소매가 좁은 옷의 착용을 청하는 상소를 올린 자가 있었는데, 공이 또 상소를 올려 간언했고, 그 논의는 마침내 잠잠해졌다. 그러나 주상의 뜻을 더욱 거스르게 되었다. 이씨 노파의 목을 베라는 상소를 올리자 앙화의 위기를 예측할 수 없었으니 공이 죽지 않은 것은 하늘의 도움이었다 하겠다. 설령 공이 안진경처럼 오래 조정에 있었더라도 일고여덟 번 넘어졌을지라도 후회하지 않았으리라는 점을 나는 믿어 의심치 않는다. 그렇다면 때 없이 깨끗하게 벼슬을 마쳐서 큰 절개를 온전히 한 것은, 곧 증공이 말한 보통 사람이 힘쓰면 할 수 있는 것이니, 공처럼 현명한 분에게 무슨 어려움이 있겠는가!

공이 유배 간 뒤 어지러움은 날로 심해져 이듬해 좌의정 조병세(趙秉世)가 공을 사면해 주시기를 청했다. 주상께서는 그리할 뜻이 없으셨으나 정승의 말을 어기는 것을 무겁게 생각하셨기에 임자도(荏子島)로 양이(量移)하라 명하셨다. 유월에 이르러 일본이 군대를 끌고 도성으로 올라와서 개혁하도록 조정을 협박하자 이전에 상소를 올려 죄를 입은 사람들이 모두 석방되었다. 공은 홍문관(弘文館) 수찬(修撰)으로 발탁되고, 곧 흥해 군수(興海郡守)에 제수되었다. 공이 부모님의 병환을 이유로 사양하자 선부(選部)에서는 다른 사람에게 벼슬을 내리려 했다. 주상께서 "안효제가 사퇴하는 것을 어찌 받아 줄 수 있겠느냐? 부모님의 병환이 좀 나아지거든 벼슬에 나아가도록 해라." 하셨다. 공이 듣고 감격해 울고는 마침내 군수에 취임했다.

이때 영남 해안가 고을에는 기근이 심해서 정부에서는 특히 심한 세 곳을 골라 배로 곡식을 실어서 진휼하려 했다. 보리가 익으면 갚으라고 백성과 약속하려 했으나, 백성이 갚지 못할까 염려해 군수에게 보증을 서게 했다. 여러 고을 군수들이 근심하고 기꺼이 보증을 서려 나서지 않았다. 공은 "진휼을 이렇게 할 수 있는가?"라 말하고, 백성에게 "내일 배 댄 곳에 진휼미를 받으러 오라." 명령을 내렸다. 몸소 배를 댄 곳에 가서 백성을 기다리니 백성이 까맣게 모여들었다. 공이 담당 관리에게 말했다.

"나에게 쌀 이백 섬을 주게."

"흥해는 진휼할 세 고을에 들어 있지 않습니다."

이에 공이 화를 내며 말했다.

“이 쌀은 조정이 굶주리는 백성을 구제하기 위한 물건이다. 홍해 백성만 조정 백성이 아니란 말인가?”

곧 백성에게 눈짓하니 백성이 벌 떼처럼 배 위에 올라가 쌀을 가져다 해안에 쌓았다. 공은 바로 ‘홍해 군수 아무가 쌀 이백 섬을 삽니다.’라 쓰고, 관인을 찍어 관리에게 주며 일렀다.

“보리가 익거든, 와서 쌀값을 받아 가게.”

관리는 놀라서 더 힐난하지도 못했다. 백성은 크게 기뻐하며 쌀을 모두 이고 갔다.

진휼이 끝나고 감사(監司)에게 가니, 잔뜩 화가 나서 기다리던 감사가 공을 보고 노하여 말했다.

“홍해는 말(斗)만 한 작은 고을인데 백성이 어떻게 쌀 이백 섬을 갚겠는가? 군수가 어떻게 스스로 감당하려는가?”

공이 정색을 하고 대답했다.

“백성이 갚기는 쉽지 않을 것입니다. 그러나 고을 수령이 되어 백성을 진휼하면서 미리 갚지 못할 것을 헤아려 곡식을 주지 않겠습니까? 제가 스스로 감당하는 것은 어렵지 않으나, 참으로 조정이 쌀로 진휼해 백성을 먹이면서 쌀값을 청구하면 이미 그 체모를 잃은 것인데, 또 수령에게 연대 책임을 지우려 하십니까? 공께서는 감사가 되셨으니, 마땅히 위에 보고 드려 면제해 주시기를 청할 일인데 어찌 한결같이 대체(大體)가 없으십니까?”

공은 바로 관인을 풀어 놓고 나가 버렸다. 감사는 어찌할 수 없어 그저 사실대로 정부에 보고했다. 정부의 여러 대신들이 서로 돌아보며 “이 사람은 진령군도 무서워하지 않았는데, 우리 같은 사람을 두려워하겠는가?”라 하고, 결국 상주해 홍해군의 쌀값을 탕감해 주었다. 공은 고향에 돌아간 뒤 성격이 강직해 세상에 맞지 않는다고 스스로 생각하고, 주섭(周燮)이 동쪽 언덕을 굳게 지킨다는 말을 따와 스스로 '수파(守坡)'라 일컬어, 다시 출사하지 않겠다는 뜻을 보였다.

을미년(1895년) 곤녕합(坤寧閤)의 사변(을미사변)이 일어나자, 대궐에 달려가 곡하고 바로 돌아왔다. 광무 9년(1905년) 일본이 이토 히로부미를 시켜 군대로 협박해 정부가 보호 조약에 서명하게 하니, 공은 상소를 올려 나라를 팔아먹은 적신(賊臣)을 베라고 청했다. 도성에 이르니 조약이 이미 이루어진 뒤였기에 공은 통곡하며 돌아왔다.

경술국변(庚戌國變, 국권 피탈)이 발생하자 공은 슬피 울며 곡기를 이레 동안 끊었다. 얼마 뒤 일본이 크게 돈을 풀어 한국의 연로한 신하와 명성과 지위를 가진 사람에게 은사금(恩賜金)이라고 주었다. 일본 경관이 순사를 파견해 공에게 돈을 전하니, 공은 거절하고 경관에게 편지로 '나는 대한의 신하이다. 나라가 망하는데 구하지 못했으니, 죽어도 남은 죄가 있다. 원수의 나라 임금이야 나에게 무슨 은혜가 있겠느냐?'라 했다. 경관이 보고서 노해 다시 순사를 불러 공을 잡아가려 했다. 공이 바야흐로 산재(山齋)에 앉았다가 높은 난간 아래로 몸을 던지니, 순사가 숨을 내쉬고 손으로 받아다 차에 실어 창녕군의 감옥에 가두었다. 눈이 내리고 크게 추운 날씨였는데, 공은 옥중에서도 낯빛이 태연했다. 경관이 은사금을 받으라고 갖가지로 협박했지만 듣지 않았으며, 밥을 주면 먹지 않고 "내가 어찌 너희들의 밥을 먹겠느냐!"라 했다. 나흘이 되자 경관이 "이 사람을 감옥 안에서 죽게 하면 그 뜻을 성사시켜 주는 셈이다."라 걱정해 석방했다. 또 공의 아들인 철상(喆相)을 가두고 돈을 받으라 유혹하려 했지만, 철상은 목숨을 걸고 거절하여 석방되었다. 그러나 날마다 공의 동정을 감시하니, 공은 "내가 차마 이 땅에 살면서 일본의 백성이 되겠는가!"라 탄식하고, 마침내 압록강을 건너 중국의 임강현(臨江縣)에 들어갔다. 얼음과 눈 쌓인 수천 리를 걸어가느라 장딴지의 털이 다 빠질 지경이었다.

이때 참판 홍승헌(洪承憲)과 대사헌 정원하(鄭元夏), 경재 이건승도 조선 땅을 피해서 안동(安東)에 와 살고 있었다. 공과 친했던 시강(侍講) 노상익(盧相益)이 편지를 보내 "안동도 중국 땅인데, 어찌 그리 깊이 들어가셨습니까?"라 전하니 공이 마침내 돌아와 안동에 이르렀다. 여러 분과 왕래하며 정답게 지냈고, 특히 경재와 친했는데 경재는 나의 당형(堂兄)이다.

나는 갑인년(1914년) 겨울에 경재와 안동의 집에서 만났다가 공과 사귀었다. 공은 키가 보통 사람을 넘지는 않지만, 정신이 또렷해 한번 보아도 평범한 사람이 아님을 알 수 있었다. 천하의 일을 마음껏 논할 때는 마음속을 다 내보이되 절대로 교만하거나 남과 겨루려는 뜻이 없었으며, 거침없이 바로 말했고, 절로 변하지 않고 굴복하지 않는 기개가 있었다. 타고난 자질이 빼어나 배워서 할 수 있는 점이 아니었다.

공의 자는 순중(舜仲)이고, 고려 첨의중찬(僉議中贊) 문성공(文成公) 유(裕)의 후손이다. 문성의 증손 휘(諱) 원린(元璘)은 시호가 문열(文烈)이니, 공을 세워 탐진(耽津)에 봉해져 탐진으로 관향을 삼다가, 나중에 영남의 의령현으로 옮겨 대대로 살았다. 휘 종수(宗洙)와 휘 희로(禧老)는 공의 증조부와 조부이며, 부친의 휘는 흠(欽)이니, 공이 시종(侍從) 벼슬을 지냈기에 부호군(副護軍)의 직함을 받았다. 모친은 증숙부인(贈淑夫人) 인천(仁川) 이씨(李氏) 민의(敏儀)의 따님이다.

공은 젊어서 호탕하고 협기가 있었으며, 자질구레한 예의범절에 별로 얽매이지 않았고, 의로움을 좋아하고 약속을 중시했다. 약관 시절 하루는 산속의 재실(齋室)에서 여러 동학들과 글을 읽는데, 한밤중에 갑자기 비바람이 크게 불고 천둥이 치더니 산이 무너져 산지기 일가가 몰살당하고 말았다. 여러 동학은 모두 놀라서 달아났다. 공만 홀로 텅 빈 재실에 태연히 앉았다가, 날이 밝고 비가 그치자 산 밖으로 나가 인부를 모집해 시신을 거두어 주고 제 옷을 벗어 염해 묻은 뒤 돌아왔다. 일에 닥쳐 구차하게 굴지 않고 꼭 마음에 유감없도록 처리하는 자세가 이와 같았다. 아! 이야말로 참으로 공이 공인 까닭이다.

공이 안동에 산 지 몇 년 만에 중풍에 걸려 병진년(1916년) 십이월 모일 거처하던 집에서 세상을 떠났다. 임종할 때, 갑자기 코에서 빛이 나와 전깃불처럼 환하게 비추었다. 방 안 사람이 모두 놀라서 창문을 열어 내보내니, 공이 그예 세상을 떠났다. 장례를 치를 적에 공의 아들 철상이 중국인에게 땅을 팔라고 요청하니, 중국인은 땅을 내주되 돈을 받지 않고 말했다. "제가 들으니 안 선생은 충신이시라지요. 충신이 제 땅에 묻히시면 제가 영광이거늘 무슨 땅값을 받겠습니까?"

공은 화산(花山) 권인수(權仁秀)의 따님에게 장가들었는데 공보다 먼저 세상을 떠났다. 아들 아무아무를 낳았고, 딸 아무아무를 낳았다. 둘째 아들이 곧 철상이고, 딸은 각각 상산(商山) 김상호(金商浩)와 참봉을 지낸 김해(金海) 허석(許鉐)에게 시집갔다. 철상은 사남 삼녀를 낳았으니 아들은 경덕(炅德)·경일(炅日)·경국(炅國)·경원(炅遠)이고, 딸은 전주(全州) 최재문(崔載文)에게 시집갔다. 그 밑의 자식은 아직 혼례를 치르지 않았다.

명(銘)은 이러하다.

같은 인생 안타깝고 서럽구나!

끝까지 갔다가 돌아오지 못한 채 한을 머금고 떠나셨네.

무지개가 상여에 걸렸다
새처럼 훨훨 날아가고
혼백만 붙어 있도다.
울창한 무덤이여!
편히 쉬소서.

해설

한 지사의 무덤에 묻을 묘지명이다. 그 주인은 바로 수파(守坡) 안효제(安孝濟, 1850~1912년)이다. 안효제는 고종 시대에 올곧은 신하로 이름난 지사이다. 이 글에서 자세히 서술한 것처럼, 명성 황후의 총애를 등에 업고 무소불위의 권력을 휘둘렀던 무당 진령군을 참수하라는 상소를 올린 일로 유명하다. 이 밖에도 평해 군수로 재직하며 백성들을 구휼한 일, 일본의 압력에도 은사금을 거부한 일 등을 중심으로 주인공의 올곧은 삶을 또렷하게 그리고 있다. 이렇게 올곧은 분이 줄곧 뜻을 펴지 못한 사실을 통해 결과적으로 당시의 부패한 정치상을 폭로한다. 문장 전반에 비분 강개와 비장한 분위기가 도도하게 흐르고 있어 망국 전후를 살다 간 개결한 지사의 울분과 격정이 넘쳐흐른다.

안효제가 말년에 중국 안동에서 함께 지낸 홍승헌·정원하·이건승은 모두 강화학파의 인물들이며, 노상익은 김해 출신으로 성재(性齋) 허전(許傳)의 문인이다. 이건방의 다른 글과는 달리 그의 제자인 정인보의 글씨로 필사한 원고를 『난곡존고』에 실어 놓았다.

정인보
鄭寅普

1893~1950년

자는 경업(經業), 호는 담원(薝園)·위당(爲堂), 본관은 동래(東萊)다. 난곡 이건방을 스승으로 모시고 강화학파의 적통을 이었다. 젊은 시절 한때 중국 상해(上海)로 망명해 독립운동에 참여했고, 귀국하여《동아일보》,《시대일보》의 논설위원으로 활동했다.《동아일보》에 「조선고서해제(朝鮮古書解題)」를 연재하여 한국학 연구의 기초를 다졌다. 연희전문학교 문과 교수로 있으면서 후학 양성에 힘썼다. 1948년 대한민국 정부가 출범하자 초대 감찰위원장(監察委員長)을 지냈다.

한문으로 쓴 시문집으로 고본(藁本, 저자가 정리한 원고본)인 『담원문록(薝園文錄)』이 1967년 연세대학교 출판부에서 영인되었고, 같은 곳에서 국문·한문 저작을 모두 수합하여 1983년 『담원 정인보 전집』을 간행했다.

20세기에도 한문을 구사한 사람이 적지 않았으나 정인보는 사실상 한문학의 마지막 대가로 자리매김할 것이다. 젊은 나이부터 문장으로 유명하여 20대 초반의 그를 두고 동년배인 춘원(春園) 이광수(李光洙)는 "문명(文名)을 흠모했다."라고 말한 바 있다.

『담원문록』에 실린 산문에는 강화학파 선배의 영향이 짙게 배어 있다. 한말 우국지사의 전기, 조선 시대 중요 저작에 대한 서발(序跋), 당시 사학계의 큰 쟁점이었던 고구려 광개토대왕비의 해석 등과 더불어 문학적 향취가 짙은 작품들이 적지 않게 수록되어 있다.

길주 목사 윤 공 묘표 吉州牧使尹公墓表

공의 휘(諱)는 성교(誠敎)이고, 자(字)는 행일(行一)이다. 파평(坡平) 윤씨(尹氏) 팔송(八松) 문정공(文正公) 휘 황(煌)의 증손이요, 고산 현감(高山縣監) 증좌승지(贈左承旨) 휘 훈거(勛擧)의 손자요, 사헌부 집의(司憲府執義) 증이조참판(贈吏曹參判) 휘 변(抃)과 증정부인(贈貞夫人) 풍양(豊壤) 조씨(趙氏) 군수(郡守) 증대사헌(贈大司憲) 직(溭)의 아들이다.

인조 을해년(1635년)에 태어나 현종 경자년(1660년)에 진사에 급제하고 숙종 임술년(1682년)에 문과에 급제했다. 계속 승진하여 사간원 사간이 되었다가, 좌천되어 고산(高山) 찰방에 임명되었다. 내직으로 돌아와 집의(執義)가 되었다가, 또 외직으로 밀려나서 통정대부(通政大夫)로 관북의 길주(吉州) 목사를 역임했다. 길주에서 돌아와 계미년(1703년) 십일월 스무이레에 돌아가니, 평소 살던 노성(魯城, 지금의 충청남도 논산) 두사리(豆寺里) 모좌(某坐)의 언덕에 장사를 지냈다.

올해 기묘년(1939년)은 공이 세상을 떠난 지 이백사십칠 년이다. 공의 후손들은 여전히 가난하여, 공의 사촌 형제의 자손들이 힘을 모아 공의 묘표를 세우고자 했다. 빗돌을 사서 공인(工人)을 고용하여 다듬고, 또 공의 행적을 갖추어 인보에게 글을 써 주기를 부탁했다. 인보는 평소 선배에게 공의 현명함을 들었던 터라 감히 신병을 핑계로 사양할 수 없었다.

처음에 공이 고산 찰방으로 좌천되어 몇 년을 근무했는데, 갑술년(1694년) 중전이 복위되고 조정이 일변했다. 마침 공이 서울에 출장하여 이르렀다가 특명으로 사헌부 집의에 제수되었다. 이때 대간들이 바야흐로 좌의정 목래선(睦來善)을 공격하고 있었으니, 좌의정은 당시 언론이 미워한 대상이었다. 기사년(1689년) 초에 청나라로 사신을 가는 이가 좌의정에게 "저쪽에서 중전 폐위의 연고를 물으면 무슨 말로 대답할까요?"라고 묻자 좌의정이 국서(國書) 가운데 "유순하지 않다(不順)"는 말을 보고서 곧 "이 말로 대답하게."라 말한 적이 있었다. 공격하는 쪽에서 이 일을 빌미로 목래선이 중전을 "유순하지 않다."라고 모함했으므로 벌을 내리라 청했는데, 주상께서는 윤허하지 않으셨다.

장차 상소가 연이어 올라오려는 즈음에 공이 마침 대간의 직책에 있는지라 좌의정의 억울함을 헤아리고 정계(停啓)하려 했다. 삼사(三司)의 여러 사람들이 찾아와 계(啓)를 올리도록 권했다. 공이 "이는 좌의정이 스스로 지어낸 말이 아니라 황제에게 올리는 주문(奏文)의 말을 집어낸 것일 뿐이오. 죄명이 뚜렷하지 않은데 어찌 이것으로 얽어서 죽일 수 있겠소?"라고 했다. 최석정(崔錫鼎)이 "공은 고집하지 마시오. 온 나라의 여론이 들끓는데 어쩌려고 하십니까?"라고 했으나 공은 웃고 대답하지 않았다.

저녁 뒤에 오도일(吳道一) 공이 찾아와 또 그 이야기를 했다. 서로 주장을 고집하여 한밤중에 이르렀다. 오 공이 이렇게 말했다. "지금 영선(瀛選, 홍문관의 관원에 오를 후보자의 명단인 홍문록(弘文錄)에 뽑히는 것)에서 공이 으뜸입니다. 또 조정에서 발탁하여 승진시키자는 의논이 있다는 소문을 들었습니다. 관례를 따라 계를 올리십시오. 탄탄대로가 앞에 있는데, 어찌 혼자만의 견해로 온 나라의 의논을 가볍게 정지시켜 사람들의 공분을 사서 흰머리에 변방으로 쫓겨나려 하십니까? 공을 위해서 제가 은근히 걱정이 됩니다." 공이 정색을 하고 말했다. "대신을 죽이고 살리는 것은 나라의 큰일입니다. 공은 이해관계로 나를 회유하시렵니까?" 오 공은 급히 사과하고 떠났다.

이튿날 공이 홀로 대궐에 나아가 정계했다. 공은 이 때문에 온갖 비방을 들었고, 홍문록에 뽑힌 것도 삭제당했다. 얼마 뒤에 외직으로 북관 변방에 임명되었다가 마침내 뜻을 펴지 못하고 세상을 떠났다. 오 공이 자리를 떠나고서 윤지인(尹趾仁) 공을 찾아가 만났다. 윤 공도 걱정하여 그 형님인 동산(東山, 숙종대 우의정을 역임한 윤지완(尹趾完))에게 고했다. 동산이 "이분의 고집하는 자세는 대간의 체모를 갖추었군. 쯧쯧! 관지(貫之)가 망령이로세."라고 했다. 관지는 오도일 공의 자(字)이다.

인보가 근고(近古) 공사(公私)의 전적을 살펴보았다. 당시에 남에게 시비를 거는 사람은 겉으로야 어떤 일을 빌미로 들고 있기는 하나 그 속내를 천천히 살펴보면 대체로 사사로움에 치우쳐 있을 뿐이었다. 지금 공이 갑술년(1694년) 전에 쫓겨나서 경화(更化)한 초에 발탁되었으니 좌의정에게 도움을 받는 사람이었을까, 배척당한 사람이었을까? 그러나 이에는 조금도 개의치 않고 오직 일만을 보고서 처리했으니, 그것이 어려운 일이다. 저 공론을 빌려 사사로운 목적을 달성하려는 자는 세속에 오염된 사람이다. 공이 이런 일을 하지 않은 것이 지당하다. 공의 시대에 온 조정이 모두 아무개는 죽여 마땅하다고 했을 때, 최석정과 오도일을 비롯한 여러 공은 모두 사대부로 명분을 내세운 분들이건만 당시 공론에는 이견을 제기할 수 없다고 했다.

곧은 선비는 더러 임금에게 간하다 죽기도 하고 권세가의 뜻을 거스르다 화를 당하기도 한다. 이 두 가지가 정녕 어려운 일이기는 하나 오히려 공론이 다수의 사람에게 있음을 믿기에 몸은 쓰러지더라도 명성은 연이어 일어나므로 인정상 용기를 낼 수 있기에 다부지게 스스로를 권면할 수 있다.

다수가 옳다 하고 다수가 그르다 하여 서로 선동하여 공론으로 삼아, 위로는 조정의 위엄을 끼고 아래로는 깨끗한 선비도 참여하여 이의를 제기하지 못한다. 누군가가 이를 어긴다면 몸이 꺾일 뿐 아니라 명성 또한 드러나지 않으니 역사에서 사라진들 누가 다시 알아주랴? 이런 상황에서 오히려 피하지 않는 행동은 더욱 하기 어렵다.

게다가 일의 옳고 그름을 쉽게 볼 수 있음에도 전도되어 미혹되는 경우가 있다. 교유의 가까움이 전도시킬 수 있고, 시세(時勢)의 변화가 전도시킬 수 있다. 사적인 친분으로 움직이게 하고, 사세(事勢)를 설명하여 전도시킬 수 있다. 이렇게 사람이 움직이는 것은 스스로 그렇다는 것을 깨닫지 못하는 중에 그렇게 된다.

지금 공은 이렇게 처신했으나, 최 공이나 오 공은 보통 사람보다 월등한 분임에도 스스로 떨쳐 일어나지 못했다. 더욱이 태평한 시대가 오래 지속되자 사대부가 편안하게 지내는 것이 풍속이 되어 조정의 일에 전례만 있으면 그대로 따를 뿐이다. 우뚝 서서 이의를 제기하는 이가 있으면 모두들 손가락질하여 괴상하다고 했다.

가령 밖에서는 비난하는 사람이 있어도 안에서는 뜻을 함께하는 사람의 도움이 있다면 그나마 괜찮을 것이다. 뜻을 함께하던 사람마저도 옳지 않다고 하면 자중자애한 사람이라도 뜻이 곧 흔들릴 것이다. 그러므로 공의 시대에는 세상의 여론이 형벌의 앙화보다 더 무서웠고, 친구 사이 우정의 향배가 또 세상의 여론보다 더 심하기도 했다.

이런 상황에서도 마침내 자신의 신념을 굳게 고집하여, 자신의 견해가 옳다고 버텨서 바야흐로 치솟는 불길을 범했다. 구구한 승진이니 좌천이니 하는 일을 공은 진실로 티끌처럼 여겼으니, 이것으로 마음을 돌릴 수 있었겠는가! 동산은 공의 마음을 알았던 것이다.

어진 이나 못난 이나 인정은 한결같다. 공이 어찌 이익을 좇는 것이 좋고 해를 피하는 것이 좋다는 것을 몰랐겠는가! 지난날 승진이 더디고 변방으로 좌천된 이유는 다만 권력자의 마음에 들지 않았기 때문이다. 정국이 바뀌어 좌천되었다가 등용되었고, 나이도 이미 예순이니 시의(時宜)를 또 거스르는 것이 달가웠으랴마는 좌의정을 모함하지 않았다. 그런 탓에 순탄하던 앞길이 가시밭이 되고, 명예는 영영 사라졌으며, 자손은 근근이 살면서 혜택을 받지 못했다. 심하다! 사람이 곧게 살기가 이렇듯 어렵구나! 이는 진실로 공이 이미 알고 있었던 사실이리라.

알면서도 오히려 이 일을 한 것은 무슨 까닭인가? 직분상 나라를 저버릴 수 없었기 때문이다. 저 좌의정을 아껴서 그랬겠는가? 나라에서 애매한 이유로 대신을 죽이면 안 된다고 생각하여 따진 것이다. 최석정과 오도일을 비롯한 분들이 어찌 간섭할 수 있었으랴? 신하는 자신의 사익을 도모하고자 나라의 공도(公道)를 뒤로해서는 안 된다는 점을 알았기 때문에 거절한 것이다. 이 모두가 나라를 위해서 한 일이다.

공은 이미 세상을 떠났고, 도도히 수백 년이 흘러가는 사이에 나라의 기강은 날로 무너지고 당쟁은 더욱 심해져 오늘에 이르렀다. 학문도 얕은 보잘것없는 내가 세상이 크게 변한 뒤에야 붓을 들어 옛날 어진 이의 자취를 기록한다. 고심하면서 굽히지 않고 공도를 지켜서, 차라리 온갖 해로움을 내 몸에 돌릴지언정 차마 나라에는 털끝만큼이라도 손상됨이 없게 하려 한 처사를 생각해 본다. 그 뜻이 또한 지극하건만 마침내 그 나라가 어떤 지경에 이르렀단 말인가!

나는 이에 대해 거듭 개연(慨然)히 한숨을 쉬며, 지난날 나라를 움직였던 사람들이 선하지 않음을 한스러워하고 더욱 공의 어짊에 느꺼워했다. 그러므로 특별히 마음에 걸려 이와 같이 논했다. 세상에서 역사를 논하는 사람들이 내 말에 깊은 슬픔이 깃들어 있다는 점을 알아준다면 공의 행적이 마침내 묻히고 사라지지는 않으리라!

부인은 달성(達成) 서씨(徐氏) 현감(縣監) 준리(準履)의 따님이다. 아들은 동주(東周)이고, 딸은 각각 이정방(李楨邦)·이의린(李宜麟)·이명신(李命新)에게 시집갔다. 측실 소생의 아들로 동길(東吉)이 있다. 동주의 아들 광적(光迪)은 돈녕도정(敦寧都正)을 지냈고, 동길의 아들은 광린(光遴)·광술(光述)·광형(光逈)이다. 증손, 현손 이하는 모두 실을 수 없다. 지금 공의 집안을 이은 사람은 태중(泰重)이니, 공의 팔세손이다. 공의 사촌 형제의 후손으로 이 일을 주관한 이는 기중(器重)과 정중(鼎重)이다.

해설

장 희빈과 인현 왕후의 갈등은 요즘도 사극에서 즐겨 다루는 소재다. 현대인들의 관심을 끄는 숙종과 두 여성의 삼각관계는 조선 후기 당쟁사에서도 대단히 큰 사건이었다. 1689년 소의(昭儀) 장씨가 원자(훗날의 경종)를 낳자 숙종은 그녀를 중전으로 삼고 인현 왕후를 폐위하고는 이에 반대한 노론과 소론 인사들을 정계에서 축출했으니 이를 기사환국(己巳換局)이라 일컫는다. 이후 1694년에 전세가 역전되어 노론과 소론이 중용되면서 중전 장씨는 희빈으로 강등되고 남인은 큰 위기에 몰렸는데 이를 갑술환국(甲戌換局)이라 부른다.

이 글은 윤성교의 무덤 앞에 세운 묘표(墓表)로, 갑술환국 이후 서인이 이미 실각한 남인 측 인사를 완전히 제거하려 할 때 일어난 사건이 그 배경이다.

남인에게 몰려 좌천되었던 윤성교는 갑술환국 때 사헌부 집의로 복직되었다. 집의는 사헌부의 우두머리인 대사헌의 바로 아래 직책으로, 오늘날로 치면 대검찰청 차장 검사 정도에 해당한다. 그때 서인은 남인 영수 목래선을 극형에 처하도록 요청하면서 그가 청나라로 가는 사신에게 인현 왕후가 "순종하지 않는다."라고 모함하도록 시킨 대역죄를 범했다는 명분을 내세웠다. 목래선이 직접 인현 왕후가 순종하지 않는다고 했다면 신하로서 중전을 모함한 죄를 물을 근거로 이용할 수 있다. 그러나 이미 숙종의 재가가 떨어진 상태에서 단지 외교 문서에 써 있는 말을 그대로 인용해 대답하라고 했을 뿐이니 딱히 죄를 물을 수 없는 일이다.

그러나 사헌부 집의로서 윤성교는 이 의논에 참여하지 않고 목래선을 정계(停啓)해 주었다. 사헌부나 사간원 등에서 죄인의 성명과 죄명 등을 적어 임금에게 올리는 문서를 전계(傳啓)라 하는데, 정계는 여기에서 죄인의 이름을 삭제하는 조치다. 이렇게 되면 일단 그 사안에 대해 더 이상 죄를 논할 수 없다. 『숙종실록』을 보면 윤성교가 집의에 복직된 시기가 숙종 20년(1694년) 6월 19일이고, 목래선을 정계한 조치 때문에 물의가 일어 체직된 날짜가 6월 24일이다. 이 엿새가 윤성교에게는 매우 길게 느껴졌을 것이다.

윤성교에게는 사적인 원한에 대의명분을 씌워 공적인 자리에서 보복할 수 있는 절호의 기회가 주어졌다. 더구나 이 일을 해내면 모두가 박수를 칠 것이며 탄탄대로가 눈앞에 보인다. 보통 사람 같으면 통쾌하게 칼을 휘둘렀을 것이나 윤성교는 그렇게 하지 않았다. 윤성교가 지키려 했던 것은 목래선이 아니라 나라의 기강이었다. 목래선 개인에게도 억울한 일이지만, 대신을 역임한 사람을 이렇게 애매한 죄를 씌워 죽인다면 그 폐단이 끝이 없으리라 판단했던 것이다. 그는 자신에게 싸늘한 여론과 벗들의 원망과 안타까움을 뒤로한 채 조용히 역사 속으로 사라져 갔다.

정인보의 이 글은 윤성교의 행위에 담긴 사대부의 행동 방식과 역사적 의의를 치밀하게 분석한다. 묘표는 전기의 일종이나 이 글은 단순한 전기가 아니다. 조선 시대에 당쟁의 그늘에서 나라를 움직였던 자들의 선하지 못한 행동과 윤성교의 지사적 행동이 선명하게 대비되어 있다.

묘표라는 개인의 일생을 기록하는 서사(敍事)의 문체지만 이 글은 앞뒤만 서사일 뿐 그 중간의 긴 글이 의론(議論)으로 짜여 있다. 그 의론은 조선 후기 조정의 기강이 허물어져 가는 대세 속에 자신과 집안을 희생시키면서까지 그 기강을 붙들려고 했던 한 사대부의 행동을 조명했다. 수백 년 전에 일어났던 특별한 사건의 처리를 윤성교의 행위를 통해 분석한 글은 현대 독자에게 깊은 울림을 전한다. 글쓴이는 독자에게 "내 말에 깊은 슬픔이 깃들어 있다."라고 말한다. 그 깊은 슬픔이 글의 맥을 관통하는 정서다.

첫사랑 抒思

나는 열세 살 때 아내 성씨(成氏)와 결혼하였는데 아내도 그때 나이가 열세 살이었다. 아내는 결혼하기 전부터 장모님을 좇아 때때로 우리 집에 와서 나하고 놀았다. 우리 어머니께서는 아내를 예뻐하여 손으로 머리를 쓰다듬으시면서 어른께 어떻게 대답하는지를 시험해 보시더니 친어머니를 돌아보시며 "이 아이야말로 훌륭한 며느릿감이로군요."라 말씀하시며 마주보고 웃으셨다.

시집오던 날 문에 처음 들어서니 어머니께서 맞이하시며 "네가 어렸을 때 우리 집에 놀러왔다가 갈 때면 내게 '안녕히 계세요!'라 인사했더란다. 내가 안녕히 있다가 지금 네 시어미가 되었구나."라 말씀하셨다. 아내는 고개를 숙이고 살짝 웃는 듯하였다. 이날 구경하던 이들 모두가 이 며느리는 친딸이지 신부 같지 않다고들 하였다.

어머니께서는 아내의 나이가 비녀를 꽂기도 전이라 차마 집안일로 고생시키지 못하시고, 친정에 가 지내게 하셨다. 아내는 조가비를 늘어놓고 풀잎을 고기인 양 썰어 담고는 어른들께 두루 올리는 장난을 하였다.

열여섯 살이 되자 비로소 진천(鎭川)의 시골집으로 왔다. 가을 겨울날 밤에 아내는 자줏빛 저고리와 남색 치마를 입고 어머니 곁에서 모시고 앉아 있다가, 내가 밖에서 들어오면 말 한마디 걸지 않았다. 조금 있으면 아내가 자기 방으로 물러가느라 마루에서 내려와 급히 치마를 끌고 가서 문을 쾅 닫는 소리가 들려왔는데 마음이 항상 그렇게 섭섭할 수가 없었다.

아내는 어머니에게 사랑받기도 했고 천성이 순박하여 화려하게 꾸미는 법이 없었고, 유순하고 화락하여 하루 종일 밝은 표정으로 지냈기에 집안에서는 위아래 모두가 좋게 생각하였다. 친정에서 부모님의 편지가 오면 바로 어머니께 가지고 가서 먼저 열어 보시라 하였고, 때때로 떡과 엿이며 옷감이 오면 반드시 어머니 계신 데서 보따리를 풀었다. 어머니께서는 연세가 높고 심심해하셔서 아내는 이 때문에 잠시나마 작은 소동을 벌여 노인이 마음 붙이시기를 바란 것이다. 어머니께서 간혹 귀찮아하시면 아내가 살살 졸라서 마치 귀염둥이 딸이 엄마에게 응석 부리듯 하였으니, 어머니께서 그 때문에 기뻐하셨다.

진천에서 삼 년을 살다가 나는 아내와 함께 한양으로 왔다. 이듬해 어머니께서도 따라오셔서, 한양 서쪽 서강(西江)에서 살았다. 어머니와 아들, 시어머니와 며느리가 한 방에서 지냈는데 이 시절에 어머니께서는 가장 즐거워하셨다.

나는 먼 곳으로 떠날 계획을 하고 있었는데 아내가 은근히 말렸다. 나는 아내가 매우 현명하여 내가 멀리 떠나 있더라도 집안 걱정은 없겠다고 생각했다. 이월 스무사흗날은 아내의 생일이다. 계축년(1913년) 봄에 나는 서쪽으로 떠나기로 결심하였다. 아내는 자기 생일이 불과 며칠 앞인데도 그날까지라도 머물지 않았으므로 마음에 섭섭함이 없지 않았을 것이다. 그러나 나는 부부가 모두 젊어서 앞으로 지낼 날이 많으리라 생각하여 마음에 두지 않았다. 내가 떠날 때 아내는 어머니를 따라 중문(中門)까지만 나왔으니 그 뒤로는 두 번 다시 보지 못했다. 아내는 아이에게 젖을 물리며 세상을 떠났다. 내가 상해에 머물러 있다가 서울로 돌아와 보니 그때는 이미 아내의 장례식이 끝난 다음이었다.

집에 돌아와서 아내에 대한 이야기를 들었다. 아내는 나를 보내고 늘 마음속으로 그리워하면서 때때로 먼 곳을 바라보다가 눈물을 왈칵 쏟았다. 장모님께서 그 심중을 알고 불쌍히 여겨 좋게 위로하시면 아내는 "몸도 약한 사람이 오래도록 객지에 나가 있으니 어떻게 걱정이 안 되겠어요? 오로지 무탈하고 잘 지내기만 기원할 뿐이지, 돌아오기를 바라는 것은 아니예요."라 말하였다. 그렇지만 아내는 마음속으로 팔월 달 아버님의 기일에는 내가 꼭 돌아올 것이라 생각하여 내 옷을 지었다. 배가 불러 몸을 바닥으로 구부릴 수 없게 되자 옷감을 배 위에 올려놓고 가위질과 바느질을 번갈아 하면서 몸이 고단한 줄도 몰랐다. 때때로 친정 부모님께 근친(覲親)을 가서 여러 형제들과 대화할 때면 문득 내가 아마 오지 않을 것 같다고 말하곤 하였다. 장모님은 그 말을 듣고 내가 오기를 간절히 바라는 속내를 알아채셨다. 이윽고 나는 결국 아버님 기일에 가지 않았고, 구월에 아내는 딸 쌍둥이를 낳고 병에 걸려 보름달이 이틀째 이울던 날 세상을 떠나고 말았다.

나와 아내는 어려서 함께 놀았고, 부부의 인연을 맺은 뒤로는 아내가 나를 위하는 정성이 더할 나위 없이 극진하였다. 어렸을 때 맺어진 사랑이라 부부 사이가 더욱 참되니, 어른께서 집에 계셔서 겉으로는 부끄러워 소곤거리며 말하고, 좋아하는 감정을 숨겨 두고 다 드러내지는 못했어도, 속으로는 사랑하는 마음이 더욱 단단하였다. 깊은 사랑 오래가지 않아 영이별이 벌써 닥친지라, 애달파하며 얼굴이라도 한 번 보고 싶으니 아내 또한 마음이 조금도 풀리지 못했겠구나.

아내가 세상을 뜬 뒤로 집안에는 갖가지 일이 벌어져 파도가 치고 구름이 어지럽듯 하여 동서로 떠돌면서 종착지가 어디인지 모를 지경이었다. 친어머니께서 먼저 돌아가시니 어머니께서 이어서 돌아가시고, 상을 마치고 두 해 만에 친아버지께서 또 나를 버리고 가셨다. 풀로 만든 자리와 흙으로 만든 베개 사이에 외톨이로 남았다. 부모님의 사랑은 영영 끊어져 세상을 마칠 때까지 다시는 얻지 못하였고, 지난날의 사연을 터놓고 말할 사람도 사라졌다.

나의 슬픔을 서러워해 줄 사람은 세상을 뜬 아내밖에 없으니 아내의 넋은 이승을 떠돌 수밖에 없을 것이다. 나는 더욱 서럽고 가슴 아파 잊지를 못하다가, 부부가 같이 살 때의 즐거운 일과 어린 시절 함께 놀던 일과 헤어져 그리워하던 심정이 떠올라 몇 자 적어 보았다. 후세에 전하기를 바라는 것이 아니라 단지 그리움을 풀기 위한 것뿐이다.

쌍둥이 중에 나중에 나온 아이는 제대로 건사하지 못하였고, 먼저 나온 아이는 이름이 정완(貞婉)인데, 어머니께서 안고 업어 키우셨다. 올해 나이가 벌써 아내가 처음 시집왔을 때보다 많다.

해설

아내를 먼저 보내고 10여 년이 흐른 뒤에 옛 추억과 그리움을 교직(交織)하여 쓴 글이다. 문체는 잡문으로 추억과 애상을 담은 서정적 서술이 독자의 심금을 울리는 명작이다.

글쓴이의 아내는 참판을 지낸 성건호(成健鎬)의 딸로 이름은 계숙(癸淑, 1893~1913년)이며 스물한 살에 세상을 떴다. 철없던 어린 시절 소꿉놀이하던 일, 열세 살 때 혼인하던 일, 열여섯 살 때 비로소 시댁으로 왔지만 합방하기 전에는 서로 내외하며 지내던 일, 고부(姑婦)가 모녀처럼 지내던 일, 가난한 살림이지만 즐겁게 살던 일들을 차례로 추억하고 있다. 그리고 아내가 해산하고서 맞이한 갑작스러운 죽음과 상해로 떠난 자신을 그리워했던 아내의 모습을 묘사하고, 아내가 세상을 떠난 뒤에 집안의 우환을 겪으면서 고단한 신세가 되어 더욱 아내를 그리워할 수 밖에 없는 자신의 모습을 서술하였다.

「담원 연보」(정양완 옮김, 『담원문록(薝園文錄) 하(下)』(태학사, 2006))에 따르면, 글쓴이는 1913년 아내의 생일 이삼일 전에 벽초(碧初) 홍명희(洪命憙) 등과 상해로 떠나 남통주(南通州)에서 망명 생활을 하던 창강 김택영을 만나 보려 하였다. 상해에서는 호암(湖巖) 문일평(文一平)과 함께 지내며, 단재(丹齋) 신채호(申采浩)를 찾았으며, 보람찬 나날을 보내고 있다가 뜻밖에 아내의 부음을 들었다.

아내와의 마지막 이별을 묘사한 대목은 매우 짧고 간결하지만 그래서 더 절절하다. 어른들 모시는 처지라 중문에서 잠깐 눈만 맞추고 먼 곳으로 떠났던 것인데 소녀티를 채 벗지 못한 스물한 살의 아내는 쌍둥이 딸에게 젖을 물리며 숨을 거두고 말았다.

상해에 있는 남편을 그리워하며 만삭의 몸으로 배 위에 옷감을 놓고 남편이 돌아오면 입히리라 정성껏 옷을 짓던 아내였다. 어머니 배 속에 있던 쌍둥이 중에 살아남은 딸이 정정완(鄭貞婉, 1913~2007년) 여사이다. 바로 우리나라 무형문화재의 첫 침선장(針線匠)이니 어머니의 솜씨를 그대로 물려받았던가 보다.

주
註

홍석주

마음, 도, 문장 22쪽

• 제왕(帝王) 요임금과 순임금과, 하나라의 우왕, 은나라의 탕왕, 주나라의 문왕과 무왕을 통틀어 이르는 말.

• 소호(韶濩) 음악 소호는 일반적으로 탕(湯)임금의 음악을 가리키는데, 일설에는 소(韶)는 순임금의 음악, 호(濩)는 탕임금의 음악을 가리킨다고 보기도 한다. 종묘나 궁전에서 쓰이는 음악을 일컬을 때 쓰이며, 아정(雅正)한 옛 음악을 가리킬 때도 많이 쓰인다.

약의 복용 28쪽

• 신농씨(神農氏)와 헌원씨(軒轅氏) 모두 중국 고대 신화에 나오는 임금이다. 신농은 '염제(炎帝)'라고 일컬으며, 백성들에게 농사 기술을 가르치고, 수많은 약초를 찾아내고 정리하여 『신농본초(神農本草)』라는 저술을 남겼다고 전해진다. 헌원은 '황제(黃帝)'라고 일컬으며, 중국 의학의 창시자로 알려져 있다. 중국 고대 의학서인 『황제내경(黃帝內經)』은 황제와 명의(名醫) 기백(岐伯)과의 문답을 기록하는 형식으로 이루어져 있다.

• 파두(巴豆)나 요사(硇砂) 한약재로 독성이 강하고 따뜻한 성질의 약이다.

• 유부(兪跗)와 편작(扁鵲) 모두 중국 고대의 명의로 유부는 황제(黃帝) 시절, 편작은 주나라 시절에 활동했다고 전해진다.

• 성인께서는 상두(桑土)의 시를 짓지 않고, 위대한 『주역』에 기제(旣濟)의 상(象)이 없었을 것일세. 상두의 시는 『시경』「빈풍(豳風) 치효(鴟鴞)」 중에 나온다. 위기가 닥치기 전에 대비함을 뜻한다. 기제(旣濟)는 『주역』의 64괘(卦) 중의 하나로 아래는 리(離, ☲), 위는 감(坎, ☵)으로 되어 있다. 공영달

(孔穎達)은 만사가 모두 제도(濟度)된 상태라 풀이했다.

- 사마유(司馬攸)는 유연(劉淵)을 제거하려 했고, 장구령(張九齡)은 안녹산(顔祿山)을 죽이려 했으며, 곽흠(郭欽)은 흉노족을 원거주지로 이주시키자는 주장을 내세웠고, 가의(賈誼)는 제후국을 분할하자는 계획을 세웠네. 사마유는 서진(西晉) 무제(武帝) 사마염(司馬炎)의 아우로 제왕(齊王)에 봉해졌다. 흉노족 출신의 유연을 제거하라 권했으나 받아들이지 않았는데, 유연은 나중에 종실의 내분으로 중원이 혼란한 틈을 타서 한(漢)을 세웠다. 장구령은 당나라의 명재상으로, 안녹산이 반란을 일으킬 것을 미리 알고 마침 안녹산이 군율을 범했을 때 그를 참수하라고 건의했으나, 현종(玄宗)이 용서해 주었다. 서진의 시어사(侍御史) 곽흠은 상소를 올려 유목민을 이주시키라고 청했으나 받아들여지지 않았다.(『진서(晉書)』「흉노전(匈奴傳)」) 가의는 한(漢)나라 문제(文帝)에게 올린 「치안책(治安策)」에서 나라의 여러 폐해를 논하면서 제후들에 대한 중앙 정부의 통제력을 높이기 위하여 작은 규모로 분봉(分封)할 것을 건의한 바 있다.
- 진시황은 『녹도서(錄圖書)』를 얻고 장성을 쌓았으나 장성 건설이 나라의 멸망을 촉진했네. 송나라 명제(明帝)는 소도성(蕭道成)을 시켜 종실을 제거했고, 당나라 태종(太宗)은 무씨(武氏)를 후궁으로 삼고 이군선(李君羨)을 죽였네. 진시황은 "진나라를 망하게 할 자는 호(胡)이다.(亡晉者胡也.)"라는 『녹도서』를 얻어 북방의 오랑캐를 막고자 국력을 소모해 만리장성을 쌓았다. 남조(南朝) 송나라 때 소도성은 여러 종실의 반란을 평정하는 데 공을 세우며 힘을 키워 나가다 결국 송을 대신하여 제(齊)를 건국했다. 당나라 태종은 "여왕이 창성할 것이다.(女主昌.)"라는 점괘와 "마땅히 여 무왕이 나올 것이다.(當有女武王者.)"라는 참요(讖謠)를 듣고는 어렸을 때 이름이 '오낭자(五娘子)'이고 봉읍과 속현에 '무(武)' 자가 들어가는 개국 공신 이군연을 죽였으나, 정작 훗날 측천무후(則天武后)가 되는 무씨를 후궁으로 들인 바 있다.
- 수나라 양제(煬帝)는 낙구(洛口)에 창고를 만들어 군량미를 비축했으나 백

성들이 밑에서 궁핍해지는 실태를 몰랐고, 당나라 덕종(德宗)은 친위 병력을 다 거두어 하북(河北)을 도모했으나 서울이 텅 비게 된 실상을 깨닫지 못했네. 낙구창(洛口倉)은 흥락창(興洛倉)이라고도 하며 당시 수운의 요지이면서도 지세가 험한, 공현(鞏縣) 부근에 있었던 최대 규모의 식량 창고였으나, 훗날 반란군의 수중에 들어가 그들이 세력을 증대하는 데 이용되었다. 당나라 덕종은 번진(藩鎭)을 제압하기 위해 금병(禁兵)까지 일선에 파견했는데, 수도인 장안(長安)을 경유하던 경원(涇原)의 병사들이 조정의 야박한 처우에 분개하여 반란을 일으키자 봉천(奉天)으로 파천(播遷)할 수밖에 없었다. 역사에서는 이 사건을 경사지변(涇師之變)이라 일컫는다.

- 옛사람의 '천하에 본래 일이 없건만 용렬한 자가 요동시킨다.'라는 말 당나라의 포주 자사(蒲州刺史) 육상선(陸象先)은 정사를 베풀 때 너그럽고 간략함을 숭상하여 관리와 백성이 죄를 지으면 대부분 타일러서 보냈다. 일찍이 사람들에게 말하기를 "천하는 본래 일이 없건만 용렬한 자가 요동시킬 뿐이다. 만약 그 근원을 맑게 한다면 어찌 다스려지지 않음을 근심하겠는가."라 하였다. 『신당서(新唐書)』 「육상선전(陸象先傳)」에 나온다.
- 영위(榮衛) 영(榮)은 몸 안에서 장부의 기능을 활성화시켜 주는 기운이고, 위(衛)는 피부에서 몸을 보호해 주는 기운이다.

『계원필경』을 간행하는 서유구 관찰사께 40쪽

- 문창후(文昌侯) 최치원(崔致遠) 최치원은 고려 현종(顯宗) 때 문창후라는 시호가 추증되고, 문묘(文廟) 동무(東廡)에 배향되었다. 이 글에서 서유구가 홍석주 집안에 내려오던 『계원필경집』의 간행 연대를 고려 현종 때로 추정한 것도 이 사실에 근거를 두고 있다.
- 설총(薛聰) 설총은 신라 중대의 학자로 경사(經史)에 해박했고, 우리말로 경서를 읽고 이두를 만들어 후학을 가르쳐 유학의 종주가 되었다. 고려 현

종 때 홍유후(弘儒侯)라는 시호가 추증되고, 최치원과 함께 문묘에 배향되었다.

- 고종(瞽宗) 은나라 최고 학부로 대학(大學)을 가리킨다. 조선 시대에는 최고 학부인 성균관(成均館)과 함께 문묘를 두어 공자 이하 중국 선현과 최치원·설총 이하 선현을 제사하였다.
- 훗날의 자운(子雲) 한나라 양웅(揚雄)은 자가 자운으로, 『주역』을 본 따서 『태현경(太玄經)』을 짓고, 후세에 자신과 같은 학자가 나오면 이해할 수 있을 것이라 말했다는 일화가 전한다.
- 자양(紫陽) 선생께서 "한유의 다리 아래는 문장을 지을 곳이 아니다."라 말씀하셨습니다. 자양 선생은 주희를 가리킨다. 주희의 말은 『회암집(晦庵集)』 권49 「진부중에게 답하다(答陳膚仲)」에 나오는데, 글자에 약간 출입이 있다.("又況韓文公脚下, 不是做文章處.") 여기서는 문장가인 서유구가 이미 훌륭한 서문을 쓴 상황에서 자신 역시 서문을 짓는 것이 마땅치 않다는 뜻으로 쓰였다. 물론 겸사(謙辭)이다.

김매순

『삼한의열녀전』 서문 **46쪽**

- 요임금은 "출렁이는 홍수가 바야흐로 해를 끼쳐 산과 언덕 위로 넘실대며 아득히 하늘까지 닿았다."라고 말씀하셨다. 『서경』 「요전(堯典)」에서 홍수를 묘사한 대목이다.
- 『시경』에 이르기를 "일곱 번 베틀에 올라도, 비단 베 한 조각 짜 내지 못하고, 반짝이는 저 견우성, 수레 한 번 끌지 못하네."라 하였다. 『시경』 「소아(小雅) 대동(大東)」의 시구이다.

- 재여(宰予)가 상복 입는 기간을 줄이려 하자 공자께서 "네 마음이 편하면 하려무나."라 말씀하셨다. 공자의 제자 재여가 공자에게 부모의 삼년상은 기간이 너무 길다면서 기년(期年)이 좋겠다고 말했다. 이에 공자가 "쌀밥을 먹고 비단옷을 입는 것이 네 마음에는 편안하냐?(食夫稻, 衣夫錦, 於女安乎?)"라고 반문하니 재여가 편안하다고 답했다. 그러자 공자가 "네가 편안하면 그렇게 하여라.(女安則爲之.)"라고 말했다.(『논어』「양화(陽貨)」)
- 위에서는 세 가지 덕행이 성대하게 행해지지 않고, 아래에서는 네 가지 과목이 제대로 교육되지 않는다. 세 가지 덕행(三物)은 육덕(六德)과 육행(六行)과 육예(六藝)를 말한다. 육덕은 지(知)·인(仁)·성(聖)·의(義)·충(忠)·화(和)를 가리키고, 육행은 효(孝)·우(友)·목(睦)·인(姻)·임(任)·휼(恤)을 가리키고, 육예는 예(禮)·악(樂)·사(射)·어(御)·서(書)·수(數)를 가리킨다.(『주례(周禮)』「지관(地官)」 편 대사도(大司徒)) 네 가지 과목(四科)은 여러 가지 뜻이 있는데 여기서는 '공문사과(孔門四科)'라 하여 공자 문하에서 교육한 네 가지 과목인 덕행(德行)·정사(政事)·문학(文學), 언어(言語)를 가리킨다.(『논어』「선진(先進)」)

파릉의 놀이 55쪽

- 그런 뒤로 태풍을 만나 순식간에 표류하여 하루 밤낮 사이에 수천 리를 흘러가 일본 남쪽 경계를 지나 버렸다. 표류선이 도달한 곳이 멀리 유구나 여송(呂宋, 필리핀 루손섬)까지이니 또 어쩌면 그리도 험난하고도 아슬아슬했던가! 이유원(李裕元)은 『임하필기(林下筆記)』 제34권 「화동옥삼편(華東玉糝編)」에서 1825년 10월 14일에 학산 윤제홍이 제주에서 돌아오는 길에 풍랑을 만나 표류했다가 15일 썰물에 다시 제주 별도포(別島浦)에 정박했다는 사연을 기록했다.
- 장건(張騫)처럼 바다의 근원까지 갔다가 온 자취며 왕양명(王陽明)처럼 지팡이

날려 바다를 건너간 호쾌함이며 장건(張騫)은 한 무제(漢武帝) 때의 사람이다. 황제의 명을 받아 서역(西域) 땅을 탐사하기 위하여 황하의 근원을 찾고, 널리 서역을 순방하고 돌아왔다. 장건은 말을 타고 육로로 서역을 오갔으나 문인들은 장건이 뗏목을 타고 은하수를 건너갔다 온 것으로 윤색하여 장건의 뗏목이란 말이 생겼다. 명나라 사상가 겸 문인인 왕양명은 1506년에 신하들을 구해 주려다가 미움을 사 귀주(貴州) 용장 역승(龍場驛丞)으로 쫓겨났다. 가는 도중 「바다에 떠서(泛海)」를 지어 "험난하든 평탄하든 가슴에 둘 것 못 되나니, 창공을 지나는 뜬구름과 다를 게 뭐 있으랴! 고요한 밤 삼만 리에 파도가 칠 때, 달 밝은 밤 지팡이 날려 바람 타고 내려가네.(險夷元不滯胷中, 何異浮雲過太空. 夜靜海濤三萬里, 月明飛錫下天風.)"라 하였다.

홍직필

여성 도학자 정일당 묘지명 61쪽

- 마음을 붙잡고 놓아 버리는 순간을 시험하였다. 마음을 다스려 올바른 방향으로 길러 나가는 것을 말한다. 공자가 "잡아 두면 있고 놓아 버리면 없어져서 나가고 들어오는 것이 일정한 때가 없으며, 어디로 향할지 종잡을 수 없으니 그것은 마음을 가리킨다.(操則存, 舍則亡, 出入無時, 莫知其鄕, 惟心之謂與.)"라고 한 말이 『맹자』「고자 상(告子上)」에 인용되어 있다.
- 『시경』에서 훈계한 바도 단지 "어기지도 말고 말대꾸도 하지 말고, 오직 술과 음식만을 이야기한다."에 있었다. 『시경』「소아 사간(斯干)」에, 딸을 낳아 기를 때에는 "잘못도 없고, 잘한다고 나서는 일도 없으며, 오직 술 빚고 밥 짓는 일만 이야기하여, 부모에게 근심 끼치는 일 없도록 해야 한다.(無非無

儀, 唯酒食是議, 無父母詒罹)”라는 말이 나온다.

- 네 가지 아름다움 인의충신(仁義忠信)을 말한다.
- 상복(象服) 중국 고대에 왕비나 귀부인이 입던 예복으로 위쪽에 각종 물상(物象)을 장식하였다.
- 동사(彤史) 고대 중국의 궁궐에 두었던 여관(女官)의 명칭. 궁중의 일상생활 등을 기록하는 일을 담당하였다.

유본예

이문원의 노송나무 76쪽

- 이문원(摛文院) 조선 시대 역대 임금의 어진(御眞)과 어필(御筆), 어제(御製), 교명(敎命) 등 왕실 문서를 보관하는 관서로 창덕궁 안에 있었고 규장각에서 관리하였다.

정우용

장서합기 85쪽

- 군옥산(群玉山)과 이유산(二酉山) 군옥산은 서왕모(西王母)가 산다는 전설 속의 산 이름이다. 여기에 목천자(穆天子)가 서고를 두어 장서를 보관했다고 한다. 이유산은 대유산(大酉山)과 소유산(小酉山)으로 이곳에 수천 권의 책이 보관되었다는 이야기가 전해져 장서각(藏書閣)을 뜻하는 말로 쓰인다.
- 초나라 사관 의상(倚相)은 온갖 방대한 고전을 다 읽은 백과사전으로 불렸

다. 의상은 초나라 영왕 때 좌사(左史)의 이름이다. 좌사는 군주를 왼쪽 편에서 모시던 사관(史官)으로 군주의 말을 기록하였다. 의상은 박식하여 삼분(三墳)과 오전(五典), 팔삭(八索)과 구구(九丘)와 같은 고대의 고전을 모두 읽었다고 전한다.(『좌전(左傳)』 소공(昭公) 12년)

조인영

활래정기 90쪽

- 선교장(仙橋庄) 일반적으로는 '선교장(船橋庄)'으로 쓴다.
- 전당연(錢塘蓮) 연꽃의 한 종류이다. 명나라 남경의 전당지(錢塘池)에 자라던 연(蓮)으로, 강희맹(姜希孟)이 들여와 재배에 성공한 이후 전국에 퍼졌다고 한다.
- 주자의 시에서 '활수가 온다(活水來)'는 뜻을 취하여 '활래(活來)'라는 편액을 걸었네. '주자의 시'는 「책을 보다 감회가 일어(觀書有感)」라는 제목으로 지은 두 수 중의 첫 번째 작품이다.

반 무쯤 네모난 못에 거울 하나 열렸으니 半畝方塘一鑑開
하늘빛과 구름 그림자 함께 배회하누나 天光雲影共徘徊
어쩌면 이렇게 맑은가 그에게 물어보니 問渠那得淸如許
원천에서 활수(活水)가 흘러오기 때문이라네 爲有源頭活水來

김정희

「세한도」에 쓰다 97쪽

- 지난해 『대운집(大雲集)』, 『만학집(晩學集)』 두 책을 부쳐 주고 올해 또 우경(藕耕)의 『문편(文編)』을 부쳐 주었습니다. 『대운집』은 운경(惲敬, 1757~1817년)의 문집이며, 『만학집』은 계복(桂馥, 1736~1805년)의 문집이다. 우경의 『문편』이란 하장령(賀長齡, 1785~1848년)이 엮은 『경세문편(經世文編)』을 가리킨다.
- 하규(下邽) 사람이 대문에 붙인 말 한나라 적공(翟公)은 하규(下邽) 사람이다. 한 문제(文帝) 시절 정위(廷尉)가 되었을 때는 빈객이 문 앞에 가득했다가 파직되자 한산해졌다. 그 뒤 벼슬길에서 재기하자 빈객이 다시 몰려들었다. 적공은 문에 이런 방문을 붙였다. "한 번 죽고 한 번 살아야 사귐의 정을 알 수 있으며, 한 번 가난하고 한 번 부유해야 사귐의 태도를 알 수 있으며, 한 번 귀하고 한 번 천해져야 사귐의 정이 드러난다.(一死一生, 乃知交情. 一貧一富, 乃知交態. 一貴一賤, 交情乃見.)"

홍길주

내가 사는 집 102쪽

- 중용을 잡은 뒤에는 또 융통성 없이 하나에 고착되어 자막(子莫)처럼 고집불통일까 봐 걱정된다. 자막은 노(魯)나라 사람인데, 양주(楊朱)의 위아설(爲我說)과 묵적(墨翟)의 겸애설(兼愛說) 사이에서 중도(中道)를 취하려고 했으나 융통성 없이 기계적인 중도만을 고집하여 맹자로부터 호된 비판을 받았다.(『맹자』「진심 상(盡心上)」 참조.)

- 대청은 '아우당(我友堂)'이니, 『시경』의 "금(琴)과 슬(瑟)을 연주하며 사이좋게 지낸다(琴瑟友之)"라는 구절에서 가져왔다. 『시경』「주남(周南)」의 「관저(關雎)」 편에 나오는 이 구절은 부부간에 금슬이 좋다는 의미로 해석하는데 마루의 이름 '아우당'을 여기에서 가져온 것은 부부간의 금슬을 좋게 가져야 한다는 취지를 살린 것이다.
- 안채의 문은 '요락문(聊樂門)'인데 『시경』의 "애오라지 나를 즐겁게 하네(聊樂我員)"라는 구절에서 가져왔다. '요락문'의 명명에서는 아내를 향한 홍길주의 지극한 사랑을 확인할 수 있다. 이 이름은 「정풍(鄭風)」의 「출기동문(出其東門)」 편에 나오는 "동문을 나섰더니, 여자들이 구름처럼 많네. 비록 구름처럼 많아도, 내가 그리워하는 이는 없네. 하얀 옷에 연둣빛 두건을 쓴 그녀만이, 애오라지 나를 즐겁게 하네.(出其東門, 有女如雲. 雖則如雲, 匪我思存. 縞衣綦巾, 聊樂我員.)"에 출전을 두고 있다. 세상에 여자들이 하고많지만 이 문을 들어서면 나오는 안채에서 나를 기다리는 당신만이 나를 즐겁게 한다는 취지이다. 홍길주는 부인인 함종(咸從) 어씨(魚氏)가 세상을 떠난 뒤로 주위의 간곡한 권유를 물리치고 재취하지 않았고, 기녀조차 가까이 하지 않았다고 전한다.
- 서쪽 집으로 통하는 문을 '체화문(棣花門)'이라 하였으니, 이 문을 통해서 우리 형님을 뵈러 가기 때문이다. 사랑채에서 형님을 뵈러 가는 문을 체화문이라 명명한 이름 역시 『시경』에서 따왔다. 「소아 녹명지습(鹿鳴之什)」의 「상체(常棣)」 편은 형제의 우애를 노래한 작품이다.
- 『시경』에 "여기에 살고 여기에 거처한다(爰居爰處)"라 하고, 또 "여기에서 내가 있을 곳을 얻었다(爰得我所)"라 하였다. "여기에 살고 여기에 거처한다(爰居爰處)"라는 구절은 「소아 기보지습(祈父之什)」의 「사간(斯干)」 편에 나오는 구절이고, "여기에서 내가 있을 곳을 얻었다(爰得我所)"는 「국풍(國風) 위풍(魏風)」의 「석서(碩鼠)」 편에 나오는 구절이다.

꿈속에서 문장의 세계를 보다 113쪽

- 우하(牛賀)와 구로(仇盧) 우하는 서우하주(西牛賀洲, Aparagodaniya), 구로는 북구로주(北俱蘆洲, Uttarakuru)로 불교에서 말하는 사대부주(四大部洲) 중 하나이다.

용수원 병원 설립안 119쪽

- 감무(甘茂) 전국 시대 진(秦)나라의 장군이다. 무왕이 감무를 시켜서 한나라 의양(宜陽)을 공략하게 했다. 출정에 앞서 감무가 무왕에게 이렇게 말했다. "증삼(曾參)의 어머니는 증삼이 살인을 했다는 말을 믿지 않다가 세 번째 사람이 와서 또 말하자 베 짜던 북을 내던지고 달아났습니다. 증삼 같이 현명한 사람과 그 어머니의 믿음으로도 세 사람이 의심하자 어머니가 아들을 믿지 못했습니다. 지금 신의 현명함은 증삼만 못하고, 신에 대한 대왕의 믿음은 증삼의 어머니만 못하며, 신을 의심하는 자는 세 사람에 그치지 않습니다. 신은 대왕께서 신을 믿지 못하고 북을 내던질까 걱정입니다." 그러자 무왕이 "다른 사람의 말을 듣지 않겠다. 그대에게 맹서하노라."라 하였다. 그리하여 식양(息壤)에서 무왕이 감무와 맹서를 했다. 감무가 의양을 공격했는데, 다섯 달이 지나도록 함락하지 못하자 무왕이 공손연(公孫衍) 등의 말을 듣고는 감무를 소환했다. 감무가 "식양이 저기에 있습니다!"라 하자 무왕이 "맹서한 적이 있다."라 말했다. 이에 군사를 동원하여 다시 감무를 시켜 공략하게 했고, 드디어 의양을 함락했다.
- 악의(樂毅) 전국 시대 연(燕)나라의 장수이다. 악의가 일찍이 연, 조(趙), 초(楚), 한(韓), 위(魏) 다섯 나라의 연합군을 거느리고 강대한 제나라를 쳐서 70여 개 성을 모두 빼앗은 뒤 오직 즉묵과 거(莒) 두 성만을 남겨 두고 있었다. 그러나 연나라 소왕이 죽고 혜왕(惠王)이 즉위해서는 제나라 전단(田

單)의 이간질하는 말을 믿고 악의를 의심하자, 악의는 마침내 연나라를 떠나고 말았다.

- 백리맹명(百里孟明) 춘추 시대 진(秦)나라의 장수로, 처음에는 효함(殽函)에서 진(晋)나라의 습격을 당하여 포로가 되었다. 뒤에 석방되어 본국에 돌아갔는데, 진 목공(穆公)이 그를 세 번이나 중용하여 끝내 진(晉)나라를 패배시키고 수치를 씻었다.
- 곽자의(郭子儀)와 이광필(李光弼) 당나라 숙종(肅宗) 때의 명장들이다. 숙종이 안경서(安慶緖)를 칠 때 아홉 개 절도사의 병력 60여만 명이 상주(相州)에서 궤멸당했다. 그 가운데 곽자의와 이광필은 모두 백전노장이었으나, 군대를 하나로 묶어 통제할 전권을 가지지 못하고 환관 어조은(魚朝恩)의 감시를 받다가 결국은 패하고 말았다.
- 편작과 화타(華佗), 의완(醫緩)과 의화(醫和) 중국 고대의 유명한 명의이다.

작가의 서실 표롱각 124쪽

- 현포(縣圃)나 요대(瑤臺) 현포(縣圃)는 곤륜산(崑崙山)의 정상에 있다는 신선의 거처이고, 요대(瑤臺)는 옥으로 장식한 누대로 역시 신선의 거처이다.

이시원

개를 묻으며 128쪽

- 공자께서 기르던 개를 묻을 자리를 주면서 자공(子貢)에게 그 머리를 흙에 닿지 않게 하라고 당부하셨다. 공자가 기르던 개가 죽자 자공에게 묻도록

한 일은 『예기(禮記)』 「단궁 하(檀弓下)」에 나온다.

- 육기(陸機)의 황이(黃耳)처럼 고향에 돌아가 편지를 전했고 황이는 개의 별칭으로 쓰이기도 하는데, 여기서는 진(晉)나라 육기가 키우던 영특한 개의 이름을 가리킨다. 육기가 서울에 머물 때 고향에서 오래도록 편지가 없자, 황이를 보내 자신의 편지를 전하고, 고향집에서 답장을 받아 오게 시켰다.(『진서(晉書)』 「육기전(陸機傳)」)
- 주인이 현명하여 어진 마음으로 돌보고 온화한 마음으로 감화시키니 닭들이 어미 개가 돌아오기를 기다리고, 종류가 다른 동물임에도 먹이를 주게 하였다. 각박한 풍속을 부끄럽게 하고 풍교(風敎)에 보탬이 되는 사연이기에 한유는 기이한 상서로움이라 하였고, 주자는 『소학』에 실어 놓았으니 어찌 짐승이라 하여 홀대하겠는가? 당나라의 문인 한유가 지은 「오호라! 동소남이여(嗟哉董生行)」란 시에 나오는 사연이다. 짐승이 이러한 특이한 행동을 한 까닭은 동소남(董邵南)의 덕에 감화되었기 때문이라 했다. 이 사연이 주희가 엮은 『소학』에 실려 있다.
- 범치춘(氾稚春)의 아들처럼 『금루자(金樓子)』 「아들을 경계함(戒子)」에 "제북(濟北)의 범치춘은 진(晉)나라 때 덕행을 쌓은 인물인데 일곱 세대가 함께 살아도 집안사람들이 원망하는 낯빛이 없었다.(濟北氾稚春, 晉時積行人也. 七世同居, 家人無怨色.)"라고 했다.

조희룡

국수 김종귀 134쪽

- 창랑(滄浪) 엄우(嚴羽)가 "시에는 특별한 재능이 있으니 학문과 관계있는 것이 아니다."라고 말했는데 엄우는 송나라의 비평가로 여기에 인용된 문장은

그의 『창랑시화(滄浪詩話)』「시변(詩辯)」에 보인다. 다만 학문(學)은 본디 책(書)으로 되어 있다.

이만용

잠자는 인생의 즐거움 139쪽

- 그 때문에 소부(巢父)와 허유(許由)가 보기에 요임금과 순임금은 너무 피곤하게 일했고, 장저(長沮)와 걸익(桀溺)이 보기에 공자는 곤궁하기 짝이 없었으며, 기리계(綺里季)와 녹리 선생(甪里先生)이 보기에 진(秦)나라와 초(楚)나라는 서로를 협박하는 세상이었다. 허유는 요임금 시절의 고사(高士)로, 요임금이 왕위를 물려주겠다고 말하자 사양하고 물에 귀를 씻었다. 소부는 소를 몰고 가다가 그 물이 더럽다 하여 더 상류로 가서 물을 먹였다. 장저와 걸익은 제자인 자로(子路)를 보내 나루를 물은 공자를 조롱한 인물로, 그 일화가 『논어』에 나온다. 기리계와 녹리 선생은 중국 진(秦)나라 말에 어지러운 세상을 피하여 상산(商山)에 살던 '상산사호(商山四皓)' 중 두 사람으로, 나머지 두 사람은 동원공(東園公)과 하황공(夏黃公)이다.
- 옛날에 황제(黃帝)는 잠을 잘 자서 나라를 잘 다스린 군주가 되었고, 은(殷)나라 고종(高宗)은 잠을 자다가 어진 재상을 얻었다. 제갈량(諸葛亮)은 잠을 자다가 세상에 나아가 충신이 되었고, 도연명(陶淵明)은 잠이나 자고 시골에 처박혀 지조 있는 선비가 되었다. 장자(莊子)처럼 잠을 자면 꿈속에 나비로 변했고, 진희이(陳希夷)처럼 잠을 자면 신선이 되었다. 강엄(江淹)이나 이백(李白), 왕순(王珣)과 같은 문인들은 잠을 자는 동안 문장이 나날이 진보했다. 고대 전설에서 황제는 치우(蚩尤)와의 전쟁에서 꿈에 서왕모(西王母)의 계시를 받고 부절을 얻어 승리했다는 이야기가 전한다. 은나라 고종은 꿈에서 성인

(聖人)을 보았는데, 그 얼굴을 기억하고 있다가 역부(役夫)로 일하던 부열(傅說)을 발탁하여 재상으로 삼았다고 한다. 유비(劉備)가 제갈량을 초빙하기 위해 삼고초려(三顧草廬)했을 때 낮잠을 자고 있는 제갈량을 끝까지 기다린 일화는 유명하다. 도연명은 성품이 진솔하여 귀천을 가리지 않고 술을 마시며 교유했는데, 술이 얼근해지면 손님에게 "나는 이제 취해서 자야 하니 그만 가 보시오.(我醉欲眠, 卿可去.)"라고 말했다고 한다. 『장자』에는 장자가 꿈에 나비가 되어 놀다가 자신이 본래 나비인지 아니면 나비가 자신이 된 꿈을 꾼 것인지 의문을 품게 되었다는 우화가 실려 있다. 희이 선생(希夷先生) 진전(陳摶)은 한번 잠을 자면 100일이 넘게 일어나지 않았다고 한다. 강엄은 꿈에 오색필(五色筆)을 얻어 문장이 진보했고, 이백은 소싯적에 붓 끝에 꽃이 피는 꿈을 꾼 뒤 명성을 천하에 떨치게 되었다. 또 왕순은 꿈에 서까래처럼 큰 붓을 얻었는데, 그 뒤로 나라의 중요한 문장을 찬술하게 되었다고 한다.

유신환

사직단 근처 마을에서 책을 교정하다 165쪽

- 설령 우암 선생께서 생존해 계셔서 질문을 받으신다면 처음에는 의견을 달리하다가도 나중에는 질편하게 동의할지 어찌 알겠습니까? 한유가 양의지(楊儀之)를 배웅하며 지은 「별지부(別知賦)」의 "처음에는 들쭉날쭉 의견을 달리하다가 나중에는 질펀하게 흐름을 같이했네.(始參差以異序, 卒瀾漫而同流.)"라는 구절에서 나온 말이다.

김영작

고매산관기 174쪽

- "강변에 매화 한 그루 차츰차츰 꽃이 피어" 인용된 시구는 두보의 「배적이 촉주(蜀州)의 동정(東亭)에 올라서 손님을 전송하다 이른 매화가 핀 것을 보고 그리워하며 부친 시에 화운하다(和裴迪登蜀州東亭送客逢早梅相憶見寄)」에 나온다.

이상적

고려 석탑에서 발견된 용단승설 179쪽

- 건초척(建初尺) 한(漢)나라 건초 연간에 제작된 자로, 한 자(尺)는 약 25센티미터이다.

정벽산 선생 묘지명 182쪽

- 자산(茨山) 박 공(朴公)과 판향(瓣香) 함 공(咸公) 자산 박 공은 박선성(朴善性)으로 이상적의 『은송당집』에 그에게 보낸 시가 몇 편 보인다. 판향 함 공은 함진숭(咸鎭嵩)으로 『이향견문록(里鄕見聞錄)』에 전(傳)이 실려 있다.
- 다만 왕세정(王世貞)과 이반룡(李攀龍) 일파를 좋아하셔서 옛 법도로 나아가는 길잡이가 될 수 있다고 생각했으니, 나와는 지론이 정말 어긋났다. 정민수의 시론은 명대 복고파(復古派)인 왕세정이나 이반룡의 영향을 받아서 위(魏)나라나 성당(盛唐)의 시를 모범으로 받들고 중당(中唐) 이후의 시는 낮

게 평가한 데 비해, 이상적 자신의 시론은 그렇지 않았음을 말한 것이다.

조면호

자기가 잘 모른다는 것을 잘 아는 선생 192쪽

- 알봉(閼逢) 이전 소양(昭陽) 이후 알봉, 소양은 각각 천간(天干)의 갑(甲)과 계(癸)에 해당한다. 결국 이 전의 주인공이 가공의 인물임을 뜻한다.
- 소평(邵平), 주옹(周顒), 왕신민(汪信民) 소평은 본래 진(秦)나라의 동릉후(東陵侯)였으나, 나라가 망하자 장안성(長安城) 동쪽 교외에서 오이를 재배하여 먹고살았다. 주옹은 육조 시대 인물로 담론을 잘하고 불교와 음운학에도 밝았는데 은거하다가 벼슬길에 나섰기에 공치규(孔稚珪)가 「북산이문(北山移文)」을 지어 풍자했다. 왕신민은 송나라 왕혁(汪革)으로 "사람이 푸성귀의 뿌리를 씹어 먹을 수 있으면 어떤 일이든 이룰 수 있다.(人就咬得菜根, 則百事可成.)"라는 말을 남겼다.

심대윤

소반을 만들며 196쪽

- 통영(統營)의 장인(匠人)이 마을에 들어와 세 들어 살면서 소반을 만들어 생계를 꾸려 갔다. 경상도 통영의 장인들이 만든 소반을 통영반(統營盤)이라 일컫는데 조선 후기에 전국에 가장 널리 알려진 소반이었다.

박규수

그림은 대상을 충실히 재현해야 한다 202쪽

- 고문(皐門)·고문(庫門)·치문(雉門)·응문(應門)·노문(路門) 등 다섯 문의 제도 중국 고대 궁전에 설치한 다섯 문으로 밖에서 안으로 차례대로 있었다.
- 들에 있는 두 무(畝) 반(半)의 집 중국 고대에는 한 집에 다섯 무의 택지가 지급되었다. 그중 두 무 반은 읍에 위치하여 가을과 겨울에 거처하며 곡식을 저장하는 장소로 삼고, 들에 있는 두 무 반은 봄과 여름에 거처하면서 농사짓는 곳으로 삼았다.
- 삼례(三禮) 유교 경전 중에서 예와 관련된 내용을 정리한 『주례(周禮)』, 『의례(儀禮)』, 『예기(禮記)』를 아울러 일컫는 말이다.
- 「청명변하도(淸明汴河圖)」 앞에서 말한 「청명상하도」를 가리킨다.

신석희

『담연재시고』 서문 209쪽

- 파(波), 과(戈), 적(趯), 책(磔) 모두 필획의 명칭이다.
- 정신에서 예스럽고 기이한 것이 솟아나니 담담하여 다 거두지 못한다.(神出古異, 澹不可收.) 사공도(司空圖), 『이십사시품(二十四詩品)』의 '청기(淸奇)'에 나오는 말이다.

이대우

장모님의 시집 222쪽

• "잘못도 저지르지 말고 선(善)도 행하지 말고(無非無儀)" 『시경』 「소아 사간(斯干)」에, 딸에 대해 "잘못도 저지르지 말고 선도 행하지 말고, 오직 술과 음식만 논한다면, 부모에게 걱정을 끼치는 일이 없으리로다!(無非無儀, 唯酒食是議, 無父母詒罹!)"라 읊은 구절이 있다.

김윤식

집고루기 232쪽

• 낭환(琅嬛)의 기이한 책 낭환은 전설상의 선경으로, 상제의 책을 보관하는 서고가 있다고 한다.

현재의 시무 240쪽

• 옛날에 사마휘(司馬徽)가 촉한(蜀漢) 소열제(昭烈帝, 유비(劉備))에게 "속된 선비들은 시무(時務, 시대의 급무)를 알지 못합니다. 시무를 아는 사람은 오로지 준걸(俊傑)밖에 없습니다."라고 했다. 『삼국지(三國志)』 「촉지(蜀志)」 「제갈량전(諸葛亮傳)」에서 사마휘는 이렇게 말하고 제갈량과 방통을 추천했다.

김택영

『신자하시집』 서문 246쪽

• 옛날 한유(韓愈)는 이백(李白)과 두보(杜甫)의 시가 많이 사라졌음을 안타까워하여 이 세상 밖으로 나가서라도 수습해 오고 싶다는 말을 남기기까지 하였다. 한유(韓愈)는 「장적을 희롱하며(調張籍)」라는 시에서 "이백과 두보의 문장이 남아 있어, 광염이 만 길이나 솟은 듯. ……나는 바라노라, 두 날개가 돋아 팔황(八荒, 아주 먼 지방을 이르는 말) 밖까지 가서라도 수습할 수 있기를.(李杜文章在, 光炎萬丈長. 不知羣兒愚, 那用故謗傷. ……我願生兩翅, 捕逐出八荒.)"이라 하였다.

대정묘 중수기 254쪽

• 의조(懿祖)께서 서해의 용녀(龍女)를 아내로 맞이해 돌아오셨다고 했다. 의조는 고려 태조 왕건의 할아버지로, 이름은 작제건(作帝建)이다. 작제건과 용녀의 건국 신화는 고려 의종 때 사람 김관의가 지은 책에 실려 있고, 『고려사』에 인용되었다.

• 고공단보(古公亶父)가 강씨(姜氏) 부인과 함께 서쪽 물가에 집터를 정한 옛일 고공단보는 주나라 태왕(太王)이다. 『시경』 「대아(大雅) 면(綿)」에서 "고공단보가 아침에 말을 달려와 서쪽 물가를 따라 기산 아래 이르렀도다. 이에 강씨 부인과 함께 와서 집터를 잡았도다.(古公亶父, 來朝走馬, 率西水滸, 至于岐下. 爰及姜女, 聿來胥宇.)"라고 읊었다.

• 농로의 신이나 제방의 신, 수로의 신 같은 작은 귀신 12월에는 농사가 잘되게 해 준 여덟 신에게 제사를 드리는데 그중 세 종류의 신이다. 『예기』 「교특생(郊特牲)」에 나온다.

김홍연전 258쪽

- 한나라 수하(隨何)와 육가(陸賈)는 무용(武勇)의 능력이 없었고, 주발(周勃)과 관영(灌嬰)은 문학(文學)의 재능이 없었다. 『진서(晉書)』「유원해재기(劉元海載記)」에 나오는 말이다. 문관인 수하와 육가는 무에 약하고, 무인인 주발과 관영은 문학의 재능이 없었다. 재능을 두루 갖추기 어려움을 비유한다.
- 한 가지 그릇 이상이 되기 『논어』「위정(爲政)」 편의 "군자불기(君子不器)"라는 말에서 나왔다. 그릇은 한 가지 용도로 쓰이는데, 군자라면 그 이상으로 두루두루 능력을 갖춰야 하므로 한 가지 그릇이 아니라고 했다.

매천 황현 초상 찬 261쪽

- 문학을 숭상했으며 인생을 윤곡(尹穀)과 같이 끝맺었노라. 황현이 나라를 위해 자결했음을 말한다. 윤곡은 송나라 담주(潭州) 장사(長沙) 사람이다. 평소 강직하고 청렴하다는 찬사를 들었다. 몽골이 침략해 담주성이 함락되기에 이르자 처자에게 뒤따라 죽으라고 말한 뒤 집에 불을 지르고 그 속에 단정히 앉아 자결했다.(『송사』「윤곡열전」).
- 풍만한 몸집 윤택한 살결에 낯 번지르르한 자만이 부끄럽겠는가? 한유(韓愈)가 지은 「잡설(雜說)」에 보이는 내용이다. "풍만한 몸집 윤택한 살결에 얼굴이 번지르르해 외모는 아름다우나 마음은 사악한 자가 있다. 용모는 사람이라도 마음은 금수이니 또 어찌 사람이라 하랴!(卽有平脅曼膚, 顔如渥丹, 美而狠者, 貌則人, 其心則禽獸, 又惡可謂之人邪!)"

안중근전 266쪽

- 선황제를 언급한 것은 이토가 천황을 시해한 일을 말한다. 메이지 유신과

인 이토 히로부미가 메이지 천황(明治天皇)의 아버지인 고메이 천황(孝明天皇)을 살해했다는 설이 있다.

이건창

당쟁의 원인 278쪽

- 전(傳)에서는 "반드시 한 세대 이상 지속하여 노력해야 교화의 효과가 나타난다."라고 했고, 또 "백 년 동안 덕을 쌓아야 예악(禮樂)을 발전시킬 수 있다."라고 했다. 앞의 인용문은 『논어』「자로(子路)」 편에서 공자가 "만약 왕자(王者)가 나오더라도 반드시 한 세대가 지난 이후에 교화가 펴질 것이다.(如有王者, 必世而後仁.)"라는 한 말에서 따온 것이며, 뒤의 인용문은 『사기』「유경숙손통열전(劉敬叔孫通列傳)」에 나오는 "예악이 일어날 수 있는 바는 덕을 백 년 동안은 쌓은 뒤에라야 발전시킬 수 있다.(禮樂所由起, 積德百年而後可興也.)"라는 말에서 따온 것이다.

글쓰기의 비법 302쪽

- 영지(影紙) 정간지(井間紙). 글씨를 쓸 때 글자의 간격을 고르게 하기 위해 종이 밑에 받치는 종이로 격자 선이 그어져 있다.

정일헌의 시집 310쪽

- 내가 그래서 시를 지어 올려 "다시 조대고(曹大家)의 말씀 들으니, 굴원의 누이처럼 꾸짖지 않으시네."라 하였다. 이 시구는 「예산에서 집안 누님 정일

헌을 뵙고 닷새를 머무르며 생일을 지냈다(禮山拜戚姊貞一軒, 留五日, 過生朝)」의 미련이다. 1896년 3월에 이건창은 해주부(海州府) 관찰사(觀察使)에 제수되었으나 상소를 올려 거절하다가 고군산도(古群山島)에 유배되었다. 조대고는 후한의 여성 학자인 반소(班昭)이고, 굴원의 누이(女嬃)는 굴원이 쓴 「이소(離騷)」에 나오는 여인이다. 굴원의 누이는 굴원에게 너무 유별나게 강직하지 말라고 신신당부하였다. 정일헌이 이건창에게 강직하게 처신하라고 말한 뜻으로 이해할 수 있다.

유길준

『서유견문』 서문 316쪽

- 모씨(毛氏, Morse) 에드워드 실베스터 모스(Edward Sylvester Morse). 미국의 동물학자이자, 동양학자로 일본에 다윈의 진화론을 처음 소개한 인물로 알려졌다. 보스턴 박물관과 피바디 박물관의 관장을 역임했다.
- 눈 위의 기러기 발자국 사라지기 쉬운 일이나 사건의 흔적을 의미한다. 소식의 시에서 나온 전고이다.
- 칠서(七書) 여기서는 유교의 사서삼경 곧 『논어』, 『맹자』, 『대학』, 『중용』, 『시경』, 『서경』, 『주역』을 가리킨다.

이건승

『명이대방록』을 읽고 324쪽

- 이원도(李元度)가 편찬한 청나라의 『국조선정사략(國朝先正事略)』에서 황종희(黃宗羲)의 전기를 읽어 본 적이 있는데 청나라 말엽의 학자 이원도는 명신(名臣), 명유(名儒) 등 일곱 개 분야로 500여 명의 인물 전기를 써 『국조선정사략』을 펴냈다.

박은식

자주와 자강 335쪽

- 국민이 노예가 되고 병사가 죽어 원숭이나 학이 되고, 또 벌레나 모래가 되고 말았으니 갈홍(葛洪)의 『포박자(抱朴子)』에 "주나라 목왕이 남쪽으로 출정했을 때 일군이 모두 죽어 군자는 원숭이와 학이 되고 소인은 벌레와 모래가 되었다.(周穆王南征, 一軍盡化, 君子爲猿爲鶴, 小人爲蟲爲沙.)"라고 하였다.
- 윗사람을 가까이하고 어른을 위해 죽는 의리 『맹자』 「양혜왕 하(梁惠王下)」에 "임금께서 어진 정치를 행하기만 하면 이 백성들이 윗사람을 가깝게 여겨 어른을 위해서 목숨도 기꺼이 바칠 것이다.(君行仁政, 斯民親其上, 死其長矣.)"라고 한 말에서 나왔다.

이건방

안효제 묘지명 340쪽

- 증공(曾鞏)은 안진경(顔眞卿)이 죽음으로 절개를 지킨 행적을 논하면서 의로운 일을 행하다 죽는 것쯤은 보통 사람도 힘쓰면 할 수 있으므로 공을 평가하기에 부족하고, 오로지 권간(權奸)을 계속 거스르고 일고여덟 번 넘어지더라도 후회하지 않는 것은 도(道)가 두터운 사람만이 할 수 있으므로 그야말로 안진경을 평가할 말이라 했다. 안진경은 당나라의 충신이자 명필이다. 송나라 증공이 「무주안노공사당기(撫州顔魯公祠堂記)」에서 "권간의 뜻을 차례로 어겨 넘어지고 거꾸러지고 흔들리고 꺾인 것이 일고여덟 번에 이르렀는데도, 처음부터 끝까지 사생 화복을 추호도 고려하지 않았다. 도에 독실한 자가 아니면 이렇게 할 수 없다. 여기에서 공의 위대함을 엿볼 수 있다.(維歷忤大奸, 顚跌撼頓, 至於七八, 而終始不以死生禍福爲秋毫顧慮. 非篤於道者, 不能如此, 此足以觀公之大也.)"라고 했다.
- 주섭(周燮)이 동쪽 언덕을 굳게 지킨다는 말을 따와 스스로 '수파(守坡)'라 일컬어, 다시 출사하지 않겠다는 뜻을 보였다. 『후한서(後漢書)』 「주섭전(周燮傳)」에 보면 주섭의 친족들이 주섭에게 벼슬을 권하면서 이렇게 말했다. "무릇 덕을 닦고 행실을 세우는 것은 나라를 다스리기 위함일세. 선대 이래로 공훈과 영예가 이어져 왔건만, 자네는 어찌하여 유독 동쪽 언덕의 비탈을 지키려고만 하는가?(夫修德立行, 所以爲國. 自先世以來, 勳寵相承, 君獨何爲守東岡之陂乎?)"

정인보

길주 목사 윤 공 묘표 349쪽

- 올해 기묘년(1939년)은 공이 세상을 떠난 지 이백사십칠 년이 된다. 윤성교의 몰년이 계미년(1703년)이 확실하다면 237년의 잘못이다.

원문 原文

洪奭周

答金平仲論文書 22쪽

某拜. 三宵佳話, 追想如夢, 其室則邇, 人不我卽, 始覺天下至遠處, 不獨在粤南燕北也. 愚蒙不佞, 得奉誨於君子, 八年于玆矣. 洪鍾之應, 不辭莛撞, 尙絅之錦, 闇然日章, 君子之文章, 於是乎可得而見矣. 盖其渾涵汪茫, 則並濶於河海, 蹈厲奮發, 則同威於雷風, 立者嶽峙, 行者江決. 其詩則李·杜, 其賦則屈·賈, 其文則司馬子長·莊子休是也. 愚於是, 惝怳却顧, 若聽洞庭咸池之樂, 始則肅然而懼, 中焉瞠然而疑, 卒乃大惑而易方. 惑而後可與道矣, 如愚者, 惑而未及乎道者也, 又何敢呫呫然容辭說? 此所以承惠三載, 而卒不敢爲一字之復者也. 雖然, 退而思之, 竊有所介然于中者, 不能默默, 聊復一言之, 可乎?

愚嘗聞之, 文者, 言之賁也, 言者, 心之暢也, 心者, 性之靈也, 性者, 天之命也. 思爲文, 其可以不知天乎? 雖然, 思爲文而求知天, 未有能知天者也.

夫三代以前, 無所謂文者也. 充乎內, 鬱乎中, 不得已而洩之, 得之而爲德, 行之而爲道, 告諸人謂之言, 書諸策謂之文. 四者隨地而異名, 其實一耳. 逮于秦·漢之間, 亦皆卽心而爲文, 未嘗臨文而搆言. 是以一觀其文, 其中可知也. 文之弊, 盖始于衰漢, 成于魏晉, 極于六朝, 甚至乎事不紀實, 言不由衷, 於是乎二帝三王之道, 掃地盡矣.

今世之人, 始操毫, 皆能言仁義誠敬, 皆能言經濟治平, 考其中則茫如也, 奚特考其中而茫如也? 循其言, 亦已非矣. 由是, 言不稱文, 心不應言, 不誠莫甚焉, 其於天遠矣, 此猶其上焉者. 其下而爲哇淫譎詭斲削之辭者, 又無論焉. 不有命世之君子起而正之, 夫奚但百世而不見治哉!

竊觀足下之文, 幾乎道矣. 以其卽文卽言, 卽言卽心, 而表裏無二形, 華實無二本也. 是以愚之知足下之文也, 不以足下之文, 而以足下之言; 不以足下之言, 而以足下之心, 如是則可謂知足下已乎!

然不患不知人, 患不自知. 愚之致力乎斯術也, 于今九易曆矣. 其始學也盖茫焉, 不知其向方, 獨取古人之書, 句摸而字索之, 三歲而不見益. 於是盡棄所謂繩墨, 任其意之所之, 筆落而謂之字, 字累而謂之章, 章聯而謂之篇, 言不求新, 辭不加飾, 其於文踈矣. 雖然, 方是時也, 當空吐氣, 起若長虹, 伸紙在前, 若有神助, 意將凌八極而駕萬古, 不自知其愚狂. 雖不知而作, 盖亦任其內者之勝於務其外也.

迨至翼年, 獲覩下風, 芒然自失, 於是却而求之, 不於文而於道, 一月而得養氣之說, 則知向日之氣, 非醇氣也. 又一月而得知言之說, 則知向日之言, 非法言也. 又一月而得克己力行之說, 則知吾事有急於文者焉. 又一月而得戒懼涵養之說, 則知吾事不踰乎一心焉. 又一月而得萬物一原之說, 然後犂然大悟. 於是焉, 始知文之未嘗不爲道, 而道之未嘗不爲文也. 其然者何也? 同一心而已矣.

自是以後, 文不必作, 亦不必不作, 文不必工, 亦不必不工, 吾知治吾心而已. 盖余治心之功, 尙十分而未及一, 自顧其文, 已非復向時之舊矣. 韶濩之音, 典謨之體, 吾不敢望耳. 若其放而不流, 簡而不廹, 從容詘伸而可以自娛, 則亦庶幾焉. 獨其肆志高談時, 雜方外之氣, 憂時切俗, 不掩憤悱之過, 則斯亦偏性之難矯, 而實工之未至也. 固知螯口之味, 不足以薦方丈之品. 而竊以自試, 而見其效如此, 故敢以爲獻.

竊觀足下之爲人, 其天資超卓, 誠有過人焉者. 獨於下學之地, 似有未盡踐焉. 夫爲中天之臺, 亦必自一階始, 忽於半者, 非知道者也. 且天之所以爲天, 不在於形, 而日月錯行, 經緯失次, 則天亦不得以爲天. 聖人之所以爲聖, 不在於威儀, 而跛倚箕踞, 率口而談, 亦不得以爲聖人矣, 忽於外者, 亦非知道者也. 論文及此, 深知失倫. 然心外無文, 道外無心, 而足下之道所未至者, 似在於斯二者,

故不揆而申言之. 如荷不鄙, 則撮土涓流, 未必無增於海嶽之高深矣.(『淵泉集』卷16)

藥戒 28쪽

有中暑而病者, 上欬而下泄, 其陽脉浮而散, 其陰脉濡而弱. 診之者曰: "是名陰虛, 不治, 且殺人." 恘而聽之, 滋其血則膈泥, 淸其火則胃寒, 食完于器, 纍然而日羸, 改而溫之, 熇熇若燎炭于胸, 三易醫而病益深. 迺曰: "死, 亦命也. 終不爲藥悞." 謝醫却藥, 閱月而如故.

旣起, 見余而嘆曰: "吾今而後, 知醫藥之可以殺人也. 自今以往, 有問醫而服藥者, 有如日." 余笑曰: "子特値夫病之小者耳. 苟有大病, 安能以不藥瘳也? 且子過矣. 天下未嘗無中醫也. 子不能求, 徒與下醫者謀, 而咎醫藥之殺人. 然則神農. 軒轅, 豈將毒天下以殺哉!" 客曰: "苟如是, 子不戒藥歟?" 曰: "惡可以不戒哉! 顧戒在擇醫, 不在於服藥也. 醫得其人, 則巴硇粱炙也. 醫不得其人, 則蔘朮鴆毒也. 雖然, 余嘗有大戒焉, 憂病而豫防, 不病而調補, 斯二藥者, 不遇兪扁, 余終不敢服也."

客啞然笑曰: "甚矣! 子惑也. 不畏其難, 而覆畏其易, 不慮其危, 而覆慮其安. 焦頭爛額於燎原, 孰若撲之於熒熒之易也? 衝戈鋋, 冒矢石, 决死於一戰, 孰若保民於昇平之安也? 誠如子言, 是元聖無桑土之詩, 而大易無旣濟之象也. 聖人豈眞欺我歟?"

余曰: "否否. 子所謂覩其一, 不聞其二者也. 子以爲見微於毫末, 與察形於邱山, 孰難? 先事而籌, 與當事而揆, 孰易? 覩冰而知寒, 望火而知熱者, 中人之所能也. 感栗烈於履霜, 悟滂沱於離畢, 非上知不能. 世固未嘗無中醫, 而上醫者不恒遇. 余之所戒, 豈徒然哉! 且不務眞知, 而圖救於未然, 則救之所爲, 固禍之所起也. 且子不見夫往日定州之役乎? 方略, 非盡得也, 將士, 非盡知且勇也, 甲兵器械, 非盡犀利也. 宿師五月, 猶得以成功而歸者, 攻其所當攻也. 嚮使一二歲之前, 有欲防之, 而不能眞知者, 疑似之人, 盡以爲戮, 旁近之地, 無不設備, 聚衆以勞民, 朘財而儲餉. 亂形未見而人心先搖, 一朝有風塵之警, 其有不諜然土崩者乎? 而又安得有今日之捷也."

客曰: "子言則辯矣, 若是則古聖人慮遠備豫之道, 皆可廢歟? 樹之德教, 以善其俗, 寬其徭賦, 以綏其生, 擇之賢守, 以勤牧馭, 任之良將, 以詰戎備, 若是者又何爲不可哉!"

余曰: "是則非醫藥之謂也. 譬之於身, 愼其食飮, 調其起居, 節其嗜慾, 以攝養其生者也. 豈醫藥之謂哉! 古之人, 固有未病而爲之藥者矣. 司馬攸欲去劉淵, 張九齡欲誅祿山, 郭欽倡徙戎之議, 賈誼建分國之謀. 是得其醫而不能用者也. 秦始皇得錄圖而築長城, 秦之亡, 長城趣之也. 宋明帝用蕭道成, 而剪除其宗室. 唐太宗, 畜武氏於宮, 而誅李君羡. 夫以太宗之明, 而徒殺無辜以滋禍, 未然之防, 豈易言哉! 若夫平居調補之藥, 固世醫所謂純王之道, 百全而無弊者也. 雖然, 凡有所補, 必有所偏, 氣盛則血衰, 水旺則火弱, 補之而不得其平, 未有不反害者也. 隋煬帝窖洛口, 以廣蓄儲, 不知其民之匱于下也. 唐德宗撤禁兵, 以圖河北, 不悟京師之空虛也. 信乎! 古人之言曰 '天下本無事, 庸人擾之耳.' 七尺之軀, 所恃者臟腑榮衛, 幸而無大病, 豈堪爲庸醫之所擾哉! 且當病而投藥者, 其功害立見, 功害立見, 則取舍易決. 未病而調補者, 藥雖不中, 而未嘗有近害. 人見其無害也, 而服之不已, 孰知其積久禍深, 一朝驟發而不可以復救也? 貴富之人, 奉養素備, 平居無疾, 以葠茸爲粥飯, 未耋而奄奄者十八九, 甚者無故而暴傷其命, 終不悟其咎之繇於藥餌, 而其害之伏於數十年以前也, 豈不哀哉!"

客曰: "若子之意, 則如之何而可也?" 曰: "善養生者, 以淸心爲本, 不得已而服藥, 則愼無以庸醫參之而已矣. 善治國者, 以息民爲務, 不得已而有事, 則愼無以

小人參之而已矣."(『淵泉集』 卷24)

先妣貞敬夫人大邱徐氏墓表 34쪽

嗚呼! 我先考右副承旨贈領議政府君, 大葬于長湍之翌年癸酉, 不肖孤奭周, 旣樹石墓右, 越十一年癸未八月二十有一日丁巳, 我先妣貞敬夫人徐氏, 又大棄諸孤, 以是歲十月己酉, 啓窆而祔于左, 奠坎揖離, 如前兆, 於是不肖孤, 又泣血鑴辭于墓左之石.

嗚呼! 自吾先考喪後, 吾先妣恒深居一室, 不懽笑, 不御盛饌, 不輕出戶外, 常若有疾病者. 凡十二年, 如一日, 以及于大故, 而不肖孤則頑然猶視息也, 嗚呼慟哉!

先妣年二十二歲, 生奭周, 方是時, 擧家無他幼穉, 鍾愛固出常. 然自四五歲, 有一事微踰軌度, 立正色呵責, 至大啼泣摧伏, 誓不敢復爲, 然後已. 吾王母沈夫人, 愛先妣特深, 終日常在座側, 執箴絲, 視滫瀡, 任使如左右手. 每退已夜分, 乃置奭周膝下, 親課所讀書, 又令誦舊所受, 或盡卷乃已. 在枕上, 猶口授經傳詩文及詔古人格言懿行以爲常.

及奭周擢第歸, 先妣頗色喜, 旣而愀然有間曰: "使汝獲小科, 吾當樂而無憂矣." 當乙卯庚申間, 嘗謂奭周曰: "聞某人方居權要, 爾其謹避之." 未幾其人果敗, 先妣自少, 日常喜誦蒹葭·衡門詩及陶淵明歸田園作, 先考早廢擧, 先妣盖密贊其決. 及奭周驟躐顯列, 而季子顯周又尙主, 恒蹙然若隱憂. 仲子吉周, 治文辭甚工, 方朝夕掇科第, 先妣謂曰: "吾門已盛矣, 而爾又欲求榮耶?" 吉周遂不復赴擧.

嗚呼! 人孰無慈母之恩哉? 或乳抱而不能敎誨, 或敎誨矣而止於孩提而已. 若不肖兄弟者, 乳抱於吾先妣, 提誨於吾先妣, 讀詩書, 講文藝, 亦惟吾先妣, 其出而立身從政, 亦惟吾先妣是恃. 奭周生五十年, 猶若在襁抱時也, 而今焉則永已矣. 嗚呼! 其猶言猶食, 而猶與于生人之事者, 此何人哉!

嗚呼! 先妣年十四, 歸我家, 事舅姑三十餘年, 無毫髮不適意, 旣耋, 語及先舅姑父母, 必泣下. 其接人, 薰然慈仁, 惟恐或傷之, 至事有不可, 徐以一言裁之, 又無不肅然憚者. 顯周始自禁中歸, 所賜服皆綾羅, 先妣手自脫去, 復令衣舊衣. 入覲, 綏嬪恠之, 使人問其故, 對曰: "幼子當敎以儉, 且非所以養福也." 其治家, 寬而有法, 尤不喜巫覡, 奭周嘗病瀕危者屢月, 或請禳之, 終不應. 顯周方痘, 家人或往問女巫, 歸言當大不利, 先妣正容曰: "巫言信耶! 若信則亦無用復問矣." 遂禁勿復往.

自髫齔時, 聞諸兄弟所讀誦, 輒終老不忘. 嘗閱籌數書, 以己意創爲求句股和較開方之術, 後得中國人新法, 不爽秒忽. 然非與諸子語, 平生未嘗及文字, 絶不肯操筆臨紙曰: "非婦人事也."

吾先考每事多咨焉, 然在官府屢年, 獨不一及官事曰: "非婦人所當與也." 燕私從容, 未嘗一失色辭, 所亹亹皆忠孝慈儉正直之道, 及觀其所蹈履, 又無一不與言合者. 嗚呼! 不肖孤何以志萬一.

徐氏, 貫達城, 始譜于高麗中郎將閈, 大顯于我朝判中樞府事忠肅公渻. 先妣之祖諱命勳, 臨陂縣令贈吏曹參判, 考諱迥修, 以直道屢畸于時, 仕止江原道觀察使贈吏曹參判, 考安東金氏, 農巖先生禮曹判書文簡公諱昌協曾孫, 世孫贊善文敬公諱元行女也.

先妣之生, 以英宗癸酉九月辛巳小晦, 壽七十有一歲. 吉周, 官參奉, 奭周男名祐謙, 女爲韓弼敎妻, 吉周男名祐健, 復擧一女, 顯周男名祐喆, 沈氏女有一女幼. 若吾家先系暨它子女, 已識于墓右之石者, 擧不敢複云.(『淵泉集』 卷30)

答徐觀察準平書 40쪽

伏荷不鄙, 以崔文昌桂苑筆耕, 弁文見屬, 懼不堪當, 敢忘嘉惠? 是書也誠吾東方藝文之權輿也. 盖自殷師東來, 八政肇敎. 大法九章之傳, 意必有文物之可述, 而今不可尋其影響矣. 東方文士之見於傳記者, 盖始于強首. 薛聰, 而強首之文無傳焉, 弘儒侯所著, 惟花王一傳, 而寂寥短章, 不足爲一臠之嘗. 其能燦然備一家言, 以列于著作之林者, 斷斷自文昌侯始無疑也.

世多言文昌侯早習蟲篆, 晩遁釋老, 不宜在兩廡之祀, 愚獨謂不然. 古之祀典, 報功爲大, 周禮春官之典曰: "凡有道者. 有德者使敎焉. 死則以爲樂祖, 祭於瞽宗." 鄭康成釋之曰: "若漢樂有制氏, 詩有毛公." 夫制氏之於樂, 徒能記其鏗鏘鼓舞而已, 猶可以與瞽宗之祭者, 以漢之言樂者, 昉于是也.

吾東方之於文學, 可謂盛矣, 而實昉于文昌侯. 自夫文昌侯之北學中國, 而大鳴于天下也, 東方之人, 始知以文學爲貴, 蔚然興起而歆企者, 相望于海隅. 文風旣啓, 讀書者日益多, 而詩書禮義之敎, 亦因之漸昌于時, 是得不謂之有功于斯文哉! 且文昌侯游于中國, 而不及于驕帥妖客之亂, 返于故國, 而不苟容于淫嬖昏亂之朝, 其去就大節, 無一不合于道者. 其遁于釋老, 盖有托焉而自晦耳, 固未可以輕議也.

夫以文昌侯之卓然有立於世如是, 其蔚然有功於吾東又如是, 而其遺文幾泯于後, 倘微台執事爲之拳拳而表章之, 則吾東方讀書操觚之士, 皆將有餘媿矣. 嗟乎! 此古人所以貴後世之子雲也.

來書引燕巖朴丈語, 愚嘗見朴丈所著金蓼小抄, 列東國書目若干部, 至桂苑筆畊下, 註曰: "今佚不傳." 夫以朴丈之博洽, 而尙有是言, 是書之殆絶乎今世可知也. 台執事得一本, 尙且云狂喜沒量, 今忽有數十百袠, 磊落在世間, 人人將得以資其涉獵, 台執事之功于藝苑, 亦庶幾與文昌並矣, 甚盛甚盛.

來書論文章體裁及辨齊東謬悠之言, 皆極精當, 無容贊一辭. 但謂紙楮千年, 而疑是卷爲高麗顯宗時所搨, 則恐未然. 國朝中葉以前, 尙以鋟書爲常事, 漫記冗語, 至今有刊本者甚夥, 况是書耶! 不然則七八百年之書, 雖善於收藏, 恐未能完善, 如新脫于梨棗若是也.

傑搆叙述, 上一半, 用曾子固序李白集體, 下一半, 大類亭林集中諸篇, 而間出議論, 俯仰感慨, 一唱三歎, 有歐陽永叔. 歸熙甫之遺韻. 紫陽先生有言: "韓文公脚下, 非做文章地." 今欲以瓴甋瓦礫, 而錯之於懸藜夜光之間, 多見其不知耻也. 重勤來命, 不敢藏拙, 尙冀台執事之終敎之也.(『淵泉集』 卷17)

金邁淳

三韓義烈女傳序 46쪽

爲文之體有三, 一曰簡, 二曰眞, 三曰正. 言天則天而已, 言地則地而已, 是之謂簡. 飛不可爲潛, 黔不可爲白, 是之謂眞. 是者是之, 非者非之, 是之謂正. 然心之微妙, 待文而著, 文者所以宣己而曉人也. 故簡言之不足, 則繁詞以暢之, 眞言之不足, 則假物以況之, 正言之不足, 則反意以悟之. 繁而暢, 不嫌其俚, 假而況, 不厭其奇, 反而悟, 不病其激, 非是三者, 用不達而體不能獨立矣.

堯曰: "湯湯洪水方割, 蕩蕩懷山襄陵, 浩浩滔天." 夫咨洪水, 一言足矣. 旣曰 "湯湯", 又曰 "蕩蕩浩浩", 則口舌之溢而手目佐之矣, 斯不亦俚乎? 詩曰: "雖則七襄, 不成報章. 睆彼牽牛, 不以服箱." 星辰之無與於織與駕, 童孺之所知也, 斯不亦奇乎? 宰予欲短喪, 子曰 "女安則爲之", 使予也以爲信然, 而遂短其喪則奈何? 斯不亦激乎?

然三代以前, 淳樸未喪, 而聖人者, 中和之極也. 故其出言而成文也, 俚適於暢而不流於鄙褻, 奇足於況而不涉於誕詭, 激期於悟而不墮於拗戾. 譬之聲焉, 大自雷霆, 細逮蚊蠅, 擧而數之, 奚翅千萬, 而先王作樂, 音不過五, 律不過十二者, 取節而用其衷也.

神聖徂伏, 道隱治弊, 天下之變, 不可勝言. 而能言之士如莊周·屈原·太史公之徒, 類皆沉淪草茅, 終身困厄, 悲憂感憤, 壹鬱而無所發. 故讀其文, 往往如長歌痛哭, 嘻笑呵罵, 苟可以鳴其志意, 則鄙褻誕詭拗戾之辭, 衝口而不暇節. 是以其高或亞於經, 而叢稗丑淨之卑, 亦得以濫觴焉. 嗟乎! 孰使之然也?

三物之興, 不行於上, 四科之敎, 無聞於下, 搖蕩恣睢, 莫之禁制, 如江河之決, 橫放四出, 雖神禹復起, 亦順其性而趨之耳, 終不能挽回障塞, 以循其東匯北播之舊也. 而拘儒曲士, 啾啾焉欲以繩墨議其後, 亦見其不知量也.

吾宗竹溪子, 天下之奇士也. 所撰三韓義烈女傳, 天下之奇文也. 竹溪子弱冠成文章, 老白首無所遇, 其爲此書, 盖欲與莊周·屈原·太史公之徒, 並驅爭先, 而韓愈以下不論也, 其志悲矣! 惜乎! 吾之學, 不足以輔竹溪之德, 吾之力, 不足以擧竹溪之才, 吾如竹溪何哉! 惟世之讀此書者, 不究乎古今文章體用之變, 而鄙褻誕詭拗戾之是議焉, 則吾雖不文, 尙能爲竹溪辨之.(『臺山集』 卷7)

風棲記 50쪽

石陵子旣廢, 得破屋於渼水之上, 葺而居焉. 屋故無外寢, 卽中門之右, 起堂三楹, 壁其半爲室, 土脫於鏝而不暇匀也, 木脫於鋸而不暇澤也, 瓦甓磉礎金鐵之攻, 凡附於堂者, 一切取費省功遄, 華與牢, 皆不暇謀也. 址突而嶤, 簷矮而攘, 紙一窓以攝垣籬, 望之若鳥棲于高樹之上, 臬臬然欲墮也. 役者曰: "不設外閤, 將困於風." 石陵子善其計, 亦以時詘不暇焉. 每風從西南來, 振動崖谷, 掀簸林樾, 揚沙塵, 激波浪, 倒江而東也. 排櫎掠棖, 撼几殷席, 奧奧之間, 常瑟然有聲. 如孫伯符·李亞子擁百萬之衆, 有事于漭蕩之野, 孤城單堡, 適當其衝. 卽不專力鏖鋒, 師所經歷, 高枕而嬉者亦尠矣. 乃命之曰風棲.

石陵子嘗以弱冠取科第, 內之無資蘊, 外之無扳援, 華省秘府, 游涉略遍, 同儕之在後者, 或望之以爲榮. 顧褊拙甚, 動與時乖, 毁不至於銷骨, 而足以沮其進, 忌不至於切齒, 而足以間其遇. 盖通籍十數年, 漂搖然無一日寧也. 無何難作, 鋋鏃之所未及, 承以罻羅, 跡聲伺景, 飛走路絶. 於是衆皆爲石陵子懼, 雖石陵子, 亦自謂必無幸矣. 乃粒食水飮, 妻子奉如平日, 卽風甚, 猶棟宇莞簟處也.

或曰: "風者撓之物也, 棲者安之所也, 安而不免於撓, 撓而不失於安, 風與棲相循而不已也. 石陵子之志與行, 庶幾在是歟?"

石陵子喟然嘆曰: "風固記實也, 子欲廣其說乎? 夫日月寒燠風雨雷霆, 此天地之所以爲敎也. 然日司陽, 月司陰, 燠舒寒揫, 雨潤霆皷, 彼固各專一官, 不能以通乎其餘也. 若風則不然, 幹方而爲四, 交維而爲八, 信而爲二十四, 調而爲七十二, 無一時之非風也. 北海之起, 南海之入, 王宮庶廬, 不擇而加, 無一處之非風也. 大木之拔而句萌達焉, 堅氷之壯而波瀾興焉, 無一事之非風也. 彼受形於兩間者, 有一日離風而立者乎? 釋氏以地水火風爲四大, 形質者地也, 津潤者水也, 煦然而煖者火也, 若其噓吸詘信, 行住坐臥, 嚬笑叫呼, 凡一身之運動, 一世之作用, 固無往而不爲風也. 三古之邃, 荒矣莫徵. 自春秋以降, 如管晏之才, 儀秦之辯, 賁育之勇, 孫吳良平之智謀, 蕭曹房杜之勳伐, 蟠鬱如屈賈, 發達如弘靑, 富如金谷, 侈如平泉, 鴻舂震蕩, 紛綸旋轉, 銷沉於數百千年之中者, 有異於風之起滅於太空者乎? 若蕭朱之吹噓, 牛李之敲軋, 朝而翕習, 夕而焚輪, 此特風之小小者耳, 謂之非風亦可也. 人亦風也, 我亦風也, 獨我乎哉! 曩亦風也, 今亦風也, 獨是棲乎哉! 顧處風有道焉, 凝神於漠, 委形於虛, 加之而莫違也, 觸之而莫與攖也, 風亦於我何哉! 無安無撓, 無風無棲, 何免之可喜? 何失之可懼?

子之言似矣, 無亦未離夫畛者乎!"

遂書之, 以爲風棲記.(『臺山集』 卷7)

巴陵詩序 55쪽

乙酉孟秋, 余赴巴陵, 鶴山有乇羅之役, 遇於延英門外, 相視如夢, 不能交一語. 旣辭陛, 期會敍別于南山水閣橋上, 垂老懷惡, 戒在棖觸, 除加餐珍重外, 又不能羅縷道心曲, 茶罷, 一揖而散.

自玆六更朏魄, 音塵邈然, 而鶴山之蹈歷萬變, 遂無所不有矣. 浮漲海, 睆南極, 登漢挐絶頂, 濯白鹿潭, 訪三乙那遺蹟, 馳騁跌宕于橘柚竹箭之藪·駒駼之場, 何其壯也! 旣又颶風飄瞥, 一晝夜踔數千里, 涉日本南界, 經略所及, 極于琉球·呂宋, 又何其巇且危也! 方湖南帥臣以事聞也, 當宁動容, 搢紳驚嗟. 及其竣事還朝, 則都人士女, 擁驂塡塗, 胥慶其無恙, 卽平生故舊與關痛癢者, 其一號一笑, 匕落而屐折, 當如何也!

時余尙縻符綬, 賀不克躬, 亟走伻請相見遲速, 鶴山欣然還書, 許以見訪於縣齋. 無何, 宰閫中東出, 則又歎其落落難合也.

明年春, 鶴山入都, 應宏詞科, 裒然倫魁, 進秩賜緋. 孟夏四日, 約鄰友洪箕燮元敎·李一容成九, 決策並轡而西, 余豫敕小舟, 候于楊花渡, 順流五里而至縣, 入門握手, 喜可知也. 爰有籩豆, 侑以皷笛, 盱衡抵掌, 載笑載語, 博望窮源之跡, 龍場飛錫之趣, 山靈地寶, 水物萬怪, 可駭可愉, 蜂涌不竭, 月墮燈灺, 曙角已啞啞矣. 厥明飯已, 聯袂振策, 登縣北古城, 西望杏洲, 慨想權元帥戰功; 東眺孔巖, 問沈氏逍遙亭舊址. 又其東有山崒然, 脚揷大江, 而圓其頂如蠶頭者, 翠軒朴學士之赤壁也. 相與指點, 咨嗟縱言, 及於人物芳臭之辨·世代桑溟之幻, 悄然而若思, 曠然而若忘.

于時麥雨新霽, 風日淸和, 川明峀媚, 草鮮沙潔, 花事已闌, 而廨下紅梅一樹, 猶灼灼動人也. 又明日, 諸公將還, 余送之小岳樓下, 乘潮解纜, 舟行甚駛, 佇立江皐, 櫓音塵影, 隱隱烟波間, 又一奇也. 悵望良久, 得三絶而旋.

盖遊凡三日, 而四人者所賦詩各六首, 儼然鉅軸也. 後數日, 鶴山書諗余曰: '吾輩此樂, 二十年來所未有, 其可朽乎? 子盍序, 吾且繪之.'

噫! 人生天地間, 固羣然一物耳. 其忽而聚, 忽而散, 聲之爲話言, 跡之爲翰墨, 俛仰遷謝, 固歸銷寂, 與鳥獸之啁啾, 雲烟之變滅, 亦復何別? 而有能道數百年前事, 顯顯如昨日者, 豈非以其人之賢而文彩風流足述也歟! 然恒人之情, 貴遠忽近, 悁脰於過去, 掉臂於見在, 此古今之通患也. 吾輩於鶴山相得 固樂甚, 而若乃撫跡尋聲, 知並世同遊, 其幸爲尤甚, 則抑亦不在今而在後, 余其可已於言乎? 是月之望, 巴陵主人序.(『臺山集』 卷7)

洪直弼

孺人晉州姜氏墓誌銘 幷序 61쪽

坦園尹明直過余江漢之上, 示其內子姜孺人所著靜一堂遺稿, 要一言發其潛幽. 余曰: "婦人之德, 含章而不外見. 且竊讀其狀, 仁義忠信, 不離於心, 欲以文辭圖不朽者, 恐乖孺人素志." 曰: "無已則盍爲誌, 用壽厥傳?" 余曰: "是不可以已也." 遂按而敍之.

孺人晉州人, 以高句麗兵馬元帥以式爲鼻祖, 奕世圭組, 名德輩出, 爲左海名族, 不須譜也. 考諱在洙, 妣安東權氏, 處士瑞應女, 寒水先生從玄孫也. 權孺人有異夢而擧孺人, 因夢而名. 性貞靜端一, 足不蹈閫外. 處士公奇愛曰: "山水軒從兄嘗稱汝母爲吾宗第一婦女, 汝其趾矣." 仍受女誡, 罔或小違.

及嫁, 舅宜其言行曰: "吾家其復興乎!" 事尊章至孝, 定省必拜. 及喪, 哀毁幾不全. 時値荐飢, 家罄銖粒, 而竭力終事, 體膚皸瘃而不知勞. 致敬君子, 出行必拜, 勸其居業曰: "人而不學, 無以爲人. 與其棄義而營生, 不若聞道而安貧. 妾雖不才, 粗解針績, 當謀饘粥. 願讀聖賢書, 無以家務累心." 明直感其言, 讀四子及程朱書, 孺人每手執刀尺, 隅坐而聽, 遂卽闇誦, 默契奧旨. 復勉明直從師曰: "學而不行, 與不學同. 眞知經訓之當, 然後可行. 獨學則固陋, 願從師友以自廣, 俾盡生三事一之義."

明直家益落, 不奠厥居, 僑寓窮山, 虎豹縱橫, 累日絶火, 又罹傷慽, 而孺人猶寬明直曰: "守正, 邪自遠矣. 脩短自有定命, 饑困尤當忍性, 患未盡在我, 夫何怨尤?" 明直有過失, 必申警不休, 雖在外堂, 出片幅止之. 有憫明直之貧, 操千金干囑者, 孺人勸其勿受曰: "詎可以千金而易吾之操?" 明直亦嘗喪財, 孺人曰: "得失關數, 毋少介懷." 明直赤手擧三世緬襄, 爲親族繼絶者近十人. 且營辦昏喪, 而咸賴孺人之力. 明直好賓客, 戶屨常滿, 孺人極意供歡, 人詡其能. 孺人曰: "是婦道之疎節, 而猶不能, 則焉用婦人爲哉!"

常云: "貧富自有定分, 寒士之妻, 厭貧而至於訕泣, 非人道也. 苟其非義, 死且不可受, 况不必死, 而可以貨取乎? 善者治之源, 利者亂之樞, 以故遇物, 先求義之當否, 苟有以利來者, 守正以遠之." 居恒無疾言遽色, 呵叱不及僕隷, 晝不窺戶, 夜不下堂. 臨財先人而後己, 分餁先死而後生. 善則歸人, 不善則歸己. 慥慥乎隱惡揚善曰: "不治己過而先言人過可乎?" 有毁明直者, 勸其加厚曰: "盡己而已."

嘗云: "天命之性, 初無男女之殊, 婦人不以姙姒自期者, 是自棄也." 專於內修, 動靜如一. 常服褖衣, 隨明直晨謁家廟, 退必端拱危坐. 軆認未發境界, 神氣和平, 不知有饑寒疾病. 每聽晨夕鍾聲, 默驗心體存否, 如朱先生同安時. 書童擊水杓爲戲, 孺人令均其節, 以驗操舍之頃. 又紉針期以從此至彼, 不易此心, 竟賴存養之力, 始患浮揚, 漸底凝定焉.

好學如渴, 遍讀十三經, 沉潛闡繹, 窮晝夜罔倦. 博通典籍, 古今治亂, 人物臧否, 燦然若指掌. 嘗云: "五倫, 五常之理也. 皆人心所自然, 非强勉." 又曰: "身爲萬事之本, 敬爲一身之主, 敬身一篇, 是小學總會." 又曰: "學莫先於格致, 今人不能修齊, 由不能用工於格致." 又曰: "性命之微, 一貫之妙, 無徒作一場空說, 先從人事上求之." 又曰: "天命之性, 卽子思極言道之本源." 又擧戒懼, 俾學者先知下手處, 非懸空說了. 又曰: "天地萬物, 與我一體, 苟非格一物之理, 則欠吾一知." 自三才萬象, 以至經史百家, 日用所疑, 罔不鑽硏, 錄爲三編. 多精義名論, 竟佚不傳. 惜哉! 筆法一出心畫, 嘗不作閒言語, 或爲君子代斲, 或爲箴戒發者. 偶被人見賞, 自是彌加韜晦, 以訒其出焉.

及疾革, 無怛化意, 見明直泣, 正色曰: "死生命也, 何慽之有? 願夫子勉旃." 竟以壬辰九月十四日卒, 距其生甲子一周也. 隣里如喪親戚, 明直學徒升堂而拜者, 皆素帶號哭, 十月葬于廣州遁退里壬坐, 從先兆也.

明直名光演, 坡平人, 世襲文行, 服事鰲村宋公, 固窮勉學, 而得於內助者爲多云. 孺人九擧不育, 爲之畜妾, 視遇如子女而曰: "妒之爲惡, 當居七去之首." 繼子欽圭, 欽圭子九鎭.

嗚呼! 古先王施敎, 初無男女之別, 而女子不就傅, 詩之所誡, 只在無非無儀, 維酒食是議. 以故簪珥中雖有英姿朗識, 未嘗以道學自勖. 苟有一言可採, 聖人不棄, 此衛莊姜·許穆夫人之詩, 所以見列於國風也. 詩猶不刪, 況專於學而窮天人性命之原者哉! 今讀孺人文, 其敎學問, 裨世程者, 近古閨閤中一人, 非特婦人之能言者也.

余謂明直, 孺人君之師也, 君更讀十年書, 可以知孺人之德. 明直笑曰: "子之言是也." 靜一非孺人所自號, 而乃所願在玆云.

銘曰: "猗嗟碩媛, 名閥胄子. 維德之符, 具玆四美. 敦悅詩禮, 循蹈繩軌. 動靜無違, 行己有恥. 環珮瓊琚, 翼翼靡靡. 象服是宜, 不徒簪珥. 好學善道, 是安素履. 天授慧識, 洞窮衆理. 鷄鳴昧朝, 以勖夫子. 寤寐羹墻, 卽古莘摯. 弗篤弗措, 死而後已. 淸溪漣猗, 遁山峛崺. 永安且固, 以藏女士. 德音孔嘉, 昭示無止. 我銘不朽, 敬告彤史."(『梅山集』 卷43)

柳本藝

棋說 70쪽

碁雖小技, 善手絶罕, 則豈非爲之也不易歟? 然吾邦之善手, 世世不絶, 當今則獨數金尙信一人爾. 尙信自兒時善棋, 仍以小字行於世. 今若對人言金尙信善棋, 則人皆瞠然若初聞, 其曰金漢興, 則婦孺走卒無不知. 噫! 名雖實賓, 不改其初, 如斯夫!

余不能棋而好觀棋, 嘗見漢興與人對局, 觀者如堵焉. 漢興老白首, 肩背竦直, 堅坐注目. 方其遇敵, 安閒隨手而應, 莫非正道循理, 不以詭遇而欺人. 又不務多勝, 局罷, 獲若干數, 恬不爲意. 苟有賭錢, 則與朋友共醉飽, 可知其心之良矣. 又嘗與諸善手論棋, 每下字各言其可否, 遇一梗處, 論到漢興, 徐言曰: "當着某處!" 諸善手始若不信, 而末乃服其難及, 則可知其手之高矣.

漢興嘗舍棋, 而喟然嘆曰: "吾先君嫺於詩, 與當世文章巨名唱酬稱詡, 吾亦兒時頗有才思, 學吟詠, 而專心於棋也, 故不復爲此, 落魄至于今, 恨無及矣." 余曰: "棋比諸詩, 雖少有差等, 而名於世則一也. 君若專心爲詩, 則未必其深造上品, 而其或選入於昭代風謠·風謠續選等詩集, 後之讀者, 竟不知爲誰歟? 而我國棋品, 上自德元令, 以下至鍾期, 君今傳其統焉, 則不亦難乎!"

大凡人有盛名, 難副其實. 故有譽則有毁, 人或疑焉, 而漢興之棋, 則戰必勝, 攻必取, 人皆出其下, 一世之所共睹. 是以有譽而無毁矣. 昔新羅時, 唐玄宗聞國人善棋, 送府兵曹參軍楊季膺爲副, 國之高奕, 皆出其下云, 則今者漢興之棋, 豈非有須於華國耶! 惜漢興老矣. 同隣尙節制, 喜談兵, 且解棋理, 嘗與論此, 故遂爲之說.(『樹軒集』)

書鈔說 74쪽

余兒時喜看書, 而又癖於抄書, 蓋惜其古人嘉言妙語, 一覽便歸忘却也. 又因紙貴, 以蠅頭字細細抄集, 經史子集諸子百家中苟有愜心者, 無不採掇其精華, 如蜂之釀蜜, 盈箱滿架. 每於閒適時溫讀, 益覺有味矣. 且吾輩素貧, 富於藏書, 非所議到, 而辛勤手鈔之書, 日後子孫或愛護珍惜, 異於他書也. 吾家多有歷代詩抄, 皆是先君少時手抄本, 而曾王考所抄放翁集及祖考所抄錢*牧齋集一卷, 小子輩至今寶玩, 其於詩學頗有資益焉, 則吾之抄書, 亦豈非爲子孫計乎?

昔司馬溫公題於書冊之後, 曰: '後世子孫未必讀.' 溫公蓋以憤慨之語警彼不讀書之後孫, 則吾之抄藏者, 非全爲平生需用有味而已之意, 從可知也. 爲子孫者, 其克念哉! 其克念哉! 壬辰冬, 余讀所抄魏叔子文, 而諸兒輩亦各有鈔集, 故書此以示焉.(『樹軒集』)

---

* 저본에는 鈔(초)로 되어 있으나 錢(전)의 오자이므로 수정하였다.

摛文院老樅記 76쪽

摛院之東有老樅焉, 要之爲百餘年物也. 其身擁腫, 其枝蟠拏, 望之如奔峭怒濤, 即之則穹然廈屋也. 擎以桂, 柱凡十二, 傍有樓, 寔余持被之所也. 左圖右書, 讐校鞅掌, 而有時乎逍遙其側, 聽謖謖之長風, 踏漫漫之涼陰, 身在禁省, 而脫然有山林松石間意.

一日余顧語同僚曰: "異哉此樹! 大凡草木之爲生也, 亦各有自全計. 楂梨橘柚, 丹柰若榴之屬, 其實雖大, 枝足以勝其任, 車前葶藶蒺藜莨莠之屬, 生而貼地也. 故馬蹂車轢, 無所加損焉. 今夫樅之爲樹, 榦長倍於身, 曼延四垂, 不知裁焉. 若非桂擎之力, 毁折而後已. 抑亦造物之於此樹, 參以人巧, 然後得全者歟!"

噫! 余見雌牛之角, 觩而內向, 甚者人必鉅以斷之, 然後免於穿顴之患. 始知樅比之六畜, 亦猶雌牛之斷角而得全也. 六畜依人而生, 樅亦依人而生, 余未見夫深山絶壑有如此樅之繁茂者也.(『樹軒集』)

鄭友容

與族弟左史善之書 80쪽

數昨遽晤, 賢乎已耶? 一寒肅武, 有張無弛, 即問直候, 此時何似? 竊惟多福. 日者所言訓民正音, 卽天地間命世之文, 而不幸不出於三代之上, 以幷見於蒼頡之書. 然閱屢百年, 又經兵燹, 今之所求乎世者, 只是反切一書而已. 故閭巷夫婦之粗解諺書者, 不過乎以口傳口襲訛傳訛, 不惟不覺其舛誤, 乃不識字母之爲何樣物事, 而自以爲如是足矣. 吁! 亦可憐也爾.

余以爲累歲求之, 不啻若饑渴, 而卒莫之見也. 求諸內府而無有, 求諸喬木貯書之家而無有, 求諸嶺湖之舊院古刹而亦無有. 於是乎人以爲韶濩之音, 已絶於世矣. 然於我心未嘗無疑焉, 以其所作爲出於聰明睿知神武不殺之聖智. 聖人者, 天縱之也, 天豈使聖人之書不傳也? 故未得焉, 而求之也不已.

昨因執事, 聞右史之得是書有年, 於是自哂其所求者未到, 而所饑渴者乃虛煩耳. 余自聞是來, 若驚若喜, 殆乎廢寢而忘味, 始信天地之間, 未嘗亡韶濩. 今此未獲先喜, 已如是, 及見, 則其喜儘不可思議也. 執事便肯欣然圖之, 以明我耳官否? 然後復我匙箸之味, 而甘我床褥之寢, 受賜也亦厚矣. 幸爲我謝右史曰: "右史可謂好古敏而求之者也." 又曰: "樂與人爲善者也." 聖人之書, 豈可獨見乎哉! 不備.(『密巖遺稿』 卷5)

遊挹清樓記 83쪽

余幼時聞江湖多樓亭之勝, 而挹淸獨稱爲第一, 有瑰偉特絶之觀, 願一臨賞, 而顧未能焉. 乙卯夏, 適寓龍山, 望江干, 有飛閣翼然臨水, 訪諸居人, 乃挹淸也. 余欣然驚喜, 殆若聞名之士, 邂逅於不期之地, 急往登焉. 盖層巖斗斷, 下臨澄湖, 樓則占居巖頂. 長江逶迤, 至巖下特寬爲潭, 灣回于右, 灣以下不見也. 東南西諸峯, 或近或遠, 無不爭奇競秀, 拱列于前, 凡隔水數州之山, 憑欄一遊目可盡焉. 素稱爲第一瑰特之觀, 良不虛也.

是日也, 微雨新霽, 雲光·水色, 上下相映, 俯仰無一點塵穢, 頹然醉臥, 不知日之已夕. 須臾月自東嶺而上, 蒼然暮色, 忽爲琉璃世界, 使我鄙吝自消, 飄飄然有凌雲絶塵想. 以余今日之遊觀之, 樓之名挹淸, 信有以也夫!(『密巖遺稿』 卷4)

藏書閣記 85쪽

從古貯書之家, 以多爲貴, 有以五車稱, 有以屢萬卷稱, 有以充棟汗馬牛稱. 群玉二酉之山, 皆以冊府稱, 老聃以柱下史多書稱, 左史倚相以三墳五典·九丘八索稱, 漢之祕府, 以天祿·石渠稱, 唐分經史子集, 而以四庫十二稱. 至于近世, 其庫也又倍蓰於唐. 嗚呼! 其盛矣乎!

然我東不能有百分之一, 聞四庫者, 欿然自小, 望之如河漢之無極. 故雖以博聞淹識稱者, 與中國人立而談之, 類若芻人之敵楚人, 與我鄕學究言, 反類立鶴之視群鷄, 小固不可以敵大者如是. 然直一孟子所云五十步百步之間, 奚足多也.

余嘗論之, 古之聖人作爲六經以敎後, 詩書易春秋禮樂, 是也. 而其書摠不過數十卷, 盖其精簡約易又如此. 然世之儒者, 不以矇經爲恥, 以不作書淫書肆爲憂, 甚者束而不觀, 不然則務於强記而昧於反躬. 夫務言, 不務行, 其可曰學乎. 以此而欲望敎化之行, 風俗之美, 不已難乎!

余知甑縣事, 纔有年矣, 觀於學, 其所藏書, 多黴壞蟲蝕, 魚魯易錯, 且緗帙不富, 無能爲博涉者觀之. 然六經之書則皆存焉.

余曰: "噫! 此足以學聖人, 何患乎書不多也! 易以通幽明之故, 書以昭政事之紀, 詩以觀情性之正, 春秋以示謹嚴之法, 禮以之律己, 樂以之和心, 外此諸書, 有之可, 無之亦可, 况乎有漢史及唐宋人詩文者耶? 雖然, 黴壞蟲蝕, 咎在貯失其方. 傳曰: '冊在丌上, 尊閣之也.' 孔子曰: '工欲善其事, 必先利其器.' 工比則士也, 器比則冊也, 豈有不利其器, 而能善其事者乎!"

乃於明倫堂靠壁而爲之閣, 以架格其層, 尊而閣之, 是爲藏書閣也. 乃書以識之, 揖以告諸生曰: "諸生何不爲君子儒乎? 學患不能精, 毋患書不多也. 稷卨皐夔讀何書乎? 古人云: '乃啓方冊, 對越聖賢, 夫子在座, 顔曾後先.' 先我得讀書

法矣. 惟諸生勉乎哉!”(『密巖遺稿』 卷4)

趙寅永

活來亭記 90쪽

嶺東多水, 濱海而湖十數, 鏡湖爲最. 環鏡湖三十里, 勾欄層榭, 蔚然相望. 而林泉足以適性, 田園足以樂生. 不待水而自成一區, 則又以烏竹軒·海雲樓稱, 是離於湖數里地也. 烏竹·海雲之間, 有李斯文伯兼仙橋庄. 岡廻溪抱, 土沃宜穀, 果蓏*魚錯, 致之不以價, 兼有山海之美. 昔余自楓山歸路過湖, 與伯兼遇, 携酒泛月, 因叩其庄而樂之. 每欲卜地於此, 約以爲東道主人. 雖塵埃乾沒, 未能自辦, 意未嘗不在湖海間也.

今年秋, 伯兼來言: “於庄左築堤而貯水, 以錢塘蓮種之, 置亭其上, 取晦翁詩活水來之義, 扁曰‘活來’, 晨夕逍遙以自娛. 吾之居, 子所賞也, 其爲我記之.”

余曰: “蓋晦翁以心而喩諸水, 水固虛境也. 今子眞以是淸澈淪漣者, 爲活水乎! 且以水名者, 皆活物也. 泉流而不息, 井用而不竭, 江海之大, 波浪萬狀, 不活不足爲水. 況鏡湖東溟, 君家戶庭之所有耳. 萬壑同注, 浩浩汪汪, 無增無減, 不見其涯涘, 乃天下絶特之觀, 而水之活者, 無過是也, 何必規規於堂坳盆盎之涓滴者乎?

然人之心, 本無有不活, 而患不能活者, 由其有外物累之也. 仕宦者, 憂寵辱, 庶民循利, 士無以爲衣食之奉. 舟車之資. 伯兼則不然, 屢上春官, 雖不中, 輒夷

---

* 蓏(유)는 蓏(라)의 오자로 보인다.

然不以爲意, 處樂土, 據名區, 已自脫灑而無拘攣矣. 故東地諸勝, 能恣其遊, 崇嶺巨浸, 反爲之厭飫, 此斯亭所以斂迹息機, 欲寓其活於心者. 然則會心處, 正不在遠, 而方塘尺水, 亦湖與海也. 若其花樹掩映, 桑麻鋪菜, 白露蒼蒹, 魚鳥親人, 卽臨眺之槩而未之逑, 姑竢我復遊東海之上."(『雲石遺稿』 卷10)

金正喜

與石坡 二 95쪽

年後一械, 如瞻歲新, 如逢花開, 喜可知耳. 但此頹放憔悴, 不足以當崇注. 山寺一約, 亦浮世淸緣, 何以易就? 且須隨喜方便, 不必自惱自勞也. 蘭話一卷, 妄有題記, 順此寄呈, 可蒙領存. 大抵此事直一小技曲藝, 其專心下工, 無異聖門格致之學. 所以君子一擧手一擧足, 無往非道, 若如是, 又何論於玩物之戒? 不如是, 卽不過俗師魔界, 至如胷中五千卷腕下金剛, 皆從此入耳. 並候崇祉. 不備.(『阮堂全集』 卷2)

與李藕船 97쪽

去年以大雲·晚學二書寄來, 今年又以藕耕文編寄來. 此皆非世之常有, 購之千萬里之遠, 積有年而得之, 非一時之事也. 且世之滔滔, 惟權利之是趨. 爲之費心費力如此, 而不以歸之權利, 乃歸之海外蕉萃枯槁之人.

如世之趨權利者, 太史公云以權利合者, 權利盡而交疏. 君亦世之滔滔中一人, 其有超然自拔於滔滔權利之外, 不以權利視我耶? 太史公之言非耶?

孔子曰: "歲寒然後, 知松栢之後凋." 松栢是貫四時而不凋者, 歲寒以前, 一松栢也, 歲寒以後, 一松栢也, 聖人特稱之於歲寒之後.

今君之於我, 由前而無加焉, 由後而無損焉. 然由前之君無可稱, 由後之君, 亦可見稱於聖人也耶? 聖人之特稱, 非徒爲後凋之貞操勁節而已, 亦有所感發於歲寒之時者也.

於乎! 西京淳厚之世, 以汲·鄭之賢, 賓客與之盛衰, 如下邽*榜門, 迫切之極矣. 悲夫!(『阮堂全集』 卷4)

洪吉周

卜居識 102쪽

君子入則修道以養心, 出則爲政以以物. 君子之道, 斯二者而已. 余卜峴首第, 其室宇園庭, 咸錫以名, 以寓用行舍藏之義焉.

君子由學而入道, 猶由門而入室. 不得其門, 則無以造其奧, 故其外門謂之爰得之門. 其始學也, 必拓而博之, 無所不游, 故其門內之空地謂之萬間之垈, 言其廣也. 旣博矣, 又思其放而靡所適也, 君子必執其中而由焉, 故其中門謂之用中之門.

旣用乎中, 又思其膠以室, 猶子莫之執也. 於是乎必虛其心, 以明其理, 故入門而庭, 謂之虛白之庭. 旣虛以明, 無遠之不可察, 故繇庭而軒, 謂之觀遠之軒. 所

* 저본에는 下邳(하비)로 되어 있으나 명백한 오류이므로 바로잡았다.

觀雖遠, 所守不可以不專也, 故自軒而齋, 謂之守一之齋. 守旣一矣, 思慮不常, 無得以馭之, 故其夾室, 謂之持思之寮. 思慮旣精, 道具於身而樂生矣, 故其內門, 謂之聊樂之門.

存乎中者, 旣足以樂, 君子必有英華之暢於外, 故其內庭謂之植蘭之庭, 蘭言其英也. 英華暢矣, 不自居以尊, 則人愛之而不畏, 故其內園謂之見山之臺, 山言其尊也. 高而無朋, 君子以爲太過, 必求友以爲群, 故其內軒, 謂之我友之堂. 旣有友矣, 居之久而安之, 非彊以爲也, 故其西寢謂之永綏之室. 旣安乎此, 百福迺集, 靜以養之, 壽以享之, 是之謂至人之神者, 故其東閤謂之靜壽之閤. 此由外而至內也.

君子用修道以養心. 君子將治天下國家, 必先正其心, 修其身. 正其心故靜, 修其身故壽, 故先之以東閤之靜壽, 靜正也, 壽修也. 心旣正矣, 身旣修矣, 必先施之於家, 而妻子宗族安之, 然後可以及乎人, 故次之以西室之永綏, 綏安也. 妻子宗族安之, 必先信於朋友, 然後可以達乎用, 故次之以我友之堂. 旣信於友, 必得高位而居之, 然後可以施其政, 故次之以見山之臺, 象其高也. 有高位, 必有聲譽之達, 如馨香之升聞, 然後可以得人主之心, 故次之以植蘭之庭. 昭其馨也. 旣得主心, 於是有君臣相遇之樂, 故次之以聊樂之門.

君臣旣樂矣, 必愼爾思慮, 圖所以持是寵也, 故次之以持思之寮. 旣持之, 又必以一心操之, 然後道可行, 故次之以守一之齋. 心旣一矣, 其爲政, 必自近而遠, 無微之不察, 故次之以觀遠之軒. 旣能察矣, 猶不可以自恃也, 必虛己以納群言, 明德以別賢否, 故次之以虛白之庭. 群言旣進, 又必兼聽而用其中, 故次之以用中之門.

旣用其中, 於是乎發政施仁, 萬方以寧. 故次之以萬間之堂. 萬方旣寧, 德積化洽, 天下之民, 無一夫不得其所, 而天下平矣, 故次之以爰得之門以成焉. 此自內而達外也. 君子用爲政以利物.

—附小識

余旣著卜居識二篇, 或由外而至內, 或自內而達外, 均乎其合而言之也. 於是附之以小識, 各言其命名之本旨, 凡十三則.

內寢東閤, 余內子所居也. 婦人之德, 莫善於靜, 婦人之福, 莫善於壽. 故名其閤曰靜壽. 子曰: "仁者靜, 仁者壽." 惟其靜也, 故能壽.

西閤謂之永綏室, 亦祝嘏也. 詩云: "福履綏之."

廳事曰我友堂, 蓋取詩所謂"琴瑟友之"者也.

園曰見山臺, 臺之所見者多, 必取山以名, 亦以仁者樂也. 且臺望終南之山, 吾舊居在其下, 志不忘也. 是臺據峴首之一麓, 峴爲字从見从山, 分之則又見山也. 有門通于西第(伯氏第), 其名曰奉晨, 皆由是而覲吾母也.

庭曰植蘭, 祝多男也.

門曰聊樂, 取詩所稱"聊樂我員"者, 蓋由外舍而入內室, 必由是門也. 其直通于萬間坐者, 曰延吉門, 亦祝釐之詞.

外寢之夾室, 奧而靜, 可以養心, 故謂持思寮. 思慮紛紜, 往來無方, 苟不持之, 其何以養. 傍房有小軒, 可藏書, 其名曰古今庋.

君子之道一而已. 一者, 誠也, 敬也. 余有志于學, 患未能主一, 抑又有感於守一處和之義, 名吾齋曰守一. 蓋余所常居于以讀書求道之室也.

軒雖小而敞, 能遠眺, 故名曰觀遠. 君子心一於內, 而理明於外, 則雖閉戶闔目而坐, 可以徹觀窮宙, 奚待乎憑軒而望也哉!

庭曰虛白, 以象其庭之德也, 亦以寓吾養心之功也.

是門也, 俗稱中門, 故謂之用中, 紀其實也, 亦以見吾擇善之義也.

中門外空地未十間, 謂之萬間何也? 君子廣其德, 則斗室廈屋也, 不廣其德,郎阿房蟹殼也. 游心乎太虛, 抗炁乎鴻濛, 吾不知玆坐之不爲萬間也. 其通乎西第者曰棣花門, 盖由是而覲于吾兄也.

詩云: "爰居爰處"·"爰得我所". 傳曰: "得其門者鮮矣, 得其門, 然後可以得其所." 入吾室者, 莫不能得吾門, 入吾道者, 鮮有能得吾門何也? 斯門也, 今俗稱大門也, 盖一室之總門也, 特名之曰爰得門.(『峴首甲藁』 卷2)

海書 110쪽

東海中有僊靈秘書府, 藏古今書籍, 五等以別之. 太上書之紅羅, 衣以五文之錦, 雕玉其匣而珊瑚其籤. 其次書之紫羅, 衣以黃雲之纁, 赤玉其匣而瑪瑠其籤. 又其次書之素絹, 衣以紫霞之纁, 白玉其匣而車渠其籤. 又其次書之纖帛, 衣以絳綺, 玻黎其匣而琅玕其籤. 最下者書之繭紙, 衣以翠縠, 文貝其匣而象齒其籤.

邃架嚴鐍, 郎吏典之, 人不得至, 至亦毋敢妄閱. 有闞而入者, 厪得其最下一卷而見之, 蓋王勃·李白·韓愈之作在焉, 未及究而逐.

海陬之客, 有與典書吏善者. 常累懇焉, 吏伺隟, 與俱至, 抽一卷以視. 披之, 皆有題而無文. 客怪問之, 吏曰: "后必有著之者." 視其質, 羅而紅. 方摺而觀其表, 吏遽攘而藏之, 麾令去曰: "郎至, 不可淹." 客出而語人, 唯不肯道其題.(『縹礱乙幟』 卷1)

釋夢 113쪽

昔者, 不能爲文, 由古之多加學也, 今者, 不能爲文, 由古之無可學也. 昔者, 讀六經, 則欲學六經, 讀左邱, 則欲學左邱, 讀屈騷, 則欲學屈騷, 讀荀莊, 則欲學荀莊, 讀太史公, 則欲學太史公. 下至班楊曹陸庾徐盧駱, 以及乎韓吏部, 莫不過之而徙其慕, 卒之彷徨岐路, 而莫奠夫厥居. 故曰, 昔者, 不能爲文, 由古之多加學也.

今者, 取嚮之所讀, 重閱之, 六經自六經, 非吾之六經也. 左邱自左邱, 非吾之左邱也. 屈騷自屈騷, 非吾之屈騷也. 荀莊自荀莊, 非吾之荀莊也. 太史公已下, 無不然. 在其人, 固天下之眞文章也. 使余而效之, 雖與之爲一而不可辨, 非天下之眞文章也. 捨此十數氏, 則后世之文爾, 后世之文, 又安可爲也. 故曰, 今者, 不能爲文, 由古之無可學也. 嘗擧是而語人, 蓋將毁硯焚筆而不復事.

是夕夢, 挈二三子, 適于野, 指大路而告之曰: "路如是明且廣矣. 必欲背之而求旁隘幽闇者, 非惑歟." 語未碁, 睹一小阜于路之右, 弗級以梯, 崇不可躋; 弗限以樊, 奥不可門. 入而處之, 厪如一室, 包廣于狹, 弢華于質, 匪屋夷野, 我臧之則密; 匪席伊壤, 我寢則謐. 邇而無葩卉丹翠之餙, 闇然而麗, 不可詰; 遠而無山川窅导之矚, 慌然而奇, 不可述. 自古名其地曰中原. 若有表焉, 求之無文; 若有傳焉, 扣之無言. 從余而入其中者, 蓋一二人, 然皆左右立, 不敢卽乎邃, 盤桓乎步武之外. 或闚或踦, 或笑或竚, 而不能入者, 又五六人, 然未嘗有障也.

朝日以其夢告人, 有釋之者曰: "文章有中原焉, 離乎此則四夷已. 德莫盛於三五. 然其地, 則荊楚吳蜀, 皆未入中國. 自秦漢來, 疆域寖廣, 至近世, 殆倍之, 欲三代之中原乎, 地狹小矣; 欲秦漢以後之中原乎, 功德卑而禮樂微矣. 夫然, 則中原之無可爲, 亦猶文章焉.

舜禹殷周, 皆古聖人也. 孔子必曰, 行夏之時, 乘殷之輅, 服周之冕, 樂則韶舞, 于殷周, 子丑之正而舍焉, 于虞夏, 皇收之制而舍焉, 夫豈曰舜禹殷周未盡善歟?

是故, 有中原者, 其方輿疆服, 不必與三代同也, 不必與三代異也, 不必與秦與漢同也, 不必與秦與漢異也, 不必與今之十八省同也, 不必與今之十八省異也, 不必有拓而增也, 不必有削而損也. 修德敎, 明禮樂, 以統馭四夷, 則吾之中原也.

是故, 爲文章者, 其度程範圍, 不必學六經也, 不必不學六經也, 不必學左邱屈騷荀莊太史公也, 不必不學左邱屈騷荀莊太史公也, 不必學曹陸以下, 至于韓吏部, 以及夫后世之文也, 不必不學曹陸以下, 至于韓吏部, 以及夫后世之文也, 不必繁以飾也, 不必簡而樸也. 根理義, 壯光氣, 以讋伏百家, 則吾之文章也. 昔之不能爲文, 不知中原故也; 今之不能爲文, 不知中原故也."

又曰: "天之所覆, 幾萬億區, 中原之處其內, 眞曠野之一室爾, 又何有乎昔之小而今之廣也. 且中原之所以爲中原者, 何也? 使冀雍淮岱之間, 被其髮而漆其齒, 則舉而謂之夷, 可也. 使天之所覆幾萬億區, 盡服二帝三王之法服, 盡習二帝三王之彛訓, 則是天之所覆, 統而謂之一中原, 可也. 高矣而無不可躋之梯, 奧矣而無不可入之限, 是中原者, 未嘗拒四夷也, 夷自不能進也.

舜禹殷周之盛, 猶未能革四夷, 而使進乎中國, 文章之至可, 使淫書稗說, 皆化爲詩禮. 秦漢以來, 大用武之世, 猶未能盡通牛賀仇蘆日月之所出入, 以致其奇珍貨寶之貢, 文章之至可, 使蟲吟鬼歗, 木石之怪, 遐詭幽祕, 窮不可詰者, 相率而來朝, 諱其醜而獻其能, 是文章之中原, 顧不反有大於眞中原耶? 能如是而后, 可以爲文. 不然, 雖胎典謨, 髓彖繫, 形肖神似, 而不可別, 亦非子之六經也. 子之不能爲文, 固自如爾. 夢中之中原, 神詔之矣."(『沆瀣丙函』 卷1)

用壽院記 119쪽

管夷吾之窮也, 謀事數不成, 及遇桓公, 九合一匡, 俾生民不底于左袵. 甘茂攻宣陽三月不克, 秦武王以讒召, 旣又益發兵助援之. 樂毅不旬月而下齊七十餘城, 圍卽墨三年不能破, 會燕昭薨, 不克終厥功. 百里孟明一戰而僨師, 至三用, 遂覇西戎. 九節度之兵, 潰相州, 郭子儀·李光弼皆失師而遁, 至其專統一軍, 則所向無不威.

擇醫者或曰: “某醫嘗治某人病, 不驗, 非良醫也.” 聽斯言則失管夷吾. 或曰: “某醫治病, 久不見功, 當易之.” 聽斯言則失甘茂. 或曰: “某醫治他病屢奏捷效, 今獨於此疾而遲之, 殆其心變也.” 聽斯言則失樂毅. 或曰: “某醫已奏藥, 益其病, 可亟罷.” 聽斯言則失孟明. 或曰: “某醫雖良, 難獨任, 可與諸名醫參論.” 聽斯言則失郭李.

商鞅佐秦孝公行法, 使區區之秦强天下, 卒以幷呑六國, 然秦之不永其祚, 法之苛也. 王介甫行靑笛法於鄞縣, 民受其利, 行之天下, 民散而國衰. 今之醫者, 投猛藥以快一時, 而不卹人之元氣, 執疇昔偶試之驗而恒用之, 卒以取敗, 亦類是二者.

王公貴人之家, 良醫出入門者百數, 而王公貴人, 未必皆壽, 其妻子昆弟有疾, 未必速已. 委衖窮賤之人, 病不能尋醫, 幸遇一庸醫, 命之以藥, 不詰其寒熱峻平而服之. 病愈甚, 無從得他醫, 又問於其人, 而又服之. 然委衖窮賤之人, 往往有奇疾沈痾之脫然起者. 故曰: “用醫宜專, 無功而又使之, 其智必通, 謀之廣而易之數者必敗. 醫者掌人之死生, 何如其昚且懼也.”

今也乘快馬, 一日歷數十家, 旣歸而舁疾造請者, 又數十百人, 身疲神昏, 口不勝答而筆不勝書, 顧何暇於思之審·問之詳而攷之博耶? 故曰: “醫之治病, 遇其難爲, 宜終日沈思, 參攷古方書, 以求其必精, 不可日御諸疾, 唯應酬是務也.” 今之醫, 率貧者也, 治病少則受利狹, 以故不能不廣其御, 御廣則不專, 不專則傷人.

今用壽院之醫人, 未必皆扁陀緩和也. 豐其餼, 使絶其利心; 多其員使, 分其勞; 富其書, 使精其究; 良其材, 使盡其用. 擇其尤善者, 使爲之長, 宅有痾恙, 專任之. 窮賤之赴愬者, 各有其主, 無不得其治, 不爲利誘, 得完其神, 御之不廣, 得罄其思. 於是乎, 院中之醫, 皆天下之良, 而人蒙其澤.

既又告之以商鞅·介甫之事以戒醫人, 告之以管夷吾諸人之事以戒病者. 嗚呼! 以是道而擇人而用法, 以是道而爲天下國家, 其爲壽, 奚啻億兆止哉! 胡爲其不能而止于一院也!(『執遂念』)

縹礱閣記 124쪽

淵泉先生嘗曰: "沆瀣子之文, 如傑構脩棟, 雲譎波詭. 以謂淸廟明堂, 則縹緲太過; 以謂縣圃瑤臺, 則礱砥太密. 沆瀣子以爲不敢當也. 沆瀣子之文, 旣不足以當此. 雖古人之文, 無可以此喩, 當惟集古今四部書千萬卷而合之, 然後或彷彿焉." 于是, 取其語, 名其藏書之閣, 曰縹礱.

是閣之藏, 上自六經, 下徧百家, 凡天下可讀之書無不在. 大屋深檐, 宏其德也; 綺匣繡裝, 斐其文也. 架庋以別之, 籤軸以識之, 謹其辨也; 尊經佐史, 次以子集, 昭其等也.

客有適海外異方者, 逢空同宛委之士而談焉. 其人曰: "吾嘗望見子之邦, 有霱雲虹霞, 相映而起, 瓏玲璀瓌, 五采畢具. 往往作龍蛇鶩鸞錦綉瓊璜之狀者, 其氣直貫穹霄. 使善觀遠者, 以萬餘里鏡炤之, 見其下有麗宇. 將謂是人世之築, 則縹緲乎虛空之半, 殆不意其礎乎地也. 將謂非人世之築, 則其礱砥斲雕, 又極天下衆匠之巧, 子之知乎?" 客反復而扣之, 疑其爲是閣也, 遂告以槩. 其人曰: "藏書之屋, 天下多矣. 其卷袠之富於是, 裝軸之奢於是, 又不知有幾所也. 奚獨于玆而有是氣, 是必其人有異乎!"

客素善沆瀣子, 遂盛言其平生, 仍述卜居著書之略. 其人大驚異, 恨山海之隔而不能從之遊也. 沆瀣子聞之, 愈自以不敢當, 歸其美于閣, 命治書小史, 記其語, 賁于扁.(『執遂念』 卷1)

李是遠

瘞狗說 128쪽

孔子之埋畜狗, 與之席, 而戒子貢勿陷其首, 此不但聖人及物之仁, 爲其有戀主之忠, 不可無報也. 孟子謂犬牛人性不同, 然犬之性, 亦有忠之理, 故盜而窺者吠之, 以主人之有蓋藏也, 客而熟者迎之, 爲主人之所欸接也, 主人出而歸, 則低回入衣, 喜可知也, 此皆犬之恒性而忠之事也. 至若歸鄕傳書, 如陸機之黃耳, 濡尾樸火, 如傳奇之義狗, 尤其禀性之特異, 而盡心於所事者也.

又有主人之賢, 煦之以仁心, 熏之以和氣, 能令衆喙待歸, 異類相哺, 可以愧薄俗而裨風教, 則昌黎以爲異瑞, 文公著於小學, 烏可以畜物而忽之乎? 漢廷大臣, 獨汲黯有死義之忠, 而其言曰: "臣有狗馬之心." 馬之神駿而進狗於前, 則其與狗亦至矣.

季弟子罕, 有一狗, 生以癸卯三月, 死以庚戌三月. 其忠於吾, 無異忠於罕, 倏去倏來, 盖未嘗終日終夕不見於目中者. 或搖尾繞行於拄策之邊, 或帖耳蹲伏於棲息之窓外. 往往過不及於兩家食時, 恒饑而不恤也. 罕居隔岡, 可兩牛鳴, 每兄弟來往, 輒自階庭林草間, 跳出而導前, 遠近不失尺寸, 如街路辟人狀. 察其意, 若以爲主人之兄弟一體, 則所在盡忠, 不當有分別也.

狗之年過八, 則老醜甚而壽限隨至, 此狗則形完毛澤, 未見死之兆矣. 今年三月, 數日不見來, 怪問之, 已埋矣. 罕之傭曰: "狗之將死, 忽盤旋號叫於岡下小石橋邊, 俄而走岡上, 擇其陽坂而卧, 遂以死, 因其地而瘞之云." 橋盖在兩家之中, 而阪又高敞, 可以南望罕家, 北望吾家, 亦異矣.

吾家甚貧, 無以爲生計, 使兩弟饔飧而餬其口, 環堵之室, 三區而已矣, 未有產業什器之可分. 其勢不得不各私其眷屬, 而各自營生, 有假則不久而歸之, 窘急乏絶, 不能盡周, 生於意而發於口者, 齷齪鄙瑣, 無異秦俗之分贅. 默然思惟, 時或傷感下淚, 爲兄而薄惡於其弟者, 莫如吾. 畜物之豢於其間者, 宜亦各私其主, 豈知兄弟之爲一體乎? 數見則馴擾固也. 又豈知一體之不可分別? 至欲分身於兩家, 而竟死於兩家之間, 自擇其埋處於兩望之地乎!

罕有三子, 其首生者, 長養於吾懷中, 纔學, 因以耳目口鼻等字, 爲蒙求之始, 今年二十三, 能誦經覽史. 其十八者, 亦無外傅, 而吾衰倦甚, 不能如其兄之幼時之督課. 最小者, 今九歲, 嬌騃不離母懷, 自去年冬, 忽來學字, 因不去, 視吾如父, 視吾家如其家. 若使吾兄弟之子, 如汎稚春之諸子, 視其父之兄弟, 如其父, 視其從父兄弟, 如其兄弟, 則此狗之爲祥於吾家, 不虛矣. 不然則狗之不若, 負狗之苦心矣.

其埋也不及知, 追書其事, 以示弟兒姪, 因爇其紙於瘞前, 而益厚其土, 俾無狐狸之患. 狗旣有忠之性, 亦有不昧之魂, 知吾執筆而屢唏乎!(『沙磯集』 册4)

趙熙龍

金鍾貴傳 134쪽

金鍾貴以棊名世, 人稱國朝第一手, 年九十餘而卒. 鍾貴之後, 得三人焉, 金漢興·高同·李學述, 學述尙存焉.

漢興與鍾貴並名, 而時方年少, 自以爲無敵. 嘗與鍾貴賭棋, 觀者如蝟. 漢興目光透局, 縱橫背觸, 如駿馬饑鷹. 鍾貴手龍鍾, 下子如不勝重. 審其勢, 輸已半局矣. 觀者相與附耳而語曰: “今日一局, 可讓漢興獨步.” 鍾貴推枰而歎曰: “老且眊矣. 留待明朝神稍淸.” 衆曰: “古來名手, 未聞以一局作兩日着.” 鍾貴以手擦眸, 更覽局而坐, 瞪視良久, 忽出一奇, 如截流斬關, 竟以敗局取勝, 一座驚歎. 此可謂不畏其不誤, 而畏其誤者也.

壺山居士曰: 古今之戲, 流傳最遠, 莫如棋. 其開闔操縱, 進退取舍, 奇正虛實, 眞韜鈐之上樂矣. 奕秋·杜夫子·王抗·王彪·王積薪·滑能之技, 未知云何. 尙所傳王積薪所過姑婦之說, 事在有無之間, 荒誕不足信. 今之遺譜, 所謂大小鐵網·捲簾邊·金井欄之類, 以百計, 而此皆不可以倣而得之者也. 陸象山懸局仰觀, 而悟河圖數. 有聰明才辨之士, 或精心究之, 而不能者. 嚴滄浪云: "詩有別才, 非關學也." 余於棋之道亦云.(『壺山外記』)

李晚用

寐辨 139쪽

海堂之客, 有楊州李生者. 年少而才銳, 海堂以詩道授之, 往往作佳語. 海堂見輒歎賞, 因勸其勤學. 一日李生困於寐, 至晡不起. 海堂作寐戒一則, 諷之. 其文辭暢而理達, 足警人而感之矣. 余本渴睡漢耳, 玆爲李生一辨之.

吾知天下之樂, 惟身逸而心閒者耳. 故以巢·由視之, 堯·舜勞矣, 以沮·溺視之, 夫子厄矣, 以綺·角視之, 秦·楚惕矣. 以萬古之聖·百世之雄, 猶有遜於匹夫者何? 此憂而彼樂也. 人於世, 與憂俱生. 生有其年, 則無憂而死者幾希? 死而後無憂焉.

吾於寐, 又知之. 夫一日之內, 或悲或喜, 或啼或笑, 或驚或懼之事, 寐便休矣. 然非至人, 則方其寐也, 因想生夢. 漁者夢魚, 樵者夢蕉, 飢夢飯, 富夢財, 貴夢車, 羈人遷客之夢家鄕者, 皆艶其樂, 而終不離於憂也.

惟身逸心閒者, 夢亦如身心焉. 無情慾, 無形役, 泊焉悠悠, 漠乎蕩蕩, 氣昇神行, 任之而已, 自然而已, 此豈非人界中一快樂哉! 噫! 死, 千年之寐也, 寐, 一日之死也. 以此推之, 百年之人, 亦不過五十之生. 人可以寐而不寐, 則以五十之人, 橫得百年也. 有是理而寐何爲哉! 此海堂居士語也.

李生聞, 甚怵然, 乃就學不懈. 懼年月之往邁, 恐志業之頹墮. 晝惜分陰, 而夜之刻亦如焉. 欲以不寐爲壽, 其誠篤可敬, 然亦惑矣. 昔黃帝寐而作治君, 殷宗寐而得良弼. 孔明之寐, 出而爲忠臣, 元亮之寐, 處而爲節士. 寐如莊周則化, 寐如希夷則仙, 又寐如江淹·李白·王珣之倫, 則文章日進. 由是觀之, 寐何負於學哉! 至若刺股而呑丸, 焚膏而警枕, 窮宵而不寐, 是傷生之大病也, 學將何有? 且時夜將半, 四境闃若, 所聞見者, 燈之光·鷄之鳴而止. 子於是非佛則鬼, 其誰知而愛之? 此生不足樂也.

我一人能不寐, 有增年之道, 則千人萬人, 亦將以不寐之方, 百計出矣. 然則其居息者, 其行路者, 其名利者, 其產業者, 五十之人, 有百歲之憂, 百之人, 有千歲之憂矣. 此長生又不足樂也, 曩所謂天下之樂, 將非寐乎? 身逸心閒者, 亦非寐乎? 死者必無夢, 其至人之寐乎! 彼巢由之不於寐而山, 沮溺之不於寐而耕, 綺甪之不於寐而棊者, 亦皆其好生而延壽者耶? 吾將與睡鄕之徒, 歸而樂歟!(『東樊集』卷4)

趙斗淳

鄭壽銅傳 144쪽

鄭芝潤, 籍蓬山, 世佐行人役. 生而有文在手曰壽. 及冠, 取漢書芝生銅池事, 遂以壽銅自號. 通貴賤遠邇, 知與不知, 咸曰鄭壽銅也. 壽銅跅弛, 生平不肯受人覊雱, 殆自放於尺度檠䉶之外. 而恂恂卑謙, 若不能言, 不欲矜所挾以加之, 玉皇·卑田兒, 可上下配也. 聰悟鍾於文字, 凡僻奧奇崛幽眇繁冗, 不能窮竟者, 一見輒曉其指要機紐肯綮所在. 詩爲最長, 集耳目所蒐涉今昔高妙精確訢合于心者, 鑪韛鎔冶而出之. 而善食酒爲性命, 悲歡得失咷笑佗傺連蜷, 一切寓諸酒而發之詩.

秋史金侍郎元春奇之, 使留讀所藏圖史, 期贍博而進之. 能閱屢月, 溥心注目行墨間, 若不知戶外事者然. 忽一踔不復來, 跡而尋之, 至幽之, 不使巾衫, 而後復如此不一再. 今侍郎金聖一, 規撫甚整簡, 不妄與人狎, 而獨喜之, 相對惓惓不釋, 爲置壺觴肴核以稽之, 人謂壽銅之得之於侍郎, 枘而能容鑿也. 然其抉韝破條, 往往自恣肆, 若在秋史所, 而又有過焉, 終馴之不得. 而晚益縱於飮, 或連旬不粒也.

余提擧同文, 將考月藝, 頒稍食也, 曰: "君必以百韻五言爲容." 通夕而成, 若貫珠焉. 及對試, 拈譯書, 使讀之, 瞋目左右視, 不出聲, 曰: "俺不解此意, 固不屑爾也."

妻金氏, 性淑順, 家徒壁耳, 組紃以供夫子, 絶無幾微厭苦色. 盖以夫子從遊士大夫, 馳文墨聲名爲榮, 他不恤也. 當壽銅之再入妙香也, 都下忽喧傳已祝髮. 及歸, 金氏迎而言曰: "吾肝膽已銷矣." 壽銅曰: "女子膽愈小愈宜."

嘗曰: "吾且視不久, 苟得心庵數行文, 足了吾也." 未幾暴疾, 一夕不起, 年五十一. 聖一侍郎, 爲專佽而葬之. 有夏園詩抄一冊, 崔君瑆煥所裒集, 剞劂而行之者也.

太史氏曰: 世顧可以門地局人材識也哉! 壽銅之自放不返, 至於斯, 余竊悲之. 使壽銅苟知其有爲而可要也, 則其文章所成就, 庶幾與李虞裳相上下, 而虞裳之不年, 壽銅所以沈湎其生平也, 可不念哉! 壽銅於語言若訥焉, 至其抵掌諸

詼, 僅一二轉, 而聽者皆嘔噱. 盖其意在玩世, 寓規諷矣, 而醉則席地睡, 不復言也.(『心庵遺稿』 卷30)

碁說, 贈南原明 148쪽

讀南學士原明贈高生鎭豊奕說. 余昧於奕者也, 不知過行歷劫之爲何事, 坐勝全輸之繇何法, 而原明之說曰: "惟天下至靜者爲能奕." 以原明之深於奕, 必不捫墻捫燭而爲此說也. 第以靜之玅, 歸之於局外之觀. 夫然則當局者, 皆屬第二手也, 只爭一先, 至竟爲旁觀所悟已乎? 余於是, 不容不有說焉.

至靜, 爲至動之根, 至動, 爲至靜之用. 夫袖奩拈棋, 以競行間之巧拙者, 其心已自有得失之撓於中也, 故屬之動. 袖手貼肩, 以覘其勝敗之歸宿者, 其心初不爲忮求之設於中也, 故屬之靜矣. 而方其究後先之着, 而計毫釐之功, 對手者, 未始不至靜也. 委輸贏之數, 而用嘔噱之資, 幫閒者未始不至動也. 古人曰: "文章千古事, 得失寸心知." 夫以局外之觀, 謂賢乎當局之苦心, 則吾不知德性問學之辨, 當如何安賴於是動是靜之界分也. 況以區區文章之末技, 尙曰寸心自知, 則其於性命知行去處, 律之以猶賢之曲藝已乎!

特原明以悟於奕道者, 泛擧其動靜之理如此耳. 使有聰明詣超之士, 只持是說, 以求其簡捷之徑, 則陳獻章·吳與弼末流之害, 有不能無杞國之憂, 不知原明以愚說謂何.(『心庵遺稿』 卷30)

洪翰周

嘉聲閣 152쪽

斗室沈文肅公, 置第京城松巷之北. 自外舍曲折池爲斗室, 過此則欄楯繚繞, 爲正堂, 扁之曰嘉聲閣, 翁覃溪方綱八十書也. 嘉聲閣之東楹, 層折而北, 皆爲虛樓複閣. 又其西北, 則紅墻逶迆, 築甎爲圓門, 間置炕屋, 高低其房. 又其後則列置一堂·二堂·三堂, 又其後, 爲續堂, 貯書四萬卷, 分經史子集以藏之. 中間爲影堂, 揭奉其先大人涵齋公遺像, 障以絳帳, 外設香案. 嘉聲閣之前, 作小屋子幾間, 列名花異卉, 庭植椶櫚, 其長齊櫩. 又有象牙床·滿壁鏡, 皆國中所無也. 其他器用翫好, 位置井井有度, 室屋之紋窓雕欄, 皆精妙新異. 其簾帷几簟, 潔淨窈篠幽閒, 自外望之, 若仙居. 雖墻壁圍溷, 有或湫陋毁劃, 若將浼焉.

公性端重, 不喜聲色, 惡聞喧囂, 故外內肅然, 左右者, 不敢放言語, 亦不敢嬉笑, 皆屛氣曳足而行. 平居內置西洋鳴鍾於帳裡, 外置日景於階砌上, 朝飧午膳, 咸有定時, 拄杖出入, 不失繩尺. 雖不如中州卿相之豪侈, 在我國, 殆無其對也. 然歷職內外, 皆以廉介著名, 自下僚底大官, 如一日. 其在京司, 多不取朔俸, 留以爲本司捄弊.

然不論公私, 必葺治堂室, 公之癖也. 其分司南城, 亦起坐勝堂, 名其樓曰有此山樓, 制作宏侈, 一時名公卿, 皆記事賦詩, 揭其楣. 又於溪曲深處, 建玉泉亭, 狀如舟形. 咏一絶, 手題亭前石壁以琢之, 有曰: "古松奇石秘雲扃, 呵護千年賴地靈. 他日來尋閒夢處, 泠然秋水玉泉亭."

公英廟丙戌生, 正宗己酉文科, 爲待教. 年四十五, 爲輔國, 典文衡. 六十拜相, 至領相, 純廟薨, 爲院相. 憲宗戊戌卒, 壽七十三. 公二子, 皆早夭, 取族孫熙淳爲嗣孫, 是余長女婿也. 公詩文名世, 而詩尤勝, 兼長古近體, 勁悍多絶調, 有斗室

集數十卷. 尙未入梓.(『智水拈筆』 卷8)

藏書家 156쪽

有歸於無, 物極則反, 亦理也. 天下書籍之繁富, 莫今日如. 蓋古今人牿解文字者, 莫不以著述自命, 凡所謂某集某書, 殆充棟宇·汗牛馬. 又其枝辭蔓語無益而害道者及妖怪邪辟不經之書, 十居七八, 此皆有秦火則所當亟焚也.

然余嘗觀前漢藝文志所載九流百家, 至隋唐經籍志, 所亡逸, 已不啻過半, 而繇宋迄今千有餘年, 人各一集, 又各有談經述史, 編輯論纂, 與筆錄漫記, 遊戲翰墨者, 愈出愈新, 又不知爲幾千萬卷之多, 而悉能尊閣無恙, 豈古書輕而易亡, 今文重而不朽而然耶? 其事亦有可辨而易曉者矣.

造書契以代結繩, 古也勿論, 而三代之世, 皆用蝌蚪篆籀漆書竹帛, 又辭簡而事亦簡. 至秦末, 刑政煩苛, 窘於傳寫, 則獄吏程邈始隷書, 以便其用. 至漢世, 又有章草行草八分楷書之次第創造, 其書日益簡便, 而竹帛之書, 猶不變易. 逮後漢時, 蔡倫又始造紙, 則其所傳寫尤易. 然至於唐世, 書史詩文日富, 擧多謄本, 故古書巨帙, 不能人人盡閱, 且國史稗說, 每聚於內府. 故一經兵燹, 則輒蕩然無遺, 如秦漢文籍之在天祿·石渠之藏者, 一亡於赤眉之亂, 在白虎·東觀之藏者, 再亡於李傕郭汜之亂. 又梁元帝好書多蓄, 而至於臨亂, 聚圖書十四萬卷焚之, 歎曰: "文武之道, 今夜盡矣." 是乃自焚而三亡也.

及至五季, 馮道·和凝輩創爲鋟梓鏤板之法, 書籍大行, 槧印日易, 凡古人所以難得而稀見者, 殆家有而戶存. 又今土板及活字出, 而其所便易, 至矣盡矣, 無以加矣. 如隋之嘉則殿·唐之麗正殿·宋之崇文館·明之皇史宬, 今淸之武英殿·南書房, 是皆天王家內府, 卷帙宜以萬計, 而士大夫私藏, 亦往往至七八萬, 或十餘萬卷之多. 王元美之弇山堂·徐乾學之傳是樓·錢受之之拂水莊, 汪苕文·阮雲臺·葉東卿輩, 無不皆然.

雖以我國之偏小, 沈斗室公之續堂, 太過四萬, 趙遊荷秉龜·尹石醉致定二公之家, 亦不下三四萬卷. 其他鎭川縣草坪里華谷李相慶億之萬卷樓, 徐楓石有榘斗陵里之八千卷, 又其下也. 盖京師故家, 有書之至千萬卷者, 指不勝摟. 我國旣然, 則日本·琉球之文明方盛, 推可知也. 外藩如此, 島夷又如此, 在中國今日, 尤當何如也? 又嘗聞燕京貢生之旅食者, 窘於資生, 則其二三文士, 輒聚議杜撰, 成出一部小說, 俾付坊刻, 而鬻於肆, 其易且速然矣.

我國自國初, 亦行鋟梓, 十七史·文選·杜氏通典等書, 已皆刊而頒之. 今則永樂大全本三經四書, 及綱目·朱子大全等刻板, 具在大邱·全州營府, 京外朝士吏民之粗卞魚魯者, 動輒印出而家蓄之. 今雖有秦皇李斯無道之君臣, 必欲焚坑而滅絶之, 萬不能去其一二, 夫安有後世今文古文紛紜之訟哉?

然秦火雖烈, 六經雖亂, 古聖賢垂訓萬世者, 如五緯麗天, 芒寒色正, 終古恒新, 故竟不能盡絶. 夫以蝌斗竹帛稀有之文, 尙難盡禁, 況今天下同文, 家有戶存乎? 雖曰: "盛衰必然." 經史子集之不可無而必傳後者, 當與天壤俱弊, 至於無益而害道者, 亦當不待後之秦火而湮沒矣. 然則書之多且易傳, 實繇於印槧, 而其不爲人所貴, 反爲蠹魚資, 亦繇於印槧者多矣, 豈非物極則當反者乎?(『智水拈筆』 卷1)

兪莘煥

李忠武公雙釖銘 162쪽

李忠武之功, 在我朝五百年, 莫之與京. 微忠武, 吾其爲蜻蛉乎! 余覩野史, 李文成公, 聞公之名, 願一見之, 亟遣人致其意. 時文成爲兵曹判書, 公謝不往, 文成先乃往, 不賢而能如是乎?

方公之乘勝至南海也, 倭冦殄殲且盡, 公念平秀吉死, 國家不復苦兵矣, 而奸壬旁伺朝夕, 且岳侯我矣, 則自免胄中丸以死, 不智而能如是乎?

余以爲忠武之心, 早似武侯, 晩似子房, 其翛然而化者, 不亦冥冥之鴻耶? 夫惟其心之如此, 是以其功之如彼, 而世之言公者, 以公之功, 不以公之心, 其亦淺之爲知公乎?

忠武公祠堂, 有寶釰一雙, 與公相隨以成功者也. 公之九世孫完熙, 出示余, 脩丈餘, 其刃若新發於硎, 揮之, 風颯然, 使人如在閒山之下. 噫嘻! 忠武之功, 觀於是釰而可知也, 而忠武之心, 觀於是釰而不可知也.

銘曰: "干將兮莫耶, 龍泉兮太阿. 無前兮無下, 截盤匜兮斷牛馬. 于嗟乎! 物與人兮以類從也. 吾知是釰之不躍於鑪兮, 又將見其墮水而化爲龍也."(『鳳棲集』 卷3)

稷下校書記 162쪽

甲寅夏, 諸章甫會于稷下, 爲校書也. 所校者何書? 朱子大全箚疑問目標補也. 何謂大全箚疑問目標補? 大全箚疑, 尤庵先生之書也, 箚疑問目, 農巖先生之書也, 問目標補, 臺山先生之書也, 其顚末有序文在.

或曰: "箚疑之行久矣, 問目標補, 動輒與箚疑不同, 問目標補行, 如箚疑何哉?" 余曰: "不然. 問惡乎生? 生於疑. 疑惡乎生? 生於不同. 不問則已, 問輒不同, 其勢不得不然耳. 使尤庵先生在, 以待其問, 安知其不始參差而卒爛漫耶? 易之傳·義, 爲說不同, 而其書未嘗不兩行, 謂仁謂知, 顧讀者之所見何如耳. 且所問者不同, 而所不問者同, 箚疑不行, 如問目標補何哉? 之二書不可去一, 此讀者之所不可不知也."

臺山先生之子善根人會, 寄余問目標補, 委余校讎之事, 是書之剞劂, 行有日矣. 余受而閣之, 顧才智下, 且衰病弗戡, 謀於所與遊諸君子曰: "幸有以助余也?" 僉曰: "諾." 或日至, 或間日至, 或三四日一至, 折長補短, 校書者不下日五人. 相與討論之, 塗若干, 乙若干, 惟其所當, 余復何爲哉! 惟袖手旁觀而已. 凡四十餘日, 書始完, 二先生所以嘉惠我後人者, 於是乎行矣. 諸君子之功, 亦豈淺尠也哉!

書之垂完也, 余謂人會: "是書行, 盍刻校書者名氏?" 人會曰: "諾." 衆皆不悅曰: "吾儕之爲此, 其亦計功乎哉! 何以刻爲?" 余曰: "不如此, 功將歸我, 貪天功以爲己力, 吾豈爲之哉!" 諸君子言不可刻者三, 余言不可不刻者亦三. 明日, 諸君子之人會固辭, 得人會許諾, 然後乃去, 余亦不能強人會, 以是問目標補行, 而諸君子名氏不列焉.

居久之, 客有過余者, 語及問目標補. 余問之曰: "功成而不居, 其名曰讓, 讓者, 美事也. 非所據而據焉, 其名曰貪, 貪者, 德之賊也. 吾其成人之美乎? 將不使不仁者, 加乎其身乎? 二者奚先?" 客曰: "不使不仁者, 加乎其身哉!" 然則諸君子名氏, 不可不記, 退而作稷下校書記, 所以明校書之不由己也.

校者凡十四人, 曰大邱徐承輔元藝也, 曰延安李大愚保汝也, 曰光山金洛鉉定汝也, 曰完山李應辰公五也, 曰海平尹致聃周老也, 曰南原尹秉鼎士弘也, 曰大邱徐應淳汝心也, 曰潘南朴洪壽子範也, 曰南原尹秉益士正也, 曰驪興閔泳穆遠卿也, 曰首陽吳俊泳英仲也, 曰上黨韓章錫稚綏也, 曰驪興閔台鎬景平也, 曰驪興閔奎鎬景圜也.(『鳳棲集』 卷3)

金永爵

三政議 170쪽

三政之弊極矣. 世皆曰: "非更張, 莫可釐捄." 而顧今國綱不振, 民志未靖, 則創行美制, 易致囂訛, 恐不如仍舊而約畧通變之爲當也.

田制不可不丈量耳. 繼自今使諸道或量二三邑, 或四五邑, 歲輒如是, 隨以勸懲, 則不幾年而八路之經界正矣, 何憚乎人才之難·財力之詘? 而沿海米豆, 而依山綿麻, 皆以本色輸納, 則派斂之增, 自可祛也. 軍籍不可不查括耳. 憑托規避, 縱非一端, 若使有司者不徇情面, 凜遵科條, 則簽伍之闕, 自可塡也.

至於糶糴一款, 旣枵而蠹, 苦乏良策. 然振貸飛輓之備, 不可不豫, 則第使八道四都, 就其穀包之猶有散斂, 逋簿之尙可指徵者, 核實登聞, 餘悉蠲蕩. 因飭方伯守令, 量力捐補, 用作考績, 而邑計戶口, 酌留還穀, 歲取其耗, 無盈無朒, 恒存一定之數, 刪各司句管之目, 除雜穀準折之例, 則奸胥舞弄, 無由投抵, 而還瘼庶可少蘇也.

且還耗旣係京外支用之需, 則不可不給其代矣. 經曰: "損上益下." 傳曰: "百姓足, 君孰與不足?" 又曰: "節用而愛人." 苟欲給代, 莫若節省, 節省宜自宮掖始. 惟我殿下奮然乾斷, 窮率儉約, 便殿賜對, 逐日講究, 汰冗省濫, 惟行乃已. 審若是也, 其所裁省, 足可以當給代, 亦可以充還穀之欠也. 以臣管見, 何敢妄議國計民憂之大去處? 而淸問之下, 不容緘默, 冒此敷陳, 徒切惶悚而已.(『邵亭文稿』 卷1)

古梅山館記 174쪽

城中評梅者, 必先數靖陵齋署之植, 盖三百有餘年于玆. 花蔕倒垂, 瓣大香郁,與凡梅逈不伴, 世稱羅浮種. 考石湖梅譜, 九十餘種, 無與此類. 獨老杜 "江邊一樹垂垂發"者, 差近之, 洵梅中希珍之品也.

安香廳左右, 有幾株老樹, 瘦幹屈鐵, 疎蘂綴玉, 每當花之盛開也, 齋官招洛下詩人, 作梅花飮, 遂成山中故事. 英廟時寢郎某, 鑿東牖引入一枝, 室中熏煖, 蓓蕾先坼, 冬至享官, 見而奇之, 歸白于上. 上遣中使往視之, 中使折數枝馳獻, 由是其在東墻下者, 尤爲世所艶稱焉.

舊傳萬曆三十二年, 四溟禪師惟政入日本, 從廣東商舶泊於長崎·薩摩之間者, 獲羅浮梅, 載而歸. 今奉恩寺尋劒堂東南, 有梅花堂古址, 爲四溟住錫之所, 此其證甚晣也. 贈贊成李公愼誠爲寢郎日, 由禪寺移植. 自是轉傳接博, 穉而栐, 斬而肄者, 不知爲幾遭.

其有文字可徵者, 元陵壬子書題名記, 卷後記其先祖贊成公封植之蹟者, 李氏道翼仲弼也. 金宏裕, 號梅叟, 善郭駝之術. 丙寅, 要其手分栽香室階之東西者, 申氏暕子輝也. 梅叟言: "叟少時齋署古梅絶已久, 松厓徐相國退居狎鷗亭, 亭有羅浮梅, 求接頭以栽." 庚午據梅叟之說, 斷以爲今梅非古梅者, 李氏錫祥士興也. 健陵丙辰, 見梅樹半枯, 重栽五六本, 作七絶五首, 記其顚末者, 愼氏師浚景深也. 丁巳蒐輯陵誌, 慮梅叟之言近於耄荒者, 李氏鼎珪景鎭也. 余謂羅浮梅在我東, 如蕃釐瓊花之天下無雙, 而鷗亭距齋署, 一牛鳴之地, 原初鷗亭之植, 意必晏家園丁之偸, 則自是復其舊親爾. 梅叟非耄荒, 特未之究耳, 豈可援此而遽斷今梅之非古梅乎? 李氏仲弼之記·愼氏景深之詩, 一按可覆, 不須多辨也.

今上四年戊戌, 余蒙恩授靖寢郎, 到齋日, 讀舊誌, 訪古蹟, 則梅已七八年前, 爲人所取去, 蕩然無復一株, 徘徊悵惋者久之. 聞楮島有許老人, 訪古梅之流落百里外者, 栽接纔活. 翼年秋, 與僚友李彙載德輿謀, 始克移植于東墻下. 厚其培, 堅其築, 匝歲而四五氣條, 高出于墻, 來春似可著三數花. 而德輿已於徂臘, 仕滿而歸, 余又將與梅花別. 暮景宦迹, 隨緣四方, 獨令後來之人專享清馥矣.

夫職守陵園, 疆界之內一草一木, 固不敢毁傷. 況梅是植物中芳且潔者, 不與凡草木伍, 而又遠徙絶奇之種, 仰邀至尊之賞, 數百年名公高僧, 栽植之, 扶護之, 如此其勤者乎! 梅之繁茂枯瘁, 而職之得失·人之賢不肖係焉. 玆庸搜羅故實, 以告夫繼余而管領是梅者, 遂扁齋居之室曰 '古梅山館'. 是爲記.(『邵亭文稿』 卷2)

李尙迪

記龍團勝雪 179쪽

龍團一銙, 面作團龍形, 鱗鬣隱起, 側有 '勝雪'二字, 楷體陰文. 度以建初尺, 方一寸, 厚半之. 近者石坡李公省掃于湖西之德山縣, 訪高麗古塔, 得小銅佛·泥金經帖·舍利子·沈檀·珍珠之屬與龍團勝雪四銙焉. 近余獲其一而藏之.

按歐陽公歸田錄: "慶歷*間蔡君謨始造小品龍茶以進, 謂之小團." 潛確類書: "宣和庚子漕臣鄭可簡創爲銀線冰芽, 以制方寸新銙, 有小龍蜿蜒其上, 號龍團勝雪." 又按高麗圖經: "高麗土俗茶味苦澀, 不可入口. 惟貴中國蠟茶幷龍鳳賜團. 自錫賚之外, 商賈亦通販, 故邇來頗喜飮茶, 亦治茶具."

盖仁宗時已有小龍團, 惟勝雪之名, 昉於徽宗宣和二年, 而徐兢卽宣和五年癸卯奉使東來者. 其於中外俗尙及物產, 固已殫見洽聞, 故言之如是. 且麗僧義

* 본래 慶曆(경력)으로 써야 하지만 청(淸) 건륭제(乾隆帝)의 이름인 홍력(弘曆)을 피하여 이렇게 쓴 것이다.

天·指空·洪慶·如可輩後先航海, 問道求經, 往來宋朝者項背相望, 文獻有徵. 于時此類必爭購名茶, 以供佛事, 甚至錮諸石塔, 歷七百有餘年而復出於世. 吁! 亦奇矣!

然凡物之最易腐敗澌滅者, 莫先於飮食之需, 而迺有頭綱一種, 流傳東土, 壽齊白鷹之畫, 珍逾瘦金之泉. 余舊藏宣和畫鷹及崇寧重寶數枚, 卽徽宗御書瘦金體者, 至今爲藝林雅賞. 豈其有神物護持, 陰相余嗜古之癖歟? 爰證故實, 以公同好.(『恩誦堂續集·文』 卷1)

鄭碧山先生墓誌銘 182쪽

道光八年戊子夏, 鄭碧山先生病大瘇. 予造問于河上僦宅, 已沉篤不能起, 遂泫然而訣. 越三日, 先生卒, 得年六十; 月日葬楊州雙門之原. 予以通家後學, 爲誌其墓曰:

先生諱民秀, 故月城人, 豈凡字, 碧山號, 識與不識, 皆稱碧山先生云. 先生少孤貧, 孝事方太孺人, 菽水屢空, 常赤脚出市粥, 日以爲養. 及丁囏, 哀毁踰人, 月朔望, 且展於墓, 必具奠需, 肩擔而行, 終三年, 未嘗以寒暑風雨而有間也. 素治黃岐不成, 嗜吟咏, 誦其詩, 冲澹夷曠, 如其人焉.

先生之始婚娶, 時年四十六, 皤腹而髮種種. 茨山朴公·瓣香咸公, 皆先生忘形交, 屬方生半石畫碧山聘行圖, 系歌詩贈之, 一時和者無數.

先生旣衰暮, 世於侘傺,* 遂挈妻囊書籍, 擇里於積城, 巖居川觀, 翛然有高士風. 亡何値歲大饑, 流民夜劫, 操白梃者數十人. 先生則從籬隙示短笻, 曰: "誰無器械? 爾如先生何?" 賊大笑, 先生亦大笑. 卽啓扉入之, 曰: "有長物, 都可將去."

---

* 於世侘傺(어세차제)의 오류로 보인다.

手松明火照四壁, 戶內惟一紡車·數函書而已, 賊乃相與引去. 後復移寓南陽之島者八年, 而窮益甚, 終歸老於京, 授徒以自給.

憶余甫冠, 數追陪於從叔夢觀齋中, 每談藝娓娓, 終日夕不倦. 蓋先生之步武, 不離乎建安·開天之間, 元和而下, 弗屑也. 顧好王·李輩, 謂可以津逮古轍, 持論寔與予齟齬. 然而以譔著就質, 輒爲之奬詡不置, 吁可媿矣!

先生雅喜讀莊子·太玄, 善尺牘, 尤工小楷. 詩多散佚, 古近體若干篇, 僅載夢觀齋苔岑集. 昔先大夫以壬戌之秋七月旣望, 追子瞻故事, 與先生及同社諸公, 讌集谿樓, 懷古賦詩, 今其卷尙在篋衍, 而三十年來, 諸公凋零略盡. 先生每語及此, 未嘗不俯仰傷神, 而先生又已圽矣. 嗚呼! 後生小子, 將於何稽舊聞而抒緖言也? 悲夫!

先生考某, 祖某, 曾祖某, 配安義金氏, 無子, 二女幼未嫁.

銘曰: "生署碧山, 死藏碧山. 如聞鬼唱于白楊間, 後有知者, 曰是碧山先生之墳."(『恩誦堂集·文』卷2)

書鍤瞎 186쪽

兪公某少時, 偕同業生六七人, 南歸湖中, 日暮止店舍. 飯訖, 諸生群起譁, 拳踢角其力, 相與侮謔. 時有一瞎者, 年可五十許, 鬚如蝟磔, 隅坐織屨, 遽曰: "唉!" 旣哂之. 諸生拉瞎者, 問: "何哂也?" 瞎又哂而不答, 固强之, 曰: "公等綺紈子耳, 何力之有!" 因詘其右臂, 竪之地曰: "請諸公撓而蹶之! 否者, 醵飮我!" 一二生先試, 無如何, 諸生亟交手抑按, 衆力盡而臂故屹不可動. 一店人無不錯愕變色自失者, 瞎大笑, 趣呼酒曰: "吾爲公等, 欲挫少年習氣耳, 幸無怍."

諸生稍稍斂氣息, 相謂曰: "惜乎! 眞健兒也." 瞎太息, 揩其目曰: "鍤負汝! 鍤負汝!" 已而酒酣, 告諸生曰: "某湖鄕人, 生而有力, 貧窶無以自食, 爲人傭. 凡畊稼力作, 一朝而辦兼日之役, 一身而專十夫之直, 以是其隣之農者, 皆願得我矣. 閱數歲, 夏大雨, 田野荒沒. 一日荷大鍤夜出, 決瀦堰而洩之水, 登壠而憩焉. 時晨光未出, 月星滿地, 鍤閃閃光射人. 頃之有行旅過之, 忽卸其擔路左, 倉皇却走. 殊疑恠不測, 朝而視之, 乃百金裝也. 於是自念 '嶺湖荐饑, 剽掠載途, 彼無乃㤼於鍤而認我爲賊也耶? 然非我也, 物自來而取之何傷?' 遂挈而歸, 構屋於斯, 娶婦於斯, 酒肉賭博於斯, 日以無賴爲事. 亡何, 金已罄矣, 復荷鍤而起曰: '鍤! 余及汝與其勞於傭作, 無寧玆一擧手而亨逸樂乎哉!'

自後每昏暮, 伺人於僻處, 揮鍤而前, 未有不靡然被劫者. 故今日劫之不足, 明日又顧而之他. 當是時, 自以爲武力一世無可當意者矣. 然嗟乎嗟乎! 力不可以或售也有如是夫! 吾嘗遇客於野, 行色類豪商, 服御甚都, 美丰姿, 藐其人而豔其裝, 卽拍馬首厲聲曰: '客留鞴馬去!' 客上下視, 下馬授其轡曰: '唯唯!' 偪之使解衣, 客脫貂裘揖曰: '壯士! 天寒如此, 褻衣何可相遺也. 此裘直百金, 願以此易性命.' 某勿許, 揮鍤以威之, 俄某猝被其踢, 仆出十步外, 昏而復甦. 客大叱曰: '奴! 裘馬寧不足以充溪壑, 必欲戕人命而奪之衣何哉! 前後客旅之死於鍤者, 豈有旣乎? 殺之固當, 但抉若目, 以謝行路人. 弗然, 若不知死所耳.' 客捽余起, 手批腦而兩目俱迸於地矣. 遂一呼而絶. 詰朝隣夫見之, 舁返于室, 僅無死. 失目且二十年餘, 流落市肆, 業屨以餬口. 禍實自速, 人何尤焉. 蓋由此觀之, 某雖頹朽, 力十倍於公等, 而客之於某, 不翅若某之於公等矣, 天下之客, 豈易量哉?"

諸生爲之咨嗟, 詢其姓名, 笑而不答.(『恩誦堂文集』 卷2)

趙冕鎬

自知自不知先生傳 192쪽

先生不知何時人, 生於閼逢之前·昭陽之後, 人不知其年也. 生而異人, 目不視青黃之色, 時察乎蚊睫; 耳不聽鐘鼓之聲, 亦聰於蟻鬪. 手執熱而不濯, 足履氷而不戰. 動作之不時, 嗜欲之不節, 奇疾嬰焉, 倀倀若土塑木偶. 胃之所惡者滋味, 心之所惡者營爲. 醫家曰: "是疾也難." 疾愈欿, 嗒醒越㵾, 不省覺於得失之間.

嘗有人遺之物, 曰: "物奚至?" 及有人奪之物, 曰: "物斯去." 又從人求之人所不求, 亦與之也. 方疾之痼也, 屋於荒寒, 簞瓢屢空, 冬一裘, 夏一葛而不巾不襪時多有. 時有衣冠焚香, 讀聖賢書, 亦未嘗一日忘鋤笠. 人皆曰: "是疾莫可測."

若品茶評酒, 發以爲詩, 撫琴賭碁, 繪之於畫. 或笻屐入山, 倐然不知其往也, 巾車出郭, 澹然不知其返也者, 乖症奇祟之逾出逾可驚.

日與虯髯客·苦節君·灞陵尉·東籬處士·祖香庵道人, 證要言, 講妙道, 有一石丈, 點頭其側焉. 久乃癃殘, 託家屬於邵平·周顒·汪信民三數家, 遂傲談山之淸逸, 挹風月而逍遙, 不以人之恐之危之而鍼焫, 故自號曰 '自知自不知先生'.(『玉垂集』 卷30)

沈大允

治木盤記 196쪽

往年, 余仲弟泰卿與益卿, 奉母夫人, 居于安城之佳谷. 時値荐荒, 無以爲養, 適有統營之匠者, 僦居里中, 業木盤焉. 泰卿間往見之, 歸與益卿依其制樣而造作, 易米菽以供親. 明年歲則豊熟, 母夫人還就于余, 二君亦輟其工而讀書焉.

既而余昆季年齒加長, 百計而不一遂, 益厭世路之艱險, 意不欲酬接物情, 而念親老家貧, 貴其力作而治生. 乃相與謀曰: "君子窮則可以爲鄙汚, 而不可爲不義. 今我無財不可商, 無田不可農, 而木盤賤工也, 然作於室中, 無干於人, 其諸農商之暴露夏畦, 奔走隴斷, 爲較勝焉."

於是, 泰卿置其妻孥於佳谷, 身從余于邑, 及益卿聚居一室而興工役. 泰卿爲最善, 而益卿次之, 余未能者, 而從傍坐, 擇其易者而助之工.

筋力雖勞勤, 而心閒無事, 輒討論經史, 講求精義. 天地人物之所以存, 古今治亂之所以致, 時俗之情態俯仰, 事理之端緖倚伏, 下至百方技藝, 海外異聞, 凡可以繕益神智, 起發心靈者, 出入橫縱, 變化而無窮, 雜以詼諧滑稽, 助其懽笑, 欣然樂而忘其疲. 母夫人亦爲之喜悅, 買糟而縮醨, 日飮之以爲常.

余曰: "隱居而遂志, 竭力以養親, 賢乎哉! 賢矣則奚傷乎其汙辱也? 吾平生未嘗勞心費力有毫髮濟物之功, 而穀腹絲身者, 四十年矣. 恒蹙蹙忸怩, 自以爲天地間一穿窬耳, 得從二君而爲是役, 吾心少安而無愧. 夫事無巨細, 其貴自盡而食功一也."

益卿曰: "物之貴賤無常, 時貴則貴, 時賤則賤. 士者古之所貴而今之所賤也, 又安知匠者之不爲今之所賤而後之所貴耶? 且士與匠, 俱爲今之所賤, 而我兼爲之. 物賤極則反貴, 又何戚焉?"

泰卿曰: "詩云 '考盤在澗, 碩人之寬', 釋之者曰, '考, 擊也. 盤, 樂器也.' 然考之爲擊, 不見於他書, 而盤乃匜牟之屬, 所以進水與饌耳, 非可擊拊而和聲者也. 考, 工之成也, 春秋之'考宮'·周官之'考工'是也. 此盖周之季世, 亦有隱遁, 而以治盤爲業, 如吾兄弟者, 而不害爲碩人, 安在其賤也? 吾不知今之所謂貴之爲貴也, 又焉知其所謂賤之爲賤乎哉?"

於是粲然相視而笑, 遂記之以遺後之人.

凡攻盤之器, 三十餘事, 利鈍之用殊焉. 每一盤, 直錢六七十, 計一日之工, 可得百錢之贏, 而勤惰之效異焉.(『白雲文抄』卷1)

朴珪壽

錄顧亭林先生日知錄論畫跋 202쪽

右四頁, 亭林先生日知錄中語也. 夫畫圖亦藝術中一事也, 實有大關於學者, 而今人甚忽之何也? 良由寫意之法興, 而指事象物之畫廢故耳. 後人之精細功夫, 不及古人, 又不肯耐煩. 只以一水一石之幅, 折枝沒骨之筆, 草草渲染, 自托於簡古不經意而已. 此在於高人逸士翰墨餘事, 則未嘗不可喜而可寶也, 若夫人人如此, 以至於畫院待詔之倫所務而所能者, 止於是焉, 則畫學殆亦亡矣.

有如文字之道, 亦有經學·史學·攷證家·經濟家·著述家·詞翰家, 門戶亦未易論定, 矧其得失同異, 詎可輕易言之? 茫然不知其爲何說也, 而牽强押得七言近體詩韻脚, 潦率草得上樑文一首, 便已謅之以文人, 亦乃自命爲文士.

今之爲畫者, 空寫半幅山水圖, 遠山一角, 老樹數株, 草屋半面, 便謂畫圖之法如此, 亦足以陶寫性情云爾者, 與彼何異哉!

學畫固小技也. 然其羽翼於爲學爲治之道甚大. 大凡上下千載之間, 縱橫四海之外, 見聞之所未逮, 足跡之所未及, 言語之所未通而未能詳悉者, 唯畫圖能傳之, 能記之, 能形容之, 其用豈下於文字之妙哉! 觀乎閻庫直職貢之圖, 則知貞觀之治, 威靈所及, 爲何如也, 梯山航海蠻夷雜種爲何等也. 觀乎西京大酺圖, 則知盛唐風俗之如何也, 其衣冠器用之如何也. 清明上河圖*者, 仇實父之作也. 雖是追畵趙宋時事者, 而汴梁都邑市井之盛, 閭里民庶之情, 有足想見. 如此之類, 亦擧之, 不勝擧矣, 而要並非能作水墨山水者所可能之者也.

商之高宗寤寐良弼, 怳惚見之, 命工繪之, 其必以鬚髮之疎密, 顴頰之濶窄, 申申命之. 工乃俯伏潛心, 改描易本屢十焉, 然後得一肖似於高宗之夢. 旁求天下, 居然得之, 此豈水墨山水者所可能之者乎!

又當擧其最小者矣, 翎毛草蟲花卉之類, 有似無足致意, 亦殊不然. 每恨李東璧本草綱目, 爲本草家集成之書, 而諸家形色同異之辨, 紛然未已. 李氏雖一一攷據訂正, 而其繪畫未精, 到今有誤採謬用者甚多. 蓋未遇良畵師之故, 流害民生, 有如是矣, 此豈可以細故忽之哉!

推是論之, 無論山水·人物·樓臺·城市·草木·蟲魚, 唯是眞境實事, 究竟歸於實用, 然後始可謂之畵學矣. 凡所謂學者, 皆實事也, 天下安有無實而謂之學也者乎!

鄭生石樵癖於畵, 其子名來鳳, 亦繼其業, 方倣寫古名蹟, 蓋作水墨點染, 以爲能事者也. 余故廣其意, 爲錄此以贈, 期其有所成就, 卓然名家, 毋徒爲近日鹵莽滅裂·草草藏拙者之下風可也.

苟得良畫史爲之, 蓋有所欲畵者, 乃成周王城圖. 皐·庫·雉·應·路五門之制, 廟社市朝之位, 內而路寢燕寢, 外而比閭族黨·經塗九軌·緯途九軌, 以至圜丘·方澤·明堂之次序位置, 及夫溝洫畎澮, 二畝半在野同井之八家, 於是乎一部周禮, 森然在目. 朝會燕飮冠昏之禮, 車馬田獵之容兼施, 並列於豳風七月之圖矣. 自非胷中有三禮全帙者不能也, 得此於畵學家甚不易耳.

漢陽景物, 當以燈市爲最繁華. 東國放燈, 不以上元, 而在四月八日, 市舖閭

---

* 저본에는 淸明上下圖(청명상하도)로 되어 있으나 명백한 오류이므로 바로잡았다.

閭, 皆樹燈竿, 森立如帆檣, 風旗五色, 悠揚蔽空. 都人士女, 雜沓通衢, 東自興仁門外關帝廟, 西南至蓉山·麻湖, 悉開燈市, 往往陳列雜戱, 絲竹嘲轟. 若値春物未早之歲, 則緋桃練李, 時方盛開, 兼有花柳之盛. 又是孟夏上旬, 往往値太廟親祼, 法駕鹵簿, 平明啓發, 從官羽衛, 班行肅然. 時又春漕方集, 南江舟楫之盛, 最於一歲. 蓋此位置排舖, 可堪作一大長卷, 苟能精細爲之, 當有勝於淸明汴河圖者多矣. 恨未得良畫史謀之, 今聞來鳳學畫, 第俟其功夫精熟, 與之商量可乎?

乙卯南至月, 瓛齋居士書.(『瓛齋集』 卷4)

申錫禧

覃揅齋詩藁序 209쪽

阮堂公詩文, 故卓然大家, 以工書名天下, 爲其所揜云. 余少日借讀公詩, 始信公之可傳者, 不第以書名. 公之書流照四裔, 中國士大夫壇墠而尸祝之, 鴨東人不肯斂薑芽, 是蒲山公不見秦王藉好之, 亦矮人觀劇耳.

公嘗取笠翁畫雪四事爲一幅, 安排位置莫有同, 而一樹一石無所增減. 有爲枯木竹石而質之公者, 公時作遠書, 且睨且作, 瀏寫未十行, 擲筆授旁人曰: “是吾枯木竹石, 善收之!” 噫! 八法非六法, 就波戈趯磔而求槎枒瘦漏, 奚哉! 嘗聞之, 坡公曰: “論畫必形似, 見與兒童隣. 賦詩必此詩, 定知非詩人.” 之公之書與畫而知公之詩, 亦由是也.

世固有學書畫詩文, 如學佛然者. 人方水邊尋牛, 山中待梅, 公已一棒一喝, 得正法眼藏. 如不佞者行脚闍黎, 倦而歸, 今成退院老錐, 尙可論迦葉微笑神光得髓歟? 彝齋權相公論公書, 曰: "阮堂濟州以後書, 如子美夔州以後詩, 子厚柳州以後文." 余則曰: "詩亦如其書, 其靈警悟入之妙, 自有 '神出古異, 澹不可收' 者矣."

南留齋尙書裒輯公尺牘與詩, 鋟梓之, 請詩序於余, 以平日雒誦者, 書以歸之.

丁卯冬, 平山申錫禧序.(『覃研齋詩藁』)

孝明世子

鶴石集序 213쪽

余嘗謂人之有詩, 如天之有花, 所以發其精英而飾其藻華者也. 人不能無性情, 性情之發而不能無詩, 猶天不能無氣機, 氣機之運而不能無花. 然則學之有源, 卽花之根也, 思之方萌, 卽花之胎也. 其結構, 華之蔕也, 其節奏, 花之文也. 讀之有韻, 花之香也, 覽之可悅, 花之色也. 或綺麗纖穠, 或冷淡孤高, 花之品也. 凡古人之詩, 皆花之譜也.

試嘗就其譜而證其品, 三百篇卽天葩是已, 至若屈子之騷, 以蘭配之可也. 淵明之詩, 以菊配之可也. 康樂詩配以蓮, 林逋詩配以梅. 其餘形形色色, 譬之若無名雜花, 而不害其自爲一種也. 去年之花, 殆若盡美, 而復有今年之花. 他樹之花, 殆無餘巧, 而又有此樹之花, 瓣瓣各異, 葉葉不同. 此乃造物之所施爲, 而夫詩亦然, 未嘗蹈襲乎古譜, 而貴其獨造於天機也.

余於經史之暇, 旁及詩學, 與二三宮僚, 往往有唱酬之作, 或晝漏希聞, 夜燭頻刻, 或風日晴媚, 雪月皎潔, 仗境生情, 發之自然. 玆非余精英華藻之形於外者歟! 未知覽之者其將品於何花, 而竊庶幾不襲古譜, 獨造天機者也. 裒之爲鶴

石集, 鶴石者余號也. 鶴與石, 殆於花爲近, 故書其平日所嘗悟者, 以爲鶴石詩序.(『敬軒集』 卷7)

申櫶

民堡輯說序 217쪽

蓋聞民堡者, 古名將守邊之法也. 或曰: "周制授民宅五畝而田邑異廬, 亦是使民入堡之義." 倘其然乎! 夫不能安保其民而能禦敵者, 有戰以來槪未之聞也. 故嘗攷兵志, 言戰者十三, 言守者十七, 蓋謂不能守, 則固不能戰也. 且以能戰者, 亦何由勝能守之國. 故曰: "能爲不可勝, 不能使敵之必可勝." 然則守者禦敵之長策, 而使民入堡者, 守國之首務也. 况今國家昇平, 弛備已久, 遇有警急, 則民散決矣. 苟不早爲安民之圖, 則誰與守國, 不令匝域各得設險以自保, 則何以安民?

今使吾民果皆設險而自保, 則有墳墓親眷以係其情, 屋廬資産以護其業, 鄕井欟落以固其所, 安城垣機械, 皆有所恃, 以堅其膽, 自當効死, 而不忍去. 不特如此而已, 據險淸野, 乃所以守國也. 蓋邀險則進不敢戰, 淸野則退無所掠. 二策用而寇自遁, 此民堡之說, 深得李牧備胡之遺槩, 而衆寡勞逸, 皆自我制爲, 以主待客之奇法也. 故間嘗不揆謏淺, 輯爲一說, 弓馬之暇, 欲資覽考, 雖鉛刀無貴一割而剽拾之際, 頗費精力, 亦可謂敝帚自珍者矣.

因憶往於壬戌歲, 謬叨三路梱寄時, 異船之浮海而南北者無虛日, 而沿民繹騷, 其有識者胥願擇緣邊地, 設防以聚保. 竊意蕪輯堡說, 符於衆見, 當於輿情, 雖自知其迂遠, 不可以施行, 而爲酬衆願, 輒敢陳請. 至於昨秋夷警, 復念民志靡定, 易致離析, 復申前說, 治疏未及上, 而猥膺江上防守之命, 時則夷寇已入沁都, 而有猖獗之勢, 軍旅怱怱, 無暇他及, 何幸天誘夷衷, 知難而遁.

然及今守禦之備, 不可以不密, 又不可以不豫也. 然値久安中外, 戎政徒有虛文, 徵兵募糧, 俱無善圖. 而乃以不材適忝重任, 其爲憂悚, 非比往時. 故敢於軍務陳品之餘, 又効舊議, 不謂遽蒙採納承命, 以堡制堡約, 頒示諸路, 詢其便否, 以爲實係民願, 則就令講磨施行, 此盖伏遇聖朝至意, 務安元元, 不遺芻蕘. 然是豈庸愚淺劣之所敢望乎!

繼蒙政府俯索瞽說, 欲資裁劑, 輒就舊輯中, 抄取制式約條之文數十頁, 仰備去取. 竊念艱虞之會, 兵事時務之重且亟者何限, 而顧乃斷斷於是論, 極知其見甚鄙, 其策最下, 無足以贊戎機之萬一. 然至於禦敵之方, 在於先守, 先守之要, 在於安民, 其大致所係, 則或可因是而附見云. 丁卯仲春, 東陽申觀浩序.(『葳堂集』 卷12)

李大愚

幽閒集序 恭人洪氏詩集序 222쪽

余幼時學詩於鄉先生, 至"無非無儀", 乃疑之曰: "惡固毋論已, 可欲者, 非善乎? 以一言愚千古之閨閤何也?" 先生曰: "婦人無外, 遂安用夫善爲也?" 余唯唯而終不能釋.

其後拜外姑洪恭人于左扉, 雅聞恭人通經史, 嫻詩禮, 蔚有女士譽. 每瞷之, 不覺有異於人, 唯營米鹽, 治絲麻謹而已. 愛余甚, 語纚纚, 無不盡, 獨不及文字事. 余恃愛, 往往請之固, 而亦不肯答. 間嘗以鄉先生言質之, 恭人曰: "有才則氣易肆, 有善則志已夸. 與其肆而夸也, 毋寧拙而愚之 安其素也. 有若無, 實若虛, 男子有然, 况婦人耶?" 余退而歎曰: "含章而自葆者, 恭人之才也, 闇然而自脩者, 恭人之德也. 此言殆自道也." 由是不敢復有請焉.

及恭人沒, 而胤子誠澤檢箱篋故紙, 得少日所爲詩數百篇, 泣而示余曰: "以君之親且密焉, 而斯有未及知者. 將輯而錄乎, 則非雅志存, 仍以就泯滅, 吾又不忍, 君何以爲我計哉!" 余曰: "然. 在恭人則奚欲於是政, 後人自不能已爾. 夫二南之作, 最婦人爲多. 若關雎·葛覃之篇, 豈以是沾沾然蘄名於世也. 以其得性情之正, 協聲音之和, 故至被於管絃, 以風和天下. 詩之道廢久矣, 今縱不能備太史之陳觀, 詎可使後世子孫不知而不明哉!"

遂略加證正, 釐爲若干首歸之, 曰: 聲律之工, 華藻之美, 非所以稱恭人. 唯疇昔之承敎, 宛然如隔晨事, 此可以蔽平日之謙冲之德, 而爲千古閨閤之師訓也. 敢敬誦而書諸卷. 如或曰: '婦入無外, 遂安用夫爲詩?' 則此鄕先生之陋言, 何足爲斯集道也!"

歲在甲寅仲春, 女婿延安李大愚謹序.(『幽閒集』)

南秉哲

奕說 227쪽

奕之道, 三百六十有一, 一是贏輸所由出矣. 盖其爲數小數, 然其術甚深微, 及其至也, 非天下之靜者, 莫能焉. 余癖於奕, 時使善之者賭賽而觀之. 有鋪列聲勢, 箕張翼舒, 如郝廷玉一用李臨淮遺法; 不遵規矩軌度, 隨機變遷, 如霍去病不師糟粕; 只守壁壘壕塹, 使敵不能先犯, 如晉之羊·陸, 明之俞·戚, 雖無赫赫之功, 而自不見敗. 然術出於才, 品出於性, 恢弘範圍者, 或遺於瑣尾; 巧黠竊偸者, 多昧於大體. 若備責其巨細, 則鮮其人矣.

設或有積薪不疑之高手, 方其奕也, 目勞心焦, 役役於攻守刦奪之中而不自知, 其高雅淸適之趣, 全輸於局外之人. 且當局者鮮不迷, 道在邇而求諸遠. 彼垂手於枰外者, 豈能盡勝於執碁者也? 以其胸中無得失之心, 故見機自明, 是以非天下之靜者, 不甚至也. 一行曰: "念貧道四句乘除語, 人人可爲國手." 余亦有小訣曰: "我自不競, 物莫能害. 求安心處, 無如局外." 非敢曰至也, 亦可裨於愼修之十要云.

昔陸氏以攻玉致家, 何氏以刻印養生, 天下之理一也. 是故雖小術, 入其妙則通其神, 有推此加彼, 觸類而解者在. 況奕之爲技, 深且微者乎! 高君樂汝善奕, 且與余好, 以陸氏·何氏之說贈之. 願君以是富而昌, 余以是壽而康.

乙巳九月, 書贈高君鎭豐.(『圭齋遺藁』 卷5)

金允植

集古樓記 232쪽

孟子曰: "所謂故國者, 非爲有喬木之謂, 有世臣之謂也." 余則曰: "所謂故家者, 非謂有臺榭之謂, 有古籍之謂也." 夫所謂古籍者, 書畵古器, 皆古蹟也. 古之人不可得見, 則書以觀其心, 畵以觀其貌, 古器以觀其俗尙. 生於千載之下, 交於千載之上, 而其心術形貌俗尙, 歷歷在眼, 豈非可樂之事乎? 故古籍爲天地間至寶, 非徒爲世人之所珍, 抑亦仙靈之所愛好也.

古所稱羣玉冊府瑯嬛奇書, 皆世外難見之秘寶. 然其言荒唐弔詭, 不可盡信.

藉令有之, 書非我所解也, 畵非我所見也, 器非我所用也. 如夢游洞天, 口不能述, 要亦無益於世. 豈若鄴侯之三萬籤軸, 歐公之千卷金石, 可以廣知識, 可以資攷證, 可以陶寫性情者乎?

吾友尹東庵, 博學好古之士也. 平生無所嗜, 獨好書畵古器若性命焉. 古家遺裔多零替貧乏, 發其世藏之寶, 賤售於市, 轉而流散海外者, 不可悉數. 東庵爲之憫惜, 不吝重貲而購之. 歲久蓄積之多, 富於公侯世家, 皆施以錦裝玉軸, 架而櫝之, 名其所貯之室曰集古樓.

於是一世之故家精華, 咸聚于斯, 四方觀者日集于門, 此眞所謂故家者也. 客至, 輒導之登樓, 屛寒具, 啜佳茗, 縱令披覽, 窮日而無厭倦之色, 此又見其公益之心, 不專爲一己之私有也. 昔丁顗盡其家貲, 蓄書至八千卷, 嘗曰: "吾聚書多矣, 必有好學者爲吾子孫." 至其孫度, 果以文學爲宰相, 吾知東庵之後必大昌也.(『雲養集』 卷10)

登兩山記 235쪽

余嘗坐依斗巖, 望蒙山及峨嵋山, 矗入雲霄, 每有披衣一攝之志. 庚寅七八月之交, 凉風日至, 遂與諸客謀理蠟屐. 八月初三日, 與時中·元會及王千又·寺僧正基·童子壯雲偕行. 先命雇奴帶酒具, 往候於蒙山之巓. 行至木峴, 印世卿·李君先來會焉.

時穲稏正熟, 木峴淨基之間, 黃雲滿谷, 莎鷄亂跳, 入人懷袖. 路傍有兩高阜, 相去數百弓, 環其傍有樹柵處, 人曰: "此古之民堡也." 遠看蒙山之趾, 有人白立, 前視之, 乃崔誠汝也. 自此由山脊而上, 見碎礫相連不絶, 人曰: "此古城基也." 其下卽古沔陽邑治也. 山勢高大, 四圍揷天, 而築城其上, 可見當日用力之盛. 然城大民少, 雖險不可守矣.

攀蘿附藤, 綴步而行, 日過午, 乃陟其頂. 有城隍祠, 邑人方以巫祝餠果來, 禱祀焉. 祠之傍有一石, 高可及肩, 遂鋪席而坐其上. 俯仰四顧, 曠然無涯, 海水入大津, 由西北東南環繚如帶, 至于禮山之九萬浦, 沔川唐津包在其中, 實島邑也.

大津以西, 巨浸瀰漫, 通京畿海西水路. 九萬以南, 陸連兩湖, 萬山皺碧, 出沒烟雲, 數百里以內土人, 悉能知其山名. 秋陽甚曝, 山頂又無水泉, 行中又飢又暍, 乃斟雇奴所帶壺酒而飮之, 又解包分啗黍糕, 正基亦賫焦飯而來, 共爲療飢.

李君先家在山左而近, 先告歸, 余與諸客由山右而下, 北登峨嵋山, 比蒙山更高且急. 王千又年七十餘, 力竭而喘, 余亦腿軟屢憩, 惟正基踴躍而前曰: "怕登此山, 何以作金剛之遊乎?" 山頂之左, 有石曰遊仙巖, 石面泐理縱橫有數道, 人謂仙人碁局, 少憩其上. 十餘武至最上頭, 至此雲氣愈捲, 北望冠岳·三角諸山, 縹渺呈露. 噫! 南來四年, 始得見漢陽山色矣.

山高而兀, 無禽鳥之屬, 多產黃芩紫草, 或有採人蔘者云. 山下村落, 皆寬閒明淨, 土田肥饒, 桑果翳然. 山之陽有松坪·多佛·金鶴等村, 諸姓之所錯居也. 山之陰有竹洞·柏峙諸里, 印氏李氏之所世居也. 居人率多世守其先墓, 往往相傳至數十世, 不失其墳墓. 蓋地旣僻隅, 四面阻津, 故無暴兵之患. 至於亂時竊發之土寇則築堡而禦之, 故民無蕩析之憂, 誠福地也. 當龍蛇之亂, 宋龜峯·李澤堂二公, 嘗避兵於此云.

已而山日荒荒, 不可久留. 遂從山右而下, 勢如建瓴, 頂趾相接, 雖欲安步, 不可得矣. 此山四面, 皆急如削成, 未開芙蓉, 淸英文秀之氣, 令人望之可悅, 故唐沔兩邑人家, 以見此山爲喜云.

余嘗赴燕, 道過昌黎縣, 遠望一山如筆頭, 土人以爲文筆峯, 其秀氣所鍾, 乃出退之文章. 今觀此山形勢, 大類於前日所見, 然未聞往昔有名人達士如退之者出於此鄕, 豈將有待於來後歟? 地靈人傑, 有時相應而生, 必非偶然而設此山

也, 靈塔寓人記.(『雲養集』 卷10)

時務說送陸生鍾倫遊天津 240쪽

昔司馬德操謂漢昭烈曰: “儒生俗士, 不識時務.” 識時務者, 其惟俊傑乎! 夫所謂時務者何也? 卽當時所當行之務也. 猶病者之於藥, 皆有當劑, 雖有神異之方, 不可人人服之也. 當昭烈之時, 天下大勢, 十之八九, 盡歸曹氏, 其可據而爲三分之基者, 惟荊·益是已. 故孔明·士元汲汲勸圖, 猶恐後時. 終能以此抗天下之全力, 此謂識時務之俊傑耳. 如以爲仗順討逆, 不係强弱, 雖無尺寸之資, 一擧而漢賊可滅, 神州可復, 東吳可並, 聽之甚美, 其實難副, 此豈非俗士之見乎?

今之論者, 以倣效泰西之政治制度, 謂之時務, 不量己力, 惟人是視. 是猶不論氣稟病症而服他人經驗之藥, 以求其霍然之效, 蓋甚難矣. 夫遇各有時, 國各有務, 破一人之私, 擴工商之路, 使人各食其力, 盡其能保其權而國以富强, 此泰西之時務也. 立經陳紀, 擇人任官, 鍊兵治械, 以禦四裔之侮, 此淸國之時務也. 崇廉黜貪, 勤恤斯民, 謹守條約, 無啓衅於友邦, 此我國之時務也.

若我國遽效淸國之事, 專力於兵械, 則民窮財匱, 必有土崩之患. 若中國遽效泰西之制, 名分不嚴, 則紀綱解紐, 必有陵替之憂. 若泰西諸國效東洋之規, 政令施爲, 係於在上之好惡, 則國勢委弱, 必爲强隣所併.

由是觀之, 雖有善法, 不可一朝通行於地球之上明矣. 今不顧國勢, 而遠慕泰西之所爲, 是何異於不資尺土, 而欲與曹操爭鋒哉! 是以善爲國者, 因時制宜, 度力而處之, 不傷財不害民. 務固其根本, 則枝條花葉, 將次第榮茂. 今之所謂時務, 皆泰西之枝條花葉也, 不固其本而先學他人之末, 可謂知乎!

當今識時務者, 宜莫如北洋大臣少荃李公. 夫以亞洲之廣, 淸國之大, 豈乏能談時務之人, 惟深達其故而知其緩急之宜, 其力量智謀又足以副其所言, 非俊傑不能也. 故曰: "惟李公足以當之." 雖然, 但知慕李公, 而欲事事倣效天津, 則已非吾國今日之急務, 況泰西枝葉之末乎! 詩云: "出其東門, 有女如雲. 雖則如雲, 匪我思存. 縞衣綦巾, 聊樂我員." 易曰: "東隣殺牛, 不如西隣之禴祭, 實受其福." 故君子之道, 貴乎反躬而守約, 奚獨修身爲然乎哉!

陸君聖臺, 素有當世之志. 其大人宜田子讀書明理之士也, 不出戶而知天下之故. 聖臺承習家訓, 於古今時宜大畧取舍, 固已曉然於胸中, 而又將客遊天津, 以擴其見聞. 吾知此行非徒然也, 陸君勉乎哉! 天津吾舊所遊也, 北洋衙門之所在也, 天下之能談時務者, 咸聚於斯. 陸君其往而叩之, 必有與吾言相合者.(『雲養集』 卷8)

金澤榮

申紫霞詩集序 246쪽

余弱冠餘入漢京, 見紫霞申公詩藁十餘冊, 所謂警修堂集者, 知其鉅麗而惜其未刊. 從徐葆堂稀叟借一本, 授同鄉故人崔準卿, 使之謄藏. 及來中國, 從準卿得而携之. 三年之間再加繹玩, 姑選取四之一, 編爲六卷, 更名曰申紫霞詩集.

蓋前後三十餘年之間, 天下日亂, 好尙已變, 而猶且爲此而有待於刊者, 豈惟余之羈旅悄寂無所用心也? 實惜才之心, 有不能自已者矣. 適全君錫潤者, 先師靑皐公之孫也, 客于上海, 見過焉. 余與之言, 偶以前意及之, 全君扼腕曰: "請爲子圖之." 遂諏工浚力, 不日將付諸印, 乃就而爲序曰:

吾東之詩, 以高麗李益齊爲宗, 而本朝宣仁之間, 繼而作者最盛. 有李五峰·車五山·白玉峯·許夫人·權石洲·金淸陰·鄭東溟諸家, 大抵皆主豐雄高華之趣. 自英廟以下, 則風氣一變, 與李惠寰·錦帶*父子·李烔菴·柳泠齋·朴楚亭·李薑山之倫, 或主奇詭, 或主尖新, 其一代昇降之跡, 方之古則猶盛晩唐焉.

惟申公之生, 直接薑山諸家之踵, 以詩畵書三絶, 聞於天下. 而其詩以蘇子瞻爲師, 旁出入于徐陵·王摩詰·陸務觀之間. 瑩瑩乎其悟徹也, 猋猋乎其馳突也; 能艶能野, 能幻能實, 能拙能豪, 能平能險; 千情萬狀, 隨意牢籠, 無不活動, 森在目前; 使讀者目眩神醉, 如萬舞之方張·五齊之方醲, 可謂具曠世之奇才, 窮一代之極變, 而翩翩乎其衰晩之大家者矣.

然嘗竊論之, 文章者氣之發也, 氣猶水也, 文猶浮物也. 氣不足以御文, 則猶水之小者不能勝物, 而至於沉膠橫決. 故子瞻之詩 多有粗者, 而人不知其有粗者, 氣盛故也. 後之學子瞻者, 其氣不及, 故其弊大率多粗. 此明未至於子瞻者, 宜精而不宜粗也. 昔韓文公惜李杜之詩多放佚, 至有捕逐八荒之語, 而後人論陸務觀詩, 則病其太多, 以爲衰耋頹唐之作, 悉錄無遺. 此明未至於李杜者, 宜簡而不宜繁也.

今公學子瞻, 而衰耋之不廢吟咏, 又似乎務觀. 嗚呼! 開闢日遠, 元氣日漓, 文字之氣, 隨而如之, 而有不可以人力提攀模儗而强之者, 則吾於公詩乎獨且奈何而不以擷精而就夫簡也乎! 世有好公之詩者, 其毋汲汲然望其多, 而惟求其所謂曠世之奇才·一代之極變可也.(『申紫霞詩集』)

* 저본에 錦岱(금대)로 되어 있는 것을 바로잡았다.

重刊養蠶鑑序 251쪽

昔在唐虞三代之世, 教民者一, 曰正德, 養民者二, 曰利用, 曰厚生, 所謂富而教之者也. 其正德之科, 如三綱五常, 固學問之大者也, 而利厚之科, 如農工商虞之類, 亦莫不有學問. 雖其先後輕重, 不能無差等, 而上之所以取用者, 未嘗有甚賤甚貴之別焉. 盖契何嘗以掌倫教驕於棄·垂, 而棄·垂何嘗以執農工愧於契哉! 故天下之人, 日俛焉各修其業, 而心不外馳, 以與人主共成一代之理.

劉漢氏作, 去古未遠, 規模法度, 尙有可觀矣. 自此以後, 正德一科, 獨爲學問一家, 而其貴莫尙焉, 而農工諸家, 不得名學問, 歸于雜流而甚賤焉, 則人亦何樂於甚賤之事而力爲之乎? 於是天下聰明才智之士, 一切皆歸於正德之科, 以竭其心力, 而寄在雜流者, 大抵皆庸人愚夫, 困窮無食者也, 則其學日以鹵莽, 幾於廢絶而利厚之無術矣. 及其弊甚, 則又有似士非士·虛假僥倖之徒, 游食游衣, 充滿天地, 農之家一而十家食之, 蠶之家一而十家衣之. 嗚呼! 夫旣利厚之無術, 而又從而耗害之, 民安得不困哉!

國家自近歲來, 痛懲其弊, 溯求前憲, 旁取各國, 利厚之學, 稍稍興焉. 有金某·姜某諸人, 遊學於日本, 得養蠶之法, 其法用汽火, 以適蠶之寒暖而速成之, 能致一年六熟, 視諸中國江南之一年三熟者, 其功倍之, 洵乎妙奪天工. 諸人旣歸, 作養蠶社, 因謀于不佞, 開傳習所, 以處學徒而日肄之. 于是本所監徐某, 與諸人譯日本人所作養蠶鑑, 將印布遠近, 請余序之. 不佞自惟受國厚恩, 無一報効, 惟得從諸君子之後, 與聞乎此事, 庶幾收富强之効於將來, 補尸素之愆于旣往, 豈不厚幸哉! 是以輒極論唐虞三代利厚之本意, 以增益諸君子之意氣.(『韶濩堂文集定本』 卷2)

大井廟重修記 254쪽

上卽祚之二十九年壬辰五月庚午, 開城府古開城縣大井廟重修告成, 盖聖上命前兵使臣高侯永根治之者也. 井祀在高麗嘗甚盛, 則廟固與之稱矣. 至國朝, 歲止一祀, 而廟亦因而漸圮, 勢也. 高侯之治之也, 以意復其舊, 易材瓦, 抗柱礎, 新丹雘, 就其北, 增齋宿所, 垣井而屬之廟庭. 盖向之欹者正, 卑者隆, 缺者圓, 而褻者嚴矣. 旣落, 介與事者府士張翼邦來請記.

澤榮謹按高麗史五行志, 書大井靈異者, 不一而屢. 夫以三千里域內名川鉅瀆, 渾浩淨澄之氣之所貯蓄, 興風雨見怪物者, 盖不可勝數, 而是井之獨著異, 何哉! 又按高麗金寬毅所撰編年通錄, 云懿祖取西海龍女而歸, 龍女以銀盂掘地取水, 是爲大井. 故今俗尙或號龍女井, 而廟壁至有木刻懿祖曁夫人騎龍之像, 甚工緻. 竊意懿祖以當時之英雄, 潛起草茅, 氣呑東方. 方與其夫人躕躇顧瞻乎松岳禮江之間, 如古亶父姜女胥宇西水之爲者, 偶遇此泉, 飮而甘之. 遂止不去, 以基王跡, 而金說之至於此, 何哉? 二者均非凡民之腹所能測, 而我聖上天縱之學, 所以明見默斷於淵然之衷者, 獨必有在也. 故不憚千萬之費, 成之於一日之頃, 而報享之禮, 亦將與之稱矣, 豈不盛哉!

夫是井之於江海, 曾不能斗斛大, 而其神之等次, 視其井, 則報享之禮, 宜若可畧也. 然古之聖王, 無物不敬, 無事不愼, 是以郊于天也, 日月星辰, 皆統于天, 而未嘗不別祀日月星辰. 社于地也, 山林川谷, 皆統于地, 而未嘗不別祀山林川谷, 推及郵表防庸之族, 亦莫不秩然祀之. 故陰陽和, 風雨時, 甘露降, 醴泉涌, 兆民乂, 四夷附, 俗比唐虞而壽過高宗, 皆敬愼之效也. 然則我聖上之於此禮, 豈容可略, 而其效亦豈或異也哉!

且當高麗之世, 是井近在國城十餘里, 而兼又有先王之跡, 則報享之勤, 固其常也. 然猶且得神之力, 統三韓, 鞭耽羅, 縶女眞, 禮樂文物, 歷年五百, 況於我聖上之無其事而有其勤者乎? 將見是井之神, 感動奔走, 爭先風雨, 以助我國家億萬年無窮之業, 而我聖上敬愼之德, 其有光于前王矣. 於乎盛哉! 於乎休哉!(『韶濩堂文集定本』 卷4)

金弘淵傳 258쪽

金弘淵, 字大深, 本熊川人. 爲人奇豪, 力能挾二妓, 超越數仞墻. 少時家富, 父勸作儒, 多購書籍及古書畫以居之. 弘淵讀書之餘, 竊出游妓舘, 父曰: “兒好背繩墨如此, 惟科名可以箝勒之. 然登文科難, 其武科乎!” 乃令改就武業. 弘淵旣操弓矢, 技藝絶倫. 及就試, 忽自笑曰: “噫! 無可爲. 鄕里兒登武科, 誰肯以大將軍印繫之肘.” 乃以長紬套, 接之袖口, 俗語曰汗衫, 幡幡然掉臂入試場. 見者曰: “去套袖, 將病射.” 弘淵曰: “射寧病, 是幡幡者, 若之何去之!” 及射, 套袖果罥弦, 矢不行, 見罷, 父知而怒讓.

是後弘淵赴試, 着套袖如故. 射訖, 恐得罪於父, 卽從試場策馬, 東走楓岳, 至東海壯觀而歸. 已乃折節自責曰: “自古來, 焉有不孝者烈士哉!” 遂去套袖射, 登武科焉. 比老, 患惡疾形毁, 歎曰: “大丈夫頭白, 無有建奇功大業, 而徒令父母遺體殘破, 更何面居人世間.” 以家事付子, 往居四方名山之僧舍, 自號曰髮僧菴. 往往手自刻名於山石之上曰: “願後世君子覽此, 知今日有所謂金弘淵者而哀之也.”

最後居平壤永明寺, 聞朴趾源至, 曰: “吾向之刻名淺矣. 與其得天下奇文以傳姓名也.” 遂詣趾源, 自陳其平生而請記其髮僧菴. 趾源與語, 輒稱爲奇男子, 爲之記之.

論曰: 弘淵有權智言辯, 至今邑中人傳其奇跡頗多, 使生有事之時, 不足以辦一奇事哉! 隨陸無武. 絳灌無文, 不器之爲難也. 彼其欲托於文字, 又何其似名士也.(『韶濩堂文集定本』 卷9)

黃梅泉像贊 261쪽

其貌寢而其氣也抗, 其眎矇而其中也朗, 其尙文辭而其終也與尹穀爲黨. 豈惟平脅曼膚, 顔如渥丹者之愧也? 可以泚世之粉飾道德者之顙.(『韶濩堂文集定本』卷9)

是眞滄江室記 263쪽

臥見船旗之獵獵拂東門外桑樹枝而過者, 是眞滄江之室也. 室之主人, 自少自號滄江, 而所居實無江水, 私嘗已記其實矣.

歲乙巳, 自韓至中國江蘇之通州, 依張退菴·嗇菴兄弟二大夫, 僦一屋以居, 未幾買屋于僦居左偏, 移處焉, 卽州城之東南瀕河處也. 通之爲州, 西北有小河水, 過唐家閘, 經州城, 東南流百餘里入海, 而南離唐家閘六七里, 河水分, 一支東趨經州城北, 以合於幹流, 其形如環, 遂爲城濠, 則主人之居, 實類島居, 而其於水也, 始能饜飫極矣. 此室之所以得名, 而嗇菴所爲作額字以揚之者也.

門之外, 常有漁舟一二來宿, 語聲拉雜, 猶之隣戶. 商船之往來者, 朝夕如織, 而時有小火輪船, 曳一二船以行, 若魚貫然. 其外又有踏槳而驅魚者·使鸕鷀而取魚者, 時時羣集以囂. 而河岸之外, 竹樹被野, 人家隱現, 平遠冥濛, 若無際涯. 忽然見狼山·劍山數峰巒, 駊然聳出于南方一二十里之外, 如大海帆檣之被風打阻而停, 以立於浪濤之間. 此又河水所以資乎外, 以益美之實境也. 屋故頗壯而中圮三之一, 主人或葺或創. 旣又以暑甚, 窗中堂之北壁. 其圮者治而田之, 以種菜穀. 庭有枇杷·橘·竹各一, 而橘與竹則主人之所新種也.

或曰: "子去國萬里, 始得其居, 以實其名, 以賅其觀, 此亦天下之至奇也. 子可以此爲樂, 不可曰 '吾何以至此而惘惘爲也.'" 主人微笑, 姑不答. 名室之三年始

作記.(『韶濩堂文集定本』 卷5)

安重根傳 266쪽

韓義兵將安重根小名應七, 以其胸有七黑子也, 因以爲字. 生於黃海道海州, 其先本順興人. 及家海州, 世爲州吏. 至父泰勳, 讀書爲上舍生, 爲人雄傑, 好奇畧. 太上皇三十一年, 於所寓居信川地, 遇東學賊之侵擾, 起兵擊走之. 重根自幼少時讀書之餘, 必挾弓矢, 弄槍械, 習馳馬, 能於馬上射落飛鳥, 泰勳之擊賊, 常爲先鋒以成功. 弱冠有大志, 慨然歎曰: "國家文弱甚, 而外憂日深, 此非尙武時哉!" 家故饒, 多食指, 而不肯治產業, 出遊傍郡邑, 交結俠勇, 遇兵器之良者, 輒購之.

光武八年, 日本攻克俄羅斯, 因侵韓奪國權, 重根告父曰: "前日我國恃俄羅斯爲援, 今也日本旣克俄羅斯, 則何所憚而不咋我? 然則我之可與爲脣齒者中國而已, 往遊中國, 交結才俊, 與圖維持, 兒之願也." 遂行, 歷游上海等地, 居數月, 聞父喪還.

時日本伊藤博文已統監我矣. 重根旣葬, 以平安道三和甑南浦爲中國往來之要地, 徙居之, 傾家財, 起學校于平壤城中, 廣募生徒以育之. 間與平壤大俠安昌浩等入京師, 聚西北學校等諸生, 數說國家危急狀, 以聳動之.

十一年, 伊藤脅太上皇內禪, 隨散京外之兵, 重根忿憤, 思恢復, 以國中無可措手地, 獨俄羅斯海蔘葳之港, 韓人多僑居, 可與有爲. 遂往海蔘葳, 於僑衆中, 得俠士關東金斗星·堤川禹德淳等十二人, 相與斫指誓救國, 遂以忠義激勸僑衆. 一歲間, 得丁壯三百人, 授以戰藝. 以義兵大將讓于斗星, 而己爲義兵參謀中將, 其餘諸人, 亦各分署其職.

隆熙三年六月, 重根聚兵誓曰: "昔文天祥以鄕兵八百圖元, 趙憲以七百儒生而擊倭, 今我衆雖少, 何畏日本? 況我國中之義士在在蜂起, 與京外兵士之罷散者相合, 以困日本者三年矣. 鼓行而前, 響應必多, 公等其各盡力." 遂引兵渡豆滿江, 入慶興郡, 襲擊日本戍兵, 斃五十人. 進至會寧, 爲日本大軍所逆擊, 衆皆潰散, 重根與二人逸而免, 十二日僅得再食而歸.

時伊藤解統監任, 自以旣得韓, 可以進圖淸國. 十月, 陽托游覽, 來淸滿洲, 與英吉利·俄羅斯二國大臣相約會談於哈爾濱之港. 重根聞而喜曰: "天其送此賊乎!" 乃言于德淳曰: "亡我韓者, 非伊藤耶? 聞今將至哈爾濱, 願與子圖之." 德淳曰: "諾." 遂各懷槍, 向哈爾濱. 至吉林, 重根計以爲哈爾濱者, 俄羅斯人最多之地也, 欲察伊藤動靜, 非得我國人通俄羅斯語者與之俱, 不可也. 乃求得劉東夏·曺道先二人, 與俱至哈爾濱. 是夜重根在旅舍, 意慷慨以憤, 作一歌, 述其志以唱之. 歌曰: "丈夫處世兮, 蓄志當奇. 時造英雄兮, 英雄造時. 北風其冷兮, 我血則熱. 慷慨一去兮, 必屠鼠賊. 凡我同胞兮, 毋忘功業. 萬歲萬歲兮, 大韓獨立." 德淳以俚歌和之.

明日, 重根與德淳·道先同至寬城子, 以探伊藤來信. 旣而欲辦資金, 留二人而還哈爾濱, 則有報云伊藤明日至. 重根晨起詣車站, 立于俄羅斯軍隊之後以待之. 重根本作西裝, 故軍隊認爲日本人而莫知爲我人也. 及伊藤至下火車, 與俄羅斯大臣握手作禮, 禮畢, 徐步向各國領事所, 與重根相去未十步, 重根素未見伊藤, 惟嘗於報紙所載之小像竊識之, 乃披軍隊而入, 擧槍射之, 三丸中胸腹, 伊藤遂死, 又射伊藤從者三人亦皆仆, 於是重根大呼大韓萬歲, 軍隊就而縛之, 重根大笑曰: "我豈逃者哉!" 遂被囚于俄羅斯裁判所. 月餘, 日本人移囚于旅順所在日本關東法院之獄.

始日本之統監我也, 宣言於各國, 以爲韓人感悅於日本之保護, 至是恐各國人有嘖言, 令法院長眞鍋遣通韓語者境喜明·園木次郎, 就獄說重根, 曰: "子未喩伊藤公統監韓之主義耳. 伊藤公之施於貴國, 皆以造國家生民之福也. 子何爲害之? 今若幡然開悟, 以過悞自首, 日本政府必將憐君之志, 奇君之才, 而立予寬釋. 如此, 子之前塗功業, 可量也哉!" 重根笑曰: "好生惡死, 人之情也. 然吾若欲苟生, 豈至於此? 子毋誘我." 二人色沮而退. 明日復往誘說百端, 重根不肯聽. 眞鍋聞之, 決意殺之. 十二月開公判, 我國中國及西洋人會觀者數百人.

先是重根弟定根·恭根, 以將有公判, 請律師之辯護於眞鍋, 眞鍋慮他國律師必直重根, 然又難違各國之律例, 陽許之. 於是我人之住美利堅及海蔘葳者, 募金七千, 請辯護士於西洋. 英吉利律師德雷司·俄羅斯律師米罕依洛夫等, 紛紛相繼而來, 韓律師義州安秉瓚, 亦慷慨自薦而至. 眞鍋皆諉爲不通日本語而拒之, 獨用日本律師二人爲辯護士.

引出重根于廷, 重根爲人身長約五尺四寸, 神彩飄飄然, 在廷意氣安閑, 以兩手橫交于胸間, 數數引巾拭面. 眞鍋循律例, 先問姓名年籍, 然後次及伊藤事, 曰: "若何爲害我伊藤公?" 重根曰: "貴國之擊俄羅斯也, 貴皇宣戰書于我, 謂將保護韓之獨立, 我國之人, 胥以心感. 乃旣克俄羅斯之後, 伊藤不遵貴皇之意, 貪功樂禍, 以兵脅我而敗我獨立, 此我大韓臣民萬世之讐也, 安得不殺?" 眞鍋曰: "聞爾黨有參謀中將, 是誰也?" 重根扼腕曰: "所謂參謀中將者我也. 曩者吾欲與義兵大將金斗星, 提兵過海, 擊殺伊藤. 適猝遇伊藤之來, 故遂以一身先行, 以行復讎而至於此, 則我於貴國, 卽一敵將之被擒者也, 而貴國待之以刑獄之一囚, 何哉? 夫伊藤之敗我獨立, 固吾讎也, 而又擅廢我太上皇. 夫伊藤之於我太上皇, 外臣也, 外臣亦臣也. 以臣廢君, 寧能免誅乎?" 語至此, 聲益宏壯, 目光如電, 數伊藤而罵之, 曰: "伊藤之罪, 上通于天. 伊藤之行我大韓皇帝之廢立如此, 墮我大韓國之獨立如此, 壞東洋之平和如此. 且又泝之昔日, 則我明成皇后之弑謀, 伊藤實主之, 貴國之先皇帝……." 眞鍋聞之, 大驚失色, 急揮手止之, 且令傍聽者退, 故其辭之終, 無聞之者. 其云先皇帝者, 謂伊藤行弑也.

判至明年正月者六, 重根終始一辭. 辯護士曰: "安重根謬解伊藤公保韓之主義, 雖曰復讎而實否也, 當以死論." 眞鍋又使人謂重根曰: "子今將死矣, 若言謬解者生." 重根叱之曰: "汝等所謂謬解者何? 伊藤所爲之背人道, 滅天理, 童孺之所知也, 而乃謂我爲謬解乎? 夫汝殺我固當, 惟我生一日, 則汝國有一日之憂, 而眞是非之表白於天下也, 必有日矣." 竟不之撓屈焉, 眞鍋遂以辯護士所論之罪宣之, 三月二十六日繯殺之. 重根時年三十二, 有二子.

始宣罪之後, 二弟就訣, 重根曰: "我死, 不忍埋於日本所監之土. 可姑埋哈爾濱公園之傍, 以待國權之復也." 至是二弟欲如其言, 日本不許, 使葬獄內之地.

重根平生不甚涉學, 然聰明過人, 操筆能疾書, 在獄中作東洋平和論數萬言, 亦或吟詩以自遣. 日本及各國人爭出金購其札. 前後在獄二百餘日, 飮食如常, 每夜鼾睡至明. 死之日, 脫西裝, 改著新製韓衣服, 笑語以就刑. 德雷司語安秉瓚, 曰: "吾閱天下人及天下之獄多矣, 未嘗見如此烈士, 吾歸當爲天下誦之."

德淳·東夏·道先三人, 伊藤死後, 亦尋皆被捕. 公判之日, 德淳切齒而對, 亦頗激昂, 日本人處之監禁三年. 東夏·道先自言不知重根之情, 然日本人亦罪之, 次於德淳.

論曰: "海州負名山, 面大海, 爲海西一大都會. 自高麗時出名儒崔冲, 號爲海東孔子. 而重根今又生於其中, 樹立天下閎大俊偉之節, 盖亦地氣使云. 自古以來, 忠臣義士之死, 恒出於志之不成, 而今重根之死, 能成其志, 磔之虎, 斷之鯨, 使夫宇內之聞者胥以一驚, 如聞雷霆於深夜獨寢之中. 嗚呼! 可不謂之千載之奇哉! 雖然, 彼其成, 抑或天耳. 若其被俘二百日之間, 不屈志以生者, 人也, 斯其實難者已."(『韶濩堂文集定本』 卷9)

李建昌

原論 278쪽

嗚乎! 朋黨之名, 所由來遠矣. 然其邪正逆順之分與夫衆寡之別, 久暫之殊, 可指而言也. 歐陽修之論朋黨, 自唐虞殷周始, 然四凶與紂之惡, 十六相與武王之賢, 不待辨而明者也. 且堯之時, 所謂朋者, 不過四與十六, 則其亦不足爲大朋也. 若殷之百萬, 周之三千, 可謂大矣, 然是則敵國之勢然也, 非可以朋言也. 且夫四凶之爲朋, 在堯倦勤之年, 而舜立而竄殛之, 其害不能久. 紂之餘風, 至頑民而未殄, 然亦不出乎武王·成王之世而已.

降至後世, 朋黨之盛, 莫甚於東漢及唐·宋之間. 東漢之黨, 衆且久矣. 然李固·陳蕃之爲忠與夫梁冀·張讓之爲惡, 是亦人皆可以言者矣. 唐之黨不然, 牛僧孺·李宗閔, 均之非君子也, 亦非小人之甚者也, 盖已難乎言之矣. 宋之黨則有甚焉. 范仲淹·程頤·蘇軾·劉摯, 皆君子也, 雖呂夷簡·王安石, 亦不可斥之爲小人, 斯尤朋黨之所未有者也. 然唐之黨, 前後僅數十年, 宋之黨, 亦不過數世, 而卒以亡國. 且夫唐宋之世, 亦未必人人皆黨也.

若夫擧一國之衆, 而分而爲二爲三爲四, 歷二百餘年之久, 而不復合. 其於邪正逆順之分, 亦卒無能明言而定論者, 惟我朝爲然. 其亦可謂古今朋黨之至大至久至難言者歟!

竊嘗論之, 其故有八. 道學太重, 一也, 名義太嚴, 二也, 文辭太繁, 三也, 刑獄太密, 四也, 臺閣太峻, 五也, 官職太淸, 六也, 閥閱太盛, 七也, 承平太久, 八也.

何謂道學之太重? 夫天下之人, 各有其身, 則各有其心. 自私自利, 喜相競而恥相讓, 其勢然也. 古之聖賢有憂之者, 崇禮以齊其外, 明善以壹其本, 使皆有以勝其暴肆爭奪之氣, 而措之于和順公正之域. 天下之人, 翕然而尊尙之, 親其賢而樂其利, 沒世而不能忘. 夫若是者, 非以其有勢位氣力, 可以畏服而然也. 由其能爲克己之學, 而得無我之道. 其心曠然, 無彼此同異之別, 而以天下爲一家, 中國爲一人, 善與人同, 而不獲其身. 斯其爲人之所難能, 而道學之名歸焉者也.

若夫己有所未克, 而我有所不能無, 則雖其所讀爲聖賢之書, 所服爲聖賢之服, 所行亦未始非爲聖賢之行. 而其自私自利之心, 猶夫天下之庸人, 而卒無以相遠也. 夫以庸人之心, 而居道學之名, 斯已不可矣. 況率天下之庸人, 以成吾道學之黨, 以號令於當世, 而使人莫敢矯其非, 則其視古聖賢, 爲何如也? 己日以尊, 我日以大, 私日以固, 利日以厚, 人亦孰不欲爲是哉! 於是競奪之勢成而禍亂興焉. 與庸人相競奪者, 必庸人也, 故其禍止於一時. 而與道學相競奪者, 必道學也, 故其禍流於無窮. 夫所貴於道學者, 以其有無窮之惠也, 不以其有無窮之禍也. 而今其效若是, 意者道學之或未必皆是, 而其徒推重者之過也.

何謂名義之太嚴? 夫名義者, 天下之公物, 而非一人一家之所得私也. 昔孔子之世, 天下大亂, 蒸報簒弑之禍, 代不絶而國相望, 恬焉不以爲怪, 故孔子作春秋, 以空言代斧鉞. 自是以後, 人倫始明, 今之讀春秋者, 其於孔子之所貶, 鮮有不知其爲惡者, 其時然也. 所謂名義者, 亦若是而已矣. 今謂擧天下之人, 皆不知名義之爲何物, 而獨我知之云爾, 則是必其國之亂, 如春秋之世, 而其人之賢如孔子; 然後可也, 不幾於自聖而誣一世哉!

且夫名義, 亦何常之有哉! 孔子作春秋, 尊周室, 而孟子勸諸侯, 行王政; 孔子不與衛君, 而子路死之; 孔子欲墮三家之城, 而冉有·宰我臣之. 然孟子爲亞聖, 而三子者, 猶得與於升堂之列. 由今觀之, 孰不謂孟子謀簒奪, 而子路·冉有·宰我從亂逆哉! 又孰不謂孔子非聖人, 而其流弊之至於斯哉!

天下之變, 至無窮也, 人心之微, 至難見也. 其要莫如務實, 其變在乎隨時. 固不可以一時一事, 强爲之名而曲爲之義, 封己以禦人, 求爲是必勝之術也. 況甲所以爲名者, 乙又從以成其罪; 乙所以爲義者, 甲又從以發其慝, 名義果何常之有哉! 自古朋黨之爭, 莫不自謂君子而斥人爲小人, 後之尙論者, 猶以是病之. 今則不然, 謂小人之名, 不足以湛其宗而夷其類也, 故必假名義之說, 悉驅而納之於亂賊, 然後快焉. 其亦可謂不仁之甚, 而甚於作俑者矣.

何謂文詞之太繁? 夫抉摘字句以罪人者, 前世所誡, 而我朝百餘年來, 士大夫之遭黨禍者, 大抵皆坐於此. 其始也, 不原其心, 而求罪於其言; 其終也, 不究其言, 而成罪於其文. 夫心者, 藏於方寸; 言者, 發於俄頃. 故心有過, 人或不盡見; 口有失, 亦不過於一時. 惟文不然, 一登紙墨, 傳之久遠, 旣不可以揜匿磨滅. 而彼其抉摘而求罪者, 愈久而愈工, 有爲之考証焉, 有爲之箋註焉, 有爲之鈔略其要語焉, 有爲之敷衍其餘意焉. 其用心之精, 致力之勤, 不翅如先儒之於經典. 而以之爲攻人殺人之資, 不售則不止. 世安得而有完文, 亦安得以有完人哉! 其亦悲矣!

然其所以致此者有由. 誠使論君上者, 但曰: "陛下內多欲, 外施仁義", 論宰相者, 但曰: "願得尙方劍, 斬佞臣一人頭云爾", 則雖其戇直狂妄, 足以干不測之誅於當時, 而其言樸, 其辭簡, 雖欲抉摘而求之, 無可以復加矣.

文章之體, 與時俱降, 非惟我朝然也, 而從未有曼衍煩僿, 如我朝之甚者. 曼衍故不切於事情, 煩僿故務刻於議論. 事情不切, 則曲直難明, 而是非難覈, 聞之者易以眩. 議論務刻, 則愛惡愈偏, 而感憤愈激, 見之者易以觸. 徒使公車之牋奏, 搢紳之書牘, 藤竭毫禿, 堆積塡委, 窮老盡氣, 而有不能通其說者. 文旣若是其繁, 則雖有善於辭命者, 難乎其無失矣. 况文之弊如此, 而出之以黨心者歟! 宜其紛綸轇轕, 相尋而不靖也.

何謂刑獄之太密? 夫刑不上大夫, 禮也. 宋不殺宰相, 高麗不殺諫官. 我朝以忠厚立國, 而黨禍相連, 戕殺無紀, 議親議貴之論, 遂爲厲禁, 斯已不能無憾者矣. 若夫鞫獄之嚴, 尤前代所未有.

蓋前代所謂關三木下獄, 衣朝衣, 斬東市者, 未始無濫且酷也. 而皆出人主一時之怒, 與權奸宵小之私憾而已. 故淫威方逞, 而正氣莫遏; 大禍不救, 而直名愈伸. 當時之士, 旣顯訟其寃, 而後之尙論者, 翕然稱之.

我朝鑑前代之失, 不欲輕殺無辜, 故必假之以名義, 傅之以文法, 以成其罪, 定其名爲亂逆. 下之於獄, 拷掠訊*讞, 具有節次, 要至口招手署, 自認當死, 然後誅之.

周書曰: "旣道極厥辜, 時乃不可殺." 諸葛亮治蜀, 輸情者雖重必宥, 焉有道辜輸情而必誅者乎? 是無他焉, 必如是, 然後方可以義刑義殺, 號於國中, 而雖有心知其寃枉者, 終不敢開口一言, 以自陷於亂逆之黨也.

且夫殺一人, 則一人而已. 姑無遽殺而鞫之, 使其血肉痛苦, 求死不得, 則誣己猶且甘之, 誣人何惜之有? 於是有援引株連, 而可以殲其黨類, 此法所以治寇盜者, 而擧而加之於士大夫. 雖其時移事變, 反覆不常, 而若其戕殺而相報, 則如踵一轍, 不少改悔, 國之不空, 亦幸矣, 尙何望於人才之衆多哉!

何謂臺閣之太峻? 夫臺閣之設, 固將與人主爭是非也, 然是亦有輕重大小之別焉. 其重且大者, 言之而不聽, 則去之可也; 其輕且小者, 言之而不聽, 則置之可也. 今不究其輕重大小, 而其言一發, 不得請則不止, 前者雖去, 而後者復繼. 人主亦狃以爲常, 而言之聒聒, 曰故事然也. 有從而停之者, 則譁然以爲大怪, 其弊一也.

有事於朝, 言之者, 固是也, 不言者, 亦未必皆非也. 設令可言而不言, 是亦庸人之常態, 無可以憎疾者. 而一人倡論, 數十人從之, 其不從則搏擊先及, 故不得不立異以自卞. 所言之事, 未及徹於上, 而所言之人, 已相潰於下, 此其弊二也. 然是猶其節目之小者耳.

---

* 저본에는 訊(범)으로 되어 있으나 바로잡았다.

大要事有一定之理, 人無必同之見. 臺閣雖重, 亦朝廷一官耳. 旣不當以臺閣而獨異於衆人, 亦不當以衆人而苟徇於臺閣. 今黨人之相攻也, 必以其類先布列於臺閣, 倡爲峻論, 排軋異己. 以原情爲容奸, 以全恩爲亂法, 請竄請鞫, 請斬請孥, 一有少緩, 則又移鋒而加之. 此古所謂獄吏之深文, 而我朝所謂臺閣之體也. 夫臺閣之職, 在於補拾繩糾, 成君德而正官邪而已. 掇拾短長, 黨伐是事, 其自待也已薄, 而猶求伸於朝廷, 其何以感主人之尊, 而服盈廷之衆哉! 故峻論之名, 始於臺閣, 終爲黨人之藉口. 以峻爲戒, 猶恐其過; 以峻爲貴, 何所不至?

何謂官職之太淸? 夫天工人代, 罔有不愼, 官之有大小內外, 則然矣. 若所謂淸者何名哉? 有淸, 斯有濁, 人雖不肖, 寧肯自安於濁, 而不慕其淸者哉! 此必爭之勢也. 自隋唐來, 重文詞, 貴科第, 而文職始盛. 然唐之翰苑·宋之兩制, 其員額猶不至如我朝之濫, 而權勢猶不至如我朝之重也. 我朝專以文職, 爲激勵士大夫之具, 所謂淸官名塗, 視古亦已濫矣, 而卿相之貴, 皆出於此, 又其制多以相薦引爲用. 於是年少氣銳之士, 權傾朝野, 咳唾顧眄, 足以榮辱當世, 而不悅者乘之, 急則爲士禍, 久則爲黨論. 然士禍者, 小人之害士類, 固其宜也, 黨論則士類自相爭也, 同一士類, 而何爲其相爭哉! 其必有所以爭之之資矣, 道學與官職是已. 爭道學者一, 則爭官職者十, 道學之黨百, 則官職之黨千, 非道學之重, 則無以爲官職之宗主, 非官職之淸, 則無以爲道學之聲援. 此其勢交相爲內外, 而其得失成敗, 亦未嘗不交相爲終始焉. 盖天下之禍, 常啓於盛美, 世道之患, 必由於偏重. 故曰: "大名之下, 難久居." 又曰: "國之利器, 不可以示人." 豈不信哉!

何謂閥閱之太盛? 夫天下之事, 當與天下人共之; 萬世之事, 當與萬世人共之, 非吾之所得與也. 吾猶不可以得與, 況吾子孫乎! 吾賢也, 子孫不肖也, 子孫之不及於吾, 吾其如之何? 吾未賢也, 子孫賢也, 子孫之不同於吾, 吾又如之何?

且使吾賢而子孫亦賢, 又安必其事吾事哉! 吾事農也, 吾子孫未必皆農; 吾事工也, 吾子孫未必皆工, 農工之賤猶然. 況吾幸而貴顯, 有言議於朝廷, 又敢必吾子孫之皆貴顯哉! 設使貴顯矣, 吾所言議, 乃爲一時而發, 吾子孫之時, 何必復有此言議哉! 吾子孫猶然, 況吾所與爭言議者之子孫, 又何能皆貴顯, 而復與吾子孫爭此哉! 此必無之理也, 而獨我朝有之. 其爲閥閱, 則可謂盛矣, 而國家何利焉?

夫習久則不變, 守固則不通, 不變不通之人, 難與爲一家之務, 而況國乎! 今雖欲變而通之, 强者安其樂, 弱者耻其屈, 賢者戀其祖, 愚者畏其族, 勢不可也. 且自其有生之始, 至于婚姻交游, 皆是黨也, 顧安有可改之路哉!

惟上之人, 一日奮勵, 立賢籲俊, 不拘資地, 其所擧措, 出尋常萬萬, 則從前悠悠之談論, 皆可束之一隅, 以付天下萬世公心公眼而已, 誰肯弊弊然黨論爲哉! 自黨論之分, 而取閥閱愈甚, 前之閥閱, 猶以資地; 後之閥閱, 純以黨論. 祖宗名器, 遂爲黨人之私物, 而一國之慕歸焉, 黨論何得以不熾哉!

何謂承平之太久? 夫承平之久, 國家之福也, 亦國家之憂也. 孟子曰: "國家閒暇, 盤樂怠傲, 亡之道也." 故古之明君哲輔, 必兢兢於是, 修明政刑, 勤民詰戎, 維日不足, 尙何暇爲黨論哉!

我朝列聖繼作, 比隆前古, 賢士大夫, 號爲極盛, 其於盤樂怠傲, 無一事或近者. 惟文治過隆, 議論多於成功, 聲容盛於懋實. 故其經邦制政之要, 有遜於漢唐, 而寇敵之來, 卒然無以當之. 及其旣去, 則上下晏如, 若未始有難者.

國小壤偏, 仁恩洽浹, 外無强隣之呑噬, 內絶權臣之覬覦, 不惟人事, 盖亦有天幸焉. 於是士大夫之精神心術, 無所用之, 始相與爲朋黨之論, 相矜以道義, 相高以名節, 固將以維持世教, 聳動人心, 有所裨益於國家, 而不專爲私利而已.

然向使移斯心而措之實用, 內以自治其身, 以消其感慨激切之氣, 外而施之國政, 以祛其支離文飾之弊, 則君臣同休, 福垂後世, 亦何事之不可辦, 而何他日之足憂哉! 傳曰: "必世而後仁." 又曰: "積德百年而興." 夫世與百年, 可謂久矣. 今黨論之久, 不翅倍蓰, 而講之極其詳, 守之極其專, 行之極其遠, 自有國有家以來, 所未有者也. 誠能擧斯心而行王政, 則其效又何如也? 使孔孟而見之, 則其有不痛惜於斯者乎?

夫是八者, 黨論之所由來也, 而其得失則彼此均焉. 吾非爲一邊之黨而言之也, 吾固曰: "邪正逆順之分, 卒無能明言定論者也." 吾固曰: "至大至久至難言者也."(『明美堂集』 卷11)

鹿言 294쪽

李子有羸勞之疾, 詢于醫. 醫曰: "服鹿茸則吉." 於是出獵于東陽之峽, 踰月而無獲, 倦而少息. 夢一丈夫黃冠蒼裘, 頎而甚澤, 厥角隆然, 一雙三尺. 趨而前曰: "余, 鹿先生也. 竊聞吾子將求藥物於余, 跋履霧雨, 淹于玆山之墟, 得無憊歟!" 李子怍而謝曰: "誠如先生言, 歆聲望塵之日久矣, 先生將何以敎鄙人?" 鹿先生曰: "僕聞之, 下醫觀色, 中醫觀脉, 上醫無觀, 默然而識. 僕之於子, 所謂不言而得者也. 相子之疾, 非陰非陽, 非火非風, 五官均適, 六氣順通, 貌弱骨勁, 體瘠神豐, 宜壽永年, 孔厚且融. 然而猶有求於余者, 殆吾子不能養而充之, 反有以撓其外而汩其中也.

夫衛生之道非一, 而妨身之事亦多矣. 醇醲酴, 妖嬌嬈娥, 發人之狂, 動人之邪. 智者避之, 如視網羅, 愚夫溺焉, 不恤其他. 以吾子之高明, 豈有是耶? 然子徒知數者之傷人, 而不知子之所以召疾者乃有過耶! 子爲文章, 凡幾十年, 口不輟哦, 手不停編, 不屑爲今, 力追古先. 大化陵夷, 世降時遷, 非子不才, 勢使之然. 子不知此, 矻矻逾前, 憤悱愁苦, 忘食與眠, 嘔心髮白, 自古所憐. 子於仕進, 自謂知足, 希古騖遠, 內實大欲. 羣譏衆譽, 不挂耳目, 獨思千古, 輝映簡竹. 觀古聖賢, 有顯有伏, 好名之躁, 何異干祿. 大道肫肫, 爲牝爲谷, 勞心外馳, 是謂桎梏. 子之爲人, 遇事徑情, 喜慍之感, 多偏少平. 紛綸激軋, 交發疊生, 悔而不改, 自搖其精. 子之平居, 喜閑厭煩, 偃仰終日, 足不窺園. 四體弛解, 支不束根, 久習成性, 淸氣乃昏. 凡此皆吾子致疾之原, 吾子其思吾言! 且子徒求藥於僕, 而不知僕之所以能爲藥於子者, 吾子其亦欲聞之耶?

僕, 山林之毛羣也. 目不辨史皇之書, 心不涉姬孔之文, 得失則數莖春草, 是非則一片秋雲. 逍遙放浪, 無戚無欣, 跳躍遨盪, 載馳載奔. 其中常逸, 其外常勤, 逸者, 所以葆其天, 勤者, 所以引其年. 僕非有爲而爲也, 盖亦任其自然而然耳. 夫何世人之不寤, 乃欲自利而戕物? 旣攫吾角端之肉, 又探吾胃中之血, 彼將肆暴而縱慾, 又豈但爲服餌而療疾. 惟子明足以燭理, 仁足以相恤, 而反信庸醫之說, 將以擾吾鄕而刦吾室, 得無爲千慮之一失乎!

嗟哉! 人之有生, 儲精毓秀, 誰謂彼天而不私覆? 盡收其餘, 臭濁滓垢, 以畀余族, 命之曰獸. 獸能自愛, 以全其受, 人苦不節, 虧其富有, 反來相奪, 於心安否? 且譬之於飮食, 酒醪升而糟粕委, 黍稷登而糠粃棄, 未聞有憂酒醪之不釃而益以糟粕, 憫黍稷之不鑿而補以糠粃者. 今以吾子聰明靈秀之稟於天者, 猶以爲未慊, 而頫取於如僕之鄙, 不幾近於糟粕充上尊, 糠粃盛六簋乎? 僕非惜此腥臊之軀也, 竊不能不爲賢君子耻之也."

李子俛首良久, 起而對曰: "敬聞鹿先生之嘉音. 詩云, 我有嘉賓, 皷瑟皷琴, 和樂且湛者也." 罷獵而歸, 佩服銘箴, 豈惟去疾, 且以養心.(『明美堂集』 卷13)

寶訟 299쪽

里有世富而中匱者, 曰東家子. 東家旣亡失其先人之重器, 惟室廬釜甑存, 而西家暴起以富聞. 西家子自遠方來徙, 其先莫之知也. 東家有三子, 其伯傭於西家,日仰其直以哺. 久之, 悉習西家伏藏間, 窺其珍寶之物, 光爍如也. 心艷之, 私語其仲. 仲以伯爲導, 踰西家之墉而胠之, 累累而歸. 視之, 皆其所亡失重器也. 其季怒曰: "是盜吾寶, 號於里!" 驅其徒以往, 刦西家子而盡收其貨, 東家遂富如故.

三子之子, 相與爭. 伯之子曰: "吾長也, 且向非吾父爲之導, 安所得寶." 仲之子曰: "若父盜傭也, 寶由吾父獲." 季之子曰: "若父盜盜也, 盜由吾父獲." 伯仲之子病之, 不敢爭, 器歸于季. 季之子之子長, 西家子訟之吏曰: "彼其祖, 嘗傭於我, 而盜焉, 寶器可按也." 季曰: "夫傭者, 非吾祖也, 盜者, 非吾祖也. 乃獲盜者, 吾祖也. 然獲盜, 不獲寶, 所謂寶者, 皆贋也, 吾祖已擊之碎矣." 吏曰: "若是, 則而家安所有寶." 曰: "此固吾先人之重器也. 中嘗亡失, 吾祖求而得之, 非盜所謂寶也." 吏乃笞西家子而遣之.(『明美堂集』 卷13)

答友人論作文書 302쪽

承詢作文事, 要以秘法相示, 弟宜如何對? 宜謹辭曰: "愚不敢聞命." 夫弟之愚否, 自兄所嘗悉, 從前與兄道此事云何, 何得卒以愚辭? 是慢也. 宜以正告曰: "作文豈有秘法, 多讀書多作而已." 夫多讀書多作, 古爲文者, 無不然也. 卽今有志於此者, 無不知其然也. 何俟弟言? 是亦慢也. 兄在六百里外, 專使相問, 如此其勤且至, 而弟以慢辭, 或以慢對, 均不可. 無寧以弟所嘗困苦艱難於爲文者, 爲兄悉暴之. 雖不足以裨益於高明, 而庶以盡吾之情, 以不負兄之勤且至, 則可矣.

凡爲文, 必先搆意, 意有首尾, 有間架, 首尾粗具, 間架粗當, 卽疾筆寫之. 但令聯屬相貫通, 了了易曉, 不暇用語助等閑字, 不暇避俗俚語, 恐亡失正意, 所欲言者不載也. 意立然後修其辭.

凡修辭者, 欲諸美潔精而已. 修前一句, 勿思後一句, 修上一字, 勿思下一字,雖爲千萬言之文, 其兢兢乎一字, 如爲小律詩. 然凡辭, 有雙行, 有單行, 有四字成句, 有三五字成句. 修之宜先擇之, 雙之不可以單, 猶單之不可以雙, 四與三五亦如之. 凡辭有取古人之意而爲者, 有造意而爲者, 取古人之意而爲者, 欲難其辭, 使人如未始見也. 造意而爲者, 欲易其辭, 使人無惑也. 取古人之意, 而幷取其辭者, 必書古人古書名以別之, 勿使亂吾辭. 不則爲陳腐, 爲剽竊.

凡搆意, 亦宜先擇之. 有主意必有敵意, 將以主意爲文, 宜別用敵意爲一文. 以彼攻此, 主意如鎧, 敵意如兵, 鎧堅者, 兵自折, 累攻屢折, 則主意勝也. 卽收敵意, 俘繫而入之, 使主意益尊以明. 如或勝或敗, 或勝敗無甚相遠者, 皆不足以爲文, 卽幷主意棄之. 意立辭修, 則文可畢矣.

而又取意與辭而稱量, 比絜之以有事焉. 於是, 長者短之, 短者長之, 疎者密之, 密者疎之, 緩者促之, 促者緩之, 顯者晦之, 晦者顯之, 虛者實之, 實者虛之, 首顧尾, 尾瞻首, 前呼後, 後應前, 或縱或擒, 或揣或挫, 或結或理, 紛紜乎其不可壹槩也, 瞭乎其不可歧也, 適乎其相當也. 以辭當意, 以意當辭, 辭不當意, 則雖巧, 可使拙也. 意不當辭, 則雖整, 可使亂也. 拙之然後逾工, 亂之然後逾整, 句句而皆工者, 必害於意, 言言而皆正者, 必累於辭.

辭與意, 不相瘉之爲當, 當之爲法, 法定而文斯可畢矣. 然又惡可以自是哉! 姑投而納之於篋, 不以接於目也, 又滌刮驅祛之於胸, 不以往來於中也. 或一宿, 或再三宿而起, 復取而觀之, 使吾愛戀此文之情弛, 而後視之如人之文, 則是者立見其是, 非者立見其非矣. 非則不難棄之, 如其是也, 則又取古人之文. 或唐或宋或近世名家之作, 與吾文雜而讀之, 使吾貴重吾文之心生, 而後律之以古人之文, 則合者立見其合, 不合者立見其不合, 不合則又不難竟棄之, 必惟可以自是, 而且有以合於古人, 然後吾之事畢矣.

故凡爲文, 非惟思之難, 思而記之, 勿忘失之爲難, 累寫累讀之又難. 凡寫文, 必精必夾, 影紙作楷字, 必用朱墨, 點句讀, 欲令增減竄易處, 覽之不眩. 凡讀文,必緩尋熟念, 咀之嚗之, 烹之鍊之, 引之墜之, 搖之曳之, 欲令抑揚曲折, 廻旋反覆, 響而有節. 覽之而眩, 響而無節, 寫與讀之不善也. 寫與讀善矣, 而猶且然者, 文之疵也, 必亟改之.

凡爲文, 必十寫十讀, 而不得其疵也, 然後止焉. 夫天下廣矣, 後世遠矣, 其知吾文者鮮矣. 縱有知之者, 相値相待難矣. 惟吾心, 可與質吾文耳. 夫發於吾心, 感於吾心, 而猶不愜於吾心, 則是甚可憾也. 吾惟吾心之愜是求, 安所蘄天下後世哉! 天下後世, 猶不足以蘄, 而況區區一時之譽哉! 夫惟吾心愜, 而吾文之事畢.

然吾之困苦艱難則已甚矣, 且夫吾文, 非夫人之所能爲也, 必昧於世, 惽於家, 出爲君公大人與夫當時之士之所怪笑, 入爲家人婢子所譏. 當飯而不知口在, 挈裘之衿以爲領, 如弟之愚者, 然後可爲也. 不然, 放逐失職, 幽愁寂寞, 無所用志, 如兄之今日者, 然後可爲也. 盖此事粗有以成, 則他事盡廢. 夫殫吾之困苦艱難而不避, 他事盡廢而不恤, 專專乎此者, 是又可笑也. 然以弟之愚, 所見不出乎此. 若夫矢口肆筆, 動爲文章者, 此其天才過人千萬倍, 又非愚弟之所能言也. 兄之高明, 雖誠犖犖不羣, 然竊覵所示諸文, 其於上所云修辭定法之說, 若猶有未至者. 豈非以才高性坦, 隨意之所嚮而傾輸之以爲快所以然耶?

兄謂魏叔子輩, 不足與議於古人, 此說誠然. 然叔子所云 "多作不如多改, 多改不如多刪", 是固古人所不傳之秘法, 而叔子言之, 甚有功於文章. 誠能一日一改, 一年得若干首, 又於若干首, 而刪而存之爲若干首, 如是十年, 則可一卷矣. 誠能爲一卷, 不可復改, 不可復刪之文, 則吾心愜矣. 夫以一卷而易十年者, 雖勞而寡效, 以十年而圖千萬歲, 則甚厚利也, 則亦可以蘄矣. 然此秘法也, 非兄專使六百里之勤, 則弟不敢輕以相示, 望兄察之.(『明美堂集』 卷8)

貞一軒詩藁序 310쪽

桐城姚鼐之言曰: “古者自太姒以下, 婦人之詩, 見錄於孔氏. 後世乃謂婦人不宜詩者, 謬也.” 余謂姚氏之言, 固有據矣. 然凡所云婦人之詩, 多由當時之人, 或美其事, 或哀其志, 爲之賦而傳, 未必皆婦人之自作也. 且古今人異宜, 詩之序曰: “在心爲志, 發言爲詩.” 此以古人言也. 後世求詩於發言之外, 其勢不庸無學而能. 故天下之學詩者, 往往弊日妨事, 不免爲知道者所誚. 況閨幃之內, 組紃飪饍之是務, 而能與及於文詞聲韻之間, 以追風雅之餘徽哉! 盖婦人之於詩, 非必不宜也, 直不暇耳. 苟其有秀異之才, 而持之以禮, 將之以德, 無分其工, 無廢其事, 則其發言之有章, 疇得以遏之!

貞一軒者, 余中表姊成母南孺人之號也. 姊實相國文忠公之後, 而歸于文簡先生之黨, 蚤寡, 事兩世尊章, 孝順如室女, 撫夫弟如同生, 晩歲養子, 慈之如實乳之. 其治家如循吏之治邑, 如老帥之治兵. 蚤作晏休, 累數十年, 躬勞人之苦節, 而獨能爲詩. 其詩多自述其思歸寧而不得之情, 與祝舅之壽, 望嗣之賢, 喜蠶稼之成, 而時復爲出塞慷慨之辭, 游仙窈窅之音, 太極理氣醇深典奧之語, 而絶不肯見寒燈冷雨悽楚可憐之態. 噫! 婦人而能詩如此, 其所爲詩又如此, 尙可云不宜哉!

吾先母性簡拙, 不識書, 於人少許可, 而獨亟稱姊, 姊嘗以師事吾母, 而母呼之. 吾母之喪, 姊爲四言五十餘句以祭之, 其文足以達其情, 而亦以驗姊之於吾母, 可謂知德者也. 姊平生所爲詩, 雖成南二氏之人罕得見者, 惟余得以見之, 見輒竊誦而退, 筆以藏之篋.

今歲夏, 余以不仕獲罪, 流于海島, 道過姊所居道雲山下, 登堂拜訖, 感故悲今, 潸然淚下, 姊爲留之數日.

姊之子台永景尊, 善事姊, 能使姊怡然不復以家事措懷者已久, 而筋力未甚衰, 亦不復爲詩, 以所樂過於詩也. 景尊私語余, 曰: "前年有土寇之難, 吾母將盡室以避, 遽投其詩藁于火, 曰: '不可使吾手跡, 或墮於道路.' 難定, 台永復收其副草, 編爲一卷, 念非君莫能序者, 將跋涉往見而求之. 今君不幸而至此, 吾則幸而見君, 敢以請." 余曰: "使子無此言, 吾亦將以篋中之藏, 傳于後, 而吾且相其役. 然子之用心則已至矣!" 遂不辭而爲之序.

姊嘗寄書於余曰: "吾一未亡人, 有子一書生. 世亂國危, 非吾所敢恤, 惟爲吾弟日夕以憂. 中庸不云乎? '其言足以興, 其默足以容.' 爲吾弟誦之." 姊之愛余如此, 及今之行, 則姊毅然曰可矣. 余故呈之以詩曰: "重聆大家訓, 不作女嬃言." 觀乎此, 可見姊之有達識也. 抑余能誦姊之詩, 能序姊之詩, 而卷中無一詩貽余者. 觀乎此, 滋歎其法度之爲不可及也已.(『明美堂集』 卷10)

兪吉濬

西遊見聞序 316쪽

聖上 御極ᄒᆞ신 十八年辛巳春에 余가 東으로 日本에 遊ᄒᆞ야 其人民의 勤勵ᄒᆞᆫ 習俗과 事物의 繁殖ᄒᆞᆫ 景像을 見ᄒᆞᆷ이 竊料ᄒᆞ든 배 아니러니, 及其國中의 多聞博學의 士를 從ᄒᆞ야 論議唱酬ᄒᆞᄂᆞᆫ 際에 其意를 揣ᄒᆞ고 新見奇文의 書를 閱ᄒᆞ야 反覆審究ᄒᆞᄂᆞᆫ 間에 其事를 考ᄒᆞ야 實境을 透解ᄒᆞ며 眞界를 披開ᄒᆞᆫ즉 其施措規矱이 泰西의 風을 模倣ᄒᆞᆫ 者가 十의 八九를 是居ᄒᆞ니, 盖日本이 歐洲 和蘭國과 其交를 通ᄒᆞᆷ이 二百餘年에 過ᄒᆞ나 夷狄으로 擯斥ᄒᆞ야 邊門의 官市를 許ᄒᆞᆯ ᄯᆞ름이러니, 爾來 歐美諸邦의 約을 訂結ᄒᆞᆫ 後로브터 交誼의 敦密ᄒᆞᆷ을 隨ᄒᆞ며 時機의 變改ᄒᆞᆷ을 察ᄒᆞ야 彼의 長技를 是取ᄒᆞ며 規制를 是襲ᄒᆞᆷ으로 三十

年間에 如斯히 其富强을 致홈이니, 然則紅毛碧眼의 才藝見識이 人에 過훈 者가 必有홈이오, 余의 舊日 度量훈 바 깃치 純然훈 蠻種에 不止홈이라. 余의 此遊에 一記의 無홈이 不可흐다 흐야 遂乃聞見을 蒐輯흐며 亦或 書籍에 傍考흐야 一部의 記를 作홀식 時는 壬午의 夏라. 我邦이 亦 歐美諸國의 友約을 許흐야 其聞이 江戶에 達흐거놀 余가 其記에 力을 用홈이 頗專흐야 曰: "余身이 泰西諸邦에 未至흐고 他人의 緖餘를 掇拾흐야 此記에 寫홈이 夢의 中에 人의 夢을 說홈과 其異가 不無흐나 彼를 交홈이 彼를 不知홈이 不可훈則 彼의 事를 載흐며 彼의 俗을 論흐야 國人의 考覽을 供흐야 猶且 絲毫의 補가 不無흐다." 호딕, 目擊훈 眞景을 未寫홈으로 自疑흐더니, 未幾에 國中의 變이 倉卒에 起홈이 電報의 風聞을 雖其實據는 未罄흐니 殊域의 山川에 彷徨흐야 君親의 念이 方切훈 際에 芸楣 閔公(公의 名은 泳翊이니 芸楣는 其號라.)이 航至흐야 亂平훈 顚末을 語흐고 且 余의 迂拙홈을 不遐흐야 其冬의 歸홈에 與俱훈則 經年훈 客이 엇지 深感흐며 樂從치 아니리오. 越明年癸未에 外務郎官의 選을 被흐야 允可흐신 聖恩을 猥忝호니 感激自勵흐야 欲報흐는 志는 益堅흐나 年紀의 未長홈과 學識의 未達홈으로 敢히 其職을 辭흐고 日東에 見聞의 記훈 바를 編輯흐다가 其藁가 人의 袖去홈을 被흐야 烏有를 化훈지라, 咨嗟홈을 不勝흐더니 是時에 合衆國專權使가 來聘홈이 我邦이 報聘흐는 禮를 議흐야 文武才德의 兼備훈 材를 求흐식 閔公이 是選에 實膺흐고 余는 公의 行을 是從흐야 萬里의 行을 作흐니 亦遊覽을 爲홈이라. 及其國都에 至흐야 使事가 完홈이 公이 장찻 命을 復흐식 余를 留흐야 探究흐는 責을 授흐고 乃其外務部에 托흐야 顧護흐는 惠意를 求흐니 外務部가 亦悅흐야 公의 深遠훈 意를 服흐고 親睦훈 誼를 感흐는지라. 余惟眇少훈 一書生으로 學識은 國을 華흐기 不足흐며 才能은 人에 齒흐기 不及흐고 乃敢 使臣의 命을 受흐야 外國에 留學흐는 名을 擔흐니 余의 榮은 極大흐나 若些少의 成就가 無흐면 一則 國家에 羞를 貽홈이오 二則

公의 鄭重ᄒᆞᆫ 托을 辱됨이라. 是ᄅᆞᆯ 懼ᄒᆞ며 是ᄅᆞᆯ 戒ᄒᆞ야 言行을 自愼ᄒᆞ며 志氣ᄅᆞᆯ 自强ᄒᆞ야 勤勉ᄒᆞᄂᆞᆫ 意ᄅᆞᆯ 加ᄒᆞ고 修進ᄒᆞᄂᆞᆫ 工을 期ᄒᆞᄉᆡ 其國의 事物을 欲知ᄒᆞᆷ애 其文字ᄅᆞᆯ 不解ᄒᆞᆷ이 不可ᄒᆞ고 其文字ᄅᆞᆯ 欲解ᄒᆞᆷ애 其言語ᄅᆞᆯ 不學ᄒᆞ면 不得ᄒᆞᆯ디니 此ᄂᆞᆫ 累載의 肄習을 從ᄒᆞ야 其功을 獲奏ᄒᆞᄂᆞᆫ 者오 時日의 頃에 成效ᄅᆞᆯ 立見ᄒᆞ기 不能ᄒᆞᆫ 事라. 磨沙州 學問大家 毛氏에 就ᄒᆞ야 其敎ᄅᆞᆯ 請ᄒᆞ니 盖磨沙州ᄂᆞᆫ 合衆國의 文物主人이라 稱ᄒᆞ니 鴻匠巨擘의 輩出ᄒᆞᆫ 地라. 是以로 其地人의 學術工藝가 美洲에 冠ᄒᆞ며 且毛氏ᄂᆞᆫ 宏才博識이 美洲全幅學識統領의 位에 居ᄒᆞ야 其名聞이 宇內에 轟振ᄒᆞᆫ 者라. 余의 修業ᄒᆞᄂᆞᆫ 次序ᄅᆞᆯ 指授ᄒᆞ야 學校에 出入ᄒᆞᆷ에 百爾規程을 擔認ᄒᆞ며 且其家內에 許留ᄒᆞ야 理術의 訓誨가 極懇ᄒᆞ고 朋輩의 追逐에 至ᄒᆞ야도 文人學士의 交ᄅᆞᆯ 勸證ᄒᆞᄂᆞᆫ 故로 開進資益ᄒᆞᄂᆞᆫ 道에 其助가 不鮮ᄒᆞ니 所覩가 寧偏이언뎡 浮虛ᄒᆞᆫ 譏ᄂᆞᆫ 脫ᄒᆞ고 所聞이 寧略이언졍 荒麤ᄒᆞᆫ 弊ᄂᆞᆫ 免ᄒᆞ야 其語ᄅᆞᆯ 稍解ᄒᆞ고 其俗에 漸慣ᄒᆞᆷᄋᆡ 觥觴의 燕集에 招接ᄒᆞᆷ을 被ᄒᆞ며 歌舞의 會遊에 參觀ᄒᆞᆷ을 獲ᄒᆞ야 其閒逸憂樂ᄒᆞᄂᆞᆫ 風習을 知ᄒᆞ고 婚葬의 儀節을 考ᄒᆞ야 吉凶의 規禮를 得ᄒᆞ며 學校의 制度ᄅᆞᆯ 究ᄒᆞ야 敎育ᄒᆞᄂᆞᆫ 深意ᄅᆞᆯ 窺ᄒᆞ고 農工賈의 事ᄅᆞᆯ 見ᄒᆞ야 其富盛ᄒᆞᆫ 景況과 便利ᄒᆞᆫ 規模ᄅᆞᆯ 採繹ᄒᆞ며 武備·文事·法律·賦稅의 諸規則을 訪問ᄒᆞ야 其國 政治의 梗概ᄅᆞᆯ 略解ᄒᆞᆫ 然後에 始乃浩然히 歎ᄒᆞ고 瞿然히 懼ᄒᆞ야 曰: "閔公이 余의 不才ᄒᆞᆷ을 不鄙ᄒᆞ고 此地에 留學케 ᄒᆞᆷ은 其意가 有以ᄒᆞᆷ이니 余ᄂᆞᆫ 遊怠ᄒᆞᆫ 習性으로 日月을 消耗ᄒᆞᆷ이 豈可ᄒᆞ리오?" ᄒᆞ야 聞ᄒᆞᄂᆞᆫ 者ᄅᆞᆯ 記ᄒᆞ며 見ᄒᆞᆫ 者ᄅᆞᆯ 寫ᄒᆞ고 又古今의 書에 披考하ᄂᆞᆫ 者를 撮繹ᄒᆞ야 一帙을 成ᄒᆞ나 學業을 從修ᄒᆞ야 餘暇ᄅᆞᆯ 不得ᄒᆞᄂᆞᆫ 故로 繁冗을 未刪ᄒᆞ며 編次ᄅᆞᆯ 未定ᄒᆞ고 箱篋中에 束置ᄒᆞ야 歸國ᄒᆞᄂᆞᆫ 日에 其工을 竣ᄒᆞ기로 自期ᄒᆞ더니, 甲申의 冬을 當ᄒᆞ야 講室問難ᄒᆞᄂᆞᆫ 際에 學徒 一人이 新聞小片을 手ᄒᆞ야 曰: "子의 國에 變이 有ᄒᆞ다." ᄒᆞ거ᄂᆞᆯ, 愕然히 顔色이 動ᄒᆞ야 羈舍에 歸ᄒᆞᆫ즉 時에 大雪이 庭松을 壓ᄒᆞ고 陰風은 窓鏡을 打ᄒᆞ니, 終夜 沈

床에 輾轉ᄒᆞ야 睡ᄅᆞᆯ 不成ᄒᆞ고 故國의 念이 萬里重溟을 隔ᄒᆞ야 來往호ᄃᆡ, 奔問ᄒᆞᄂᆞᆫ 義ᄅᆞᆯ 未伸ᄒᆞ고 中間에 音問이 漠然홈애 衷情의 憤慨홈이 晝宵彌激ᄒᆞ나 能히 奮飛치 못홈이 恨이로다.

明年乙酉秋에 大西洋의 風濤와 紅海의 薰熱을 凌ᄒᆞ고 地球를 繞ᄒᆞ야 是年 冬에 濟物浦에 抵홈애 此로 從ᄒᆞ야 江石 韓公(公의 名은 圭卨이니 江石은 其號라)의 家에 客ᄒᆞ니 公은 有志ᄒᆞᆫ君子라. 余의 輯述ᄒᆞᄂᆞᆫ 事ᄅᆞᆯ 顧ᄒᆞ야 丁亥秋에 閒僻한 林亭에 移處홈을 許ᄒᆞ거ᄂᆞᆯ 舊藁ᄅᆞᆯ 披閱ᄒᆞ니 其殆半이 散失ᄒᆞ야 數年의 工이 雪泥의 鴻爪ᄅᆞᆯ 作ᄒᆞᆫ지라. 餘存ᄒᆞᆫ 者ᄅᆞᆯ 輯纂ᄒᆞ며 已失ᄒᆞᆫ 者ᄅᆞᆯ 增補ᄒᆞ야 二十編의 書ᄅᆞᆯ 成호ᄃᆡ, 我文과 漢字ᄅᆞᆯ 混集ᄒᆞ야 文章의 體裁를 不飾ᄒᆞ고 俗語ᄅᆞᆯ 務用ᄒᆞ야 其意ᄅᆞᆯ 達ᄒᆞ기로 主ᄒᆞ니, 元來 累歲의 聽覩ᄒᆞᆫ 實事와 學習ᄒᆞᆫ 苦工을 模糊粧出홈인즉 疏漏ᄒᆞᆫ 譏ᄅᆞᆯ 逃ᄒᆞ기 是難ᄒᆞ며 差誤ᄒᆞᆫ 失이 存ᄒᆞ기 亦易ᄒᆞ나, 然ᄒᆞ나 比ᄒᆞ건ᄃᆡ 山을 畵홈과 同ᄒᆞ야 繪事의 巧拙이 手勢의 運用과 意匠의 經營에 在ᄒᆞ니 七分의 眞景은 未逼ᄒᆞ야도 猶其峨峨高者ᄂᆞᆫ 峯嶽이오 磅礴者ᄂᆞᆫ 石이며 槎枒鬱密ᄒᆞ며 濃淡深秀ᄒᆞᆫ 者ᄂᆞᆫ 草木이니 有是雲烟의 變態異狀을 點綴홈은 特畵工의 伎倆이라. 今夫是書가 雖拙ᄒᆞ나 亦如是ᄒᆞᆯ ᄯᆞ름이니 山의 畵ᄅᆞᆯ 指ᄒᆞ야 山이라 謂홈이 虛影을 指홈이나 其從來ᄒᆞᆫ 本은 固有ᄒᆞᆫ즉 是書ᄅᆞᆯ 對ᄒᆞᄂᆞᆫ 者가 亦如是觀을 作ᄒᆞ면 可ᄒᆞᆯ디라.

書旣成有日에 友人에게 示ᄒᆞ고 其批評을 乞하니 友人이 曰: "子의 志ᄂᆞᆫ 良苦ᄒᆞ나 我文과 漢字의 混用함이 文家의 軌道를 越ᄒᆞ야 具眼者의 譏笑를 未免ᄒᆞ리로다."

余應ᄒᆞ야 曰: "是ᄂᆞᆫ 其故가 有ᄒᆞ니 一은 語義의 平順홈을 取ᄒᆞ야 文字ᄅᆞᆯ 畧解ᄒᆞᄂᆞᆫ 者로 易知ᄒᆞ기ᄅᆞᆯ 爲홈이오, 二ᄂᆞᆫ 余가 書ᄅᆞᆯ讀홈이 少ᄒᆞ야 作文ᄒᆞᄂᆞᆫ 法에 未熟ᄒᆞᆫ 故로 記寫의 便易홈을 爲홈이오, 三은 我邦 七書諺解의 法을 大略 倣則ᄒᆞ야 詳明홈을 爲홈이라. 且宇內의 萬邦을 環顧ᄒᆞ건ᄃᆡ 各其邦의 言語가

特異ᄒᆞᆫ 故로 文字가 亦從ᄒᆞ야 不同ᄒᆞ니, 盖言語ᄂᆞᆫ 人의 思慮가 聲音으로 發홈이오, 文字ᄂᆞᆫ 人의 思慮가 形像으로 顯홈이라. 是以로 言語와 文字ᄂᆞᆫ 分ᄒᆞᆫ則 二며 合ᄒᆞᆫ則 一이니, 我文은 卽我先王朝의 創造ᄒᆞ신 人文이오 漢字ᄂᆞᆫ 中國과 通用ᄒᆞᄂᆞᆫ 者라. 余ᄂᆞᆫ 猶且 我文을 純用ᄒᆞ기 不能홈을 是歉ᄒᆞ노니 外人의 交를 旣許홈애 國中人이 上下貴賤 婦人孺子를 毋論ᄒᆞ고 彼의 情形을 不知홈이 不可ᄒᆞᆫ則 拙澁ᄒᆞᆫ 文字로 渾圇ᄒᆞᆫ 說語를 作ᄒᆞ야 情實의 齟齬홈이 有ᄒᆞ기로ᄂᆞᆫ 暢達ᄒᆞᆫ 詞旨와 淺近ᄒᆞᆫ 語意를 憑ᄒᆞ야 眞境의 狀况을 務現홈이 是可ᄒᆞ니, 國人의 考覽을 爲ᄒᆞ야 閔公이 余의 留學及記寫를 命홈인즉 余ᄂᆞᆫ 是書의 成홈을 因ᄒᆞ야 公의 託을 不負홈으로 深幸ᄒᆞ노라."

友人이 曰: "唯라. 子의 言이 或可ᄒᆞᆯ 듯ᄒᆞ나 然ᄒᆞ나 人이 如何ᄒᆞ다 謂ᄒᆞᆯ디 後來 稱停ᄒᆞᆫ 議를 俟홈이 可ᄒᆞᆯ 듯하다." ᄒᆞ더라.

四百九十八年己丑 暮春에 兪吉濬은 自敍ᄒᆞ노라.(『西遊見聞』)

李建昇

書明夷待訪錄後 324쪽

余嘗讀李文度* 所撰淸國朝先正事略·黃梨洲宗羲傳, 列書其所著書, 有曰明夷待訪錄, 視其篇名, 知其爲經國大文字, 思讀其文, 而無由得.

旣而余過崧陽旅館, 與人論梨洲事, 張君遇在傍曰: "近見刊出待訪錄, 此必是書也." 余喜曰: "第爲我訪求之." 翌日張君以待訪錄來, 余讀已, 太息曰: 使是書

* 저본에는 李文度(이문도)로 되어 있으나, 李元度(이원도)의 오기다.

見用於中國, 中國之疲敝, 豈至是耶? 中國得以自强, 則我國豈至於今日哉? 然其說爲不可見用, 而由今而言, 則亦可以見用矣.

盖其原君, 一篇大義可見, 此乃古昔聖王君人之心法, 近日列强立憲之本義也. 比見梁啓超·康有爲之徒, 亦如此議. 然目見歐亞時事, 驗其成敗, 時無忌諱, 習聞慣見, 不難爲此論. 若梨洲之時則不然, 中國不與西歐通, 寥寥數千年無敢有此論, 非但不敢言, 盖習於專制, 因以成性, 智慮不曾及此. 惟孟子畧有此論, 而猶未盡言也. 由古而視, 梨洲爲特識, 由今而視, 梨洲爲先見. 士而有特識先見者, 吾不多見於古今也.

此論見行, 則大本而立, 其所論學校也, 取士也, 田制也, 軍制也, 皆隨綱而目張, 何政之不修哉! 清初康熙呼稱賢君, 蒐羅一時名儒, 喜其入彀, 而自謂已治已安, 世有此人而交臂相失, 卒不見用, 此其故何哉? 正由梨洲所謂視天下爲莫大之産業, 利害之權, 皆出于我, 而曾不念兒孫有曰"世世勿生帝王家"之言, 可不惜哉!

近日列强諸國不然, 有其人未嘗不用. 若所謂孟德斯鳩·盧騷之輩, 身雖不用於世, 其言卒用於後, 三權之論·自由之說行, 而國以富强, 公利之及人, 享國之長久如彼也. 若使梨洲有之, 豈不抱恨於九原哉! 余方欲爲中國民, 亦不能不爲其國祈久長, 所以有感於斯文也.(『海耕堂收艸』)

朴殷植

韓國痛史緖言 329쪽

大陸之元氣, 東走於海, 而極於白頭山, 北開遼野, 南爲韓半島. 韓建國於唐堯之世, 人文夙開, 其民篤於倫理, 天下以君子之國稱之, 而歷史綿綿乎四千三百餘年矣. 嗚呼! 昔日之文化, 波及於極東三島, 彼之飮食·衣服·宮室, 出於我矣, 敎宗與學術, 出於我矣, 故彼嘗師之矣, 而今乃奴之耶?

余生丁陽九, 慟纏黍離, 旣不能死, 遂逃之. 以庚戌歲某月日, 朝辭漢京, 夕濟鴨水, 更溯北岸而上, 望慰禮城而止焉. 俛仰今古, 曠感異常, 低回依戀, 久不能去, 而異域逋蹤, 對人增慚, 街童市卒, 擧若詈余以亡國奴者. 天地雖大, 負此安歸? 時渾河秋暮, 蓬斷草枯, 猿哀鵂啼, 以余之哭辭松楸桑梓, 淚尙未乾, 而有此觸目添悲, 尤何以堪?

瞻望故國, 雲煙縹緲. 佳哉山川, 吾祖宅之, 蔚乎森林, 吾祖植之, 膴原沃壤, 吾祖耕之, 金銀銅鐵, 吾祖採之, 家畜川魚, 吾祖養之. 宮室以避燥濕, 衣冠以別禽獸, 器皿以資利用, 禮樂刑政以造文明, 皆吾祖之手澤也. 夫吾祖竭其無限之腦之血之汗, 而貽我子孫生産敎育之具者備焉, 用克世世傳守, 以厚吾生, 以正吾德, 流愷悌於長遠. 奈何一朝被他族之豪奪, 而糊口四方, 顚沛流離, 不堪其苦, 亦將蹈滅絶之患耶?

且夫世之强暴者, 日以侵呑弱國·淘汰孱種爲事, 受其慘毒者比比而莫吾韓若矣. 以古今亡國而比例之, 瑞典之與那威, 奧太利之與匈牙利, 均謂之合邦, 而其民族之待遇, 無等級之懸也, 韓人有是乎? 土耳其雖倂埃及, 而猶存其王, 使之奉祀罔替, 而吾韓皇夷爲王爵矣. 英吉利之於坎拿大諸地, 許其有憲法以保障之, 立議會以維特之, 其與他國所訂之約, 俾皆一一保存之, 韓人能獲此乎? 彼其施政於韓者, 一以施諸台灣者施之, 而無差殊, 台非國也而等焉, 是亡國而尤下者也.

且夫人者, 絲身穀腹, 非如食壤飮泉之虫, 則所以資生者, 惟産業耳. 彼英之於印·埃, 法之於安南, 美之於呂宋, 雖以强力, 佔其國權, 而民産固任其自保矣. 日本貧國也, 多窮民, 財政日絀, 債臺日高, 故苛稅暴斂加之韓民者, 式繁其條.

而窮民之赤手渡韓者, 蜂擁而至, 非奪我民之產者, 無以爲活. 自其政府, 急於殖民, 而亦無資以給之, 雖欲施寬政於韓人, 存其生脈, 而勢有不能. 以此觀之, 古今亡國之慘, 孰有甚於韓者乎? 穹壤茫茫, 殘喘耿耿, 叫痛呼寃, 自不能已.

而古人云: "國可滅, 史不可滅." 蓋國, 形也, 史, 神也. 今韓之形毁矣, 而神不可以獨存乎? 此痛史之所以作也. 神存而不滅, 形有時而復活矣. 然是編也, 不過甲子以後五十年史耳, 烏足以傳我四千年歷史全部之神乎? 是在吾族念吾祖而勿忘焉耳.

夫耶路撒冷雖亡, 而猶太人流離異國, 不同化於他族, 至今二千年能不失猶太族之稱號者, 以能保其祖之教也. 印度雖亡, 而婆羅門能堅守其祖教, 以待復興焉. 若墨西哥之亡於西班牙也, 教化文字盡滅, 今人種雖存, 而所誦皆班文, 所行皆班化, 所慕皆班人之豪傑, 則墨人種形雖存焉, 而神已全滅矣.

今吾族俱以吾祖之血爲骨肉, 以吾祖之魂爲靈覺, 而吾祖有神聖之敎化, 有神聖之政法, 有神聖之文事武功, 吾族其可他求耶? 凡我兄弟, 念念不忘, 勿爲形神全滅, 區區之望也. 是則求諸是編之外吾族隆盛時代之歷史可也.(『韓國痛史』)

與孫聞山貞鉉書 335쪽

竊以先生於天下之事, 可謂憂之殷殷, 言之懇懇, 而心死氣弱一段, 尤爲切中今日之病. 盖國之爲國, 以其有自主之心也, 以其有自强之氣也. 故能自主自强, 而不依附於他, 則國雖小而不屈於人, 如白耳義·瑞士是也. 不能自主自强, 而欲依附於他, 則國雖大而終屬於人, 如印度·安南是也. 然則兵之不多, 非所憂也; 財之不贍, 非所憂也; 器械之不備, 非所憂也; 製造之不旺, 非所憂也, 惟是人心之陷溺, 民氣之萎薾, 最爲可憂耳.

今我韓處在列强之間, 交際則可, 而依附則不可也; 藝術則可學, 而勢力則不可借也. 若以依附爲得計, 以勢力爲可借, 則是委其國於他人也, 觀於波蘭政黨覆轍昭然. 嗚呼! 國之不存, 彼政黨之但願其私, 不恤其國者, 果能獨饗其利乎? 爲奴爲隸爲猿鶴爲虫沙, 卽所謂自作孽不可逭也, 不亦愚乎!

我韓素稱秉禮之國, 親上死長之義, 宜其固結於人心, 不奪於利害之私也. 奈至近日黨於北者, 欲依北以得權, 黨於東者, 欲附東以得權, 各國之黨, 無不皆然. 有位者口言復雪, 而陰樹朋比, 以爲後日免禍之地, 無位者幸天下之有變, 欲賴外人, 逞其自己之私, 得無近於波蘭政黨之所爲乎? 噫! 此皆吾君之臣吾君之民, 而何淪胥之至此也.

嗚呼! 義理之晦塞久矣, 私欲之橫流極矣, 雖至忘君負國, 而有不顧焉. 苟究其由, 則心死氣弱, 爲之祟也. 誠能振勵士氣, 開導民智, 人人以自主自强之義, 着在肚裏, 今日進一步, 明日進一步, 無因苟玩愒之意, 無畏難趑趄之習, 則自强之道由是而生. 然欲致此, 則亦惟在於教育之興旺而已矣, 寧可他求哉! 嗚呼! 天下之所同者心也, 一有喚醒, 豈無從而覺者. 此區區有所讚歎於先生之苦言不已也.(『謙谷文稿』)

李建芳

安校理墓誌銘 340쪽

太皇帝三十年癸巳, 北廟媪以禱祀得寵, 勢張甚. 先是, 壬午兵變起, 明成后潛遜于忠州. 有李媪者自稱關王神女, 爲后筮復位, 剋月日以對, 及朝果驗. 后以爲神, 及還御, 大起關王廟宮城東北隅, 稱北廟, 俾媪主之, 賜號曰 '眞靈君'. 闌出入宮壼, 所言無不從, 自宰執至藩臬牧守遷除, 多賄嫗以得之. 士大夫之無恥者, 爭趨之, 至有號嫗爲母若姊者, 而昏夜通往來賄遺, 臭穢狼藉, 不可殫記. 由是政日亂, 綱紀大壞.

於是前持平安公孝濟上疏請斬北廟女, 以謝國人. 疏入, 諸承旨股慄, 不敢卽以聞, 至夜乃徹, 上震怒, 留其疏不下. 嫗假子閔泳柱·李裕仁等陰嗾三司官, 疏請誅公. 上素仁, 且惡殺諫臣名, 猶豫久之, 得減死安置楸子島. 島在大海南, 絶險惡, 謫于是者, 鮮獲全, 且語藉藉謂嫗之黨挾白刃伺路傍, 人惴恐, 莫敢餞者.

昔曾子固論顔魯公死節事, 以爲義有不得不死, 則雖中人可勉焉, 且不足以觀公. 惟歷忤權奸, 顚覆至於七八而不悔, 則非篤於道者不能, 此可以觀公. 今余於公亦然. 蓋公以癸未擢明經科, 距癸巳僅十年所耳. 甲申變衣制時, 公疏言先王法服不可改, 上怒命政院勿復捧言事疏. 戊子冬, 有希旨, 請復服窄袖者, 公又抗章爭之, 事逐得寢, 而見忤益甚. 及請斬李嫗, 禍幾不測, 以其不死, 天也. 使公而久於朝如魯公, 則其顚仆之七八而不悔, 吾有以信其必然而無疑也. 然則其終之以皭然不滓, 克全大節, 卽子固所謂雖中人可勉焉者, 則況公之賢乎!

公旣竄, 而亂日亟, 明年春左議政趙公秉世請宥還公, 上無意赦公, 而重違輔臣言, 命量移荏子島. 至六月, 日本使引兵入都, 迫朝廷改革, 前以言獲罪者, 咸得釋, 擢公爲弘文館修撰, 因拜興海郡守. 公以親病辭, 選部改授他人以聞. 上曰: "安孝濟, 柰何聽其辭, 俟親病少間, 可促令之官." 公聞之, 感泣, 遂莅任.

時嶺南瀕海饑, 政府第其尤者三郡, 船輸粟以賑之. 與民約麥熟償還, 而慮民逋, 使郡守保之, 諸郡守皆患之不肯保. 公曰: "賑可如是乎?" 卽令於民曰: "明日來受賑船所." 親往船所待民, 民蝟集. 公謂主吏曰 "予我米二百石." 吏拒之曰: "興海不與三郡." 公怒曰: "此米朝廷所以救飢民也. 興海民獨非朝廷赤子邪?" 目民, 民蜂湧登船取米, 出積岸. 公卽書曰: "興海守某買米二百石." 押印與吏,曰: “麥熟, 可來受直也.” 吏愕然, 無以難. 民大喜, 悉負戴去. 比賑訖, 詣監司, 監司盛氣待, 入則怒曰: “興海斗小邑也, 民何以償二百石米? 郡守寧可自當邪?” 公正色曰: “民誠未易償. 然爲長吏, 振其民, 安可逆計其償否而不予之邪? 某自當不難, 固朝廷以米哺民而徵其直, 已失其體, 而又可移徵於長吏邪? 公爲監司, 宜以此上聞請蠲, 何斷斷無大體也?” 因解印綬徑出. 監司無如何, 第具以報政府. 政府諸大官相顧言曰: “是不畏眞靈君, 尙我輩乎?” 遂奏免興海米價.

公旣歸, 自念性剛, 不可合于世, 用周燮固守東岡語, 自號曰 ‘守坡’, 以示不復出.

乙未有坤寧閤之變, 奔問闕下, 旋歸. 光武九年, 日本使伊藤博文藉兵威脅政府署約, 公構疏, 請斬賣國諸賊, 比至京, 約事已成矣. 公痛哭歸.

及庚戌國變, 公悲泣不食者七日. 已而日本大發金, 以是傳韓耆老及有名位者, 稱曰 ‘恩賜金’. 日本警官遣巡查, 致金於公, 公却不受, 且貽警官書曰: “我大韓臣也. 國亡不能救, 死有餘罪, 且讐國之君, 於我何恩焉?” 警官見而怒, 復遣巡査, 欲執公去. 公方坐山齋, 擲身危檻外, 巡查息, 以手挼, 輿而去, 囚昌寧郡獄. 時天雨雪大寒, 公處獄中, 其色自若. 警官脅令受金百端, 不聽, 饋以飯, 拒不食曰: “我豈食若飯者哉!” 至四日, 警官患之曰: “使此人死獄中, 適以成其志.” 遂放之. 又囚公子喆相, 欲誘予金, 喆相以死拒之, 亦竟得放. 然日伺公動靜, 公嘆曰: “吾安忍居是土, 爲日本民哉!” 乃渡鴨綠江, 入中國臨江縣, 徒步行氷雪中數千里, 腓毛盡脫.

是時洪參判承憲·鄭大憲元夏·李耕齋建昇, 亦避地寓安東. 公所善盧侍講相益, 以書報公, 且曰: “安東亦中國地耳, 安用深入?” 公乃還至安東, 與諸人子往來歡甚, 而與耕齋尤相好. 耕齋者, 余堂兄也.

余於甲寅冬, 會耕齋於安東村舍, 得與公交. 公長不逾中人, 而神彩燁然, 一見可知爲非常人也. 及縱談天下事, 輸露肝膽, 絶無矯矜較量之意, 而浩浩直達,自然有不移不屈之氣. 盖其天姿絶人, 非可學而能也.

公字舜仲, 高麗僉議中贊文成公裕之後也. 文成曾孫諱元璘, 謚文烈, 有功, 封耽津, 遂籍耽津, 後徙嶺之宜寧縣, 而世居焉. 諱宗洙, 諱禧老, 公之曾大父若大父, 而父諱欽, 以公官侍從, 加恩授副護軍銜. 母贈淑夫人仁川李氏敏儀女. 公少豪俠, 不甚拘小節, 而好義重然諾. 弱冠時, 嘗與諸生讀書於山齋, 夜忽大風雨震擊, 山崩, 守齋者, 闔家皆死. 諸生大驚跳去, 公獨坐空齋自如, 天明雨止, 出山外, 募人收屍, 解己衣, 斂而埋之, 然後乃歸. 其臨事不苟而必求慊於心如此. 嗚呼! 此固公之所以爲公也.

公居安東數年, 患風痱, 以丙辰十二月干支, 卒於寓舍. 臨沒, 忽有光自鼻出, 晃如電燭, 室中人皆驚, 遽排窓出, 而公遂瞑. 將葬, 喆相求買地中國人, 中國人與之地而不受直曰: "吾聞安先生忠臣. 忠臣而埋吾地, 吾將與榮焉, 何直也?"

公娶花山權仁秀女, 先公沒. 生男子子一女子子. 二男卽喆相, 女適商山金商浩, 金海許鉐, 參奉. 喆相生四男三女. 男炅德, 炅日, 炅國, 炅遠. 女適全州崔載文, 次未字.

銘曰: "汐之人嗟哉恤, 窮宙不復賫以沒. 白蜺嬰于茀式, 大鳥之鴥鴥, 維魄麗腊. 竟彼鬱永, 維安玆室."(『蘭谷存稿』卷12)

鄭寅普

吉州牧使尹公墓表 349쪽

公諱誠敎, 字行一, 坡平尹氏八松文正公諱煌之曾孫, 高山縣監贈左承旨諱勛學之孫, 而司憲府執義贈吏曹參判諱抃·贈貞夫人豐壤趙氏郡守贈大司憲溭之女之子也.

生仁祖乙亥, 顯宗庚子進士, 肅宗壬戌文科. 累官爲司諫院司諫, 貶補高山察訪, 還爲執義. 又斥外, 以通政牧關北之吉州. 旣歸, 卒于癸未十一月二十七日, 葬所居魯城豆寺里坐某之阡.

今歲己卯上距公之沒二百四十七年, 而公後孫猶貧, 諸爲公同堂昆弟之孫者, 與圖所以表其墓者. 旣買石賃工治, 且具公行事, 屬寅普論次. 寅普故從先輩, 聞公之賢, 故不敢以病廢爲解.

始公貶居高山者有年, 甲戌中壼復位, 朝廷一變. 會公以差員至京, 則特旨除執義. 是時臺諫方討睦左相來善, 睦相時論所惡. 己巳初, 使淸者問睦相: "彼有言, 何以對?" 睦相見國書中, 有曰"不順", 則曰: "第擧是." 乃謂睦來善誣中宮爲不恭順, 請按律, 上不允.

將連啓而公適爲臺職, 察其寃, 意欲停之. 三司諸人來勸啓, 公曰: "此非睦自造之言, 不過擧奏文中句語耳. 罪名不顯, 豈可以此構殺之乎?" 崔公錫鼎曰: "公無執! 國論方張, 將若何?" 公笑不答.

夕後吳公道一來, 又言之, 相持至夜半, 吳公曰: "今瀛選, 公爲首, 且聞朝廷有陞擢之議, 循例連啓, 坦道在前, 顧以一己之見, 輕停擧國之論, 則衆怒有所歸, 白首嶺海, 竊爲公悶之." 公正色曰: "生殺大臣, 國家大事. 公以利害勸我耶?" 吳公亟謝之, 去.

明日公獨詣闕停啓. 公用是叢謗讟, 削弘文選, 未幾, 外補北塞, 遂以坎壈終. 吳公去過, 見尹公趾仁, 尹公亦憂之, 以告其兄東山. 東山曰: "此公所執, 得臺閣體. 咄咄! 貫之之妄也." 貫之, 吳公字也.

寅普見近古公私之籍, 當時所以是非於人者, 外何嘗不就事爲說, 而徐察其中, 蓋亦曰偏私而已. 今公被黜於甲戌之前, 而甄授於更化之初, 其於睦相爲在所佑歟? 所擠歟? 乃於此一無介焉, 而惟事其事, 則斯已難矣. 然彼假公議而濟其私者, 流俗之汚, 公之不爲是, 固也. 若公之時, 擧朝皆謂某當殺, 崔·吳諸公皆士大夫立名義者, 亦且以時論爲不可貳.

夫亢直之士, 或諫君而死, 或忤權貴而禍. 二者固難, 猶恃公論在衆, 而身陷敗, 而風聲繼起, 亦人情所矜奮, 故剛自勉焉.

其有衆是衆非, 相煽以爲公議, 上而挾朝廷之威, 下而淸士亦與之勿異, 則有或違之, 不惟身之敗, 名且無所見, 湮晦誰復知之? 於此而猶且無趨避爲尤難焉.

且凡事之是非易見也, 有靡焉而汨之, 交游之近, 可靡也, 時勢之遷, 可靡也, 情私以動之, 事勢以陳之, 可靡也. 此其移人也, 有不自覺其然而然者. 今以公而處, 崔·吾諸公中人以上, 幾或無以自拔, 況際昇平之久, 而士大夫恬嬉爲風, 朝廷之事, 苟有例焉, 斯循之矣. 其有嶢然立異者, 人且指之爲怪.

假外有譏者, 而內有同好之助, 則猶可, 或乃並同好而不以爲宜然, 則雖自好者, 意將自惑, 故由公時則世論之可怵甚於刑禍, 而惠好之向背, 又或有甚於世論者. 若是而卒以所執自亢, 守獨見之是, 以攖方張之談, 彼區區升沈之故, 公固塵芥視之, 尙可以是爲言哉! 東山其知之矣.

抑賢愚之於人情一也, 公亦豈不知利之爲可趨, 而害之爲可避哉! 往時屯蹇不升, 落拓遐陬, 徒以不爲枋國者之所憐, 而迨政局變換, 起自貶黜, 年已六十老矣, 而又甘忤時宜, 不枉前相, 因之亨衢大枳, 譽望終隱, 而子孫僅僅, 不克蒙其澤. 甚矣, 人之難爲直也, 有如是哉! 此固公之所已知也.

知焉而猶且爲之者, 何也? 職由不能負國家耳. 夫睦相何愛焉? 見國家不可以黜昧以殺大臣, 則辨之. 崔,吳諸公何間焉? 知人臣不可以便其私, 而後國家之公, 則拒之, 凡以爲國家故也.

公卽旣沒矣, 滔滔數百年之間, 王綱日墮, 黨私彌盛, 以至於今. 末學小生, 乃於谷陵之後, 載筆以記前修之迹, 而念其苦心介然而扶持公道, 寧歸百害於其身, 而不忍使國家有毫末之損, 意亦至矣, 而竟亦安所底哉! 吾於此重爲之愾然太息, 恨往昔謀國者之不臧, 而益感公之賢焉. 故特牽 聯而發之如此. 世之尙論者, 知吾言之有深哀焉, 則庶公之事, 不遂終於沒沒也歟!

配達成徐氏縣監準履女. 子男東周, 女適李楨邦·李宜麟·李命新, 側出男東吉. 東周男光迪, 敦寧都正, 東吉男光遴·光述·光逈. 曾玄以下, 不可盡載. 而今承公之家者曰泰重, 公八世孫也. 公同堂昆弟之孫, 主是役者曰器重·鼎重.(『舊園文錄』卷5)

抒思 357쪽

寅普年十三聘先妻成氏, 妻時年亦十三. 方其未婚也, 從外姑, 時至吾家, 與寅普游. 先妣愛之, 以手順摩其頭髮, 試應對, 顧本生先母曰: "此吾佳婦也." 相視而笑.

初入門, 先妣迎, 謂之曰: "女幼來吾家, 且去爲吾好在, 吾好在, 今爲女姑也." 妻俯首若微笑者. 是日觀者皆謂此親女, 非新婦. 而先妣以妻年未及笄, 不忍勞以宮事, 許歸留父母家, 列蛤蜊殼, 切草葉實之, 象肴膳, 徧進長者以爲戲.

年至十六, 始來鎭川鄕廬. 秋冬之夜, 妻紫襦藍裙, 侍先妣坐. 寅普入自外, 言語未嘗及也. 有頃妻退歸私室, 下堂曳裙急, 聞闔戶聲閘然, 意常悵然.

妻旣愛於先妣, 天性淳至, 少彫劇之華, 柔順以和, 含喜終日, 以故家上下無不宜之. 父母書至, 輒持以適先妣, 請先妣先啓覽, 時有餠餌衣材至者, 解緘裹, 必於先妣所. 先妣年高澹寂, 妻爲此, 冀以斯須作小紛紜, 寓老人心, 先妣或苦之, 妻宛轉而請, 若嬌女之 肆徂於慈母, 先妣爲之怡然.

居三年, 寅普與妻至漢京. 明歲先妣繼至, 寓城西之西江. 母子姑婦, 同處一室. 當此時, 先妣最樂.

寅普意在遠遊, 妻竊戒之. 寅普知妻甚賢, 身在外無家憂也. 二月二十三日, 妻生日也. 癸丑春, 寅普決意西行, 妻以己生日財隔數日而不爲留, 意不能無缺. 然寅普則謂夫婦皆少年, 來日多矣, 不爲意. 寅普行, 妻從先妣至中門, 自是不復再見. 妻沒以乳子. 寅普方旅食上海, 赴至而妻已葬矣.

歸聞妻旣送寅普, 意常戀戀, 有時望遠, 目驟泫. 外姑覺其意, 愍而好慰之, 妻曰: "羸弱之人而久羈旅, 安得不懸念? 所祈惟平善, 非望歸也." 八月先考忌日, 妻心期寅普當歸, 爲製衣服, 腹大不可俯就地, 則置衣材於腹, 刀鍼更持, 忘其身之憊. 而間覲父母, 與諸兄弟燕語, 輒言寅普當不來. 外姑聞其言, 知望其來之切也. 而已寅普不果來, 而九月妻乳孿女, 疾作, 望舒缺二日而沒.

寅普與妻, 幼共嬉游, 結髮共事, 妻之爲寅普至矣. 夫婦之間, 情之結於騃者愈眞, 而尊人在堂, 外爲羞, 言語囁嚅, 函懽不盡敷, 而內彌堅其相向之意. 窈窕未央, 大限已促, 哀思一見, 卽妻亦莫能解於心也.

自妻沒後, 家事之變, 波詭雲駭, 漂泊東西, 不知將何屆, 而本生先母先卒, 先妣繼終, 服闋二年而本生先考又見背, 孑立苫塊間, 思顧復之永已, 終天不可以復得, 而往時之故, 亦無與告語者.

哀寅普哀, 無愈先妻, 先妻魂魄逍遙, 寅普益悼傷之不能忘, 因念往昔共事之懽, 以及幼時嬉游, 與夫睽離之情, 籍之, 非以冀其傳, 抒思而已.

孿女後生者, 隨不保, 長者名貞婉, 先妣抱負養長之, 今年已踰妻始嫁之年矣.(『薝園文錄』 卷1)

한국 산문선 전체 목록

1권 — 우렛소리 · 이규보 외
신라와 고려 시대

원효(元曉)
분별 없는 깨달음(金剛三昧經論序)

설총(薛聰)
꽃의 왕을 경계하는 글(諷王書)

녹진(祿眞)
인사의 원칙(上角干金忠恭書)

최치원(崔致遠)
황소를 토벌하는 격문(檄黃巢書)
죽은 병사들을 애도하며(寒食祭陣亡將士)

김부식(金富軾)
『삼국사기』를 올리며(進三國史記表)
혜음사를 새로 짓고서(惠陰寺新創記)
김후직의 간언(金后稷傳)
바보 온달의 일생(溫達傳)
박제상 이야기(朴堤上傳)

권적(權適)
지리산 수정사의 유래(智異山水精社記)

계응(戒膺)
식당에 새긴 글(食堂銘)

임춘(林椿)
돈의 일생(孔方傳)
다시는 과거에 응시하지 않으리(與趙亦樂書)
만족의 집(足庵記)
편안히 있으라(浮屠可逸名字序)

이인로(李仁老)
소리 없는 시(題李佺海東耆老圖後)
손님과 즐기는 집(太師公娛賓亭記)
도연명처럼 눕는 집(臥陶軒記)

이규보(李奎報)
봄 경치를 바라보며(春望賦)
세상에서 가장 두려운 것(畏賦)
자신을 경계하는 글(自誡銘)
새로운 말을 만드는 이유(答全履之論文書)
바퀴 달린 정자(四輪亭記)
우렛소리(雷說)
이와 개의 목숨은 같다(蝨犬說)
흐린 거울을 보는 이유(鏡說)
추녀의 가면을 씌우리라(色喩)
이상한 관상쟁이(異相者對)
나는 미치지 않았다(狂辨)

천인(天因)
천관산의 불교 유적(天冠山記)
스승의 부도를 세우며(立浮圖安骨祭文)

일연(一然)
주몽 이야기(始祖東明聖帝)
김현과 범 처녀의 사랑(金現感虎)

충지(沖止)
거란 대장경을 보수하고(丹本大藏經讚疏)

안축(安軸)
남쪽 지방에서 으뜸가는 누각(寄題丹陽北樓詩)

최해(崔瀣)
괄목상대할 그날을 기다리며(送鄭仲孚書狀官序)

2권 — 오래된 개울 · **권근 외**
조선 초기에서 중종 연간

정도전(鄭道傳)
농부와의 대화(答田夫)
충성스러운 아전 정침(鄭沈傳)
문장은 도를 싣는 그릇(京山李子安陶隱文集序)
세금을 내는 이유(賦稅)
윤회는 없다(佛氏輪廻之辨)

권근(權近)
오래된 개울(古澗記)
천지자연의 문장(恩門牧隱先生文集序)
뱃사공 이야기(舟翁說)
소를 타는 즐거움(騎牛說)
대머리라는 별명(童頭說)

변계량(卞季良)
금속 활자를 만든 뜻(鑄字跋)

김돈(金墩)
물시계의 집 흠경각(欽敬閣記)

유방선(柳方善)
세 물건을 벗으로 삼은 뜻(西坡三友說)

정인지(鄭麟趾)
『훈민정음』 서문(訓民正音序)

김수온(金守溫)
선비와 승려(贈敏大選序)
넘침을 경계하는 집(戒溢亭記)

양성지(梁誠之)
홍문관을 세우소서(請建弘文館)

신숙주(申叔舟)
일본은 어떤 나라인가(海東諸國記序)

강희안(姜希顔)
꽃을 키우는 이유(養花解)

서거정(徐居正)
고양이를 오해하였네(烏圓子賦)
우리 동방의 문장(東文選序)
먼 길을 떠나는 벗에게(送李書狀詩序)
직분을 지킨다는 것(守職)

이승소(李承召)
산 중의 왕 금강산(送法冏上人遊金剛山詩序)

강희맹(姜希孟)
나무 타는 이야기(升木說)
산에 오른 세 아들(登山說)
세 마리 꿩(三雉說)
오줌통 이야기(溺桶說)
부모를 뵈러 가는 벗에게(弘文館博士曹太虛榮親序)

김종직(金宗直)
당신의 인생은 끝나지 않았다(答南秋江書)
경학과 문학은 하나다(尹先生祥詩集序)
가리온을 팔다(鬻駱說)

김시습(金時習)
항상 생각하라(無思)
재화를 늘리는 법(生財說)
백성을 사랑하는 뜻(愛民義)

성현(成俔)
장악원의 역사(掌樂院題名記)
덕 있는 사람의 시(富林君詩集序)
게으른 농부(惰農說)
백성과 이익을 다투지 말라(浮休子談論)

유호인(兪好仁)
스승을 찾아서(贈曺太虛詩序)

채수(蔡壽)
폭포가 있는 석가산(石假山瀑沛記)
꽃을 키우는 집(養花軒記)

홍유손(洪裕孫)
국화에서 배우다(贈金上舍書)

남효온(南孝溫)
물을 거울로 삼는 집(鑑亭記)
낚시터에서(釣臺記)

조위(曺偉)
독서당을 세운 뜻(讀書堂記)

최충성(崔忠成)
약을 먹어야 병이 낫는다(藥戒)

김일손(金馹孫)
미친한 아이의 글씨(題士浩跋朴訥書後)

신용개(申用漑)
법이 있어야 하는 이유(後續錄序)
어미 개를 구한 강아지(予見犬雛救咬母咬之犬)

이주(李冑)
진도의 금골산(金骨山錄)

남곤(南袞)
백사정에서 노닐다(遊白沙汀記)

김세필(金世弼)
세 가지 어려운 일(答客問贈魚子游別序)

이행(李荇)
소요유의 공간(逍遙洞記)

김안국(金安國)
모나게 산다(稜岩亭記)
이름 없는 집(草菴記)

박은(朴誾)
아내의 일생(亡室高靈申氏行狀)

이자(李耔)
세상을 떠난 벗을 추억하며(答趙秀才)

신광한(申光漢)
내가 바라는 것(企齋記)

김정국(金正國)
여덟 가지 남는 것(八餘居士自序)
여섯 가지 힘쓸 일(六務堂記)

서경덕(徐敬德)
멈추어야 할 곳(送沈教授序)

기준(奇遵)
유배지에서 키운 노루(畜獐說)
물고기를 위로하는 글(養魚說)

주세붕(周世鵬)
죽은 병사의 백골을 묻어 줍시다(勸埋征南亡卒白骨文)

성운(成運)
허수아비(虛父贊)

3권 — 위험한 백성 · 조식 외
명종과 선조 연간

이황(李滉)
군주의 마음공부(進聖學十圖箚)
부부의 불화는 누구의 책임인가(與李平叔)
내 자식 살리려고 남의 자식을 죽이겠는가(答安道孫)
학문의 맛을 깨닫는 법(朱子書節要序)
우리말 노래를 짓다(陶山十二曲跋)
도산에 사는 이유(陶山雜詠幷記)

조식(曺植)
위험한 백성(民巖賦)
자전은 과부이며 전하는 고아입니다(乙卯辭職疏)
퇴계에게(答退溪書)

최연(崔演)
노비 기러기(雁奴說)
쥐 잡는 고양이(猫捕鼠說)

홍섬(洪暹)
궁궐 그림을 그리다(漢陽宮闕圖記)

김인후(金麟厚)
백성을 다스리는 법(上李太守書)

이정(李楨)
턱이라는 이름의 집(頤庵記)

박전(朴全)
제 팔을 부러뜨린 사람(折臂者說)

정탁(鄭琢)
이순신을 위하여(李舜臣獄事議)

기대승(奇大升)
퇴계의 생애(退溪先生墓碣銘)
언제나 봄(藏春亭記)

고경명(高敬命)
조선의 출사표(檄諸道書)

성혼(成渾)
아들과 손자들에게 남기는 유언(示子文濬及三孫兒)
스승은 필요 없다(書示邊生)
격언을 써 주지 못하는 까닭(書姜而進帖)

정인홍(鄭仁弘)
술을 마시는 법(孚飮亭記)
윤감의 때늦은 공부(尹堪傳)

이제신(李濟臣)
철쭉을 통한 공부(倭躑躅說)
어리석음으로 돌아오는 집(歸愚堂記)

이이(李珥)
김시습의 일생(金時習傳)
숨을수록 드러난다(上退溪先生)
학문의 수준(答成浩原)
일상의 학문(擊蒙要訣序)
명목 없는 세금을 없애는 방법(送趙汝式說)
소리를 내는 것은 무엇인가(贈崔立之序)
세 가지 벗(送尹子固朝天序)

정철(鄭澈)
나는 술을 끊겠다(戒酒文)
싸우는 형제에게(江原監司時議送題辭)

홍성민(洪聖民)
돌싸움 이야기(石戰說)
잊을 망(忘), 한 글자의 비결(忘說)
말을 소로 바꾸다(馬換牛說)
소금을 바꾸어 곡식을 사다(貿鹽販粟說)

백광훈(白光勳)
과거를 준비하는 아들에게(寄亨南書)

윤근수(尹根壽)
함께 근무하는 동료들에게(金吾契會序)

이산해(李山海)
구름보다 자유로운 마음(雲住寺記)
가만히 있어야 할 때(正明村記)
대나무 집(竹棚記)
성내지 않는 사람(安堂長傳)

최립(崔岦)
그림으로 노니는 산수(山水屛序)
성숙을 바라는 이에게(書金秀才靜厚願學錄後序)
한배에 탄 적(送林佐郎舟師統制使從事官序)
고산의 아홉 구비(高山九曲潭記)

유성룡(柳成龍)
옥처럼 깨끗하고 못처럼 맑게(玉淵書堂記)
죽어도 죽지 않는 사람(圃隱集跋)
먼 훗날을 위한 공부(寄諸兒)

조헌(趙憲)
혼자서 싸운다(淸州破賊後狀啓別紙)

임제(林悌)
꿈에서 만난 사육신(元生夢遊錄)

김덕겸(金德謙)
열 명의 손님(聽籟十客軒序)

오억령(吳億齡)
옥은 다듬어야 보배가 된다(贈端姪勸學說)

한백겸(韓百謙)
나무를 접붙이며(接木說)
오랫동안 머물 집(勿移村久菴記)

고상안(高尙顔)
농사짓는 백성을 위해(農家月令序)

이호민(李好閔)
한가로움에 대하여(閑閑亭記)

장현광(張顯光)
우리는 모두 늙는다(老人事業)

하수일(河受一)
농사와 학문(稼說贈鄭子循)

이득윤(李得胤)
사람을 살리는 것이 중요하다(醫局重設序)

차천로(車天輅)
시는 사람을 곤궁하게 만드는가(詩能窮人辯)

이항복(李恒福)
시인과 광대와 풀벌레(惺所雜稿序)

윤광계(尹光啓)
어디에서나 알맞게(宜齋記)
아들을 잃은 벗에게(逆旅說)

허초희(許楚姬)
하늘나라에 지은 집(廣寒殿白玉樓上樑文)

4권 — 맺은 자가 풀어라 · **유몽인 외**

선조와 인조 연간

유몽인(柳夢寅)

맺은 자가 풀어라(解辨)

담배 귀신 이야기(膽破鬼說)

서점 박고서사(博古書肆序)

너와 나는 하나다(贈李聖徵廷龜令公赴京序)

코 묻은 떡을 다투지는 않겠소(奉月沙書)

후세를 기다릴까?(送申佐郎光立赴京序)

내 죽음이 또한 영화로우리(贈表訓寺僧慧默序)

금강산 정령들과의 하룻밤 노닒(楓嶽奇遇記)

이수광(李睟光)

집은 비만 가리면 된다(東園庇雨堂記)

고양이와 개 기르기(畜貓狗說)

수도 이전에 대한 반론(玉堂箚子)

노비 연풍의 일생(年豐傳)

당시를 배워야 하는 이유(詩說)

17세기 전쟁 포로의 베트남 견문기(趙完璧傳)

벗과 스승의 의미를 묻는다(東園師友對押韻之文)

이정귀(李廷龜)

천산 유람기(遊千山記)

평양에서 출토된 옛 거울(箕城古鏡說)

동방 일백여 년에 없었던 글(象村集序)

훌륭한 시는 온전한 몰두 속에 있다(習齋集序)

한가로움을 사랑하다(愛閑亭記)

섭세현에게 부친 편지(寄葉署丞世賢 庚申朝天時)

일본에 사신 보내는 일을 논함(遣使日本議)

신흠(申欽)

백성이 함께 즐기는 집(樂民樓記)

백성을 탓하는 관리(民心篇)

딴마음을 품는 신하(書蕭何傳後)

왜적은 또 쳐들어온다(備倭說)

부쳐 사는 인생(寄齋記)

우물 파기에서 배울 점(穿井記)

나를 말한다(玄翁自敍)

권필(權韠)

아비를 죽인 양택의 죄악(請誅賊子梁澤疏)

창고 옆 백성 이야기(倉氓說)

종정도 이야기(從政圖說)

대나무와 오동나무가 서 있는 집(竹梧堂記)

술집 주인의 나무람(酒肆丈人傳)

처음 먹은 마음을 바꾸지 않겠소(答寒泉手簡)

허균(許筠)

시에는 별취(別趣)와 별재(別材)가 있다(石洲小稿序)

어떤 글이 좋은 글인가?(文說)

금강산으로 돌아가는 이나옹을 전송하며(送李懶翁還枳相山序)

한때의 이익과 만대의 명성(遊原州法泉寺記)

백성 두려운 줄 알아라(豪民論)

상원군의 왕총에 대하여(祥原郡王冢記)

김종직을 논한다(金宗直論)

금강산 유람길에서(與石洲書)

겁먹지 말고 오게(與李汝仁)

김상헌(金尙憲)

세상에 드문 보물(谿谷集序)

지금이 상 줄 때인가(南漢扈從賞加辭免疏 丁丑五月)

인장의 품격(群玉所記)

조찬한(趙纘韓)

죽은 매를 조문함(哀鷹文)

공교로움과 졸렬함은 하나다(用拙堂記)

시처럼 하는 정치(贈崔燕岐序)

울 수도 없는 울음(祭亡室文)

세상의 모든 불우한 자를 애도하며(宋生傳)

복숭아씨로 쌓은 산(嵬崙核記)

6권 — 말 없음에 대하여 · **이천보 외**
영조 연간

안정복(安鼎福)

성호 선생 제문(祭星湖先生文 癸未)

우리나라의 국경에 대하여(東國地界說 戊寅)

일상의 배움부터(題下學指南 庚申)

『동사강목』 서문(東史綱目序 戊戌)

『팔가백선』 서문(八家百選序 丁未)

안석경(安錫儆)

소고성전(小高城傳)

박효랑전(朴孝娘傳)

웃음의 집(笑庵記)

『삽교만록』 서문(霅橋漫錄序)

원대한 노닒(遠遊篇序)

7권 — 코끼리 보고서 · **박지원 외**

정조 연간

이광려(李匡呂)

고구마 보급(甘藷)

홍양호 판서에게(與洪判書漢師書)

채제공(蔡濟恭)

잃어버린 아내의 『여사서』(女四書序)

약봉의 풍단(藥峯楓壇記)

만덕전(萬德傳)

정범조(丁範祖)

청과 일본의 위협(淸倭論)

붕당의 근원(原黨)

정지순(鄭持淳)

석양정의 묵죽 그림(石陽正畫竹記)

겸재 정선 산수화론(謙齋畵序)

홍양호(洪良浩)

진고개 우리 집(泥窩記)

숙신씨의 돌살촉(肅愼氏石砮記)

침은 조광일(針隱趙生光一傳)

의원 피재길(皮載吉小傳)

진고개 신과의 문답(形解)

목만중(睦萬中)

베트남에 표류했던 김복수(金福壽傳)

수석에 정을 붙인 선비(磊磊亭記)

이규상(李奎象)

이 세계의 거시적 변동(世界說)

훈련대장 장붕익(張大將傳)

선비의 통쾌한 사업(贈趙景瑞序)

김종수(金鍾秀)

경솔한 늙은이의 문답(率翁問答)

홍낙인(洪樂仁)
삼청동 읍청정의 놀이(挹淸亭小集序)

곽씨 부인(郭氏夫人)
남편 김철근 묘지명(成均生員金公墓誌銘)

황윤석(黃胤錫)
덕행만큼 뛰어난 곽씨 부인의 문장(跋淸窓郭夫人藁略)

이종휘(李種徽)
위원루에 부치다(威遠樓記)
동래 부사를 배웅하며(送東萊府伯序)
대제학의 계보(文衡錄序)

홍대용(洪大容)
『대동풍요』 서문(大東風謠序)
보령의 기이한 소년(保寧少年事)

성대중(成大中)
유춘오 음악회(記留春塢樂會)
오랑캐의 월경을 막은 영웅들(江界防胡記)
운악산의 매사냥(雲岳遊獵記)
침실에 붙인 짧은 글(寢居小記)
창해 일사의 화첩(書滄海逸士畫帖後)

유한준(兪漢雋)
『석농화원』 발문(石農畵苑跋)

심익운(沈翼雲)
물정에 어두운 화가 심사정(玄齋居士墓志)

서직수(徐直修)
북악산 기슭의 대은암(大隱巖記)
내 벗이 몇이냐 하니(十友軒記)

박지원(朴趾源)
『녹천관집』 서문(綠天館集序)
예덕선생전(穢德先生傳)
『능양시집』 서문(菱洋詩集序)
큰누님을 떠나보내고(伯姊贈貞夫人朴氏墓誌銘)
홍덕보 묘지명(洪德保墓誌銘)
울기 좋은 땅(好哭場)
코끼리 보고서(象記)
밤에 고북구를 나서다(夜出古北口記)
민속을 기록하다(旬稗序)

이영익(李令翊)
소를 타고 우계를 찾아가는 송강을 그린 그림(題騎牛訪牛溪圖)

강흔(姜俒)
부안 격포의 행궁(格浦行宮記)
서설을 반기는 누각(賀雪樓記)
김순만의 이런 삶(金舜蔓傳)

이언진(李彦瑱)
그리운 아우에게 1(寄弟殷美 一)
그리운 아우에게 2(寄弟殷美 二)

유경종(柳慶種)
마음속의 원림(意園誌)

이덕무(李德懋)
바둑론(奕棋論)
『맹자』를 팔아 밥을 해 먹고(與李洛瑞書九書 四)
문학은 어린애처럼 처녀처럼(嬰處稿自序)
겨울과 책(耳目口心書 二則)

이가환(李家煥)
효자 홍차기의 사연(孝子豊山洪此奇碑碣)
하늘의 빛깔을 닮은 화원(綺園記)

정동유(鄭東愈)
천하의 위대한 문헌 『훈민정음』(訓民正音)

이희경(李喜經)
중국어 공용론(漢語)

김재찬(金載瓚)
방아 찧는 시인 이명배(春客李命培傳)

유득공(柳得恭)
발해사 저술의 의의(渤海考序)
일본학의 수립(蜻蛉國志序)
평화 시대의 호걸(送洪僉使遊北關序)

박제가(朴齊家)
재부론(財賦論)
나의 짧은 인생(小傳)
백탑에서의 맑은 인연(白塔淸緣集序)

이명오(李明五)
향(香) 자로 시집을 엮고(香字八十首序)

이안중(李安中)
인장 전문가(金甥吾與石典序)

이만수(李晩秀)
책 둥지(書巢記)

정조(正祖)
모든 강물에 비친 달과 같은 존재(萬川明月主人翁自序)
문체는 시대에 따라 바뀌는가(文體)

이서구(李書九)
바둑의 명인 정운창(棊客小傳)

정약전(丁若銓)
소나무 육성책(松政私議)

8권 — 책과 자연 · **서유구 외**
순조 연간

권상신(權常愼)
나귀와 소(驢牛說)
봄나들이 규약(南皐春約)
정릉 유기(貞陵遊錄)
대은암의 꽃놀이(隱巖雅集圖贊)

서영보(徐榮輔)
물결무늬를 그리는 집(文漪堂記)
자하동 유기(遊紫霞洞記)
통제사가 해야 할 일(送人序)

장혼(張混)
고슴도치와 까마귀(寓言)

심내영(沈來永)
되찾은 그림(蜀棧圖卷記)

남공철(南公轍)
광기의 화가 최북(崔七七傳)
둔촌 별서의 승경(遁村諸勝記)

성해응(成海應)
안향 선생 집터에서 나온 고려청자(安文成瓷尊記)
백동수 이야기(書白永叔事)

신작(申綽)
자서전(自敍傳)
태교의 논리(胎教新記序)

이옥(李鈺)
소리꾼 송귀뚜라미(歌者宋蟋蟀傳)
밤, 그 일곱 가지 모습(夜七)
걱정을 잊기 위한 글쓰기(鳳城文餘小敍)
북한산 유기(重興遊記)

윤행임(尹行恁)
소동파 숭배자에게(與黃逑翁鍾五)
숭정 황제의 현금(崇禎琴記)

심노숭(沈魯崇)
연애시 창작의 조건(香樓謔詞敍)
내 인생 내가 정리한다(自著紀年序)

정약용(丁若鏞)
통치자는 누구를 위해 존재하나?(原牧)
카메라 오브스쿠라(漆室觀畫說)
토지의 균등한 분배(田論 一)
살인 사건의 처리(欽欽新書序)
직접 쓴 묘지명(自撰墓誌銘 壙中本)
몽수 이헌길(蒙叟傳)
홍역을 치료하는 책(麻科會通序)
수종사 유기(游水鍾寺記)
조선의 무기(軍器論 二)

조수삼(趙秀三)
소나무 분재 장수(賣盆松者說)
경원 선생의 일생(經畹先生自傳)

서유구(徐有榘)
「세검정아집도」 뒤에 쓰다(題洗劒亭雅集圖)
농업에 힘쓰는 이유(杏圃志序)
의서 편찬의 논리(仁濟志引)
나무 심는 사람의 묘지명(柳君墓銘)
부용강의 명승(芙蓉江集勝詩序)
빙허각 이씨 묘지명(嫂氏端人李氏墓誌銘)
연못가에 앉은 시인(池北題詩圖記)
불멸의 초상화, 불멸의 문장(與沈穉敎乞題小照書)
책과 자연(自然經室記)

김조순(金祖淳)
미치광이 한 씨(韓顚傳)
이생전(李生傳)

김노경(金魯敬)
맏아들 정희에게(與長子書 甲子)

김려(金鑢)
진해의 기이한 물고기들(牛海異魚譜序)
「북한산 유기」 뒤에 쓰다(題重興游記卷後)

이면백(李勉伯)
비지 문장을 짓는 법(碑誌說)

유본학(柳本學)
검객 김광택(金光澤傳)
도심 속 연못과 정자(堂叔竹里池亭記)
사서루기(賜書樓記)

이학규(李學逵)
유배지의 네 가지 괴로움(與某人)
문장의 경계(答某人)
한제원 묘지명(韓霽元墓誌銘)
박꽃이 피어난 집(匏花屋記)
윤이 엄마 제문(哭允母文)

박윤묵(朴允默)
송석원(松石園記)
수성동 유기(遊水聲洞記)

서경보(徐耕輔)
벼루를 기르는 산방(養硯山房記)

서기수(徐淇修)
백두산 등반기(遊白頭山記)
스스로 쓴 묘표(自表)

유희(柳僖)
『언문지』 서문(諺文志序)
제 눈에 안경 같은 친구(送朴伯溫遊嶺南序)

9권 — 신선들의 도서관 · **홍길주 외**

조선 말기

홍석주(洪奭周)

마음, 도, 문장(答金平仲論文書)

약의 복용(藥戒)

어머니 서영수합 묘표(先妣貞敬夫人大邱徐氏墓表)

『계원필경』을 간행하는 서유구 관찰사께(答徐觀察準平書)

김매순(金邁淳)

『삼한의열녀전』 서문(三韓義烈女傳序)

바람의 집(風棲記)

파릉의 놀이(巴陵詩序)

홍직필(洪直弼)

여성 도학자 정일헌 묘지명(孺人晉州姜氏墓誌銘并序)

유본예(柳本藝)

바둑 두는 인생(棋說)

필사의 이유(書鈔說)

이문원의 노송나무(摛文院老樅記)

정우용(鄭友容)

『훈민정음』을 찾아서(與族弟左史善之書)

읍청루 유기(遊挹淸樓記)

장서합기(藏書閤記)

조인영(趙寅永)

활래정기(活來亭記)

김정희(金正喜)

난 치는 법(與石坡 二)

「세한도」에 쓰다(與李藕船)

홍길주(洪吉周)

내가 사는 집(卜居識)

신선들의 도서관(海書)

꿈속에서 문장의 세계를 보다(釋夢)

용수원 병원 설립안(用壽院記)

작가의 서실 표롱각(縹礱閣記)

이시원(李是遠)

개를 묻으며(瘞狗說)

조희룡(趙熙龍)

국수 김종귀(金鍾貴傳)

이만용(李晩用)

잠자는 인생의 즐거움(寐辨)

조두순(趙斗淳)

천재 시인 정수동(鄭壽銅傳)

바둑 이야기, 남병철에게 주다(碁說, 贈南原明)

홍한주(洪翰周)

솔고개의 가성각(嘉聲閣)

책, 도서관, 장서가(藏書家)

유신환(兪莘煥)

충무공의 쌍검명(李忠武公雙釖銘)

사직단 근처 마을에서 책을 교정하다(稷下校書記)

김영작(金永爵)

삼정의 개혁 방안(三政議)

고매산관기(古梅山館記)

이상적(李尙迪)

고려 석탑에서 발견된 용단승설(記龍團勝雪)

정벽산 선생 묘지명(鄭碧山先生墓誌銘)

삽을 든 장님(書鍤瞎)

조면호(趙冕鎬)

자기가 잘 모른다는 것을 잘 아는 선생(自知自不知先生傳)

심대윤(沈大允)
소반을 만들며(治木盤記)

박규수(朴珪壽)
그림은 대상을 충실히 재현해야 한다(錄顧亭林先生日知錄論畵跋)

신석희(申錫禧)
『담연재시고』 서문(覃揅齋詩藁序)

효명 세자(孝明世子)
시는 꽃과 같으니(鶴石集序)

신헌(申櫶)
민보 제도(民堡輯說序)

이대우(李大愚)
장모님의 시집(幽閒集序(恭人洪氏詩集序))

남병철(南秉哲)
바둑 이야기(奕說)

김윤식(金允植)
집고루기(集古樓記)
당진의 명산 유기(登兩山記)
현재의 시무(時務說送陸生鍾倫遊天津)

김택영(金澤榮)
『신자하시집』 서문(申紫霞詩集序)
양잠법의 교육(重刊養蠶鑑序)
대정묘 중수기(大井廟重修記)
김홍연전(金弘淵傳)
매천 황현 초상 찬(黃梅泉像贊)
여기가 참으로 창강의 집(是眞滄江室記)
안중근전(安重根傳)

이건창(李建昌)
당쟁의 원인(原論)
사슴의 충고(鹿言)
보물 송사(寶訟)
글쓰기의 비법(答友人論作文書)
정일헌의 시집(貞一軒詩藁序)

유길준(兪吉濬)
『서유견문』 서문(西遊見聞序)

이건승(李建昇)
『명이대방록』을 읽고(書明夷待訪錄後)

박은식(朴殷植)
역사를 잃지 않으면 나라를 되찾는다(韓國痛史緖言)
자주와 자강(與孫聞山貞鉉書)

이건방(李建芳)
안효제 묘지명(安校理墓誌銘)

정인보(鄭寅普)
길주 목사 윤 공 묘표(吉州牧使尹公墓表)
첫사랑(抒思)

한국 산문선 9

신선들의 도서관

1판 1쇄 펴냄 2017년 11월 24일
1판 3쇄 펴냄 2021년 9월 3일

지은이 홍길주 외
옮긴이 안대회, 이현일
발행인 박근섭, 박상준
펴낸곳 (주)민음사

출판등록 1966. 5. 19. (제16-490호)
주소 서울시 강남구 도산대로1길 62
강남출판문화센터 5층 (06027)
대표전화 02-515-2000—팩시밀리 02-515-2007
홈페이지 www.minumsa.com

ISBN 978-89-374-1575-3 (04810)
978-89-374-1576-0 (세트)